D1431429

10/18

12, AVENUE D'ITALIE. PARIS XIIIᵉ

Sur l'auteur

Jane Austen, dernière d'une famille de cinq enfants, est née le 16 décembre 1775 à Stevenson dans le Hampshire (Angleterre). Entre sa vingtième et sa vingt-cinquième année, Jane Austen écrit trois récits de jeunesse qui deviennent des pièces maîtresses de son œuvre : *Elinor et Mariane, Raison et sentiments* (1795), *First Impression,* ébauche d'*Orgueil et préjugés,* et enfin, en 1798, *Northanger Abbey*. Après la mort de son père, Jane Austen s'installe avec sa mère et sa sœur à Chatow, où elle va écrire l'essentiel de son œuvre. En 1911, un éditeur londonien soumet pour la première fois au grand public, sous couvert d'anonymat, *Raison et sentiments*. Elle publie ensuite *Mansfield Park,* mais c'est avec *Emma* que Jane Austen s'impose véritablement sur la scène littéraire. Véritable classique de la littérature anglaise, son œuvre a été récemment redécouverte par un très large public à la faveur de plusieurs adaptations cinématographiques : *Emma,* réalisé par Douglas McGrath, et surtout *Raison et sentiments,* sorti en 1996, mis en scène par Ang Lee avec Hugh Grant, Emma Thompson et Kate Winsley dans les rôles principaux et *Orgueil et préjugés,* adapté au cinéma en 2006 par Joe Wright.

JANE AUSTEN

EMMA

Traduit de l'anglais
par Josette SALESSE-LAVERGNE

10/18

« *Domaine étranger* »

dirigé par Jean-Claude Zylberstein

CHRISTIAN BOURGOIS ÉDITEUR

Du même auteur
aux Éditions 10/18

Titre original :
Emma

© Christian Bourgois Éditeur, 1982.
ISBN 2-264-02318-X

CHAPITRE PREMIER

Emma Woodhouse, belle, intelligente, riche, dotée d'un heureux caractère et pourvue d'une très confortable demeure, semblait jouir des dons les plus précieux de l'existence. Elle avait passé près de vingt et un ans sur cette terre et n'avait encore connu que bien peu de peines ou de contrariétés.

Fille cadette du père le plus affectionné et le plus indulgent du monde, elle s'était vu confier très tôt, du fait du mariage de sa sœur, le rôle de maîtresse de maison. Sa mère était morte depuis trop longtemps pour qu'Emma conservât de ses caresses plus qu'un souvenir vague. C'est une excellente gouvernante qui avait pris auprès des enfants la place de Mrs. Woodhouse, ne tardant guère à leur manifester une tendresse quasi maternelle.

Miss Taylor était restée seize ans dans la maison de Mr. Woodhouse, moins en qualité de gouvernante que d'amie. Elle aimait tendrement les deux filles mais chérissait tout particulièrement Emma. Entre elles s'était instaurée l'intimité de deux sœurs. Avant même qu'elle eût cessé de porter le titre de gouvernante, la douceur de son caractère n'avait en effet guère laissé à Miss Taylor le loisir d'imposer à l'enfant la moindre contrainte, et toute ombre d'autorité s'étant rapidement évanouie, les deux femmes en étaient arrivées à vivre ensemble comme deux amies tendrement attachées l'une à l'autre. Emma faisait absolument ce qu'elle voulait. Elle estimait certes beaucoup le jugement de Miss Taylor mais ne se laissait vraiment guider que par le sien propre.

En fait, les seuls écueils que présentât la situation d'Emma résidaient dans cette liberté excessive et dans la propension de la jeune fille à se voir sous un jour un peu trop flatteur. C'était là ce qui menaçait de ternir son bonheur, mais pour l'heure on ne pouvait parler de véritables problèmes, tant Emma était inconsciente du danger qu'elle courait.

Elle connut le chagrin — un doux chagrin, mais ce ne fut point sous la forme d'une douloureuse prise de conscience... non... Miss Taylor se maria, et c'est en la perdant qu'Emma éprouva sa première peine. C'est le jour du mariage de son amie bien-aimée que, pour la première fois, elle fut durablement assaillie de sombres pensées. Lorsque la cérémonie fut achevée et que les invités furent partis, Emma et son père demeurèrent seuls pour le dîner, sans la perspective d'un tiers pour égayer cette longue soirée. Comme d'habitude, après le dîner, son père s'installa pour faire un somme, et la jeune fille n'eut, dès lors, comme ressource, que de rester assise à songer à tout ce qu'elle avait perdu.

Ce mariage promettait à Miss Taylor tout le bonheur possible. Mr. Weston était un homme irréprochable. Il était assez fortuné, point trop âgé et tout à fait charmant. Emma éprouvait une certaine satisfaction à songer qu'en amie altruiste et généreuse elle avait toujours souhaité et encouragé cette union, mais il n'en demeurait pas moins vrai qu'elle en pâtirait grandement. Miss Taylor lui manquerait à chaque heure de chaque jour et la jeune fille se remémorait sa bonté... une bonté, une tendresse qui n'avaient jamais failli durant seize années. Elle se rappelait tout ce qu'elle avait appris d'elle depuis l'âge de cinq ans, tous leurs jeux, aussi. Elle pensait aux efforts qu'avait faits son amie pour l'amuser et pour se faire aimer d'elle quand tout allait bien, à son dévouement lors des diverses maladies de l'enfance. Emma lui devait pour cela beaucoup de gratitude, mais un souvenir lui était encore plus cher et plus doux, celui des sept dernières années passées, quand, après le mariage d'Isabelle et demeurées en tête à tête, elles avaient instauré des rapports d'égalité et de confiance absolue. Miss Taylor avait été une amie comme on en rencontre peu, intelligente, cultivée, serviable, douce, parfaitement instruite des habitudes de la famille, pleine d'intérêt pour tout ce qui concernait les Woodhouse et plus particulièrement Emma, ses plaisirs, ses projets ; une amie à qui la jeune fille pouvait dire sans hésiter tout ce qui lui passait par la tête et qui avait pour elle une tendresse qui l'empêchait de jamais la juger.

Comment Emma supporterait-elle le changement ? Mrs. Weston, il est vrai, n'habiterait qu'à un demi-mile de là, mais la jeune fille était consciente de la grande différence qu'il y aurait nécessairement entre une Mrs. Weston ne demeurant qu'à un demi-mile des Woodhouse et une Miss Taylor vivant sous leur toit. Voilà que malgré tous ses avantages personnels et sa situation, la jeune fille courait maintenant le risque de souffrir de solitude intellectuelle. Elle aimait tendrement son père mais il ne pouvait être pour elle une compagnie, car il était incapable de la suivre dans une conversation, qu'elle fût sérieuse ou amusante.

Le problème que posait leur différence d'âge (et Mr. Woodhouse ne s'était pas marié jeune) était encore accru par la mauvaise santé et les habitudes du vieux monsieur. Valétudinaire toute sa vie, il n'avait jamais exercé son esprit ou son corps et il était encore plus âgé par son mode de vie que par son âge même. En outre, bien que chacun l'aimât pour sa bonté et son amabilité, il n'avait jamais brillé par l'esprit.

Emma ne pouvait pas voir sa sœur tous les jours, bien que le mariage n'eût que relativement éloigné celle-ci de la maison paternelle, puisqu'elle habitait Londres, à onze miles à peine. Il faudrait surmonter l'ennui de tous les soirs d'octobre et de novembre avant que Noël n'amenât à Hartfield Isabelle, son mari et leurs trois enfants, pour emplir la maison et procurer de nouveau à Emma une société agréable.

Highbury, le grand et populeux village — presque une ville — dont Hartfield dépendait en fait malgré ses communaux, ses bois et son nom, n'abritait point de gens du même rang que Miss Woodhouse. Les Woodhouse étaient les personnages les plus importants des environs. Tout le monde les respectait. Emma avait de nombreuses relations au village car son père se montrait toujours très poli envers chacun, mais il n'y avait personne qui pût remplacer Miss Taylor, ne fût-ce qu'une demi-journée. C'était un bien triste changement et la jeune fille ne put s'empêcher de soupirer et d'exhaler des souhaits irréalisables jusqu'au moment où, son père se réveillant, elle fut obligée de manifester une certaine gaieté. Mr. Woodhouse avait besoin de réconfort. C'était un homme nerveux, facilement déprimé. Il aimait tous ceux auxquels il était habitué et détestait devoir se séparer d'eux. Il avait en horreur toute espèce de changement. Hostile au mariage en tant que source de bouleversements, il ne s'était toujours pas résigné à celui de sa fille aînée, et ne parlait de cette dernière qu'avec une grande compassion, bien qu'elle eût fait un mariage d'amour. Voilà qu'à présent il lui fallait aussi se séparer de Miss Taylor ! Ses habitudes d'égoïsme aimable et son incapacité à concevoir qu'on pût penser autrement que lui l'incitaient à croire qu'en se mariant, Miss Taylor avait commis une action funeste pour elle autant que pour ses amis, et qu'elle aurait été beaucoup plus heureuse si elle s'était fixée à Hartfield pour le restant de ses jours. Emma souriait et bavardait aussi joyeusement que possible pour faire oublier à son père ces tristes pensées, mais lorsqu'on apporta le thé, Mr. Woodhouse ne put s'empêcher de répéter ce qu'il avait déjà dit au cours du dîner :

— Pauvre Miss Taylor ! J'aimerais tant qu'elle fût encore parmi nous. Quel malheur que Mr. Weston soit allé songer à elle !

— Je ne suis pas d'accord avec vous, Papa. Vous savez que je ne puis partager votre avis. Mr. Weston est un homme si gentil, si charmant, si bon, qu'il mérite bien d'avoir une bonne épouse. Et puis vous n'auriez pas voulu que Miss Taylor passât toute sa vie avec nous, à supporter mes excentricités, quand elle avait la possibilité de posséder une maison bien à elle ?

— Une maison bien à elle ! Que gagne-t-elle à posséder une maison bien à elle ? La nôtre est trois fois plus grande... et puis, vous ne commettez jamais d'excentricités, ma chérie.

— Nous irons très souvent leur rendre visite, et ils viendront aussi ! Nous nous verrons constamment ! Il nous appartient de faire le premier pas, et il ne faudra pas tarder à nous rendre chez eux pour leur présenter nos félicitations.

— Mais ma chérie, comment voulez-vous que j'aille là-bas ? Randalls est tellement loin ! Jamais je n'aurai la force d'y aller à pied.

— Certes non, et personne, Papa, ne songe à vous y faire aller à pied. Nous prendrons bien évidemment la voiture.

— La voiture ! Mais James sera extrêmement mécontent d'être obligé d'atteler pour si peu. Et que fera-t-on de ces pauvres bêtes pendant notre visite ?

— On les mettra dans l'écurie de Mr. Weston, Papa. Vous savez bien que nous avons déjà réglé tous ces détails, nous en avons parlé avec Mr. Weston l'autre soir. Quant à James, soyez certain qu'il sera toujours ravi d'aller à Randalls, puisque sa fille y est femme de chambre. Je me demande même s'il consentira désormais à nous conduire ailleurs. C'est votre œuvre, Papa. C'est vous qui avez trouvé cette très bonne place à Hannah. Personne ne songeait à elle, et c'est vous qui en avez parlé. James vous en est tellement obligé !

— Je suis ravi d'avoir pensé à cette enfant, et c'est une chance que je l'aie fait, car je n'aurais pour rien au monde voulu que James allât s'imaginer qu'on le méprisait. Je suis certain, de plus, que sa fille fera une servante parfaite. C'est une jeune fille polie et très bien élevée. J'ai beaucoup d'estime pour elle. A chaque fois que je la rencontre, elle me fait une révérence et me demande gracieusement des nouvelles de ma santé, et j'ai remarqué, quand vous l'aviez fait venir ici pour je ne sais quels travaux d'aiguille, qu'elle ne faisait jamais claquer les portes et en tournait toujours très doucement les poignées... Je suis certain qu'elle fera une servante parfaite. Ce sera pour la pauvre Miss Taylor un grand réconfort que d'avoir auprès d'elle quelqu'un qu'elle avait l'habitude de voir ici. Elle aura de nos nouvelles à chaque fois que James ira voir sa fille, et il pourra, lui, nous dire comment tout le monde se porte à Randalls.

Emma fit tout son possible pour entretenir cet heureux courant d'idées, espérant en outre que grâce au trictrac, elle parviendrait à faire passer à son père une soirée à peu près supportable et ne serait pas assaillie d'autres regrets que les siens propres. On venait juste d'installer la table de jeu lorsqu'un visiteur arriva, rendant inutiles tous ces préparatifs.

Mr. Knightley, homme de grand bon sens qui avait trente-sept ou trente-huit ans, n'était pas simplement un très ancien et très intime ami des Woodhouse, il leur était également apparenté en tant que frère aîné du mari d'Isabelle. Il habitait à un mile environ de Highbury et rendait fréquemment visite à ses amis de Hartfield qui le recevaient toujours avec plaisir. On l'accueillit ce soir-là avec encore plus de joie que d'ordinaire, car il arrivait juste de Londres où il était allé voir leurs parents communs. Après quelques jours d'absence, il était rentré chez lui assez tard, avait dîné, puis s'en était allé chez les Woodhouse à pied, afin de leur annoncer que tout le monde se portait bien à Brunswick Square. Cette visite créait une heureuse diversion, et Mr. Woodhouse en fut tout égayé pendant un bon moment. Mr. Knightley avait des façons enjouées qui réconfortaient toujours le vieil homme. Il répondit de manière tout à fait satisfaisante aux nombreuses questions qu'on lui posait sur la « pauvre Isabelle » et ses enfants, et lorsque cet interrogatoire fut terminé, Mr. Woodhouse fit remarquer avec beaucoup de reconnaissance :

— C'est très aimable à vous, Mr. Knightley, d'être sorti à une heure pareille pour nous rendre visite. Je crains que cette marche dans la nuit ne vous ait paru bien désagréable.

— Nullement, Monsieur. La nuit est très belle et le clair de lune splendide. Il fait si doux que je vais m'écarter un peu de ce grand feu.

— Mais vous avez dû souffrir de la boue et de l'humidité. J'espère que vous n'aurez pas pris froid.

— L'humidité, Monsieur ! Regardez mes chaussures, elles n'ont pas une tache de boue.

— Eh bien, c'est extraordinaire, car nous avons eu beaucoup de pluie ici. Il a plu affreusement pendant une demi-heure au petit déjeuner. Je voulais même qu'on remît le mariage à plus tard.

— A propos, je ne vous ai pas encore félicité. Je me rends très bien compte du genre de satisfaction que vous devez éprouver et je ne me suis donc pas hâté de vous présenter mes félicitations... J'espère quand même que tout s'est bien passé. Comment vous êtes-vous tous comportés ? Qui a versé le plus de larmes ?

— Ah, cette pauvre Miss Taylor ! C'est vraiment une triste affaire.

— Dites plutôt « Pauvre Mr. Woodhouse et Pauvre Emma », s'il vous plaît. Je ne saurais parler de la « Pauvre Miss Taylor ». J'ai beaucoup d'estime pour vous et pour votre fille, mais lorsqu'on en vient à la question de l'indépendance... De toute manière, il est certainement préférable d'avoir une seule personne à contenter plutôt que deux.

— Surtout lorsque l'une d'entre elles est un être aussi capricieux et aussi exigeant ! dit Emma sur un ton de plaisanterie. C'est là votre pensée, je le sais, et c'est ce que vous auriez dit si mon père n'avait pas été présent.

— Je crains fort que ce ne soit vrai, ma chère, dit Mr. Woodhouse en soupirant. J'ai bien peur de me montrer parfois capricieux et très exigeant.

— Mon très cher Papa ! Vous ne pensez tout de même pas que je parlais de vous, vous ne croyez pas que Mr.

Knightley songeait à vous ! Quelle horrible idée ! Non, non, je parlais seulement de moi. Mr. Knightley, vous le savez, aime à me faire des reproches pour me taquiner. Tout cela n'est qu'une plaisanterie. Nous nous disons toujours ce qui nous passe par la tête...

En fait, Mr. Knightley était l'une des rares personnes capables de déceler des défauts chez Emma, et le seul à lui en parler jamais. Cela n'était pas spécialement du goût d'Emma, mais elle savait que son père en serait encore plus attristé qu'elle et ne voulait pas qu'il pût soupçonner que tout le monde ne jugeait pas sa fille parfaite.

— Emma sait très bien que je ne la flatte jamais, dit Mr. Knightley, mais en l'occurrence je ne songeais à blâmer personne. Miss Taylor est habituée à s'occuper de deux personnes et n'en aura désormais plus qu'une seule à satisfaire. Il y a donc toutes les chances pour qu'elle y gagne.

— Bon, dit Emma, désireuse de couper court, vous vouliez avoir des nouvelles du mariage, et je serai ravie de vous donner tous les détails. Nous avons tous été parfaits. Tout le monde était à l'heure, et tout le monde était très élégant. On n'a pas versé une larme, et c'est à peine si l'on a pu voir quelques visages tristes. Non, nous savions tous que nous ne serions séparés que d'un demi-mile, et nous avions tous la certitude de nous voir chaque jour.

— Notre Chère Emma a tant de force d'âme, dit Mr. Woodhouse, mais en réalité, Mr. Knightley, elle est absolument navrée de perdre cette pauvre Miss Taylor, et je suis certain que celle-ci lui manquera encore plus qu'elle ne le croit.

Emma détourna la tête, partagée entre les larmes et l'envie de sourire.

— Il est impossible qu'une telle amie ne manque pas à Emma, dit Mr. Knightley, et nous n'aimerions pas votre fille comme nous le faisons, Monsieur, si nous pouvions supposer une chose pareille. Elle n'ignore pas, cependant, tout ce que ce mariage apporte à Miss Taylor, elle sait combien il doit être agréable, à l'âge de son amie, de s'établir dans une maison bien à soi, et combien on doit apprécier d'être assuré de revenus très confortables. Emma ne peut donc se permettre d'éprouver plus de chagrin que de satisfaction. Tous les amis de Miss Taylor ne peuvent que se réjouir de lui voir faire un aussi beau mariage.

— Vous oubliez que j'ai une autre raison d'être satisfaite, dit Emma, et qu'elle a son importance : ce mariage est mon œuvre. Oui, j'ai fait ce mariage il y a quatre ans, et le voir maintenant conclu, tenir la preuve que j'avais raison alors que tant de gens disaient que Mr. Weston ne se remarierait jamais, suffirait à me consoler de tout.

Mr. Knightley hocha la tête, et Mr. Woodhouse, pour sa part, répondit tendrement :

— Ah, ma chère enfant, j'aimerais tant que vous ne fissiez pas tous ces mariages et toutes ces prédictions... ce que vous prévoyez finit toujours par arriver. Je vous en prie, ne vous occupez plus de mariages.

— Je vous promets de ne point m'en occuper pour moi-même, Papa, mais il faut bien que je pense aux autres... C'est vraiment le jeu le plus drôle du monde ! Et puis après un tel succès, vous savez !... Tout le monde disait que Mr. Weston ne se remarierait jamais. Oh, mon cher ! Mr. Weston qui était veuf et qui paraissait si bien se passer d'une épouse, qui était tellement pris par ses affaires à Londres ou ses amis chez lui, qui toujours et partout était le bienvenu, qui avait toujours l'air si joyeux... Mr. Weston qui pouvait, s'il le désirait, ne pas passer une seule soirée solitaire d'une année entière !... Non, oh non ! Mr. Weston ne se serait certainement jamais remarié... Certains parlaient même d'une promesse qu'il aurait faite à sa femme sur son lit de mort... d'autres prétendaient que son fils et Mr. Churchill s'opposaient à un remariage... On racontait très gravement toutes sortes d'absurdités, mais moi, je n'en ai jamais cru un mot. J'ai pris ma décision le jour — il y a quatre ans environ — où nous l'avons rencontré, Miss Taylor et moi, dans Broadway Lane. Comme il commençait à bruiner, il s'est en effet précipité très galamment chez Farmer pour nous acheter des parapluies, et dès cet instant j'ai projeté ce mariage. Quand un aussi beau succès

15

m'est accordé, mon cher Papa, vous ne voudriez tout de même pas que je cesse de m'occuper de mariages !

— Je ne comprends pas ce que vous entendez par « succès », dit Mr. Knightley. Un succès implique des efforts, et si depuis quatre ans vous avez employé vos talents à fomenter cette union, vous avez trouvé là une jolie façon de passer votre temps ! Charmante occupation pour l'esprit d'une demoiselle ! Mais j'imagine plutôt que lorsque vous vous vantez d'être l'artisan de ce mariage, vous voulez dire simplement que vous l'avez souhaité, qu'un jour d'oisiveté vous vous êtes dit : « Je crois qu'il serait très bon pour Miss Taylor que Mr. Weston l'épousât », et que vous y avez repensé de temps à autre par la suite. Dans ce cas, je ne vois pas pourquoi vous parlez de « succès ». Où est donc votre mérite ? De quoi êtes-vous fière ? Vous avez eu de la chance dans vos prédictions, et c'est là tout ce qu'on peut dire.

— N'avez-vous donc jamais éprouvé le sentiment de plaisir et de triomphe que donne la certitude d'avoir vu juste ? En ce cas, je vous plains. Je vous croyais plus intelligent, car soyez certain qu'une prédiction exacte ne repose jamais seulement sur la chance, mais témoigne toujours d'un certain talent. Quant à ce pauvre terme de « succès » que vous me contestez, je ne suis pas aussi sûre que vous de n'avoir pas le droit de le revendiquer. Vous avez brossé deux charmants tableaux, mais je crois qu'on peut en imaginer un troisième, un moyen terme entre tout faire et ne rien faire. Si je n'avais pas favorisé les visites de Mr. Weston à Hartfield, si je ne lui avais pas donné mille petits encouragements, si je n'avais pas aplani mille petites difficultés, il ne se serait peut-être rien passé au bout du compte. Je crois que vous connaissez assez bien Hartfield pour comprendre cela.

— Je pense que l'on peut sans crainte laisser un homme aussi franc et ouvert que Mr. Weston et une femme aussi raisonnable et naturelle que Miss Taylor régler eux-mêmes leurs affaires. En intervenant, vous vous êtes certainement fait plus de mal à vous-même que vous ne leur avez fait de bien.

— Emma ne songe jamais à elle lorsque le bonheur d'autrui est en jeu, déclara Mr. Woodhouse qui ne comprenait qu'à demi. Mais ma chère, je vous en prie, ne vous occupez plus de mariages. Ce sont des histoires stupides qui ne font jamais que briser tristement le cercle de famille.

— Encore un, Papa, un seul, pour Mr. Elton. Pauvre Mr. Elton ! Vous aimez bien Mr. Elton, Papa... Il faut absolument que je lui trouve une épouse. A Highbury, il n'y a pas une jeune fille qui soit digne de lui. Il est ici depuis plus d'un an et il a si confortablement installé sa maison qu'il serait vraiment honteux qu'il y vécût seul plus longtemps. D'ailleurs, aujourd'hui, lorsque Miss Taylor et Mr. Weston ont uni leurs destinées, j'ai trouvé qu'il avait l'air fort désireux de bénéficier du même genre d'aide qu'eux. J'estime beaucoup Mr. Elton, et la seule manière dont je pourrais lui rendre service serait de lui trouver une épouse.

— Mr. Elton est certes un jeune homme très bien, oui, tout à fait charmant, et j'ai beaucoup de considération pour lui, mais si vous voulez lui témoigner des égards, ma chère enfant, priez-le plutôt de venir dîner avec nous un de ces jours, ce sera nettement préférable. J'espère que Mr. Knightley aura l'amabilité de se joindre à nous.

— Avec grand plaisir, Monsieur, quand vous voudrez, dit Mr. Knightley en riant. Et je suis tout à fait d'accord avec vous pour trouver cette solution nettement préférable. Invitez-le à dîner, Emma, et faites-lui servir les meilleures volailles et les poissons les plus exquis, mais de grâce, laissez-le choisir tout seul son épouse. Soyez assurée qu'un homme de vingt-six ou vingt-sept ans est assez grand pour prendre soin de lui-même.

CHAPITRE II

Natif de Highbury, Mr. Weston appartenait à une très respectable famille qui, au cours des deux ou trois générations précédentes, avait acquis une certaine aisance et s'était élevée jusqu'à la meilleure société. Il avait reçu une excellente éducation mais, ayant hérité assez tôt de petits revenus, s'était détourné des carrières plutôt bourgeoises dans lesquelles s'étaient lancés ses frères, pour sacrifier à sa gaieté et à son goût de l'action et des mondanités en s'engageant dans la milice que l'on organisait alors dans le comté.

Tout le monde aimait le capitaine Weston, et lorsque les hasards de la vie militaire l'eurent amené à faire la connaissance de Miss Churchill, une demoiselle appartenant à une grande famille du Yorkshire, et que celle-ci se fut éprise de lui, il n'y eut pour s'en étonner que le frère et la belle-sœur de la jeune fille. Précisons qu'ils n'avaient jamais vu le jeune homme et qu'en êtres pleins d'orgueil et de vanité, ils ne pouvaient que se sentir grandement offensés d'un pareil mariage.

Miss Churchill étant cependant majeure et libre de disposer de sa fortune, d'ailleurs insignifiante en comparaison de celle dont jouissaient ses parents, le mariage eut lieu, au plus vif déplaisir d'un Mr. Churchill et d'une Mrs. Churchill qui se hâtèrent de rompre avec éclat toutes relations avec ladite demoiselle. Cette union, mal assortie, ne se révéla pas très heureuse. Mr. Weston aurait mérité

mieux, car il faisait un mari que son bon cœur et sa douceur inclinaient à penser que tous les égards étaient dus à
la femme qui avait eu l'infinie bonté de tomber amoureuse
de lui. Hélas, pour n'être pas totalement dépourvue de
force d'âme, son épouse n'avait point celle qu'il eût fallu :
certes, elle avait eu suffisamment de volonté pour obéir,
malgré son frère, à ses propres désirs, mais elle était trop
faible pour refréner les regrets stériles qu'éveillaient en
elle l'absurde colère de ses parents ou le fait d'être privée
du luxe de son ancienne demeure. Les Weston vivaient au-
dessus de leurs moyens mais leur train de vie n'était rien
comparé à celui d'Enscombe, et la jeune femme aimait son
mari sans pouvoir cependant se résigner à n'être pas tout
à la fois l'épouse du capitaine Weston et la demoiselle
Churchill d'Enscombe.

On avait tout d'abord jugé, les Churchill surtout, que le
capitaine Weston contractait une alliance inespérée, mais
on s'aperçut en fin de compte qu'il était le principal perdant dans l'affaire. Lorsque sa femme mourut après trois
ans de mariage, il se retrouva en effet plutôt appauvri et
nanti de surcroît d'un petit garçon à élever. Il se vit pourtant bientôt libéré des frais qu'occasionnait l'entretien de
son fils car la naissance de cet enfant, à laquelle était venue
s'ajouter l'émotion que ne pouvait manquer de susciter la
longue maladie de sa mère, avait été à l'origine d'une
espèce de réconciliation avec les Churchill, et ces derniers,
n'ayant point d'enfant ou de petit parent aussi proche dont
s'occuper, proposèrent de prendre entièrement à leur
charge l'éducation du jeune Frank lorsque Mrs. Weston
fut morte. On se doute que le veuf éprouva quelques scrupules et une certaine répugnance à se séparer de son fils,
mais d'autres considérations vinrent contrebalancer ses
hésitations et le petit garçon fut confié aux bons soins et
à la fortune des Churchill, Mr. Weston n'ayant dès lors
d'autre souci que d'assurer sa propre existence et d'améliorer autant que possible sa situation.

Un changement radical de mode de vie était devenu
nécessaire. Il quitta la milice, et se mit au commerce car

il avait à Londres des frères bien établis qui pouvaient l'aider à débuter. Ses affaires lui donnaient assez de travail mais pas trop, et comme il possédait encore une petite maison à Highbury, il y passait la plupart de ses moments de loisirs. Dix-huit ou vingt années s'écoulèrent ainsi très agréablement, entre des occupations utiles et les plaisirs de la société. A l'époque qui nous intéresse, Mr. Weston avait acquis une fortune assez coquette, suffisante en tout cas pour lui permettre d'acheter, à côté de Highbury, un petit domaine qu'il avait toujours rêvé de posséder, pour épouser une femme sans dot comme Miss Taylor et pour vivre en harmonie avec les désirs d'une aimable et sociable nature.

Il y avait à présent un certain temps que Miss Taylor influait sur ses projets. Oh ! il ne s'agissait point de la tyrannique influence que la jeunesse peut exercer sur la jeunesse, et Mr. Weston n'en avait point été ébranlé dans sa résolution d'acheter Randalls avant de jamais s'établir, bien que la vente de la petite propriété se fût fait attendre longtemps... non, il avait au contraire agi avec fermeté jusqu'à ce que les objectifs qu'il s'était fixés eussent été atteints. Il s'était constitué une fortune, avait acheté sa maison, et avait obtenu la main de Miss Taylor. Il entrait à présent dans une période de sa vie qui lui apporterait probablement plus de bonheur qu'il n'en avait jamais connu. Il n'avait jamais été malheureux, son caractère même l'en ayant toujours empêché, y compris lors de son premier mariage, mais cette seconde union lui apprendrait certainement combien peut être délicieuse une femme intelligente et profondément bonne, et lui prouverait de la plus agréable manière qu'il est nettement préférable de choisir que d'être choisi et d'exciter la gratitude plutôt que de l'éprouver.

Le choix de sa deuxième épouse ne regardait que lui car il était absolument libre de disposer de sa fortune à son gré. En effet, on ne s'était pas contenté d'élever tacitement Frank comme l'héritier de son oncle mais son adoption avait récemment revêtu un caractère tellement officiel qu'à sa majorité le jeune homme avait dû prendre le nom de Churchill. Il était par conséquent fort improbable qu'il eût jamais besoin de l'aide de son père et ce dernier n'avait aucune crainte de ce côté-là. Mrs. Churchill était certes une femme très capricieuse qui dominait entièrement son mari, mais il n'était point dans la nature de Mr. Weston d'aller s'imaginer qu'un caprice, quel qu'il fût, pût influer sur le sort d'un être aussi tendrement chéri que Frank, et d'un garçon, pensait-il en outre, qui méritait si bien l'amour qu'on lui portait. Mr. Weston voyait son fils chaque année à Londres, et il était extrêmement fier de lui. Il en parlait avec tendresse, le décrivant comme un jeune homme très élégant et tout Highbury en ressentait une espèce d'orgueil. On estimait que ses liens avec le village suffisaient pour que ses mérites et ses espérances fussent un sujet d'intérêt pour chacun.

Mr. Frank Churchill était l'une des gloires locales et l'on témoignait envers lui d'une ardente curiosité, bien qu'il ne parût guère s'intéresser beaucoup lui-même à un village où il n'avait jamais daigné mettre les pieds. Il avait souvent parlé de faire une visite à son père mais il n'avait jamais mis son projet à exécution.

La plupart des gens pensaient que le jeune homme ne pourrait plus désormais repousser décemment sa visite puisque son père s'était marié. En pareilles circonstances, venir à Highbury était vraiment la moindre des choses et l'on en convint unanimement, aussi bien quand Mrs. Perry vint prendre le thé avec Mrs. Bates et Miss Bates que lorsque ces dernières se rendirent à leur tour chez Mrs. Perry. Il était grand temps que le jeune homme se présentât et l'espoir de le voir arriver s'accrut encore lorsqu'on apprit qu'il avait écrit à sa belle-mère. Pendant quelques jours, les habitants de Highbury ne purent passer un moment ensemble sans évoquer d'une manière ou d'une autre la lettre si gracieuse qu'avait reçue Mrs. Weston. « Je suppose que vous avez entendu parler de la charmante lettre que Mr. Frank Churchill a écrite à Mrs. Weston, disait-on, il paraît qu'elle est vraiment très belle. C'est Mr. Woodhouse qui me l'a dit. Il l'a lue, et prétend n'en avoir jamais vu d'aussi belle. »

En vérité, on faisait grand cas de cette lettre, et Mrs. Weston en avait elle-même conçu beaucoup d'estime pour le jeune homme. Cette charmante attention prouvait indéniablement l'intelligence de Frank et venait en outre ajouter agréablement à toutes les félicitations dont Mrs. Weston s'était déjà vu honorer depuis son mariage. Elle se jugeait très favorisée par le sort et avait trop vécu pour ne pas savoir qu'elle avait effectivement une chance extraordinaire, quand le seul regret né de son nouvel état résidait dans une séparation relative d'avec des amis qui ne s'étaient jamais départis de leur tendresse à son égard et supportaient mal d'être privés de sa présence.

Elle n'ignorait pas qu'elle leur manquerait certainement et ne pouvait évoquer sans tristesse la possibilité qu'Emma fût privée d'un seul plaisir ou souffrît une heure d'ennui du fait de son absence. Emma, cependant, n'était pas une nature faible. Elle était mieux à même d'affronter sa situation que la plupart des jeunes filles et possédait un bon sens, une énergie et un courage qui lui permettraient, on pouvait l'espérer, de supporter sans trop de peine et sans trop de chagrin les petits problèmes et les privations que provoquerait le mariage de sa compagne. Il était d'autre part très réconfortant de songer que Randalls se trouvait si près de Hartfield que même une femme seule pouvait se risquer à faire le trajet, et que ni le caractère ni la situation de Mr. Weston ne viendraient s'opposer à ce que les deux amies passent ensemble la plupart de leurs soirées au cours des mois suivants.

Lorsqu'elle pensait à sa situation, Mrs. Weston passait des élans de gratitude aux regrets, mais la satisfaction qu'elle éprouvait — et ce terme de « satisfaction » était insuffisant car celui de bonheur eût certainement mieux convenu — semblait si justifiée et tellement évidente qu'Emma, bien qu'elle connût parfaitement son père, ne laissait pas de s'étonner qu'il s'obstinât à plaindre cette « Pauvre Miss Taylor » quand ils quittaient Randalls, laissant leur hôtesse à tous ses plaisirs domestiques, ou quand ils la voyaient rentrer chez elle le soir, escortée jusqu'à sa voiture par le mari le plus charmant du monde. Mr. Woodhouse ne pouvait cependant s'empêcher de soupirer gentiment, quand il la voyait s'en aller :

— Ah ! cette pauvre Miss Taylor ! Elle serait tellement heureuse de pouvoir rester ici avec nous.

Miss Taylor était perdue à jamais, et il n'était guère probable que le vieil homme cessât un jour de la plaindre. Quelques semaines adoucirent quand même un peu le chagrin de Mr. Woodhouse. Les gens du voisinage en avaient enfin fini avec leurs compliments et on ne l'assaillait plus de vœux de bonheur lorsque ce mariage était un événement si triste. On avait aussi terminé ce maudit gâteau de noces qui lui avait causé tant de soucis. Mr. Woodhouse ne supportait aucune nourriture trop riche et il n'arrivait jamais à croire qu'il pût en être autrement pour les autres. Il estimait que tout ce qui lui faisait mal avait nécessairement les mêmes effets sur tous et avait en conséquence tenté de dissuader Miss Taylor de faire servir un gâteau le jour de son mariage. On ne l'avait malheureusement pas écouté et il s'était donc rabattu sur les convives, multipliant les efforts pour les convaincre de ne point goûter de ce poison. Il avait même pris la peine de consulter à ce sujet Mr. Perry, l'apothicaire. Mr. Perry était un monsieur fort intelligent dont les visites assez fréquentes constituaient l'un des grands plaisirs de l'existence de Mr. Woodhouse. Ce dernier s'étant adressé à lui à propos du problème qui le torturait, Mr. Perry s'était vu forcé d'avouer que bien que cela parût aller contre le goût commun, le gâteau de noces risquait en effet d'indisposer certaines personnes et même la plupart des gens si l'on n'en mangeait point avec modération. Fort de cette opinion qui confirmait la sienne, Mr. Woodhouse avait espéré pouvoir influencer les invités des jeunes mariés, mais on avait tout de même mangé du gâteau, et le charitable vieillard n'avait point connu de repos tant que ce fléau n'avait pas entièrement disparu.

Il courut dans Highbury une étrange rumeur selon laquelle on avait vu les petits Perry avec chacun une tranche du gâteau de noces de Mrs. Weston, mais Mr. Woodhouse ne consentit jamais à le croire.

CHAPITRE III

Mr. Woodhouse aimait le monde à sa manière. Il se plaisait à recevoir ses amis chez lui, et pour diverses raisons — son statut de vieil habitant de Hartfield, sa bonté, sa fortune, sa maison, sa fille aussi — avait à sa disposition un petit cercle d'amis qui venaient le voir à peu près quand il le désirait. Il n'entretenait guère de relations en dehors de ce cercle d'élus, son horreur des couchers tardifs et des grands dîners ne lui permettant d'avoir de rapports qu'avec ceux qui respectaient ses habitudes. Heureusement pour lui, Highbury, Randalls, dans la même paroisse, et Donwell Abbey, demeure de Mr. Knightley sise dans la paroisse voisine, réunissaient suffisamment de ces personnes-là. Il n'était pas rare que sur les conseils d'Emma Mr. Woodhouse invitât ses amis les plus chers à dîner en sa compagnie, mais il préférait passer simplement la soirée avec eux et il n'était guère de jours où Emma ne réussît à lui trouver des partenaires au jeu, hormis quand le vieil homme s'imaginait trop faible pour recevoir la moindre visite.

C'est une estime sincère et très ancienne qui poussait les Weston et Mr. Knightley à venir à Hartfield, et pour Mr. Elton, un jeune homme qui vivait seul bien malgré lui, il ne risquait guère de négliger le privilège de pouvoir troquer la morne solitude d'une soirée libre contre la société raffinée que lui offrait le salon de Mr. Woodhouse et les sourires de la délicieuse fille du maître de maison.

Venaient ensuite des relations, parmi lesquelles les personnes les plus fréquemment invitées étaient Mrs. Bates, Miss Bates et Mrs. Goddard. Ces dames étaient presque toujours prêtes à se rendre à Hartfield lorsqu'on les en priait, et l'on allait si souvent les prendre chez elles et les ramener que Mr. Woodhouse en oubliait que cela pouvait fatiguer James ou les chevaux. Si cela ne s'était produit qu'une fois par an, le vieux monsieur aurait certainement cru commettre un abus.

Mrs. Bates était la veuve d'un ancien vicaire de Highbury. C'était une très vieille dame, plus antique, presque, que tout au monde, hormis le thé et le quadrille. Elle vivait très modestement avec sa fille qui était restée célibataire, et on lui témoignait tout le respect dû à une vieille dame qui se trouve dans une situation aussi difficile. Sa fille jouissait d'une extrême popularité pour une femme qui n'était ni jeune, ni belle, ni riche, ni mariée. Elle était, pour s'assurer les bonnes grâces du monde, dans la pire des positions imaginables. Elle n'était point dotée de cette intelligence supérieure qui lui eût permis de se racheter aux yeux d'autrui ou d'intimider des ennemis éventuels qui se seraient alors vus dans l'obligation de lui témoigner du respect. Jamais elle n'avait pu se vanter d'être belle ou d'avoir de l'esprit, et après une jeunesse sans éclat, elle consacrait à présent les années de sa maturité à soigner une mère dont la santé déclinait et à gérer du mieux possible des revenus extrêmement modestes. C'était pourtant une femme heureuse et on ne parlait d'elle qu'avec bienveillance. C'est sa gaieté et la bonté dont elle faisait elle-même preuve envers chacun qui avaient accompli ces merveilles. Elle aimait tout le monde, se souciait toujours du bonheur d'autrui et se montrait perspicace à découvrir les mérites de ses amis. Elle se considérait comme un être très favorisé par la chance et comblé de bénédictions. N'avait-elle pas une mère adorable, nombre d'excellents voisins et de relations charmantes, une maison où rien ne manquait ? Sa simplicité, sa gaieté, son caractère heureux et sa gentillesse étaient pour elle une mine de félicités et lui assuraient la bienveillance de tous. Elle adorait parler de mille futilités, et cela convenait parfaitement à Mr. Woodhouse qui était féru de ces petites nouvelles que fournit la vie quotidienne et appréciait beaucoup ces bavardages inoffensifs.

Mrs. Goddard dirigeait une école. Ce n'était pas un collège, une institution, l'un de ces établissements où en de grandes phrases aussi délicates qu'absurdes on prétend, au nom de principes et systèmes nouveaux, concilier un apprentissage sans partis pris de toutes les sciences et les règles de la morale mondaine, et où, contre des sommes exorbitantes, on vole leur santé à des jeunes filles avec pour seul résultat de les rendre extrêmement vaniteuses. Non, l'école de Mrs. Goddard était une véritable, une honnête pension à l'ancienne manière où l'on vendait à un prix raisonnable un savoir suffisant, et où l'on pouvait envoyer une jeune personne quand on voulait en faire un être équilibré et lui permettre de recevoir une excellente éducation sans lui faire courir le risque de se transformer en petit prodige. La bonne réputation dont jouissait l'école de Mrs. Goddard était pleinement justifiée, car, si Highbury était déjà un endroit particulièrement salubre, Mrs. Goddard possédait en outre une grande maison avec un jardin et donnait aux enfants une nourriture saine et abondante. Elle leur faisait également faire beaucoup de promenades et soignait elle-même leurs engelures en hiver. Il n'était donc nullement étonnant qu'on pût la voir à présent se rendre à l'église escortée d'une quarantaine de fillettes en rang par deux. C'était une femme simple et maternelle qui avait travaillé dur dans sa jeunesse et pensait avoir gagné le privilège de s'accorder de temps en temps une heure de détente chez des amis. Elle avait eu autrefois l'occasion d'éprouver la bonté de Mr. Woodhouse et lui reconnaissait le droit de l'arracher à son petit salon douillet où se trouvaient exposés une multitude d'ouvrages d'agrément, pour lui faire perdre ou gagner quelques pièces de six pence au coin du feu, à Hartfield.

C'étaient donc là les dames qu'Emma avait la possibilité d'inviter fréquemment. Elle était certes heureuse de pouvoir le faire pour son père, mais en ce qui la concernait elle-même, elle n'arrivait pas à voir dans cette compagnie un remède à l'absence de Mrs. Weston. Son père était content, ce qui la ravissait, et elle se sentait fière de ses talents de maîtresse de maison, mais en écoutant le paisible bavardage de ces trois femmes, elle prenait conscience que toutes les soirées passées de la sorte n'étaient que l'une de celles qu'elle avait tant appréhendées.

Un matin, elle se tenait au salon à se dire que cette journée qui commençait se terminerait exactement comme toutes les autres quand on lui remit un billet de Mrs. Goddard. Celle-ci lui demandait dans les termes les plus respectueux de bien vouloir lui permettre d'amener Miss Smith à Hartfield. Emma fut ravie de se voir adresser cette requête car Miss Smith était une jeune fille de dix-sept ans qu'elle connaissait bien de vue et dont elle avait depuis longtemps remarqué la beauté. Elle répondit donc à Mrs. Goddard par une gracieuse invitation et notre belle maîtresse de maison n'appréhenda plus la soirée à venir.

Harriet était une enfant naturelle dont on ne connaissait pas les parents. Plusieurs années auparavant, quelqu'un l'avait placée dans l'école de Mrs. Goddard et ce quelqu'un l'avait récemment élevée du rang d'écolière à celui de pensionnaire privée de la directrice. C'était là tout ce que l'on savait de son histoire. Elle n'avait point d'amis hors ceux qu'elle s'était faits à Highbury et rentrait juste d'un séjour à la campagne chez d'anciennes camarades de pension.

C'était une très jolie jeune fille, et il se trouvait que sa beauté était précisément de celles qu'Emma prisait entre toutes. Elle était en effet petite, potelée et gracieuse, avait un teint éclatant, des yeux bleus, des cheveux blonds, des traits réguliers et un regard d'une grande douceur. Bien avant la fin de la première soirée qu'elles passèrent ensemble, Emma fut séduite par les façons d'Harriet Smith comme elle l'avait déjà été par sa beauté et elle résolut de poursuivre ses relations avec elle.

La jeune fille ne lui sembla pas très intelligente mais elle se montrait en même temps si gentille — ni timide à l'excès, ni taciturne — et si discrète, si déférente, si reconnaissante d'avoir été admise à Hartfield et si naïvement impressionnée par l'élégance, toute nouvelle pour elle, du cadre où elle se trouvait, qu'il fallait bien, pensait Emma, qu'elle eût du bon sens et méritât des encouragements. Oui, on devait l'aider. Il ne fallait point que ces doux yeux bleus et tant de grâces naturelles fussent gaspillés dans la société inférieure des habitants de Highbury. Les liens que la jeune fille y avait déjà tissés étaient indignes d'elle. Bien que ce fussent d'excellentes gens, les amis chez qui elle venait de passer quelques semaines ne pouvaient que lui nuire. C'étaient les Martin, qu'Emma connaissait fort bien de réputation car ils exploitaient une grande ferme appartenant à Mr. Knightley et résidaient dans la paroisse de Donwell. Ils étaient certainement honorables puisque Mr. Knightley les tenait en haute estime mais c'étaient sans doute des êtres frustes et grossiers, tout à fait indignes de figurer parmi les amis d'une jeune fille qui n'avait besoin que d'un peu plus d'instruction et d'élégance pour atteindre à la perfection. Emma, elle, pourrait conseiller Harriet, elle l'aiderait à se perfectionner, elle l'arracherait à ses détestables relations et l'introduirait dans la bonne société. Elle façonnerait son esprit et ses manières. Ce serait là une tâche passionnante et qui témoignerait certainement de beaucoup d'amabilité. D'ailleurs, elle convenait parfaitement à sa position sociale, à son existence oisive et à ses compétences.

Emma fut ce soir-là tellement occupée à contempler ces doux yeux bleus, à converser et à former tous ces beaux projets, que le temps lui parut passer à une vitesse inaccoutumée et qu'elle fut extrêmement surprise en constatant que l'on amenait près du feu la table du souper. D'ordinaire, Emma surveillait attentivement l'heure pour qu'on servît en temps voulu le repas qui concluait toujours leurs petites réunions amicales. Cette fois, elle mit à faire les honneurs de la table l'extrême bonne grâce d'un esprit content et un empressement encore supérieur à celui que lui dictait d'habitude le souci de mériter sa réputation de maîtresse de maison attentive et parfaite, et elle servit le hachis de poulet et les huîtres cuites avec une célérité qui plairait, elle le savait bien, à des hôtes qui répugnaient à se coucher tard.

Ces repas provoquaient toujours chez le pauvre Mr. Woodhouse de terribles combats intérieurs. Il aimait qu'on dressât la table parce que c'était la mode au temps de sa jeunesse, mais il aurait voulu qu'on ne servît rien à manger tant il était certain que ces soupers étaient néfastes, et tandis que son sens de l'hospitalité lui ordonnait de faire le maximum pour ses invités, le souci qu'il avait de leur santé lui faisait déplorer tout ce qu'ils mangeaient.

Un petit bol de bouillie bien claire comme celle qu'on lui servait, voilà tout ce qu'en son âme et conscience il pouvait recommander, bien qu'il se forçât à dire, tandis que ces dames dévoraient tranquillement d'exquises nourritures :

— Permettez-moi de vous conseiller l'un de ces œufs, Mrs. Bates. Les œufs mollets ne font pas de mal s'ils sont cuits à point. Serle s'entend mieux que personne à faire les œufs mollets. Je ne vous conseillerais point d'en goûter si quelqu'un d'autre les avait préparés, mais n'ayez crainte... Ils sont très petits, vous le voyez. Vous ne serez pas malade avec l'un de nos petits œufs. Miss Bates, permettez qu'Emma vous serve un petit, un tout petit morceau de tarte. Nous ne faisons jamais que des tartes aux pommes. Vous n'avez pas à craindre qu'on vous serve ici de ces conserves si malsaines... Je ne vous conseillerai pas la crème. Que diriez-vous d'un demi-verre de vin, Mrs. Goddard ? Un petit demi-verre ? Avec beaucoup d'eau, n'est-ce pas ? Je ne pense pas que cela puisse vous faire le moindre mal.

Emma laissait parler son père mais elle servait ses invités d'une façon qui répondait mieux à leur attente et elle éprouva, le soir de sa rencontre avec Harriet, un plaisir tout particulier à les voir partir pleinement satisfaits. Le bonheur de Miss Smith répondait parfaitement aux efforts de son hôtesse. Miss Woodhouse était un personnage tellement important à Highbury que la perspective de lui être présentée avait éveillé chez la pauvre fille plus de peur panique que de plaisir, mais cette enfant modeste et douce prit congé avec la reconnaissance la plus vive, ravie de la gentillesse que Miss Woodhouse lui avait témoignée toute la soirée et de l'amabilité avec laquelle elle lui serrait maintenant la main.

CHAPITRE IV

Il fut bientôt établi qu'Harriet Smith était devenue l'une des intimes de Hartfield. Vive et résolue, Emma n'avait point perdu de temps et n'avait cessé de l'inviter ou de l'encourager, en actes comme en paroles, à venir la voir très souvent. L'amitié des deux jeunes filles n'avait fait que grandir au fur et à mesure qu'elles se connaissaient mieux. Emma avait tout de suite compris qu'Harriet lui serait fort utile comme compagne de promenade, le départ de Mrs. Weston s'étant révélé particulièrement catastrophique sur ce point précis. Mr. Woodhouse ne s'aventurait en effet jamais au-delà des bosquets, limitant au parc des promenades dont la longueur seule variait suivant les saisons, et notre héroïne n'était guère sortie depuis le mariage de Mrs. Weston. Elle s'était bien risquée une fois, toute seule, jusqu'à Randalls, mais ce n'était pas très satisfaisant et il serait certainement beaucoup plus agréable d'avoir à sa disposition une Harriet Smith à qui elle pourrait à tout moment proposer une promenade. Quoi qu'il en fût, plus elle connaissait la jeune fille et plus elle était séduite, ce qui la confortait encore dans son désir de mener à bien tous ses aimables projets.

Harriet n'avait certes pas beaucoup d'esprit mais c'était une nature douce, docile et reconnaissante. Totalement dénuée de vanité, elle désirait seulement se laisser guider par un être qu'elle admirât. L'affection dont elle témoigna bientôt envers Miss Woodhouse ne manquait point de charme et l'attrait qu'elle manifestait pour la bonne société, ainsi que sa capacité d'apprécier l'élégance et l'esprit, prouvaient bien qu'elle ne manquait pas de goût si elle n'était pas très intelligente. Emma était absolument convaincue qu'Harriett Smith était la compagne même dont elle manquait à Hartfield. Il n'était pas question de remplacer une Mrs. Weston ; le ciel ne permettrait pas à Emma d'en rencontrer deux comme elle, et elle ne le désirait d'ailleurs pas. Non, ses relations avec ces deux femmes n'avaient rien de commun, et elle éprouvait à leur égard des sentiments totalement différents, sans aucun rapport. Elle ressentait pour Mrs. Weston un grand respect, fondé sur la gratitude et l'estime, alors qu'elle aimerait Harriet comme un être à qui elle pouvait être utile. Mrs. Weston n'avait besoin de rien, Harriet avait besoin de tout.

La première tâche qu'entreprit Emma fut de rechercher l'identité des parents de sa jeune amie mais elle ne put tirer d'Harriet le moindre renseignement. La pauvre enfant était certes tout à fait disposée à lui dire tout ce qu'elle savait, mais les questions d'Emma n'aboutirent à aucun résultat. Notre héroïne en fut réduite à imaginer ce qui lui plaisait, intimement convaincue pourtant que placée dans la même situation que Miss Smith, elle fût arrivée, elle, à découvrir la vérité. Harriet n'était guère perspicace et s'était contentée de croire ce que Mrs. Goddard avait bien voulu lui dire à ce propos, sans chercher à en savoir davantage.

Mrs. Goddard, les professeurs, les élèves et les petites affaires de l'école tenaient habituellement le premier rôle dans la conversation des deux jeunes filles, et elles n'eussent parlé de rien d'autre s'il n'y avait eu les relations d'Harriet avec les Martin d'Abbey Mill Farm. Ces Martin paraissaient préoccuper grandement la nouvelle compagne d'Emma. Elle avait passé deux mois très agréables en leur compagnie et se plaisait à évoquer ce charmant séjour et à décrire les mille agréments et beautés de la ferme. Emma encourageait ces bavardages, amusée par ce tableau de gens si différents d'elle et ravie de la juvénile simplicité que mettait Harriet à s'enthousiasmer pour les deux salons de Mrs. Martin : « Oui, deux salons, et vraiment magnifiques ! L'un d'eux était aussi grand que la salle de réception de Mrs. Goddard ! Il y avait aussi à Abbey Mill Farm une servante qui était là depuis vingt-cinq ans, et ils avaient huit vaches, dont deux Alderney et une petite vache galloise, une bête adorable ! Mrs. Martin disait toujours qu'il fallait en parler comme de la vache d'Harriet, puisque la jeune fille l'aimait tant... Et le kiosque, dans le jardin ! Ils y prendraient le thé tous ensemble, l'année suivante... Il était ravissant, et une douzaine de personnes pouvaient s'y tenir à l'aise. »

Emma s'amusa pendant un certain temps à écouter tous ces détails sans trop y réfléchir, mais lorsqu'elle en vint à mieux connaître les Martin, elle changea radicalement d'attitude. Elle s'était en effet complètement trompée, croyant que Mrs. Martin vivait à Abbey Mill Farm avec sa fille, son fils et sa belle-fille, alors qu'en fait, le Mr. Martin qui apparaissait dans les récits d'Harriet et dont cette dernière vantait si souvent les mérites était bel et bien célibataire. Il n'existait pas de jeune Mrs. Martin, pas de jeune épouse... Emma devina les dangers que l'hospitalité de ces gens et toutes leurs amabilités faisaient courir à sa pauvre amie, et comprit que si l'on n'y prenait garde, cette affaire pouvait aboutir à la ruine irrémédiable de cette malheureuse.

En butte à ces soupçons, elle se mit à poser des questions plus nombreuses et mieux dirigées, incitant particulièrement Harriet à parler davantage de Mr. Martin, ce qui ne parut pas du tout déplaire à la jeune fille. Celle-ci se complaisait manifestement à évoquer la part que le jeune homme avait pu prendre à leurs promenades au clair de lune et à leurs jeux du soir, et elle insistait sur sa gaieté et sur son obligeance. Un jour, n'avait-il pas fait trois miles rien que pour aller lui chercher des noix et ce parce qu'elle avait dit en raffoler ? Il était toujours tellement aimable ! Un soir, il avait fait appeler le fils du berger et lui avait demandé de chanter en l'honneur de leur jeune invitée. Harriet aimait beaucoup le chant et lui-même chantait un peu. Elle le croyait très intelligent et extrêmement savant. Il possédait un troupeau magnifique, et lors du séjour d'Harriet, il était arrivé à vendre sa laine plus cher que tous les autres fermiers des environs. Tout le monde parlait de lui en termes élogieux et sa mère et ses sœurs l'aimaient beaucoup. Un jour, Mrs. Martin avait confié à Harriet (et celle-ci rougit en racontant cette anecdote) qu'il était impossible de trouver meilleur fils et qu'elle était de ce fait certaine qu'il se révélerait excellent époux lorsqu'il se marierait... Ce n'était point qu'elle désirât le voir marié, non, au contraire, même, elle n'était pas pressée, mais...

« Bien joué, Mrs. Martin », se dit Emma, « vous savez ce que vous faites ! »

Notre héroïne apprit ensuite que lorsque Harriet avait dû partir, Mrs. Martin avait eu la bonté d'envoyer à Mrs. Goddard une oie magnifique, la plus belle que la directrice eût jamais vue. On l'avait faite un dimanche, et à cette occasion, Mrs. Goddard avait invité les trois professeurs, Miss Nash, Miss Prince et Miss Richardson, à dîner en sa compagnie.

— Je suppose que Mr. Martin n'est guère savant dès que l'on sort des limites de son travail ? Est-ce qu'il lit ?

— Oh, oui ! Enfin... Non... Je ne sais pas, mais je crois qu'il a beaucoup lu... ce sont des livres qui vous paraîtraient sans intérêt. Il lit *le Bulletin de l'Agriculture*, et il y a toujours quelques livres qui traînent sur la banquette de la fenêtre. Cependant, il en parle rarement. Parfois, le soir, avant notre partie de cartes, il nous lisait à voix haute quelques extraits des *Meilleurs morceaux choisis*. C'est très amusant. Et puis je sais qu'il a lu *le Vicaire de Wakefield*. Il n'a pas lu *le Roman de la Forêt* ni *les Enfants de l'Abbaye*, et il n'avait même jamais entendu parler de ces romans avant de me connaître. Il est cependant décidé à se les procurer dès que possible.

Emma lui demanda ensuite :

— Comment est-il physiquement ?

— Oh, il n'est pas beau... Non, il n'a vraiment rien d'extraordinaire. Au début, je le trouvais même laid, mais j'ai changé d'avis. Avec le temps, vous savez, on ne voit plus ses défauts. Mais vous ne le connaissez donc pas ? Il vient parfois à Highbury, et il y passe systématiquement une fois par semaine pour se rendre à Kingston. Il lui arrive souvent de vous rencontrer.

— C'est possible, et je l'ai peut-être croisé cinquante fois sans savoir qu'il s'agissait de lui. Un jeune fermier, à cheval ou à pied, est bien la dernière personne susceptible d'éveiller ma curiosité. Ces gens-là font précisément partie de la classe avec laquelle je n'ai rien à faire. Je puis à la rigueur m'intéresser à des êtres vraiment très humbles s'ils me paraissent honorables, car je puis espérer leur être utile d'une manière ou d'une autre, mais un fermier n'a quant à lui nul besoin de mon aide. En bref, ce genre d'homme se trouve à la fois trop haut et trop bas dans l'échelle sociale pour que j'aie la moindre raison de le remarquer.

— Certes, il est en effet peu probable qu'il ait jamais attiré votre attention, mais lui vous connaît bien... enfin, je veux dire de vue.

— Je ne doute pas que ce jeune homme ne soit très respectable, je suis même certaine que c'est le cas et je ne lui veux que du bien... Quel âge a-t-il ?

— Il a eu vingt-quatre ans le huit juin dernier, et, n'est-ce pas curieux, mon anniversaire tombe le vingt-trois. Seulement seize jours de différence...

— Il n'a que vingt-quatre ans ! C'est trop jeune pour s'établir ! Sa mère a raison de ne pas être pressée de le voir se marier. Ils ont l'air très heureux comme cela, et si Mrs. Martin prenait actuellement le risque de trouver une épouse à son fils, elle ne tarderait certainement pas à s'en repentir. Ce jeune homme pourra songer au mariage d'ici cinq ou six ans, s'il arrive à connaître dans son milieu une gentille fille dotée de quelque argent.

— Six ans, Miss Woodhouse ! Mais il aura trente ans !

— Oui, et à moins d'être nés suffisamment riches, la plupart des hommes ne peuvent pas se permettre de s'établir plus tôt. J'imagine qu'en ce qui concerne Mr. Martin, sa fortune est encore à faire. Il est impossible qu'il soit délivré des soucis financiers. Quelle que soit la somme dont il a hérité à la mort de son père et quelle que soit sa part dans la propriété familiale, tout son avoir est certainement, et j'en suis même sûre, immobilisé en troupeaux et choses de ce genre, et même s'il peut un jour devenir riche à force de travail et de chance, il est pratiquement impossible qu'il ait déjà atteint le moindre résultat.

— Certes, il en est ainsi, mais ils vivent très confortablement. Ils n'ont qu'une servante, mais à part cela ils ne manquent de rien. Mrs. Martin parle même d'engager un garçon l'année prochaine.

— J'espère, Harriet, que vous ne vous laisserez pas prendre au piège s'il se marie... Je veux dire, en acceptant d'avoir des relations avec sa femme. Si l'on n'a point de reproches à formuler contre ses sœurs qui ont reçu une éducation soignée, cela ne signifie pas forcément qu'il saura trouver une épouse digne de votre attention. Le problème que pose votre naissance devrait vous inciter à vous montrer particulièrement prudente en ce qui concerne votre entourage. Il est absolument certain que vous êtes la fille d'un gentleman et vous devez constamment défendre vos droits à cette position sociale car sans cela, il se trouvera une foule de gens qui éprouveront un certain plaisir à vous humilier.

— Oui, je suppose qu'il s'en trouverait un certain nombre, mais aussi longtemps que je viendrai à Hartfield et que vous serez aussi bonne pour moi, je ne craindrai personne, Miss Woodhouse.

— Vous vous rendez compte de l'importance que peuvent revêtir des appuis, Harriet, et j'en suis ravie, mais je voudrais vous voir si solidement implantée dans la bonne société que même Hartfield et Miss Woodhouse ne vous soient plus nécessaires. Je tiens à vous voir toujours entourée de la compagnie la plus choisie, et pour cela, il serait préférable d'éliminer autant que possible vos anciennes relations. Je vous conseillerais donc, au cas où vous seriez encore dans le pays lorsque Mr. Martin se mariera, de ne point vous laisser entraîner, par amitié pour ses sœurs, à vous lier avec une femme qui ne sera probablement qu'une grosse fille de fermier sans la moindre éducation.

— Je ne pense pas que Mr. Martin consentirait jamais à épouser une jeune fille qui ne fût cultivée et parfaitement élevée, mais je ne veux pas vous contredire et je suis sûre que je n'aurai de toute façon jamais envie de me lier avec sa femme. J'aurai certes toujours beaucoup d'estime pour les demoiselles Martin, surtout Isabelle, car elles sont tout aussi bien élevées que moi, mais si Mr. Martin épousait une femme ignorante et vulgaire, je préférerais sans aucun doute n'avoir pas le moindre rapport avec elle, à moins d'y être forcée.

Emma n'avait cessé d'observer Harriet pendant tout le temps qu'elle parlait mais elle n'avait perçu aucun symptôme qui indiquât que la jeune fille fût sérieusement éprise. Mr. Martin avait été le premier à témoigner de l'admiration à cette naïve enfant, mais Emma était persuadée qu'il n'avait point d'autre empire sur elle et qu'Harriet ne s'opposerait pas aux grands projets que lui dictait l'amitié.

Le lendemain même, elles rencontrèrent Mr. Martin sur la route de Donwell. Il était à pied, et après avoir très respectueusement salué Emma, il s'adressa à sa compagne avec une satisfaction évidente. Emma était ravie d'avoir cette occasion de juger directement de la situation. Elle les devança de quelques pas tandis qu'ils conversaient ensemble, et se retournant de temps à autre, ne tarda pas, avec sa perspicacité habituelle, à se faire une idée assez claire de Mr. Robert Martin. Sa mise était soignée et il avait l'air intelligent, mais c'étaient vraiment là ses seuls avantages physiques. Emma était persuadée qu'il reperdrait vite tout le terrain conquis dans le cœur d'Harriet lorsque celle-ci aurait eu l'occasion de le comparer à des gentlemen. La jeune fille n'était pas insensible à l'élégance. Elle n'avait eu besoin de personne pour remarquer la distinction de Mr. Woodhouse et en avait conçu autant d'admiration que d'étonnement. Mr. Martin, quant à lui, paraissait tout ignorer des bonnes manières.

Les jeunes gens, soucieux de ne pas faire attendre Miss Woodhouse, ne demeurèrent ensemble que quelques minutes. Harriet rejoignit Emma en courant. Toute souriante et manifestement très gaie, elle rayonnait d'un enthousiasme que sa compagne espéra pouvoir calmer rapidement.

— Quel hasard de l'avoir rencontré ! Comme c'est étrange ! D'après lui, c'est vraiment une chance qu'il ne soit pas passé par Randalls. Il ignorait que nous nous promenions parfois sur cette route. Il pensait que nous allions à Randalls presque chaque jour. Il n'a pas encore eu le loisir de se procurer *le Roman de la Forêt*. Il n'a pas eu une minute à lui la dernière fois qu'il s'est rendu à Kingston, et il a complètement oublié de s'en occuper. Mais il y retourne demain. Quel hasard que nous l'ayons rencontré ! Eh bien, Miss Woodhouse, correspond-il à l'image que vous vous en faisiez ? Que pensez-vous de lui ? Le trouvez-vous si laid ?

— Il est laid, cela ne fait aucun doute, oui, extraordinairement laid... mais ce n'est rien en comparaison de son manque de distinction. Je n'avais aucune raison de m'attendre à mieux et je n'en espérais pas davantage, mais je n'avais pas idée qu'il pût être aussi rustre et manquer d'élégance à ce point. Je dois avouer que je l'avais imaginé un peu plus distingué.

— Évidemment, dit Harriet extrêmement mortifiée, il n'a point les manières d'un homme du monde.

— Depuis que vous avez fait notre connaissance, vous avez souvent eu l'occasion de rencontrer de vrais hommes du monde, Harriet, et je pense que la différence entre eux et ce Robert Martin a dû vous frapper. Vous fréquentez à Hartfield quelques beaux spécimens d'hommes cultivés et bien élevés et je serais fort surprise qu'après les avoir côtoyés, vous pussiez vous retrouver en compagnie de

Robert Martin sans vous rendre compte de sa médiocrité et sans vous étonner d'avoir jamais pu lui trouver le moindre charme. Est-ce que vous ne commencez pas à éprouver ce sentiment ? Est-ce que cela ne vous a pas frappée ? Je suis certaine que vous avez remarqué sa gaucherie, sa grossièreté, et cette étrange voix qui m'a paru tellement inharmonieuse tout à l'heure.

— Il ne ressemble pas à Mr. Knightley. Il n'a pas son élégance, il n'a pas sa démarche... Oui, je perçois assez clairement la différence, mais Mr. Knightley est un homme si distingué !

— Mr. Knightley a si grand air que votre comparaison ne me paraît pas équitable. Il n'est point un homme sur cent qui mérite autant que Mr. Knightley le nom de gentleman, mais ce n'est pas le seul homme du monde que vous ayez eu l'occasion de voir ces derniers temps. Que pensez-vous de Mr. Weston ou de Mr. Elton ? Essayez de comparer Mr. Martin à l'un ou l'autre d'entre eux, comparez leurs façons de se tenir, de marcher, de parler, de se taire... Vous ne pourrez vous empêcher de noter le contraste.

— Oui, c'est vrai, mais Mr. Weston est presque un vieillard. Il doit avoir entre quarante et cinquante ans.

— Il n'en a que plus de mérite. Plus on vieillit, Harriet, et plus il importe d'être raffiné. Avec l'âge, la moindre vulgarité, grossièreté ou gaucherie éclate au grand jour et devient véritablement odieuse. Ce qui est encore supportable chez un être jeune se révèle haïssable chez un vieillard. Pour l'instant, Mr. Martin n'est qu'assez rude et assez emprunté, mais comment sera-t-il à l'âge de Mr. Weston ?

— C'est impossible à dire, en vérité, répondit Harriet avec une certaine solennité.

— Mais c'est assez facile à deviner... Ce garçon deviendra un bon gros fermier affreusement grossier et vulgaire, qui ne se souciera plus le moins du monde des apparences et ne songera qu'à ses profits et pertes.

— Si vous voyez juste, ce sera vraiment horrible !

40

— Il est évident que son métier l'accapare déjà à un point extrême, l'histoire du livre que vous lui aviez recommandé d'acheter et qu'il a oublié de se procurer le prouve clairement. Il était bien trop préoccupé par son marché pour songer à quoi que ce fût d'autre... ce qui est parfaitement normal pour un homme ambitieux. Que lui importent les livres, après tout ? Je ne doute pas qu'il ne réussisse et ne soit riche un jour, et je pense que son ignorance et sa grossièreté ne devraient pas nous déranger comme elles le font.

— Je m'étonne fort qu'il ne se soit pas souvenu de ce livre, répondit Harriet avec une gravité qu'Emma crut plus prudent de ne pas relever.

Elle garda donc le silence un moment puis dit à son amie :

— Sous un certain rapport, Mr. Elton a peut-être des manières plus agréables que Mr. Knightley ou Mr. Weston, car il a beaucoup plus de douceur. Je crois qu'on pourrait sans crainte le citer en exemple. Mr. Weston, lui, fait preuve d'une franchise, d'une vivacité, d'une brusquerie, pourrait-on presque dire, que tout le monde aime en lui parce qu'il s'y joint une extrême gaieté mais qu'il ne faudrait point imiter. De même pour les façons autoritaires et résolues de Mr. Knightley, bien qu'elles lui aillent à la perfection et s'accordent avec son grand air et sa position sociale. Si un jeune homme, cependant, se mettait jamais à les copier, il en deviendrait insupportable, alors qu'on pourrait au contraire lui conseiller de prendre Mr. Elton pour modèle. Mr. Elton est un être plein de gaieté, d'entrain, d'obligeance et de gentillesse. Il me semble d'ailleurs tout particulièrement aimable, ces derniers temps. Je ne sais s'il cherche à s'attirer les bonnes grâces de l'une ou l'autre d'entre nous, Harriet, mais j'ai remarqué qu'il était devenu encore plus gentil que d'ordinaire. Si cette attitude cache une quelconque intention, c'est à coup sûr celle de vous plaire. Ne vous ai-je pas répété ce qu'il m'a dit de vous, l'autre jour ?

Et notre héroïne entreprit alors de lui rapporter les chaleureux éloges qu'elle avait soutirés à Mr. Elton, essayant de les faire valoir autant que possible. Harriet rougit, toute souriante, et déclara avoir toujours trouvé Mr. Elton charmant.

Mr. Elton était la personne même qu'Emma avait élue pour faire oublier à Harriet son jeune fermier. Elle pensait que ses deux amis feraient un très beau couple. Cette union n'avait pour défaut que d'être trop manifestement souhaitable, naturelle et prévisible pour que Miss Woodhouse pût un jour se flatter de l'avoir projetée. Elle craignait fort que tout le monde n'y eût déjà songé et ne l'eût déjà prédite. Heureusement, il n'était guère probable qu'on l'eût devancée, car cette idée lui avait traversé l'esprit le soir même où Harriet était venue pour la première fois à Hartfield. Plus elle y réfléchissait, et plus elle était convaincue de l'opportunité de ce mariage. La situation de Mr. Elton était idéale. C'était un gentleman qui fréquentait la meilleure société mais en même temps il n'appartenait pas à une famille qui pût réellement s'offusquer de la naissance irrégulière d'Harriet. Il offrirait à son épouse une maison confortable et jouissait certainement de revenus suffisants, car si la cure n'était pas très importante, le jeune homme, on le savait, possédait des biens personnels. Emma l'estimait beaucoup, le tenant pour un garçon aimable, bienveillant et respectable, qui ne manquait pas d'intelligence et connaissait assez bien le monde.

Elle ne doutait pas qu'il admirât beaucoup la beauté d'Harriet et espérait que cela suffirait pour qu'il s'éprît, étant donné la fréquence de ses rencontres avec la jeune fille. Pour cette dernière, on pouvait compter que la seule idée d'être aimée de cet homme aurait tout le poids et toute l'efficacité qui sont d'ordinaire l'apanage de ce genre d'arguments, Mr. Elton étant de plus un charmant jeune homme qui pouvait briguer le cœur de la plupart des femmes. On s'accordait à le trouver très beau et on l'admirait généralement pour sa grâce, bien qu'Emma ne partageât point cet avis, reprochant à ses traits un certain manque d'élégance. Une jeune fille qui s'était laissé émouvoir par le geste d'un Robert Martin courant le pays pour lui chercher des noix pouvait cependant tout aussi bien se montrer sensible à l'admiration de Mr. Elton.

CHAPITRE V

— Ma chère Mrs. Weston, j'ignore ce que vous pensez de l'intimité qui est en train de s'établir entre Emma et Harriet Smith, mais moi je ne l'approuve pas, dit un jour Mr. Knightley.

— Vraiment ? Est-ce que vous pensez réellement ce que vous dites ? Pourquoi êtes-vous hostile à cette amitié ?

— J'ai l'impression que ces deux jeunes filles ne peuvent se faire réciproquement le moindre bien.

— Vous m'étonnez ! Harriet a tout à gagner à ces relations, et l'on peut dire qu'en représentant pour Emma un nouveau centre d'intérêt, elle lui rend service. C'est avec le plus grand plaisir que j'ai vu cette amitié se développer et j'ai le sentiment que nos opinions divergent complètement sur ce point. Aller s'imaginer qu'elles vont se nuire ! Je prévois que ce sera là le point de départ de l'une de nos querelles sur Emma, Mr. Knightley.

— Vous pensez peut-être que je suis venu ici à seule fin de me disputer avec vous, sachant que Weston était sorti et que vous seriez donc obligée de mener seule votre combat ?

— S'il était là, Mr. Weston me soutiendrait sans aucun doute car nous sommes du même avis sur le sujet qui nous intéresse. Nous en parlions hier encore et nous sommes convenus qu'Emma avait bien de la chance d'avoir trouvé à Highbury une compagne comme Harriet. D'ailleurs, je vous refuse le droit de juger de cette affaire, Mr. Knightley. Vous êtes tellement habitué à la solitude que vous méconnaissez l'importance de l'amitié, et peut-être n'est-il du reste point d'homme capable de comprendre le réconfort qu'une femme trouve dans la société de l'une de ses semblables lorsqu'elle a toujours été accoutumée à vivre en compagnie. Je vois ce que vous reprochez à Harriet Smith : elle n'est point la jeune fille supérieure que devrait être l'amie d'Emma... Mais d'un autre côté, nous ne devons pas oublier que cette dernière souhaite l'aider à s'instruire et risque de ce fait d'être poussée à lire davantage elle-même. Elles liront ensemble, Emma y est tout à fait résolue, je le sais.

— Depuis l'âge de douze ans, Emma ne cesse d'exprimer l'intention de consacrer plus de temps à la lecture. Je l'ai vue rédiger je ne sais combien de listes de livres qu'elle se proposait régulièrement de lire... Oh, ces listes étaient parfaites ! Les œuvres étaient bien choisies, c'était joliment présenté, par ordre alphabétique parfois et différemment d'autres fois. Elle a dressé l'un de ces catalogues alors qu'elle avait quatorze ans à peine, et je me rappelle l'avoir trouvé tellement ambitieux que je l'ai conservé un certain temps. Je suis sûr qu'elle a dû préparer maintenant quelque chose de très bien, mais j'ai cessé d'espérer qu'Emma se livre jamais sérieusement à la lecture. Elle est incapable de supporter une activité nécessitant de la patience, de la persévérance et la soumission de l'imagination à la raison, et je puis affirmer sans crainte de me tromper qu'Harriet Smith échouera là où Miss Taylor s'est avérée impuissante. Vous n'avez jamais pu obtenir d'Emma qu'elle consacrât à la lecture la moitié du temps que vous jugiez nécessaire. C'est vrai, n'est-ce pas, et vous le savez fort bien.

— Je crois que c'était aussi mon avis, autrefois, répondit Mrs. Weston, mais depuis que nous sommes séparées, je n'arrive plus à me souvenir qu'Emma ait jamais omis de se plier à l'un de mes désirs.

— Qui voudrait vous rafraîchir la mémoire ? dit Mr. Knightley avec émotion, puis après une ou deux minutes de silence, il ajouta : Moi dont les sens ne sont point victimes d'un charme aussi puissant, je dois pourtant reconnaître que tout ce que j'entends ou vois et tout ce dont je me souviens me dit encore et toujours qu'Emma pâtit d'être le petit génie de la famille. A dix ans, elle avait le malheur de pouvoir répondre à des questions qui embarrassaient encore sa sœur à dix-sept, et elle a toujours été vive et sûre d'elle tandis qu'Isabelle était lente et timide. Depuis l'âge de douze ans, Emma règne sur Hartfield et tous ses habitants, et à la mort de sa mère, elle a perdu la seule personne capable de lui tenir tête. Elle a hérité des qualités de Mrs. Woodhouse mais celle-ci serait certainement parvenue à la dominer.

— Mon cher Mr. Knightley, j'aurais été vraiment navrée de dépendre de votre recommandation si j'avais dû quitter la maison de Mr. Woodhouse et me mettre en quête d'une autre place. J'ai l'impression que vous n'auriez pas prononcé un mot en ma faveur et je suis certaine que vous m'avez toujours jugée incapable d'assumer la tâche qui m'était confiée.

— Oui, répondit-il en souriant, vous êtes davantage à votre place à Randalls. Vous êtes faite pour le mariage et non pour le métier de gouvernante. Cependant, vous vous êtes préparée à devenir une épouse modèle pendant tout le temps que vous avez passé à Hartfield. Vous n'avez peut-être pas pu donner à Emma une éducation aussi achevée que celle que l'on était en droit d'espérer au vu de vos compétences, mais vous avez reçu, grâce à votre élève, une excellente formation à l'état de femme mariée. Ne vous a-t-on pas appris en effet à soumettre votre propre volonté à celle d'autrui et à faire ce que l'on vous demandait ? Ah, je dois avouer que si Mr. Weston m'avait prié de lui recommander une femme pour en faire son épouse, je lui aurais aussitôt nommé Miss Taylor.

— Merci, mais avec un mari comme Mr. Weston, je n'ai guère de mérite à faire une bonne épouse.

— A vrai dire, je crains en effet que vous ne soyez volée et que votre belle patience ne soit jamais mise à l'épreuve.

Ne désespérons pourtant pas ! Après tout, le bonheur peut rendre Mr. Weston acariâtre ou son fils peut lui causer mille ennuis...

— Oh non, pas ça ! D'ailleurs, ce n'est guère probable. Non, Mr. Knightley, ne faites point de prédictions de ce genre !

— Ce n'étaient que des hypothèses, bien sûr. Je ne prétends pas avoir les talents d'Emma pour les prédictions et divinations et j'espère que ce garçon se révélera un Weston pour les mérites et un Churchill pour la fortune. Mais Harriet Smith, à propos ! Je n'ai pas dit à son sujet la moitié de ce que je voulais dire. Je crois que c'est la pire compagne qu'Emma pouvait trouver. Totalement inculte elle-même, elle considère Emma comme omnisciente, et tout en elle respire la flatterie, ce qui est d'autant plus grave que c'est inconscient. Son ignorance est déjà un éloge permanent aux mérites d'Emma, et comment celle-ci peut-elle imaginer avoir quoi que ce soit à apprendre si on lui offre constamment l'image d'une si délicieuse infériorité ? Pour ce qui est d'Harriet, j'irai jusqu'à dire qu'elle n'a rien à gagner à cette amitié. Hartfield ne parviendra qu'à la dégoûter des endroits qu'elle est appelée à fréquenter et elle y acquerra juste assez de délicatesse pour se sentir mal à l'aise dans le milieu où sa naissance et sa position sociale la destinent à vivre. Je serais fort étonné que les doctrines d'Emma pussent affermir le moins du monde un caractère ou qu'elles tendent même à aider une jeune fille à s'adapter comme il convient à sa situation dans la vie. Pour tout dire, je les crois tout au plus capables de donner un léger vernis.

— Ou je me fie plus que vous au bon sens d'Emma, ou je me soucie davantage de son bonheur présent, mais dans tous les cas, je n'arrive pas à déplorer cette amitié. Comme elle était belle, hier soir !

— Je vois, vous préférez parler de ses charmes, n'est-ce pas ? Très bien, je n'essaierai pas de nier qu'Emma soit jolie.

— Jolie ! Dites plutôt belle ! Pouvez-vous imaginer un être plus proche de la perfection ? Son visage et son corps sont également ravissants.

— Je cerne mal les limites de mon imagination, mais j'avoue n'avoir que rarement vu corps ou visage plus séduisants... Je ne suis néanmoins qu'un vieil ami très partial.

— Et ces yeux ! Ils ont la vraie couleur des noisettes et ils sont si brillants ! Elle a aussi des traits parfaitement réguliers, des manières franches et un teint, oh, un teint ! éclatant de fraîcheur et de santé ! Et cette taille délicieuse, ce corps si ferme et si droit ! Sa carnation, son air, son visage, son regard, tout en elle évoque la vie. On dit parfois d'un enfant qu'il est « l'image même de la santé », mais Emma me fait toujours l'impression d'être la représentation idéale de l'épanouissement de l'adulte. Elle est la beauté faite femme, n'est-ce pas, Mr. Knightley ?

— Je ne lui vois point de défaut et je la crois exactement telle que vous la décrivez, dit-il. J'aime à la regarder, et j'ajouterai pour sa louange qu'elle n'est point orgueilleuse de son physique. Si l'on songe à ses charmes, il est étonnant qu'elle s'en soucie aussi peu mais sa vanité s'exerce en d'autres domaines. Quoi qu'il en soit, Mrs. Weston, je ne veux plus vous importuner avec mes inquiétudes concernant son amitié pour Miss Smith et les effets fâcheux qu'elle risque d'avoir pour ces deux enfants.

— Et moi, Mr. Knightley, je demeure convaincue qu'il n'existe pas le moindre danger. Malgré ses petits défauts, notre chère Emma est absolument adorable. Connaissez-vous une fille plus attentionnée, une sœur plus aimable, une amie plus sincère ? Non, non, nous devons nous fier à ses qualités. Elle ne pervertira jamais personne et elle ne s'obstinera jamais bien longtemps dans l'erreur. Pour un cas où notre Emma se trompe, il en est cent où elle voit juste.

— Fort bien, je ne vous tourmenterai pas davantage. Admettons qu'Emma soit un ange et, pour moi, je n'évoquerai plus mes angoisses avant que Noël ne nous ramène

Isabelle et John. John aime Emma d'une affection raisonnable, c'est-à-dire sans aveuglement, et sa femme est toujours du même avis que lui... Enfin, sauf quand il ne s'inquiète pas assez pour les enfants... En tout cas, je suis sûr qu'ils seront de mon avis.

— Je sais que vous aimez tous trop sincèrement Emma pour pouvoir être injustes ou cruels avec elle, mais permettez-moi, Mr. Knightley, de prendre la liberté (car je me crois un peu, vous le savez, le droit de parler comme l'eût fait la mère d'Emma), la liberté, donc, de vous suggérer qu'il serait peut-être dangereux de faire de cette amitié pour Miss Smith un sujet de conversation trop fréquent entre vous. Je vous prie de m'excuser, mais même en supposant que cette intimité n'aille point sans risque, on ne peut espérer qu'Emma, qui n'a de comptes à rendre à personne, sinon à un père pleinement favorable à cette amitié, puisse y mettre un terme aussi longtemps qu'elle y verra une source de plaisir. J'ai eu pour tâche durant tant d'années de donner des conseils, que vous voudrez bien ne point vous étonner de ce petit supplément de travail, Mr. Knightley.

— Certes, et je vous suis très obligé, s'écria-t-il. Votre conseil est excellent et je lui réserve un sort plus heureux que nombre de ceux que vous avez prodigués jusque-là, car moi, je le suivrai.

— Mrs. Knightley est prompte à s'alarmer et elle risquerait de s'inquiéter à l'excès.

— Soyez satisfaite, je ne dirai rien et je garderai pour moi ma mauvaise humeur. Je porte à Emma un intérêt sincère. Les liens qui m'unissent à Isabelle ne me semblent pas plus puissants, je n'ai jamais eu de préférence pour elle, au contraire même, peut-être. On éprouve toujours devant Emma une sorte d'inquiétude, de curiosité, et je me demande souvent ce qu'il adviendra d'elle.

— Moi aussi, dit Mrs. Weston avec beaucoup de douceur.

— Elle prétend qu'elle ne se mariera point, ce qui ne veut rien dire, bien sûr, mais je ne crois pas qu'un homme l'ait jamais séduite. Il ne serait pas mauvais qu'elle tombât amoureuse. Oui, j'aimerais la voir amoureuse, et il faudrait qu'elle ne fût pas sûre des sentiments du monsieur. Cela lui ferait du bien, mais hélas, il n'est dans les environs personne pour lui plaire et elle ne quitte que très rarement Hartfield.

— Il est exact qu'elle ne paraît point pour l'instant très tentée de changer d'avis sur cette question du mariage, mais tant qu'elle est heureuse à Hartfield, je ne souhaite point lui voir nouer des liens qui poseraient une foule de problèmes à cause de ce pauvre Mr. Woodhouse. Je ne conseillerais surtout pas à Emma de se marier actuellement, bien que je ne veuille en aucun cas passer pour une ennemie du mariage.

Mrs. Weston cherchait à dissimuler l'espoir que l'on caressait à Randalls quant à l'avenir d'Emma. Si Mr. et Mrs. Weston entretenaient en effet certains rêves, il valait mieux les tenir secrets et l'interlocutrice de Mr. Knightley fut enchantée de n'avoir plus à parler de Hartfield lorsque son vieil ami changea tout tranquillement de conversation pour lui demander :

— Et que pense Mr. Weston du temps ? Aurons-nous de la pluie ?

CHAPITRE VI

Emma s'aperçut bientôt qu'elle était arrivée à donner à l'imagination d'Harriet le tour qui convenait et qu'elle avait eu raison d'exciter sa jeune vanité car son amie lui semblait nettement plus sensible qu'autrefois à l'élégance et aux manières charmantes de Mr. Elton. N'hésitant pas en outre à exploiter la foi de Miss Smith en l'admiration du jeune homme par de flatteuses allusions, notre héroïne acquit vite la certitude de pouvoir éveiller dans le cœur de sa compagne l'inclination nécessaire. Quant à Mr. Elton, elle était absolument certaine qu'il était près de tomber amoureux s'il ne l'était déjà, et il n'y avait pas la moindre raison de s'inquiéter pour lui. Il ne cessait de louer chaleureusement les mérites d'Harriet et le temps suffirait sans nul doute à régler les problèmes qui pouvaient encore subsister de ce côté-là. Le jeune homme se plaisait à évoquer les progrès de Miss Smith depuis son introduction à Hartfield, et ce n'était point pour Emma l'une des preuves les moins agréables de son attachement croissant pour sa petite protégée.

— Vous avez permis à votre amie d'acquérir les seules qualités qui lui manquaient, la grâce et l'aisance. C'était une enfant ravissante quand vous l'avez connue, mais à mon avis, les charmes qu'elle vous doit sont infiniment supérieurs à ceux dont la nature l'a dotée.

— Je suis ravie que vous pensiez que j'ai pu lui être utile mais, en fait, Harriet n'avait besoin que d'être un peu mise en valeur. Elle avait déjà naturellement cette grâce que donnent la douceur et la simplicité et je n'ai pas fait grand-chose.

— S'il était permis de contredire une dame…, dit galamment Mr. Elton.

— Peut-être a-t-elle acquis à mon contact un peu plus d'esprit de décision et peut-être lui ai-je appris à se forger une opinion sur des sujets auxquels elle n'avait jamais eu l'occasion de penser...

— En effet, et c'est ce qui m'étonne le plus. Elle a fait en ce domaine des progrès si spectaculaires ! Vous avez agi avec tant d'adresse !

— Cette tâche ne m'a donné que du plaisir, je vous l'assure. Jamais je n'ai rencontré un esprit plus souple.

— Je n'en doute pas, répondit-il avec une sorte de tristesse passionnée qui avait tout l'air de dénoncer l'homme amoureux.

Emma n'éprouva pas moins de plaisir le jour où, subitement prise du désir de posséder un portrait de son amie, elle vit Mr. Elton défendre ardemment son projet.

— N'a-t-on jamais fait votre portrait, Harriet ? demanda Emma. Ne vous est-il jamais arrivé de poser pour quelqu'un ?

Harriet était sur le point de quitter le salon et elle se retourna simplement pour répondre avec une délicieuse naïveté :

— Mais non, ma chère Miss Woodhouse, jamais.

Et elle sortit. A peine était-elle hors de vue qu'Emma s'écria :

— Comme j'aimerais avoir un bon portrait d'Harriet. Ce serait merveilleux, et je donnerais n'importe quoi pour cela ! J'ai presque envie de m'y essayer moi-même. Vous l'ignorez sans doute, mais il y a deux ou trois ans j'ai été prise d'une véritable passion pour l'art du portrait. J'ai fait plusieurs tentatives et l'on me prêtait en général un petit talent, mais je me suis lassée, je ne sais plus pour quelle raison. Je pourrais cependant me risquer de nouveau si

Harriet voulait bien poser. J'aimerais tant avoir son portrait !

— Laissez-moi vous prier d'exercer vos talents de dessinatrice, s'écria Mr. Elton. Ce serait fantastique ! Oh, oui, je vous en prie, faites-le pour votre amie, Miss Woodhouse ! J'ai vu vos œuvres. Comment pouviez-vous en douter ? Ces murs ne sont-ils pas tapissés de vos paysages et de vos bouquets ? Et Mrs. Weston n'a-t-elle pas accroché dans son salon d'extraordinaires silhouettes dont vous êtes l'auteur ?

« Certes, cher Monsieur, se dit Emma, mais quel rapport avec les portraits ? Vous ignorez tout du dessin, ne prétendez donc pas être fasciné par les miens ! Contentez-vous plutôt d'admirer le visage d'Harriet. »

Puis elle reprit ensuite à voix haute :

— Eh bien, Mr. Elton, je crois que je vais tenter de faire de mon mieux puisque vous m'encouragez si gentiment. Harriet a des traits extrêmement délicats, ce qui ne me facilitera pas la tâche, mais la forme de l'œil et les contours de la bouche sont assez caractéristiques... Oui, on doit pouvoir saisir la ressemblance.

— Très juste... oui, la forme de l'œil et les contours de la bouche... Je suis certain que vous réussirez. Essayez, s'il vous plaît, essayez... Si vous le faites, cette œuvre sera vraiment, et pour user de vos propres termes, un objet qu'il sera merveilleux de posséder.

— Je crains seulement qu'Harriet ne refuse de poser, Mr. Elton. Elle a une si piètre opinion de sa propre beauté ! N'avez-vous pas remarqué sa façon de me répondre ? Elle signifiait en clair : « Mais pourquoi ferait-on mon portrait ? »

— Oh oui, je l'ai remarqué. Cela ne m'a pas échappé, croyez-moi, mais je suis sûr qu'elle se laissera convaincre.

Harriet revint bientôt et on lui soumit le problème. Ses quelques objections ne tinrent pas longtemps face à l'acharnement de ses compagnons et elle finit par céder. Voulant se mettre au travail sur-le-champ, Emma courut chercher la serviette qui contenait ses diverses ébauches

— car elle n'avait pas achevé un seul des portraits entrepris —, afin qu'on pût décider ensemble du format qui convenait à l'œuvre qu'elle allait exécuter. Elle étala sur une table de nombreuses esquisses. Elle avait tour à tour essayé la miniature, les portraits en buste, en pied, le crayon, les pastels et l'aquarelle. Elle avait toujours été touche-à-tout et l'on pouvait s'étonner des progrès qu'elle avait accomplis en musique ou dessin lorsqu'on songeait à la piètre persévérance dont elle faisait preuve. Elle savait jouer du piano, chanter, et maîtrisait à peu près toutes les techniques picturales mais n'avait dans aucun domaine approché ce degré de perfection qu'elle eût aimé atteindre et auquel elle n'aurait jamais dû manquer de parvenir. Elle ne souffrait pas réellement de n'être point une grande artiste ou une grande musicienne, mais elle ne tenait pas à ce que les autres eussent conscience de la médiocrité de ses talents et se réjouissait que sa réputation fût supérieure à celle qu'elle méritait en fait.

Ses dessins ne manquaient pas de qualités, et ils en avaient peut-être d'autant plus qu'ils étaient moins achevés. Emma avait un style assez vivant, et de toute manière, ses œuvres auraient pu être dix fois moins belles ou dix fois plus belles que l'enthousiasme de ses deux compagnons eût été exactement le même. Ils étaient en extase. Un portrait plaît toujours... et ce qui était de la main de Miss Woodhouse ne pouvait être qu'extraordinaire.

— Vous ne vous sentirez pas dépaysés, dit Emma, car je n'avais pour modèle que les membres de ma famille. Voici mon père... encore lui... Mais la simple idée de poser le rendait si nerveux que j'en étais presque réduite à travailler à son insu. Je ne suis donc pas arrivée à quelque chose de très ressemblant... Mrs. Weston, et la voici encore, et encore, vous le voyez. Chère Mrs. Weston ! La plus adorable des amies, quelles que soient les circonstances ! Elle posait dès que je le lui demandais ! Voici ma sœur, c'est tout à fait sa silhouette mignonne et tellement élégante... Le visage aussi est assez ressemblant. J'aurais pu faire là un bon portrait mais Isabelle était trop impatiente et ne tenait plus en place tant elle était pressée de me voir dessiner ses quatre enfants. Ensuite, ce sont des essais sur trois de mes neveux. Sur cette esquisse, on peut voir successivement Henry, John et Bella, mais il est impossible de les distinguer les uns des autres. Isabelle m'a tellement suppliée que je n'ai pu refuser de les dessiner, mais comment voulez-vous que des enfants de trois ou quatre ans se tiennent tranquilles ? Et puis, avec les petits, il est toujours difficile de saisir la ressemblance dès que l'on sort de l'expression et du teint... à moins, bien sûr, qu'ils n'aient les traits grossiers au point de n'en avoir plus figure humaine. Voici le quatrième de mes neveux. Ce n'était encore qu'un bébé à l'époque et il dormait sur le sofa lorsque j'ai réalisé cette ébauche. Sa cocarde est aussi ressemblante que possible ! Ce cher ange avait pris soin d'enfouir sa tête dans les coussins, à ma plus vive satisfaction. Oui, c'est très ressemblant, et je suis assez fière du petit George. Le coin du sofa est parfait. Enfin, voici ma dernière tentative (elle désignait le charmant portrait d'un gentleman), la dernière et la meilleure à mon avis. Il s'agit de Mr. John Knightley, mon beau-frère. Ce travail était presque achevé quand je l'ai abandonné dans un accès de mauvaise humeur en me jurant bien de ne plus jamais faire de portraits. J'étais trop humiliée, car après mille efforts, après être arrivée à un résultat tout à fait convenable (Mrs. Weston et moi étions parfaitement d'accord pour trouver ce dessin ressemblant, quoiqu'un peu trop joli et trop flatteur, ce qui était un défaut finalement plutôt agréable), après tout cela, donc, je n'ai eu droit qu'à des compliments assez froids de la part de ma pauvre chère Isabelle : « Oui, c'était ressemblant, mais cela ne rendait pas justice à son mari. » Nous avions eu un mal fou à persuader Mr. Knightley de poser, il avait même fallu le lui demander comme une faveur, et la réaction de ma sœur a donc été plus que je n'en pouvais supporter : j'ai refusé d'achever le portrait. Je ne voulais pas le voir finir à Brunswick Square où Isabelle aurait déploré le manque de ressemblance devant chaque nouveau visiteur... Ensuite, et comme je vous l'ai déjà dit, je me suis juré de ne plus jamais m'exposer à ce genre de déboires. Je vais pourtant briser mon serment aujourd'hui, et si je le fais, c'est pour Harriet, ou plutôt pour moi. Je vous avouerai aussi que l'absence, momentanée du moins, de mari ou d'épouse dans cette affaire n'est pas sans me rassurer...

Comme on pouvait s'y attendre, Mr. Elton parut étonné et ravi des dernières paroles d'Emma :

— En effet, dit-il, comme vous le faisiez remarquer, il n'y a momentanément point de mari ni d'épouse dans cette affaire... Oui, c'est très juste, ni mari ni épouse...

Et Mr. Elton prononça ces mots avec une telle insistance qu'Emma se demanda si elle ne devait point laisser ses amis en tête à tête. Elle était cependant fort impatiente de se mettre au travail et décida que la déclaration attendrait.

Emma eut tôt fait de choisir le format et le genre de l'œuvre qu'elle allait entreprendre : ce serait un portrait en pied, à l'aquarelle, comme celui de Mr. John Knightley, et s'il lui plaisait, il irait prendre place au-dessus de la cheminée.

La séance de pose commença. Harriet, souriante et toute rougissante, craignait de ne point toujours garder la même attitude et la même expression et présentait aux regards attentifs de l'artiste une image charmante de toutes les grâces de la jeunesse. Emma sentait pourtant qu'elle ne ferait rien tant que Mr. Elton s'agiterait dans son dos et observerait chaque coup de crayon. Au début, elle le laissa demeurer à l'endroit d'où il pouvait contempler tout son saoul le modèle sans qu'on pût y voir une offense, mais elle se vit finalement obligée de mettre un terme à son manège en lui demandant de s'éloigner. Il lui vint ensuite à l'esprit de l'occuper à faire la lecture :

« S'il avait la bonté de leur faire la lecture, cela la reposerait des difficultés de sa tâche et, de son côté, Miss Smith s'ennuierait moins. »

Mr. Elton se déclara trop heureux d'avoir l'occasion de leur faire plaisir, et il se mit à lire. Harriet écoutait et notre héroïne put enfin dessiner en paix. Elle fut obligée, bien sûr, d'autoriser fréquemment Mr. Elton à venir jeter un coup d'œil. Pouvait-on faire moins avec un homme amoureux ? Emma marquait donc de temps à autre un arrêt et il se levait pour constater les progrès accomplis, toujours prêt à s'extasier. Impossible d'en vouloir à un monsieur qui vous dispensait de tels encouragements ! Sous l'empire de son extrême admiration, il en arriva même à saisir une ressemblance entre le portrait et son modèle avant que ce ne fût envisageable, et si Emma avait piètre opinion des compétences artistiques du jeune homme, elle dut s'avouer que l'amour et la complaisance dont il se montrait capable étaient vraiment exceptionnels.

Cette première séance de pose se déroula de manière satisfaisante. Emma était assez contente de sa première esquisse pour avoir envie de continuer. Elle était déjà parvenue à un petit résultat, ayant eu la chance de saisir assez bien l'attitude d'Harriet, et comme elle comptait en outre embellir son amie en la grandissant et en lui donnant plus d'élégance qu'elle n'en avait en réalité, elle espérait fort que cette charmante aquarelle irait prendre la place qu'elle lui avait destinée pour leur faire honneur, à elle et à sa compagne... Ce serait une sorte de mémorial à la beauté de l'une et au talent de l'autre, et elle célébrerait à jamais leur amitié réciproque. Peut-être d'autres souvenirs, comme les flatteuses attentions de Mr. Elton, s'y trouveraient-ils aussi un jour indissolublement liés...

Harriet devait poser de nouveau le lendemain et Mr. Elton demanda bien entendu qu'on lui permît de revenir faire la lecture aux deux jeunes filles.

— Je vous en prie, nous serons ravies de vous voir.

On se fit le lendemain les mêmes politesses, on déploya la même courtoisie, et tout le temps qu'Emma travailla au portrait d'Harriet, ce fut le même succès et le même bonheur. Tout allait vite et bien. Ceux qui voyaient l'aquarelle la trouvaient charmante, mais Mr. Elton éprouvait quant à lui une véritable fascination pour cette œuvre et la défendait contre toute critique.

— Miss Woodhouse a doté son amie du seul charme qui lui manque, fit observer un jour Mr. Weston à Mr. Elton sans se douter le moins du monde qu'il s'adressait à un homme amoureux, elle a fort bien rendu l'expression du regard, mais Miss Smith n'a malheureusement point ces sourcils ni ces cils. C'est du reste l'unique défaut de son visage...

— Vous le pensez vraiment ? répondit Mr. Elton. Je ne suis pas d'accord avec vous. Je trouve ce portrait tout à fait fidèle et je n'en ai jamais vu d'aussi beau. Il faut tenir compte des effets de l'ombre...

— Elle est trop grande, Emma, dit Mr. Knightley.

Emma le savait fort bien mais ne voulut pas en convenir. Mr. Elton ajouta chaleureusement :

— Oh non, certes pas. Elle n'est pas trop grande ! Considérez qu'elle est assise ! Cela change tout, naturellement. En un mot, je trouve que Miss Woodhouse est arrivée à donner une idée parfaitement exacte de la taille réelle de Miss Smith... Et puis, vous savez, il faut prendre garde aux proportions... les proportions, le raccourci... Oh, non, ce portrait est absolument fidèle, oui, absolument...

— C'est charmant, dit Mr. Woodhouse, si joliment exécuté, comme tous vos dessins, d'ailleurs, ma chérie. A ma connaissance, personne ne dessine aussi bien que vous. La seule chose qui ne me satisfasse point entièrement dans votre travail est que votre modèle paraît assis dehors et ne porte malgré cela qu'un léger châle sur les épaules... On ne peut s'empêcher de craindre qu'elle n'attrape froid.

— Mais non, mon cher papa, la scène est censée se passer en été par une journée très chaude. Regardez cet arbre !

— Mais il est toujours imprudent de rester assis dehors.

— Vous avez le droit de dire ce que bon vous semble, Monsieur, s'écria Mr. Elton, mais pour moi, je dois avouer que je trouve excellente cette idée de représenter Miss Smith en plein air... et l'arbre est exécuté avec un tel art ! Nul autre cadre n'eût convenu... Cette naïveté [1] de Miss

---

1. En français dans le texte.

Smith, et puis, tout... Oh, c'est absolument admirable ! Je ne puis détacher les yeux de ce portrait ! Je n'en ai jamais vu d'aussi beau.

Il restait à faire encadrer l'aquarelle et cela n'alla point sans poser quelques difficultés. Il fallait la faire encadrer sur-le-champ et à Londres, et l'on devait trouver, pour s'occuper de cette commande, une personne intelligente dont le goût fût très sûr. Il n'était pas question de faire appel à Isabelle à qui toutes ces commissions échoyaient d'ordinaire, car on était en décembre et Mr. Woodhouse n'aurait jamais pu supporter l'idée de faire sortir cette pauvre enfant par ces brouillards d'hiver. Cependant, on n'eut pas plus tôt informé Mr. Elton de cette affreuse situation que tous les problèmes se trouvèrent réglés. Toujours prêt à se montrer galant, le jeune homme déclara qu'il s'acquitterait avec le plus grand plaisir de cette mission si l'on consentait à la lui confier. Il pouvait se rendre à Londres n'importe quand et serait infiniment heureux qu'on le chargeât de cette course.

« Il était trop bon... Emma ne pouvait lui causer pareil dérangement... Non, elle ne lui imposerait pour rien au monde une tâche aussi ennuyeuse. »

Il s'ensuivit des explications et des assurances réitérées... et l'affaire fut conclue en quelques minutes.

Mr. Elton devait porter le dessin à Londres, choisir le cadre et donner au marchand toutes les instructions nécessaires. Emma pensait pouvoir faire un paquet qui, tout en protégeant l'aquarelle, ne gênerait pas trop Mr. Elton, mais celui-ci parut au contraire craindre par-dessus tout de n'être point suffisamment embarrassé.

— Quel précieux dépôt, soupira-t-il lorsque Emma lui remit l'aquarelle.

« Cet homme est presque trop galant pour être véritablement amoureux, se dit Emma. Enfin, je suppose qu'il existe mille manières d'exprimer sa tendresse. C'est un charmant jeune homme, et il conviendra parfaitement à Harriet. Ce sera " tout à fait ça ", pour user de son propre langage, mais les soupirs, la langueur et les compliments

dont il m'accable sont excessifs. Je ne les supporterais
même pas si j'étais l'héroïne de cette histoire d'amour, et
dans la mesure où je ne joue qu'un rôle secondaire, cela
devient véritablement agaçant... Enfin, sans doute veut-il
me témoigner ainsi sa reconnaissance... »

CHAPITRE VII

Emma eut une nouvelle occasion de rendre service à son amie le jour même où Mr. Elton partit pour Londres. Comme d'habitude, Harriet était venue à Hartfield peu après le petit déjeuner et elle était rentrée chez elle après avoir passé un moment avec Emma. Elle ne devait revenir que pour le dîner mais elle se présenta beaucoup plus tôt que prévu. Sa nervosité et son trouble indiquaient clairement qu'il s'était produit un événement extraordinaire qu'elle brûlait de raconter à Miss Woodhouse et celle-ci fut bientôt instruite de toute l'affaire : en arrivant chez Mrs. Goddard, Harriet avait appris que Mr. Martin était venu lui rendre visite une heure auparavant. La jeune fille étant absente et n'ayant point précisé l'heure de son retour, il avait décidé de déposer le paquet qu'il lui apportait de la part de sa sœur puis s'en était allé. En ouvrant le paquet, Harriet avait eu la surprise de découvrir une lettre entre les partitions qu'elle avait prêtées à Élisabeth et que celle-ci lui renvoyait. Cette lettre, destinée à Miss Smith, venait de lui, de Robert Martin, et contenait une demande en mariage des plus explicites ! Oui, il s'agissait bien d'une demande en mariage, et la lettre était fort belle, du moins était-ce l'avis de Miss Smith. Mr. Martin avait l'air très amoureux, mais elle ne savait que faire, et elle était donc venue dès que possible demander conseil à Miss Woodhouse.

Son amie paraissait tellement ravie et tellement indécise qu'Emma en eut presque honte pour elle.

— Sur mon honneur, ce garçon semble vraiment décidé à ne pas laisser passer l'occasion de faire un beau mariage ! s'écria-t-elle.

— Voulez-vous lire sa lettre ? demanda Harriet. Faites-le, s'il vous plaît.

Emma ne se fit pas prier, et elle fut assez surprise car le style de Mr. Martin était supérieur à ce qu'elle attendait. Non seulement le jeune homme n'avait point commis la moindre faute de grammaire mais il avait de plus rédigé là une demande en mariage qui n'eût pas déshonoré un gentleman. L'expression, quoique simple, avait une certaine puissance et beaucoup de naturel, et les sentiments dont il était question faisaient honneur à ce garçon. La lettre était brève mais témoignait d'un grand bon sens, d'un amour sincère, de beaucoup de générosité, de correction, et même de délicatesse. Emma demeura pensive un moment, tandis qu'Harriet, impatiente de connaître son opinion, la pressait de « Eh bien ? Eh bien ? » pour se voir finalement obligée de lui demander franchement : « Alors, cette lettre vous plaît-elle ou la trouvez-vous trop courte ? »

— Certes, tout cela est charmant, répondit Emma avec une certaine lenteur, et c'est même si bien tourné que tout bien réfléchi, l'une des sœurs de Mr. Martin lui aura certainement prêté main-forte. Je n'arrive pas à croire que le fermier qui s'entretenait l'autre jour avec vous ait pu trouver tout seul le moyen de s'exprimer si bien. Pourtant, on ne reconnaît point là le style d'une femme... non, il y a trop de vigueur et de concision... Les dames sont plus prolixes. Nul doute que cet homme ne soit intelligent, et je suppose qu'il a une sorte de don pour... Oui, il pense avec vigueur et clarté, et quand il a une plume à la main, il trouve tout naturellement les mots qu'il faut. Certains êtres sont ainsi... oui, je vois à quel type d'esprits on peut le rattacher : puissant, résolu, avec des sentiments qui, jusqu'à un certain point en tout cas, ne sont pas ceux du vulgaire. Cette lettre, Harriet (et elle la lui rendit), est beaucoup mieux écrite que je ne m'y attendais.

— Soit, répondit Harriet qui attendait toujours, soit, mais... mais... que dois-je faire ?

— Ce que vous devez faire ? Qu'entendez-vous par là ? Voulez-vous dire par rapport à cette lettre ?

— Oui.

— Mais sur quoi portent donc vos hésitations ? Il faut répondre, bien sûr, et le plus rapidement possible.

— Oui, mais que dois-je faire ? Chère Miss Wood-house, donnez-moi un conseil, je vous en prie.

— Oh non, surtout pas. Il est préférable que vous rédigiez vous-même cette réponse et je suis sûre que vous vous en tirerez très honorablement. L'essentiel est de vous faire clairement comprendre et je ne doute pas que vous n'y parveniez. Ne laissez pas subsister la moindre équivoque et n'ayez pas l'air de douter ou d'hésiter. Je suis certaine que vous trouverez aisément les mots qu'il faut pour exprimer à ce jeune homme toute votre gratitude et les regrets que vous cause la déception que vous êtes obligée de lui infliger. Je crois que vous n'aurez nullement besoin de faire semblant d'être navrée. Est-ce que je me trompe ?

— Vous pensez donc que je dois refuser ? demanda Harriet, les yeux baissés.

— Refuser ! Mais que voulez-vous dire, ma chère Harriet ? Hésitez-vous le moins du monde ? Je pensais... mais je vous demande pardon, j'ai dû faire erreur. Je vous ai certes bien mal comprise si vous demeurez indécise quant au *sens* de votre réponse. Je croyais que vous me consultiez simplement sur la forme à donner à votre refus.

Harriet ne répondit pas et c'est avec une certaine froideur qu'Emma reprit :

— J'en conclus que vous avez l'intention d'accepter ?

— Non... c'est-à-dire... Je ne veux pas... Que dois-je faire ? Que me conseillez-vous ? Je vous en supplie, Miss Woodhouse, donnez-moi votre avis.

— Je ne vous donnerai pas le moindre conseil, Harriet. Je ne veux pas vous influencer. Dans cette affaire, vous ne devez écouter que vos sentiments personnels.

— Je n'imaginais pas lui plaire à ce point, dit Harriet en contemplant la lettre de Mr. Martin.

Emma resta silencieuse pendant un certain temps mais elle craignit bientôt que le charme ensorcelant de cette flatteuse demande en mariage ne fût décisif et elle reprit donc la parole :

— Je pose comme règle qu'une femme qui se *demande* si elle doit accepter ou non une offre de ce genre ferait certainement mieux de la refuser, Harriet. Si elle hésite un tant soit peu à dire « oui », c'est qu'elle doit dire « non ». Pour se marier, il faut être sûr de son cœur et de ses sentiments. Je pense qu'il est de mon devoir d'amie et d'aînée de vous donner cet avertissement, mais ne vous imaginez surtout pas que je veuille vous influencer.

— Oh non, je sais que vous êtes bien trop bonne pour... mais si vous consentiez seulement à m'aider, à me dire ce que je dois faire... Non, non, cela ne signifie pas que... Comme vous le dites, il faudrait être véritablement décidée et l'on ne devrait pas hésiter. C'est une affaire très sérieuse, et il serait certainement plus prudent de dire « non ». Pensez-vous que je doive dire « non » ?

— Je ne vous suggérerais pour rien au monde votre réponse, dit Emma en souriant très gracieusement. Vous êtes seul juge de votre bonheur et si vous préférez Mr. Martin à toute autre personne, si vous pensez n'avoir jamais rencontré jeune homme plus charmant, vous n'avez pas à hésiter. Vous rougissez, Harriet. Songeriez-vous par hasard à quelqu'un qui corresponde mieux que lui à cette définition ? Harriet, Harriet, ne vous abusez pas vous-même ! Ne vous laissez pas entraîner par la gratitude et la compassion. A qui pensez-vous en ce moment ?

La situation sembla prendre une tournure plus encourageante car au lieu de répondre, Harriet se détourna pour cacher son trouble et demeura près du feu, immobile et pensive. Elle avait toujours la lettre de Robert Martin dans les mains mais elle la triturait à présent sans le moindre égard. Emma attendit le résultat de cette méditation avec une certaine impatience mais non sans espoir. Harriet se décida enfin :

— Puisque vous ne voulez pas me donner votre avis, je me dois d'agir au mieux toute seule, Miss Woodhouse. Je viens donc de décider... Je suis presque tout à fait résolue à... refuser l'offre de Mr. Martin. Ai-je raison ?

— Oui, oui, parfaitement raison, ma chère Harriet ! C'est exactement ce qu'il convenait de faire. Je devais taire mes sentiments tant que vous demeuriez indécise, mais je n'hésite plus à vous approuver en vous voyant si nettement résolue. Chère Harriet, je suis vraiment ravie. J'aurais été tellement malheureuse de vous perdre ! Je ne vous ai rien dit tant que vous n'aviez pas pris de décision, car je ne voulais pas vous influencer, mais ce mariage nous aurait forcément séparées. Jamais je n'aurais pu aller rendre visite à une Mrs. Robert Martin d'Abbey Mill Farm, mais à présent, je suis assurée de vous garder toujours pour amie.

Harriet n'avait pas du tout soupçonné le danger qu'elle courait et elle fut bouleversée rien qu'en y songeant.

— Vous n'auriez pas pu venir me voir ! s'écria-t-elle, stupéfaite. Non, bien sûr... Ç'aurait été impossible, mais je n'y avais pas pensé. Mon Dieu, ç'aurait été trop affreux ! Je l'ai échappé belle ! Chère Miss Woodhouse, je ne renoncerais pour rien au monde au plaisir et à l'honneur d'être de vos intimes.

— En vérité, Harriet, j'aurais terriblement souffert de cette rupture mais nous n'aurions pas pu l'éviter. Vous vous seriez vous-même exclue de la bonne société en contractant une alliance pareille, et j'aurais été forcée de vous abandonner.

— Dieu du ciel, comment aurais-je pu le supporter ? Je serais morte de chagrin !

— Chère et tendre enfant ! *Vous*, exilée à Abbey Mill Farm ! *Vous*, réduite à la société de gens incultes et vulgaires pour le restant de vos jours ! Je me demande comment ce garçon a pu avoir l'audace de vous faire une proposition pareille ! Il faut vraiment qu'il ait bonne opinion de lui !

— Oh non, je ne le crois pas vaniteux, dit Harriet dont la conscience se révoltait contre une telle accusation. Il est bon, et j'éprouverai toujours pour lui une grande reconnaissance et une immense estime. Mais cela n'a rien à voir avec... Ce n'est pas parce que je lui plais qu'il doit me plaire et je dois avouer que depuis que je fréquente Hartfield, j'ai rencontré des personnes qui... Bref, Mr. Martin ne supporte la comparaison ni physiquement ni sous le rapport des manières. *L'autre* est tellement charmant et tellement élégant ! Je trouve tout de même Mr. Martin extrêmement aimable et je le respecte beaucoup. Il y a aussi cet amour qu'il me porte, cette lettre... mais je ne voudrais pour rien au monde perdre votre amitié.

— Merci, merci, ma très chère Harriet, nous ne nous séparerons pas. Une femme n'a point à épouser un homme sous le simple prétexte qu'il l'aime, l'a demandée en mariage et se montre capable d'écrire une lettre à peu près correcte !

— Certes non, et du reste cette lettre est bien courte !

Emma jugea que son amie faisait preuve de mauvais goût mais ne releva pas ses propos et se contenta de répondre :

— Très juste, et les talents épistolaires de son époux seraient une piètre consolation pour une femme qui aurait à subir à chaque heure de chaque jour les manières ridicules d'un rustre.

— Oh oui, et quelle importance peut bien avoir une lettre ? L'essentiel est de vivre heureux avec de charmants compagnons. Je suis tout à fait résolue à refuser l'offre de Mr. Martin... mais comment faire et que dire ?

Emma lui assura que la réponse ne présenterait aucune difficulté et lui conseilla de se mettre immédiatement au travail. Harriet acquiesça dans l'espoir que sa compagne l'aiderait, et si cette dernière persista à nier la nécessité de tout secours de sa part, elle intervint en fait dans la rédaction de chaque phrase. Il fallut relire la lettre de Mr. Martin pour pouvoir y répondre et Harriet en conçut une telle émotion qu'Emma se vit forcée de la rappeler à l'ordre avec quelques mots décisifs. Miss Smith était tellement navrée de faire de la peine à son amoureux et se sentait si triste à l'idée de ce que pourraient en penser sa mère ou ses sœurs, craignant qu'elles ne la prennent pour une intrigante, que notre héroïne comprit que le malheureux soupirant eût vu son offre agréée s'il était arrivé à ce moment-là.

La lettre de refus fut tout de même écrite, cachetée et expédiée. L'affaire était classée, Harriet sauvée. La pauvre enfant fut assez triste ce soir-là mais Emma comprit ses regrets et tenta de les atténuer en lui parlant de sa propre affection ou de Mr. Elton.

— On ne m'invitera plus jamais à Abbey Mill Farm, soupira Harriet.

— Mais comment pourrais-je me passer de vous, ma très chère Harriet ? Nous avons trop besoin de vous ici pour vous permettre d'aller perdre votre temps à Abbey Mill Farm.

— De toute façon, je n'aurai certainement plus la moindre envie d'y aller, désormais. Je ne me sens bien qu'à Hartfield.

Elle reprit peu après :

— Mrs. Goddard sera certainement très surprise d'apprendre ce qui s'est passé... Miss Nash également, car elle juge que sa sœur a fait un beau mariage en épousant un simple drapier.

— Il serait fâcheux qu'un professeur manifestât plus d'orgueil ou de raffinement, Harriet. Je crois que Miss Nash vous envierait cette demande en mariage et semblable conquête lui paraîtrait même prodigieusement flatteuse. Il est hors de question qu'elle imagine mieux pour vous. Les attentions que vous témoigne certaine personne ne nourrissent certainement pas encore les bavardages de Highbury et, jusqu'ici, nous sommes à mon avis les seules à soupçonner ce qui se cache sous ses tendres regards et sous ses attentions.

Harriet sourit, rougit et dit quelque chose sur l'étonnement qu'elle éprouvait à susciter tant d'admiration. Il était certes réconfortant d'évoquer la personne de Mr. Elton mais la jeune fille se remit au bout d'un certain temps à songer tendrement au jeune homme qu'elle venait de repousser.

— Il a reçu ma lettre, à présent, dit-elle avec douceur. Je me demande ce qui se passe là-bas ? Ses sœurs sont-elles au courant ? Est-ce qu'il est malheureux ? S'il souffre, elles en éprouveront beaucoup de chagrin. Enfin, j'espère qu'il n'accordera pas trop d'importance à toute cette affaire.

— Pensons plutôt à ceux de nos amis absents qui emploient plus agréablement leur temps. Mr. Elton est peut-être en ce moment même en train de montrer votre portrait à sa mère et à ses sœurs, les assurant que l'original est cent fois plus ravissant, et peut-être, après qu'on le lui a demandé cinq ou six fois, leur fait-il l'immense faveur de leur apprendre votre nom, votre nom chéri...

— Mon portrait ! Mais il l'aura laissé à Bond Street !

— Vraiment ! Cela signifierait que je ne comprends rien à Mr. Elton. Non, non, ma chère petite Harriet, vous êtes trop modeste. Sachez qu'il ne portera cette aquarelle chez l'encadreur qu'à la dernière minute. Il ne se rendra dans Bond Street qu'au moment de se mettre en route pour rentrer, et ce soir, cette image de vous lui tiendra compagnie, le consolera et le comblera de bonheur. Ce sera pour Mr. Elton le moyen d'instruire sa famille de ses projets et de vous introduire auprès de ses parents, et ces braves gens ne manqueront point d'éprouver en vous regardant les sentiments les plus charmants, une ardente curiosité et beaucoup de tendresse. Comme il doit leur tarder de tout savoir et comme leur imagination doit travailler !

Ces paroles flatteuses ramenèrent sur les lèvres d'Harriet un joli sourire et il ne fit plus que s'épanouir au fil du discours d'Emma.

CHAPITRE VIII

Cette nuit-là, Harriet dormit à Hartfield. Depuis quelques semaines, elle y passait le plus clair de son temps et l'on en était même arrivé à lui attribuer une chambre dans la maison. Etant donné les circonstances, Emma jugeait à tout point de vue préférable, plus prudent et plus gentil de garder son amie auprès d'elle, et si la jeune fille était obligée d'aller faire un tour chez Mrs. Goddard le lendemain matin, on convint cependant qu'elle reviendrait ensuite à Hartfield pour y demeurer plusieurs jours.

Harriet était partie lorsque Mr. Knightley vint voir les Woodhouse. Il passa un moment en compagnie de son vieil ami et de sa fille mais Emma entreprit bientôt de décider son père à ne point différer davantage la promenade qu'il projetait de faire avant l'arrivée de leur visiteur. Ce dernier joignit d'ailleurs ses efforts à ceux de la jeune fille pour convaincre Mr. Woodhouse d'abandonner son hôte malgré les scrupules que lui dictait son exquise politesse. L'attitude de Mr. Knightley, qui se souciait quant à lui fort peu de cérémonies et s'exprimait aussi brièvement que résolument, contrastait de façon comique avec les excuses réitérées et les hésitations polies du vieux monsieur.

— Soit ! Si vous voulez bien excuser ma grossièreté, je crois que je vais suivre les conseils d'Emma et sortir un petit quart d'heure. Le soleil brille et il vaut certainement mieux que j'aille faire un tour tant que c'est possible. Il faut avouer que nous autres, malades, nous nous arrogeons bien des privilèges.

— Je vous en prie, mon cher Monsieur, n'en usez point avec moi comme avec un étranger.

— Ma fille saura me remplacer fort avantageusement. Elle se fera un plaisir de vous tenir compagnie et je pense donc que je vais vous prier de m'excuser pour aller me promener un peu dans le parc... ma promenade hivernale.

— Vous ne pourriez mieux agir, Monsieur.

— Je vous demanderais bien d'être assez aimable pour m'accompagner, Mr. Knightley, mais je marche si lentement que cela vous paraîtrait fastidieux. Du reste, vous avez déjà un long chemin à parcourir pour rentrer à Donwell Abbey.

— Je vous remercie, Monsieur, je vous remercie. Je pars moi-même dans un instant mais je pense que vous ne devriez pas perdre de temps. Je vais vous chercher votre manteau et je viendrai vous ouvrir la porte du jardin.

Mr. Woodhouse partit enfin, mais au lieu d'en faire autant, Mr. Knightley revint auprès d'Emma dans le but manifeste de bavarder un peu plus longtemps. Il se mit bientôt à parler d'Harriet, et ce en des termes nettement plus élogieux que d'ordinaire.

— Je n'admire point comme vous sa beauté, mais je reconnais que Miss Smith est ravissante et suis fort enclin à lui prêter d'excellentes dispositions, déclara-t-il. En fait, chez elle tout dépend des influences qu'elle subit et entre de bonnes mains elle peut devenir une femme réellement digne d'estime.

— Je suis ravie de vous l'entendre dire, et j'ose espérer que les influences bénéfiques ne lui manqueront pas.

— Allons, répliqua-t-il, je vois que vous cherchez les compliments et je vous dirai donc qu'elle a fait grâce à vous des progrès spectaculaires. Ce n'est plus l'écolière qu'elle était et vous l'avez guérie de sa manie de ricaner bêtement. Elle vous fait honneur, cela est certain.

— Merci, je me sentirais terriblement humiliée si je ne lui avais été d'aucune utilité, mais il est malheureusement fort rare de recevoir les éloges que l'on mérite. J'ajouterai aussi que vous êtes pour votre part assez avare de compliments.

— Vous m'avez bien dit qu'elle devait revenir ce matin ?

— Oui, elle devrait arriver d'un instant à l'autre. Elle est même restée dehors plus longtemps que prévu.

— Elle aura été retardée. Des visites, peut-être ?

— Ah, les bavardes de Highbury ! Quelles créatures assommantes !

— Harriet ne juge peut-être pas ces gens aussi ennuyeux que vous le souhaiteriez.

Emma savait trop qu'il avait raison pour le contredire et elle ne répondit donc pas. Mr. Knightley poursuivit avec un sourire :

— Sans prétendre être sûr ni du jour ni du lieu, j'ai d'excellentes raisons de croire que votre amie va bientôt recevoir une bonne nouvelle.

— Vraiment ? Comment cela ? Quel genre de nouvelle ?

— D'un genre très sérieux, je vous l'assure, répliqua-t-il en souriant toujours.

— Sérieux... Je ne vois que... Mais qui est le soupirant ? Qui vous a fait le confident de ses amours ?

Emma espérait que Mr. Elton avait laissé échapper quelque chose devant Mr. Knightley. Ce dernier était en quelque sorte l'ami et le conseiller de chacun et notre héroïne connaissait l'estime que lui portait Mr. Elton.

— J'ai toutes les raisons de penser qu'Harriet Smith va recevoir sous peu une offre de mariage, dit Mr. Knightley. Le jeune homme est vraiment un bon parti : il s'agit de Robert Martin. Le séjour d'Harriet à Abbey Mill semble avoir porté ses fruits car ce pauvre garçon est désespérément amoureux d'elle et désire l'épouser.

— C'est beaucoup d'obligeance, dit Emma, mais est-il bien certain qu'Harriet veuille de lui ?

— Bon, nous dirons donc qu'il désire lui demander sa main. Êtes-vous satisfaite ? Il est venu me consulter à ce sujet, il y a deux jours. Il sait que je l'estime beaucoup, ainsi que toute sa famille, et il me considère comme l'un de ses meilleurs amis. Il m'a donc demandé si je ne jugeais pas imprudent de s'établir si tôt et si la jeune fille ne me paraissait pas trop jeune... en un mot, si j'approuvais son choix. Il semblait craindre qu'on le trouvât indigne de Miss Smith, d'autant que vous l'honorez maintenant de votre amitié. Les discours de ce garçon m'ont ravi. C'est l'être le plus sensé que je connaisse. Il ne parle jamais qu'à bon escient, il est franc, il va droit au but, et il est fort intelligent. Il m'a donné tous les détails, sur sa situation financière, sur ses projets, ce qu'il compte faire s'il se marie. C'est un bon jeune homme, aussi charmant pour sa mère que pour ses sœurs. Je n'ai point hésité à lui conseiller le mariage. Il m'avait prouvé qu'il en avait les moyens et dans ces conditions, il ne pouvait mieux agir qu'en épousant Harriet. Évidemment, je n'ai pas manqué de faire l'éloge de sa belle et il s'en est allé parfaitement satisfait. Je pense que même s'il s'était toujours moqué de mes conseils, il se serait pris à ce moment-là d'une grande estime pour moi, et il a dû quitter Donwell Abbey en me considérant comme le meilleur ami et conseiller du monde. Tout cela s'est passé avant-hier soir et il est plus que probable que Robert Martin ne tardera guère à déclarer sa flamme à Miss Smith. Comme il ne semble pas l'avoir fait hier, il est certainement allé chez Mrs. Goddard aujourd'hui, et l'on peut supposer qu'Harriet est retenue par un visiteur qu'elle ne juge pas le moins du monde assommant...

— Mais Mr. Knightley, dit Emma qui avait souri intérieurement pendant une bonne partie de ce discours, comment savez-vous que Mr. Martin ne s'est pas déclaré hier ?

— Certes, répliqua-t-il assez surpris, je ne saurais l'affirmer mais on peut raisonnablement le supposer. N'a-t-elle pas passé toute la journée d'hier en votre compagnie ?

— Allons, dit-elle, à mon tour de vous apprendre une nouvelle : il a parlé, hier, ou pour mieux dire il a écrit, mais on a repoussé son offre.

Emma fut obligée de répéter ces derniers mots pour convaincre son interlocuteur. Mr. Knightley se leva, rouge de surprise et de colère, et déclara, profondément indigné :

— Je n'aurais jamais cru cette fille aussi sotte ! Que cherche donc cette imbécile ?

— Nous y voilà ! s'écria Emma, les hommes sont incapables de comprendre qu'une femme refuse une demande en mariage. Ils s'imaginent toujours que l'on va accepter la main du premier venu !

— C'est idiot ! Personne ne pense une chose pareille, mais qu'est-ce que cela signifie ? Une Harriet Smith mépriser un Robert Martin ! Si c'est exact, c'est de la pure folie ! J'espère pourtant que vous vous trompez.

— J'ai vu, de mes yeux vu, la réponse d'Harriet. Rien ne pouvait être plus clair.

— Vous avez vu sa réponse ! Sans doute l'avez-vous également écrite ! Emma, ceci est votre œuvre, c'est vous qui avez persuadé votre amie de refuser !

— Quand bien même je l'aurais fait, ce qui n'est pas le cas puisque je ne me serais jamais permis d'intervenir de cette façon, je ne le regretterais absolument pas. Mr. Martin est peut-être un jeune homme fort respectable mais l'on ne me fera jamais admettre qu'il soit digne d'Harriet. A vrai dire, je suis même assez étonnée qu'il ait osé songer à elle. Si je vous ai bien compris, il a d'ailleurs hésité et il est regrettable qu'il n'ait point écouté jusqu'au bout ses scrupules.

— Mr. Martin indigne d'Harriet ! s'exclama Mr. Knightley, courroucé... — Puis il poursuivit, sur un ton plus calme mais plein de sévérité : — Non, il n'est point son égal, en effet, car il lui est nettement supérieur, intellectuellement et socialement. Emma, votre partialité vous aveugle ! Si l'on considère sa naissance, ses talents ou son éducation, une Harriet Smith peut-elle prétendre à un parti plus noble que Robert Martin ? Fille naturelle d'on ne sait qui, elle ne peut guère espérer entrer en possession de la moindre fortune ou appartenir à une famille respectable. Que savons-nous d'elle, sinon qu'elle est pensionnaire dans une école des plus communes ? Elle n'est pas intelligente, elle n'a point d'instruction ; on ne lui a rien appris d'utile et elle est trop jeune et trop sotte pour avoir acquis par elle-même le moindre savoir. A son âge, elle ne peut guère avoir d'expérience et son peu d'esprit laisse craindre qu'elle soit incapable de faire jamais de grands progrès. Elle est jolie, elle est douce, mais c'est bien là tout ce que l'on peut porter à son actif. Si j'ai conçu des réticences à propos de ce mariage, elle en était la seule responsable car elle me paraissait indigne des mérites de Mr. Martin. J'ai songé à ce moment-là que c'était sans aucun doute un mauvais parti, que ce garçon pouvait très facilement trouver mieux du point de la fortune et ne pouvait tomber plus mal s'il cherchait une épouse intelligente et capable de l'épauler. Il m'était cependant impossible, et j'en étais conscient, de faire entendre raison à un homme aussi amoureux et j'ai préféré croire qu'elle ne manquait point de qualités et appartenait à cette catégorie de femmes qui finissent par s'améliorer lorsqu'elles sont en de bonnes mains. J'étais persuadé qu'elle serait la seule bénéficiaire dans cette affaire et je ne doutais pas le moins du monde (je n'en doute d'ailleurs toujours pas) que chacun jugerait qu'elle avait une chance inouïe. J'étais certain que même vous, vous seriez ravie. Il me semblait que vous ne regretteriez pas de voir votre amie quitter Highbury si c'était pour s'établir aussi brillamment. Je me rappelle m'être dit : « Même Emma, malgré sa partialité, reconnaîtra que cette union est inespérée. »

— C'est mal me connaître que d'avoir pensé une chose pareille, et cela m'étonne de vous ! Quoi, aller vous imaginer qu'un fermier (et malgré ses mérites et tout son bon sens, Mr. Martin n'est rien d'autre), aller vous imaginer qu'un fermier m'apparaîtrait comme un bon parti pour mon amie intime ! Croire que je ne regretterais pas de la voir quitter Highbury pour épouser un homme que je n'ai jamais admis parmi mes relations ! Je suis très surprise que vous ayez pu me prêter des sentiments pareils et je vous assure que les miens sont tout différents. Je suis obligée de constater que vous manquez d'équité. Vous êtes injuste lorsque vous évoquez la position d'Harriet, car on peut, comme moi, la voir sous un autre jour. Peut-être Mr. Martin est-il plus riche qu'elle, mais il lui est sans nul doute socialement inférieur. Harriet n'évolue pas dans le même milieu que lui, et pour elle, ce serait déchoir que d'épouser un tel homme.

— Oui, pour une enfant illégitime et une jeune fille inculte, ce serait en effet déchoir que d'épouser un fermier respectable et intelligent.

— Pour ce qui est de sa naissance, les légalistes peuvent évidemment la taxer d'illégitime mais cet argument n'a pas la moindre valeur. On ne doit pas faire payer à cette enfant les fautes d'autrui en lui niant les droits que lui confère son éducation. Son père est sans doute un gentleman et un monsieur fort riche. Il verse à sa fille une pension des plus convenables et n'a jamais rien négligé pour assurer son bien-être ou son éducation. Je suis absolument persuadée que le père d'Harriet est un gentleman et personne ne peut dénier à cette malheureuse le droit de fréquenter des jeunes filles de la bonne société.

— Quelles que soient ses origines, reprit Mr. Knightley, et quels que soient ceux qui ont assuré son éducation, il ne semble pas que l'on ait projeté d'introduire votre amie dans ce que vous nommeriez « le monde ». Après l'avoir placée dans une école tout à fait modeste, on l'abandonne à Mrs. Goddard, à charge pour elle de se tirer d'affaire comme elle peut. En bref, on désire manifestement qu'elle évolue dans la sphère d'une directrice de pensionnat et qu'elle s'y fasse des relations. Ses amis jugent que c'est assez bon pour elle et c'était le cas jusqu'ici puisqu'elle ne nourrissait elle-même point d'ambition. Miss Smith ne méprisait nullement son entourage et ne songeait pas à viser plus haut avant que vous n'ayez le caprice d'en faire votre amie. Cet été, elle a été aussi heureuse que possible avec les Martin. Elle n'était pas encore vaniteuse et si elle l'est devenue, vous en êtes entièrement responsable. Vous n'êtes pas une amie pour Harriet Smith, Emma. Robert Martin ne se serait jamais engagé de la sorte s'il n'avait eu la conviction de ne pas lui déplaire. Je connais bien ce garçon, il a trop de cœur pour demander inconsidérément la main d'une femme en se laissant guider par sa seule passion égoïste. Quant à la vanité, je ne connais pas un homme qui en soit aussi totalement dénué. Soyez sûre qu'il a reçu des encouragements.

Jugeant plus pratique de ne pas répondre directement à cette affirmation, Emma préféra ramener la conversation sur un terrain moins dangereux.

— Vous défendez chaleureusement votre ami Martin, mais comme je vous le faisais remarquer tout à l'heure, vous êtes injuste pour Harriet. Ses chances de faire un beau mariage ne sont pas aussi négligeables que vous le prétendez. Ce n'est peut-être pas un génie mais elle a plus de bon sens que vous ne le croyez et ne mérite pas que l'on parle de son intelligence en des termes aussi méprisants. Sans insister sur ce point, cependant, et en admettant qu'elle ne soit, comme vous le prétendez, que jolie et gentille, ces qualités, permettez-moi de vous le faire remarquer, ne sont pas, au degré où elle les possède, de minces recommandations aux yeux du monde. Harriet est extrêmement jolie et quatre-vingt-dix-neuf personnes sur cent seront d'accord avec moi pour le dire. Tant que les hommes ne se montreront pas plus philosophes qu'à l'heure actuelle sur le chapitre de la beauté, tant qu'ils tomberont amoureux d'un beau visage et non pas d'un cerveau instruit, une jeune fille aussi délicieuse qu'Harriet ne manquera point d'être admirée, recherchée et d'avoir la possibilité de choisir entre nombre de soupirants. La gentillesse de cette petite est aussi un grand avantage. Miss Smith témoigne d'une réelle et grande douceur, d'une sincère modestie et d'une facilité certaine à reconnaître les mérites d'autrui. Ou je me trompe fort, ou votre sexe considère généralement qu'une telle beauté et un tel naturel sont les dons les plus précieux qu'une femme puisse avoir reçus.

— Sur mon honneur, Emma, à vous entendre déraisonner de la sorte, je finirais presque par partager votre manière de voir. Il vaut mieux être dénué d'intelligence que de l'employer comme vous le faites.

— Certes, je sais que c'est là votre sentiment à tous, s'écria-t-elle d'un ton badin. Je sais qu'Harriet est le type même de jeune fille qui fait les délices d'un homme, parce qu'elle ravit ses sens tout en satisfaisant son esprit. Oh, Harriet peut se permettre de faire la difficile ! Si vous songiez un jour à vous marier, elle vous irait à la perfection. Quoi ! Doit-on s'étonner qu'à dix-sept ans, alors qu'elle vient à peine d'être introduite dans le monde et commence tout juste à se faire connaître, elle refuse la première demande en mariage dont on consent à l'honorer ? Non, je vous en prie, laissez-lui le temps de regarder un peu autour d'elle.

— J'ai toujours trouvé cette amitié ridicule, même si je n'en ai soufflé mot, rétorqua Mr. Knightley, mais je m'aperçois aujourd'hui qu'elle aura pour Harriet des conséquences désastreuses. Vous allez lui donner une idée si flatteuse de sa propre beauté et du destin auquel elle peut prétendre qu'elle trouvera bientôt absolument indignes d'elle tous les hommes qui sont à sa portée. La vanité suscite toutes sortes de catastrophes quand elle s'empare d'un esprit faible. Pour une jeune demoiselle, rien de plus facile que de surestimer ses prétentions. Miss Harriet Smith ne risque guère de voir affluer les demandes en mariage, même si elle est très jolie. Les hommes intelligents ne tiennent pas à s'encombrer d'une sotte, quoi que vous puissiez dire. Les jeunes gens de bonne famille ne seront guère désireux de s'unir à une demoiselle qui n'est rien et les plus prudents reculeront devant le déshonneur et la honte qui risqueraient d'être leur lot si le mystère de la naissance d'Harriet venait un jour à être éclairci. Laissez-la donc épouser Robert Martin, il lui apportera la sécurité, la respectabilité et le bonheur. Si vous l'encouragez à espérer un grand mariage, et si vous la persuadez de ne jamais accepter pour époux qu'un homme riche et important, elle risque fort, au contraire, de rester toute sa vie pensionnaire chez Mrs. Goddard, ou du moins, car Harriet Smith est de ces filles qui finissent toujours par se marier, d'y rester jusqu'au jour où, désespérée, elle sera bien contente de pouvoir accepter les propositions du fils du vieux maître d'écriture.

— Nos avis divergent tellement sur ce point que je crois inutile de poursuivre cette discussion, Mr. Knightley. Nous ne ferions que nous énerver. Je vous ferai cependant remarquer que je ne risque pas de la laisser épouser Robert Martin, car elle a refusé son offre, et cela si catégoriquement que ce garçon ne lui demandera jamais une deuxième fois sa main. Quoi qu'il advienne, elle sera forcée de s'en tenir à sa décision. Quant à ce refus lui-même, je ne nierai pas que j'aurais peut-être pu influencer Harriet mais je suis sûre que personne, et moi pas plus qu'une autre, n'y pouvait grand-chose. Son physique et ses manières désavantagent tellement Mr. Martin qu'Harriet ne risquait guère de le regarder d'un œil indulgent, même si autrefois... J'imagine qu'avant de le connaître vraiment, elle le trouvait supportable. C'était le frère de ses amies, il faisait des efforts pour lui plaire... N'ayant point le loisir de comparer, ce qui aidait certainement beaucoup ce garçon, elle ne pouvait le trouver déplaisant à l'époque d'Abbey Mill. Mais les circonstances ont changé, elle sait désormais ce qu'est un gentleman, et seul un homme qui a les manières et l'éducation d'un gentleman peut avoir des chances auprès d'elle.

— C'est une sottise, la pire sottise qu'on ait jamais énoncée. Les manières de Robert Martin témoignent d'une intelligence, d'une franchise et d'une gaieté qui ne peuvent que le recommander et ce jeune homme montre plus de véritable noblesse qu'une Harriet Smith n'est capable d'en concevoir.

Emma ne répondit pas. Elle essayait bien de feindre une indifférence enjouée mais au fond elle se sentait mal à l'aise et désirait vivement voir partir Mr. Knightley. Elle ne regrettait certes pas ce qu'elle avait fait et continuait à s'estimer meilleur juge que cet homme de problèmes qui concernaient les droits des femmes et leur cœur délicat, mais, en même temps, elle éprouvait comme toujours une espèce de respect pour le jugement de Mr. Knightley et souffrait d'être en désaccord avec lui. Il lui était infiniment désagréable de le voir assis en face d'elle, manifestement en proie à une vive colère. Quelques minutes se passèrent dans un silence pénible qu'Emma essaya de rompre en parlant du temps qu'il faisait. Son hôte ne répondit pas. Il réfléchissait et livra bientôt à sa jeune amie le fruit de ses méditations.

— Finalement, Robert Martin n'a pas perdu grand-chose... du moins s'il parvient à s'en rendre compte, ce qui ne tardera guère, je l'espère. Vous seule savez ce que vous fomentez pour Harriet, mais comme vous ne cherchez pas à cacher votre goût pour le mariage des autres, il est relativement facile de deviner les projets, les plans et les intentions qui sont les vôtres... Je vous signalerai donc en ami que si vous avez des vues sur Mr. Elton, vous vous fatiguez certainement pour rien.

Emma se mit à rire, protestant d'avoir jamais songé à cela. Mr. Knightley poursuivit :

— Soyez persuadée qu'Elton n'est pas du tout l'homme qui convient. C'est un charmant garçon et un vicaire fort respectable mais il n'ira jamais se marier à la légère. Il connaît mieux que personne la valeur de l'argent. Il lui arrive peut-être de tenir des discours sentimentaux, mais quand il faut agir, il n'écoute plus que sa raison. Il a tout autant conscience de ses mérites que vous de ceux d'Harriet. Il sait qu'il est joli garçon et que tout le monde l'adore, et d'après le ton qu'il adopte lorsqu'il parle sans contraintes et en présence de seuls hommes, il n'est, j'en suis certain, nullement disposé à gaspiller ses chances. Je l'ai entendu évoquer avec un certain enthousiasme une famille où les jeunes filles, amies intimes de ses sœurs, auront chacune vingt mille livres de dot.

— Je vous suis infiniment obligée, dit Emma en riant toujours, et si j'avais eu à cœur de voir Mr. Elton épouser Harriet, il eût été très aimable à vous de m'ouvrir les yeux. Pour l'instant, je me contenterai cependant de garder Harriet pour moi. En fait, c'en est fini pour moi des mariages. Je ne pourrai jamais égaler mon œuvre de Randalls et je préfère donc renoncer temporairement.

— Au revoir, dit-il en se levant brusquement, et il partit sans plus de cérémonies.

Il était extrêmement contrarié. Robert Martin, il le comprenait, devait être affreusement déçu, et il se sentait humilié de l'avoir encouragé à demander la main d'Harriet. Il était en outre excessivement irrité du rôle qu'Emma avait à n'en pas douter joué dans cette affaire.

La jeune fille était de son côté assez mécontente mais les raisons de son insatisfaction n'étaient pas aussi claires que celles de la colère de Mr. Knightley. Elle ne se sentait pas très fière d'elle et n'était pas aussi sûre que son adversaire d'avoir raison. Si Mr. Knightley s'en était allé en paix avec sa conscience, Emma n'éprouvait pas du tout ce sentiment, bien qu'elle ne fût pas suffisamment abattue pour qu'un peu de temps et le retour d'Harriet ne lui parussent un réconfort suffisant. L'absence prolongée de son amie inquiéta un peu Miss Woodhouse qui craignait que Robert Martin ne fût revenu ce matin-là chez Mrs. Goddard pour plaider sa cause auprès de sa belle. La peur d'un échec aussi cinglant se transforma bientôt chez Emma en une angoisse atroce et lorsque Harriet rentra en expliquant son retard par des raisons qui n'avaient aucun rapport avec cet odieux mariage, elle éprouva une satisfaction qui, tout en la rassurant sur son propre compte, la convainquit qu'en dépit de ce que Mr. Knightley pouvait penser ou dire, elle n'avait jamais fait qu'obéir aux lois de l'amitié et de la délicatesse féminine.

Mr. Knightley l'avait un peu effrayée en parlant de Mr. Elton, mais tout bien considéré, il n'avait jamais eu le loisir d'observer le jeune homme aussi bien qu'elle et n'avait apporté à son examen ni le même soin, ni (elle pouvait bien se l'avouer malgré toutes les prétentions de son vieil ami) la même perspicacité. Dans le feu de la colère, il avait dit n'importe quoi et Miss Woodhouse était presque sûre qu'au lieu de certitudes, il avait exprimé les désirs que lui dictait son ressentiment. Peut-être, contrairement à elle, avait-il eu l'occasion de l'entendre parler sans retenue et il n'était pas impossible que le jeune vicaire ne fût point indifférent aux questions d'argent, mais même dans ce cas, Mr. Knightley avait certainement commis l'erreur de sous-estimer l'influence d'une violente passion sur les calculs les plus intéressés. Ignorant tout des sentiments du jeune homme, Mr. Knightley ne pouvait tenir compte de leurs éventuelles conséquences. Emma, elle, connaissait trop le fol amour de Mr. Elton pour douter un instant qu'il ne pût vaincre toutes les hésitations que la prudence ou la raison risquaient d'avoir tout d'abord éveillées, d'autant que le soupirant, s'il n'était pas un écervelé, n'était pas non plus timoré à l'excès.

Emma puisa un réconfort immense dans la satisfaction évidente d'Harriet et ses manières enjouées. La jeune fille ne songeait plus du tout à Robert Martin mais brûlait par contre du désir de parler de Mr. Elton. C'est avec ravissement qu'elle s'empressa de répéter à Emma ce que Miss Nash venait de lui raconter : venu chez Mrs. Goddard pour soigner une élève malade, Mr. Perry avait confié à Miss Nash que la veille, en rentrant de Clayton Park, il avait rencontré Mr. Elton qui se rendait à Londres d'où il ne comptait revenir que le lendemain. C'était fort étonnant, car il y avait justement ce soir-là une réunion au club de whist et Mr. Elton n'en manquait jamais une. Mr. Perry avait reproché au jeune homme de s'absenter, lui, le meilleur joueur du club, et il avait tout fait pour le convaincre de remettre son voyage à plus tard. Cela n'avait eu aucun résultat. Mr. Elton était décidé à partir et il avait confié au docteur, d'un air tout à fait singulier, qu'il se rendait à Londres afin de régler une affaire de la plus haute importance. Il avait fait allusion à une mission des plus flatteuses et s'était déclaré porteur d'un objet infiniment précieux. Mr. Perry, sans comprendre exactement ce dont il s'agissait, était absolument certain qu'il y avait une dame là-dessous. Il ne l'avait pas caché à Mr. Elton qui avait seulement paru un peu embarrassé et s'était contenté de sourire avant de s'éloigner, l'air parfaitement satisfait. Miss Nash avait répété toute cette histoire à Miss Smith, en l'agrémentant de surcroît de détails supplémentaires sur le vicaire. Elle avait dit à sa jeune élève, en la regardant avec insistance, que sans prétendre détenir la clé de ce mystère, elle trouvait que l'élue de Mr. Elton, quelle qu'elle fût, était à son avis la femme la plus heureuse du monde, le jeune homme n'ayant sans nul doute point de rival pour la séduction ou la gentillesse.

CHAPITRE IX

Mr. Knightley en voulait peut-être à Emma mais celle-ci n'éprouvait pas le moindre remords. Son vieil ami était tellement mécontent qu'il demeura plus longtemps que de coutume sans venir la voir, et encore arbora-t-il lors de cette visite un air grave qui disait clairement qu'il ne lui avait point pardonné. Bien que navrée, Emma n'arrivait pas à regretter ce qu'elle avait fait car les événements semblaient justifier chaque jour davantage des actes et des projets qui ne lui en devenaient que plus chers.

Le portrait, fort élégamment encadré, leur parvint peu après le retour de Mr. Elton. Quand on l'eut suspendu au-dessus de la cheminée du petit salon, Mr. Elton se leva pour le contempler et exprima comme il convenait son admiration. Quant à Harriet, son respect pour le jeune vicaire se muait manifestement en une tendresse aussi profonde et aussi solide que le permettaient sa jeunesse et son caractère, et notre héroïne fut totalement rassurée lorsqu'elle vit son amie ne plus songer à Robert Martin que pour opposer en esprit ses défauts aux nombreuses qualités de Mr. Elton.

Emma avait autrefois conçu le projet de cultiver l'esprit d'Harriet par des lectures et conversations adéquates mais les deux jeunes filles s'étaient jusque-là contentées de commencer quelques ouvrages en remettant toujours au lendemain la suite de leur travail. Il était plus facile de bavarder que de s'attaquer à la tâche en cours et plus agréable de laisser errer son imagination sur le brillant destin qui attendait Harriet que de se fatiguer à l'instruire et à lui enseigner à exercer son intelligence sur des choses sérieuses. L'unique activité littéraire à laquelle se livrât désormais Harriet, la seule provision intellectuelle qu'elle entreprît de faire pour ses vieux jours était de collecter et retranscrire des devinettes dans un mince in-quarto de papier satiné que lui avait confectionné son amie et qui était délicieusement orné de monogrammes et de trophées.

De tels recueils ne sont point rares à une époque où l'on prise tant la littérature. Miss Nash, professeur chez Mrs. Goddard, avait recopié plus de trois cents charades, et Harriet, qui avait eu l'idée d'en faire autant, espérait arriver à un résultat nettement supérieur grâce à l'aide de Miss Woodhouse. Emma lui était d'un grand secours car elle avait de l'imagination, de la mémoire et du goût, et Harriet ayant par ailleurs une écriture ravissante, ce recueil risquait fort de se transformer en un ouvrage de premier ordre, tant pour la forme que pour le volume.

Mr. Woodhouse se passionnait presque autant que les jeunes filles pour cette grande œuvre, et il essayait de se remémorer des devinettes dignes d'enrichir la collection d'Harriet. « On composait de si jolies charades, au temps de sa jeunesse ! Pourquoi n'arrivait-il pas à se les rappeler ? Mais il espérait que cela viendrait... » et il finissait invariablement par évoquer « Kitty, la jeune fille si belle mais tellement glaciale ».

Il avait parlé de tout cela à son cher Mr. Perry mais celui-ci ne se souvenait pas non plus de grand-chose. On lui avait cependant fait promettre d'être vigilant et l'on pouvait nourrir pas mal d'espérances de ce côté-là.

Emma, quant à elle, ne désirait nullement mettre à contribution tous les esprits de Highbury. Elle souhaitait simplement s'assurer l'aide de Mr. Elton. Celui-ci s'était vu prié d'apporter son tribut de bons mots, énigmes et charades, et notre héroïne put constater avec plaisir qu'il prenait cette tâche à cœur et faisait fonctionner sa mémoire. Elle s'aperçut aussi qu'il prenait garde à ne jamais leur rapporter une histoire qui allât contre les lois de la galanterie ou n'exaltât point les vertus féminines, et les jeunes filles durent à cet amoureux transi leurs deux ou trois charades les plus courtoises. Il manifesta une telle joie, un tel enthousiasme quand il parvint à se remémorer certaine énigme très célèbre, qu'Emma fut vraiment navrée d'être forcée de lui avouer qu'on connaissait déjà l'histoire et qu'on l'avait recopiée depuis longtemps. Il faut dire qu'il avait récité avec une ardeur extrême les vers fameux :

> Mon premier laisse présager l'affliction
> Que risque fort d'éprouver mon second,
> Et mon tout constitue l'antidote rêvé
> Pour adoucir et guérir cette terrible affliction.

— Pourquoi ne pas écrire vous-même, Mr. Elton ? demanda Emma. Nous aurions au moins la certitude d'avoir des œuvres originales et je suis au reste certaine que cette tâche ne vous poserait pas le moindre problème.

— Oh non, je vous en prie ! Je n'ai jamais, ou presque jamais, rien écrit de ce genre. Je suis le garçon le plus sot du monde et je crains que même vous, Miss Woodhouse, — il s'interrompit un instant — ou vous, Miss Smith, ne parveniez à m'inspirer.

On eut cependant dès le lendemain la preuve que les deux jeunes filles avaient su inspirer Mr. Elton, car il vint faire un petit tour à Hartfield dans le seul but d'apporter un feuillet où se trouvait une charade que l'un de ses amis avait, paraît-il, composée à l'intention d'une jeune demoiselle dont il était amoureux. Il suffit à Emma de regarder le soupirant d'Harriet pour comprendre quel était le véritable auteur de cette devinette.

— Cette charade n'est point destinée à figurer dans le recueil de Miss Smith, précisa le jeune homme. C'est un ami qui l'a écrite et je ne me sens pas le droit de la rendre publique.

Mr. Elton parut adresser ce discours à Emma plutôt qu'à Harriet, ce qui était fort compréhensible, ce soupirant timide ayant moins de mal à parler à Miss Woodhouse qu'à sa compagne. Il partit une minute plus tard. Les jeunes filles demeurèrent silencieuses un instant puis Emma tendit la feuille de papier à Harriet avec un grand sourire :

— Prenez-la, lui dit-elle, elle est pour vous. Entrez en possession de votre bien.

Mais Harriet, toute tremblante, ne put s'exécuter, et c'est Emma qui fut obligée de lire la première, non sans en éprouver d'ailleurs une certaine satisfaction.

« A Miss... Charade.

Mon premier déploie l'or et la pompe des rois,
Ces seigneurs de la terre, et leur luxe et leur faste.
Mon second a nourri l'autre vision de l'homme,
Voici, regardez-le, ce monarque des mers !
En mon tout, quelle révolution ! Envolées
Puissance et liberté, ancien orgueil de l'homme !
Roi des mers et du monde, il se soumet, esclave,
Et la femme, si belle, la femme règne seule.
L'esprit aura tôt fait d'éclaircir le mystère.
Puisse-t-il dire aussi "oui" dans un doux regard. »

Après avoir jeté un coup d'œil sur la charade, Emma réfléchit un instant et résolut le problème. Une lecture l'assura qu'elle ne s'était point trompée sur le sens de ces vers et elle remit enfin le feuillet aux mains de sa destinataire. Tranquillement assise, un sourire aux lèvres, elle profita de ce que cette dernière s'escrimait à trouver la solution de l'énigme, embarrassée par les espoirs qui l'assaillaient et gênée par sa lenteur d'esprit, pour méditer sur la situation. « Fort bien, Mr. Elton, fort bien, se disait-elle. J'ai lu pire. Oui, le mot n'est pas mal choisi et je vous félicite d'y avoir pensé. Excellente manière d'aborder le sujet, votre message est clair. Il dit : S'il vous plaît, Miss Smith, permettez-moi de vous présenter mes hommages. Honorez de votre indulgence et ma charade et mon amour... Puisse-t-il dire aussi oui dans un doux regard... C'est tout à fait Harriet... Un regard très doux... Oui, c'est bien la connaître. Et ce "L'esprit aura tôt fait d'éclaircir le mystère..." Hum ! l'esprit d'Harriet... Enfin, tant mieux !

Il faut que ce garçon soit vraiment épris pour la voir sous ce jour ! Ah, Mr. Knightley, comme j'aimerais que vous fussiez là ! Quelle bonne leçon vous recevriez ! Je crois qu'elle suffirait à vous convaincre, et pour une fois, vous seriez obligé de reconnaître que vous vous êtes trompé. C'est vraiment une bonne charade, et elle atteint fort bien son but. Les événements vont certainement se précipiter désormais. »

Emma se vit obligée d'interrompre le cours d'une délicieuse méditation qui eût pu durer très longtemps, car Harriet se montra tout à coup fort impatiente de lui poser diverses questions, assez bizarres du reste :

— De quoi peut-il bien s'agir, Miss Woodhouse ? De quoi parle-t-il ? Je n'en ai pas la moindre idée. Je ne devine pas tout. Qu'est-ce que cela peut bien être ? Essayez de trouver, Miss Woodhouse, aidez-moi. Je n'ai jamais rien vu d'aussi difficile. Est-ce « royaume » ? Je me demande qui était l'ami et qui est la demoiselle... Que pensez-vous de cette charade ? La trouvez-vous spirituelle ? Est-ce que ce serait « femme » ? « Et la femme, si belle, la femme règne seule... » S'agirait-il de Neptune ? « Voici, regardez-le, ce monarque des mers. » Un trident, peut-être, ou une sirène ? Un squale ? Oh, non, squale n'a qu'une syllabe ! Cette devinette doit être extrêmement spirituelle, car il ne nous l'aurait pas apportée... Oh, Miss Woodhouse, croyez-vous que nous trouverons un jour ?

— Sirène ? Squale ? Mais c'est absurde ! A quoi songez-vous donc, ma chère Harriet ? Pourquoi vous aurait-on soumis une charade sur des sirènes ou sur des squales ? Donnez-moi ce papier, et écoutez-moi bien : « Pour Miss... » Il faut lire : « A Miss Smith. » Ensuite :

« Mon premier déploie l'or et la pompe des rois,
Ces seigneurs de la terre, et leur luxe, et leur faste »
» C'est "court", bien sûr...
« Mon second a nourri l'autre vision de l'homme,
Voici, regardez-le, ce monarque des mers ! »

» C'est "ship", aussi simple que possible. Maintenant, passons au plus ravissant :

« En mon tout, quelle révolution ! » C'est « court-ship [1] », bien entendu. Poursuivons :

« Envolées

Puissance et liberté, ancien orgueil de l'homme !

Roi des mers et du monde, il se soumet, esclave,

Et la femme, si belle, la femme règne seule. »

» Voici un compliment tout à fait à propos ! Vient ensuite une prière que vous n'aurez, selon moi, pas grand mal à comprendre. Tous les espoirs sont permis, Harriet. Cette charade a été sans nul doute écrite pour vous et elle vous est adressée.

Harriet ne put résister longtemps à des arguments aussi flatteurs, et elle éprouva, en relisant les deux derniers vers de l'énigme, autant de bonheur que de trouble. Incapable de dire un mot, elle n'eut heureusement point besoin de parler et put se livrer tout au flot de sentiments qui la submergeait. Emma prit la parole à sa place :

— La signification de ce compliment est tellement claire que je ne puis douter un instant des intentions de Mr. Elton, dit-elle. Il vous aime, et vous en aurez bientôt une preuve éclatante. J'en étais sûre ! Je savais que mes espérances ne seraient pas déçues, mais désormais tout est clair. Mr. Elton désire autant ce mariage que moi depuis que je vous connais. Oui, Harriet, j'ai souhaité cet événement depuis le premier jour. Était-il plus souhaitable ou plus naturel que l'amour naquît entre vous, je n'aurais pas été capable d'en décider car cette union m'a paru dès le début aussi fatale que désirable. Je suis très heureuse et je vous félicite de tout mon cœur, ma chère Harriet. Vous pouvez être fière d'être l'élue d'un tel homme car toute femme le serait à votre place. Ce mariage ne présente que des avantages. Il vous apportera tout ce dont vous avez

---

1. *Courtship* (la cour que l'on fait à une dame) = *court* (cour d'un roi) + *ship* (navire).

besoin, la considération de chacun, l'indépendance, une belle maison, et vous vous trouverez grâce à Mr. Elton définitivement établie près de vos vrais amis, près de Hartfield, près de moi... Plus rien, jamais, ne viendra menacer notre amitié, et c'est un mariage dont ni vous ni moi n'aurons à rougir, Harriet.

— Chère Miss Woodhouse, chère Miss Woodhouse, balbutia Harriet Smith, incapable d'en dire davantage et mêlant à ses invocations les baisers les plus tendres.

Au bout d'un certain temps, les jeunes filles parvinrent cependant à se maîtriser et à tenir des discours un peu plus cohérents, et notre héroïne comprit clairement que son amie réagissait en tout point comme on pouvait le désirer. Sa manière de voir les événements, les sentiments qui l'agitaient, ses espérances et jusqu'à ses souvenirs répondaient à présent aux nécessités de la situation, et il semblait vraiment qu'Harriet reconnaissait enfin à Mr. Elton une incontestable supériorité.

— Vous ne vous trompez jamais, s'écria-t-elle, et je suppose donc, je crois, j'espère, que tout se passera comme vous le dites. Jamais je n'aurais imaginé une chose pareille ! Je mérite si peu un tel honneur ! Mr. Elton pourrait briguer les faveurs des femmes les plus exquises ! C'est un homme dont on ne peut discuter les qualités, il est tellement supérieur ! Songez seulement à ces vers si doux... « A Miss... » Mon Dieu, que d'esprit ! Est-il possible que cela s'adresse à moi ?

— Je ne puis en douter ni tolérer qu'on en doute. C'est certain, croyez-en ma vieille expérience. C'est comme un prologue à la pièce, un exergue au chapitre... et la prose qui suivra bientôt sera, j'en suis sûre, sans équivoque.

— Qui aurait pu croire cela ? Je n'aurais même pas osé y songer il y a un mois. Il se produit des événements bien étranges !

— Oui, quand les Miss Smith et les Mr. Elton se rencontrent... et c'est fort étrange, en effet. Il est rare qu'un événement aussi manifestement, aussi évidemment souhaitable vienne combler si tôt les désirs de chacun en se réalisant. De par vos situations respectives, vous étiez, vous et Mr. Elton, absolument faits l'un pour l'autre. Votre mariage était fatal, et il sera, je n'en doute pas, aussi réussi que celui des Weston. Quelque chose dans l'air de Hartfield semble pousser les êtres à ne s'éprendre qu'à bon escient et à faire naviguer leur amour sur le canal même où il était appelé à voguer. « Les vraies amours ne vont jamais d'un cours égal... » Si l'on entreprenait à Hartfield une nouvelle édition de Shakespeare, on ne manquerait point d'annoter longuement ce passage.

— Mr. Elton amoureux de moi... moi entre toutes... moi qui à la Saint-Michel ne le connaissais pas suffisamment pour lui adresser la parole ! Et lui, l'homme le plus élégant du monde, lui que chacun admire à l'égal d'un Mr. Knightley ! On prise tant sa compagnie que selon la rumeur générale, il ne prendrait jamais un repas en solitaire s'il ne le désirait et reçoit plus d'invitations qu'il n'y a de jours dans la semaine. Et puis il est si merveilleux, à l'église ! Miss Nash a retranscrit tous les sermons qu'il a prononcés depuis qu'il est à Highbury. Mon Dieu ! Quand je me remémore la première fois où je l'ai vu ! Comme j'étais loin de penser que... Ce jour-là, les deux Abbot et moi nous sommes précipitées dans la pièce qui donne sur le devant de l'école. Nous voulions le voir passer. Nous étions en train de regarder par la jalousie lorsque Miss Nash est arrivée et nous a chassées après nous avoir sévèrement tancées. Elle est restée pour épier à son aise à travers la jalousie mais elle m'a rappelée tout de suite et m'a permis de regarder aussi, ce qui était très gentil de sa part. Comme nous l'avons trouvé beau ! Ils allaient bras dessus bras dessous, lui et Mr. Cole.

— Ce mariage ne manquera point de faire plaisir à ses amis, quels qu'ils soient... Enfin, à condition qu'ils aient un peu de bon sens. De toute manière, nous n'avons pas à tenir compte de l'opinion des sottes gens. Si vos propres amis désirent un tant soit peu vous voir faire un mariage *heureux*, ils ont dans la gentillesse de Mr. Elton une garantie suffisante ; s'ils souhaitent vous voir établie dans la région qu'ils ont choisie pour vous, leur désir sera exaucé et si leur unique souci est de vous voir *bien mariée*, comme on dit, voici une fortune, une situation et une position sociale qui ne pourront que les satisfaire.

— Oui, c'est juste. Comme vous parlez bien ! J'aime vous écouter. Vous comprenez tout. Vous êtes tellement intelligents, vous et Mr. Elton ! Cette charade ! Je ne serais jamais arrivée à en composer de semblable, même si l'on m'avait donné un an.

— Hier, j'ai bien pensé, à la façon dont il repoussait ma proposition, qu'il voulait en fait essayer ses talents.

— Je n'ai jamais, non, jamais lu charade plus spirituelle.

— Je n'en ai certes jamais lu qui vînt mieux à propos.

— Et puis elle est aussi longue que la plupart de celles que nous avions déjà collectées !

— Je ne pense pas que sa longueur prêche spécialement en sa faveur ! Une charade n'est jamais trop brève.

Harriet ne l'entendit pas, trop absorbée qu'elle était par les vers de Mr. Elton. Il lui venait à l'esprit les plus flatteuses comparaisons.

— C'est une chose, dit-elle bientôt, les joues en feu, que d'être comme un tout un chacun doté de vulgaire bon sens et de se montrer capable d'écrire si nécessaire une lettre à peu près claire, mais c'en est une autre de savoir composer des vers ou des charades comme celle-ci.

Emma ne pouvait rêver rejet plus catégorique de la prose de Mr. Martin.

— Ces vers sont tellement charmants ! poursuivit Harriet. Les deux derniers surtout ! Mais comment lui rendre son œuvre, comment lui avouer que j'ai percé le mystère ? Oh, Miss Woodhouse, qu'allons-nous faire ?

— Laissez-moi cette charade et, vous, ne faites rien ! A mon avis, Mr. Elton viendra ce soir et je lui rendrai moi-même son bien. Soyez tranquille, nous ne ferons qu'échanger quelques paroles sans importance et vous ne serez nullement compromise. C'est votre doux regard seul qui choisira le moment de dire oui, faites-moi confiance.

— Oh ! Miss Woodhouse, comme je regrette de ne pouvoir recopier cette belle charade dans mon recueil, ce serait à n'en point douter la meilleure !

— Supprimez donc les deux derniers vers, il n'y aura plus de problème.

— Oh, mais ces deux derniers vers sont...

— Les plus jolis, admettons ! Ce sont ceux qui vous font le plus de plaisir, gardez-les donc pour vous ! Vous savez, ce n'est point parce que vous les couperez qu'ils n'auront pas été écrits ! Ce distique n'en existera pas moins et sa signification profonde ne changera pas, mais supprimez-le et vous rendrez toute interprétation gênante impossible. Que restera-t-il alors sinon une charade aussi ravissante que courtoise qui pourrait figurer dans n'importe quel recueil ? Croyez-moi, Mr. Elton n'aimerait pas plus que l'on méprisât sa charade que sa passion. Lorsqu'un jeune homme est à la fois amoureux et poète, il faut encourager ses deux talents ou aucun. Donnez-moi donc votre livre, je recopierai moi-même cette fameuse devinette et personne ne pourra plus vous faire le moindre reproche.

Harriet se soumit, bien qu'elle eût un certain mal à croire qu'il suffisait de supprimer deux vers à ce poème pour en faire autre chose qu'une déclaration d'amour. Quoi qu'il en fût, elle attachait trop de prix au tendre message de Mr. Elton pour avoir envie de le rendre public.

— Je ne montrerai ce recueil à personne, dit-elle.

— Fort bien, répondit Emma, je trouve cela tout naturel et je me réjouirai toujours de vous voir de semblables dispositions... Mais voici venir mon père. J'espère que vous ne vous opposerez point à ce que je lui lise cette charade, il en sera tellement heureux ! Il adore ce genre de choses, surtout lorsqu'on y fait l'éloge d'une femme. Il témoigne à notre égard à toutes de la galanterie la plus délicate ! Il faut que vous me permettiez de lui dire ceci.

Harriet prit un air grave.

— Il ne faut point raffiner à l'excès, ma chère Harriet. Vous finirez par trahir vos sentiments si vous vous trou-

blez si vite et paraissez surestimer, ou simplement apprécier à sa juste valeur la signification de cette énigme. Ne
perdez pas la tête pour ce modeste hommage à votre
beauté. Si Mr. Elton avait été désireux de garder le secret,
il n'aurait pas apporté ce poème pendant que j'étais ici. Il
semble même qu'il ait préféré me le remettre à moi plutôt
qu'à vous, et dans ces conditions, nous ne devons pas
prendre cette affaire trop au sérieux. Votre amoureux
reçoit suffisamment d'encouragements, il est inutile de
pousser d'interminables soupirs sur cette charade.

— Vous avez raison et je ne voudrais surtout pas me
conduire d'une façon ridicule. Faites ce qu'il vous plaira.

Mr. Woodhouse entra au salon et ne tarda guère à évoquer cette question, demandant, comme il le faisait
fréquemment :

— Alors, mes chères petites, où en est votre livre ?
Avez-vous trouvé du nouveau ?

— Oui, Papa, nous avons quelque chose à vous soumettre, et c'est tout nouveau. Ce matin, nous avons trouvé sur
la table une feuille de papier — une fée l'aura certainement déposée à notre intention —, et une ravissante charade y était inscrite. Nous venons juste de la recopier.

Elle la lut à son père, comme il aimait qu'on le fît, lentement, en articulant bien, en répétant deux ou trois fois
tous les vers et en s'arrêtant à chaque fin de strophe pour
fournir les explications nécessaires. Le vieil homme fut
ravi de cette lecture, et comme sa fille l'avait prévu, il
remarqua tout particulièrement le compliment final :

— Oui, tout cela est parfaitement juste et très joliment
écrit de surcroît. C'est tellement vrai... « La femme, si
belle, la femme... » Ce poème est trop exquis pour que je
ne devine point le nom de la fée qui l'a apporté... Il n'y a
que vous pour écrire de cette manière, Emma.

La jeune fille se contenta de faire un petit signe de tête
et sourit. Après une minute de réflexion, Mr. Woodhouse
ajouta en soupirant très tendrement :

— Ah, on voit de qui vous tenez ! Votre chère maman
avait elle-même tant d'esprit ! Dommage que je n'aie

point sa mémoire. Mais je ne me souviens de rien, pas même de cette merveilleuse charade dont je vous ai si souvent parlé. Je me rappelle seulement la première strophe et il y en avait plusieurs.

« Kitty, enfant si belle, froide comme la neige,
Alluma ce feu qui me consume encore.
J'appelai au secours le jeune homme au bandeau,
Dont je craignais pourtant tellement la venue,
Autrefois si fatale à mes vœux les plus chers... »

» Voilà tout ce dont j'arrive à me souvenir... mais cela demeurait tout aussi spirituel jusqu'au bout. Ne m'avez-vous pas dit avoir retrouvé ce texte ?

— Oui, Papa, nous l'avons recopié à la deuxième page de notre recueil. Nous l'avons trouvé dans *le Livre des élégances*. Il est de Garrick, savez-vous ?

— Ah, oui, c'est vrai ! Comme j'aimerais avoir de la mémoire ! « Kitty, enfant si belle, froide comme la neige... » Ce prénom me rappelle la pauvre Isabelle, car elle a failli s'appeler Catherine, comme sa Grand-mère. J'espère que cette chère petite arrivera la semaine prochaine. Avez-vous pensé à la chambre que nous lui donnerons, Emma, et savez-vous où nous installerons les enfants ?

— Oui, elle aura sa chambre, bien entendu... comme d'habitude, et pour les enfants, il y a la nursery. Nous ferons comme les autres fois, vous savez. Pourquoi changerions-nous ?

— Je ne sais pas, ma chérie, mais il y a si longtemps qu'elle n'est venue ! Nous ne l'avons pas vue depuis Pâques, et encore n'était-elle restée que quelques jours... Il est vraiment regrettable que Mr. Knightley soit avoué, ce métier n'est pas pratique du tout ! Pauvre Isabelle ! C'est affreux de la voir ainsi retenue loin de nous, et puis elle sera tellement navrée de ne plus trouver Miss Taylor en arrivant ici !

— En tout cas, cela ne l'étonnera pas, Papa.

— Je ne sais, mais je vous assure que j'ai été fort surpris le jour où j'ai appris qu'elle allait se marier.

— Il faudra inviter Mr. et Mrs. Weston à dîner pendant le séjour d'Isabelle à Hartfield.

— Oui, ma chérie, si nous en avons la possibilité, mais... (sur un ton d'extrême abattement) elle ne reste qu'une semaine. Nous n'aurons le temps de rien faire.

— Il est regrettable qu'elle ne puisse demeurer chez nous plus longtemps, mais il s'agit apparemment d'un cas de force majeure. Mr. Knightley doit absolument se trouver à Londres le vingt-huit, Papa, et nous devrions déjà leur être reconnaissants de nous consacrer tout leur temps libre au lieu d'aller passer deux ou trois jours à Donwell. Mr. Knightley a promis de ne point user de ses droits, bien qu'il n'ait pas non plus reçu leur visite depuis Pâques.

— Mais ma chère, ce serait tellement affreux de voir notre pauvre Isabelle forcée d'aller loger ailleurs qu'à Hartfield !

Mr. Woodhouse était incapable d'admettre que Mr. Knightley eût des droits sur son frère ou que quiconque en eût sur Isabelle, excepté lui-même, bien entendu. Il demeura un moment pensif puis ajouta :

— Je ne comprends pas pourquoi notre pauvre Isabelle devrait partir si vite, même si son mari est obligé de le faire. Je crois que je vais essayer de le convaincre de prolonger un peu son séjour chez nous, Emma. Pourquoi ne resterait-elle pas ici avec les enfants ?

— Ah, Papa, c'est là ce que vous n'avez jamais pu obtenir d'elle et je ne crois pas que vous y parveniez un jour. Vous savez bien qu'Isabelle refuse de quitter son mari !

Les arguments d'Emma étaient trop justes pour souffrir la moindre contradiction et malgré qu'il en eût, Mr. Woodhouse se vit forcé de se soumettre en soupirant. Comprenant qu'il était attristé par l'amour qu'Isabelle vouait à son mari, Emma se hâta d'amener la conversation sur un terrain plus agréable.

— Il faudra inviter Harriet le plus souvent possible pendant le séjour d'Isabelle et de Mr. Knightley. Je suis sûre qu'elle adorera les enfants... Nous sommes très fiers des enfants, n'est-ce pas, Papa ? Je me demande lequel elle trouvera le plus beau, de Henry ou de John ?

— Moi aussi ! Pauvres petits chéris, comme ils seront heureux de venir ! Vous savez, Harriet, ils adorent Hartfield.

— Je n'en doute pas, Monsieur, comment pourrait-il en être autrement ?

— Henry est très joli garçon, mais John ressemble beaucoup à sa maman. Henry est l'aîné, mais on lui a donné mon nom au lieu de celui de son père. John, le second, s'appelle comme son papa. Certaines personnes s'étonnent, je crois, que l'aîné ne porte point le prénom de Mr. Knightley, mais c'est Isabelle qui a voulu l'appeler Henry, ce qui était vraiment gentil de sa part. C'est un garçon très intelligent, ils le sont tous, d'ailleurs. Et puis ils ont de si gracieuses manières ! Ils viennent près de mon fauteuil et me demandent par exemple : « Pourriez-vous me donner un bout de ficelle, grand-papa ? » Une fois, Henry voulait un couteau, mais je lui ai expliqué que les couteaux n'étaient faits que pour les grands-papas. Je trouve souvent leur père trop dur avec eux.

— Vous avez cette impression parce que vous êtes vous-mêmes très doux, dit Emma, mais vous ne le jugeriez pas dur avec ses enfants si vous aviez l'occasion de le comparer à d'autres pères. Il veut que ses fils soient énergiques et robustes, et il lui arrive de les tancer vertement s'ils se sont mal conduits, mais c'est un père affectueux, oui, Mr. Knightley est un père affectueux et les petits l'aiment beaucoup.

— Et leur oncle ! Quand il vient, il les fait sauter jusqu'au plafond, et c'est tellement effrayant !

— Mais ils adorent cela, Papa. Rien ne les ravit davantage et cela les amuse tellement que leur oncle s'est vu forcé d'instaurer une règle selon laquelle il les ferait sauter en l'air chacun à leur tour. Il faut avouer que sans cela, le premier à jouer ne voudrait jamais céder sa place à l'autre.

— C'est possible, mais je n'arrive pas à comprendre cela.

— Nous en sommes tous là, Papa, et nous sommes rarement capables de comprendre les plaisirs d'autrui.

Un peu plus tard, les jeunes filles s'apprêtaient à se séparer pour aller s'habiller en vue du dîner qui avait lieu à quatre heures, lorsqu'elles virent arriver le héros de leur belle charade. Harriet se détourna bien vite mais Emma reçut le jeune homme avec sa gentillesse coutumière. Toujours aussi perspicace, elle ne tarda guère à remarquer que Mr. Elton paraissait embarrassé de s'être engagé et d'avoir en quelque sorte jeté le premier dé. Il était certainement venu se rendre compte de la tournure que risquaient de prendre les événements, mais officiellement, il avait pour seul but de demander aux Woodhouse si l'on pouvait se passer de lui à la réception que l'on donnait à Hartfield ce soir-là ou si sa présence y était si peu nécessaire que ce fût. Toute autre préoccupation passerait évidemment au second plan si l'on avait besoin de lui, mais dans le cas contraire il passerait la soirée avec son ami Cole, celui-ci ayant en effet tellement insisté pour qu'il dînât en sa compagnie et paraissant y attacher une telle importance que Mr. Elton lui avait promis de venir à condition de pouvoir se libérer.

« Emma lui était infiniment obligée, mais elle ne lui permettrait en aucun cas de décevoir son ami. La partie de whist de son père était assurée et il n'y avait donc pas de problème... » Le jeune homme réitéra ses offres, Emma les refusa de nouveau et Mr. Elton semblait sur le point de prendre congé lorsque, prenant la feuille de papier sur la table, la jeune fille la lui donna.

— Ah, voici la charade que vous avez eu la bonté de déposer à notre intention. Je vous remercie beaucoup de nous l'avoir communiquée, elle nous a tellement plu que j'ai pris la liberté de la recopier dans le recueil de Miss Smith. J'espère que votre ami ne le prendra point en mauvaise part, et de toute façon, je n'ai bien entendu recopié que les huit premiers vers.

Mr. Elton ne sut que répondre. Il paraissait assez indécis et confus. Il dit quelque chose à propos d' « honneur », regarda Emma et Harriet puis, voyant le recueil ouvert sur la table, s'en empara pour l'examiner très attentivement. Désireuse de dissiper la gêne d'un pareil moment, Emma dit en souriant :

— Vous présenterez mes excuses à votre ami, mais il faut comprendre qu'une aussi jolie charade mérite d'être connue de plus de deux ou trois personnes. Son auteur peut être sûr que les femmes apprécieront ses œuvres tant qu'il saura y mêler tant de galanterie.

— Je n'hésiterai pas à dire, répondit Mr. Elton qui avait pourtant du mal à s'exprimer, je n'hésiterai pas à dire — du moins si mon ami ressent les choses comme moi — que ce garçon éprouverait certainement beaucoup de fierté s'il pouvait, comme moi, voir ses élans poétiques honorés de la sorte. (Il regarda de nouveau le petit livre puis le reposa sur la table.) Oui, cet instant serait assurément le plus merveilleux de sa vie.

Une fois ce discours terminé, Mr. Elton s'empressa de partir. Emma n'en fut pas mécontente, car malgré toutes ses qualités et sa gentillesse, le jeune vicaire témoignait d'une grandiloquence qui lui donnait envie de rire. Elle s'enfuit pour satisfaire cet irrépressible désir, laissant à Harriet le soin d'apprécier toute la douceur et le sublime de la scène qui venait d'avoir lieu.

CHAPITRE X

Bien qu'on fût déjà à la mi-décembre, le temps n'avait pas encore empêché nos deux amies d'aller se promener assez régulièrement, et Miss Woodhouse devait justement faire le lendemain une visite de charité chez de pauvres gens qui habitaient non loin de Highbury.

Pour se rendre à la chaumière isolée dans laquelle vivaient ces malheureux, il fallait passer par le « chemin du presbytère », une rue qui débouchait sur l'avenue principale du petit bourg et qui abritait, on le devinera sans peine, la demeure bénie du divin Mr. Elton. Après avoir dépassé quelques maisons sans intérêt, on voyait enfin se dresser le presbytère, une vieille demeure sans charme que l'on avait construite beaucoup trop près de la route. Elle était mal située, mais son actuel propriétaire l'avait dotée de nombreux embellissements. Il était de toute manière impossible aux deux jeunes filles de ne pas ralentir le pas en arrivant devant cette maison et de ne pas l'examiner attentivement. Emma fit remarquer à sa compagne :

— La voici. Vous y viendrez un jour, vous et votre recueil.

— Oh, quelle ravissante demeure ! Comme elle est jolie ! Et voici les rideaux jaunes qui ont tant impressionné Miss Nash.

— Il ne m'arrive *pour l'instant* qu'assez rarement de prendre ce chemin, dit Emma tout en continuant à marcher, mais j'aurai bientôt une excellente raison de passer par là et j'en arriverai certainement peu à peu à connaître par cœur chaque haie, chaque portail, chaque étang et chaque arbre de cette partie de Highbury.

Emma s'aperçut bientôt qu'Harriet n'était jamais venue dans les environs du presbytère, mais songeant à l'aspect de la maison et aux espérances de son amie, elle se permit d'interpréter comme une preuve d'amour la folle curiosité dont celle-ci témoignait. Cela ne laissa pas de lui rappeler que Mr. Elton trouvait beaucoup d'agilité d'esprit à l'élue de son cœur...

— Il faudrait trouver le moyen d'entrer, dit-elle, mais je ne vois pas quel prétexte nous pourrions invoquer... Non, pas de servante ici dont je pourrais vouloir m'enquérir auprès de la gouvernante... Pas de message à lui porter de la part de mon père...

Elle réfléchit mais ne trouva rien. Les deux jeunes filles gardèrent le silence un moment puis Harriet dit à Miss Woodhouse :

— Je suis très étonnée que vous ne soyez pas mariée ou du moins fiancée, Miss Woodhouse ! Vous êtes si charmante !

Emma répondit en riant :

— Je suis peut-être charmante, Harriet, mais cela ne suffit pas à me donner envie de me marier. Il faudrait pour cela que je rencontre d'autres, ou plutôt une autre personne charmante, et j'ajouterai que si je ne suis pas sur le point de prendre époux, je n'ai en outre aucune intention de le faire jamais.

— Oh, vous dites cela, mais je n'arrive pas à vous croire.

— Pour que je me laisse tenter, il faudrait que je rencontre un homme mille fois supérieur à tous ceux que je connais déjà... (Se reprenant) Mr. Elton, vous le savez, est exclu d'avance... et puis, je ne désire pas rencontrer un homme, je préfère ne pas être tentée. Je ne gagnerais rien à changer de position et si je me mariais, je le regretterais à coup sûr.

— Mon Dieu, quel étrange discours dans la bouche d'une femme !

— Je n'ai aucune des raisons qui poussent d'ordinaire les femmes à vouloir se marier à tout prix. Ce serait bien entendu différent si je tombais amoureuse, mais je n'ai jamais été amoureuse. Peut-être n'est-ce point mon destin, à moins que cela ne soit contraire à ma nature, en tout cas, je crois que je ne connaîtrai point l'amour et je serais stupide de changer d'existence sans être vraiment éprise. Je n'ai pas besoin d'argent, je ne manque pas d'occupations et je pense que peu de femmes règnent sous le toit conjugal comme je le fais à Hartfield. Jamais, au grand jamais, je ne pourrais espérer être aussi tendrement aimée, nulle part ailleurs je n'aurais une telle importance et nul homme ne saurait m'adorer ou apprécier mon esprit comme le fait mon père !

— Oui, mais plus tard ? Finir vieille fille, comme Miss Bates !

— Vous ne pouviez trouver exemple plus terrifiant, Harriet ! Mon Dieu, si je croyais devoir jamais ressembler à Miss Bates ! Si sotte, si contente d'elle, si souriante, si bavarde, si obtuse, si ennuyeuse, toujours prête à raconter n'importe quoi sur le premier venu... Oh oui, je me marierais sur l'heure ! Mais je suis convaincue qu'il ne saurait exister entre elle et moi le moindre point commun, hormis le célibat.

— Mais vous serez quand même vieille fille ! C'est tellement affreux !

— Cela n'a aucune importance, Harriet. Je ne serai pas pauvre et c'est le manque d'argent seul qui rend le célibat méprisable aux yeux du monde. Une femme sans revenus suffisants est condamnée à devenir une vieille fille désagréable et ridicule, objet favori des railleries enfantines, alors que riche elle jouirait malgré tout du respect de chacun et serait à même de faire preuve d'autant d'intelligence et de charme que la première venue. Il ne faut point se hâter de taxer la société d'injustice ou d'aveuglement sous prétexte qu'elle témoigne de semblable parti pris, car la gêne pécuniaire favorise la mesquinerie et finit par aigrir le caractère. Les êtres qui mènent une existence difficile évoluent obligatoirement dans un cercle réduit et souvent inférieur, et l'on peut s'attendre à trouver en eux des esprits bornés et revêches. Ce raisonnement ne vaut pas pour Miss Bates. Elle est trop bonne et trop sotte pour m'attirer, mais elle sait se faire aimer de la plupart des gens, bien qu'elle soit célibataire et pauvre. Ses problèmes d'argent ne l'ont certes pas rendue pingre et je suis sûre que si elle ne possédait qu'un shilling au monde, elle serait encore capable d'en donner la moitié. Personne en outre n'a la moindre raison de la craindre, ce qui est assurément l'un de ses plus grands charmes.

— Mon Dieu ! Mais comment ferez-vous ? Comment occuperez-vous votre temps lorsque vous commencerez à vieillir ?

— Je ne crois pas me tromper en me jugeant énergique, active, indépendante et pleine de ressources, Harriet, et je ne vois pas pourquoi je manquerais plus d'occupations à quarante ou cinquante ans qu'à vingt et un. Je serai tout aussi capable, ou presque, de me consacrer à des activités propres à notre sexe, qu'elles soient manuelles ou intellectuelles. Si je dessine moins, je lirai davantage, et si je dois abandonner la musique, je ferai de la tapisserie. Quant à la solitude, qui, en fait, de tous les problèmes que pose le célibat est le plus grave et celui qu'il convient de résoudre en priorité, c'est un point sur lequel je serai pour ma part très favorisée, puisque je pourrai prendre soin des nombreux enfants d'une sœur que j'aime beaucoup. Mes neveux sauront sans nul doute satisfaire tous les besoins affectifs d'un être sur le déclin et susciter en moi mille espoirs et mille inquiétudes. Ma tendresse ne pourra certes égaler celle d'une mère, mais elle conviendra mieux à mon idée du bonheur qu'un amour plus ardent et beaucoup plus aveugle. Mes neveux et mes nièces !... Mes nièces viendront souvent me voir...

— Connaissez-vous la nièce de Miss Bates ? Je veux dire... Je sais que vous avez dû la rencontrer une bonne centaine de fois, mais la connaissez-vous bien ?

— Oh oui ! Nous sommes bien obligées de nous voir à chaque fois qu'elle vient à Highbury. A propos, cela suffirait presque à vous dégoûter de vos nièces... Dieu me pardonne, j'espère que je n'ennuierai jamais les gens avec tous les Knightley réunis comme Miss Bates les ennuie avec la seule Jane Fairfax. On en est même fatigué d'entendre prononcer ce nom ! Chacune des lettres de cette fille est l'objet d'une bonne quarantaine de lectures, les compliments qu'elle envoie à tous ses amis font et refont le tour de la ville et si jamais elle a le malheur de faire parvenir à sa tante un modèle de corsage ou de tricoter une paire de jarretières pour sa Grand-mère, on n'entend plus parler que de cela pendant un mois. Je ne souhaite que du bien à cette jeune fille mais elle me fait mourir d'ennui.

Les deux amies approchaient maintenant de la chaumière qui était le but de leur promenade et elles oublièrent tous ces sujets futiles. Emma était une nature compatissante et elle savait soulager la détresse des pauvres autant par ses attentions, sa gentillesse, ses conseils et sa patience que grâce à sa bourse. Elle connaissait les habitudes de ces êtres démunis, savait tenir compte de leur ignorance et de leurs tentations et ne nourrissait jamais d'espoirs par trop romanesques quant à la vertu que l'on pouvait attendre d'êtres totalement dénués d'éducation. Elle prenait part à leurs problèmes avec la plus vive sympathie et accordait toujours son aide avec autant de discernement que de générosité. Ce jour-là, avec Harriet, c'étaient des personnes tout à la fois pauvres et malades qu'elle était venue voir et après être restée chez eux le temps qu'il fallait pour leur dispenser réconfort et conseils, elle quitta la chaumière tellement impressionnée par le spectacle auquel elle venait d'assister qu'elle dit à son amie, tandis qu'elles s'éloignaient ensemble :

— Ce que nous venons de voir, Harriet, ne peut que nous être bénéfique. Comme tout le reste semble dérisoire ! J'ai l'impression que je ne pourrai plus penser qu'à ces malheureux aujourd'hui, et pourtant qui sait si je ne les aurai point oubliés d'ici un instant ?

— Vous avez raison, dit Harriet. Les pauvres gens ! On ne peut songer à rien d'autre.

— En fait, je ne crois pas que nous les oublierons de si tôt, dit Emma tandis qu'elle franchissait la petite haie et le portail branlant auquel aboutissait l'allée étroite et glissante qui traversait le jardin de la misérable chaumière et conduisait à la route. Non, je ne le crois pas.

Elle s'arrêta pour contempler une fois de plus cette lamentable masure et se remémorer l'intérieur plus sordide encore.

— Oh non, ma chère, lui répondit sa compagne.

Elles continuèrent leur chemin. La route faisait un léger coude et au détour du virage elles aperçurent Mr. Elton qui se trouvait si près qu'Emma eut à peine le temps d'ajouter :

— Ah, ma chère Harriet, voici qui va mettre à l'épreuve la solidité de nos bons sentiments ! Allons, j'espère que l'on voudra bien nous accorder que nous avons accompli la tâche la plus importante en soulageant un peu les souffrances de ces malheureux, dit-elle en souriant. Il suffit d'aider autant que possible les pauvres lorsqu'on désire partager leur peine, et tout le reste n'est que sympathie creuse et ne sert qu'à faire souffrir celui qui s'y abandonne.

Harriet n'eut que le temps de répondre « Oh, oui, ma chère », avant que Mr. Elton ne les eût rejointes. Les trois amis commencèrent cependant par évoquer l'indigence et les problèmes des malheureux qu'Emma était allée visiter. Le jeune vicaire se préparait précisément à aller les voir mais il décida d'ajourner sa démarche étant donné les circonstances. On discuta passionnément des mesures que l'on pouvait et que l'on devait prendre en faveur de ces êtres si pitoyables, puis Mr. Elton rebroussa chemin pour accompagner nos deux demoiselles.

« Cette rencontre lors d'une visite de charité ne peut qu'accroître encore leur amour, se dit Emma, et je ne serais pas étonnée qu'elle aboutît à une déclaration. C'est certainement ce qui se produirait si je n'étais pas là ! Que ne suis-je à mille lieues ! »

Cherchant à s'éloigner autant que possible des amoureux, la jeune fille s'engagea dans l'étroit sentier légèrement surélevé qui dominait la route, laissant ensemble ses deux amis. Cependant, elle n'était pas là depuis trois minutes qu'Harriet, poussée par son esprit de dépendance et sa manie d'imiter Miss Woodhouse, la rejoignit, bientôt suivie de Mr. Elton. Cela ne pouvait pas durer. Emma s'arrêta sur-le-champ sous prétexte d'arranger ses lacets de bottines, et comme elle barrait le passage, elle pria ses compagnons de poursuivre leur route. Elle les rattraperait en trente secondes et ils ne devaient point l'attendre ! Ils firent ce qu'elle désirait et lorsqu'elle jugea que le temps nécessaire pour réparer des lacets s'était écoulé, elle eut encore le plaisir de pouvoir se retarder un peu plus : l'un des enfants de la chaumière venait en effet d'arriver à sa hauteur, se dirigeant vers Hartfield où il allait chercher une cruche de potage comme on l'y avait invité. Rien de plus naturel pour Emma que de marcher aux côtés de la fillette, de lui parler et de lui poser des questions. Certes, elle avait en outre un but bien particulier en demeurant avec la petite fille, espérant permettre ainsi aux autres de continuer à marcher en tête sans être forcés de l'attendre, mais malheureusement, elle les rejoignit malgré elle car l'enfant allait d'un pas vif tandis que Mr. Elton et Harriet marchaient lentement. Emma en fut d'autant plus affectée qu'ils étaient manifestement engagés dans une conversation passionnante, le jeune homme parlant avec animation à une auditrice aussi ravie qu'attentive. Laissant sa petite compagne la devancer, notre héroïne réfléchit au moyen de rester elle-même en arrière mais ses amis s'étant retournés, elle se vit obligée de les rattraper.

Mr. Elton parlait toujours et semblait raconter à Miss Smith une histoire fort intéressante mais Emma fut affreusement déçue en s'apercevant qu'il ne faisait qu'évoquer sa soirée chez les Cole et que la belle Harriet n'avait eu droit qu'à des détails sur le fromage de Stilton, le North Wiltshire, le beurre, le céleri, les betteraves et les desserts.

« Cela aurait rapidement abouti à quelque chose de plus constructif, c'est absolument évident, se dit Miss Woodhouse pour se consoler. Tout paraît passionnant quand on s'aime et tout peut finir sur un mot tendre... Si seulement j'avais pu rester un peu plus longtemps en arrière ! »

Ils continuèrent ensuite tranquillement leur route et se retrouvèrent bientôt en vue des murs du presbytère. Emma résolut soudain d'aider au moins Harriet à pénétrer à l'intérieur de la maison et elle prétendit une fois de plus que sa bottine lui posait des problèmes afin de pouvoir rester en arrière sous prétexte de la réparer. Elle trancha net le lacet, et le jetant discrètement dans le fossé, déclara se voir obligée de les prier de s'arrêter, incapable qu'elle était d'arranger ses bottines de manière à marcher jusque chez elle.

— J'ai perdu un morceau de lacet, dit-elle, et je ne sais que faire. Je me rends compte que je vous ennuie, mais ce genre de mésaventure ne m'arrive pas trop souvent, je crois. Mr. Elton, je dois vous prier de nous autoriser à faire une halte chez vous. Je demanderai à votre gouvernante un morceau de ruban, de ficelle ou de n'importe quoi pour attacher ma bottine.

Apparemment ravi de cette requête, Mr. Elton fit preuve d'une vigilance et d'égards extraordinaires lorsqu'il les introduisit chez lui et leur fit visiter la demeure en s'efforçant de la faire paraître à son avantage. Il les fit entrer dans la pièce où il se tenait la plupart du temps. Elle donnait sur le devant de la maison et conduisait directement dans une autre pièce. Emma s'y rendit avec la gouvernante qui fit de son mieux pour l'aider à réparer sa bottine. La porte de communication entre le salon et la chambre où se trouvait Emma était malheureusement ouverte et notre héroïne se vit obligée de la laisser telle quelle tout en espérant cependant que Mr. Elton se chargerait de la fermer lui-même. Hélas, il n'en fit rien et la porte demeura entre-bâillée. Emma se dit alors qu'en retenant la servante elle permettrait certainement à Mr. Elton de dire tout ce qu'il voudrait dans la pièce voisine, et elle s'engagea donc dans une conversation des plus animées avec la vieille gouvernante. Dix minutes s'écoulèrent sans qu'elle entendît d'autre voix que la sienne... cela ne pouvait plus durer, et forcée d'en finir, elle revint au salon.

Les amants se tenaient tous les deux devant l'une des fenêtres. Tout semblait aller pour le mieux et notre héroïne éprouva l'espace d'un instant une véritable sensation de triomphe à songer qu'elle avait si bien mené ses projets à terme. Il y avait cependant un problème, car le jeune homme n'avait toujours pas abordé le point crucial. Il s'était montré aimable, charmant, il avait même avoué à Miss Smith qu'il les avait vues passer, elle et Miss Wood-house, et qu'il les avait suivies à dessein, il avait dit mille autres petites galanteries et fait nombre d'allusions mais il ne s'était rien passé de véritablement sérieux.

« Prudent, ce garçon, très prudent, se dit Emma. Il avance pas à pas et ne se risquera pas avant d'être tout à fait sûr de l'issue. »

Bien que ses ingénieux stratagèmes n'aient point connu le succès désiré, Emma continuait à se féliciter d'avoir au moins fourni aux deux amoureux une occasion de vivre un moment de bonheur intense, et elle ne laissait pas d'être convaincue que le grand événement ne se ferait plus attendre très longtemps.

CHAPITRE XI

Désormais, Mr. Elton serait seul, car Emma n'aurait plus le loisir de veiller sur son bonheur ou d'en hâter la réalisation. L'arrivée des Knightley était en effet si proche qu'Emma ne pourrait plus, ni avant ni pendant leur séjour, penser à quoi que ce fût d'autre. Ils devaient passer dix jours à Hartfield, et de tout ce temps, personne, pas même Emma, ne pouvait espérer apporter aux amants mieux qu'une aide occasionnelle et fortuite. Mr. Elton et Harriet avaient néanmoins la possibilité de faire avancer eux-mêmes leurs affaires s'ils le désiraient et ils risquaient fort d'être obligés de le faire d'une manière ou d'une autre. Emma ne regrettait d'ailleurs pas de n'avoir guère de temps à leur consacrer car elle commençait à comprendre que certaines personnes en font d'autant moins que vous agissez à leur place.

Cette année-là, on s'intéressait plus que de coutume à Mr. et Mrs. John Knightley car ils n'étaient jamais restés aussi longtemps absents du Surrey. Depuis leur mariage, ils avaient toujours partagé leurs vacances entre Hartfield et Donwell Abbey, mais ils avaient décidé de passer cet automne-là au bord de la mer à cause des enfants, et leurs parents du Surrey ne les avaient donc point revus plus de quelques heures d'affilée depuis des mois et des mois. Mr. Woodhouse, lui, ne les avait pas du tout revus, car on n'aurait jamais pu le persuader de se rendre à Londres, fût-ce pour sa chère Isabelle. Londres était si loin ! Il était donc tout particulièrement nerveux, heureux et inquiet à l'idée de la visite trop brève qu'allait lui rendre sa fille.

Il était obsédé par tous les tracas qu'Isabelle subirait immanquablement lors d'un pareil voyage et n'était pas sans songer aussi à la fatigue de ses chevaux et de son cocher, ceux-ci devant aller à mi-chemin chercher une partie de la famille Knightley. Tant d'alarmes se révélèrent cependant vaines : les voyageurs parcoururent sans le moindre problème les seize miles qui les séparaient de Hartfield, et Mr. Knightley, son épouse, leurs cinq enfants et toute une troupe de gouvernantes expérimentées arrivèrent tous sans encombre. Le remue-ménage qui ne manqua point de s'ensuivre, la joie qui résulta de cette arrivée, le nombre de gens qu'il fallut accueillir et réconforter et le problème de l'attribution d'une chambre à chacun furent à l'origine d'un tel charivari que les nerfs de Mr. Woodhouse n'eussent point résisté s'il ne s'était agi de sa fille. Le vieil homme n'aurait d'ailleurs pu le supporter très longtemps, même pour sa chère Isabelle, mais celle-ci respectait si scrupuleusement les habitudes de Hartfield et la sensibilité de son père, qu'en dépit d'une extrême sollicitude qui la poussait toujours à s'occuper sans plus attendre du bien-être de ses enfants, de leur installation, de leur nourriture, de ce qu'ils boiraient, de l'endroit où ils dormiraient et de tous les désirs qui pourraient leur passer par la tête, elle ne leur permit point ce jour-là de trop déranger leur grand-père, que ce fût directement ou indirectement par les soins dont ils faisaient l'objet.

Mrs. John Knightley était une petite femme jolie et très élégante. Elle avait des manières douces et tranquilles. Particulièrement gentille et affectueuse, elle ne pensait jamais qu'à sa famille et faisait une épouse dévouée autant qu'une mère passionnée. Elle aimait par ailleurs si tendrement son père et sa sœur que cela en eût paru presque incroyable si les liens qui l'unissaient à eux n'avaient été aussi sacrés. Elle était absolument incapable de trouver le moindre défaut aux êtres qu'elle chérissait. Comme son père, elle n'était ni très intelligente ni très spirituelle et elle avait en outre hérité de lui une constitution assez délicate. Fragile elle-même, elle s'inquiétait à l'excès de la santé de ses enfants, s'alarmait aisément et faisait montre d'une grande nervosité. Elle était aussi entichée de son Mr. Wingfield de Londres que son père l'était de Mr. Perry, et le vieux monsieur et sa fille avaient aussi en commun une bonté à toute épreuve et une profonde considération pour tous leurs vieux amis.

Mr. John Knightley était quant à lui un homme grand, distingué, très intelligent. Il jouissait dans sa profession d'une excellente réputation et se révélait dans le privé un très respectable homme d'intérieur. Ses manières assez froides le rendaient antipathique à certains, et il lui arrivait même à l'occasion de se montrer assez revêche. On ne pouvait l'accuser d'être vraiment désagréable, car il manifestait trop rarement de la mauvaise humeur pour mériter pareil reproche, mais il fallait tout de même avouer que l'amabilité n'était point la première de ses qualités. En vérité, l'idolâtrie que lui vouait son épouse ne contribuait guère à corriger ses défauts naturels, et doué d'une clairvoyance et d'une vivacité qui manquaient à Isabelle, il lui arrivait d'être assez brutal et d'avoir des paroles dures. Sa charmante belle-sœur ne l'affectionnait pas outre mesure car elle cernait trop ses défauts. Elle s'irritait des petites offenses qu'il infligeait à Isabelle, même si cette dernière n'y prêtait pas la moindre attention. Peut-être Emma se serait-elle montrée plus indulgente si son beau-frère l'avait mieux traitée elle-même, mais il se contentait d'agir en frère et en ami que la tendresse n'aveugle point et qui ne loue jamais qu'à bon escient. De toute façon, nul compliment ou nulle flatterie n'aurait pu faire oublier à notre héroïne que Mr. John Knightley manquait parfois de tolérance et de respect à l'égard de Mr. Woodhouse. C'était pour Emma le pire de tous ses défauts et elle était incapable de le lui pardonner. L'époux d'Isabelle n'avait pas toujours la patience voulue en face de son beau-père et il se laissait quelquefois aller à répondre par quelque rappel à la raison ou quelque réflexion acerbe aux bizarreries ou aux inquiétudes excessives du pauvre Mr. Wood-house. Cela se produisait cependant très rarement car Mr. John Knightley estimait beaucoup le vieillard et gardait généralement une conscience aiguë des égards qu'il lui devait. Emma trouvait malgré tout ses crises d'humeur un peu trop fréquentes, d'autant que même lorsque la sévérité de son beau-frère ne se matérialisait point, elle faisait toujours planer sur eux une espèce de menace. Chaque visite, pourtant, commençait bien car chacun ne manifestait alors que la plus vive cordialité, et le séjour des Knightley devant être cette fois très bref, on pouvait raisonnablement espérer qu'aucun incident fâcheux ne viendrait l'assombrir. Ses hôtes étaient à peine installés et remis que Mr. Woodhouse, hochant la tête d'un air mélancolique et poussant de profonds soupirs, attira l'attention de sa fille sur les tristes changements intervenus à Hartfield depuis sa dernière visite.

— Ah, ma chère, dit-il, la pauvre Miss Taylor ! C'est une bien triste affaire !

— Oh, oui, Monsieur, s'écria-t-elle avec beaucoup de sympathie. Comme elle doit vous manquer ! Ma chère Emma doit être, elle aussi, bien malheureuse. Quelle affreuse perte pour vous deux ! J'ai eu tant de peine pour vous ! Je n'arrivais pas à imaginer comment vous pouviez vivre sans elle. Oui, c'est véritablement un triste changement... mais j'espère qu'elle va très bien, Monsieur ?

— Parfaitement bien, ma chère... Enfin, je l'espère... Oui, elle va bien, mais je me demande si l'atmosphère de Randalls lui convient réellement.

Mr. John Knightley intervint à ce moment-là pour demander à Emma si l'air de Randalls était le moins du monde malsain.

— Oh, non, pas du tout ! Je n'ai jamais vu Mrs. Weston en meilleure forme. Elle a une mine radieuse ! Papa ne fait qu'évoquer ses propres regrets.

— Cela les honore tous deux, répondit-il gracieusement.

— Et la voyez-vous assez souvent, Monsieur ? demanda Isabelle sur le ton plaintif que son père affectionnait tant.

Mr. Woodhouse hésita :

— Non, pas aussi souvent que je le souhaiterais.

— Oh, Papa ! Depuis leur mariage, nous n'avons pas passé un seul jour sans les voir. Qu'ils nous aient rendu visite ou que nous soyons allés à Randalls, nous avons vu Mr. ou Mrs. Weston chaque matin ou chaque soir, excepté un seul jour, et la plupart du temps, nous les voyons tous les deux ensemble. Bien entendu et comme vous vous en doutez certainement, ma chère Isabelle, c'est eux qui viennent le plus souvent. Ils sont vraiment gentils pour nous et Mr. Weston est aussi charmant que sa femme. Avec vos airs mélancoliques, vous finirez par donner à Isabelle une idée complètement fausse de la situation, Papa. Tout le monde comprend que Miss Taylor ne peut que nous manquer, mais on doit également savoir que Mr. et Mrs. Weston ont réussi à rendre cette séparation plus douce que nous n'aurions jamais pu l'espérer nous-mêmes... et vous savez très bien que je ne dis là que l'exacte vérité, Papa.

— J'en étais sûr, dit Mr. John Knightley, et c'est exactement ce que vos lettres me laissaient espérer. J'ai toujours eu la certitude que Mrs. Weston se montrerait pleine de prévenances envers vous, et pour ce qui est de son mari, son oisiveté et son naturel sociable facilitent grandement les choses. Je vous ai dit tout de suite que vous nourrissiez des craintes excessives, mon amour, et j'ose espérer que ce que nous a dit Emma vous aura pleinement rassurée.

— Certes, je ne puis nier que Mrs. Weston, notre pauvre Mrs. Weston, ne vienne nous voir souvent, reprit Mr. Woodhouse, mais elle est malgré tout obligée de repartir à chaque fois.

— Il serait assez cruel pour Mr. Weston qu'il en fût autrement, Papa... Vous oublieriez complètement ce malheureux !

— Il me semble en effet que Mr. Weston a lui aussi quelques droits, dit Mr. John Knightley en riant. Emma, c'est à nous d'oser prendre le parti de ce pauvre époux. Dans la mesure où je suis un homme marié et donc concerné, et vous une femme célibataire et par conséquent impartiale, nous sommes certainement à même de juger des droits de ce gentleman... Quant à Isabelle, elle m'a épousé depuis trop longtemps pour ne pas saisir l'avantage qu'il y aurait à mettre à l'écart tous les Mr. Weston du monde.

— Moi, mon ami ! s'écria sa femme qui ne l'écoutait qu'à demi. Est-ce bien de moi que vous parlez ? Personne n'a plus de raisons que moi de faire l'apologie du mariage, et si Miss Taylor n'avait été obligée de quitter Hartfield pour épouser Mr. Weston, je n'aurais certes jamais hésité à la considérer comme la plus heureuse des femmes. Quant à son mari, loin de le mépriser, je le crois au contraire digne de tous les éloges. C'est assurément l'un des hommes les plus aimables que je connaisse et il n'existe certainement en ce monde personne d'aussi gentil, à part bien sûr votre frère et vous. Je n'oublierai jamais qu'il a eu la bonté de lancer le cerf-volant d'Henry, ce fameux jour où il soufflait tant de vent, à Pâques dernier... et vous souvenez-vous aussi de ce soir de septembre, l'an dernier, quand il a eu l'extrême bonté de m'écrire à minuit pour m'assurer qu'il n'y avait point le moindre cas de scarlatine à Cobham ? Depuis lors, je suis convaincue qu'on ne peut trouver cœur plus sensible et plus doux ! Oui, si quelqu'un méritait d'épouser un homme pareil, c'était bien Miss Taylor.

— Et le jeune homme, où est-il ? demanda John Knightley. A-t-il assisté à leur mariage ?

— Non, répondit Emma. On s'attendait à le voir après la noce mais nos espoirs ont été déçus et je n'en ai plus entendu parler depuis lors.

— Mais vous oubliez la lettre, ma chère Emma ! répondit son père. Il a écrit à Mrs. Weston pour la féliciter, et c'était fort bien tourné, très joli. La pauvre Mrs. Weston m'a montré cette charmante missive et j'ai trouvé que ce garçon en avait fort bien agi. Bien sûr, on ne pourrait jurer qu'il ne s'est point fait aider pour rédiger sa lettre car il est bien jeune, et il est possible que son oncle...

— Mais il a vingt-trois ans, mon cher Papa ! Vous oubliez que le temps passe.

— Vingt-trois ans ! Vraiment ? Eh bien, je ne l'aurais jamais cru ! Il n'avait que deux ans à l'époque où sa mère est morte. Ah, le temps passe si vite ! Et ma mémoire me trahit. Enfin, cette lettre était parfaite, vraiment jolie, et elle a fait beaucoup de plaisir à Mr. et Mrs. Weston. Je crois me souvenir que le jeune homme l'a écrite à Weymouth et qu'elle était datée du vingt-huit septembre. Il me semble qu'elle commençait par « Ma chère Madame », mais j'ai oublié le reste. Je me souviens pourtant parfaitement qu'elle était signée « F. C. Weston Churchill ».

— Comme c'est charmant ! Quelle aimable attention ! s'écria Mrs. Knightley. Je suis sûre que ce garçon est extrêmement gentil mais il est regrettable qu'il ne vive point chez son père. Je trouve choquant que l'on puisse ainsi arracher un enfant à sa famille ! Je ne suis jamais arrivée à comprendre que Mr. Weston ait pu se résoudre à se séparer de son petit garçon. Abandonner son enfant ! Je ne saurais respecter un être capable de vous proposer une chose pareille.

— J'imagine que personne n'a jamais eu bonne opinion des Churchill, répliqua froidement Mr. John Knightley, mais n'allez pas croire que Mr. Weston ait ressenti, en laissant partir son fils, ce que vous éprouveriez en vous séparant de John ou d'Henry. Mr. Weston est plus gai et plus insouciant que profond. Il prend les choses comme elles viennent et tire toujours des événements le meilleur parti possible. Je suppose que pour assurer son bonheur il compte davantage sur les plaisirs mondains, c'est-à-dire la possibilité de manger, boire et jouer au whist cinq fois par semaine avec ses voisins, que sur les affections familiales ou les joies du foyer.

Emma ne pouvait qu'être blessée d'une remarque qui ressemblait fort à une critique du caractère de Mr. Weston et elle fut sur le point d'intervenir, mais elle se retint et n'insista point sur cette délicate question. Elle voulait sauvegarder autant que possible la paix et trouvait en outre assez respectable et méritoire la passion de Mr. Knightley pour la vie de famille. Son seul foyer lui suffisait et il ne comprenait plus, de ce fait, que l'on accordât le moindre prix aux mondanités, allant même jusqu'à mépriser ceux qui y attachaient une certaine importance. Malgré tout, on pouvait certainement se montrer indulgent envers un homme qui nourrissait de tels sentiments.

CHAPITRE XII

Ce soir-là, Mr. Knightley devait dîner chez les Wood-house bien que le maître de maison n'aimât partager avec personne les premières heures du séjour d'Isabelle à Hart-field. Avec l'équité qui la caractérisait, Emma avait cependant décidé d'inviter leur vieil ami et il faut avouer que si elle avait obéi en cela à son sens du devoir, elle éprouvait en outre un plaisir tout particulier à sc plier aux convenances en raison du désaccord qui les avait récemment opposés, elle et Mr. Knightley.

Elle espérait que l'heure de la réconciliation avait enfin sonné et qu'on pourrait renouer les relations d'antan. A vrai dire, le problème ne serait pas entièrement réglé car Emma demeurait persuadée de n'avoir pas eu le moindre tort et savait parfaitement que son adversaire n'avouerait jamais s'être trompé. Mr. Knightley fit son apparition tandis qu'Emma se trouvait au salon avec l'un des enfants d'Isabelle, et la jeune fille espéra que cela faciliterait les choses. Le bébé dont Emma était en train de s'occuper était la petite dernière, une fillette de huit mois qui venait pour la première fois à Hartfield mais n'en paraissait pas moins enchantée de sauter dans les bras de sa tante. Sa présence se révéla fort utile, car si Mr. Knightley arbora tout d'abord un air grave en posant des questions brèves et plutôt sèches, il se vit bientôt amené à parler d'un ton plus naturel des nouveaux arrivants et finit même par retirer l'enfant des bras d'Emma avec cette simplicité que permet seule une grande amitié. Emma comprit qu'ils avaient retrouvé leur intimité d'antan, et cette certitude provoquant en elle, après un élan de vive satisfaction, une pointe d'insolence, elle ne put s'empêcher de dire, tandis qu'il admirait le bébé :

— Quelle consolation de pouvoir se dire que nous sommes toujours d'accord en ce qui concerne nos neveux et nos nièces ! Il arrive que nos opinions divergent lorsque des hommes ou des femmes sont en cause, mais j'ai remarqué que cela ne se produisait jamais lorsqu'il s'agissait de ces chers petits.

— Nous serions toujours du même avis si, au lieu de n'écouter que votre imagination et votre caprice lorsque vous avez affaire à des adultes, vous vous laissiez guider par la nature comme vous le faites lorsqu'il s'agit de ces enfants.

— Évidemment, nos désaccords ne peuvent avoir pour origine que mes fautes de jugement !

— Oui, dit-il en souriant, et cela s'explique aisément. J'avais déjà seize ans à l'époque où vous êtes née.

— La différence n'est pas négligeable, en effet, et nul ne saurait douter que vous ne m'ayez été intellectuellement fort supérieur en ce temps-là, mais les vingt et un ans qui se sont écoulés depuis lors n'ont-ils pas, selon vous, égalisé un petit peu nos chances ?

— Certes... un tout petit peu.

— Mais cela ne suffit point pour que je puisse avoir jamais raison contre vous ?

— Je garde toujours sur vous une avance de seize années, et outre cet avantage, j'ai celui de ne pas être une jolie fille et une enfant gâtée. Allons, ma chère Emma, soyons amis et n'en parlons plus. Petite Emma, dites à votre tante qu'elle devrait vous donner un meilleur exemple qu'elle ne le fait en réveillant de vieilles querelles, et faites-lui comprendre que si elle n'a pas eu tort hier, elle a tort aujourd'hui.

— C'est exact, s'écria Miss Woodhouse, tout à fait exact ! Chère petite Emma, efforcez-vous plus tard de vous montrer supérieure à votre tante. Soyez infiniment plus intelligente et bien moins vaniteuse ! Maintenant, Mr. Knightley, encore un mot et j'en aurai fini. Nous étions aussi bien intentionnés l'un que l'autre et, sur ce chapitre-là, nous n'avons point commis de faute. Je dois d'ailleurs vous avouer que jusque-là rien n'est venu infirmer mon raisonnement... mais je voudrais savoir si Mr. Martin n'a pas été trop cruellement déçu.

— Impossible de l'être davantage, se contenta-t-il de répondre.

— Ah, vraiment ! J'en suis absolument navrée. Allons, serrons-nous la main.

Ils venaient juste de le faire avec la plus vive cordialité quand Mr. John Knightley fit son apparition, et les « Ça va, George ? » succédèrent aux « Comment allez-vous, John ? » selon la plus pure tradition anglaise, dissimulant sous un calme qui ressemblait à de l'indifférence le sincère attachement qui unissait les deux frères et les aurait incités, en cas de nécessité, à faire n'importe quoi l'un pour l'autre.

La soirée se passa tranquillement. Désireux de se consacrer uniquement à sa fille, Mr. Woodhouse refusa de jouer aux cartes et la société se scinda tout naturellement en deux groupes : d'un côté le vieux monsieur avec Isabelle et de l'autre les frères Knightley. Les uns et les autres s'entretenant de sujets totalement différents et qui ne se recoupaient que rarement, et notre héroïne se contentant de se joindre alternativement à chacun des deux groupes.

Les deux frères parlaient de leurs affaires et de leurs carrières, celle de l'aîné surtout car il était beaucoup plus communicatif que son cadet et se montrait toujours beaucoup plus bavard que lui. En tant que magistrat, il avait souvent quelque point de droit sur lequel consulter John, et comme fermier et maître de la propriété familiale de Donwell Abbey, se sentait tenu de lui dire ce que rapporterait chaque champ l'année suivante ou de lui donner toutes ces petites informations locales qui ne pouvaient manquer d'intéresser un homme qui avait passé dans le pays la majeure partie de son existence et y conservait à présent des liens très solides. John se passionnait autant que sa réserve le rendait possible pour le plan d'une canalisation, le changement d'une palissade, l'abattage d'un arbre ou l'attribution de telle ou telle acre à la culture du blé, des navets ou du blé de mars, et si son frère lui laissait le loisir de poser la moindre question, il en arrivait même à s'exprimer sur un ton presque ardent.

Tandis que ces messieurs étaient ainsi agréablement occupés, Mr. Woodhouse se répandait en regrets attendris et témoignait à sa fille une immense attention mêlée d'inquiétude.

— Ma pauvre chère Isabelle, lui dit-il en lui prenant doucement la main, interrompant ainsi pour quelques instants l'ouvrage que la jeune femme exécutait à l'intention de l'un de ses cinq enfants, comme il y a longtemps, affreusement longtemps, que vous n'étiez venue ici, et comme vous devez être fatiguée du voyage ! Il faudra vous coucher de bonne heure, ma chérie, et je vous conseillerais de prendre un peu de bouillie avant d'aller au lit. Oui, c'est cela, nous en prendrons chacun un bol. Et si nous prenions tous de la bouillie ? Que dites-vous de mon idée, ma chère Emma ?

Emma n'avait rien à en dire, sachant que les deux messieurs Knightley se montraient aussi intraitables qu'elle sur ce chapitre, et elle se contenta donc de commander deux bols. Après avoir consacré quelques minutes supplémentaires aux mérites de la bouillie et après s'être étonné que chacun n'en prît point chaque soir, Mr. Woodhouse dit de son air le plus grave :

— Curieuse idée d'aller passer l'automne à South End au lieu de venir ici, ma chère. Je n'ai jamais eu grande confiance dans l'air marin.

— Nous ne serions jamais allés là-bas si Mr. Wingfield ne nous l'avait vivement conseillé, papa. Il nous a recommandé les bains de mer pour les enfants, et surtout pour la petite Bella qui a la gorge fragile.

— Ah, mais c'est que Perry doutait justement que l'air marin pût lui faire le moindre bien, ma chère ! Quant à moi, je ne vous en ai peut-être jamais parlé, mais je suis depuis longtemps persuadé que la mer n'est bénéfique à personne. J'ai même failli en mourir, autrefois.

— Allons, allons, s'écria Emma qui sentait que l'on s'aventurait sur un terrain dangereux, je me vois obligée de vous prier de ne point parler de la mer... Moi qui ne l'ai jamais vue, cela me rend jalouse et cela m'attriste ! Je vous en supplie, ne parlez pas de South End. Ma chère Isabelle, je ne vous ai pas entendue demander des nouvelles de Mr. Perry ! Lui ne vous oublie jamais.

— Oh, ce brave Mr. Perry ! Comment se porte-t-il, Monsieur ?

— Assez bien, encore que cela ne soit pas merveilleux ! Ce pauvre Perry a le foie malade et il n'a pas le temps de se soigner... Oui, il m'a confié qu'il n'avait point le temps de se soigner et c'est fort triste... mais on a toujours besoin de lui ici ou là. Il est certainement le médecin qui a la plus grosse clientèle en ce monde, mais il faut dire aussi qu'il n'en est point d'aussi intelligent.

— Et Mrs. Perry, et les enfants, comment vont-ils ? Ont-ils grandi ? J'ai beaucoup d'estime pour Mr. Perry et j'espère qu'il nous rendra bientôt visite. Il sera tellement heureux de revoir mes petits.

— J'espère qu'il viendra demain car j'aurais une ou deux questions à lui poser. Je vous conseillerais de lui laisser examiner la gorge de la petite Bella, ma chère.

— Oh, ce n'est pas la peine, mon cher Monsieur, elle va tellement mieux que je ne me fais pratiquement plus de souci à ce sujet. Ce sont peut-être les bains de mer qui lui ont été bénéfiques, à moins qu'on ne doive attribuer cette spectaculaire amélioration au liniment que Mr. Wingfield nous avait ordonné en août.

— Il n'est guère probable que les bains de mer aient pu faire du bien à cette petite, ma chère, et si j'avais su que vous aviez besoin d'un liniment, j'en aurais parlé à...

— J'ai l'impression que vous avez complètement oublié Mrs. Bates et sa fille, dit Emma. Vous n'avez point demandé de leurs nouvelles.

— Ah, ces bonnes dames Bates ! J'ai honte, vraiment, mais vous m'en parlez dans la plupart de vos lettres ! J'espère qu'elles se portent bien. Cette bonne vieille Mrs. Bates ! J'irai lui rendre visite dès demain et j'emmènerai les enfants. Elles sont toujours tellement ravies de voir ces chers petits ! Et cette excellente Miss Bates ! Ce sont des personnes si méritantes ! Comment vont-elles, Monsieur ?

— Assez bien, dans l'ensemble, ma chère, mais la pauvre Mrs. Bates a attrapé un mauvais rhume le mois dernier.

— Comme j'en suis navrée ! Mais il n'y a jamais eu autant de rhumes que cet automne. Mr. Wingfield m'a dit n'avoir jamais vu cela, sauf pendant les épidémies d'influenza.

— En effet, nous avons eu beaucoup de rhumes, ma chère, mais pas autant que vous le dites. Perry dit qu'ils ont été nombreux mais point aussi violents qu'ils le sont d'ordinaire en novembre. Dans l'ensemble, Perry ne considère pas cette saison comme ayant été particulièrement mauvaise.

— Certes, je ne crois pas que Wingfield l'ait jugée vraiment terrible mais...

— Ah, ma chère enfant, le fait est qu'à Londres la saison est toujours mauvaise. Personne ne se porte bien, à Londres, c'est impossible. Il est affreux de songer que vous êtes forcée d'y vivre... C'est si loin et l'air y est tellement malsain.

— Non, je vous assure, nous habitons dans un quartier très bien. Il est infiniment plus sain que les autres et il ne faut pas le confondre avec Londres en général. Les environs de Brunswick Square sont très différents du reste de la ville... il y a tellement d'air ! J'avoue que je n'aimerais pas habiter un autre quartier car il en est peu où je consentirais à faire vivre mes enfants. Nous, nous avons de l'air, et Mr. Wingfield dit que Brunswick Square est décidément ce qu'il y a de mieux de ce point de vue.

— Mais cela ne se compare tout de même pas à Hartfield, ma chère. Vous avez beau dire, quand vous avez passé une semaine ici, vous êtes tous des êtres différents, vous êtes transformés. Je dois avouer que pour l'heure aucun d'entre vous ne me paraît avoir bonne mine.

— Je suis navrée de vous entendre parler de la sorte, Monsieur, mais je vous assure qu'en dehors de ces migraines nerveuses et de ces palpitations qui ne me laissent point de répit où que j'aille, je me sens moi-même parfaitement bien, et si les enfants étaient un peu pâles avant d'aller se coucher, il ne faut en accuser que la fatigue du voyage et la joie d'être arrivés. J'espère que vous leur trouverez meilleure mine demain, car je vous jure que Mr. Wingfield m'a assurée ne nous avoir jamais vus partir en meilleure forme. Vous ne trouvez pas que Mr. Knightley a l'air souffrant, n'est-ce pas ? (elle tourna ses regards vers son mari avec une affectueuse sollicitude).

— Je ne le trouve pas très bien, ma chère, et je ne vous ferai pas mes compliments. Mr. Knightley est fort loin d'avoir bonne mine.

— Que se passe-t-il, Monsieur ? Parlez-vous de moi ? s'écria Mr. Knightley en entendant prononcer son nom.

— Je suis désolée, mon amour, mais mon père ne vous trouve pas en forme. J'espère que ce n'est qu'un peu de fatigue, mais vous savez que j'aurais aimé que vous vissiez Mr. Wingfield avant de partir

— Ma chère Isabelle, s'exclama-t-il vivement, je vous prierais de ne point vous inquiéter de ma bonne ou de ma mauvaise mine. Contentez-vous de vous soigner et de vous dorloter, vous et les enfants, et laissez-moi avoir la mine qui me plaît.

— Je n'ai pas bien compris ce que vous disiez à votre frère à propos de votre ami Graham qui aurait l'intention de faire venir un régisseur d'Écosse afin de surveiller son domaine, s'écria Emma. Mais qu'en adviendra-t-il ? Les vieux préjugés ne risquent-ils pas d'avoir le dessus ?

Et elle parla de la sorte si longtemps et avec tant de bonheur, que lorsqu'elle se vit obligée d'accorder de nouveau son attention à son père et à sa sœur, elle n'eut rien de pire à subir que les aimables questions d'Isabelle sur Jane Fairfax. Pour une fois, Emma fut enchantée d'aider à faire l'éloge de la jeune fille, bien qu'elle ne l'aimât guère en temps ordinaire.

— Cette adorable Jane Fairfax, dit Mrs. John Knightley, elle est tellement aimable ! Il m'est arrivé de la rencontrer par hasard à Londres mais il y a bien longtemps que je n'ai passé un moment en sa compagnie ! Comme sa bonne vieille Grand-mère et son excellente tante doivent être heureuses lorsqu'elle vient les voir ! Je regrette toujours pour Emma qu'elle ne soit pas plus souvent à Highbury mais maintenant que leur fille est mariée, les Campbell ne consentiront certainement plus à se séparer d'elle un seul jour. C'est vraiment dommage, car elle ferait une délicieuse compagne pour Emma.

Mr. Woodhouse était bien de cet avis mais il ajouta :

— Notre petite Harriet Smith est également une jeune personne d'une grande gentillesse. Elle vous plaira. Emma ne pouvait trouver plus charmante compagne.

— Je suis ravie de l'apprendre mais Jane Fairfax est tellement accomplie et si intelligente ! Et puis elle a exactement le même âge qu'Emma.

Cette discussion se poursuivit très agréablement et la même harmonie subsista lorsqu'on aborda d'autres sujets, mais la soirée ne s'acheva pourtant pas sans que la paix fût de nouveau troublée. Le domestique apporta la bouillie et celle-ci provoqua nombre d'éloges et de commentaires. La bouillie était sans nul doute salutaire à toutes les constitutions et l'on adressa les plus sévères philippiques à toutes ces maisons où l'on n'en servait jamais d'acceptable... Malheureusement, parmi les fiascos qu'Isabelle avait à citer en exemple, le plus récent et donc le plus marquant concernait sa propre cuisinière de South End, une jeune femme que l'on avait engagée pour la durée des vacances et qui n'avait jamais été capable de comprendre ce que sa maîtresse entendait par une bouillie moelleuse, claire, mais point trop claire. A chaque fois qu'Isabelle avait eu envie d'un bol de bouillie et lui avait demandé d'en préparer un, la cuisinière s'était avérée incapable de composer un breuvage mangeable. C'était une ouverture dangereuse :

— Ah ! dit Mr. Woodhouse en hochant la tête et en regardant sa fille avec un air de tendre compassion...

Emma comprit clairement ce cri qui signifiait sans aucun doute possible : « Ah ! Il n'est point de limites aux tristes conséquences de votre séjour à South End. Mieux vaut n'en pas parler », et elle espéra un instant qu'il n'insisterait pas en effet et se contenterait de revenir aux charmes de sa propre bouillie après quelques minutes de méditation silencieuse. Malheureusement, il reprit un instant plus tard :

— Je regretterai toujours que vous soyez allés au bord de la mer cet automne.

— Mais pourquoi le regretteriez-vous, Monsieur ? Je vous assure que cela a fait le plus grand bien aux enfants.

— Et puis, s'il vous fallait absolument aller au bord de la mer, il eût mieux valu éviter South End. C'est un endroit malsain et votre choix a beaucoup étonné Perry.

— Je sais que beaucoup de gens s'imaginent que cette région n'est point saine mais c'est une absurdité, Monsieur. Nous nous sommes toujours très bien portés, là-bas, et la boue ne nous y a jamais gênés. Mr. Wingfield dit que l'on se trompe du tout au tout en médisant de South End et je suis persuadée qu'on peut lui faire confiance sur ce chapitre car il est fort instruit sur les climats. Son frère, par ailleurs, a fait plusieurs séjours à South End avec sa famille.

— Mais ma chère, vous auriez dû aller à Cromer si vous étiez obligés d'aller quelque part. Perry a passé une semaine à Cromer, une fois, et il tient cette station balnéaire pour la plus saine de la côte. La mer, paraît-il, y est belle et l'air très pur. En outre, d'après ce que j'ai compris, vous auriez pu y trouver un logement assez éloigné de la mer... à un quart de mile environ, et très confortable. Vous auriez vraiment dû consulter Perry.

— Mais mon cher Monsieur, la différence de distance... Songez seulement combien c'eût été loin... Peut-être cent miles au lieu de quarante !

— Ah, ma chère, comme dit Perry, plus rien ne compte lorsque la santé est en jeu. Et puis si l'on doit voyager, il n'y a plus grande différence entre quarante miles et cent miles. Mieux vaut ne pas bouger du tout, mieux vaut rester à Londres que faire quarante miles pour trouver un air encore plus malsain. C'est exactement ce que disait Perry et votre entreprise lui a paru totalement déraisonnable.

Emma avait vainement tenté d'arrêter son père et lorsqu'il en fut arrivé à ce point, elle ne put s'étonner de l'intervention de son beau-frère.

— Mr. Perry ferait mieux de garder pour lui ses appréciations tant qu'on ne lui demande rien, dit-il d'un ton de vif déplaisir. De quel droit s'étonne-t-il de mes faits et gestes ou de ce que j'emmène ma famille en tel ou tel point de la côte ? J'espère que l'on m'accordera que je ne suis pas plus sot que Mr. Perry et ses conseils ne m'intéressent pas plus que ses drogues. — Il s'interrompit alors, et recouvrant aussitôt son calme, ajouta, non sans une pointe d'ironie : — Si Mr. Perry est capable de m'indiquer le moyen d'emmener une femme et cinq enfants à cent trente miles pour le même prix et sans plus de fatigue qu'à quarante miles, je serai certainement tout aussi disposé que lui à préférer Cromer à South End.

— Très juste, très juste, s'écria Mr. Knightley en s'interposant vivement, oui, vous avez parfaitement raison : cet argument n'est pas à négliger, c'est certain... Mais John, pour en revenir à cette idée de déplacer le chemin de Longham et de le dévier pour qu'il ne traverse plus les prairies, je ne crois vraiment pas que cela nous pose la moindre difficulté. Je n'y songerais même pas si cela devait gêner les habitants de Highbury, mais si l'on s'en réfère à l'actuel tracé du chemin... Enfin, la seule façon de ne point nous tromper est de consulter nos cartes. J'espère vous voir demain à l'abbaye. Nous pourrons examiner tout cela et vous me donnerez votre avis.

Mr. Woodhouse était assez troublé par les critiques acerbes que l'on avait formulées sur son ami Perry à qui il avait en fait attribué, quoique inconsciemment, nombre de sentiments personnels. Les douces attentions de ses filles chassèrent pourtant peu à peu son chagrin, et la vigilance de l'aîné des Knightley, jointe à la contrition du cadet, empêcha que l'on reparlât de ce lamentable incident.

CHAPITRE XIII

Impossible d'imaginer créature plus heureuse que Mrs. Knightley lors de son bref séjour à Hartfield. Accompagnée de ses cinq enfants, elle sortait chaque matin pour aller rendre visite à ses vieux amis et discutait le soir avec son père et sa sœur de ce qu'elle avait fait pendant la journée. Elle n'avait d'autre désir que de voir le temps s'écouler moins vite, et ce séjour, quoique trop court à son gré, lui parut merveilleux et parfait en tout point.

On préférait généralement consacrer les soirées à la famille qu'aux amis, mais bien que l'on fût à Noël, les Woodhouse ne purent décliner l'invitation à dîner que leur adressa Mr. Weston. Ce dernier n'aurait point toléré un refus et ceux de Hartfield devaient absolument se rendre à Randalls un soir de leur choix. Mr. Woodhouse lui-même se laissa convaincre que cela n'avait rien d'impossible et cette solution lui parut de toute manière préférable à une scission du groupe.

Il aurait bien aimé pouvoir faire des difficultés quant au moyen d'aller aussi nombreux à Randalls, mais la voiture et les chevaux de ses enfants se trouvant alors à Hartfield, il n'eut d'autre loisir que de poser à ce sujet une simple question. Emma eut tôt fait de chasser ses doutes et le persuada facilement que l'on arriverait même à trouver une place pour Harriet.

Mis à part les Woodhouse, les seuls invités étaient des amis intimes, Harriet, Mr. Elton et Mr. Knightley. On devait être peu nombreux et il faudrait dîner et rentrer tôt pour complaire en tout point aux goûts et habitudes de Mr. Woodhouse.

La veille du grand événement, car c'était un événement que Mr. Woodhouse consentît à dîner dehors un 24 décembre, Harriet avait passé la soirée à Hartfield. Souffrant d'un rhume, la jeune fille était rentrée chez elle tellement indisposée qu'Emma ne l'eût jamais laissée partir si elle n'avait exprimé l'ardent désir d'être soignée par Mrs. Goddard. Le lendemain, Emma s'empressa d'aller rendre visite à son amie et elle ne tarda guère à comprendre qu'il n'était pas question pour Harriet d'aller à Randalls ce soir-là. La pauvre enfant souffrait d'une forte fièvre et d'un violent mal de gorge. Mrs. Goddard l'entourait des soins les plus affectueux et l'on appela Mr. Perry. Harriet se sentait elle-même si malade et si faible qu'elle ne protesta pas lorsqu'on lui interdit d'assister à la merveilleuse soirée où elle était conviée. Elle était cependant incapable d'en parler sans verser des torrents de larmes.

Emma demeura aussi longtemps que possible en sa compagnie pour la soigner durant les inévitables absences de Mrs. Goddard et la réconforter en lui représentant la tristesse qu'éprouverait Mr. Elton en apprenant son état. Lorsque son amie la quitta, Harriet était un peu plus gaie, toute à la douce certitude que son amant passerait une soirée lugubre et que chacun regretterait amèrement l'absence de la pauvre malade. A peine était-elle dans la rue qu'Emma rencontra Mr. Elton qui se rendait manifestement chez Mrs. Goddard. Ils firent quelques pas ensemble, s'entretenant de leur amie commune. Mr. Elton avait appris qu'Harriet était très souffrante et il avait décidé d'aller prendre de ses nouvelles afin de pouvoir les transmettre ensuite à Hartfield. Emma et Mr. Elton furent bientôt rejoints par Mr. John Knightley qui revenait de sa visite quotidienne à Hartfield. Il était accompagné de ses deux enfants dont la mine resplendissante témoignait de tout le profit d'une course dans la campagne. On devinait aisément, rien qu'à les voir, qu'ils ne feraient qu'une bouchée du gigot et du gâteau de riz qui les faisaient tant se hâter vers la maison. Tout le monde fit route ensemble et notre héroïne entreprit bientôt de décrire le mal dont souffrait son amie, « une gorge très enflammée, une vive rougeur, un pouls faible et très accéléré, etc. ». Emma avait en outre été navrée d'apprendre de la bouche de Mrs. Goddard qu'Harriet était sujette à de terribles maux de gorge et l'avait de ce fait très souvent inquiétée. Mr. Elton s'exclama d'un air affolé :

— Elle a mal à la gorge ! J'espère que ce n'est pas infectieux ! Pourvu que ce ne soit pas une angine purulente ! Est-ce que Mr. Perry l'a vue ? A vrai dire, vous devriez veiller sur vous autant que sur votre amie. Permettez-moi de vous supplier de ne pas courir le moindre risque. Pourquoi Perry ne l'examine-t-il pas ?

Emma, qui n'était en réalité nullement effrayée, calma ces inquiétudes tout à fait excessives en assurant le jeune homme de l'expérience et des bons soins de Mrs. Goddard. Il fallait pourtant entretenir jusqu'à un certain point une angoisse que notre héroïne ne désirait point chasser mais au contraire alimenter dans une certaine mesure, et elle ajouta donc peu après, comme s'il s'agissait de tout autre chose :

— Il fait froid, tellement froid, et la neige menace si manifestement que si ce n'étaient point les Weston qui nous ont invités, je m'efforcerais bel et bien de dissuader mon père de s'aventurer dehors aujourd'hui... Il y est cependant résolu, et comme il n'a pas l'air de sentir le froid, je n'interviendrai pas car je sais que Mr. et Mrs. Weston seraient terriblement déçus. Si j'étais vous, pourtant, je m'excuserais, Mr. Elton. J'ai l'impression que vous êtes déjà un peu enroué, et si vous songez à ce que l'on va exiger de votre voix et à la fatigue de demain, vous n'obéirez, je crois, qu'à la prudence la plus élémentaire en restant chez vous ce soir pour vous soigner.

Mr. Elton ne savait manifestement que répondre à de tels propos. Il éprouvait certes une infinie gratitude pour cette belle dame qui se souciait si gentiment de lui et il ne désirait point négliger ses conseils, mais il n'avait par ailleurs aucune envie de renoncer à ce dîner. Emma cependant, toute à ses idées préconçues et à ses projets, trop ardente aussi et trop diligente pour l'écouter avec impartialité, se réjouit lorsqu'il murmura un vague acquiescement, disant qu'il faisait froid, vraiment très froid. La jeune fille poursuivit alors sa route, ravie d'avoir délivré Mr. Elton de l'obligation d'aller à Randalls et de lui avoir donné la possibilité d'aller faire prendre des nouvelles d'Harriet toutes les heures ce soir-là.

— Vous avez raison, dit-elle, et nous vous excuserons auprès de Mr. et Mrs. Weston.

A peine avait-elle prononcé ces paroles qu'elle entendait cependant son beau-frère offrir à Mr. Elton une place dans sa voiture si le temps était le seul obstacle à sa venue, et quelle ne fut pas sa surprise lorsqu'elle vit le jeune homme s'empresser d'accepter cette offre avec la plus vive satisfaction. C'était une affaire conclue ; Mr. Elton viendrait, et jamais le charmant visage du vicaire n'avait exprimé plus de plaisir qu'à ce moment-là. Jamais on ne lui avait vu sourire plus heureux et jamais ses yeux n'avaient brillé de joie comme lorsqu'il se retourna vers Emma.

« Voilà qui est très étrange, se dit la jeune fille. Alors que je l'avais si bien tiré d'affaire, il décide d'aller dans le monde et abandonne la pauvre Harriet à son triste sort ! C'est vraiment fort étrange ! Mais beaucoup d'hommes, des célibataires surtout, nourrissent ce goût, cette passion, même, pour les dîners en ville... Ces soirées sont pour eux à mettre au rang des plus grands plaisirs, des occupations primordiales, elles font partie de leurs fonctions, de leurs devoirs sociaux, presque, et toute autre considération s'efface lorsque l'un de ces dîners est en jeu. Mr. Elton doit appartenir à la race d'hommes qui pensent de la sorte. Ce garçon est certes très respectable, il est aimable, il est charmant, il est follement amoureux d'Harriet, mais il demeure incapable de renoncer à une invitation. Il lui faut absolument dîner dehors, quels que soient ses hôtes, et s'il va jusqu'à trouver de l'esprit à Harriet, il n'ira point jusqu'à dîner tout seul pour elle. »

Mr. Elton prit congé peu après, et notre héroïne ne put que rendre justice à l'émotion qu'il trahit en prononçant le nom d'Harriet avant de s'en aller. Le pauvre amoureux promit de prendre des nouvelles chez Mrs. Goddard avant de se préparer au bonheur de revoir Emma, espérant pouvoir alors la rassurer sur l'état de sa belle amie. Il poussa un grand soupir et eut un tel sourire qu'Emma lui rendit sur-le-champ toute sa sympathie.

Après quelques minutes de silence, John Knightley dit à sa belle-sœur :

— Je n'ai de ma vie rencontré homme plus soucieux de plaire ! Ce Mr. Elton se met littéralement au travail dès qu'il se trouve en présence d'une femme. Entre hommes, il est encore assez raisonnable et naturel, mais lorsqu'il a entrepris de charmer une dame, chacun des traits de son visage se met en mouvement.

— Les manières de Mr. Elton ne sont peut-être pas parfaites, répondit Emma, mais on se doit d'être indulgent pour qui cherche à plaire, et on l'est bien souvent. Même s'il n'est doté que de talents médiocres, un homme qui fait de son mieux l'emporte selon moi sur un homme supérieur mais négligent. Mr. Elton fait preuve de tant de gentillesse et de bonne volonté qu'on ne peut que le respecter.

— Certes, dit Mr. Knightley, non sans malice, il semble témoigner d'une extrême bonne volonté dès qu'il s'agit de vous.

— De moi ! répondit-elle avec un sourire étonné. Vous imagineriez-vous par hasard que Mr. Elton s'intéresse à moi ?

— J'avoue que cette idée m'a traversé l'esprit, Emma, et si vous n'y avez point encore songé, je vous conseille vivement de le faire à présent.

— Mr. Elton amoureux de moi ! Quelle idée !

— Je n'affirme rien, mais je crois que vous feriez bien de réfléchir à cette éventualité et de régler votre conduite sur le résultat de vos méditations... Je trouve votre attitude propre à encourager ce garçon. Je vous parle en ami, Emma. Vous devriez regarder un peu ce qui se passe autour de vous et prendre conscience de la portée de vos actes et de vos désirs.

Emma continua de marcher, riant en elle-même des bévues que l'on est amené à commettre lorsqu'on ne connaît que partiellement une situation, et des erreurs dans lesquelles tombent souvent ceux qui nourrissent de hautes prétentions intellectuelles. Notre héroïne n'était cependant pas très satisfaite que son beau-frère l'ait crue aveugle et ignorante et qu'il ait jugé qu'elle pût avoir besoin de conseils. Mr. John Knightley n'insista pas et abandonna ce sujet délicat.

Mr. Woodhouse était si bien résolu à se rendre chez les Weston qu'il ne parut pas le moins du monde songer à revenir sur sa décision malgré un froid de plus en plus terrible. Il fut même, avec sa fille aînée, l'un des premiers à monter en voiture, donnant réellement l'impression de se soucier moins que quiconque du temps qu'il faisait. Il était lui-même tellement étonné de sortir et se réjouissait si sincèrement du plaisir qu'en éprouveraient ceux de Randalls qu'il n'avait plus le loisir de s'apercevoir qu'il faisait froid, s'étant en outre emmitouflé au point d'en devenir insensible à la température extérieure. Le temps était cependant glacial, et quelques flocons de neige tombaient déjà lorsque le second équipage se mit en branle. Le ciel était d'ailleurs si couvert qu'il suffisait manifestement d'un léger adoucissement pour que le monde devînt en quelques heures uniformément blanc.

Emma s'aperçut très vite que son compagnon n'était pas d'une humeur sereine. L'obligation de s'habiller, de sortir par un temps pareil, l'idée d'être privé d'une soirée en compagnie de ses enfants, représentaient pour Mr. Knightley des maux, ou du moins des désagréments qu'il était fort loin de goûter. Il n'attendait de cette visite rien qui pût approcher de près ou de loin le prix qu'il la payait, et il exprima son mécontentement durant tout le trajet de Hartfield au presbytère.

— Il faut vraiment qu'un homme ait bonne opinion de lui-même pour oser demander à des gens de quitter leur feu et d'affronter un temps pareil pour lui rendre visite, dit-il. Il faut vraiment qu'il se considère comme une compagnie des plus précieuses... Jamais je n'oserais faire une chose pareille ! C'est totalement absurde ! Quand il neige comme aujourd'hui ! Quelle folie d'empêcher ses amis de rester tranquillement chez eux, et quelle folie, d'ailleurs, de ne pas demeurer tranquillement chez soi lorsqu'on en a le loisir ! Nous nous lamenterions si nous étions forcés de sortir par devoir ou par obligation professionnelle et nous voici, vêtus très probablement moins que de coutume, en route, et de notre plein gré, pour la maison d'un étranger. Nous n'avons point la moindre excuse, et nous refusons, en agissant ainsi, d'écouter la voix de la nature qui nous dit clairement, par le biais de chacun de nos sens, de rester chez nous et de nous abriter autant que nous le pouvons... Oui, nous voici, en route pour aller passer chez autrui cinq heures sans intérêt, et qu'y dirons-nous ou qu'y entendrons-nous que nous n'ayons entendu ou dit hier soir et ne risquions d'entendre ou de dire demain ? Nous voici, nous aventurant dehors par un temps affreux pour ne revenir que sous des cieux probablement plus hostiles encore !... Quatre chevaux, quatre domestiques, et ils sont sortis pour rien, simplement pour conduire cinq créatures vaines et frissonnantes dans des salles encore plus glaciales et vers une société encore plus ennuyeuse que celles qu'elles eussent trouvées chez elles.

Emma ne se sentait pas la force d'apporter à son beau-frère l'enthousiaste approbation qu'il était certainement accoutumé à recevoir ni de rivaliser avec les « très juste, mon amour » dont sa compagne devait habituellement gratifier Mr. John Knightley, mais elle se maîtrisa suffisamment pour se retenir de faire la moindre réponse. Incapable de se soumettre, elle ne voulait cependant pas se montrer agressive et son héroïsme ne pouvait aller au-delà du silence. Elle laissa donc discourir son compagnon, se contentant pour sa part de s'occuper des vitres de la voiture en gardant un mutisme absolu.

Ils arrivèrent enfin au presbytère. La voiture s'arrêta, on abaissa le marchepied, et Mr. Elton, très élégant, tout vêtu de noir et souriant, les rejoignit sans plus tarder. Emma songea non sans plaisir qu'on serait obligé de changer de sujet de conversation. Mr. Elton exultait, manifestant sa gratitude et sa joie de la façon la plus gracieuse, à tel point qu'Emma se dit devant tant de civilités et de marques de gaieté qu'il devait avoir reçu d'Harriet des nouvelles bien différentes de celles qu'on lui avait transmises. Ayant envoyé quelqu'un aux renseignements pendant qu'elle s'habillait, elle s'était en effet vu répondre que l'état de son amie était stationnaire et ne présentait aucune amélioration.

— Les nouvelles que l'on m'a apportées de chez Mrs. Goddard n'étaient point aussi bonnes que je l'espérais, dit-elle très vite. « Aucune amélioration », voilà ce que l'on m'a répondu.

Mr. Elton prit aussitôt une expression différente et c'est du ton le plus ému qu'il déclara :

— Oh, oui, je suis navré de... J'allais justement vous dire que j'étais allé m'informer chez Mrs. Goddard... C'était juste avant de rentrer chez moi pour m'habiller et on m'a fait savoir que Miss Smith n'allait pas mieux, pas mieux du tout, et que son état avait même plutôt empiré. J'en suis très affecté et fort attristé... J'espérais que le cordial qu'on lui avait administré ce matin lui aurait fait du bien, mais il n'en est rien.

Emma sourit et répondit :

— J'espère que ma visite lui aura été moralement salutaire mais je ne pouvais tout de même pas chasser son mal de gorge par magie... Cette pauvre Harriet a vraiment attrapé un mauvais rhume. Mr. Perry est venu la voir, comme vous le savez certainement.

— Oui... Je m'en doutais... c'est-à-dire... Non...

— Harriet est sujette à ce genre de maladies et j'espère que nous aurons tous deux des nouvelles plus rassurantes dès demain matin. Il est cependant impossible de ne point s'inquiéter et Miss Smith nous manquera beaucoup ce soir.

— Oui, affreusement. Nous penserons à elle à chaque instant.

Tout cela était fort joliment dit et le soupir qui accompagna cette remarque méritait les plus grands éloges, bien que cette tristesse eût valu de durer plus longtemps. Emma fut assez consternée lorsque trente secondes plus tard, Mr. Elton se mit à parler de tout autre chose du ton le plus naturel et le plus enjoué.

— Quelle bonne idée, ces peaux de mouton dans les voitures ! fit-il remarquer. Quel confort, c'est vraiment merveilleux ! Impossible de sentir le froid lorsqu'on est équipé de la sorte. Toutes ces inventions modernes ont fait de nos voitures des moyens de transport qui atteignent à la perfection ! Nous pouvons, si nous le voulons, nous garantir du mauvais temps et nous n'avons plus à craindre le moindre courant d'air. Non, le temps qu'il fait n'a plus aucune importance ! Il fait très froid, aujourd'hui, et pourtant nous ne nous en apercevons même pas. Tiens, je crois qu'il neige un peu.

— Oui, dit Mr. Knightley, et je crois que cela ne fait que commencer.

— C'est un temps de Noël, fit remarquer Mr. Elton, un temps de saison. Heureusement qu'il n'a pas commencé à neiger hier et que notre soirée ne s'en est point trouvée compromise. Mr. Woodhouse ne se serait certainement jamais risqué à sortir si nous avions eu de la neige... Enfin, cela n'a plus d'importance à présent. A Noël, chacun invite ses amis et les gens ne prêtent guère attention au temps, même lorsqu'il est épouvantable. Une fois, je me suis retrouvé bloqué une semaine chez un camarade. Rien n'est plus amusant ! J'étais allé passer la soirée chez lui et je n'ai pu partir que huit jours plus tard.

Mr. John Knightley parut demeurer totalement insensible au charme d'une telle aventure, et il se contenta de préciser, d'un ton très froid :

— Je n'ai aucune envie de rester bloqué une semaine à Randalls.

Emma se serait amusée en d'autres circonstances mais elle était bien trop étonnée par la gaieté de Mr. Elton pour songer à autre chose. Tout à la perspective d'une soirée agréable, il paraissait avoir complètement oublié Harriet.

— Nous sommes certains de trouver un bon feu, et de jouir du plus grand confort, poursuivit-il. Mr. et Mrs. Weston sont de charmantes personnes. Mrs. Weston est vraiment au-dessus de tous les éloges et son mari mérite bien la réputation qu'on lui a faite. Il est tellement accueillant, tellement sociable... Cette soirée doit se dérouler en petit comité, mais lorsque les invités sont choisis, ce sont peut-être les réceptions les plus agréables. La salle à manger ne contient pas plus de dix personnes, du moins si l'on désire être confortablement installé et, dans les circonstances actuelles, je préférerais quant à moi qu'il y eût deux invités en moins qu'en plus. Je pense que vous serez d'accord avec moi, et que vous m'approuverez, ajouta-t-il en se tournant gracieusement vers Emma, même si Mr. Knightley, habitué aux grandes soirées de Londres, ne partage point notre avis.

— J'ignore tout des grandes soirées londoniennes, Monsieur, car je ne dîne jamais en ville.

— Vraiment ! (d'un air étonné et plein de pitié) Je ne pensais pas que les carrières de la justice fussent un tel esclavage ! J'espère que le temps de la récompense viendra et que vous aurez alors peu de travail pour beaucoup de plaisirs, Monsieur.

— Pour l'instant, mon seul plaisir serait de pouvoir rentrer sain et sauf à Hartfield, répondit Mr. Knightley.

CHAPITRE XIV

Les deux messieurs furent bien obligés de se composer une autre contenance avant de pénétrer dans le salon de Mrs. Weston, et tandis que Mr. Elton s'efforçait de refréner sa joie, Mr. Knightley tentait de dissimuler sa mauvaise humeur. Si les circonstances exigeaient du premier qu'il ne sourît point à l'excès et du second qu'il se détendît quelque peu, Emma pouvait quand à elle se permettre de rester naturelle et elle ne se priva pas d'exprimer sincèrement le plaisir que lui procuraient ces retrouvailles avec sa chère Mrs. Weston et son époux. Notre héroïne affectionnait en effet beaucoup ce dernier, et il n'était en ce monde point d'être à qui elle parlât aussi librement qu'à la maîtresse de Randalls. C'est avec la certitude d'être toujours écoutée, comprise et de ne jamais l'ennuyer, qu'elle lui contait les menus incidents, problèmes ou plaisirs qui composaient la vie de chaque jour à Hartfield. Mrs. Weston s'intéressait vivement à tout ce qui concernait les Woodhouse et ses rencontres avec son ancienne élève débutaient systématiquement par une bonne petite causerie d'une demi-heure consacrée à l'énumération de ces mille petits faits qui sont la base du bonheur quotidien.

Ce soir-là, nos deux amies risquaient malheureusement d'être privées de ce plaisir et elles ne purent en tout cas point le goûter durant la première demi-heure qui suivit l'arrivée d'Emma. La seule vue de Mrs. Weston, son sourire, sa présence et sa voix suffirent cependant à réconforter Emma et celle-ci décida de penser aussi peu que possible aux bizarreries de Mr. Elton pour ne plus se consacrer qu'aux agréments de cette réception.

On avait déjà épuisé le sujet des malheurs d'Harriet avant que notre héroïne et ses compagnons ne fissent leur entrée à Randalls car Mr. Woodhouse, arrivé depuis fort longtemps, avait eu tout loisir de donner à chacun mille détails sur le rhume de la pauvre Miss Smith avant de raconter son propre voyage avec Isabelle et d'annoncer l'arrivée prochaine d'Emma. Il venait de clore le chapitre des bonnes nouvelles en disant que James viendrait voir sa fille, lorsque les autres s'étaient présentés, permettant à Mrs. Weston qui s'était jusque-là exclusivement consacrée au vieux monsieur, de le quitter pour aller accueillir sa chère Emma.

Cette dernière, on le sait, s'était proposé d'oublier ce soir-là l'existence de Mr. Elton et elle regretta fort de le voir s'installer à ses côtés lorsque tout le monde prit place. Non content d'avoir tout fait pour se retrouver assis près de Miss Woodhouse, le jeune vicaire exultait si manifestement et témoignait de tant d'égards à l'endroit de notre héroïne, qu'elle ne put s'empêcher de songer à l'étrange indifférence qu'il manifestait quant au sort d'Harriet, et loin d'oublier cette affaire, elle en vint à s'interroger sur le compte d'un homme qui se conduisait de façon si extraordinaire : « Mon beau-frère aurait-il vu juste ? Est-il possible que ce garçon se soit mis en tête de m'aimer après avoir aimé Harriet ? Cette idée me paraît aussi stupide qu'intolérable !... » Mr. Elton se montra néanmoins tellement soucieux qu'elle eût assez chaud, manifesta tant d'intérêt pour Mr. Woodhouse, se déclara si follement enchanté de Mrs. Weston et admira finalement les dessins d'Emma avec une telle ferveur et si peu de compétence qu'elle trouva qu'il ressemblait décidément beaucoup à un prétendant et dut prendre sur elle-même pour dissimuler son mécontentement. Elle se respectait trop pour se laisser aller à la grossièreté et s'efforça même de rester polie par égard pour Harriet, espérant au fond d'elle que tout finirait par s'arranger, mais elle eut du mal à se contenir, d'autant que les autres discutaient d'un sujet passionnant alors qu'elle se voyait forcée de subir les ridicules effusions de Mr. Elton. Il semblait que Mr. Weston fût en train de donner des nouvelles de son fils car Emma avait pu saisir à plusieurs reprises les mots « mon fils », « Frank », et encore « mon fils », et elle comprit bientôt aux quelques bribes de conversation qui lui parvenaient que Mr. Weston annonçait l'arrivée prochaine de Frank Churchill. On avait malheureusement déjà changé de sujet lorsqu'elle eut enfin réussi à calmer son amoureux transi, et la jeune fille n'eut plus le loisir de poser des questions qui eussent paru fort étranges puisqu'on parlait à présent de tout autre chose.

Bien que fermement résolue à ne point se marier, notre héroïne ne pouvait s'empêcher de s'intéresser à Mr. Frank Churchill. Elle avait souvent pensé, surtout depuis le mariage de Mr. Weston avec Miss Taylor, qu'étant donné son âge, sa fortune et sa position sociale, ce garçon ferait un parti idéal si elle décidait un jour de prendre époux. Les liens que leurs familles respectives avaient récemment noués ne les destinaient-ils pas tout naturellement l'un à l'autre, et leurs amis ne songeaient-ils point pour la plupart à cette union ? Elle n'en doutait pas le moins du monde en ce qui concernait Mr. et Mrs. Weston, et bien que décidée à ne point se laisser influencer et à ne point renoncer à une situation qui lui paraissait préférable à toute autre, n'en était pas moins curieuse de connaître celui qu'on voulait lui faire épouser. Bien disposée en sa faveur et désireuse même de le séduire jusqu'à un certain point, elle se plaisait à songer aux rêveries qui agitaient leurs amis communs.

Toute à ces sentiments, Emma n'était guère à même d'apprécier les inopportunes civilités de Mr. Elton et elle n'avait pour consolation que d'arriver à rester polie quand elle se sentait si violemment irritée. Elle espérait que la soirée ne s'achèverait pas sans qu'on reparlât des nouvelles concernant Frank Churchill ou sans que l'on en rappelât du moins l'essentiel. Notre héroïne faisait confiance à Mr. Weston et elle s'aperçut qu'elle n'avait pas patienté en vain car dès qu'elle fut délivrée de Mr. Elton et se retrouva auprès du maître de maison pour dîner, celui-ci profita de la première occasion pour lui dire :

— Pour être au complet, il nous manque seulement deux convives. J'aimerais tant voir ici votre jolie petite amie, Miss Smith, et mon fils... S'ils étaient là, je pourrais vraiment dire que personne ne manque à l'appel. Je ne sais si vous m'avez entendu annoncer l'arrivée de Frank. Nous étions au salon lorsque j'en ai parlé. J'ai reçu une lettre ce matin, et Frank promet de venir d'ici une quinzaine de jours.

Emma se déclara absolument enchantée et se joignit à son voisin pour déplorer l'absence de Mr. Frank Churchill et d'Harriet.

— Il veut venir nous voir depuis le mois de septembre, poursuivit Mr. Weston. Il ne parle que de cela dans ses lettres mais il ne peut malheureusement pas disposer de son temps comme il le souhaiterait. Il est obligé de se plier aux désirs de personnes qui, entre nous, exigent de lui bien des sacrifices ! Enfin, c'est son devoir et je ne doute plus maintenant de le voir arriver vers la mi-janvier.

— Ce sera une grande joie pour vous, et Mrs. Weston a tellement envie de connaître votre fils que son bonheur doit presque égaler le vôtre.

— Certes, elle se réjouirait si elle ne craignait que cette visite fût remise comme les autres. Elle est beaucoup plus méfiante que moi, mais elle ne connaît pas ces gens comme je les connais. Le problème, voyez-vous — c'est tout à fait entre nous, bien sûr, et je n'en ai pas soufflé mot tout à l'heure, car chaque famille a ses secrets, vous le savez —, le problème, donc, est qu'ils ont invité des amis à venir à Enscombe en janvier. Le sort de Frank dépend entièrement de la décision de ces amis... S'ils ne remettent point leur visite, Frank sera dans l'impossibilité de bouger... mais je sais qu'ils ne viendront pas, car une certaine dame qui a son importance à Enscombe déteste tout particulièrement ces gens que l'on est bien obligé d'inviter tous les deux ou trois ans mais qui font toujours faux bond au dernier moment. Je ne doute nullement de l'issue de cette affaire et je suis aussi sûr de voir Frank ici avant la mi-janvier que je suis certain d'y être moi-même. Mais votre chère amie (en désignant le haut de la table) est pour sa part tellement étrangère à la notion de caprice et son existence chez vous l'y a si peu accoutumée, qu'elle ne peut en estimer les effets comme j'ai depuis longtemps l'habitude de le faire.

— Je suis navrée qu'il subsiste encore un doute en ce qui concerne la visite de votre fils mais je suis toute prête à prendre votre parti, Mr. Weston, et je me rangerai à votre avis si vous pensez qu'il viendra puisque vous connaissez Enscombe mieux que personne.

— Je puis en effet me vanter de bien connaître Enscombe, même si je n'y ai jamais mis les pieds. C'est une étrange femme, mais je ne me permettrai jamais d'en dire le moindre mal, par égard pour Frank qu'elle aime beaucoup, je crois. Je l'imaginais autrefois incapable d'éprouver la moindre tendresse, mais elle s'est toujours montrée très bonne pour lui... enfin, à sa façon... malgré quelques petites lubies et caprices et pourvu que tout marche à sa guise. J'estime que Frank a bien du mérite d'avoir su éveiller une telle affection car je vous avouerai, et vous êtes la seule à qui je puisse confier cela, qu'elle n'a généralement pas plus de cœur qu'une pierre et se voit affligée d'un caractère absolument diabolique.

Tout cela passionnait tellement Emma qu'elle en reparla à Mrs. Weston lorsque les dames furent revenues au salon. Elle la félicita, ajoutant cependant que cette première rencontre devait lui être un sujet d'angoisse. Son amie acquiesça mais précisa qu'elle aimerait assez avoir véritablement des raisons de s'inquiéter, à la date prévue.

— Je n'arrive pas à croire à cette visite, dit-elle, je ne suis pas aussi optimiste que mon mari et je crains fort que ce projet n'aboutisse point. Mr. Weston vous a certainement expliqué comment l'affaire se présente ?

— Oui, il semble que tout dépende de la mauvaise humeur de Mrs. Churchill et c'est au moins une chose sur laquelle on peut compter ferme... enfin, je l'imagine.

— Comment se fier à un caprice, ma chère Emma ? répondit Mrs. Weston en souriant.

Puis s'adressant à Isabelle qui venait de les rejoindre :

— Vous devez savoir que nous ne sommes pas aussi sûrs que Mr. Weston de voir arriver Mr. Frank Churchill. Tout dépend de l'humeur et du bon plaisir de sa tante. À vous, mes deux filles, je puis dire la vérité : Mrs. Churchill règne en maîtresse absolue à Enscombe et c'est une femme des plus fantasques. Frank ne viendra que si elle consent à se passer de lui.

— Oh, Mrs. Churchill ? répondit Isabelle. Tout le monde connaît sa réputation et je ne pense jamais à ce garçon sans une extrême compassion. Il doit être affreux de passer sa vie avec une personne affligée d'un mauvais caractère ! Nous ignorons heureusement tout d'une telle situation mais ce doit être une existence si misérable... Elle n'a pas eu d'enfants, Dieu soit loué ! Elle aurait rendu ces pauvres petits tellement malheureux !

Emma aurait préféré rester seule avec Mrs. Weston car elle en aurait appris davantage. Son amie se serait exprimée avec une liberté que la présence d'Isabelle rendait impossible, et elle n'aurait, notre héroïne en était convaincue, plus rien caché de tout ce qui regardait les Churchill, se contentant de tenir secrets les projets que l'on formait pour le jeune homme, ce dont Emma ne se souciait point puisqu'elle avait déjà tout compris par la grâce de son imagination. De toute façon, pour l'instant il fallait se taire. Mr. Woodhouse rejoignit bientôt ces dames au salon. Il ne pouvait supporter de rester à table après le dîner, et ne nourrissant pas plus de goût pour le vin que pour la conversation, se hâtait toujours de rejoindre ces êtres qui lui étaient un bonheur de chaque instant.

Emma profita de ce qu'il s'entretenait avec Isabelle pour dire à Mrs. Weston :

— Ainsi, vous n'êtes pas sûre que votre fils puisse vous rendre visite ? J'en suis vraiment navrée. Cette présentation a quelque chose d'assez gênant et il serait préférable que cette épreuve eût lieu le plus tôt possible.

— Oui, et chaque nouveau délai m'en fait appréhender un autre. Je persiste à craindre qu'on ne trouve encore un prétexte, même si ces fameux Braithwaites se décommandent. Je ne puis croire que ce soit Frank qui répugne à venir, mais je suis persuadée que les Churchill veulent le garder pour eux seuls. Ils doivent être jaloux, oui, jaloux au point de mal supporter le respect que ce garçon porte à son père... En un mot, je ne pense pas le voir en janvier et j'aimerais que Mr. Weston fût moins optimiste.

— Il faut qu'il vienne, dit Emma, il le faut, même s'il ne peut rester que deux jours ! On arrive difficilement à imaginer qu'un jeune homme ne jouisse point de cette liberté. Quand il s'agit d'une jeune fille, la situation est plus délicate, car si elle tombe en de mauvaises mains, on peut la séquestrer et la tenir à l'écart de ceux qu'elle désire voir... Il est inconcevable, par contre, qu'un jeune homme subisse pareilles contraintes et n'ait pas le loisir de passer une semaine avec son père lorsqu'il en a envie.

— Il faudrait être à Enscombe et connaître les usages de la famille pour être à même de juger de ce qu'il peut ou ne peut pas faire, répondit Mrs. Weston. Je crois que l'on devrait toujours s'astreindre à la même prudence lorsqu'on commente la conduite d'autrui, mais il me paraît de toute manière impossible de juger Enscombe selon les règles générales. Cette femme est tellement extravagante et c'est un tel despote !

— Mais elle aime tant son neveu, il est pour elle tellement à part ! D'après l'idée que je me fais de Mrs. Churchill, c'est certainement une femme qui ne fait rien pour le bonheur d'un mari à qui elle doit tout mais se laisse entièrement gouverner par un neveu à qui elle ne doit rien, et tandis que l'un se voit forcé de subir tous les caprices de son épouse, l'autre peut sûrement imposer tous les siens à sa tante.

— Ma très chère Emma, vous êtes vous-même trop douce pour comprendre les lubies d'une femme aussi désagréable et vous ne devez pas essayer d'assigner des règles à ce qui n'a point de sens. Ces êtres obéissent à une logique qui nous échappe, et si Frank, je n'en doute point, arrive parfois à l'influencer, il est impossible de prévoir *le moment* où il risque d'y parvenir.

Emma, qui avait écouté Mrs. Weston avec beaucoup d'attention, répondit non sans une certaine froideur :

— Il me décevra beaucoup s'il ne vient pas.

— Mais il se peut que son influence soit considérable sur certains points et pratiquement nulle sur d'autres... et je parierais que ces visites à son père font partie de ces domaines où il se révèle impuissant.

CHAPITRE XV

Bientôt prêt à prendre son thé, Mr. Woodhouse se disposa à rentrer chez lui dès qu'on le lui eut servi et ses trois compagnes eurent toutes les peines du monde à lui faire oublier l'heure avant le retour de ces messieurs qui se trouvaient toujours dans la salle à manger. En homme bavard et très hospitalier, Mr. Weston adorait prolonger les soirées, mais le petit groupe du salon finit quand même par s'accroître d'une unité, Mr. Elton, l'air très gai, ne tardant guère à faire son apparition. Quand il arriva, Mrs. Weston et Miss Woodhouse étaient installées ensemble sur un sofa et il s'empressa de les rejoindre, prenant même place entre elles sans attendre qu'on l'en eût prié.

Emma, que la visite éventuelle de Mr. Frank Churchill avait mise d'excellente humeur, était tout à fait disposée à oublier les récentes inconvenances de Mr. Elton et se sentait prête à lui rendre sa sympathie. C'est donc avec un sourire des plus bienveillants qu'elle écouta le jeune homme lorsqu'il se mit à parler d'Harriet.

« Il était, dit-il, affreusement inquiet pour sa belle amie... sa délicieuse, son adorable, sa douce amie... Emma avait-elle eu des nouvelles depuis son arrivée à Randalls ? Oui, il était affreusement inquiet ! La nature du mal d'Harriet lui était un sujet d'angoisse, il devait l'avouer... » et il poursuivit sur ce ton pendant un long moment, peu soucieux d'obtenir une réponse à ses questions mais manifestement fort alarmé des conséquences possibles d'une mauvaise angine.

Emma fut tout d'abord ravie de le voir s'intéresser à sa chère Harriet mais les événements prirent bientôt un tour moins agréable, le jeune vicaire paraissant tout à coup craindre les effets de cette angine pour elle plus que pour Harriet... Il semblait se préoccuper avant tout d'une éventuelle contagion et entreprit passionnément d'empêcher notre héroïne d'aller rendre visite à son amie avant un certain temps, en s'efforçant de lui arracher la promesse de ne point courir le moindre risque tant qu'il n'aurait pas consulté Mr. Perry. Emma s'efforça bien de se tirer d'affaire en riant et de ramener la conversation sur un terrain moins dangereux mais elle ne parvint pas à calmer l'excessive sollicitude que lui témoignait Mr. Elton. Elle était mécontente. Cet homme semblait indéniablement avoir la prétention d'être amoureux d'elle et non de Miss Smith, et cette inconstance, en supposant qu'elle fût réelle, était des plus méprisables et des plus abominables ! Toute à sa colère, Emma ne gardait que très difficilement son calme. Mr. Elton se tourna bientôt vers Mrs. Weston pour implorer son aide. Ne lui apporterait-elle point ses secours ? Ne se joindrait-elle pas à lui pour convaincre Miss Woodhouse de ne plus aller chez Mrs. Goddard tant que l'on ne serait pas certain que la maladie de Miss Smith n'était pas contagieuse ? Il lui fallait une promesse. Refuserait-elle d'user de son influence pour l'arracher à leur amie ?

— Si soucieuse d'autrui et si négligente quand il s'agit de sa propre personne, poursuivit-il. Aujourd'hui, elle voulait que je reste chez moi pour soigner mon rhume et elle ne consentira cependant jamais à tenter de se soustraire au danger d'attraper une angine. Est-ce juste, Mrs. Weston ? Soyez juge, n'ai-je point des raisons de me plaindre ? Je suis sûr que vous aurez l'amabilité de m'accorder votre appui.

Emma vit que Mrs. Weston était surprise et comprit l'immense étonnement que pouvait éveiller en elle un discours dont la substance et le ton impliquaient que Mr. Elton s'arrogeait le droit de s'intéresser à Emma avant tout autre. Quant à elle, elle se sentait bien trop irritée et bien trop offensée pour répondre comme il eût convenu de le faire. Elle se contenta de lancer un regard au jeune homme, mais ce fut un regard dont elle espéra qu'il ramènerait ce fou à la raison. Se levant ensuite, elle alla s'installer auprès de sa sœur pour ne plus s'occuper que d'elle.

Elle n'eut guère le loisir d'observer comment son amoureux réagissait devant cette insulte car il surgit à ce moment-là un autre problème. Mr. John Knightley, qui était sorti pour voir où en était le temps, revint au salon en disant que le sol était tout blanc et qu'il neigeait encore abondamment. Il soufflait en outre un vent très violent, et Mr. John Knightley conclut l'énoncé de ces bonnes nouvelles en disant à Mr. Woodhouse :

— Beau début pour vos sorties hivernales, Monsieur. Votre cocher et vos chevaux apprendront au moins à se frayer un chemin dans une tempête de neige.

Le pauvre Mr. Woodhouse en resta muet de consternation mais tous les autres s'empressèrent d'intervenir. Les uns étaient surpris, les autres pas, et chacun trouvait une question à poser ou une consolation à prodiguer tandis que Mrs. Weston et notre héroïne s'efforçaient de réconforter Mr. Woodhouse et de détourner son attention d'un gendre qui continuait à triompher impitoyablement.

— Monsieur, j'ai beaucoup admiré la détermination dont vous avez fait preuve en vous risquant à sortir par un temps pareil, car vous saviez fort bien qu'il allait neiger, n'est-ce pas ? Tout le monde pouvait voir que la neige menaçait. Votre courage m'a beaucoup impressionné et je crois que nous n'aurons aucun mal à rentrer chez nous... Une heure ou deux de neige n'auront certainement pas rendu la route impraticable et après tout, nous avons deux voitures. Si l'une verse dans le champ communal qui est toujours gelé, nous aurons toujours l'autre sous la main... Oui, je pense que nous pouvons tous arriver sains et saufs à Hartfield avant minuit.

Mr. Weston, qui triomphait d'une autre manière, avoua qu'il savait depuis un certain temps qu'il neigeait mais qu'il n'en avait point soufflé mot de peur que Mr. Woodhouse, s'inquiétant à l'excès, n'en profitât pour rentrer tôt. Quant à ce qu'il y eût assez de neige ou qu'il risquât d'en tomber assez pour compromettre leur retour, c'était une plaisanterie. Il craignait même que ses hôtes n'eussent pas le moindre problème pour repartir car il eût préféré que la route fût impraticable afin de pouvoir les garder tous à Randalls. Avec un peu de bonne volonté, on pouvait certainement trouver de la place pour tout le monde, et il pria sa femme de se joindre à lui pour convaincre leurs hôtes qu'on pouvait les loger sans trop de difficultés. La malheureuse, sachant pertinemment qu'il n'y avait dans la maison que deux chambres d'amis, avait, il faut l'avouer, un certain mal à envisager pareille éventualité.

— Que faire, ma chère Emma, que faire ? s'exclama tout d'abord Mr. Woodhouse, incapable d'ajouter quoi que ce fût d'un long moment.

Il regardait sa fille, cherchant en elle un réconfort, et elle le rassura en effet sur leur sort en lui représentant l'excellence des chevaux et l'habileté de James et en lui rappelant la présence de leurs amis. Le pauvre homme reprit un peu courage.

Sa fille aînée était aussi inquiète que lui et ne songeait qu'à l'horrible perspective de se voir bloquée à Randalls tandis que ses enfants seraient à Hartfield. Persuadée que la route demeurait certainement praticable pour des gens aventureux pourvu qu'on ne tardât point, elle voulait partir sur-le-champ avec son mari tandis que son père et sa sœur resteraient à Randalls. Elle imaginait les monceaux de neige qui risquaient de gêner le retour et tenait à s'en aller tout de suite :

— Vous devriez faire atteler immédiatement, mon ami, dit-elle. Je crois que nous nous en tirerons à condition de partir maintenant et si jamais il nous arrive quelque chose, nous finirons toujours la route à pied. Je n'ai pas peur du tout et il me serait égal d'avoir à marcher la moitié du trajet. Je n'aurais qu'à changer de chaussures en arrivant, vous savez, et ce n'est jamais comme cela que j'attrape froid.

— Vraiment, répondit-il, eh bien, c'est tout à fait extra-ordinaire, ma chère Isabelle, car à l'accoutumée un rien suffit à vous enrhumer. Rentrer à pied ! Oui, je crois que vous portez des chaussures idéales pour la marche... Les chevaux auront déjà bien assez de mal !

Isabelle se tourna vers Mrs. Weston pour obtenir son approbation et celle-ci ne put qu'acquiescer au plan de la jeune femme. Emma fut également consultée mais elle ne pouvait se résoudre à abandonner tout espoir de rentrer à Hartfield et l'on discuta donc de ce problème jusqu'à ce que Mr. Knightley fît son apparition. Il avait quitté le salon dès que son frère était venu leur apporter ces nouvelles alarmantes sur le temps et il était sorti pour se rendre compte par lui-même de la situation. Il pouvait assurer que l'on n'aurait pas le moindre mal à rentrer à n'importe quelle heure, car ayant poussé jusqu'à la route de Highbury, il s'était aperçu que la neige n'avait nulle part plus d'un demi-centimètre d'épaisseur et qu'il n'en était même tombé, dans la plupart des cas, que juste assez pour blanchir la route. On voyait bien encore voltiger quelques flocons mais les nuages se dissipaient et tout était proba-blement terminé. Il avait d'ailleurs consulté le cocher qui estimait également qu'on ne courait pas le moindre risque à partir.

Ces nouvelles procurèrent à Isabelle un immense sou-lagement et notre héroïne en conçut aussi beaucoup de plaisir, son père se calmant immédiatement autant que le lui permettait une nature très nerveuse. On ne put cepen-dant apaiser les craintes du malheureux au point de lui ren-dre toute sa tranquillité d'esprit, et s'il était ravi qu'il n'y eût pour l'instant point le moindre danger à s'en retourner, on n'arriva cependant pas à le convaincre qu'il fût raison-nable de rester à Randalls plus longtemps. On eut beau insister, tenter de le rassurer, rien n'y fit. Pendant que les autres s'épuisaient vainement, Emma et Mr. Knightley discutaient ainsi le problème :

— Votre père ne se calmera pas. Pourquoi ne partez-vous pas ?

— Je suis prête si les autres le sont.

— Voulez-vous que je sonne ?

— Oui, je vous en prie.

Et Mr. Knightley sonna pour faire atteler. Emma espérait fort que l'on déposerait rapidement chez lui certain de ses compagnons et qu'il aurait alors tout loisir de se dégriser et de se calmer. Quant à Mr. John Knightley, il recouvrerait sûrement son sang-froid et sa bonne humeur dès qu'il serait délivré de la corvée que représentait pour lui cette visite à Randalls.

Les voitures furent annoncées et Mr. Woodhouse, que l'on entourait toujours de mille prévenances en ce genre de circonstances, se vit prudemment accompagné jusqu'à son équipage par Mr. Knightley et Mr. Weston. Malgré tout ce que purent lui dire ces messieurs, il s'alarma en voyant la nuit plus noire qu'il ne l'avait prévu. Il craignait que le retour ne se passât mal, il avait peur que sa pauvre Isabelle n'allât s'inquiéter. Et la pauvre Emma qui serait dans l'autre voiture ! Il ne savait que faire... Les équipages devaient se suivre de près ! On en parla à James qui reçut l'ordre de rouler très lentement et de suivre l'autre voiture.

Isabelle prit place aux côtés de son père et John Knightley, oubliant complètement qu'il devait voyager avec les autres, s'installa tout naturellement auprès de sa femme. Emma s'aperçut alors qu'elle allait faire la route en tête à tête avec Mr. Elton car il l'escortait jusqu'à la deuxième voiture. Cette perspective n'aurait rien eu de déplaisant et elle aurait même été assez agréable si la jeune fille n'avait nourri tant d'affreux soupçons. En temps ordinaire, elle aurait pu lui parler d'Harriet et le chemin ne lui aurait pas semblé long, mais elle jugeait à présent cette intimité des plus malvenues. Elle avait l'impression que le jeune homme avait quelque peu abusé des excellents vins de Mr. Weston et craignait fort qu'il n'allât de nouveau raconter des bêtises.

Désireuse de le tenir le plus possible à distance, elle s'apprêtait à l'entretenir sur-le-champ et avec la plus exquise gravité du temps qu'il faisait et de la nuit, mais à peine avait-elle prononcé un mot et à peine avaient-ils franchi le portail et rattrapé la première voiture, que le jeune homme, lui coupant la parole, forçait son attention en lui prenant la main. Il lui déclara passionnément sa flamme. Il profitait de cette magnifique occasion pour lui exprimer des sentiments que l'on ne devait plus tenir secrets. Il était plein d'espoir et de crainte, il l'adorait, se disant même prêt à mourir si l'on repoussait ses hommages. Il se flattait cependant qu'une aussi folle tendresse, un amour aussi grand, une passion si rare ne pouvaient manquer d'attendrir le cœur le plus dur, et en un mot, il était résolu à obtenir dès que possible la main d'Emma. Ainsi c'était vrai ! Mr. Elton, l'amant d'Harriet, déclarait son amour à notre héroïne, et il ne semblait pas éprouver le moindre scrupule, ne s'excusait pas, n'avait même pas l'air de douter de l'issue de sa démarche !... Emma s'était vainement efforcée de le faire taire, il était décidé à continuer et à tout dire. Bien qu'elle fût terriblement en colère, elle prit la résolution de se contraindre pour lui répondre le plus calmement possible. L'enjeu était d'importance et elle espérait en outre que cette folie, certainement imputable en partie à l'ivresse, ne durerait que l'espace d'une soirée. Elle répondit donc sur un ton où se mêlaient l'ironie et la gravité :

— Vous me surprenez, Mr. Elton ! Est-ce bien à moi que vous vous adressez ? Vous vous oubliez, vous me prenez pour mon amie ! Je serais certes ravie de transmettre à Miss Smith tous les messages que vous voudrez, mais je vous prierai de ne plus me tenir de semblables discours !

— Miss Smith ? Un message pour Miss Smith ? Que vient-elle faire dans cette histoire ?

Et il répéta ce qu'Emma venait de lui dire avec une telle assurance, un tel étonnement et une telle arrogance, que la jeune fille ne put s'empêcher de rétorquer avec une certaine vivacité :

— Votre conduite est absolument extravagante, Mr. Elton, et je n'y vois qu'une explication... Vous n'êtes plus vous-même, car vous ne me parleriez jamais d'Harriet comme vous venez de le faire. Je vous promets d'essayer d'oublier tout cela si vous parvenez à vous taire.

Si Mr. Elton avait bu suffisamment de vin pour être un peu excité, il n'était cependant pas ivre au point d'en avoir l'esprit obscurci. Il savait parfaitement ce qu'il disait et protesta avec chaleur qu'il n'était point dans un état anormal, trouvant même ce soupçon des plus injurieux. Il évoqua vaguement le respect qu'il portait à Miss Smith mais se déclara fort surpris que l'on eût mentionné son nom, reprenant ensuite le fil de son discours passionné et pressant l'élue de lui donner une réponse favorable.

Comprenant que le vin ne suffisait pas à expliquer le comportement de son compagnon, Emma en vint à songer avec plus de sévérité à son inconstance et à sa présomption et fit donc beaucoup moins d'efforts pour rester polie.

— Il m'est impossible de douter plus longtemps, lui répondit-elle, vous vous êtes trop clairement exprimé. Je ne saurais dire à quel point vous me surprenez, Mr. Elton. Après vous être conduit avec Miss Smith comme vous l'avez fait depuis un mois, et j'étais témoin, après lui avoir prodigué chaque jour tant d'égards, vous adresser à moi de cette façon ! Cela dénote une inconstance que je n'aurais jamais crue possible ! Croyez-moi, Mr. Elton, je suis loin, fort loin de me réjouir d'être l'objet de votre amour.

— Dieu du ciel ! s'écria-t-il. Qu'est-ce que cela signifie ? Miss Smith ! Mais je n'ai de ma vie songé à votre Miss Smith ! Si je lui ai témoigné la moindre attention, c'est simplement qu'elle était votre amie, et c'est uniquement parce que vous l'aimiez que je me souciais de savoir si elle était morte ou vivante ! Si elle est allée s'imaginer autre chose, c'est que ses propres désirs l'ont trompée, et j'en suis navré, absolument navré... Mais Miss Smith, vraiment ! Oh, Miss Woodhouse, qui peut encore songer à Miss Smith lorsque vous êtes là ? Non, il n'est pas question d'inconstance car je n'ai jamais pensé qu'à vous. Je jure n'avoir jamais prêté la moindre attention à une autre femme, et tout ce que j'ai dit ou fait depuis des semaines avait pour but de vous exprimer mon adoration... Oh, non, vous ne pouvez pas réellement, sérieusement en douter ! Non ! (d'un ton qui se voulait insinuant) Je suis certain que vous m'avez percé au jour.

Il est impossible de donner une idée des sentiments qui agitèrent Emma tout au long de ce discours ni de nommer précisément la sensation déplaisante qui dominait le flot de toutes celles qu'elle éprouva à ce moment-là. Trop accablée pour répondre, elle s'accorda deux minutes de silence et l'optimiste Mr. Elton s'empressa d'y voir un encouragement. C'est donc fort joyeusement et en essayant pour la deuxième fois de lui saisir la main qu'il s'écria :

— Charmante Miss Woodhouse, permettez-moi d'interpréter favorablement un silence aussi éloquent... N'est-ce point votre manière d'avouer que vous m'avez compris depuis longtemps ?

— Non, Monsieur, s'écria Emma, je n'avoue rien de tel ! Loin de vous avoir compris depuis longtemps, je me suis, jusqu'à cet instant, complètement trompée quant à vos intentions. Je suis pour ma part absolument navrée que vous vous soyez laissé aller à nourrir des sentiments qui... Rien ne pouvait être plus étranger à mes désirs. L'attachement que vous paraissiez éprouver pour mon amie Harriet, votre façon de rechercher sa compagnie — car vous sembliez réellement la rechercher —, me faisaient grand plaisir, je dois le dire, et je souhaitais de tout cœur voir aboutir vos tendres desseins... mais si j'avais imaginé un seul instant que ce n'était point cette jeune fille qui vous attirait à Hartfield, je vous aurais, croyez-moi, fort mal jugé de nous rendre aussi fréquemment visite. Dois-je comprendre que vous n'avez jamais cherché à plaire à cette enfant et que vous n'avez jamais songé sérieusement à elle ?

— Jamais, Mademoiselle, jamais, je vous le jure ! s'écria-t-il, offensé à son tour. *Moi*, penser sérieusement à

Miss Smith ? Votre amie est certes charmante et je serais heureux de la voir honorablement établie... Oui, je lui souhaite beaucoup de bonheur et il est sans nul doute des hommes qui ne verraient point d'inconvénient à... Enfin, chacun son rang, mais pour moi, je ne crois pas en être réduit à pareille extrémité ! Je n'ai nulle raison de désespérer au point de contracter une alliance aussi médiocre... Non, Mademoiselle, vous étiez l'unique objet de mes visites à Hartfield, et les encouragements que j'ai reçus...

— Des encouragements ! Je vous aurais encouragé, moi ! Monsieur, vous vous êtes complètement abusé si vous l'avez cru. Je n'ai jamais vu en vous que l'admirateur de mon amie et c'est la seule raison pour laquelle je vous considérais comme autre chose qu'une simple relation. Je suis désolée, mais il vaut mieux lever sur-le-champ toute équivoque. Si cette histoire avait duré plus longtemps, Miss Smith en serait peut-être arrivée à mal interpréter vos intentions, car elle n'a pas plus conscience que moi d'une inégalité sociale à laquelle vous paraissez fort sensible. Enfin, au point où nous en sommes, un seul d'entre nous subira une grosse déception, et son chagrin ne sera, j'en suis certaine, pas de longue durée. Je n'ai pour ma part, nullement envie de me marier pour l'instant.

Mr. Elton était bien trop en colère pour ajouter quoi que ce fût et notre héroïne trop résolue pour tolérer l'ombre d'une supplication; et c'est donc sous l'empire d'un ressentiment grandissant et d'un profond sentiment d'humiliation que les deux compagnons de voyage durent poursuivre leur route. Le trajet leur parut d'autant plus long que le craintif Mr. Woodhouse avait ordonné que l'on allât au pas et les jeunes gens auraient éprouvé une gêne affreuse s'ils n'avaient été aussi violemment courroucés, les émotions qui les agitaient ne laissant heureusement point de place à l'embarras. Ils ne s'aperçurent même pas que la voiture s'engageait sur le sentier du presbytère ni qu'elle s'arrêtait, et ils se retrouvèrent tout à coup devant la maison de Mr. Elton. Le jeune vicaire descendit vivement, sans qu'on eût échangé un seul mot, et si Emma crut de son devoir de lui souhaiter une bonne nuit, il se contenta de lui retourner le compliment d'un ton de glaciale fierté. La jeune fille partit enfin pour Hartfield dans un état de colère absolument indescriptible.

En arrivant chez elle, elle reçut un accueil chaleureux de son père. Le pauvre homme avait tremblé à l'idée des dangers qu'elle courait en revenant toute seule du presbytère, ne cessant de penser à cet affreux virage qu'elle était forcée de prendre et à la terrible situation dans laquelle elle se trouvait, livrée aux mains d'un cocher étranger... le premier venu, n'est-ce pas, et non James en tout cas. Il semblait que le retour d'Emma dût mettre un comble à l'harmonie qui régnait à Hartfield car Mr. John Knightley, rougissant certainement de sa mauvaise humeur passée, se montrait à présent plein de gentillesse et d'égards. Particulièrement soucieux du bien-être de Mr. Woodhouse, il poussa l'amabilité jusqu'à vanter les qualités de la bouillie, sans aller toutefois jusqu'à en accepter un bol. Cette journée s'achevait ainsi pour chacun dans le bonheur et dans la paix et seule Emma n'éprouvait point cette douce tranquillité d'esprit. Jamais elle n'avait été plus bouleversée, et elle dut prendre sur elle-même pour paraître attentive et joyeuse jusqu'à l'heure habituelle de la séparation qui lui permettrait enfin de réfléchir tout à son aise.

CHAPITRE XVI

Dès qu'elle eut congédié la femme de chambre venue lui friser les cheveux, Emma put donner libre cours à son chagrin et s'installer pour méditer en toute tranquillité. C'était vraiment une triste histoire et il était affreux de voir ainsi ses projets les plus chers réduits à néant. Les événements avaient pris un tour fort déplaisant et ce n'était rien en comparaison du coup que recevrait Harriet ! Cette affaire, certes, n'apportait à chacun que chagrins et humiliations, mais le pire était encore la douleur qu'en concevrait inévitablement cette pauvre Miss Smith. Ah, c'est avec joie qu'Emma eût accepté de se voir cent fois plus convaincue d'erreur, de sottise et de ridicule si les conséquences de ses bévues avaient pu s'en trouver limitées à sa seule personne !

« Si je n'avais pas persuadé Harriet d'aimer cet homme, j'aurais supporté sans sourciller les pires affronts et ce Mr. Elton aurait pu se montrer deux fois plus arrogant que je ne m'en fusse point souciée... Mais quand je pense à ma pauvre Harriet ! »

Comment avait-elle pu se laisser abuser de la sorte ? Mr. Elton jurait n'avoir jamais, absolument jamais, songé à Miss Smith ! Emma essaya de se remémorer les événements de ces derniers jours, mais tout était confus dans son esprit. Elle avait sans aucun doute été victime de ses idées préconçues et n'avait cessé d'interpréter de façon erronée les faits et gestes du jeune vicaire, mais pour qu'elle se trompât à ce point, il fallait quand même que le comportement de Mr. Elton eût manqué de clarté et qu'un certain flottement, une certaine ambiguïté eussent existé.

Le portrait ! Son empressement pour cette histoire du portrait !... Et la charade !... Cent autres détails avaient semblé désigner si manifestement Harriet ! Certes, la charade, avec son allusion à « l'esprit » d'Harriet... mais n'était-il pas ensuite question du regard de la femme aimée ? En fait, cela ne correspondait ni à l'une ni à l'autre, et ce n'était qu'un vulgaire fatras de niaiseries. Qui aurait pu interpréter correctement un texte aussi ridicule ?

Sans doute notre héroïne avait-elle souvent jugé Mr. Elton un peu trop galant envers elle, surtout depuis quelque temps, mais elle n'avait vu dans ce comportement que l'expression de vieilles habitudes dépourvues de signification et une simple preuve du manque de goût et d'éducation de cet homme. Ces amabilités excessives dénotaient un jugement très moyen et n'étaient après tout qu'un signe parmi tant d'autres de ce qu'il n'avait pas toujours fréquenté la meilleure société et manquait parfois de véritable élégance malgré toute la douceur de son abord. Jusqu'à ce jour, Emma n'avait donc jamais soupçonné, même l'espace d'un instant, que Mr. Elton voulût lui témoigner plus que du respect et de la gratitude.

C'est à Mr. John Knightley qu'elle devait d'avoir songé pour la première fois qu'il pût l'aimer, et elle devait avouer que les deux frères de Donwell Abbey étaient dotés d'une grande perspicacité. Elle se souvenait de ce que Mr. Knightley lui avait dit un jour à propos de Mr. Elton et des avertissements qu'il lui avait prodigués. A l'époque, il s'était déclaré convaincu que ce garçon ne se marierait jamais inconsidérément et la jeune fille rougit en songeant qu'il avait cent fois mieux qu'elle saisi la véritable nature du jeune vicaire. C'était affreusement humiliant, mais Mr. Elton lui apparaissait maintenant à maints égards l'inverse de ce qu'elle avait imaginé ou désiré qu'il fût. Il se révélait orgueilleux, arrogant, vaniteux, pénétré du sentiment de sa propre importance et parfaitement insensible aux souffrances d'autrui.

Contrairement à ce qui se passe d'ordinaire, Mr. Elton était tombé dans l'estime de Miss Woodhouse en lui faisant la cour, et ses déclarations et offres de mariage n'avaient servi de rien. La jeune fille se moquait éperdument de son amour et ressentait comme une insulte les espoirs qu'il s'était permis d'entretenir. Désireux de contracter une alliance brillante, il se prétendait amoureux afin de justifier la présomption dont il faisait preuve en levant les yeux sur elle, mais elle était bien certaine que sa déception ne méritait point que l'on s'en souciât. Elle n'avait pas perçu la moindre affection réelle dans les paroles ou les manières de cet homme, et s'il ne s'était pas montré avare de soupirs et belles paroles, on pouvait difficilement imaginer expression ou ton de voix plus éloignés d'un amour sincère. Il était vraiment inutile qu'Emma se donnât la peine de le plaindre car cet ambitieux avait pour seul but de s'enrichir et de s'élever socialement. Après tout, si Miss Woodhouse, demoiselle de Hartfield et héritière de trente mille livres, se révélait plus difficile à séduire qu'il ne l'avait imaginé, il se rabattrait sans tarder sur la première jeune fille qui posséderait vingt mille, ou même à la rigueur dix mille livres.

Emma trouvait particulièrement intolérable qu'il eût osé parler d'encouragements et eût pu croire qu'elle connaissait ses intentions, acceptait ses hommages, et en un mot désirait l'épouser. Il avait eu l'audace de se croire en tout point l'égal de Miss Woodhouse et se permettait de mépriser Harriet ! Il semblait saisir à merveille les subtilités de la hiérarchie sociale lorsqu'il avait affaire à un inférieur mais s'y révélait totalement imperméable dans le cas contraire, allant jusqu'à s'imaginer digne de la maîtresse de Hartfield, et tant de présomption exaspérait Emma.

Peut-être était-il injuste d'exiger de lui qu'il fût conscient de son infériorité pour les talents ou raffinements de l'esprit, car l'inégalité même qui existait entre lui et notre héroïne risquait fort de l'empêcher d'y être sensible, mais il aurait dû au moins savoir combien la jeune fille lui était supérieure pour le rang comme pour la fortune. Il n'ignorait pas que les Woodhouse étaient installés à Hartfield depuis plusieurs générations et appartenaient à la branche cadette d'une très ancienne famille, alors que les Elton n'étaient rien. Le domaine de Hartfield n'était certes pas en lui-même considérable car il ne formait qu'une sorte d'enclave sur les terres de Donwell dont dépendait tout le reste de Highbury, mais la fortune des Woodhouse était par ailleurs tellement imposante qu'elle pouvait rivaliser avec celle des Knightley, propriétés foncières mises à part. On devait tenir compte aussi de la haute considération dont les Woodhouse jouissaient dans le pays alors que Mr. Elton ne se trouvait dans la région que depuis deux années à peine. Il était arrivé là, décidé à faire son chemin tant bien que mal et sans autre relation que des relations d'affaires, n'ayant pour le recommander que sa position de vicaire et sa grande civilité... Et voilà qu'il était allé s'imaginer qu'Emma était amoureuse de lui ! Oui, il avait dû vraiment y croire ! Emma réfléchit un moment au problème que posait cet extraordinaire contraste entre des manières aimables et tant de vanité, mais au nom de l'honnêteté la plus élémentaire, elle fut bientôt forcée de s'arrêter là et de s'avouer qu'elle s'était elle-même montrée tellement obligeante, si complaisante, si courtoise et si attentionnée, que ne comprenant point le sens de sa conduite, un homme aussi peu clairvoyant et délicat que Mr. Elton avait fort bien pu s'égarer jusqu'à s'imaginer être l'élu de son cœur. Ayant elle-même si mal interprété les sentiments de cet homme, devait-elle s'étonner qu'aveuglé par ses intérêts il eût si mal interprété les siens ?

Elle était seule responsable de l'erreur initiale qui était également la plus grave : il était ridicule et même coupable de s'occuper de la sorte à marier les gens, c'était prendre trop de risques, s'arroger trop de droits, traiter à la légère une affaire des plus sérieuses et faire une intrigue de ce qui se devait d'être simple. Affreusement triste et honteuse, Emma se promit de ne plus jamais se mêler de ce genre d'histoire.

« J'ai poussé cette pauvre Harriet à s'attacher à ce jeune homme, se disait-elle. Elle n'aurait jamais pensé à lui si je n'avais été là, et ne se serait en tout cas jamais permis d'espérer quoi que ce fût si je ne l'avais assurée de son amour car elle a l'humilité et la modestie que je prêtais à ce garçon. Oh, pourquoi ne me suis-je pas contentée de l'inciter à repousser les offres de Mr. Martin ? Je suis sûre que j'avais raison, alors, et j'ai fort bien agi mais j'aurais dû m'en tenir là et laisser le temps et la chance faire le reste. Je l'avais introduite dans la bonne société et lui avais donné l'occasion de rencontrer un homme digne d'elle, je n'aurais jamais dû tenter d'en faire davantage ! Elle ne recouvrera point sa tranquillité de longtemps ! La malheureuse ! J'ai été pour elle une mauvaise amie, et même si elle ne devait pas souffrir atrocement de cette déception, je ne vois pas qui pourrait lui convenir... William Cox ? Oh, non, cette idée m'est intolérable ! Ce n'est qu'un petit avoué prétentieux et... »

Elle rougit puis se mit à rire de cette prompte récidive, avant de reprendre le cours d'une méditation plus grave et plus désespérante sur tout ce qui s'était passé, pouvait se passer et devait se passer. Il y aurait cette affligeante explication qu'elle ne pouvait manquer d'avoir avec Harriet, le chagrin de cette pauvre enfant, la gêne des rencontres futures... Il serait aussi difficile de rompre avec Mr. Elton que de poursuivre des relations avec lui, et il faudrait s'efforcer de se maîtriser, de dissimuler toute trace de ressentiment et d'éviter un éventuel éclat... Ces réflexions amères occupèrent la jeune fille pendant un long moment puis elle se coucha, doutant de tout sauf d'avoir commis une affreuse bévue.

Si profonde fût sa détresse, Emma était trop jeune et trop naturellement gaie pour que le retour du jour ne lui apportât pas un soulagement. La fraîcheur et l'aspect souriant du matin font naître dans les jeunes esprits de puissantes analogies et ceux dont le chagrin n'est point assez violent pour leur ôter le sommeil constatent en se réveillant que leur peine s'est adoucie et leur espérance accrue.

Emma se leva ce jour-là mieux disposée que la veille, plus optimiste et plus confiante quant à l'issue de cette affaire.

Il était réconfortant de songer que Mr. Elton n'était point sincèrement épris d'elle et ne méritait pas que l'on s'apitoyât sur sa déception. Harriet n'était en outre point de ces êtres qui nourrissent des sentiments violents et durables, et dernière consolation, il n'y avait pas la moindre raison pour qu'en dehors des trois intéressés quelqu'un fût au courant de ce qui s'était passé, Emma se souciant d'autant plus de cet ultime point qu'elle y voyait l'assurance que son père n'aurait pas à subir le contrecoup de cette aventure.

Tout cela était fort encourageant, et notre héroïne eut de plus l'agréable surprise d'apercevoir un sol couvert de neige. Elle s'en réjouit, jugeant infiniment opportun tout ce qui pouvait servir de prétexte à espacer les rencontres entre elle, Harriet et Mr. Elton.

Le temps se révéla favorable à ses plus chers désirs, et bien que ce fût Noël, Emma ne put même pas se rendre à l'église. Mr. Woodhouse aurait été vraiment trop malheureux si sa fille avait essayé de sortir et celle-ci se vit donc épargner le désagrément d'être l'objet ou la victime de fort déplaisantes pensées. Le sol restait couvert de neige et le temps hésitait entre le gel et le dégel, toutes conditions climatiques qui conviennent le moins aux promenades, et la jeune fille ne s'en plaignait pas. Il pleuvait ou neigeait chaque matin, et il ne laissait pas de geler chaque soir, ce qui permit à Emma une honorable réclusion. Ses seuls rapports avec Harriet se limitaient à de petits billets, elle ne pouvait pas plus se rendre à l'église le dimanche que le jour de Noël et n'avait point à trouver de prétexte à la disparition de Mr. Elton.

Le temps suffisait à expliquer que chacun se confinât chez soi, et bien que notre héroïne espérât et fût même persuadée que son père se sentait bien en n'importe quelle compagnie, elle était cependant ravie qu'il fût heureux de rester chez lui et refusât sagement de quitter la maison. Elle aimait à l'entendre dire à Mr. Knightley, que nulle intempérie n'aurait pu empêcher de venir les voir :

— Ah, Mr. Knightley, pourquoi ne pas rester chez vous comme ce pauvre Mr. Elton ?

S'il n'y avait eu tant de problèmes, cette détention eût été agréable et même délicieuse, car elle convenait à la perfection au mari d'Isabelle dont les états d'âme étaient toujours d'une extrême importance pour la maisonnée tout entière. John Knightley avait d'ailleurs si bien oublié sa mauvaise humeur de Randalls que son amabilité ne faiblit point durant la fin de son séjour à Hartfield. Il se montrait charmant, très obligeant et parlait de chacun avec bienveillance. Cependant, malgré tous ses espoirs et malgré les agréments du sursis qu'elle se voyait accorder, Emma n'arrivait pas à retrouver la paix, obsédée qu'elle était par la pénible explication qu'il lui faudrait bientôt avoir avec Harriet.

CHAPITRE XVII

La captivité de Mr. et Mrs. John Knightley ne fut pas de longue durée. Le temps s'améliora bientôt suffisamment pour permettre à ceux qui devaient partir de le faire, et Mr. Woodhouse, qui avait comme à chaque fois tenté de persuader sa fille de rester avec ses enfants, dut se résigner à voir s'en aller la famille Knightley au complet. Il reprit le cours de ses lamentations sur le sort de la pauvre Isabelle, qui passait en fait son existence au milieu d'êtres chers dont elle ne percevait que les qualités et ignorait totalement les défauts. Constamment occupée à d'innocentes tâches, elle eût aisément pu figurer une sorte d'idéal du bonheur féminin.

Le jour du départ des Knightley, Mr. Woodhouse reçut un message de Mr. Elton. C'est en un long billet poli et cérémonieux que le jeune vicaire lui présentait ses compliments, tout en lui annonçant son intention de quitter Highbury le lendemain matin pour se rendre à Bath où des amis le pressaient de venir passer quelques semaines. Regrettant que diverses circonstances touchant au temps et aux affaires le missent dans l'impossibilité de prendre congé de Mr. Woodhouse dont il n'oublierait jamais le chaleureux accueil et qu'il gratifiait d'une éternelle reconnaissance, il se mettait en outre à son service s'il avait la moindre course à lui confier.

Emma fut agréablement surprise, rien ne lui paraissant plus opportun que l'absence de Mr. Elton en un moment pareil, et elle l'admira d'avoir imaginé ce départ bien qu'elle n'appréciât point sa façon de l'annoncer. Comment exprimer en effet plus clairement son ressentiment qu'en faisant à son père une politesse dont elle était si manifestement exclue ? Il ne mentionnait même pas la jeune fille dans ses compliments du début et son nom ne figurait pas une seule fois dans cette lettre. Le changement était tellement extraordinaire et le jeune homme mettait tant de solennité et de mauvais goût à prendre congé et à témoigner de son infinie reconnaissance que notre héroïne crut tout d'abord que son père ne manquerait point de soupçonner la vérité.

Le vieux monsieur ne comprit cependant rien à ce qui se passait. Tout à la surprise que lui causait l'annonce d'un départ aussi inopiné et tremblant à l'idée que Mr. Elton n'arrivât pas sain et sauf à la destination, il ne discerna nullement l'étrangeté de cette lettre. Ce billet se révéla de toute façon fort utile, car il fournit à nos deux solitaires un sujet de réflexion et de conversation pour cette première soirée en tête à tête, Mr. Woodhouse parlant de ses craintes, et sa fille s'efforçant avec sa promptitude coutumière de lui démontrer qu'elles étaient absolument vaines.

Emma résolut ce soir-là de ne pas tenir plus longtemps Harriet dans l'ignorance. La sachant presque guérie de son rhume et jugeant souhaitable que la pauvre enfant eût tout le temps de se remettre avant le retour du monsieur, elle se rendit dès le lendemain matin chez Mrs. Goddard afin d'y subir cette épreuve qu'elle ne pouvait malheureusement pas éviter. Elle sentait que ce serait terrible puisqu'il lui faudrait ruiner des espoirs qu'elle avait forgés avec tant d'industrie. Elle devrait assumer le rôle ingrat de la rivale préférée et avouer qu'elle s'était totalement fourvoyée et trompée depuis six semaines. Elle se verrait obligée de reconnaître la fausseté de toutes ses pensées, observations, convictions, et prophéties concernant les sentiments de Mr. Elton.

En confessant ses fautes, elle sentit se réveiller toute la honte qu'elle avait éprouvée au début et se dit qu'elle ne se pardonnerait jamais ce qu'elle avait fait lorsque Harriet se mit à pleurer.

Celle-ci supporta relativement bien les révélations de son amie. Elle ne blâma personne et témoigna en tout d'une telle ingénuité et d'une telle modestie qu'Emma ne put s'empêcher de l'en admirer grandement.

Notre héroïne était à ce moment-là disposée à estimer au plus haut point la simplicité et l'humilité, et contrairement à elle, sa compagne lui parut réunir tous les charmes et toutes les grâces. La pauvre Miss Smith ne se sentait pas le droit de se plaindre. Elle ne pouvait espérer se faire aimer d'un homme comme Mr. Elton, c'eût été trop beau ! Non, elle ne méritait point un tel soupirant, et il fallait être une amie aussi douce et partiale que Miss Woodhouse pour avoir cru cela de l'ordre du possible.

Elle pleura beaucoup, mais son chagrin était si manifestement sincère qu'Emma n'aurait pu respecter davantage une parfaite dignité. Elle écoutait son amie, faisant appel à tout son cœur et à toute son intelligence pour la consoler, et convaincue en cet instant de la supériorité d'Harriet, se disait que malgré ses talents et son esprit, elle serait bien plus heureuse si elle lui ressemblait.

Il était malheureusement trop tard pour devenir ignorante ou naïve, mais Emma prit avant de partir la ferme résolution de cultiver la modestie et l'humilité tout en refrénant son imagination débridée. Après les devoirs qu'elle devait à son père viendrait à présent celui d'aider au bonheur d'Harriet. Il lui faudrait s'efforcer de lui prouver sa tendresse plus efficacement qu'en essayant de la marier et elle l'invita donc à Hartfield, lui témoignant une gentillesse de chaque instant et faisant tout son possible pour l'occuper et l'amuser. Les livres et la conversation, espérait-elle, l'aideraient grandement à chasser Mr. Elton de l'esprit de la pauvre enfant.

Emma savait qu'il faudrait un certain temps avant que cette histoire ne fût oubliée. Elle s'estimait un juge assez médiocre en ces sortes d'affaires, se sentant tout particulièrement inapte à concevoir l'amour que pouvait inspirer un Mr. Elton, mais il lui semblait qu'on pouvait raisonnablement espérer qu'Harriet, étant donné son âge et la ruine de tous ses espoirs, aurait recouvré son calme avant le retour du jeune vicaire. Les trois héros de l'aventure qui venait de se passer pourraient donc certainement se rencontrer à ce moment-là sans que l'un d'eux risquât de trahir ou de réveiller des sentiments qu'il valait mieux taire.

Harriet persistait à voir en Mr. Elton toutes les perfections et elle pensait que nul ne pouvait l'égaler tant au physique qu'au moral. Elle semblait en vérité plus passionnément amoureuse qu'Emma ne l'avait prévu mais paraissait en même temps si consciente de l'évidente nécessité de lutter contre une inclination stérile, qu'on ne pouvait douter de voir cet attachement perdre bientôt de sa puissance.

A son retour, Mr. Elton tiendrait sûrement à manifester le plus clairement possible son indifférence à l'égard de Miss Smith, et notre héroïne ne parvenait pas à concevoir que son amie pût alors s'obstiner à placer son bonheur dans de vaines rencontres et de vieux souvenirs.

Il était sans doute fâcheux qu'ils fussent tous trois établis dans le même village, et ce définitivement, mais nul d'entre eux n'ayant la possibilité de partir ou de changer de milieu, ils seraient obligés de se rencontrer et d'agir au mieux.

Comble de malchance pour Harriet, on vouait chez Mrs. Goddard un véritable culte à Mr. Elton. Tous les professeurs et les grandes élèves l'adoraient, et ce n'est qu'à Hartfield que la jeune fille avait l'occasion d'entendre parler de lui avec une froideur ou une sincérité propres à calmer ses ardeurs d'amoureuse. C'est dans le lieu même où on l'avait blessée qu'elle pouvait trouver un remède s'il en existait un, et Miss Woodhouse sentait dans le tréfonds de son âme qu'elle-même ne retrouverait point la paix tant que son amie ne serait pas sur le chemin de la guérison.

CHAPITRE XVIII

Mr. Frank Churchill ne vint pas. Peu de temps avant la date fixée pour son arrivée, on reçut de lui une lettre d'excuses qui vint justifier toutes les craintes de Mrs. Weston. Le jeune homme y disait qu'à sa plus grande déconvenue, on ne pouvait se passer de lui à Enscombe pour l'instant, mais qu'il envisageait cependant avec un plaisir immense de venir très prochainement à Randalls.

Mrs. Weston fut extrêmement désappointée, beaucoup plus que son mari, en fait, bien qu'elle eût moins compté que lui sur la visite de Frank Churchill. Les optimistes entretiennent certes toujours des espérances excessives, mais ils n'en sont pas obligatoirement châtiés par des déceptions plus cruelles. Ils oublient promptement les échecs pour se laisser bercer par d'autres illusions et si Mr. Weston demeura surpris et navré pendant une bonne demi-heure, il se dit finalement qu'il était nettement préférable que son fils ne vînt que dans deux ou trois mois. On serait presque alors à la belle saison, le temps serait plus agréable et le jeune homme pourrait sans doute rester avec eux plus longtemps qu'à présent.

Cette pensée réconforta Mr. Weston et lui rendit toute sa bonne humeur, mais sa femme, d'un naturel plus anxieux, n'arrivait à envisager pour l'avenir que de nouveaux délais et de nouveaux prétextes, et c'est elle, qui après s'être tourmentée à l'avance du chagrin qu'éprouverait son mari, se retrouva la plus malheureuse.

A cette époque-là, Emma n'était guère en état de se soucier de la défection de Mr. Frank Churchill, sinon comme d'une source de déception pour ses amis de Randalls. Loin de songer encore aux attraits d'une rencontre avec le jeune homme, elle aspirait plutôt à la tranquillité et préférait être à l'abri de toute tentation. Il valait mieux pourtant qu'elle parût sous son jour habituel et elle prit donc soin de manifester un certain intérêt pour la nouvelle qu'on venait d'apprendre, s'efforçant de prendre part à la déception des Weston autant qu'ils étaient en droit de s'y attendre.

C'est elle qui informa Mr. Knightley que Frank Churchill ne viendrait pas, et elle s'indigna d'autant plus de la conduite des Churchill qu'elle jouait un rôle. Quelle audace d'empêcher un garçon de rendre visite à son père ! Et elle se mit ensuite à vanter avec une ferveur qu'elle était loin d'éprouver tous les avantages que la présence de Mr. Frank Churchill eût apportés à leur société restreinte du Surrey. Elle évoqua le plaisir de voir un nouveau visage, la joie qu'eussent ressentie tous les habitants de Highbury en faisant la connaissance du fils de Mr. Weston puis reprit finalement le fil de ses récriminations contre les Churchill... Il s'ensuivit une querelle avec Mr. Knightley, et notre héroïne s'y surprit à son plus grand amusement à prendre le contrepied exact de sa véritable opinion en se servant des arguments même que Mrs. Weston avait récemment employés contre elle.

— Les Churchill ont certainement tort, mais je suis sûr que ce garçon viendrait s'il en avait la moindre envie, dit Mr. Knightley.

— Comment cela ? Il souhaiterait sans aucun doute faire cette visite à son père, mais son oncle et sa tante refusent de se séparer de lui.

— Je ne puis croire qu'il n'arriverait pas à ses fins si cela lui importait vraiment, et pour me convaincre, il faudrait m'apporter des preuves.

— Comme vous êtes étrange ! Qu'a fait Mr. Frank Churchill pour que vous lui prêtiez des sentiments aussi dénaturés ?

— Je n'ai jamais dit que c'était un monstre, je le soup-çonne simplement d'avoir appris à se croire supérieur à ses parents et à ne se soucier que de son plaisir personnel en vivant avec des êtres qui en ont toujours agi de la sorte. Quoi qu'on en dise, il est assez naturel qu'un jeune homme élevé par des personnes orgueilleuses, égoïstes et sensuel-les soit devenu lui-même orgueilleux, égoïste et sensuel. S'il avait voulu voir son père, Frank Churchill se serait arrangé pour le faire depuis le mois de septembre. Un homme de son âge — il a bien dans les vingt-trois ou vingt-quatre ans, n'est-ce pas ? — trouve toujours moyen de faire ce qu'il désire, surtout quand il s'agit de si peu de chose. Non, cette histoire est invraisemblable !

— C'est facile à dire et facile à croire pour un homme qui, comme vous, a toujours été son seul maître. Mr. Kni-ghtley, vous êtes la personne la moins apte à juger des pro-blèmes que pose la dépendance car vous ignorez ce que c'est que d'avoir à ménager autrui.

— Il est inconcevable qu'un garçon de vingt-trois ou vingt-quatre ans soit à ce point privé de la liberté de penser ou d'agir. Il ne manque ni d'argent ni de temps et en dis-pose même en de telles quantités qu'il se plaît à en gas-piller la majeure partie dans des lieux de plaisir. Les nou-velles qui nous parviennent nous informent régulièrement qu'il se trouve dans telle ou telle ville d'eau, et son récent séjour à Weymouth prouve bien qu'il peut quitter les Churchill.

— Oui, parfois.

— Vous voulez dire dès que cela en vaut la peine et dès qu'il lui prend l'envie de s'amuser...

— On n'a pas le droit de juger les actes d'un homme si l'on n'est point parfaitement renseigné sur sa situation, et à moins d'avoir vécu dans l'intimité d'une famille, on ne peut imaginer les difficultés que peut y rencontrer l'un de ses membres. Il nous faudrait connaître Enscombe et Mrs. Churchill pour décider de ce que Frank Churchill peut ou ne peut pas faire, et il est fort possible que ce garçon jouisse parfois d'une liberté dont il est totalement privé en d'autres circonstances.

— Ma chère Emma, un homme trouve toujours le moyen d'accomplir son devoir s'il en a véritablement le désir, et c'est à force de courage et de résolution qu'il y parviendra, non en manœuvrant ou en finassant. Frank Churchill se doit d'avoir des égards pour son père et ses lettres d'excuses tout comme ses promesses prouvent qu'il en est fort conscient, mais il ne souhaite pas venir à Randalls car sans cela il ne reculerait pas encore le moment de témoigner son respect à Mr. Weston. S'il avait la moindre rectitude morale, il irait trouver sa tante sur-le-champ et lui dirait résolument : « Vous me trouverez toujours prêt à vous sacrifier mes plaisirs, Madame, mais je dois pour l'heure rendre visite à mon père. Je sais que je le blesserais en ne lui manifestant point toute ma déférence dans les circonstances actuelles et je partirai donc dès demain ! » Croyez-moi, s'il lui tenait ce discours du ton décidé qui convient à un homme, on ne s'opposerait plus à son départ.

— Non, dit Emma, mais on s'opposerait peut-être à son retour... User d'un pareil langage lorsqu'on dépend entièrement de son interlocuteur ! Il n'y a que vous pour croire cela de l'ordre du possible, Mr. Knightley. Vous ne comprenez nullement les obligations que sous-tend une situation radicalement opposée à la vôtre. Mr. Frank Churchill tenir un tel discours à l'oncle et à la tante qui l'ont élevé et subviennent à ses besoins ! Debout, au milieu du salon, et de sa plus belle voix, je suppose ?... Comment pouvez-vous imaginer que ce garçon ose agir de la sorte ?

— Croyez-moi, Emma, un homme intelligent y parviendrait sans peine. Il se sentirait dans son droit, et pour peu qu'en être sensé il s'exprime avec politesse, ses paroles le serviraient davantage et lui gagneraient mieux l'estime de ceux dont il dépend que ne pourraient jamais le faire mille artifices et mille expédients. Le respect viendrait s'ajouter à l'affection dans le cœur des Churchill. Ils comprendraient qu'ils peuvent faire confiance à leur neveu et qu'un garçon qui en a correctement agi avec son père agirait de même envers eux. Ils savent comme lui et comme tout le monde que le devoir de Frank est de rendre visite à son père, et même s'ils usent bassement de leurs pouvoirs pour retarder cette formalité, ils doivent au fond d'eux mépriser un garçon qui se soumet à tous leurs caprices. Une conduite équitable ne laisse personne insensible et Frank arriverait à soumettre les esprits étriqués de ces gens s'il écoutait un peu plus ses principes et se montrait plus franc.

— J'en doute fort. Il vous plaît de soumettre des esprits étriqués mais il ne faut pas oublier que ces mêmes esprits étriqués trouvent moyen de s'enfler démesurément et de se révéler aussi intraitables que des intelligences supérieures lorsqu'ils sont ceux de personnes riches et influentes. Tel que je vous connais, vous seriez sûrement capable de parler et d'agir comme vous aimeriez que Frank le fît si vous vous trouviez affronté à la même situation, et cela serait peut-être du meilleur effet. Les Churchill ne trouveraient certainement rien à répondre, mais c'est aussi que vous n'auriez pas à enfreindre de vieilles habitudes ou des règles que vous avez toujours observées. Frank, lui, aurait au contraire un certain mal à faire tout à coup preuve d'indépendance et à dédaigner brusquement toute la gratitude et le respect qu'il doit aux Churchill. Peut-être est-il aussi conscient que vous de son devoir, mais les circonstances ne lui permettent probablement pas autant qu'à vous de mettre en pratique les idées qu'il croit justes.

— S'il en est ainsi, c'est qu'il n'est guère convaincu... Son sens du devoir est insuffisant s'il ne lui donne point la force de passer aux actes.

— Ah, la différence de situation et d'habitudes... Je voudrais que vous essayiez de comprendre ce que ressent un garçon très doux lorsqu'il se voit contraint de s'opposer directement à la volonté de ceux qu'il respecte depuis son enfance.

— Votre doux jeune homme est un faible s'il n'a jusqu'à ce jour jamais eu l'occasion d'affirmer un désir légitime contre la volonté d'autrui. Il devrait être accoutumé depuis longtemps à écouter la voix du devoir au lieu de n'écouter que celle de l'opportunité. Je puis excuser les craintes de l'enfant mais non celles de l'homme, et parvenu à l'âge de raison, Frank Churchill aurait dû se révolter et secouer le joug d'une tyrannie méprisable. Il aurait dû réagir dès la première tentative des Churchill pour l'éloigner de son père, et s'il avait fait ce qu'il fallait à l'époque, il n'aurait plus le moindre problème à présent.

— Nous ne nous entendrons jamais là-dessus, s'écria Emma, et cela n'a rien d'étonnant... Je ne pense pas que ce garçon soit un faible, je suis même sûre qu'il n'en est pas un. Même pour son fils, Mr. Weston ne se laisserait jamais aveugler au point d'en devenir stupide et ce jeune homme doit faire simplement preuve d'une docilité, d'une complaisance et d'une douceur qui ne correspondent point à votre idée de la virilité. Cela le prive peut-être de certains avantages, mais ses lacunes doivent avoir leur contrepartie.

— Oui, elles lui permettent de rester tranquillement chez lui quand il devrait venir ici, de mener une existence faite de plaisirs frivoles et de se croire habile à trouver des justifications à son inqualifiable conduite. Il peut ainsi s'asseoir à son bureau pour y écrire de belles lettres emphatiques semées de grandes déclarations et de mensonges, et il s'imagine après cela avoir trouvé le meilleur moyen de préserver la paix domestique tout en privant son père du droit de se plaindre... Ses lettres me répugnent !

— Voilà qui est singulier ! Ces fameuses lettres plaisent à tout le monde sauf à vous.

— Je soupçonne Mrs. Weston de ne pas les aimer non plus. Une femme aussi intelligente et aussi vive ne risque guère d'en apprécier l'esprit. Si elle joue le rôle de mère, votre amie n'a cependant point la moindre raison de se laisser aveugler par l'amour maternel. L'existence d'une belle-mère devrait inciter Frank à redoubler d'égards envers ceux de Randalls, et la pauvre femme, j'en suis certain, souffre doublement des négligences de ce garçon. Frank serait sûrement venu si son père avait épousé une personne d'importance, et cela n'aurait de toute manière plus signifié grand-chose. Croyez-vous vraiment que Mrs. Weston ne se soit pas très vite fait ce genre de réflexions ? Ne pensez-vous pas qu'elles lui reviennent souvent en mémoire ? Non, Emma, des Français pourraient peut-être dire de ce garçon qu'il est aimable, mais non des Anglais ! Il est fort possible qu'il soit « adorable », qu'il ait d'excellentes manières et soit tout à fait charmant, mais on ne saurait lui prêter cette délicatesse dont les Anglais témoignent toujours envers les sentiments d'autrui... et ce n'est donc en rien un jeune homme « aimable ».

— Vous semblez décidé à le juger avec sévérité.

— Moi, pas du tout ! répondit Mr. Knightley, assez mécontent. Je n'ai rien contre lui et je suis tout disposé à reconnaître ses mérites... mais malheureusement, je n'en ai pas entendu souffler mot et l'on n'a jamais évoqué devant moi que ses qualités physiques. Je sais qu'il est très élégant, qu'il a fière allure et qu'il a des façons aimables et enjôleuses, mais c'est bien tout.

— Eh bien, s'il n'a que cela pour le recommander, c'est encore d'un trésor qu'héritera Highbury. Nous n'avons pas souvent l'occasion de fréquenter de beaux garçons bien élevés et charmants, et il ne faut pas faire les délicats en exigeant par-dessus le marché toutes les vertus imaginables. Essayez de songer à la sensation que produira son arrivée parmi nous, Mr. Knightley ! On ne parlera plus que de cela de Highbury à Donwell, et ce jeune homme deviendra le seul centre d'intérêt et l'unique objet de curiosité des gens du pays. Oui, il n'y en aura plus que pour Frank Churchill, et il occupera toutes nos pensées et nos conversations.

— Vous m'excuserez de ne point partager votre enthousiasme. Je serai ravi de le fréquenter s'il me paraît d'un commerce agréable, mais si ce n'est qu'un petit freluquet bavard, je ne lui accorderai pas plus mon temps que mes pensées.

— Il est certainement capable de s'adapter à n'importe quel auditoire et doit avoir, autant que le désir, le talent de plaire à chacun. Il vous entretiendra d'agriculture, me parlera dessin ou musique, et agira ainsi avec chacun d'entre nous. Je l'imagine doté d'une culture générale lui permettant de mener ou de suivre toute conversation selon les règles de la politesse et l'autorisant à parler de n'importe quel sujet. C'est ainsi que je vois Frank Churchill.

— S'il correspond à cette image, je le tiendrai à coup sûr pour le garçon le plus insupportable du monde, répondit chaleureusement Mr. Knightley. Quoi ! A vingt-trois ans, régner sur son petit univers, jouer les grands hommes, les politiciens avertis qui lisent dans l'âme d'autrui et se servent des talents du voisin pour mieux étaler leur propre supériorité ! Aller dispenser ses flatteries à droite et à gauche pour faire croire que l'on est plus intelligent que quiconque et qu'à part soi le monde est rempli d'imbéciles !... Ma chère Emma, vous êtes trop raisonnable pour supporter jamais la présence d'un tel freluquet !

— Je ne parlerai plus de ce jeune homme, s'écria Emma, car vous déformez tout ce que je dis. Nous sommes tous les deux prévenus à son égard, vous contre lui et moi en sa faveur, et nous ne parviendrons jamais à nous mettre d'accord tant qu'il ne sera pas ici en chair et en os.

— Prévenu ? Mais je ne suis absolument pas prévenu contre lui !

— Moi, je le suis en sa faveur et je n'en ai pas honte. L'affection que je porte à Mr. et Mrs. Weston me pousse à songer à ce garçon avec beaucoup de sympathie.

— En ce qui me concerne, il ne m'intéresse pas le moins du monde, répondit Mr. Knightley, assez vexé.

Devant son mécontentement, Emma se mit à parler d'autre chose sans trop comprendre cependant les motifs de la colère de son interlocuteur.

Il était indigne de lui d'aller détester un jeune homme pour la simple raison qu'il semblait d'un caractère fort éloigné du sien, et cela ne correspondait en aucune façon à la profonde générosité qu'Emma lui avait toujours reconnue. Il avait certes une excellente opinion de lui-même, et sa compagne le lui avait souvent reproché, mais elle n'avait jamais soupçonné qu'il pût en devenir aveugle aux mérites d'autrui.

CHAPITRE XIX

Un matin, Miss Woodhouse partit se promener avec Harriet, et si nos deux amies s'entretinrent de Mr. Elton, Emma jugea bientôt que cela suffisait, n'estimant point nécessaire au salut d'Harriet ou à l'expiation de ses propres péchés que l'on s'appesantît davantage sur un problème aussi délicat. Sur le chemin du retour, elle multiplia donc les efforts pour changer de conversation, et elle pensait y être parvenue lorsque à son plus grand regret ce déplaisant sujet revint à la surface. Après avoir longuement évoqué les souffrances que les pauvres doivent endurer en hiver, elle ne reçut en effet pour réponse qu'un plaintif : « Ah, Mr. Elton est si bon pour les pauvres ! » et elle comprit qu'il lui fallait trouver un autre dérivatif.

Les jeunes filles approchaient justement de la demeure où logeaient les dames Bates et Miss Woodhouse, espérant trouver son salut dans le nombre, décida de leur rendre visite. Elle n'avait nullement besoin d'un prétexte pour se présenter chez ses vieilles amies, celles-ci adorant recevoir leurs voisins. Notre héroïne n'ignorait d'ailleurs pas que les rares personnes qui se permettaient de la juger lui reprochaient de négliger Mrs. Bates et sa fille et de ne point leur sacrifier suffisamment de temps.

Mr. Knightley avait maintes fois évoqué ce problème et la jeune fille avait elle-même parfois nourri des remords sans pour autant arriver à surmonter l'ennui que lui causaient ces visites aux Bates. Elle avait la sensation de perdre son temps dans la compagnie de ces femmes, les trouvait affreusement fatigantes et courait en outre le risque de rencontrer chez elles les êtres de troisième zone qui y passaient leur temps, toutes raisons expliquant qu'Emma évitait autant que possible d'aller voir ces deux pauvres dames. Ce jour-là, elle prit pourtant la soudaine résolution de ne point passer devant chez elles sans entrer, faisant du reste remarquer à Harriet que d'après ses calculs, elles devaient être pour l'heure à l'abri d'une lettre de Jane Fairfax.

Mrs. Bates et Miss Bates occupaient l'étage d'un immeuble appartenant à des commerçants, et c'est dans l'appartement exigu qui était tout leur univers qu'elles reçurent leurs visiteuses avec une extrême cordialité et une reconnaissance infinie. La vieille dame paisible et soignée qui tricotait dans le coin le plus chaud du salon voulut même céder sa place à Miss Woodhouse et sa fille, plus active et plus bavarde, les accabla littéralement d'attentions et de gentillesses. Elle les remercia d'être venues, s'enquit de l'état de leurs chaussures, demanda, très inquiète, des nouvelles de Mr. Woodhouse et en donna d'excellentes sur la santé de sa mère tout en proposant aux jeunes filles des gâteaux qu'elle sortit tout exprès du buffet. « Mrs. Cole venait juste de partir. Au début, elle comptait passer dix minutes à peine en leur compagnie, mais elle avait eu la bonté de rester plus d'une heure. Elle avait pris un morceau de gâteau qu'elle avait eu l'amabilité de trouver excellent et Miss Bates espérait que Miss Woodhouse et Miss Smith voudraient bien lui faire l'honneur d'en accepter également une tranche. »

Il fallait s'attendre à entendre parler de Mr. Elton puisqu'il avait été question des Cole. Le vicaire était un intime de Mr. Cole et celui-ci avait reçu des nouvelles de son ami depuis son départ pour Bath. Emma se doutait de ce qui allait se passer, et comme elle l'avait prévu, on ne manqua point d'évoquer le contenu de la lettre de Mr. Elton. On apprit ainsi que ce dernier était fréquemment invité dans le monde, qu'il s'était fait de nombreuses relations à Bath et que le grand bal avait été une splendeur. Emma écouta patiemment ce compte rendu des activités du jeune homme, témoignant de tout l'intérêt voulu sans oublier de couvrir d'éloges l'absent, mais elle veilla toutefois à se mettre constamment en avant pour éviter à Harriet d'avoir à intervenir.

Emma s'était préparée à cette déplaisante discussion avant même d'entrer chez les Bates, mais elle avait espéré ne plus être importunée par des sujets de conversation aussi désagréables dès que l'on en aurait élégamment fini avec Mr. Elton, comptant bien pouvoir dès ce moment-là se laisser doucement bercer par des histoires sur les dames ou demoiselles de Highbury et leurs parties de cartes. Elle n'avait point prévu que Miss Fairfax succéderait au vicaire, mais Miss Bates expédia bientôt Mr. Elton pour passer brusquement aux Cole avant de finir sur une lettre de sa nièce.

— Oh, oui, Mr. Elton... J'ai compris que... Certes, pour ce qui est des bals... Mrs. Cole me disait que danser dans les salles de bals de Bath était... Mrs. Cole a eu l'amabilité de rester un moment avec nous pour discuter de Jane. Elle a demandé de ses nouvelles dès son arrivée. Tout le monde aime tellement Jane, ici. Quand la chère petite vient nous voir, Mrs. Cole ne sait comment lui témoigner sa gentillesse et je dois avouer que Jane le mérite bien. Ainsi, comme je vous le disais, cette bonne dame s'est enquise d'elle dès son arrivée. « Je ne pense pas que vous ayez eu récemment des nouvelles de Jane, elle ne vous a certainement pas encore écrit », m'a-t-elle dit, mais je lui ai répondu : « Si, nous en avons eu car une lettre nous est parvenue ce matin même. » Je crois n'avoir jamais vu quelqu'un de plus surpris que Mrs. Cole à cet instant-là, et elle s'est exclamée : « Vraiment, est-ce possible ? Eh, bien, voilà qui est tout à fait inattendu. Et que raconte-t-elle ? »

Emma, toujours très polie, prit un air intéressé et sourit pour demander :

— Vous avez des nouvelles de Miss Fairfax ? J'en suis ravie et j'espère qu'elle se porte bien.

— Merci, vous êtes tellement aimable ! répondit la naïve demoiselle tout en cherchant fiévreusement la fameuse lettre de sa nièce. Ah, la voici ! J'étais sûre qu'elle ne pouvait pas être bien loin, mais j'avais posé ma trousse de couture dessus sans faire attention et elle était de ce fait totalement invisible. Je l'avais cependant dans les mains il y a quelques instants et je me doutais qu'elle devait être sur la table. Je l'ai lue à Mrs. Cole tout à l'heure et je l'ai ensuite relue à ma mère qui ne se lasse jamais des lettres de Jane... Oui, j'étais sûre qu'elle ne pouvait pas être bien loin, et la voici, sous ma trousse à couture... Puisque vous avez la bonté de vouloir savoir ce qu'elle dit... mais avant tout, je dois rendre justice à Jane et l'excuser d'avoir écrit une lettre si courte... seulement deux pages, vous le voyez, oui, seulement deux alors que d'ordinaire elle en remplit quatre et se voit encore obligée d'écrire en travers des feuillets. Ma mère s'étonne souvent que j'arrive à déchiffrer si facilement son écriture. Elle dit presque toujours, lorsque nous ouvrons une lettre de cette chère enfant : « Eh bien, Hetty, je crois que cette fois vous aurez un certain mal à déchiffrer cette mosaïque. » N'est-ce pas vrai, Mère ? Et je lui réponds à chaque fois qu'elle parviendrait aussi à déchiffrer Jane si elle n'avait personne pour le faire à sa place... Oui, chaque mot, je suis certaine qu'elle s'acharnerait jusqu'à ce qu'elle ait compris chaque mot ! En fait, et bien que ses yeux ne soient plus ce qu'ils étaient, ma mère y voit encore remarquablement bien, Dieu merci ! Grâce à ses lunettes, elle n'a pas le moindre problème. C'est une véritable bénédiction. Les lunettes de ma mère sont parfaites ! Quand elle vient, Jane dit souvent : « Je suis sûre que vous deviez avoir des yeux étonnants pour y voir encore comme vous le faites, Grand-mère ! Et tous ces beaux ouvrages qui sont de votre main... Je souhaite que mes yeux me servent aussi longtemps et aussi bien que les vôtres ! »

Miss Bates avait parlé si vite qu'elle fut obligée de s'interrompre pour reprendre haleine, ce dont Emma profita pour glisser une observation polie sur la beauté de l'écriture de Miss Fairfax.

— Vous êtes extrêmement aimable, lui répondit Miss Bates avec gratitude. Vous êtes si bon juge et vous écrivez vous-même si joliment. Pour nous, vos éloges n'ont pas de prix... Ma mère n'entend pas. Elle est un peu sourde, vous savez. Maman (s'adressant à Mrs. Bates), savez-vous ce que Miss Woodhouse a eu l'obligeance de dire sur l'écriture de Jane ?

Et notre héroïne fut forcée d'entendre répéter deux fois son stupide compliment avant que la bonne dame fût parvenue à le comprendre. Elle mit cependant à profit ce loisir pour chercher un moyen poli d'échapper à la lettre de Jane Fairfax, et elle était presque résolue à s'enfuir sous le premier prétexte venu lorsque Miss Bates se retourna vers elle, s'emparant de nouveau de toute son attention.

— La surdité de ma mère est insignifiante, vous le voyez. Ce n'est rien, il suffit d'élever la voix et de répéter deux ou trois fois ce que l'on dit. Pourtant, chose curieuse, elle comprend toujours Jane mieux que moi... Il est vrai que Jane parle si distinctement ! Enfin, elle ne trouvera pas sa Grand-mère plus sourde qu'il y a deux ans, ce qui n'est déjà pas mal à son âge... Eh oui, cela fait deux ans qu'elle n'est pas venue à Highbury. Nous n'étions jamais restées aussi longtemps sans la voir et comme je le disais à Mrs. Cole, sa présence nous causera un bonheur extrême.

— Vous attendez donc Miss Fairfax ?

— Oh, oui, la semaine prochaine.

— Vraiment ! Vous devez en être ravie !

— Merci, vous êtes bien aimable. Oui, la semaine prochaine... Tout le monde en est infiniment surpris et l'on nous témoigne beaucoup d'obligeance ! Je suis certaine qu'elle sera aussi contente de retrouver ses amis de Highbury qu'ils le seront eux-mêmes... Oui, elle sera ici vendredi ou samedi. Elle n'est pas encore en mesure de nous indiquer une date précise car le colonel Campbell aura besoin de sa voiture l'un de ces deux jours. Ils sont tellement gentils de la faire conduire jusqu'ici ! Mais c'est leur habitude, vous savez. Eh oui, vendredi ou samedi prochain... C'est pour cette raison qu'elle nous a écrit, c'est pour cela que nous avons eu une lettre plus tôt que prévu, une surprise, en quelque sorte. Normalement, nous n'aurions pas dû avoir de ses nouvelles avant mardi ou mercredi.

— Oui, c'est bien ce qu'il me semblait. Je n'espérais pas entendre parler de Miss Fairfax aujourd'hui.

— Vous êtes si bonne ! Nous n'aurions pas reçu cette lettre ce matin s'il n'y avait eu ces circonstances particulières et si Jane n'avait pas dû arriver si tôt. Ma mère est tellement heureuse ! Cette chère enfant restera au moins trois mois chez nous, oui, trois mois, c'est ce qu'elle nous dit très clairement comme vous allez en avoir la preuve en lisant ceci. Les Campbell vont en Irlande. Mrs. Dixon a persuadé ses parents de venir lui rendre visite dès à présent. Ils n'avaient pas l'intention de partir avant l'été, mais leur fille est tellement impatiente de les revoir... Jusqu'à son mariage, en octobre dernier, elle ne les avait jamais quittés plus d'une semaine et il doit lui paraître fort étrange de vivre... J'allais dire à l'étranger... en tout cas dans une région si différente de celle qu'elle habitait auparavant. Elle a donc écrit de façon très pressante à sa mère, ou à son père, je ne sais plus mais nous allons le voir tout de suite en lisant ce que Jane nous en dit... Elle a donc écrit, tant en son nom qu'en celui de Mr. Dixon, pour persuader ses parents de venir à Dublin où elle les rejoindra avant de les emmener dans leur propriété de Baly Craig, un très bel endroit, j'imagine. Jane a beaucoup entendu parler des beautés du site, par Mr. Dixon, je présume, car je ne sache pas que quelqu'un d'autre lui en ait parlé. Il était assez naturel que ce jeune homme aimât à évoquer les charmes de sa demeure pendant qu'il faisait sa cour, n'est-ce pas, et comme Jane accompagnait souvent les amoureux dans leurs promenades, le colonel Campbell ne voulant pas, et je ne l'en blâme point, que sa fille allât se promener seule avec ce garçon, elle a eu l'occasion d'entendre tout ce que Mr. Dixon pouvait raconter sur sa propriété d'Irlande. Je crois même qu'il leur a montré des dessins représentant les lieux, des vues qu'il avait exécutées lui-même. Ce jeune homme semble vraiment charmant et extrêmement aimable. Jane avait grande envie de connaître l'Irlande après tout ce qu'il en avait dit.

L'esprit subtil d'Emma conçut à ce moment-là un soupçon des plus excitants concernant Mrs. Dixon, Jane Fairfax et le fait que cette dernière ne se rendît point en Irlande. Cherchant insidieusement à en apprendre davantage, notre héroïne dit à Miss Bates :

— Vous devez être ravie de ce que Miss Fairfax puisse venir vous voir maintenant. L'amitié très vive qui l'unit à Mrs. Dixon ne devait guère vous laisser espérer qu'elle pourrait se dispenser d'accompagner le colonel et Mrs. Campbell en Irlande.

— Vous avez raison, tout à fait raison, et nous nous sommes fort inquiétées à ce sujet car nous n'aurions pas aimé la savoir si loin de nous pendant de longs mois, dans l'impossibilité absolue de venir nous voir si jamais il se passait quelque chose. Enfin, vous voyez que tout s'arrange pour le mieux. Ils aimeraient fort — Mr. et Mrs. Dixon — qu'elle vînt avec le colonel Campbell, cela est certain et l'on ne peut rien imaginer de plus aimable et de plus pressant que leur invitation générale... d'après Jane, du moins, et vous allez pouvoir vous en rendre compte... Mr. Dixon semble aussi gentil que sa femme. C'est un charmant jeune homme, et depuis qu'il a rendu ce service à Jane... C'était à Weymouth, ils étaient allés faire un tour en bateau et la pauvre petite a failli être précipitée dans les flots par la faute d'un morceau de voilure qui s'est abattu sur elle... C'en était fait d'elle s'il ne l'avait retenue par sa robe avec une extraordinaire présence d'esprit. Je ne puis jamais y songer sans trembler, mais depuis que je connais cette histoire j'éprouve une immense affection pour Mr. Dixon.

— Et malgré les instances de ses amis, malgré son propre désir de voir l'Irlande, Miss Fairfax préfère vous consacrer son temps, à vous et à Mrs. Bates ?

— Oui, c'est elle qui l'a voulu et le colonel et Mrs. Campbell lui donnent raison. C'est exactement ce qu'ils lui auraient conseillé de faire si elle leur avait demandé leur avis, et pour tout dire, ils souhaitent qu'elle vienne respirer l'air du pays natal car elle n'est pas très bien depuis quelque temps.

— Je suis navrée de l'apprendre. Je pense que le colonel et Mrs. Campbell doivent en juger sagement mais Mrs. Dixon doit être affreusement déçue. Je crois me souvenir que Mrs. Dixon n'est pas très belle et ne supporte en tout cas point la comparaison avec Miss Fairfax ?

— Certes non. Vous êtes bien aimable de dire cela... mais vous avez raison, on ne peut les comparer. Miss Campbell a toujours été très quelconque mais elle est très élégante et extrêmement gentille.

— Oui, bien sûr.

— Jane a attrapé un mauvais rhume, la pauvre enfant. C'était il y a longtemps, le 7 novembre, comme vous allez le voir dans sa lettre, mais elle ne s'est jamais vraiment remise. C'est très long pour un rhume, n'est-ce pas ? Elle ne nous en avait pas parlé pour ne pas nous inquiéter... Cela lui ressemble bien ! Elle est tellement prévenante ! Pourtant, elle est si loin d'être en bonne santé que ses charmants amis de Campbell jugent préférable qu'elle vienne à la maison respirer un air qui lui réussit toujours à merveille. Ils ne doutent pas que trois ou quatre mois à Highbury ne suffisent à la rétablir, et si elle ne se sent pas bien, il vaut en effet certainement mieux qu'elle vienne ici plutôt que d'aller en Irlande. Personne ne pourrait la soigner comme nous le ferons.

— Cet arrangement me paraît effectivement fort souhaitable.

— Ainsi que je vous le disais, elle devrait arriver vendredi ou samedi prochain et les Campbell quitteront Londres le lundi pour se rendre à Holyhead... vous allez voir, c'est dans la lettre de Jane. Tout cela est tellement soudain ! Vous imaginez mon émoi, ma chère Miss Woodhouse ! S'il n'y avait cette maladie ! Enfin, je crains qu'on ne doive s'attendre à la trouver très amaigrie et elle risque d'avoir bien mauvaise mine. A ce propos, il faut que je vous raconte la mésaventure qui m'est advenue. J'ai toujours soin de lire les lettres de Jane avant de les communiquer à ma mère, de crainte qu'il ne s'y trouve quelque mauvaise nouvelle. C'est Jane qui m'a conseillé d'agir ainsi et je n'y manque jamais. Ce matin, j'ai procédé avec ma prudence ordinaire mais j'en étais à peine au passage où elle évoque ses problèmes de santé que je me suis écriée, au comble de l'effroi : « Mon Dieu, cette pauvre Jane est malade ! » Ma mère, qui était aux aguets, m'a parfaitement entendue et s'est affolée. En poursuivant ma lecture, je me suis cependant aperçue que Jane n'était pas aussi souffrante que je l'avais tout d'abord imaginé et je suis arrivée à convaincre ma mère qu'il n'y avait rien de grave. Elle s'est calmée, mais je ne parviens pas à comprendre comment j'ai pu me laisser surprendre à ce point ! Si Jane ne se sent pas très vite mieux, nous appellerons le docteur Perry. La dépense m'importe guère, et bien que Mr. Perry aime trop Jane et soit trop généreux pour demander des honoraires, il n'est pas question, vous vous en doutez, que nous profitions de sa libéralité. Il a une famille à nourrir et l'on ne doit pas lui faire perdre son temps. Bon, je n'ai fait jusque-là que vous donner un aperçu de ce que nous raconte Jane mais nous allons maintenant passer à sa lettre... Vous verrez qu'elle dit cent fois mieux son histoire que je ne saurais jamais le faire.

— Je crains que nous ne soyons obligées de partir très vite, s'écria Emma en jetant un coup d'œil à sa compagne. Mon père nous attend, ajouta-t-elle déjà debout, et je ne comptais pas rester plus de cinq minutes. Si je suis venue vous voir, c'est que je n'aurais pas voulu passer devant chez vous sans monter prendre des nouvelles de Mrs. Bates, mais vous m'avez si agréablement retenue ! Il nous faut pourtant à présent prendre congé de vous.

Les plus vives instances de Miss Bates ne parvinrent pas à convaincre Emma de rester et elle partit, heureuse d'avoir pu échapper à la lettre de Jane Fairfax tout en ayant appris l'essentiel de son contenu.

CHAPITRE XX

Jane Fairfax était orpheline et c'était l'unique enfant de la cadette de Mrs. Bates.

Le mariage du lieutenant Fairfax, du énième régiment d'infanterie, avec Miss Bates avait eu son heure de gloire et avait suscité, outre un grand intérêt, nombre d'espoirs et beaucoup de joie. Il n'en restait malheureusement rien que le triste souvenir de la mort du jeune homme dans une bataille aux colonies et de la fin cruelle d'une veuve minée par le chagrin autant que par la phtisie... et puis il y avait cette enfant.

C'est à Highbury qu'elle avait vu le jour, et lorsqu'elle avait perdu sa mère à l'âge de trois ans, elle était devenue la propriété, le fardeau chéri, la consolation et le grand amour de sa Grand-mère et de sa tante. On en avait tout naturellement conclu qu'elle passerait sa vie avec ces deux femmes et ne recevrait pour éducation que le médiocre enseignement que permettent des revenus fort limités, et elle semblait destinée à grandir sans que des relations utiles ou une bonne instruction vinssent ajouter aux dons que lui avait légués la nature, à savoir un physique charmant, une certaine intelligence et des parentes aussi affectueuses que bien intentionnées.

La compassion d'un ami de son père avait cependant transformé son existence. Le colonel Campbell avait bien connu Fairfax dont il avait pu apprécier les talents d'officier autant que les qualités morales, et il se sentait une dette envers ce jeune homme qui l'avait soigné et lui avait même certainement sauvé la vie quand il avait eu le typhus. Le colonel ne se montra pas ingrat, bien que le pauvre Fairfax fût mort depuis longtemps lorsqu'il rentra en Angleterre, et fut enfin en mesure de prouver sa reconnaissance. Il se renseigna, retrouva la fille de son ami et décida de s'occuper d'elle. Marié, il n'avait qu'un enfant, une fille qui avait à peu près l'âge de Jane, et il invita cette dernière à faire de longs séjours chez lui. Toute la famille se prit bientôt d'une immense affection pour la petite orpheline et Jane n'avait pas neuf ans lorsque la tendresse que sa fille portait à sa compagne et son propre désir d'obéir jusqu'au bout aux lois de l'amitié incitèrent le colonel Campbell à proposer de prendre entièrement à sa charge l'éducation de la fillette. Son offre fut acceptée et Jane fit dès ce moment partie de la famille, s'installant à Londres et ne faisant plus que de rares visites à sa Grand-mère.

On projetait d'en faire un professeur, les quelques centaines de livres qu'elle hériterait de son père ne pouvant assurer son indépendance. Le colonel Campbell était pour sa part incapable de régler ce problème, car s'il avait, grâce à son salaire et à ses appointements, des revenus tout à fait suffisants, il ne jouissait par ailleurs que d'une modeste fortune qui devait entièrement revenir à sa fille. Il espérait malgré tout qu'une bonne éducation permettrait plus tard à sa chère Jane de gagner honorablement sa vie.

C'était là toute l'histoire de Jane Fairfax. Tombée en d'excellentes mains, elle n'avait eu qu'à se féliciter de la gentillesse des Campbell qui l'avaient parfaitement bien élevée. Elle avait toujours vécu dans la compagnie de gens intelligents et raffinés, et son cœur comme son esprit s'étaient développés au contact d'une discipline et d'une instruction bien pensées. Le colonel Campbell résidant à Londres, des maîtres de premier ordre avaient su cultiver le moindre des talents de sa protégée. Naturellement douée, Jane s'était révélée digne des soins de ses amis et elle manifestait déjà à dix-huit ou dix-neuf ans toutes les compétences nécessaires au métier de professeur, si tant est qu'un être aussi jeune puisse être véritablement qualifié pour s'occuper d'enfants. On l'aimait pourtant trop tendrement pour se séparer d'elle. Le colonel et Mrs. Campbell ne pouvaient se résigner à la voir partir et leur fille ne supportait même pas d'y songer. On reculait sans cesse la triste échéance, on prétendait qu'elle était trop jeune et Jane restait chez ses amis, comme une seconde fille et goûtant à tous les sages plaisirs d'une société raffinée. Elle menait une existence des plus agréables, partagée entre les joies du foyer et les mondanités, mais elle était trop intelligente pour se laisser griser au point d'oublier que l'avenir menaçait de lui arracher bientôt son bonheur.

L'affection de toute la famille et surtout l'amitié de Miss Campbell faisaient d'autant plus honneur aux deux parties que Jane était manifestement très supérieure à sa compagne pour la beauté comme pour les talents. Miss Campbell ne pouvait ignorer les avantages physiques de Jane et ses parents étaient forcés de constater que cette enfant qu'ils avaient recueillie était nettement plus intelligente que leur fille. Leur estime n'en pâtit cependant jamais jusqu'au mariage de Miss Campbell.

Celle-ci, grâce à ce hasard, cette chance qui défie toutes les prévisions en matière de mariage et donne du charme à l'être le plus ordinaire, s'attira l'affection d'un jeune homme riche et charmant, Mr. Dixon. Il tomba amoureux presque aussitôt après leur première rencontre et Miss Campbell se retrouva heureusement et fort avantageusement établie alors que Jane Fairfax avait toujours son pain à gagner.

Ce mariage était récent, trop récent pour que l'amie moins heureuse de la jeune épousée eût déjà pu tenter d'entrer dans la voie du devoir. Elle avait pourtant atteint l'âge qu'elle s'était elle-même fixé pour le faire. Elle avait depuis longtemps décidé que vingt et un ans sonneraient l'heure fatale et c'est avec la force d'âme d'une novice résignée à son triste sort qu'elle avait résolu d'accomplir le sacrifice à ce moment-là. Elle savait qu'il lui faudrait renoncer à tous les plaisirs de la vie et quitter de charmants amis et une société supérieure, et elle avait conscience qu'elle ne connaîtrait plus dès lors ni paix ni espérance, condamnée qu'elle serait à jamais à subir mille chagrins et mille humiliations.

Le colonel et Mrs. Campbell étaient trop raisonnables pour s'opposer à sa décision, même s'ils la déploraient de tout leur cœur. Jane n'avait nul besoin de travailler de leur vivant et leur maison serait toujours la sienne. Ils l'auraient volontiers gardée près d'eux s'ils n'avaient écouté que leurs désirs et leur égoïsme mais il valait mieux en finir le plus rapidement possible avec l'inéluctable. Peut-être commençaient-ils à comprendre qu'ils eussent agi avec plus de bonté et plus de sagesse en résistant à la tentation de s'accorder sans cesse des délais et en empêchant Jane de prendre goût à un confort et à une existence dont elle serait un jour inévitablement privée, mais en amis affectionnés, ils étaient encore heureux de pouvoir se raccrocher au premier prétexte venu pour ne point hâter une échéance fort douloureuse. Jane ne s'était jamais vraiment bien portée depuis le mariage de leur fille et les Campbell ne voulurent point qu'elle travaillât avant d'avoir entièrement recouvré ses forces, sûrs qu'elle ne pourrait assumer une tâche qui, loin d'être compatible avec la fatigue et la nervosité de Jane, exigeait certainement, même dans les circonstances les plus favorables, beaucoup plus qu'un physique gracieux et une intelligence supérieure.

Pour ce qui est de ses raisons de ne point les accompagner en Irlande, Jane en avait fourni à sa tante un compte rendu, sinon complet, du moins conforme à la vérité. C'est effectivement de son propre chef qu'elle avait résolu de profiter de l'absence des Campbell pour venir passer à Highbury ce qui serait peut-être ses derniers mois de liberté en compagnie de ces aimables parentes qui la chérissaient si tendrement, et quelle qu'en ait pu être la ou les raisons, et qu'ils en aient eu une, deux ou trois, les Campbell avaient accepté cet arrangement sous le prétexte que leur protégée ne pouvait mieux agir qu'en allant respirer l'air du pays natal pour se remettre de sa fatigue. La jeune fille viendrait donc, c'était sûr, et la société de Highbury devrait se contenter d'accueillir, au lieu d'un Frank Churchill que l'on n'avait jamais vu, une Jane Fairfax qui ne pouvait, en fait de nouveauté, se vanter que de deux ans d'absence.

Emma était navrée. Elle se verrait pendant trois longs mois forcée de faire mille civilités à une personne qu'elle n'aimait point. Elle devrait se forcer mais elle savait que cela ne suffirait même pas. Les raisons de son antipathie pour Jane Fairfax restaient des plus obscures. Mr. Knightley l'avait accusée un jour de la détester parce qu'elle voyait en elle le type même de la jeune fille accomplie qu'elle eût tant rêvé de paraître, et bien qu'elle eût à l'époque ardemment réfuté cet argument peu flatteur, il lui arrivait parfois d'avoir des remords en faisant son examen de conscience. Elle ne pourrait cependant jamais être intime avec cette jeune fille. Elle ne savait pas exactement à quoi cela tenait, mais elle reprochait à Jane sa froideur, sa réserve et une certaine façon de se moquer éperdument de plaire ou de ne pas plaire. N'y avait-il pas aussi cette tante si affreusement bavarde ? Et puis, on faisait trop de bruit autour de Jane Fairfax, on avait évoqué avec une complaisance excessive l'amitié qui devait inéluctablement les lier, elle et Miss Woodhouse, sous prétexte qu'elles avaient le même âge et que tout donnait à penser qu'elles se plairaient beaucoup. C'étaient là les motifs de l'aversion d'Emma, et il faut avouer qu'elle n'en avait pas de meilleurs.

Notre héroïne nourrissait à l'égard de Jane une antipathie si peu justifiée, et elle s'exagérait toujours tellement ses prétendus défauts qu'elle ne pouvait jamais la revoir après une longue absence sans se rendre compte de l'injustice dont elle s'était rendue coupable. Cette fois-là, il y avait près de deux ans qu'Emma n'avait revu Jane lorsqu'elle alla lui souhaiter la bienvenue comme l'exigeaient les convenances, et elle fut tout spécialement frappée d'une beauté et d'une grâce qu'elle n'avait cessé de déprécier pendant un si long espace de temps. Jane était élégante, très élégante, et c'est une qualité qu'Emma prisait par-dessus tout. Elle était assez grande mais point trop, et sa silhouette était infiniment harmonieuse. Magnifiquement proportionnée, elle n'était ni grosse ni maigre, même si une certaine minceur accusait sa fatigue actuelle. Emma ne pouvait rester aveugle à tant de charmes, et il y avait aussi ce visage, ces traits ! Ils étaient tellement plus jolis que dans son souvenir ! Peut-être n'étaient-ils point d'une régularité parfaite, mais l'ensemble était vraiment ravissant. Quant à ses yeux, Emma n'en avait jamais nié la beauté. D'un gris profond, ils étaient frangés de longs cils noirs, avec des sourcils très bruns. Même le teint, auquel Emma avait toujours reproché de manquer de couleur, était si délicat et si lumineux qu'il n'avait nul besoin d'autre éclat. Le trait dominant de Jane était une extrême distinction, et notre héroïne ne pouvait que l'en admirer si elle ne voulait point trahir ses propres principes et se montrer malhonnête, l'élégance physique ou morale étant un fait si rare à Highbury que n'être pas vulgaire y constituait déjà un immense mérite.

En bref, Miss Woodhouse éprouva lors de ces retrouvailles avec Miss Fairfax une double satisfaction, celle de pouvoir la regarder, tout d'abord, et celle de lui rendre justice ensuite. Elle prit la ferme résolution de ne plus détester cette belle jeune fille, et prenant conscience de la situation de cette orpheline, du sort qu'aurait à subir tant de raffinement et de l'existence médiocre qui attendait cette malheureuse, elle n'éprouva plus pour elle qu'une immense pitié et un très grand respect. N'était-ce pas encore plus affreux si à toutes ces raisons de s'intéresser à Jane venait s'ajouter l'amour sans espoir que l'imaginative Emma lui prêtait tout naturellement ? Dans ce cas, rien n'était plus pitoyable et plus admirable que les sacrifices auxquels cette pauvre enfant avait consenti. Emma voulait oublier désormais qu'elle l'avait soupçonnée d'avoir volé à Mrs. Dixon la tendresse de son mari ou d'avoir commis quelque autre mauvaise action. Elle reprochait à son imagination de lui avoir suggéré des pensées aussi basses, et s'il était question d'amour, ce ne pouvait être que d'une affection sincère, univoque et absolument sans espoir. La malheureuse Miss Fairfax avait dû absorber inconsciemment ce terrible poison lorsqu'elle assistait aux conversations des amants, et c'est le meilleur, le plus pur des motifs qui la poussait à présent à s'interdire ce voyage en Irlande pour se séparer à jamais de cet homme et s'engager dès que possible dans la voie laborieuse du devoir.

Emma la quitta finalement avec des sentiments si radoucis et si charitables, que de retour chez elle, elle se prit à déplorer qu'il n'y eût à Highbury aucun jeune homme digne d'épouser Jane et de lui permettre ainsi d'accéder à l'indépendance.

Ces charmantes dispositions furent de courte durée. Avant même que notre héroïne ne se fût publiquement compromise en protestant de son amitié pour Jane Fairfax ou qu'elle eût autrement abjuré ses préjugés ou fautes passées qu'en déclarant à Mr. Knightley : « Elle est certes très belle et même plus que belle », Jane était venue passer une soirée à Hartfield avec sa Grand-mère et sa tante et tout était à recommencer. Emma avait senti se réveiller tous ses vieux griefs. La tante s'était montrée aussi fatigante que d'habitude, plus encore, même, car à son admiration pour les talents de sa nièce venaient s'ajouter à présent de vives inquiétudes pour sa santé. On avait dû subir un compte rendu détaillé sur l'infime quantité de pain et de beurre que la jeune fille mangeait au petit déjeuner et la ridicule tranche de mouton dont elle se contentait pour dîner. Il avait aussi fallu s'extasier devant les bonnets et sacs à ouvrage que cette chère petite venait d'offrir à sa Grand-mère et à sa tante, et quant à Jane elle-même, tous ses défauts étaient réapparus. On avait fait de la musique,

Emma s'était vue obligée de jouer, et elle avait eu l'impression très nette que les remerciements et louanges de Miss Fairfax n'étaient que candeur affectée et que tant de noblesse ne visait en fait qu'à mettre en avant la supériorité de son propre jeu. Cette demoiselle s'était montrée par ailleurs, et c'était là le pire, si froide et si réservée ! Impossible de connaître ses véritables pensées ! Drapée dans son manteau de politesse, elle paraissait résolue à ne pas prendre le moindre risque et cette méfiance était aussi intolérable que suspecte.

Elle s'était montrée, si c'était possible, encore plus discrète au sujet de Weymouth et des Dixon, manifestement désireuse de rester dans le vague en ce qui concernait Mr. Dixon, la manière dont elle appréciait sa compagnie ou l'opinion qu'elle pouvait avoir sur son mariage avec Miss Campbell. Ce n'était qu'approbation doucereuse, sans un détail précis, mais cette attitude ne lui avait servi de rien, tant de prudence s'avérant totalement inutile. En devinant tout l'artifice, Emma en était revenue à ses premières conjectures. Jane avait certainement à cacher plus que son seul amour et Mr. Dixon avait peut-être été bien près de remplacer une amie par l'autre, ne choisissant finalement Miss Campbell que pour les douze mille livres qu'elle lui apportait en dot.

La réserve de Miss Fairfax s'étendait à d'autres sujets. La jeune fille s'était trouvée à Weymouth en même temps que Frank Churchill et l'on savait qu'elle le connaissait vaguement. Emma n'avait cependant pu lui tirer le moindre mot qui constituât une information exacte ou précise sur le jeune homme. « Était-il beau ? » « La plupart des gens le tenaient certes pour un jeune homme fort élégant, du moins le pensait-elle. » « Semblait-il intelligent, cultivé ? » « Il était difficile d'en décider à la suite d'une fréquentation dans une ville d'eau ou de rencontres fortuites à Londres. Il n'était guère que les manières que l'on pût se permettre de juger en de telles conditions, et pour parler équitablement de quelqu'un, il fallait le connaître depuis beaucoup plus longtemps qu'elle ne connaissait Mr. Frank Churchill. Elle croyait cependant que tout le monde trouvait à ce garçon des façons charmantes. »

Emma fut incapable de pardonner à Jane Fairfax une pareille attitude.

CHAPITRE XXI

Emma en voulait peut-être à Miss Fairfax mais Mr. Knightley, qui avait également assisté à cette soirée, n'avait pour sa part décelé dans l'attitude des deux jeunes filles ni provocation ni ressentiment et n'y avait vu qu'attentions charmantes et civilités. Le lendemain, il exprima donc tout naturellement sa satisfaction lorsqu'il vint à Hartfield traiter une affaire avec Mr. Woodhouse. Il parla moins franchement que si le vieux monsieur ne s'était point trouvé là, mais le fit cependant avec assez de clarté pour se faire comprendre d'Emma. Il l'avait toujours trouvée injuste envers Jane et se réjouissait infiniment des progrès qu'elle lui semblait avoir réalisés.

— C'était une soirée fort réussie, dit-il dès qu'il se fut assuré que Mr. Woodhouse avait bien compris ses recommandations concernant l'affaire qui l'amenait et dès que l'on eut rangé les papiers. Oui, vraiment réussie. Vous et Miss Fairfax nous avez gratifiés d'un excellent concert et je ne connais point volupté plus grande que de rester tranquillement assis à se laisser divertir par de ravissantes jeunes filles qui vous jouent de la musique ou vous font la conversation. N'êtes-vous pas de mon avis, Mr. Woodhouse ? Je suis certain que Miss Fairfax était enchantée, Emma, et vous avez été parfaite. J'ai été fort heureux de voir que vous l'encouragiez à jouer car elle n'a point de piano chez sa Grand-mère et a dû tout particulièrement apprécier cette occasion de faire un peu de musique.

— Je suis ravie d'avoir su mériter votre approbation, dit Emma en souriant, mais j'espère qu'il ne m'arrive pas trop souvent de manquer à mes devoirs d'hôtesse.

— Certes non, ma chère enfant, s'empressa de répondre Mr. Woodhouse, et cela ne vous arrive même jamais. Vous êtes la jeune fille la plus civile et la plus attentionnée qu'on puisse imaginer. Peut-être êtes-vous même un peu trop aimable, parfois... ces muffins, hier soir, n'aurait-il pas suffi de les faire passer une seule fois ?

— Non, répondit Mr. Knightley presque en même temps, vous n'êtes point accoutumée à manquer à vos devoirs de maîtresse de maison, et vos bonnes manières n'ont d'équivalent que votre intelligence... Je suis persuadé que vous me comprenez fort bien !

Elle lui lança un regard malicieux qui signifiait clairement « Je ne vous comprends que trop bien », mais se contenta de répondre :

— Miss Fairfax est très réservée.

— Je vous ai toujours dit qu'elle l'était... relativement, mais vous viendrez vite à bout de ce qui, dans sa froideur, n'est dû qu'à son extrême timidité. Quant à ce qui s'explique par sa discrétion, ce n'est rien de moins que fort honorable.

— Elle serait timide ? Je ne m'en étais pas aperçue.

— Ma chère Emma, dit-il en changeant de chaise pour se rapprocher d'elle, j'espère que vous n'allez pas me dire que vous n'avez point passé une bonne soirée ?

— Oh, non ! j'ai admiré ma persévérance à poser des questions et je me suis fort amusée du peu d'informations que me valaient tant d'efforts.

— Je suis déçu, répondit-il simplement.

— J'espère que tout le monde a passé une excellente soirée, dit Mr. Woodhouse avec sa tranquillité coutumière. C'est mon cas, je l'avoue. J'ai eu certes un peu chaud à un moment donné, mais j'ai un peu, un tout petit peu reculé ma chaise et le feu ne m'a plus incommodé. Miss

Bates était aussi bavarde et aussi gaie que d'ordinaire. Elle parle peut-être un peu vite mais elle est fort aimable, et Mrs. Bates aussi, à sa manière. J'aime tant nos vieux amis, et Miss Jane Fairfax est quant à elle si délicieuse, si ravissante et si bien élevée ! Cette soirée a dû lui paraître charmante puisque Emma était là, n'est-ce pas, Mr. Knightley ?

— Vous avez certainement raison, Monsieur, et je suppose qu'Emma était également ravie de voir Jane Fairfax.

Emma comprit que Mr. Knightley était inquiet, et désireuse de le rassurer au moins momentanément, elle déclara avec une sincérité dont personne n'eût pu douter :

— C'est une jeune fille tellement élégante qu'on ne peut s'empêcher de la regarder lorsqu'elle est là. Je suis sans cesse à l'admirer et je la plains de tout mon cœur.

Ce discours causa manifestement à Mr. Knightley plus de joie qu'il ne désirait le laisser paraître, mais avant qu'il eût pu répondre quoi que ce fût, Mr. Woodhouse déclara, songeant toujours aux Bates :

— Il est vraiment dommage que ces malheureuses se trouvent dans une situation aussi difficile et j'ai souvent désiré... mais ce que l'on peut faire est si peu de chose ! De petits cadeaux insignifiants, des gâteries... Nous venons de tuer un cochon et ma chère Emma veut leur envoyer une longe ou un jambon. C'est un morceau petit et fort délicat... Le porc de Hartfield est exceptionnel mais c'est toujours du porc et je pense qu'à moins d'être sûrs qu'elles l'accommoderont comme nous le faisons ici, en côtelettes bien grillées et cuites sans une once de graisse car l'estomac ne supporte point le porc rôti, nous ferions mieux de leur envoyer le jambon. N'êtes-vous pas de mon avis, ma chère enfant ?

— Je leur ai fait parvenir tout l'arrière-train, Papa. J'étais certaine que vous m'approuveriez. Vous savez, elles pourront saler le jambon, ce qui est délicieux, et elles n'auront qu'à accommoder tout de suite la longe à leur goût.

— C'est parfait, ma chérie, parfait. Je n'y aurais jamais pensé mais c'était le mieux à faire. Pourvu qu'elles ne salent pas trop le jambon ! Si elles ne le salent pas trop, si elles le font bien cuire comme Serle et si elles n'en mangent que très modérément avec un navet bouilli et quelques carottes ou un peu de panais, cela ne peut à mon avis leur faire le moindre mal.

— Emma, dit Mr. Knightley, j'ai une nouvelle pour vous. Vous aimez les nouvelles, et en venant ici j'ai entendu parler d'un événement qui vous intéressera sans doute.

— Une nouvelle ? Oh oui, j'adore cela ! De quoi s'agit-il ? Pourquoi souriez-vous ? Qui vous en a parlé ? C'était à Randalls ?

Il avait à peine eu le temps de répondre : « Non, pas à Randalls, je ne suis pas passé près de Randalls », que la porte s'ouvrit, livrant passage à Miss Bates et à Miss Fairfax. Miss Bates ne savait par quoi commencer, des remerciements qu'elle avait à formuler ou des nouvelles qu'elle apportait à ses hôtes, et Mr. Knightley comprit bientôt qu'il avait manqué l'occasion de parler et ne pourrait donner de plus amples renseignements à Emma.

— Oh, mon cher Monsieur, comment allez-vous ce matin ? Chère Miss Woodhouse... Je suis vraiment confuse. Un si bel arrière-train de porc ! Vous êtes trop généreuse ! Connaissez-vous la nouvelle ? Mr. Elton se marie.

Emma était fort loin de songer à Mr. Elton et elle fut tellement abasourdie qu'elle ne put s'empêcher de sursauter et de rougir un peu à ces paroles.

— C'était ma nouvelle et je pensais qu'elle vous intéresserait, dit Mr. Knightley avec un sourire qui prouvait qu'il savait plus ou moins ce qui s'était passé entre Emma et Mr. Elton.

— Mais où avez-vous appris cela ? s'écria Miss Bates. Où, Mr. Knightley ? Il n'y a pas cinq minutes que j'ai reçu ce mot de Mrs. Cole, non, il ne peut y avoir plus de cinq minutes... Peut-être dix mais c'est un maximum car j'avais déjà mon bonnet, mon spencer et je m'apprêtais à sortir. C'était pour parler une fois de plus du porc avec Patty... Jane était dans le couloir, n'est-ce pas, Jane ? Ma mère craignait que nous n'eussions point de saloir assez grand et j'ai voulu aller m'en informer. Jane m'a dit : « Voulez-vous que je descende à votre place ? Il me semble que vous êtes un peu enrhumée et Patty vient justement de laver la cuisine. » « Oh, ma chérie », lui ai-je répondu, et c'est à ce moment-là qu'on nous a apporté ce fameux billet... Elle se nomme Miss Hawkins, c'est tout ce que je sais, Miss Hawkins, et elle est de Bath. Mais où avez-vous appris la nouvelle, Mr. Knightley ? Mrs. Cole m'a écrit tout de suite après que Mr. Cole lui en a parlé. Oui, il s'agit d'une certaine Miss Hawkins.

— Je me trouvais en compagnie de Mr. Cole, pour affaires, il n'y a pas une heure et demie. Il venait juste de finir la lettre d'Elton quand on m'a introduit et il me l'a fait lire aussitôt.

— Eh bien, c'est absolument... C'est tout à fait passionnant ! Mon cher Monsieur, vous êtes vraiment trop généreux ! Ma mère m'a chargée de vous transmettre ses meilleurs compliments et elle tient à vous exprimer toute sa considération. Elle vous remercie mille fois et vous fait dire qu'elle est réellement confuse.

— Nous estimons le porc de Hartfield si supérieur à celui que l'on mange d'ordinaire, qu'Emma et moi ne pouvions éprouver de plus grand plaisir qu'en...

— Oh, mon cher Monsieur, comme dit ma mère, nos amis sont seulement trop bons pour nous. S'il existe des êtres qui sans jouir eux-mêmes d'une grande fortune voient tous leurs désirs satisfaits, il s'agit sans aucun doute de nous. Nous pouvons à juste titre prétendre que « notre sort repose sur un héritage de bonne grâce ». Ainsi, Mr. Knightley, vous avez vu cette lettre.

— Elle était brève, elle avait pour seul but d'annoncer le grand événement mais elle était bien sûr joyeuse et triomphante. (Il adressa à cet instant-là un regard espiègle à Emma.) Il a eu le bonheur de... J'ai oublié les termes exacts et du reste, personne ne devrait s'en souvenir. Comme vous le disiez tout à l'heure, il informait Mr. Cole qu'il allait épouser une certaine Miss Hawkins. D'après le style de la lettre, j'ai l'impression que cette affaire vient tout juste d'être réglée.

— Mr. Elton va se marier ! dit Emma dès qu'elle eut le loisir d'intervenir. Les bons vœux de tous l'accompagnent.

— Il est bien jeune pour s'établir, fit remarquer Mr. Woodhouse. Il ferait mieux de ne pas se presser. Il me semblait très bien comme ça. Nous étions toujours enchantés de le recevoir à Hartfield.

— Nous aurons une nouvelle voisine, Miss Woodhouse, dit joyeusement Miss Bates. Ma mère est absolument ravie ! Elle dit qu'elle ne peut supporter de voir ce pauvre vieux presbytère sans maîtresse de maison. C'est vraiment une grande nouvelle. Jane, vous n'avez jamais vu Mr. Elton ! Il n'est pas étonnant que vous soyez si curieuse de le connaître.

A vrai dire, Jane n'avait pas du tout l'air torturé par la curiosité.

— Non, je n'ai jamais vu Mr. Elton, répondit-elle en sursautant. Est-il... est-il grand ?

— Qui répondra à cette question ? s'écria Emma. Mon père vous dira oui et Mr. Knightley non. Quant à Miss Bates et moi, nous dirions plutôt qu'il est de taille moyenne. Lorsque vous serez restée ici un peu plus longtemps, Miss Fairfax, vous comprendrez que Mr. Elton est l'homme idéal aux yeux des habitants de Highbury, et ce autant physiquement qu'intellectuellement.

— C'est bien vrai, Miss Woodhouse, et c'est le jeune homme le plus charmant que... Mais ma chère Jane, souvenez-vous, je vous ai dit hier qu'il était exactement comme Mr. Perry. Je suis persuadée que Miss Hawkins est une jeune fille tout à fait accomplie. L'extrême attention dont il témoigne toujours envers ma mère... Il l'oblige à s'asseoir sur le banc du presbytère pour qu'elle entende le mieux possible car ma mère est, vous le savez, un peu sourde... Oh, ce n'est rien, mais elle n'entend pas parfaitement. Jane dit que le colonel Campbell est un peu sourd. Il s'imaginait que les bains de mer pourraient lui faire du bien... des bains chauds... mais il paraît que cela n'a pas eu d'effets durables. Le colonel Campbell est notre bon ange, vous ne l'ignorez pas, et Mr. Dixon a l'air d'un jeune homme bien aimable et tout à fait digne de son beau-père. C'est un bonheur que de voir s'unir des braves gens, et ils ne manquent heureusement point de le faire. Nous aurons maintenant Mr. Elton et Miss Hawkins, et il y a les Cole qui sont d'excellentes personnes, et les Perry... Il n'existe à ma connaissance de couple plus heureux ou plus agréable que les Perry. A mon avis, Monsieur, ajouta-t-elle en se tournant vers Mr. Woodhouse, il est bien peu d'endroits où l'on puisse trouver une société comparable à celle de Highbury. Je dis toujours que c'est pour nous une véritable bénédiction d'avoir de tels voisins... Mon cher Monsieur, s'il est un mets que ma mère apprécie entre tous, c'est bien le porc... une longe de porc rôtie...

— Quant à savoir qui est Miss Hawkins, ce qu'elle est ou depuis quand il la connaît, ce n'est probablement pas possible, dit Emma. Il est évident que leur rencontre ne peut dater de très longtemps puisqu'il n'y a que quatre semaines que Mr. Elton s'en est allé.

Personne n'avait le moindre renseignement à fournir à ce sujet, et c'est après avoir de nouveau exprimé son étonnement qu'Emma poursuivit :

— Vous ne dites rien, Miss Fairfax, mais j'espère que cette nouvelle vous intéresse malgré tout. Vous avez été récemment mêlée de si près à ce genre d'affaire à la suite du mariage de Miss Campbell, que nous ne saurions vous pardonner de rester indifférente au sort de Mr. Elton et de Miss Hawkins.

— Cette histoire me passionnera certainement dès que j'aurai fait la connaissance de Mr. Elton, mais avant... Miss Campbell est mariée depuis plusieurs mois déjà et mes impressions se sont quelque peu émoussées, je l'avoue.

— Oui, comme vous le faisiez remarquer, il y a exactement quatre semaines qu'il est parti, Miss Woodhouse, dit Miss Bates. Cela a fait quatre semaines hier. Une Miss Hawkins... A vrai dire, je m'étais plutôt imaginé qu'il choisirait une jeune fille du pays... non que j'aie jamais... Une fois, Mrs. Cole a fait allusion à... mais je lui ai aussitôt répondu : « Non, Mr. Elton est un jeune homme très bien mais... » En un mot, je ne crois pas être très perspicace en ce genre d'affaire et je ne prétends point l'être. Je ne vois que ce qui se passe sous mes yeux... En même temps, personne n'aurait pu s'étonner que Mr. Elton espérât... Miss Woodhouse me laisse bavarder avec tant de bonne grâce ! Elle sait que je ne voudrais pour rien au monde l'offenser. Comment va Miss Smith ? Elle semble tout à fait rétablie, à présent. Avez-vous eu récemment des nouvelles de Mrs. John Knightley ? Ah, ces chers petits ! Jane, savez-vous que j'ai toujours imaginé que Mr. Dixon ressemblait à Mr. John Knightley ? Je veux dire physiquement... grand, le même type d'homme, et assez taciturne, aussi.

— Vous vous trompez du tout au tout, ma tante. Ils ne se ressemblent pas le moins du monde.

— C'est fort étrange. Enfin, on ne se fait jamais a priori une idée très exacte des gens. On part sur une image et l'on s'y tient. Vous m'avez bien dit que Mr. Dixon n'était pas à proprement parler un « bel homme » ?

— Loin de là, même ! Il est quelconque, oui, très quelconque, comme je vous l'ai déjà dit.

— Mais ma chère, ne m'avez-vous pas également confié que Miss Campbell refusait d'admettre qu'il fût ordinaire et que vous-même...

— Oh, mes jugements n'ont point la moindre valeur... Je trouve toujours du charme aux êtres que j'estime et lorsque j'ai dit qu'il était quelconque, je ne faisais qu'exprimer ce que je crois être l'opinion générale.

— Bon, ma chère Jane, je pense qu'il va falloir partir. Le temps est incertain et votre Grand-mère va s'inquiéter. Vous êtes trop obligeante, ma chère Miss Woodhouse, mais nous devons vraiment nous sauver. Ah, c'est une bien bonne nouvelle ! Je vais aller faire un petit tour chez Mrs. Cole, mais je ne m'arrêterai que quelques minutes. Jane, vous feriez mieux de rentrer tout de suite car je ne voudrais pas vous voir prise sous une averse. Il nous semble que ces quelques jours à Highbury lui ont déjà fait grand bien... Je vous remercie infiniment. Je n'irai pas voir Mrs. Goddard car elle n'aime le porc que bouilli... Enfin, lorsque nous préparerons le jambon, ce sera une autre affaire. Bonjour à vous, cher Monsieur. Oh, Mr. Knightley nous accompagne ! C'est tellement... Je suis sûre que vous aurez l'amabilité d'offrir votre bras à Jane si elle est fatiguée... Mr. Elton et Miss Hawkins... Bonjour à tous.

Demeurée seule avec son père, Emma fut obligée de prêter une oreille plus ou moins attentive à ses lamentations sur cette hâte des jeunes gens à se marier, et pire encore à se marier avec des étrangères. Tout en l'écoutant, elle entretenait une méditation personnelle sur les événements. La nouvelle lui semblait amusante et fort bien venue puisqu'elle apportait la preuve que Mr. Elton n'avait guère souffert, mais d'un autre côté, Emma était navrée pour Harriet. Celle-ci serait certainement très malheureuse et son amie pouvait seulement espérer lui éviter un choc trop brutal en étant la première à l'informer du mariage de Mr. Elton au lieu de laisser ce soin au premier venu. Harriet risquait d'arriver d'un moment à l'autre. Et si elle allait rencontrer Miss Bates en chemin ! Notre héroïne se résigna lorsqu'il se mit à pleuvoir, songeant que sa pauvre amie serait vraisemblablement retenue chez Mrs. Goddard et y apprendrait la nouvelle sans y être le moins du monde préparée.

L'averse fut violente mais brève et elle n'était pas terminée depuis cinq minutes qu'Harriet arrivait, l'air excité et fort agitée. Cela s'expliquait probablement par la course qu'elle venait de faire mais aussi par le chagrin dont son cœur débordait. En entrant, elle cria du reste un « Oh, Miss Woodhouse, devinez ce qui vient de se passer » qui dénonçait assez son trouble. Le coup étant porté, Emma jugea que la plus grande gentillesse dont elle pût faire preuve était d'écouter cette malheureuse, et se laissant aller, Harriet se lança dans son récit. Elle était partie de chez Mrs. Goddard une demi-heure plus tôt. Elle craignait la pluie, une averse subite, mais espérait arriver à temps à Hartfield... Elle s'était dépêchée autant que possible, mais passant devant la maison de sa couturière s'était dit qu'elle pouvait peut-être prendre cinq minutes pour voir où en était la robe qu'on était en train de lui confectionner. Oh, elle n'était certainement pas restée plus de trente secondes, mais il s'était mis à pleuvoir dès qu'elle s'était retrouvée dehors. Que faire ? Elle avait couru aussi vite que possible et s'était réfugiée chez Ford (Ford était le principal marchand de draps, nouveautés et mercerie de Highbury, et sa boutique était la plus grande et la plus élégante de la place). Elle était donc restée là dix bonnes minutes, sans songer à rien, quand tout à coup, quelqu'un s'était avisé d'entrer... Et devinez qui... Oh, c'était tellement étrange ! Mais c'est vrai qu'ils se servaient chez Ford... Oui, qui s'était avisé d'entrer, sinon Élisabeth Martin et son frère !

— Chère Miss Woodhouse, imaginez mon trouble ! J'ai cru m'évanouir, je ne savais que faire. J'étais assise près de la porte, Élisabeth m'a vue tout de suite, mais pas lui. Il s'occupait du parapluie. Je suis certaine qu'elle m'a vue, mais elle a détourné ses regards et elle a feint de ne pas m'avoir remarquée. Ils sont allés tous deux dans le fond du magasin et moi, je suis restée assise près de la porte. Ah, ma chère, j'étais si malheureuse ! Je devais être aussi blanche que ma robe. Je ne pouvais pas partir, vous savez, à cause de la pluie, mais j'aurais donné n'importe quoi pour être à cent lieues de là. Oh, ma chère Miss Woodhouse !... Enfin, j'imagine qu'à un moment il a jeté un coup d'œil dans le magasin et m'a aperçue, car au lieu de continuer à faire leurs achats, ils se sont mis à discuter à voix basse. Je suis sûre qu'ils parlaient de moi et je ne puis m'empêcher de croire qu'il cherchait à la persuader de venir me parler. N'êtes-vous pas de mon avis, Miss Woodhouse ? Élisabeth s'est avancée vers moi, et lorsqu'elle est arrivée à ma hauteur, m'a demandé comment j'allais. Elle semblait toute prête à me serrer la main... elle n'était pas comme d'habitude, elle était changée, je m'en suis aperçue, mais elle s'efforçait manifestement de paraître très amicale. Nous nous sommes serré la main et nous avons discuté un moment. Je ne sais même plus ce que je lui ai dit. J'étais tellement bouleversée ! Je me souviens qu'elle s'est déclarée navrée de ne plus me voir et j'ai trouvé cela presque trop gentil. Chère Miss Woodhouse, j'étais affreusement malheureuse ! Le temps a bientôt commencé à s'éclaircir et j'étais résolue à ne point m'attarder davantage lorsque... Oh, songez donc ! Je l'ai vu qui s'avançait vers moi ! Il marchait lentement, vous savez, comme s'il ne savait pas très bien ce qu'il devait faire. Enfin il est arrivé, il m'a parlé et je lui ai répondu... Je suis restée là un moment, en proie à d'inexprimables souffrances. J'ai tout de même fini par reprendre courage et j'ai dit qu'il ne pleuvait plus, que je devais partir. Je suis sortie, mais j'avais à peine fait trois mètres qu'il m'a rejointe pour me dire que si j'allais à Hartfield, je ferais mieux de passer derrière les écuries de Mr. Cole afin d'éviter le chemin direct certainement détrempé par la pluie. Oh, ma chère, j'ai cru mourir ! Je lui ai répondu que je lui étais fort obligée. Je ne pouvais faire moins, n'est-ce pas ? Puis il est reparti chercher Élisabeth et je suis passée derrière les écuries... Enfin, il me semble, car c'est à peine si je savais encore où j'étais et ce que je faisais. Oh, Miss Woodhouse, j'aurais donné n'importe quoi pour éviter cette rencontre ! Néanmoins j'ai ressenti une sorte de bonheur à le voir agir avec tant d'amabilité et de gentillesse. Élisabeth aussi... Oh, Miss Woodhouse, je vous en prie, parlez-moi, réconfortez-moi.

Emma aurait sincèrement voulu la rassurer mais elle s'en sentait incapable pour l'instant. Elle avait besoin de réfléchir quelques minutes car elle était elle-même assez troublée. La conduite de ce garçon et celle de sa sœur semblaient avoir été dictées par de louables sentiments et elle ne pouvait s'empêcher de les plaindre. Le récit d'Harriet faisait apparaître leur comportement comme un heureux mélange de tendresse blessée et de véritable délicatesse, mais après tout, Emma avait toujours considéré ces gens comme respectables et bien intentionnés et tant de mérites ne changeaient rien aux inconvénients d'une alliance entre les Martin et Harriet. Oui, il était ridicule de se laisser troubler de la sorte ! Le pauvre garçon devait évidemment être navré d'avoir perdu Harriet, ils devaient tous l'être d'ailleurs... Les blessures d'une ambition déçue avaient dû s'ajouter à celles du cœur. Les Martin n'avaient-ils point espéré s'élever grâce à Harriet ? Et puis, que valait le récit de cette enfant ? Elle se contentait de si peu, elle manquait tellement de discernement ! Pouvait-on se fier à des éloges qui venaient d'elle ?

Emma fit donc un effort pour réconforter autant que possible son amie, affectant résolument de considérer l'incident qui s'était produit comme absolument insignifiant et indigne du moindre intérêt.

— C'était sûrement pénible pour l'instant, dit-elle, mais vous semblez avoir agi au mieux et c'est fini, maintenant. Il est impossible, rigoureusement impossible que vous ayez à subir de nouveau une scène pareille puisqu'il s'agissait là de vos retrouvailles avec les Martin. Il est donc tout à fait inutile d'y songer davantage.

Harriet répondit que c'était fort juste et qu'elle n'y songeait plus mais elle continua néanmoins d'en parler. Pour l'instant, elle était manifestement incapable de discuter d'un autre sujet, et pour lui faire oublier les Martin, notre héroïne se vit finalement contrainte de lui annoncer brutalement la nouvelle qu'elle désirait lui communiquer avec les plus tendres ménagements. Elle ne savait pas elle-même si elle devait se réjouir, se fâcher, rougir ou simplement rire de l'état d'esprit d'Harriet et de la fin lamentable de la grande passion de celle-ci pour Mr. Elton.

Ce dernier reprit pourtant peu à peu ses droits. Bien qu'en apprenant l'événement, Harriet n'eût pas été affectée comme elle l'eût été la veille ou même une heure plus tôt, elle manifesta bientôt un intérêt croissant pour la nouvelle. Au cours de sa conversation avec Emma, elle déclara successivement ressentir tous les sentiments possibles, de la curiosité à l'étonnement et au regret, et du chagrin à la joie qu'elle éprouvait pour cette Miss Hawkins qui avait tant de chance. Cela lui permit du moins de redonner aux Martin le simple rang qu'ils avaient à occuper dans son imagination.

Emma en arriva à se réjouir que cette rencontre se fût produite car elle avait eu l'utilité d'amortir le choc sans laisser pour autant de traces durables. Étant donné le nouveau mode de vie d'Harriet, les Martin ne pouvaient la rencontrer sans aller là où leur orgueil ou leur lâcheté les avaient jusqu'alors empêchés de revenir. Les sœurs Martin ne s'étaient en effet pas présentées une seule fois chez Mrs. Goddard depuis que Miss Smith avait repoussé les offres de leur frère, et il pouvait s'écouler une année sans qu'il se produisît une autre rencontre fortuite et sans que ces anciens amis eussent le besoin ou l'occasion de se parler.

CHAPITRE XXII

La nature humaine est si bien disposée envers ceux ou celles dont la situation présente quelque intérêt, qu'une jeune fille est assurée de bénéficier de l'indulgence générale pour peu qu'elle meure ou se marie.

Il ne s'était pas écoulé une semaine depuis que le nom de Miss Hawkins avait été prononcé pour la première fois à Highbury que l'on apprenait, d'on ne sait quelles sources, que cette demoiselle était dotée de toutes les qualités physiques et intellectuelles du monde. On la savait belle, élégante, merveilleusement accomplie, extrêmement aimable, et lorsque Mr. Elton vint jouir en personne du triomphe que lui valaient ses heureux projets et voulut publier les mérites de sa fiancée, il dut se contenter de révéler le prénom de la belle et de fournir une liste des musiciens dont elle aimait tout particulièrement interpréter les œuvres.

Le Mr. Elton qui revenait à Highbury était un homme heureux. Il était parti repoussé, humilié, déçu dans des espoirs d'autant plus solides qu'il les croyait étayés par des encouragements positifs, et non content de voir lui échapper la jeune fille qu'il convoitait, s'était en outre trouvé rabaissé au niveau d'une alliance très inférieure. Il s'en était allé profondément offensé et revenait fiancé à une autre jeune fille, une demoiselle bien sûr fort supérieure à la première : c'est la règle en ce genre d'affaires où ce que l'on gagne vaut toujours mille fois ce que l'on a perdu. Mr. Elton était donc joyeux, content de lui, plein d'ardeur et de diligence, ne se souciant plus le moins du monde de Miss Woodhouse et se sentant prêt à défier Miss Smith.

Outre qu'elle était parfaitement belle et bonne, la charmante Augusta Hawkins jouissait d'une fortune personnelle de dix mille livres, détail aussi flatteur que pratique. Il était évident que Mr. Elton n'avait point gaspillé ses chances. N'avait-il point su conquérir une femme qui valait dix mille livres, ou peu s'en faut, et ne l'avait-il pas séduite avec une incroyable rapidité ? Sa première rencontre avec la jeune fille ne s'était-elle pas très vite soldée par des attentions qui prouvaient qu'on le distinguait ?... Mrs. Cole avait fait raconter au vicaire l'histoire de cet amour, de sa naissance, de ses progrès, et chaque détail était à la gloire du jeune homme. Les événements s'étaient précipités depuis leur première rencontre accidentelle jusqu'au dîner chez Mrs. Green et à la soirée chez Mrs. Brown. On avait chaque jour un peu plus souri, rougi, les accès de timidité rivalisant avec un trouble toujours croissant. La demoiselle n'avait pas été difficile à impressionner. Elle était si bien disposée envers Mr. Elton et elle s'était, en un mot et pour user d'un terme clair, montrée tellement empressée à le séduire, que la vanité et l'esprit pratique du jeune homme s'en étaient également vus comblés.

Il avait à la fois conquis la proie et l'ombre, l'amour et la fortune, et jouissait à présent du bonheur qu'il méritait si bien... Ne parlant plus que de lui ou de ses affaires, comptant sur des congratulations et peu soucieux des railleries éventuelles, il s'adressait à présent avec de grands sourires cordiaux et intrépides à ces jeunes filles de Highbury qu'il eût, quelques semaines plus tôt, traitées avec beaucoup plus de prudence.

Le mariage serait bientôt célébré, les deux parties n'ayant à considérer que leurs désirs propres et ne se voyant retardées que par les inévitables préparatifs, et lorsque Mr. Elton repartit pour Bath, on fut unanime à prédire qu'il ne rentrerait à Highbury qu'accompagné de sa jeune épouse, certain regard de Mrs. Cole n'étant point pour décourager cet espoir.

Emma n'avait guère qu'entrevu Mr. Elton durant le bref séjour qu'il avait fait à Highbury, mais elle se réjouissait d'être délivrée de ces retrouvailles. Les rares instants passés en sa compagnie avaient suffi à lui donner l'impression qu'il n'avait rien gagné à ce mélange de rancune et de prétention que toute sa personne respirait à présent, et la jeune fille s'étonnait à vrai dire d'avoir jamais pu le trouver le moins du monde agréable. En fait, la seule vue de cet homme était si indissolublement liée à des souvenirs particulièrement déplaisants qu'elle eût été ravie d'avoir l'assurance de ne plus jamais le rencontrer si, d'un point de vue moral, elle n'avait toutefois considéré son voisinage comme une sorte de pénitence, de leçon, source de profitables mortifications pour sa propre conscience. Elle ne lui souhaitait que du bien mais il lui faisait de la peine, et lui eût fait un plaisir immense en allant établir sa prospérité à vingt miles de là.

Le chagrin que pouvait lui causer la présence constante de cet homme à Highbury serait pourtant certainement atténué par son mariage. Bien des sollicitudes vaines en seraient évitées, et la situation serait beaucoup moins gênante, l'existence d'une Mrs. Elton fournissant une bonne excuse pour en finir avec les anciennes relations et en établir de nouvelles. Personne ne songerait à s'étonner qu'ils ne fussent plus aussi intimes, et grâce à ce mariage, ils pourraient de nouveau instaurer des rapports polis.

Pour ce qui est de la fiancée même, Emma ne s'en souciait guère. Elle était sans doute digne de Mr. Elton, suffisamment accomplie pour la société de Highbury et probablement juste assez jolie pour paraître laide à côté d'Harriet. Emma était tranquille en ce qui concernait la famille de Miss Hawkins car elle était convaincue que Mr. Elton n'était arrivé à rien malgré ses folles prétentions et le mépris qu'il avait affiché à l'égard d'Harriet. Sur ce point précis, il semblait à peu près possible de cerner la vérité, car si l'on devait se contenter de pures conjectures quant aux mérites de la jeune fille, on pouvait assurément parvenir à savoir qui elle était. Mis à part ses dix mille livres de dot, elle n'avait apparemment rien de plus qu'Harriet. Elle n'apporterait à son époux ni un nom, ni des ancêtres, ni des parents prestigieux. Miss Hawkins était la fille cadette d'un négociant — car bien entendu, c'est de ce terme qu'il fallait user —, d'un négociant, donc, de Bristol. Pourtant, malgré cette flatteuse dénomination, le pauvre homme semblait n'avoir jamais traité que des affaires assez médiocres, comme en témoignaient les modestes profits qu'il avait retirés de toute une vie de travail. Miss Hawkins passait chaque année une partie de l'hiver à Bath, mais c'est à Bristol qu'elle vivait, au cœur même de la ville. Bien que son père et sa mère fussent morts depuis des années, il lui restait en effet encore un oncle à Bristol, et si ce monsieur travaillait dans la justice, on se gardait de donner sur lui des renseignements plus précis. C'est avec lui que Miss Hawkins avait vécu et notre héroïne le soupçonnait fort d'occuper quelque emploi de troisième ordre chez le premier avoué venu et d'être trop stupide pour s'élever. Tout le lustre de la famille provenait apparemment de la sœur aînée de Miss Hawkins. Elle avait fait un *très beau mariage*, épousant un gentleman *de grand avenir* qui habitait près de Bristol et possédait deux voitures ! Ce détail marquait le point final de l'histoire et faisait la gloire de Miss Hawkins.

Si seulement Emma avait pu faire partager à Harriet son sentiment sur ce point ! Mais hélas, si elle était parvenue à lui mettre cet amour en tête, il n'était point aussi facile de le lui faire oublier ! On ne détruirait pas aisément le charme d'une passion qui savait occuper les nombreux moments de désœuvrement de la jeune fille, et si Mr. Elton pouvait se voir supplanté par un autre homme comme il le serait certainement et même sans aucun doute, un Mr. Martin lui-même étant capable de faire l'affaire, Emma craignait fort que rien d'autre ne pût guérir son amie. Harriet était de ces êtres qui, lorsqu'ils se sont épris une fois, ne cesseront plus jamais de tomber amoureux. Et maintenant, la pauvre enfant !... Elle était encore plus malheureuse depuis le retour de Mr. Elton. Elle l'apercevait constamment ici ou là, et alors qu'Emma ne l'avait rencontré qu'une fois, c'était à coup sûr deux ou trois fois par jour qu'Harriet tombait précisément sur lui, le manquait justement de peu, entendait sa voix ou le voyait de dos. Quelque chose venait toujours l'empêcher d'oublier le jeune homme et la surprise comme l'incertitude entretenaient un climat favorable à ses souvenirs. Elle ne cessait en outre d'entendre parler de Mr. Elton, car mis à part les heures passées à Hartfield, elle vivait en compagnie de gens qui ne trouvaient point de défauts au vicaire et se passionnaient pour ses affaires. On discutait constamment autour d'elle toutes les nouvelles ou conjectures imaginables concernant ce monsieur, passant et repassant en revue ce qui lui était arrivé, et risquait de lui arriver. On parlait de ses revenus, de sa domesticité, de ses meubles, même, et les éloges qu'on lui décernait renforçaient l'estime d'une Harriet qui sentait ses regrets et son chagrin s'accroître lorsqu'on évoquait devant elle la chance de Miss Hawkins. On faisait continuellement remarquer que Mr. Elton avait l'air d'adorer littéralement sa fiancée, son allure et sa façon de porter son chapeau étant interprétées comme autant de preuves évidentes du grand amour qu'il éprouvait pour elle.

Emma se serait fort divertie des perpétuelles hésitations d'Harriet s'il lui avait été permis d'en rire et si ces errances sentimentales n'avaient signifié beaucoup de chagrins pour son amie et de remords pour elle. C'était parfois Mr. Elton qui dominait dans le cœur d'Harriet et d'autres fois les Martin, les uns aidant à l'occasion à chasser le souvenir de l'autre, et vice versa. Les fiançailles de Mr. Elton avaient guéri le trouble qu'avait éveillé chez Harriet sa rencontre avec Mr. Martin, et le chagrin né de ces fiançailles s'était trouvé quelque peu adouci de la visite qu'Elisabeth Martin avait faite quelques jours plus tard chez Mrs. Goddard. Harriet n'était pas chez elle, ce jour-là, mais Elisabeth avait déposé pour elle un billet très émouvant où l'on avait su mêler quelques reproches à nombre de gentillesses. Cette lettre avait occupé l'esprit d'Harriet jusqu'au retour de Mr. Elton et elle n'avait cessé de réfléchir à la réponse qu'il convenait d'y apporter, souhaitant au fond d'elle-même en faire beaucoup plus qu'elle n'osait l'avouer. On avait oublié les Martin pendant tout le séjour de Mr. Elton, et lorsque celui-ci repartit pour Bath, Emma jugea fort opportun d'engager Harriet à rendre sa visite à Elisabeth afin de dissiper un peu la tristesse consécutive à ce départ.

Emma avait longuement réfléchi à la meilleure façon de répondre à la démarche de la jeune fille et aux impératifs que dictaient à la fois les convenances et la prudence. Elle avait médité le problème, hésité... C'eût été faire preuve d'ingratitude que de traiter avec mépris la mère et les sœurs de Mr. Martin alors qu'elles avaient invité Harriet... Non, il ne fallait point agir de la sorte et il fallait cependant éviter le risque de voir la jeune fille renouer avec les Martin.

Emma décida après mûre réflexion qu'Harriet devait retourner sa visite à Elisabeth tout en s'y prenant de manière à faire comprendre aux Martin, s'ils avaient un tant soit peu d'intelligence, qu'ils n'avaient désormais à espérer de Miss Smith qu'une sympathie purement formelle. Emma projetait donc d'emmener elle-même Harriet à Abbey Mill Farm, de l'y déposer, de continuer un peu sa promenade et de revenir chercher son amie si vite que l'on n'aurait point le loisir de réveiller des souvenirs dangereux ou de faire d'insidieuses requêtes. La brièveté de cette visite indiquerait assez clairement le degré d'intimité que l'on jugeait souhaitable à l'avenir.

Emma n'avait pas trouvé mieux, et si son cœur n'approuvait pas entièrement ce plan, elle était persuadée qu'il fallait l'adopter. On pouvait certes voir dans cette façon d'agir une ingratitude à peine maquillée, mais qu'adviendrait-il d'Harriet si on se laissait aller ?

CHAPITRE XXIII

Harriet ne se sentait guère le cœur à faire des visites. Une demi-heure avant l'arrivée d'Emma chez Mrs. Goddard, sa mauvaise étoile l'avait conduite à l'endroit même où l'on s'occupait à hisser une malle adressée au « Révérend Philip Elton, Le Cerf Blanc, Bath » sur la carriole du boucher qui devait ensuite la porter à l'arrêt de la diligence, et tout ce qui ne concernait point cette malle ou sa destination laissait maintenant la jeune fille totalement indifférente.

Elle partit tout de même et lorsqu'elle fut arrivée devant la ferme et descendit de voiture au bout de la belle allée semée de fin gravier qui menait à la porte d'entrée entre deux rangs de pommiers en espalier, elle sentit se réveiller en elle une douce émotion à la vue de ce qui lui avait donné tant de plaisir l'année précédente. En la quittant, Emma remarqua que son amie regardait tout autour d'elle avec une curiosité mêlée de crainte et elle décida de ne pas laisser durer cette visite plus du quart d'heure prévu. Elle poursuivit ensuite sa promenade, désireuse de profiter de ce petit moment de loisir pour aller voir une vieille servante qui s'était mariée et s'était établie à Donwell.

Ponctuelle, elle se retrouva devant le portail blanc un quart d'heure plus tard, et, informée de son arrivée, Miss Smith la rejoignit sans tarder. Il n'était heureusement point d'inquiétant jeune homme pour l'escorter, et elle vint seule par l'allée de gravier, l'une des demoiselles Martin étant simplement apparue devant la porte, pour la raccompagner, semblait-il, avec une politesse cérémonieuse.

Harriet ne parvint pas tout de suite à faire à son amie un récit intelligible de sa visite. Elle était trop émue pour cela mais Emma lui soutira néanmoins suffisamment de renseignements pour se faire une idée du genre d'entrevue qui venait d'avoir lieu et pour comprendre le genre de chagrin qui pouvait étreindre le cœur de la jeune fille. Harriet n'avait vu que Mrs. Martin et ses filles. L'accueil avait été réservé, sinon froid, et l'on n'avait pratiquement échangé que les plus banals lieux communs jusqu'au moment où, juste à la fin de la visite, Mrs. Martin avait brusquement déclaré trouver Miss Smith grandie. La conversation était alors devenue plus intéressante et le ton plus chaleureux. En septembre dernier, on avait mesuré Harriet et ses deux amies dans ce même salon et les marques et les dates inscrites au crayon sur les boiseries de la fenêtre étaient encore visible. C'est lui qui avait fait ces inscriptions. Tout le monde avait paru se rappeler le jour, l'heure, les circonstances précises, et il semblait que chacun éprouvât la même gêne et les mêmes regrets et fût également prêt à renouer les relations d'antan. Ces dames étaient presque de nouveau elles-mêmes (et notre héroïne soupçonnait Harriet d'avoir été mieux disposée que quiconque à se montrer cordiale et souriante) mais l'apparition de la voiture à ce moment-là avait mis un terme à cette scène touchante. Le caractère officiel de cette visite avait été concluant, comme sa brièveté. Accorder quatorze minutes à des femmes qui l'avaient gentiment reçue six semaines durant, il n'y avait pas six mois ! Emma comprenait combien ces dames devaient, et à juste titre, en vouloir à Harriet et combien cette dernière devait souffrir. Cette histoire était lamentable et Miss Woodhouse eût donné ou supporté beaucoup pour que les Martin occupassent un autre rang dans le monde. Ils avaient tant de mérites qu'il aurait suffi qu'ils fussent *un tout petit peu supérieurs*, mais en l'occurrence, Emma ne pouvait agir différemment. Non, c'était impossible et elle ne pouvait se repentir, la rupture étant nécessaire. Cette affaire était regrettable et la jeune fille éprouvait elle-même tant de peine à ce moment-là qu'elle ressentit bientôt le besoin d'une petite consolation et décida de passer par Randalls pour y trouver le réconfort souhaitable. Elle était fatiguée de Mr. Elton et des Martin et le délassement que lui procurerait une visite à Randalls lui était indispensable.

C'était une excellente idée, mais lorsqu'elles arrivèrent, les jeunes filles s'entendirent opposer que « ni Monsieur ni Madame n'étaient à la maison ». Ils étaient sortis ensemble et le domestique pensait qu'ils s'étaient rendus à Hartfield.

— C'est trop bête ! s'écria Emma tandis qu'elles s'en retournaient. Et maintenant nous allons les manquer ! C'est vraiment trop agaçant et jamais je n'ai été aussi déçue.

Et elle se renversa dans un coin de la voiture pour grommeler à son aise ou se calmer, probablement les deux à la fois du reste, car c'est ainsi qu'agissent d'ordinaire les natures gracieuses. La voiture s'arrêta bientôt. Emma leva les yeux : c'était Mr. et Mrs. Weston qui désiraient lui parler. Elle éprouva un plaisir immense en les voyant et un plaisir encore plus grand à les entendre car Mr. Weston l'aborda en ces termes :

— Comment allez-vous, Miss Smith ? Comment allez-vous, Emma ? Nous venons de passer un moment en compagnie de votre père et nous avons été ravis de le trouver en aussi bonne forme. Frank arrive demain. J'ai reçu une lettre ce matin, et il sera là demain pour dîner, c'est certain. Aujourd'hui, il est à Oxford. Il vient passer deux grandes semaines avec nous. Je le savais bien ! S'il était venu à l'époque de Noël, il n'aurait pas pu rester plus de trois jours. Je me suis toujours réjoui qu'il ne vienne pas pour Noël. Maintenant, nous allons avoir un temps idéal, beau, sec, et sans surprises possibles, et nous pourrons profiter pleinement de la présence de Frank. Les événements ont tourné exactement comme on pouvait le désirer.

Il était impossible de rester froid devant pareille nouvelle ou de résister à la bonne humeur contagieuse de Mr. Weston, d'autant que les paroles ou les gestes de sa femme venaient confirmer les faits. Mrs. Weston se montrait certes moins bavarde et moins exubérante que son mari mais elle n'en manifestait pas moins une joie extrême. Savoir que *son amie* tenait pour certaine l'arrivée du jeune homme était aux yeux d'Emma une garantie suffisante et elle se réjouit sincèrement du bonheur des Weston. Cette excellente nouvelle arrivait à point pour réveiller agréablement une âme livrée à la lassitude. On oublierait le passé rebattu au milieu des mille nouveautés à venir et notre héroïne se prit à espérer l'espace d'un éclair que l'on ne parlerait plus désormais de Mr. Elton.

Mr. Weston évoqua une histoire d'invitation à Enscombe. C'est ce qui avait permis à son fils de demander à disposer librement d'une quinzaine de jours et à pouvoir choisir son itinéraire comme son mode de voyage. Emma écouta Mr. Weston en souriant et le félicita.

— Je l'amènerai bientôt à Hartfield, dit-il enfin.

Emma crut voir que sa femme lui donnait une petite tape en l'entendant prononcer ces paroles.

— Nous ferions mieux de partir, dit-elle, nous retenons ces jeunes filles.

— Bon, bon, je suis prêt. — Et se retournant vers Emma : — Mais il ne faut pas vous attendre à rencontrer un jeune homme extraordinaire. Vous connaissez seulement *ma* version des faits, souvenez-vous-en, et en vérité, il n'a certainement rien d'exceptionnel.

Ses yeux étincelants disaient pourtant clairement à ce moment-là qu'il pensait exactement le contraire.

Emma feignit de ne point comprendre et prit un air de parfaite innocence pour répondre de la façon la plus vague possible.

— Demain, pensez à moi vers quatre heures, ma chère Emma, dit Mrs. Weston en partant, et c'est avec une certaine anxiété qu'elle prononça ces mots qui n'étaient destinés qu'à la seule Emma.

— Quatre heures ! Soyez certaine qu'il sera là vers trois heures, rectifia vivement Mr. Weston, et c'est ainsi que s'acheva cette agréable entrevue.

Emma se sentait tellement mieux qu'elle en éprouvait même véritablement du bonheur. Tout lui paraissait différent, maintenant. James et les chevaux ne lui semblaient plus aussi apathiques, elle songea en regardant les haies que les sureaux ne tarderaient pas à fleurir et crut même déceler chez Harriet comme un air de printemps, un tendre sourire, lorsqu'elle se retourna vers elle.

— Mr. Frank Churchill passera-t-il par Bath pour venir d'Oxford ? demanda-t-elle cependant, ce qui n'augurait rien de bon.

On ne pouvait néanmoins espérer que la connaissance de la géographie et la tranquillité d'esprit vinssent tout d'un coup à la jeune fille et notre héroïne était d'humeur à se fier à l'action du temps en ces deux domaines.

Le matin du grand jour arriva et la fidèle amie de Mrs. Weston n'oublia ni à dix heures ni à onze qu'il lui fallait penser à elle à quatre heures.

« Ma chère, chère amie, se disait-elle en descendant de sa chambre, vous qui êtes tellement anxieuse, tellement soucieuse du bien-être de tous, le vôtre mis à part, je vous imagine, avec vos petits gestes nerveux, entrant encore et toujours dans sa chambre pour vous assurer que tout est parfait. »

L'horloge sonna midi tandis qu'elle traversait le hall. « Il est midi, je n'oublierai pas de penser à vous dans quatre heures et demain, vers cette heure-ci ou un peu plus tard, je pourrai peut-être envisager de vous rendre visite à tous trois. Je suis sûre que nous verrons bientôt ce garçon ici. »

Elle ouvrit la porte du salon et aperçut deux messieurs installés en compagnie de son père... C'étaient Mr. Weston et son fils. Ils n'étaient arrivés que depuis quelques minutes et Mr. Woodhouse en était encore aux compliments de bienvenue et aux félicitations qui avaient succédé aux explications de Mr. Weston sur l'arrivée prématurée de son fils, lorsqu'Emma fit son apparition, venant ainsi partager la surprise et la joie générales.

Ce Frank Churchill dont on parlait depuis si longtemps et qui les passionnait tous tellement était enfin là, devant elle !... On le lui présentait enfin et elle ne trouvait pas qu'on l'eût vanté à l'excès. C'était un jeune homme vraiment séduisant. Sa taille, son air, sa tenue étaient également exceptionnels et ses manières avaient beaucoup de l'esprit et de la vivacité de celles de son père. Il avait l'air vif et intelligent. Elle sentit tout de suite qu'il lui plairait et il faisait pour sa part preuve d'une aisance, d'une civilité et d'un empressement à parler qui la convainquirent qu'il était venu faire sa connaissance et qu'ils se connaîtraient en effet beaucoup mieux d'ici peu.

Il était arrivé à Randalls la veille au soir et notre héroïne fut enchantée d'apprendre que dans sa hâte de voir les Weston, il s'était résolu à changer son plan primitif et à voyager plus tôt, plus tard, et plus vite à seule fin de gagner une demi-journée.

— Je vous l'avais dit hier, s'écria Mr. Weston triomphant, je vous avais dit à tous qu'il serait là plus tôt que prévu. Je me souvenais de mes propres habitudes. Il est insupportable de traîner lorsqu'on voyage et l'on ne peut s'empêcher d'aller plus vite que prévu. Le plaisir de surprendre des amis qui ne vous attendent pas encore vaut largement les petits efforts que cela peut coûter.

— Il est fort agréable de pouvoir se le permettre, ajouta Frank Churchill, mais il est peu de maisons où je prendrais pareille liberté. J'étais cependant certain de pouvoir le faire puisque je venais *chez nous*.

A ces mots, « chez nous », son père le regarda avec une complaisance encore accrue et notre héroïne comprit dès lors que ce garçon savait se rendre agréable, la suite venant de plus renforcer cette certitude. Le jeune homme se déclara en effet enchanté de Randalls. Il en trouvait la maison admirablement agencée et consentait à peine à reconnaître qu'elle était trop petite. Il s'extasiait devant le site, le chemin de Highbury, Highbury lui-même et ne tarissait pas d'éloges sur Hartfield. Il affirmait avoir toujours éprouvé pour cette région l'intérêt que peut seul éveiller en vous le pays natal et rêvait depuis longtemps, paraît-il, de la visiter. Emma, soupçonneuse, ne manqua point de s'étonner qu'il n'eût jamais trouvé le moyen de satisfaire ce charmant désir, mais elle se dit que si c'était un mensonge, c'était après tout un joli mensonge, et fort bien amené. Les façons de Frank Churchill ne semblaient nullement étudiées ou exagérées et son comportement comme sa manière de parler donnaient en vérité l'impression d'une joie sincère.

On s'entretint essentiellement de ces sujets qui conviennent aux prises de contact, le jeune homme se contentant pour sa part de poser des questions : « Emma montait-elle à cheval ? Faisait-elle d'agréables promenades à cheval ou à pied ? Le voisinage était-il nombreux ? La société de Highbury se suffisait peut-être à elle-même ? Il avait aperçu des maisons ravissantes ? Des bals, donnait-on des bals ? Faisait-on de la musique ? »

Quand il fut renseigné sur ces divers points et que ses relations avec Emma furent devenues un peu plus intimes, il s'efforça cependant de trouver un moyen de parler de sa belle-mère tandis que son père et Mr. Woodhouse conversaient ensemble. Frank décerna à Mrs. Weston de si beaux éloges, il témoigna envers elle d'une admiration si chaleureuse et se déclara si reconnaissant du bonheur qu'elle donnait à son père et de la gentillesse avec laquelle elle l'avait reçu, lui, que son interlocutrice y vit une preuve supplémentaire de son talent à plaire et le signe qu'il la jugeait pour sa part digne d'être conquise. Il ne risqua pas un éloge que Mrs. Weston, Emma le savait fort bien, ne méritât point, mais on se demandait comment il pouvait être aussi bien renseigné sur sa belle-mère. Il voyait clairement ce qui pouvait faire plaisir à Miss Woodhouse mais ne pouvait hasarder quant au reste que de simples conjectures. On ne pouvait, disait-il, que se féliciter du mariage de son père. Tous ses amis devaient s'en réjouir et l'on devait considérer comme les bienfaiteurs de Mrs. Weston ceux qui avaient rendu possible cette union bénie.

Il en arriva presque à remercier Emma des mérites de Miss Taylor, sans paraître pourtant oublier que selon les règles ordinaires, on devait plutôt supposer que c'était Miss Taylor qui avait formé le caractère de Miss Woodhouse et non pas Miss Woodhouse celui de Miss Taylor. En fin de compte, et comme s'il était résolu à préciser exactement sa pensée pour mieux cerner le problème qui le préoccupait, il s'étonna de la jeunesse et de la beauté de sa belle-mère.

— J'étais préparé à ses façons élégantes et charmantes, mais tout bien considéré, j'avoue que je ne m'attendais point à trouver mieux qu'une dame d'un certain âge passablement jolie. J'ignorais absolument que Mrs. Weston fût une jeune et jolie femme.

— Pour moi, vous ne lui trouverez jamais assez de perfections, répondit Emma, et vous lui donneriez dix-huit ans que je vous écouterais avec ravissement, mais si elle était là, elle vous querellerait d'user de pareils termes. Ne lui laissez surtout pas imaginer que vous avez parlé d'elle comme d'une jolie femme.

— J'espère être incapable de commettre une telle sottise, dit-il. Non, (avec un salut galant) soyez certaine qu'en présence de Mrs. Weston, je saurai fort bien deviner qui je puis louer sans risquer d'être taxé d'exagération.

Emma se demanda s'il soupçonnait lui aussi les espoirs qui reposaient sur leur rencontre et si elle devait interpréter ses compliments comme des preuves de son acquiescement à ces projets ou comme des signes d'embarras. Il lui faudrait le connaître plus intimement pour comprendre sa façon d'être et pour l'instant elle était simplement sensible à son charme.

Elle n'ignorait pas ce qui occupait l'esprit de Mr. Weston. Elle le surprit plusieurs fois en train de leur jeter de ses yeux vifs un regard heureux et elle acquit bientôt la certitude que lorsqu'il parvenait à s'empêcher de les regarder, il les écoutait encore.

Emma était ravie que son père fût à cent lieues de soupçonner le complot qui se tramait contre lui et qu'il manquât totalement de perspicacité ou de pénétration. Il était
heureusement aussi incapable de prévoir un mariage que
d'y apporter son approbation, et bien qu'il ne manquât
jamais de critiquer les fous qui se fiançaient, il n'éprouvait
jamais la moindre appréhension avant que l'affaire ne fût
conclue. Il ne pouvait apparemment mésestimer l'intelligence de deux êtres au point de les soupçonner de vouloir
se marier et il lui fallait la preuve de leur culpabilité.
Emma bénissait quant à elle un aveuglement qui se révélait fort pratique car son père pouvait maintenant, sans
arrière-pensée déplaisante et sans envisager une éventuelle
trahison de son hôte, donner libre cours à sa civilité naturelle et bienveillante en s'informant du voyage de Frank
Churchill et de la façon dont il s'était tiré de la triste obligation d'avoir à passer deux nuits sur la route, exprimant
également le désir ardent et sincère que le jeune homme
n'eût pas attrapé quelque rhume... ce dont on ne pourrait
pas vraiment être sûr avant qu'une autre nuit ne se fût
écoulée.

Jugeant que sa visite avait assez duré, Mr. Weston se
leva pour prendre congé. Il devait aller à la Couronne pour
régler une affaire à propos de son foin et se rendre ensuite
chez Ford, Mrs. Weston l'ayant chargé d'une multitude de
courses. Il ne voulait cependant presser personne, mais son
fils, trop bien élevé pour relever l'allusion, se leva également et lui dit :

— Puisque vous avez une affaire à régler, Monsieur,
j'en profiterai pour rendre visite à une personne qu'il me
faudra de toute façon aller voir un jour ou l'autre. Autant
le faire tout de suite. J'ai l'honneur de connaître l'une de
vos voisines (se tournant vers Emma), une jeune fille qui
réside à Highbury ou dans ses environs immédiats. Son
nom est Fairfax. Je suppose que je n'aurai pas de mal à
trouver la maison, bien que cette demoiselle n'habite pas,
je crois, chez les Fairfax. Ce serait plutôt Barnes, ou

Bates... Connaissez-vous quelqu'un qui réponde à l'un de ces noms ?

— Bien sûr ! s'écria Mr. Weston. Mrs. Bates ! Nous sommes passés devant chez elle. J'ai aperçu Miss Bates à sa fenêtre. C'est vrai que vous connaissez Miss Fairfax... Je me souviens maintenant que vous l'avez rencontrée à Weymouth. C'est une bien jolie jeune fille. De toute manière, allez la voir.

— Il n'est pas indispensable que j'y aille ce matin, dit le jeune homme. Un autre jour conviendrait tout aussi bien, mais à Weymouth, nous avions des relations telles que...

— Oh, allez-y aujourd'hui, allez-y aujourd'hui, ne remettez point cette visite. Il n'est jamais trop tôt pour faire son devoir et je dois d'autre part, Frank, vous donner le conseil d'éviter soigneusement de lui manquer le moins du monde d'égards *à Highbury*. Vous l'avez rencontrée chez les Campbell où elle était l'égale de ceux qu'elle fréquentait, mais ici elle vit chez une pauvre vieille Grand-mère qui a tout juste de quoi vivre. Vous auriez l'air de la mépriser en n'allant pas lui rendre visite au plus tôt.

Le jeune homme parut convaincu.

— Je l'ai entendue dire qu'elle vous connaissait, dit Emma. C'est une jeune fille très élégante.

Il acquiesça, mais d'un « oui » si indifférent qu'Emma en vint à douter de sa sincérité. Il fallait néanmoins que les gens à la mode eussent une idée bien particulière de l'élégance pour juger que Jane Fairfax n'en était que médiocrement dotée.

— Si vous n'avez jamais été frappé par ses manières, vous le serez certainement aujourd'hui, dit-elle, car vous la verrez à son avantage. Regardez-la, écoutez-la... Non, je crains que vous n'entendiez même pas le son de sa voix, car elle est affligée d'une tante qui ne sait pas tenir sa langue deux secondes.

— Vous connaissez bien Miss Jane Fairfax, n'est-ce pas, Monsieur ? demanda Mr. Woodhouse qui était, comme toujours, le dernier à intervenir dans la conversation. En ce cas, permettez-moi de vous assurer que c'est une jeune fille tout à fait charmante. Elle est ici en visite chez sa Grand-mère et chez sa tante, des personnes fort respectables que je connais depuis toujours. Je suis sûr qu'elle seront très heureuses de vous voir et l'un de mes domestiques vous accompagnera pour vous montrer le chemin.

— Il n'en est pas question, mon cher Monsieur, mon père saura bien me guider.

— Mais votre père ne va pas aussi loin. Il s'arrête à la Couronne, de l'autre côté de la rue, et les maisons sont si nombreuses que... Non, vous pourriez vous trouver embarrassé et cette rue est un vrai bourbier dès qu'on s'éloigne du trottoir. Mon cocher vous indiquera l'endroit le plus pratique pour traverser.

Mr. Frank Churchill persista à refuser en s'efforçant de garder son sérieux et son père lui apporta cordialement son appui en s'écriant :

— Mon cher ami, c'est tout à fait inutile, Frank sait reconnaître une flaque d'eau quand il en aperçoit une... Quant à la maison de Miss Bates, il peut y aller d'un saut depuis la Couronne.

On leur permit finalement de partir seuls et les deux messieurs prirent congé, l'un d'un signe de tête et l'autre avec une révérence fort gracieuse. Très satisfaite de cette première rencontre, Emma put désormais penser à toute heure du jour à ses amis de Randalls sans éprouver l'ombre d'une inquiétude.

CHAPITRE XXIV

Mr. Frank Churchill revint le lendemain matin, accompagnant une Mrs. Weston qu'il semblait aimer aussi passionnément qu'il appréciait Highbury. Il était gentiment resté avec elle à la maison jusqu'à l'heure où elle avait coutume d'aller prendre un peu d'exercice et il s'était prononcé pour Highbury dès qu'elle lui avait demandé de choisir le but de leur promenade. « Il ne doutait point que l'on pût faire de charmantes promenades n'importe où dans les environs, mais pour sa part, ses suffrages iraient toujours à la même s'il n'écoutait que son désir. Highbury, ce Highbury où l'on respirait un si bon air, ce Highbury si gai, si heureux l'attirerait toujours irrésistiblement. » Par Highbury, Mrs. Weston comprenait Hartfield et elle ne doutait pas que le jeune homme l'entendît de la sorte. Ils s'y rendirent donc ensemble sans plus tarder.

Emma ne s'attendait guère à recevoir leur visite car Mr. Weston était venu faire un petit tour pour entendre louer les charmes de son fils et ne lui avait rien dit des projets de sa femme et de Frank. Notre héroïne en fut d'autant plus agréablement surprise lorsqu'elle les vit arriver bras dessus bras dessous. Elle avait envie de revoir le jeune homme et désirait surtout l'observer en compagnie de Mrs. Weston, l'opinion qu'elle pourrait avoir de lui dépendant en grande partie de sa conduite à l'égard de sa belle-mère. Elle aurait été absolument incapable de lui pardonner la moindre faute sur ce point mais elle fut totalement rassurée en les voyant ensemble. Frank ne se contentait pas de remplir son devoir avec de jolis mots ou de dithyrambiques compliments et rien n'était plus honnête ou plus gracieux que la façon dont il en usait envers Mrs. Weston. Chacun de ses actes ou chacune de ses paroles exprimait clairement son désir de considérer celle-ci comme une amie et de s'assurer son affection, et notre héroïne eut tout le temps de se former un jugement équitable, puisque ses deux visiteurs demeurèrent en sa compagnie durant toute la matinée. Ils allèrent se promener tous les trois pendant une heure ou deux, commençant par faire le tour des pépinières de Hartfield avant de pousser jusqu'à Highbury. Le jeune homme était enchanté de tout ce qu'il voyait et son enthousiasme pour Hartfield eût satisfait Mr. Woodhouse lui-même. Lorsqu'on eut décidé de poursuivre la promenade plus avant, il avoua son désir de mieux connaître le village dans son ensemble, le jugeant digne d'intérêt ou d'éloges bien plus souvent qu'Emma n'aurait jamais pu s'y attendre.

Sa curiosité relevait parfois des sentiments les plus délicats. Il pria ces dames de lui montrer la demeure où son père avait habité si longtemps et qui avait été le foyer du père de son père. Il se souvint aussi d'une vieille femme qui s'était occupée de lui quand il était petit et se mit en quête de la chaumière dans laquelle elle vivait. Toutes ses aspirations ou remarques ne chantaient certes point aussi clairement ses mérites, mais on y lisait tant de sympathie pour Highbury que Mrs. Weston et Emma ne purent s'empêcher de leur trouver une sorte de noblesse.

Emma observait le jeune homme, et les sentiments qu'il manifestait à présent la persuadèrent qu'on ne pouvait équitablement le soupçonner de s'être volontairement abstenu de venir, d'être véritablement responsable de ses négligences ou d'avoir multiplié les promesses fallacieuses. Mr. Knightley ne lui avait pas rendu justice, cela ne faisait dorénavant plus l'ombre d'un doute.

Ils firent une première pause à la Couronne, un établissement tout à fait insignifiant bien que ce fût le principal hôtel des environs. On y gardait deux paires de chevaux de poste, pour la commodité des habitants du voisinage plus que pour d'éventuels voyageurs, et les compagnes de Frank ne se seraient certes jamais attendues à ce qu'il s'intéressât à cet hôtel et les retînt là. En passant devant, elles lui racontèrent cependant l'histoire d'une grande pièce que l'on devinait aisément avoir été rajoutée après coup. Elle avait été construite bien des années plus tôt pour servir de salle de bal et on l'avait parfois utilisée comme telle à l'époque où la société des environs était plus nombreuse et appréciait la danse. Ces beaux jours étaient malheureusement depuis longtemps révolus et la salle n'avait désormais point de plus noble destination que d'abriter un club de whist où fréquentaient les gentlemen ou quasi-gentlemen de la place. L'intérêt de Mr. Frank Churchill fut immédiatement éveillé, cette pièce retenant son attention en tant que salle de bal. Au lieu de continuer son chemin, il s'arrêta donc plusieurs minutes devant les deux fenêtres à guillotine qui se trouvaient être ouvertes et regarda à l'intérieur pour juger des possibilités des lieux. Il regrettait fort que l'on n'utilisât plus cette salle à ses fins originelles, ne lui voyant pas le moindre défaut et refusant obstinément d'admettre ceux que lui suggéraient ses compagnes. « Non, non, elle était assez longue, assez large, assez belle. Elle pouvait contenir le nombre idéal de danseurs et les habitants de Highbury auraient dû y donner un bal tous les quinze jours au moins pendant l'hiver. Pourquoi Miss Woodhouse n'avait-elle pas ressuscité les bons vieux usages ? Elle qui pouvait faire tout ce qu'elle voulait à Highbury ? On évoqua la pénurie de familles convenables dont souffrait la ville et l'impossibilité d'attirer des gens des environs, même proches, mais le jeune homme ne se laissa point fléchir. Il ne pouvait croire que toutes les belles demeures qu'il apercevait ne parvinssent à fournir un contingent suffisant de danseurs, et même quand on lui eut décrit chaque famille, il refusa d'admettre les inconvénients d'une pareille hétérogénéité ou les problèmes que risquait de poser l'obligation pour chacun de reprendre son rang le lendemain matin. Il raisonnait comme un jeune homme qui raffole de danse et notre héroïne fut assez surprise de constater à quel point le tempérament des Weston l'emportait chez lui sur les habitudes des Churchill. Ce garçon semblait avoir hérité toute la vie, l'esprit, la gaieté et les goûts mondains de son père et rester totalement étranger à l'orgueil ou à la réserve de ceux d'Enscombe. Pour ce qui est de l'orgueil, il en manquait à vrai dire peut-être un peu trop et son indifférence à la hiérarchie sociale frisait parfois l'indélicatesse. Il ne pouvait cependant imaginer la gravité de ce qu'il tenait pour dénué d'importance et il se laissait pour l'heure emporter par son enthousiasme.

On finit par le persuader d'abandonner la Couronne et comme nos promeneurs arrivaient presque en face de la maison des Bates, Emma se rappela la visite que Frank projetait la veille, lui demandant s'il s'en était acquitté.

— Oui, oh oui, répondit-il. J'allais justement vous en parler. Un vrai succès ! J'ai vu ces trois dames, et je vous ai été fort reconnaissant de m'avoir mis en garde. Si cette tante si bavarde m'avait pris par surprise, je n'aurais certainement jamais survécu à l'épreuve. En l'occurrence, je me suis simplement trouvé amené à faire une visite beaucoup plus longue que prévu. Dix minutes eussent largement suffi et je n'avais aucune raison de m'attarder davantage. J'avais dit à mon père que je serais rentré avant lui, mais pas moyen de m'échapper, pas une minute d'accalmie ! Lorsque mon père, ne me trouvant nulle part, est venu me rejoindre, je me suis aperçu à mon plus grand étonnement que j'étais là depuis trois quarts d'heure, et de tout ce temps, cette bonne dame ne m'avait pas laissé la moindre chance de fuir.

— Et comment avez-vous trouvé Miss Fairfax ?

— Elle a mauvaise mine, très mauvaise mine... enfin, s'il est permis à une jeune fille d'avoir mauvaise mine. Ce terme n'est guère admis dans le monde, n'est-ce pas, Mrs. Weston ? Les dames n'ont jamais mauvaise mine, et sérieusement Miss Fairfax est naturellement si pâle qu'elle donne toujours l'impression d'être souffrante. Elle manque vraiment de couleurs.

Emma refusa d'acquiescer à cette remarque et se mit à défendre chaleureusement le teint de Miss Fairfax. « Il n'était certes jamais très coloré mais il n'était pas maladif. Et puis la peau de Miss Fairfax était si douce et si délicate que le visage de la jeune fille y gagnait une élégance peu commune. » Mr. Churchill l'écouta avec toute la déférence due et il reconnut avoir entendu nombre de gens tenir le même discours tout en se voyant forcé d'avouer que rien ne valait à ses yeux le bel éclat de la santé. De jolies couleurs parvenaient à donner du charme à des traits ordinaires et lorsqu'un visage était déjà beau, il en devenait... Il s'abstint heureusement de préciser sa pensée.

— Bon, dit Emma, il est inutile de discuter des goûts de chacun, mais j'espère au moins que son teint mis à part, vous la trouvez belle ?

Il hocha la tête en riant :

— Je ne puis dissocier Miss Fairfax de son teint.

— Est-ce que vous la rencontriez souvent à Weymouth ? Fréquentiez-vous la même société ?

Ils approchaient à ce moment-là de chez Ford et Frank s'écria :

— Ah, voici certainement ce fameux magasin où d'après mon père chacun ici se rend chaque jour que Dieu fait. Mr. Weston avoue venir lui-même six jours sur sept à Highbury et avoir toujours à faire chez Ford. Je vous en prie, entrons si cela ne vous dérange pas. Je voudrais prouver que je suis vraiment d'ici, que je suis un vrai citoyen de Highbury, et pour cela je dois absolument acheter quelque chose chez Ford. Voilà, je vais sacrifier ma liberté ! Je suppose que l'on vend des gants, chez Ford ?

— Oh oui, des gants et tout le reste. J'admire sincèrement votre patriotisme. Avant même d'arriver, vous étiez déjà fort populaire en tant que fils de Mr. Weston, mais si vous dépensez une demi-guinée chez Ford, c'est votre seul mérite qui vous vaudra la sympathie de tous.

Ils entrèrent, et tandis que l'on descendait pour les déposer ensuite sur le comptoir les paquets bien ficelés de « Castor des hommes » et de « York tan », Frank Churchill reprit :

— Mais je vous demande pardon, Miss Woodhouse, vous me parliez, vous me disiez quelque chose au moment où j'ai eu cet élan d'*amor patriae*. Reprenez, je vous en prie. Je vous assure que toutes les gloires publiques ne me consoleraient point d'avoir négligé le plus petit bonheur privé.

— Je vous demandais simplement si vous fréquentiez beaucoup Miss Fairfax et ses amis, à Weymouth.

— Maintenant que j'ai compris votre question, je vous avouerai que je la trouve très déloyale. C'est toujours à la dame qu'il appartient d'apprécier le degré d'intimité qui existe entre elle et vous, et Miss Fairfax a déjà dû vous donner sa version des faits. Je ne voudrais surtout pas me compromettre en prétendant à plus qu'il ne plaît à cette demoiselle d'accorder.

— Sur mon honneur, votre circonspection égale presque la sienne ! Mais ses récits laissent toujours tant de place à la divination, elle est tellement réservée et si peu désireuse de fournir le moindre renseignement que vous pouvez, je crois, raconter tout ce qui vous plaît sur vos relations avec elle.

— Le puis-je réellement ? En ce cas, je vous dirai la vérité et rien ne me convient mieux. Je l'ai souvent rencontrée à Weymouth. Je connaissais déjà vaguement les Campbell à Londres et nous avions des amis communs à Weymouth. Le colonel Campbell est un homme charmant et Mrs. Campbell une femme aimable et pleine de cœur. Ce sont tous des personnes que j'aime beaucoup.

— J'en conclus que vous connaissez la situation de Miss Fairfax et la vie qui l'attend ?

— Oui (plutôt hésitant), je le crois.

— Vous abordez des sujets délicats, Emma, dit Mrs. Weston en souriant, souvenez-vous que je suis là... Mr. Frank Churchill ne sait trop que répondre lorsque vous évoquez la situation de Miss Fairfax et je pense préférable de m'éloigner un peu.

— Quand je pense à *Mrs. Weston*, dit Emma, je ne pense jamais qu'à la femme qui fut toujours mon amie, la plus chère de mes amies...

Frank parut comprendre et estimer à sa juste valeur un pareil sentiment.

Lorsqu'ils eurent quitté le magasin après avoir acheté les fameux gants, Frank Churchill demanda à Emma :

— Avez-vous déjà entendu jouer la jeune fille dont nous parlions ?

— Si je l'ai entendue ! répliqua-t-elle. Vous oubliez qu'elle est presque d'ici ! Je l'ai entendue chaque année de mon existence depuis nos débuts à chacune. Elle joue d'une façon ravissante.

— C'est aussi votre avis, n'est-ce pas ? Je voulais connaître l'opinion d'un juge averti. Il me semblait qu'elle jouait bien, ou plutôt avec un certain goût, mais je ne suis pas spécialiste en la matière. J'aime la musique mais je ne me sens pas plus le talent que le droit de juger des performances de quelqu'un. J'ai souvent entendu vanter son jeu et j'ai en mémoire une anecdote qui prouve qu'on la tient pour une excellente interprète. J'ai rencontré un homme, fort musicien lui-même, amoureux d'une autre femme, fiancé et sur le point de se marier, qui ne demandait jamais à cette autre femme de s'installer au piano si la demoiselle en question pouvait s'y installer à sa place... Il ne semblait jamais avoir la moindre envie d'écouter l'une s'il pouvait entendre l'autre. J'y ai vu là une preuve des plus concluantes, cet homme étant réputé pour ses talents musicaux.

— Une preuve, en vérité ! dit Emma très amusée. Mr. Dixon est grand amateur de musique, n'est-ce pas ? D'ici une demi-heure, nous en saurons grâce à vous plus long sur ces gens que nous n'eussions pu espérer en apprendre de Miss Fairfax en six mois.

— Oui, c'est bien de Mr. Dixon et de Miss Campbell que je parlais et cette preuve m'a convaincu.

— Oui, et elle est à vrai dire tellement éclatante que cela ne m'aurait pas du tout plu si j'avais été Miss Campbell. Je ne pourrais jamais pardonner à un homme d'être plus mélomane qu'amoureux, d'avoir l'oreille plus sensible que l'œil et de préférer à mes sentiments d'exquises sonorités... Comment Miss Campbell semblait-elle apprécier tout cela ?

— Elles sont très intimes, vous savez.

— Piètre consolation ! dit Emma en riant. On aimerait mieux se voir préférer un étranger qu'un ami intime ! Avec un inconnu, on a des chances de ne pas voir se reproduire une scène aussi déplaisante, mais quelle malédiction d'avoir constamment près de soi une compagne qui fait tout mieux que vous ! Pauvre Mrs. Dixon ! Enfin, je suis ravie qu'elle soit allée s'établir en Irlande.

— Vous avez raison, ce n'était guère flatteur pour Miss Campbell mais elle n'avait nullement l'air d'en souffrir.

— Tant mieux ! ... ou tant pis, je ne sais pas. Mais qu'il s'agisse chez elle de douceur ou de sottise, d'amitié excessive ou de pure indifférence, il est au moins, d'après moi, une personne qui aurait dû se sentir gênée : Miss Fairfax. Oui, elle aurait dû, elle, souffrir d'une marque de distinction aussi inconvenante que dangereuse.

— Quant à cela, je ne...

— Oh, n'allez pas imaginer que j'attende de vous ou de quiconque une analyse des sentiments de Miss Fairfax ! Je crois qu'à part elle, nul ne les connaît... mais le fait qu'elle continuât de jouer à chaque fois que Mr. Dixon le lui demandait prête aux interprétations les plus diverses.

— Ils semblaient tous vivre en si parfaite intelligence, poursuivit-il vivement, mais, se reprenant, il ajouta : Cependant, il m'est impossible de définir réellement leurs relations et ce qui pouvait se cacher derrière les apparences. Tout ce que je puis affirmer, c'est que vus de l'extérieur, leurs rapports étaient d'une totale harmonie. Mais vous connaissez Miss Fairfax depuis son enfance et vous devez être meilleur juge que moi de son caractère et de la façon dont elle peut se conduire dans une situation délicate.

— Je la connais certes depuis toujours, nous avons été enfants et jeunes filles ensemble, et il est tout naturel de penser que nous devrions être intimes et que nous aurions dû nous lier d'amitié lorsqu'elle venait voir ses parentes, mais ce n'est pas le cas. Je ne sais pas au juste pourquoi. Peut-être est-ce en partie ma faute et peut-être sont-ce mes propres démons qui m'ont poussée à prendre en aversion une jeune fille que sa tante, sa Grand-mère et tous leurs amis ont toujours idolâtrée et vantée à l'excès. Et cette réserve ! Je ne suis jamais parvenue à m'attacher à un être aussi parfaitement glacé.

— C'est effectivement un trait de caractère fort déplaisant, parfois pratique, sans aucun doute, mais toujours désagréable. La réserve représente peut-être une sécurité mais ce n'est jamais un charme. On ne peut aimer une personne trop froide.

— Sauf si sa réserve se dissipe pour nous. Le charme alors peut n'en devenir que plus grand... mais je n'ai jamais eu suffisamment besoin d'une amie ou d'une compagne agréable pour prendre la peine de combattre la froideur de quiconque. Il est hors de question que Miss Fairfax et moi soyons jamais intimes. Je n'ai pas la moindre raison de penser du mal d'elle, non, pas la moindre... sauf peut-être que cette extrême et sempiternelle prudence en paroles ou en actes, cette peur de donner un avis précis sur quiconque sont de nature à faire soupçonner qu'elle a quelque chose à cacher.

Il acquiesça, et après cette longue promenade commune, après cette discussion qui révélait une telle convergence d'opinions, Emma en vint à s'extasier que ce ne fût là que leur deuxième rencontre tant elle avait l'impression de le connaître intimement. Frank Churchill ne correspondait pas tout à fait à ses prévisions. Par certains côtés, il se révélait moins homme du monde, moins enfant gâté de la fortune et par conséquent plus séduisant qu'elle ne l'avait espéré. Elle fut particulièrement frappée du jugement qu'il porta sur la maison de Mr. Elton qu'il avait voulu aller voir ainsi que l'église. Il refusa de partager la sévérité de ses deux compagnes. Non, il ne pouvait croire que cette maison fût inconfortable ou que son propriétaire fût à plaindre, et d'après lui, un homme en mesure de la partager avec la femme aimée ne pourrait jamais mériter la moindre compassion. Il devait y avoir là suffisamment de place pour vivre agréablement et celui qui désirait plus n'était qu'un imbécile.

Mrs. Weston lui répondit en riant qu'il ignorait de quoi il parlait. Lui-même habitué à une demeure spacieuse, il n'avait jamais réfléchi à tous les avantages et commodités que cela implique et il ne pouvait donc juger des inconvénients d'une maison petite. Emma était cependant persuadée qu'*il savait fort bien* de quoi il parlait, voyant dans son discours la manifestation d'une charmante inclination à s'établir et à se marier tôt, tout cela pour les motifs les plus louables. Il ne devait certes pas se rendre compte des répercussions que peuvent avoir dans la vie domestique l'absence d'une chambre pour la bonne ou l'exiguïté d'une office de maître d'hôtel, mais conscient qu'Enscombe ne saurait pas le rendre heureux il était sans aucun doute prêt à abandonner dès que possible son existence fastueuse pour pouvoir s'établir avec l'élue de son cœur.

CHAPITRE XXV

Emma sentit baisser son estime pour Frank Churchill lorsqu'elle apprit le lendemain qu'il était parti pour Londres à seule fin de se faire couper les cheveux. Pris d'une soudaine lubie au petit déjeuner, il avait commandé une voiture de poste et s'en était allé pour la journée sans motif plus sérieux que de se faire coiffer. Il n'y avait certes rien de coupable à faire trente-deux miles dans ce but, mais cela dénotait apparemment une fatuité et une puérilité qui ne pouvaient que choquer Emma. Ce caprice contrastait singulièrement avec la sagesse, le sens de l'économie ou même les sentiments désintéressés que la jeune fille avait cru discerner en lui, et il prêtait désormais le flanc à bien des critiques. La vanité, l'extravagance, l'amour du changement et l'instabilité ne jouaient-ils pas un rôle, positif ou négatif, dans ses agissements et ne pouvait-on lui reprocher son insouciance à l'égard du bon plaisir de Mr. Weston et son indifférence au qu'en-dira-t-on ? Se contentant de le traiter de freluquet, son père s'amusa beaucoup de l'histoire, mais Mrs. Weston n'apprécia pour sa part nullement cette équipée, comme en témoigna clairement sa façon de passer sur l'incident sans se permettre d'autre commentaire qu'un : « Tous les jeunes gens ont leurs lubies. »

Emma s'aperçut pourtant qu'en dehors de ce petit problème, son amie nourrissait pour Frank la plus vive estime. Mrs. Weston se montrait en effet fort empressée à faire l'éloge d'un compagnon aussi charmant qu'attentionné et se plaisait à évoquer l'aimable caractère de ce garçon. Il semblait d'un naturel très gai, très vivant, et elle ne trouvait rien à redire à ses idées dont la plupart étaient même fort justes. Il aimait à parler de son oncle et le faisait toujours avec une chaleureuse estime... « Ce serait, disait-il, le meilleur homme du monde s'il ne subissait une influence néfaste », et pour sa tante, sans pouvoir vraiment lui porter de l'affection, il reconnaissait avec gratitude sa gentillesse et semblait tenir à ne parler d'elle qu'en termes respectueux. Tout cela était des plus prometteur, et hormis cette malencontreuse idée d'aller se faire couper les cheveux à Londres, rien ne laissait supposer qu'il fût indigne de l'insigne honneur qu'Emma lui concédait : ne poussait-elle pas en effet la condescendance jusqu'à le croire sinon positivement amoureux d'elle, du moins tout près de l'être, la seule médecine à cette passion étant l'indifférence d'une jeune fille toujours aussi résolue à ne point se marier ? N'allait-elle pas en bref jusqu'à s'avouer que leurs amis communs les destinaient l'un à l'autre ?

Mr. Weston vint ajouter pour sa part à ce tableau flatteur un mérite d'un certain poids en faisant comprendre à Emma que Frank l'admirait beaucoup et la trouvait très belle et tout à fait charmante. Elle ne pouvait décidément juger avec sévérité un jeune homme qui méritait tant d'éloges et elle finit par se dire que Mrs. Weston avait eu raison de faire remarquer que tous les jeunes gens ont leurs petites lubies.

De toutes les nouvelles relations de Mr. Frank Churchill, il ne s'en trouvait qu'une pour ne point faire montre d'une telle indulgence. Les paroissiens de Donwell ou de Highbury se plaisaient généralement à juger sans méchanceté ce garçon et l'on se montrait généreux pour les petits excès de ce beau jeune homme qui savait si bien sourire et tirer une révérence. Il y avait cependant un homme qui ne se laissait pas attendrir et demeurait capable de censurer, et cet homme était Mr. Knightley. C'est à Hartfield qu'il apprit l'histoire du départ pour Londres et s'il ne fit tout d'abord aucun commentaire, Emma l'entendit bientôt murmurer pour lui-même : « Hum, c'est bien le garçon insignifiant et stupide que j'imaginais ! » Emma fut sur le point de s'indigner mais une minute d'observation lui suffit pour comprendre qu'il n'avait réellement prononcé ces paroles que pour se soulager et n'y avait pas mis la moindre provocation. La jeune fille n'insista pas.

Bien qu'ils fussent porteurs de mauvaises nouvelles, Emma jugea fort opportune la visite que lui rendirent ce matin-là Mr. et Mrs. Weston, car il se produisit pendant qu'ils se trouvaient à Hartfield un incident où notre héroïne eut besoin de leurs conseils, et comble de chance, ils lui donnèrent justement celui qu'elle attendait.

Le problème était le suivant : les Cole habitaient Highbury depuis un certain nombre d'années. Ils étaient fort aimables, amicaux, généreux, simples, mais d'un autre côté, gens de commerce, ils étaient d'origine modeste et sans grande distinction. Lorsqu'ils étaient arrivés dans le pays, ils avaient mené la vie paisible que leur permettaient leurs revenus, ne fréquentant qu'une société restreinte et n'engageant guère de frais pour recevoir. Depuis un an ou deux, leur situation s'était cependant grandement améliorée, les profits qu'ils tiraient de leur maison de Londres s'étant considérablement accrus et la fortune leur souriant en toutes choses. Leurs prétentions avaient augmenté en même temps que leurs biens et ils avaient voulu une demeure plus vaste et des amis nombreux. Ils avaient donc fait agrandir leur maison et avaient engagé des domestiques supplémentaires, multipliant les frais de toute sorte. A l'époque dont nous parlons, ils venaient en deuxième position après ceux de Hartfield pour la fortune et le train de vie. Leur amour des mondanités et leur salle à manger flambant neuve laissaient à penser qu'ils donneraient des dîners et certaines personnes, des célibataires surtout, s'étaient déjà trouvées invitées chez les Cole. Emma ne pensait pas qu'on eût un jour l'audace d'inviter les familles les plus prestigieuses de la place, à savoir ceux de Donwell, ceux de Hartfield ou ceux de Randalls. Pour elle, elle était tout à fait résolue à refuser de dîner chez les Cole s'ils l'en priaient jamais, et elle songeait qu'en ce cas elle regretterait seulement que les habitudes de son père rendissent un refus moins significatif qu'il n'était souhaitable. Ces Cole étaient des personnes très respectables à leur manière, mais il fallait leur apprendre qu'ils n'avaient point à décider des conditions dans lesquelles leurs supérieurs pouvaient leur rendre visite. Elle craignait cependant d'être la seule à vouloir leur donner semblable leçon, n'ayant en ce domaine pas la moindre confiance en Mr. Knightley ou Mr. Weston.

Il y avait si longtemps qu'elle avait décidé de la réponse à opposer à tant de présomption qu'elle se trouva très différemment disposée quand l'insulte l'atteignit enfin. Ceux de Donwell et de Randalls avaient déjà reçu leur invitation mais rien n'était arrivé pour Emma et son père. « Je suppose, disait Mrs. Weston pour justifier cette exclusion, qu'ils n'oseront pas prendre cette liberté avec vous. Ils n'ignorent pas que vous ne dînez jamais dehors. » Emma ne se sentait pas tout à fait satisfaite de cette explication et elle comprit qu'elle désirait avoir la possibilité de refuser. Elle songea souvent par la suite à ceux qui assisteraient à ce dîner et en vint à se demander si elle n'aurait pas été tentée d'accepter de s'y rendre puisqu'il réunirait justement les êtres dont la société lui était la plus chère. Harriet et les Bates étaient conviées à la soirée qui aurait lieu après le repas. Les deux amies en avaient discuté la veille en se promenant dans les environs de Highbury et Frank avait ardemment déploré l'absence de Miss Woodhouse à cette réception. « Cette soirée ne risquait-elle pas de finir par un bal ? » Cette simple éventualité avait encore accru l'irritation de la jeune fille, et se voir abandonnée à sa solitaire splendeur lui était apparu comme une bien piètre consolation, même s'il fallait interpréter cet oubli comme un compliment.

C'est précisément l'arrivée de l'invitation des Cole pendant la visite des Weston qui rendit ce jour-là leur présence tellement opportune. En effet, bien que le premier geste d'Emma en lisant la lettre fût de déclarer « qu'il fallait bien sûr refuser », elle mit ensuite tant de hâte à leur demander ce qu'elle devait faire que ses amis lui conseillèrent aussitôt d'accepter.

Emma reconnut que tout bien considéré, elle avait une certaine envie d'assister à ce dîner : les Cole s'exprimaient si poliment, leur lettre témoignait d'un respect si sincère et d'une telle considération pour son père ! « Ils auraient bien aimé solliciter plus tôt cet honneur, mais ils avaient attendu de recevoir de Londres un paravent qui, l'espéraient-ils, garantirait Mr. Woodhouse de tout courant d'air et l'inciterait donc à les honorer plus volontiers de sa présence. » Emma se révéla somme toute assez facile à convaincre et quand on eut brièvement décidé de la façon dont on pourrait s'arranger sans pour autant négliger Mr. Woodhouse à qui Mrs. Goddard ou Mrs. Bates viendraient sans nul doute tenir compagnie, on entreprit de persuader le vieux monsieur qu'il devait consentir à ce que sa fille sortît dîner l'un de ces prochains jours et passât toute une soirée loin de lui. Quant à ce qu'il honorât lui-même l'invitation, Emma ne lui permit point d'y songer car on se coucherait trop tard et la compagnie serait trop nombreuse. Mr. Woodhouse finit par se résigner.

— Je n'aime pas les dîners, dit-il, je ne les ai jamais aimés. Emma non plus, d'ailleurs. Nous détestons nous coucher tard. Je suis navré que Mr. et Mrs. Cole nous aient invités. Ne serait-il pas mille fois préférable qu'ils vinssent prendre le thé avec nous un après-midi, cet été ? Ils pourraient nous rendre visite pendant leur promenade, ce qui leur serait aisé étant donné la sagesse de nos horaires. Ils pourraient même être rentrés avant que ne tombe l'humidité du soir. Je n'exposerais pour rien au monde des amis à ces terribles rosées des soirs d'été. Enfin, puisqu'ils ont tellement envie d'avoir Emma à dîner et que vous y serez tous les deux ainsi que Mr. Knightley, je ne puis décemment l'empêcher d'y aller pourvu que le temps ne soit ni trop humide, ni trop froid, ni venteux. — Il se tourna ensuite vers Mrs. Weston et lui dit d'un air de tendre reproche : — Ah, Miss Taylor, si vous ne vous étiez pas mariée, vous seriez restée à la maison avec moi ! ...

— Allons, Monsieur, répliqua Mr. Weston, c'est moi qui vous ai arraché Miss Taylor et il m'incombe donc de la remplacer si je le puis. Si vous le souhaitez, je vais aller sur-le-champ chez Mrs. Goddard.

L'idée que l'on dût faire quelque chose *sur-le-champ* accrut cependant la panique de Mr. Woodhouse au lieu de l'apaiser. Heureusement, ces dames savaient comment calmer le vieil homme, n'ignorant point que Mr. Weston devait rester tranquille et qu'il fallait régler sans hâte les derniers détails.

Ce traitement réussit à merveille et Mr. Woodhouse fut bientôt suffisamment rasséréné pour parler comme d'habitude. « Il serait enchanté de voir Mrs. Goddard. Il avait beaucoup d'estime pour elle et Emma devait absolument lui adresser une lettre d'invitation. James se chargerait de porter le billet, mais ne devait-on pas avant tout songer à répondre à Mrs. Cole ? »

— Vous lui présenterez mes excuses aussi poliment que possible, ma chère enfant. Vous lui direz que je ne suis qu'un pauvre malade qui ne sort jamais et que je me vois par conséquent dans l'obligation de décliner leur gracieuse invitation. Vous commencerez bien sûr par leur faire tous mes compliments... Mais vous vous en tirerez fort bien et je n'ai pas besoin de vous dicter votre conduite. Il ne faudra pas oublier d'avertir James que nous aurons besoin de la voiture mardi. Cela me rassurera de vous savoir avec lui. Nous ne sommes pas allés là-bas depuis qu'on a refait la route mais je n'en suis pas moins persuadé que James vous amènera à bon port. Lorsque vous arriverez, dites-lui à quelle heure il doit revenir vous chercher. Je vous conseillerais de lui demander de venir tôt, car vous serez certainement fatiguée dès après le thé.

— Mais vous ne voudriez pas que je m'en aille avant d'être fatiguée, Papa ?

— Oh, non, ma chérie, mais vous serez vite épuisée. Cette foule de gens qui parleront tous en même temps et ce bruit infernal vous laisseront sans forces.

— Mais mon cher Monsieur, si Emma s'en va, cela signifiera la dispersion générale, s'écria Mr. Weston.

— Ce ne serait pas un grand mal, répliqua Mr. Woodhouse, plus une soirée s'achève tôt, et mieux cela vaut.

— Mais vous ne songez pas à la façon dont les Cole interpréteraient une pareille conduite ! Emma les insulterait en partant aussitôt après le thé. Ce sont de braves gens, et s'ils ne sont pas très exigeants quant aux égards qui leur sont dus, ils ne peuvent cependant ignorer qu'un départ précipité n'a rien de flatteur pour des hôtes. Si c'est Miss Woodhouse qui agit de la sorte, ce sera pire encore. Vous ne voudriez pas décevoir et humilier les Cole, j'en suis certain, Monsieur. Ce sont de si braves gens, des amis si sincères, et cela fait si longtemps, dix ans pour tout dire, que vous les avez pour voisins...

— Je ne voudrais pour rien au monde les chagriner, Mr. Weston, et je vous suis fort obligé de me rappeler à l'ordre. Je serais vraiment navré de leur causer la moindre peine. Je sais qu'ils sont infiniment respectables. Mr. Perry m'a confié que Mr. Cole ne buvait jamais une goutte de bière. Jamais on ne le croirait à le voir, mais il est malade du foie. Oui, Mr. Cole est gravement malade... Oh, non, je ne voudrais surtout pas qu'ils soient malheureux par ma faute. Nous ne devons pas négliger cet aspect du problème, ma chère Emma, et je suis convaincu que vous resteriez un peu plus longtemps que vous n'en avez envie plutôt que de courir le risque de blesser Mr. et Mrs. Cole. Vous ne songerez même plus à votre fatigue, et vous serez en parfaite sécurité parmi tous vos amis, vous savez.

— Oui, Papa, je ne crains rien pour moi-même et je resterai aussi longtemps que Mrs. Weston, soyez-en assuré, mais c'est pour vous que je m'inquiète... Je crains que vous ne m'attendiez. Je suis certaine que vous passerez une excellente soirée en compagnie de Mrs. Goddard. Elle aime le piquet, savez-vous, mais je crains qu'après son départ, vous ne restiez là, tout seul, à m'attendre, au lieu d'aller vous coucher comme d'habitude. Cette seule idée suffirait à gâcher ma soirée et vous devez me promettre de ne point m'attendre.

Il le fit, mais à la condition qu'elle lui promît en retour de bien se réchauffer si elle avait froid en arrivant à la maison et de manger quelque chose si elle avait faim, exigeant également que la femme de chambre fût là pour s'occuper de sa maîtresse au retour et que Serle et le maître d'hôtel fussent prêts à vérifier que tout était en ordre dans la maison.

CHAPITRE XXVI

Frank Churchill revint de Londres. On ne sut jamais à Hartfield s'il avait retardé ce soir-là le dîner de son père, Mrs. Weston désirant trop lui assurer l'affection de Mr. Woodhouse pour trahir une faute qui pouvait demeurer secrète.

Le jeune homme rentra donc, les cheveux coupés et prêt à rire avec la meilleure grâce du monde de sa propre sottise, sans paraître pourtant en concevoir véritablement de la honte. Il ne se sentait aucune raison de soupirer après les longs cheveux qui lui eussent permis de dissimuler un trouble quelconque et n'avait pas davantage à regretter sa dépense. Notre héroïne le retrouva donc plus sûr de lui et plus enjoué que jamais et elle tira de sa rencontre avec lui la conclusion suivante :

— J'ignore si c'est très moral, mais il est certain que nombre de sottises perdent de leur gravité lorsqu'elles sont le fait d'êtres intelligents qui les commettent impudemment. La méchanceté reste toujours la méchanceté mais ce n'est point le cas de l'extravagance. Tout dépend de celui qui en use... Non, Mr. Knightley, ce jeune homme n'est point un garçon futile ou un évaporé car il n'aurait pas agi comme il vient de le faire. Il se serait glorifié de son exploit ou en aurait rougi et aurait fait montre d'une ostentation de freluquet ou des faux-fuyants d'un esprit trop faible pour assumer ses propres sottises.

Emma vivait dans l'aimable perspective de revoir Frank le mardi et de passer en sa compagnie plus de temps qu'elle n'avait jamais eu l'occasion de le faire jusque-là. Elle pourrait ainsi mieux juger le personnage en général et mieux saisir le sens de sa conduite envers elle, ce qui lui permettrait de deviner plus aisément le moment opportun pour opposer à ce garçon la froideur désirable. Elle s'amuserait certainement aussi beaucoup à imaginer les remarques des invités qui les verraient ce soir-là pour la première fois ensemble.

Elle était décidée à passer une excellente soirée, bien que la demeure des Cole en fût le théâtre et qu'elle fût incapable d'oublier que même au temps de leur amitié, elle avait toujours considéré comme l'une de ses pires tares la malheureuse propension de Mr. Elton à dîner avec Mr. Cole.

Emma n'avait aucun souci à se faire pour son père car Mrs. Bates et Mrs. Goddard devaient venir lui tenir compagnie. Avant de partir chez les Cole, notre héroïne eut donc pour devoir ultime et fort agréable d'aller présenter ses respects à ces dames qui s'étaient déjà installées au salon avec Mr. Woodhouse après avoir dîné. Les malheureuses ayant dû pendant le dîner consentir bien des sacrifices involontaires à un Mr. Woodhouse trop inquiet de leur santé, Emma essaya de les dédommager en leur servant de grosses tranches de gâteau et de grands verres de vin pendant que son père était occupé à vanter tendrement la beauté de sa robe. Emma n'avait point manqué de faire préparer un repas abondant pour ses invitées, mais elle eût été curieuse de savoir ce qu'elles avaient eu le loisir d'en goûter.

Elle suivit jusque chez Mr. Cole une autre voiture en laquelle elle fut bientôt ravie de reconnaître celle de Mr. Knightley, la jeune fille reprochant toujours à cet homme énergique, actif, et indépendant qui ne possédait point de chevaux et n'avait jamais que peu d'argent disponible, d'être par trop enclin à se déplacer n'importe comment et à négliger d'user d'une voiture plus souvent qu'il ne convenait au maître de Donwell Abbey. Elle eut l'occasion de lui exprimer sa chaleureuse approbation car il s'arrêta pour l'aider à descendre de voiture.

— Voici une arrivée digne de vous, digne du gentleman que vous êtes, dit-elle, et je suis enchantée de vous voir.

Il la remercia tout en remarquant :

— Quelle chance que nous soyons arrivés en même temps, car je doute fort que vous vous fussiez aperçue que j'étais plus gentleman que d'ordinaire si nous ne nous étions retrouvés qu'au salon.

— Et moi je suis sûre que je m'en serais aperçue car les gens ont toujours un petit air gêné ou pressé quand ils viennent de manquer aux devoirs de leur rang. Vous croyez peut-être vous en tirer honorablement, mais ces fautes de goût se traduisent chez vous par un air de bravade et d'indifférence affectée. Cela m'a toujours frappée lorsque je vous rencontrais dans ce genre de circonstances mais, ce soir, vous n'avez rien à prouver, vous ne craignez pas qu'on vous soupçonne d'avoir honte et vous n'avez donc pas besoin de vous faire plus grand que les autres... Oui, ce soir, je suis vraiment heureuse de faire mon entrée à votre bras.

— La petite sotte ! répondit-il sans y mettre pourtant la moindre colère.

Les autres invités donnèrent à Emma autant de motifs de satisfaction que Mr. Knightley. On la reçut avec un respect chaleureux qui ne pouvait que lui plaire et selon ses désirs on la traita en personnage important. Lorsque Mr. et Mrs. Weston arrivèrent, ils lui adressèrent les regards les plus tendres et les plus admiratifs, et leur fils se précipita vers elle avec un enthousiasme qui la désignait clairement comme sa favorite. Elle s'aperçut qu'il était placé près d'elle au dîner et ne douta pas un instant que ce ne fût le résultat de son habileté.

L'assistance était assez nombreuse car elle comptait des étrangers, personnes fort honorables que les Cole avaient le bonheur de connaître, et l'élément masculin de la famille de Mr. Cox, l'avoué de Highbury. Les dames d'un rang plus modeste devaient arriver dans la soirée avec Miss Bates, Miss Fairfax et Miss Smith, mais on était déjà trop nombreux au dîner pour qu'une conversation générale demeurât possible. Cela permit à Emma d'accorder toute son attention à son charmant voisin tandis que d'autres convives parlaient de politique ou de Mr. Elton. La jeune fille prêta cependant l'oreille en saisissant le nom de Jane Fairfax, Mrs. Cole paraissant raconter à son sujet une histoire fort intéressante. Emma écouta un instant et jugea bientôt que la conversation valait d'être suivie, son imagination, sa chère imagination, se voyant flattée de la plus divertissante manière : Mrs. Cole rapportait qu'étant allée chez Miss Bates, elle avait eu l'extrême surprise d'y trouver un piano au salon. C'était un instrument très élégant, pas un piano à queue mais un grand piano carré. Mrs. Cole n'avait point caché son étonnement et s'était employée à questionner Miss Bates tout en lui faisant ses compliments. Celle-ci lui avait simplement expliqué que ce piano était arrivé la veille de chez Broadwood, et ce à leur plus grande surprise car ni la tante ni la nièce ne s'attendaient à recevoir pareil colis. C'était dans ce mystère que résidait tout le sel de l'histoire. D'après Miss Bates, Jane avait tout d'abord été aussi désorientée qu'embarrassée, ne voyant pas du tout qui avait bien pu lui faire envoyer cet objet, mais elle était bientôt tombée d'accord avec sa tante pour affirmer que ce présent n'avait qu'une seule origine possible, le colonel Campbell.

— Je ne vois pas d'autre solution, ajouta Mrs. Cole, et je m'étonne seulement qu'elles aient jamais eu le moindre doute à ce sujet. Il paraît pourtant que Jane a reçu une lettre des Campbell il y a quelques jours à peine et qu'ils n'y soufflaient mot de ce fameux piano... Elle les connaît bien, c'est certain, mais pour ma part je ne vois pas en quoi leur silence serait incompatible avec leur intention de lui faire ce cadeau. Ils devaient vouloir lui faire la surprise.

L'auditoire de Mrs. Cole fut unanime à l'approuver, et tous ceux qui s'entretenaient de cette affaire se montrèrent également convaincus que seul le colonel Campbell avait pu faire ce cadeau à Jane, ce dont on se réjouissait d'ailleurs sincèrement. Chacun s'empressant de donner son avis, notre héroïne en profita pour réfléchir tout en continuant à écouter Mrs. Cole.

— Je vous assure qu'il y a bien longtemps que je n'avais reçu une aussi bonne nouvelle. J'ai toujours déploré que Jane Fairfax n'eût point d'instrument à sa disposition alors qu'elle joue si divinement. C'était vraiment une honte, surtout si l'on songe au nombre de maisons où l'on gaspille de magnifiques pianos... Pour nous, ce cadeau est comme un camouflet. Hier encore je disais à Mr. Cole que je rougissais de voir ce grand piano à queue au salon alors que je suis incapable de distinguer une note de l'autre et que nos petites filles, qui débutent tout juste dans la musique, n'en feront peut-être jamais rien. Pendant ce temps, continuai-je, cette pauvre Miss Fairfax ne peut exercer son immense talent sur le moindre instrument, pas même la plus pitoyable épinette. Oui, c'est là le discours que je tenais hier à Mr. Cole et il est tombé d'accord avec moi. Il aime pourtant tellement la musique qu'il n'a pu s'empêcher de faire cette acquisition, espérant que certains de nos bons voisins auraient de temps à autre l'obligeance d'en faire un meilleur usage que nous. Sincèrement, c'est la raison pour laquelle nous avons acheté ce piano, et sans cela nous devrions avoir honte. Nous espérons fort que Miss Woodhouse se laissera convaincre de l'essayer ce soir.

Miss Woodhouse acquiesça poliment puis se tourna vers Frank Churchill, jugeant qu'elle n'en apprendrait pas davantage de Mrs. Cole.

— Pourquoi souriez-vous ? dit-elle.

— Je ne souris pas. Et vous, pourquoi souriez-vous ?

— Moi ? Je suppose que je souris de plaisir à la pensée que le colonel Campbell soit si riche et si généreux. C'est un cadeau magnifique...

— Oui, magnifique.

— Je m'étonne qu'il n'y ait pas songé plus tôt...

— Peut-être Miss Fairfax n'était-elle jamais restée aussi longtemps absente ?

— ... Ou qu'il n'ait pas mis à sa disposition le piano de Londres qui ne doit plus servir à personne.

— C'est un piano à queue et il a dû penser qu'il serait trop grand pour l'appartement de Miss Bates.

— Vous aurez beau *dire* ce que vous voudrez, votre comportement prouve que vous nourrissez là-dessus des *idées* étrangement proches des miennes.

— Je ne sais pas... Je crois plutôt que vous me prêtez plus de perspicacité que je ne le mérite. Je souris parce que vous souriez et je me montrerai certainement soupçonneux si je m'aperçois que vous l'êtes... Pour l'instant, je ne vois cependant pas où est le problème. Si le Colonel n'est pas à l'origine de ce cadeau, qui cela peut-il être ?

— Que diriez-vous de Mrs. Dixon ?

— Mrs. Dixon ? Très juste en effet, je n'avais pas songé à Mrs. Dixon... Elle sait aussi bien que son père combien Jane Fairfax risque d'apprécier ce présent et peut-être que la façon de procéder, le mystère, l'effet de surprise, conviennent mieux à une jeune femme qu'à un homme mûr... Oui, ce doit être Mrs. Dixon... Ne vous avais-je pas dit que vos soupçons seraient les miens ?

— S'il en est ainsi, il faut aller plus loin et parler de Mr. Dixon.

— Mr. Dixon ? Fort bien, oui, c'est assurément Mr. et Mrs. Dixon qui ont eu cette excellente idée. Nous évoquions l'autre jour la vive admiration qu'éprouve Mr. Dixon pour le jeu de Miss Fairfax, vous en souvenez-vous ?

— Oui, et ce que vous m'en avez dit n'a fait que me conforter dans une idée qui m'était déjà venue. Je ne voudrais pas avoir l'air de douter des bonnes intentions de Mr. Dixon ou de Miss Fairfax, mais je ne puis m'empêcher de croire qu'après avoir demandé à Miss Campbell de l'épouser, cet homme a eu le malheur de tomber amoureux de Miss Fairfax ou s'est aperçu qu'il ne la laissait point indifférente. On pourrait forger mille hypothèses sans jamais trouver la bonne, mais je suis persuadée que Miss Fairfax avait une excellente raison de venir à Highbury au lieu d'aller en Irlande. Elle est obligée de mener ici une existence de privations et de pénitences alors que là-bas elle aurait passé son temps à se divertir. Quant au prétexte de venir respirer l'air du pays natal, il me semble bien dérisoire. En été, passe encore, mais quelle action pourrait bien avoir l'air d'un quelconque pays natal au mois de janvier, février ou mars ? En l'occurrence, un bon feu et une voiture confortable s'avèrent plus utiles aux personnes fragiles et c'est exactement, je crois, ce qui conviendrait en ce moment à cette demoiselle. Je ne vous demanderai pas de partager tous mes soupçons, bien que vous vous y soyez si noblement engagé, mais je tenais à vous les faire connaître.

— Ma foi, ils n'ont apparemment rien d'insensé. Je puis répondre de ce que Mr. Dixon préférait résolument le jeu de Miss Fairfax à celui de sa fiancée.

— Et puis il lui a sauvé la vie ! En avez-vous jamais entendu parler ? C'était au cours d'une promenade en bateau... Elle a failli passer par-dessus bord et il l'a rattrapée.

— En effet, j'y étais... Je faisais partie des invités.

— Vraiment ? Bon, mais vous n'avez rien remarqué, bien sûr, car cette idée paraît toute nouvelle pour vous. Si j'avais été là, j'aurais certainement découvert quelque chose.

— Je le crois, en effet, mais pour moi, pauvre de moi, je n'ai rien vu sinon que Miss Fairfax a failli tomber du bateau et que Mr. Dixon l'a rattrapée... Ç'a été l'affaire d'un instant, et bien que le choc et la peur eussent ensuite été affreux et plus durables encore — en vérité, il a dû falloir une bonne demi-heure avant que tout le monde eût recouvré son calme —, l'émotion générale a sur le coup été si vive que si l'un d'entre nous s'était inquiété plus que les autres, personne n'aurait pu s'en apercevoir. Je ne prétends point par là que vous n'eussiez rien découvert, cela est évident.

Leur conversation se trouva interrompue à ce moment-là car on les invita à partager l'ennui d'un temps mort entre deux services et ils se virent obligés de se montrer aussi cérémonieux et disciplinés que le reste de l'assemblée. Lorsque la table fut de nouveau approvisionnée, que chaque plat fut à la place qui convenait et que tous les convives furent de nouveau agréablement occupés, Emma reprit cependant :

— Pour moi, l'arrivée de ce piano est un argument décisif. J'avais envie d'en savoir plus long mais je n'en ai que trop appris. Soyez certain qu'on nous dira bientôt qu'il s'agit d'un cadeau de Mr. et Mrs. Dixon.

— Mais si les Dixon prétendent tout ignorer de ce piano, nous serons bien forcés d'en conclure qu'il vient des Campbell, n'est-ce pas ?

— Non, je suis sûre qu'il ne vient pas des Campbell et Jane Fairfax le sait aussi. Dans le cas contraire, jamais cette jeune fille et sa tante ne se seraient posé la moindre question et Jane n'aurait point hésité si elle avait pu songer aux Campbell... Peut-être ne vous ai-je pas convaincu, mais je suis pour ma part persuadée que Mr. Dixon joue dans cette affaire un rôle plus important qu'on ne le pense.

— Vous m'offensez à me suspecter d'incrédulité car je ne résiste point à vos arguments. Supposant que vous vous contentiez de croire comme les autres que le colonel Campbell était le donateur, je n'ai tout d'abord vu dans ce cadeau qu'une attention toute paternelle, fort naturelle au demeurant, puis lorsque vous avez évoqué Mrs. Dixon, j'ai jugé plus logique qu'une femme eût payé ce tribut à l'amitié la plus chaleureuse... J'avoue n'y voir à présent qu'une preuve d'amour.

Il n'était nul besoin d'insister, le jeune homme paraissant aussi convaincu que sincère, et notre héroïne abandonna cette question. On parla d'autre chose et le dîner se passa. On prit ensuite le dessert, les enfants firent leur entrée et l'on s'occupa d'eux, on les admira tout en poursuivant une conversation normale. On ne dit guère de choses intelligentes et guère de vraies sottises, sans que cette dernière catégorie dominât cependant la première... Non, il n'y eut rien de pire que des remarques banales, de mornes redites, des nouvelles défraîchies et des plaisanteries lourdes.

Les dames n'étaient pas au salon depuis très longtemps lorsque les invitées de la réception commencèrent à arriver par petits groupes. Emma guettait l'arrivée de sa protégée, et si elle ne put se réjouir vraiment de sa dignité ou de son élégance, elle n'en apprécia pas moins sa douceur, son air épanoui et son naturel tout en se félicitant de la légèreté, de la gaieté et du prosaïsme qu'elle affichait au milieu des transes d'une tendresse déçue. A voir Harriet assise là, qui eût pu deviner en effet les flots de larmes qu'elle avait récemment versés ? Se trouver en société, se savoir bien habillée tout en admirant l'élégance d'autrui, être confortablement installée, sourire, être jolie et ne rien avoir à dire suffisait pour l'instant au bonheur de cette charmante enfant. Jane Fairfax lui était sans nul doute fort supérieure mais Emma soupçonnait qu'elle eût sans hésiter échangé ses sentiments contre ceux d'Harriet et n'eût point reculé devant l'humiliation d'avoir désespérément aimé un Mr. Elton — oui, même un Mr. Elton —, si cela lui avait épargné cette volupté périlleuse de se savoir trop tendrement chérie du mari de sa meilleure amie.

L'assemblée était ce soir-là trop nombreuse pour qu'Emma fût obligée d'avoir le moindre contact avec Jane Fairfax. Comprenant trop l'importance du secret pour juger élégant de paraître le moins du monde intéressée ou curieuse, elle n'avait aucune envie de parler du piano et se tint donc volontairement à distance. Les autres, par contre, abordèrent presque aussitôt ce délicat sujet et notre héroïne vit que Miss Fairfax était affreusement gênée des félicitations qu'on lui adressait et rougissait de honte en nommant son « excellent ami, le colonel Campbell » .

Poussée par la bienveillance autant que par son amour de la musique, Mrs. Weston se passionnait tout spécialement pour le grand événement, et son ancienne élève ne put s'empêcher de rire de l'acharnement qu'elle mettait à en parler. Ayant une foule de précisions à demander sur le timbre, les touches ou la pédale de ce fameux piano, la pauvre femme ne parut pas du tout se rendre compte que Miss Fairfax désirait rester là-dessus la plus discrète possible, comme Emma s'en aperçut sans peine.

Certains messieurs les rejoignirent bientôt au salon et Frank Churchill fut le tout premier d'entre eux. Faisant son entrée avant les autres, il les éclipsa aussi par son élégance et son charme. En passant [1], il adressa ses compliments à Miss Bates et à sa nièce mais se dirigea aussitôt après vers Miss Woodhouse, n'acceptant de s'asseoir que lorsqu'il eut trouvé une place à ses côtés. Emma devina aisément les conclusions que l'assistance devait en tirer. Ce jeune homme s'intéressait à elle et personne ne pouvait manquer de s'en apercevoir. Emma le présenta à Miss Smith et elle saisit ensuite la première occasion pour s'informer de ce que chacun d'entre eux pouvait penser de l'autre : Mr. Churchill n'avait jamais vu visage plus adorable et la naïveté [1] de la jeune fille le ravissait ; quant à elle, si ce n'était lui faire un trop grand compliment, elle lui trouvait sur de nombreux points une ressemblance avec Mr. Elton. Maîtrisant l'indignation que ce discours fit naître en elle, Emma détourna simplement la tête sans rien dire.

Notre héroïne et son nouvel ami ne se privèrent pas ce soir-là d'échanger des sourires d'intelligence en regardant Miss Fairfax mais ils jugèrent plus prudent d'éviter de s'exprimer de façon plus intelligible. Frank confia à Emma combien il s'était senti impatient de quitter la salle à manger. Il détestait traîner à table et se trouvait toujours le premier à se lever lorsque cela lui était possible. Son père, Mr. Knightley, Mr. Cox et Mr. Cole étaient pour leur part restés afin de régler des problèmes concernant la paroisse. Frank précisa que malgré son désir de venir au salon, il avait passé un moment plutôt agréable avec ces messieurs, qui lui semblaient pour la plupart fort distin-

---

1. En français dans le texte.

gués et très intelligents, et il parla en bref si joliment de Highbury et de ses habitants qu'Emma commença à se rendre compte qu'elle avait un peu trop tendance à sous-estimer le petit monde où elle vivait. Elle questionna Frank sur la société du Yorkshire et lui demanda s'ils avaient de nombreux voisins là-bas et le genre de personnes que ce pouvait être. Elle comprit à sa réponse qu'on ne menait pas à Enscombe une existence des plus mouvementées, qu'on s'y contentait d'évoluer dans un cercle de familles huppées dont aucune n'habitait tout près et que même dans le cas où l'on avait accepté une invitation et fixé une date, il demeurait fréquent que Mrs. Churchill ne se sentît pas au dernier moment de taille ou d'humeur à faire une visite. A Enscombe, on avait en outre pour règle de ne jamais aller voir d'inconnus, et si Frank avait bien entendu des relations personnelles, il se heurtait toujours à mille diffi-cultés et se voyait même parfois obligé de déployer une habileté extraordinaire dès qu'il voulait partir ou inviter un ami à passer la soirée chez lui.

Emma se rendait parfaitement compte qu'Enscombe et l'existence retirée que l'on y menait ne pouvaient satis-faire les goûts d'un jeune homme mondain et elle jugea tout à fait naturel qu'il appréciât les charmes d'un Highbury qu'il voyait sous son meilleur jour. Frank était manifestement un personnage important à Enscombe. Il ne s'en vantait certes pas, mais tout laissait à penser qu'il arri-vait à faire céder sa tante quand son oncle n'avait pas le moindre pouvoir, et lorsque Emma le lui fit remarquer en riant, il reconnut espérer la faire un jour céder sur tout hor-mis deux ou trois points précis. Evoquant l'un de ces domaines où son influence demeurait nulle, il parla de son désir d'aller à l'étranger. Il avait avoué à sa tante sa folle envie de voyager mais elle n'avait pas voulu en entendre parler. C'était l'année précédente, ajouta-t-il, mais il com-mençait *à présent* à se sentir moins désireux de partir.

Emma devina sans peine qu'il était un autre chapitre sur lequel Mrs. Churchill se révélait intraitable, celui des devoirs de Frank envers son père, mais le jeune homme n'en souffla mot.

— Je viens de faire une affreuse découverte, reprit-il après un instant de silence, c'est qu'il y aura demain une semaine que je suis ici... J'en suis déjà à la moitié de mon séjour, et je n'ai jamais vu le temps passer aussi vite ! Je commençais juste à m'amuser, je commençais juste à connaître Mrs. Weston et ses amis et... Oh, je déteste penser à tout ça !

— Peut-être commencez-vous aussi à regretter d'avoir gaspillé l'une de ces précieuses journées à vous faire couper les cheveux ?

— Non, dit-il en souriant, je ne le regrette absolument pas. Je n'ai point de plaisir à voir mes amis lorsque je ne suis pas sûr d'être présentable.

Les autres messieurs étaient maintenant arrivés au salon et notre héroïne se vit obligée de négliger un peu Frank pour écouter ce que lui racontait Mr. Cole. Lorsque celui-ci fut parti et qu'Emma put en revenir à Mr. Churchill, le surprit en train d'observer attentivement Miss Fairfax qui se trouvait à l'autre bout du salon.

— Que se passe-t-il ? lui demanda-t-elle.

Il sursauta.

— Merci de me réveiller, répondit-il. Je crains d'avoir été grossier, mais vraiment Miss Fairfax s'est coiffée d'une manière étrange... tellement étrange que je ne puis détourner mes regards de sa personne. Je n'ai jamais rien vu d'aussi outré [1]... ces boucles ! C'est elle qui a dû avoir cette idée, personne n'a la même coiffure. Il faut que j'aille lui demander si c'est une mode irlandaise... Irai-je ? Oui, j'irai, je jure que je vais y aller, et vous verrez comment elle le prend et si elle rougit.

Il se leva sans plus attendre et Miss Woodhouse le vit bientôt parler à Miss Fairfax, sans pouvoir cependant juger de l'effet de ses discours sur la jeune fille, Frank s'étant

---

1. En français dans le texte.

malencontreusement placé juste devant son interlocutrice et la dissimulant totalement aux regards d'Emma.

Mrs. Weston s'installa sur la chaise de Frank avant que celui-ci ait eu le temps de revenir prendre sa place.

— C'est là tout l'avantage d'une société nombreuse, dit-elle, on peut s'asseoir à côté de qui l'on veut et discuter tout à fait librement... Ma chère Emma, je brûlais de vous parler. Suivant votre exemple, j'ai fait des découvertes et j'en ai tiré des conclusions que je veux vous soumettre tant qu'elles sont encore fraîches : savez-vous comment Miss Bates et sa nièce sont arrivées ?

— Comment ? Mais elles étaient invitées, n'est-ce pas ?

— Oui, mais comment sont-elles venues, par quel moyen ?

— A pied, je suppose. Comment auraient-elles pu venir autrement ?

— En effet... Or, je me suis dit tout à l'heure qu'il serait cruel de laisser Jane Fairfax rentrer à pied si tard et par un pareil froid. Comme je la regardais, et bien que je ne l'aie jamais vue plus belle, j'ai remarqué qu'elle semblait avoir très chaud et risquait donc tout particulièrement d'attraper un rhume en sortant. Pauvre petite ! Je n'ai pu supporter cette idée et j'en ai parlé à Mr. Weston dès qu'il est entré au salon et dès que j'ai pu le joindre. Je lui ai proposé de ramener Miss Fairfax en voiture, et il s'est empressé d'acquiescer comme vous vous en doutez. Pensant que cela la rassurerait, je suis donc allée sur-le-champ trouver Miss Bates pour l'informer que la voiture était à sa disposition. Ah, la brave femme ! Elle m'a témoigné une reconnaissance infinie, soyez-en sûre. Après m'avoir dit que la chance lui souriait plus qu'à quiconque en ce monde, elle a cependant ajouté, avec mille remerciements, qu'il était inutile de nous déranger puisque Mr. Knightley devait les ramener chez elles... J'ai été fort surprise, très heureuse certes, mais fort surprise. Une telle attention, tant de prévenance ! C'est le genre de choses auxquelles si peu d'hommes penseraient ! En un mot et d'après ce que je sais de ses habitudes, je suis tout près de croire que c'est pour ces dames qu'il a pris sa voiture. Il ne se serait jamais fatigué à chercher deux chevaux s'il avait été seul en cause et tout cela n'était certainement qu'un prétexte pour leur prêter assistance.

— C'est probable, dit Emma, oui, rien n'est plus probable. De tous les hommes que je connais, Mr. Knightley est à coup sûr le plus susceptible d'avoir ce genre d'attention et de se montrer aussi gentil, aussi serviable, aussi prévenant et aussi désintéressé. Il n'est peut-être pas très galant mais il est humain et la piètre santé de Jane Fairfax a dû lui faire considérer cette affaire comme un problème d'humanité. Mr. Knightley sait en outre mieux que quiconque se montrer aimable sans faire preuve d'ostentation. Je n'ignorais pas qu'il fût venu en voiture car nous sommes arrivés ensemble, et je l'ai même raillé à ce sujet, mais il n'a rien dit qui pût le trahir.

— Eh bien, répondit Mrs. Weston en souriant, vous lui prêtez en l'occurrence une générosité plus pure et plus désintéressée que je ne le fais moi-même, car un soupçon m'est venu tandis que Miss Bates me parlait et je ne parviens pas à m'en délivrer. Plus j'y songe et plus il me paraît légitime... En bref, un mariage entre Mr. Knightley et Miss Fairfax ne me paraît nullement impossible. Vous voyez où me mène votre fréquentation ! Que dites-vous de mon idée ?

— Mr. Knightley et Jane Fairfax ! s'écria Emma. Mais comment avez-vous pu y songer, ma chère Mrs. Weston ? Mr. Knightley... Mr. Knightley ne doit pas se marier ! Vous ne voudriez tout de même pas priver le petit Henry de son héritage ? Je ne saurais consentir à ce que Mr. Knightley se mariât et je suis convaincue qu'il ne le fera pas. Je suis vraiment très étonnée que vous ayez pu concevoir une hypothèse aussi folle.

— Je vous ai expliqué ce qui m'avait amenée à y songer, ma chère Emma. Je ne désire nullement cette union et je n'ai pas la moindre envie de léser le petit Henry mais ce sont les événements qui m'ont suggéré pareille éventualité. De toute manière, vous ne voudriez pas empêcher Mr. Knightley de se marier au nom d'un petit garçon de six ans qui ignore tout de ce genre de choses ?

— Si. Je ne pourrais pas supporter de voir Henry supplanté. Mr. Knightley se marier ! Non, cette idée ne m'a même jamais traversé l'esprit et ce n'est pas maintenant que... Et Jane Fairfax, en plus, aller choisir Jane Fairfax entre toutes les femmes !

— Oui, il l'a toujours beaucoup estimée et vous le savez fort bien.

— Mais ce mariage serait absurde !

— Je ne prétends point qu'il soit raisonnable, je dis qu'il est probable.

— Je ne vois pas pourquoi il le serait, à moins que vous n'ayez pour fonder votre certitude d'autres raisons que celles dont vous m'avez parlé. La bonté de Mr. Knightley et son humanité suffisent amplement à expliquer cette histoire de chevaux. Vous savez qu'indépendamment de Miss Fairfax il respecte beaucoup les Bates et se plaît à leur témoigner des égards... Je vous en prie, Mrs. Weston, ne vous mêlez point de marier les gens car vous vous y prenez bien mal ! Jane Fairfax maîtresse de l'abbaye ! Oh non, non ! Ce serait un scandale ! Pour rien au monde je ne voudrais le voir commettre une telle folie !

— Cette union serait peut-être risquée mais ce ne serait pas une folie. Si l'on excepte l'inégalité des fortunes et une différence d'âge un peu excessive, je n'y vois rien qui puisse nous choquer.

— Mais Mr. Knightley ne désire pas se marier ! Je suis sûre qu'il n'y songe pas le moins du monde. N'allez surtout pas lui mettre une pareille idée en tête. Pourquoi se marierait-il ? Il est aussi heureux que possible, tout seul. Il a sa ferme, ses moutons, sa bibliothèque et toute une paroisse à administrer... et puis il adore les enfants de son frère. Non, il n'a nullement besoin de se marier, ni pour occuper son temps ni pour occuper son cœur.

— Ma chère Emma, il restera célibataire aussi long-temps qu'il en jugera comme vous, mais s'il aime Jane Fairfax...

— C'est ridicule ! Il ne se soucie pas de Jane Fairfax... non, je suis persuadée qu'il n'est pas amoureux d'elle. Il fera certes toujours son possible pour elle ou pour sa famille, mais...

— Eh bien, dit Mrs. Weston en riant, le plus grand bien qu'il puisse leur faire est peut-être d'assurer à Jane un éta-blissement respectable.

— Ce serait peut-être une chance pour elle mais pour lui, ce serait une catastrophe. Cette alliance serait si gro-tesque et si dégradante ! Comment pourrait-il supporter d'avoir une Miss Bates pour parente ? Comment pourrait-il supporter de la voir hanter l'abbaye en l'accablant toute la journée de remerciements pour la gentillesse dont il a fait preuve en épousant Jane ? « Tant d'amabilité et telle-ment d'obligeance ! Mais n'avait-il pas toujours été un charmant voisin ? » Et il aurait ensuite à subir d'intermi-nables discours sur le vieux jupon de Mrs. Bates qui « n'était pas si vieux, oh non, et qui pourrait même durer encore fort longtemps, car ces jupons sont en vérité d'une solidité qui... »

— Quelle honte, Emma ! Cessez de l'imiter, vous me faites rire malgré moi. Je ne pense pas que Miss Bates dérangerait beaucoup Mr. Knightley, je vous l'assure. Ces petits détails le laissent totalement indifférent. Il la laisse-rait parler et se contenterait de hausser le ton pour couvrir sa voix lorsqu'il aurait quelque chose à dire. De toute façon, la question n'est pas de savoir si cette union est sou-haitable mais s'il la désire, lui, et pour ma part je pense que c'est le cas. Je l'ai entendu, et vous aussi sûrement, parler d'elle en des termes tellement élogieux ! Songez donc à tout l'intérêt qu'il lui porte, à l'inquiétude qu'il manifeste pour sa santé, à son chagrin devant l'existence médiocre qui l'attend... Je l'ai entendu évoquer ces pro-blèmes avec tant de chaleur ! Il admire tellement sa voix et ses talents de pianiste ! N'a-t-il point déclaré, et j'étais témoin, qu'il ne se lassait pas de l'écouter ? Oh, j'allais oublier une idée qui m'est venue... Ce piano que Jane a reçu et dans lequel nous nous sommes tous contentés de voir un cadeau des Campbell ne pourrait-il pas venir de Mr. Knightley ? Je ne puis m'empêcher de le soupçonner, car selon moi, c'est le type même de personne à agir de la sorte, même sans être amoureux.

— Cela ne prouverait donc pas qu'il soit amoureux d'elle ! De toute façon, je suis convaincue que ce n'est pas lui... Mr. Knightley déteste les mystères.

— Mais il a souvent déploré qu'elle n'eût point de piano, et à mon avis, il en a parlé plus souvent qu'il n'aurait dû le faire.

— Fort bien, mais s'il avait eu l'intention d'offrir ce cadeau à Miss Fairfax, il l'en aurait informée.

— Son silence s'explique peut-être par les scrupules que lui a dictés sa délicatesse, ma chère Emma. Je suis convaincue que ce piano vient de lui et j'ai trouvé notre ami bien silencieux lorsque Mrs. Cole nous a raconté cette histoire au dîner.

— Vous vous emballez, Mrs. Weston, et vous ne prenez pas le temps de vérifier ce que vous avancez, comme vous m'avez si souvent reproché de le faire. Je ne perçois pas le moindre signe d'attachement entre ces deux personnes et je ne pense pas que Mr. Knightley ait joué un rôle dans cette affaire du piano. C'est d'une preuve que j'aurais besoin pour croire que Mr. Knightley songe à épouser Jane Fairfax.

Elles discutèrent encore un certain temps de ce problème et notre héroïne gagna un peu de terrain devant une Mrs. Weston plus habituée qu'elle à céder. Elles se virent obligées d'interrompre leur conversation lorsque l'agitation qui régnait au salon leur fit comprendre qu'on avait fini de prendre le thé et qu'on apprêtait le piano. Mr. Cole s'approcha à ce moment-là pour prier Emma de leur faire l'honneur de l'essayer et Frank Churchill, que la jeune fille avait complètement oublié dans l'ardeur de sa conversation avec Mrs. Weston, vint ajouter ses supplications à celles du maître de maison. Jugeant à tous égards préférable de passer la première, Emma répondit très gracieusement à leur désir.

Elle connaissait trop bien ses propres limites pour avoir d'autre ambition que de s'en tirer honorablement. Elle ne manquait ni de goût ni d'esprit lorsqu'elle interprétait ces airs charmants qui ravissent la plupart des gens et fut agréablement surprise d'entendre une voix se joindre à la sienne : c'était Frank Churchill qui exécutait en sourdine mais fort joliment le contre-chant, et lorsque ce fut terminé, il vint comme il se devait présenter des excuses à la jeune fille. Il s'ensuivit les banalités d'usage. On accusa Frank d'avoir une voix délicieuse et une connaissance parfaite de la musique, et il le nia bien entendu, jurant effrontément qu'il n'y entendait rien et chantait affreusement mal. Miss Woodhouse et son compagnon exécutèrent un autre morceau et notre héroïne insista ensuite pour céder la place à Miss Fairfax dont le jeu et la voix, elle le savait bien et n'avait jamais tenté de se le dissimuler, étaient infiniment supérieurs aux siens.

C'est avec des sentiments mêlés qu'Emma s'installa pour l'écouter, et elle s'assit un peu à l'écart du groupe qui se trouvait autour du piano. Frank Churchill chanta une fois de plus et l'on apprit qu'il lui était déjà arrivé d'accompagner Miss Fairfax à Weymouth. Emma aperçut tout à coup Mr. Knightley parmi les auditeurs les plus attentifs et en oublia à demi le spectacle pour tomber dans une méditation sur les soupçons de Mrs. Weston, le double chant de Frank et de Miss Fairfax ne venant plus qu'épisodiquement interrompre le fil de ses réflexions. Les arguments qu'elle opposait à l'éventuel mariage de Mr. Knightley n'avaient rien perdu de leur force. Elle n'y voyait que des inconvénients. Mr. John Knightley, et sa chère Isabelle du même coup, en concevraient une déception affreuse et ce mariage causerait en outre un réel préjudice aux enfants. Ne s'ensuivrait-il pas pour eux tous un changement de situation des plus humiliants et des dommages matériels évidents ? Son père se verrait également privé de l'un de ses plus grands plaisirs et elle ne pouvait pour sa part supporter l'idée de voir Jane Fairfax régner sur Donwell Abbey. Une Mrs. Knightley devant laquelle tout le monde devrait plier !... Non, Mr. Knightley ne devait point se marier et le petit Henry devait rester l'héritier de Donwell.

Mr. Knightley se retourna justement à ce moment-là et il vint s'asseoir à côté d'Emma. Ils ne parlèrent tout d'abord que du jeu de Jane, et si son compagnon fit montre d'une très vive admiration, notre héroïne se dit qu'elle ne l'aurait pas remarqué sans Mrs. Weston. Désirant l'éprouver, elle entreprit cependant de féliciter Mr. Knightley de la gentillesse dont il faisait preuve en reconduisant Miss Bates et sa nièce, mais il coupa court et elle interpréta sa réponse comme une preuve de sa répugnance à insister sur sa propre amabilité.

— J'ai souvent regretté de ne point oser utiliser notre voiture pour rendre service à des amis, dit-elle. Ce n'est pas que je n'en aie pas envie mais vous savez combien mon père répugnerait à faire atteler à cette fin.

— C'est hors de question, tout à fait hors de question, répliqua-t-il, mais je sais que vous n'en êtes pas responsable, et il sourit avec un plaisir si sincère en exprimant cette conviction qu'elle ne put s'empêcher de franchir un pas supplémentaire :

— Ce cadeau des Campbell, dit-elle, ce piano, prouve vraiment leur gentillesse.

— Oui, répondit-il sans la moindre gêne, mais ils auraient mieux fait d'avertir Miss Fairfax de son arrivée. Il est stupide de vouloir faire des surprises à quelqu'un car cela pose souvent tout un tas de problèmes sans que le plaisir en soit le moins du monde augmenté. Je me serais attendu à plus de jugement de la part du colonel Campbell.

Dès ce moment-là, Emma aurait pu jurer que Mr. Knightley n'était pour rien dans ce cadeau, mais elle mit un peu plus de temps à se convaincre qu'il n'était pas amoureux et n'éprouvait pour Jane aucune tendresse particulière. La voix de Jane perdit de sa limpidité lorsque la jeune fille eut fini d'interpréter sa deuxième chanson.

— Cela suffit, pensa-t-il tout haut, vous avez bien assez chanté pour ce soir. Maintenant reposez-vous !

L'assistance demanda pourtant une autre chanson à Jane... Une de plus, rien qu'une. Ils ne voulaient surtout pas fatiguer Miss Fairfax et ne la priaient d'interpréter qu'un petit morceau supplémentaire. On entendit Frank Churchill dire à la jeune fille :

— Je pense que vous pourriez vous en tirer sans problème, la première voix est si facile à interpréter ! Il n'y a que la deuxième qui exige un effort particulier.

Mr. Knightley se mit en colère.

— Ce garçon ne pense qu'à faire valoir sa propre voix, s'écria-t-il indigné. Il faut empêcher cela ! — Et touchant le bras de Miss Bates qui passait tout près de lui : — Miss Bates, êtes-vous folle de laisser votre nièce chanter quand elle est enrouée à ce point ? Allons, faites quelque chose, vous voyez bien qu'ils n'auront pas pitié d'elle.

Très inquiète pour Jane, Miss Bates prit à peine le temps de le remercier et s'empressa d'aller mettre un terme à ces exercices vocaux. Ce fut la fin du concert ce soir-là, Miss Woodhouse et Miss Fairfax étant les seules demoiselles de la place à pratiquer la musique. Il ne s'était cependant pas écoulé cinq minutes que quelqu'un proposa de danser. On ne sut jamais exactement qui avait eu cette idée le premier, mais Mr. Cole et son épouse se montrèrent tellement enthousiastes que l'on débarrassa la salle en un clin d'œil pour faire la place nécessaire. Célèbre pour ses talents à jouer les contredanses, Mrs. Weston s'installa au piano et débuta par une irrésistible valse tandis que Frank Churchill s'adressait fort galamment à Emma et la priait d'être sa cavalière avant de la mener sur la piste de danse.

Tout en attendant que les couples se forment et malgré les compliments de Frank sur son jeu et sa voix, Emma trouva le temps d'observer ce que faisait Mr. Knightley. L'épreuve serait décisive car Mr. Knightley ne dansait généralement pas, et s'il s'empressait ce soir-là d'inviter

Miss Fairfax, on pourrait plus ou moins y voir un présage. Il ne semblait pas décidé à passer aux actes pour le moment, et s'entretenait même avec Mrs. Cole de l'air indifférent qui lui était coutumier. Un autre de ces messieurs invita Jane Fairfax et Mr. Knightley poursuivit imperturbablement sa conversation avec la maîtresse de maison.

Emma refusa de s'inquiéter davantage pour un Henry dont les intérêts lui paraissaient saufs et elle se mit à danser avec une gaieté et un plaisir sincères. On n'avait pu réunir que cinq couples mais le caractère impromptu de ce bal en fit un moment délicieux, notre héroïne se sentant d'autant plus satisfaite qu'elle avait un cavalier charmant. Il faut avouer qu'ils formaient, elle et Mr. Churchill, un couple absolument admirable.

Il fallut malheureusement arrêter au bout de deux danses car il se faisait tard et Miss Bates voulut bientôt rentrer de peur que sa mère ne s'inquiète. Les danseurs firent quelques tentatives pour prolonger la soirée mais ils se virent bien malgré eux dans l'obligation de remercier Mrs. Weston et d'en rester là.

— Peut-être cela vaut-il mieux, dit Frank Churchill en escortant Emma jusqu'à sa voiture. J'aurais été forcé d'inviter Miss Fairfax et je n'aurais certainement guère apprécié ses façons languissantes après vous avoir eue pour cavalière.

CHAPITRE XXVII

Emma ne regretta point le lendemain d'avoir accepté l'invitation des Cole et elle éprouva même un certain plaisir à se remémorer les détails de cette soirée. Elle avait peut-être renoncé à la dignité d'un isolement plein de grandeur mais elle se voyait amplement dédommagée par la splendeur de sa popularité. Les Cole étaient certainement enchantés et ces honorables personnes méritaient bien qu'on leur fît plaisir, Emma s'étant par ailleurs assuré en allant chez eux une célébrité que l'on n'oublierait pas de sitôt.

Le bonheur atteint rarement à la perfection, même dans le souvenir, et il était deux points sur lesquels notre héroïne n'était pas pleinement satisfaite : elle se demandait tout d'abord si elle n'avait point enfreint les règles de la solidarité féminine en trahissant devant Frank Churchill ses soupçons sur les sentiments de Jane Fairfax. Elle n'avait pas agi loyalement, cela était certain, mais sa conviction était si profonde qu'elle n'aurait jamais pu s'empêcher d'y faire allusion et la facilité avec laquelle Frank avait cédé devant ses théories constituait en outre un tel hommage à sa pénétration qu'elle en avait du mal à croire qu'elle eût mieux fait de tenir sa langue.

Ses autres motifs d'insatisfaction concernaient également Jane Fairfax mais la jeune fille ne nourrissait point là l'ombre d'un doute. Elle regrettait sincèrement et lucidement l'infériorité de son jeu et de sa voix, et déplorant de tout son cœur son enfance oisive, elle s'exerça pendant une heure et demie avec acharnement.

Elle fut interrompue par l'arrivée d'Harriet et se fût véritablement sentie réconfortée si les éloges de cette dernière avaient pu la convaincre.

— Oh, si seulement je pouvais jouer comme vous ou comme Miss Fairfax !

— Ne nous mettez point sur le même rang, Harriet. Mon jeu ne ressemble pas plus au sien qu'une lampe ne ressemble au soleil.

— Oh, ma chère Miss Woodhouse ! Je trouve pour ma part que vous jouez bien mieux qu'elle, oui, vous jouez aussi bien et c'est assurément vous que je préfère. Tout le monde a vanté votre talent hier soir.

— Les connaisseurs n'auront point manqué de voir la différence. Pour tout dire, Harriet, mon jeu vaut tout juste d'être loué tandis que le sien est au-dessus de tout éloge.

— Eh bien quant à moi, on ne me convaincra jamais que votre talent n'égale pas le sien ou qu'il existe entre vous la moindre différence perceptible. Mr. Cole a beaucoup admiré votre goût, hier, et Mr. Frank Churchill en a longuement parlé lui aussi, précisant même qu'il appréciait le goût plus que la virtuosité.

— Oui, mais Jane Fairfax possède ces deux qualités à la fois, Harriet.

— En êtes-vous certaine ? Je me suis rendu compte de son habileté mais j'ignorais qu'elle eût le moindre goût... personne n'en a soufflé mot. Et puis je déteste qu'on chante en italien car on n'y comprend rien. Vous savez, si elle joue si bien, c'est qu'elle y est obligée. Il lui faudra enseigner la musique, n'est-ce pas ? Les Cox se demandaient hier soir si elle avait l'intention de s'engager dans une famille riche. Comment avez-vous trouvé les Cox ?

— Comme d'habitude, extrêmement vulgaires.

— Ils m'ont raconté quelque chose, dit Harriet en hésitant un peu, mais cela n'a aucune importance...

Emma se sentit obligée de lui demander de quoi il s'agissait, bien qu'elle craignît que cela n'eût un rapport avec Mr. Elton.

— Ils m'ont dit que Mr. Martin avait dîné chez eux samedi.

— Ah !

— Il est venu voir leur père pour je ne sais quelle affaire et on l'a finalement invité à dîner.

— Ah !

— Ils ont longuement parlé de lui, surtout Ann Cox. J'ignore ce qu'elle entendait par là mais elle m'a demandé si je comptais retourner chez les Martin l'été prochain.

— Elle cherchait à se montrer impertinente et grossière comme une Ann Cox se doit de l'être.

— D'après elle, il a été tout à fait charmant, le soir où il a dîné chez eux. Il était placé à côté d'elle à table. Miss Nash pense que l'une ou l'autre des Cox serait ravie de l'épouser.

— C'est fort probable. Je crois que ce sont sans conteste les filles les plus vulgaires de Highbury.

Harriet avait des courses à faire chez Ford et notre héroïne jugea plus prudent de l'accompagner. Une nouvelle rencontre avec les Martin était toujours possible et Miss Woodhouse sentit qu'il ne fallait point courir de risque, étant donné l'état d'esprit dans lequel se trouvait alors son amie.

Harriet se laissant systématiquement tenter par tout ce qu'elle voyait, et changeant d'avis à tout propos, était toujours extrêmement longue à se décider et notre héroïne l'abandonna à ses tergiversations et à ses mousselines pour aller tromper son ennui à la porte du magasin. On ne pouvait attendre grand-chose du spectacle des rues de Highbury, même dans son quartier le plus animé, et Miss Woodhouse ne nourrissait point des espoirs très brillants. Au mieux, elle verrait peut-être Mr. Perry traverser de son pas vif, Mr. Cox pénétrer dans son étude, les chevaux de Mr. Cole rentrer de leur exercice quotidien ou quelque petit courrier errer sur une mule obstinée et elle estima donc n'avoir pas à se plaindre lorsqu'elle aperçut le boucher avec son plateau, une petite vieille fatiguée qui s'en revenait des courses avec son panier plein, deux roquets qui se disputaient un os répugnant et toute une troupe d'enfants qui rôdaient autour de la vitrine de la boulangerie en admirant le pain d'épice qui s'y trouvait exposé. Tout cela la divertit assez pour lui donner envie de rester plus longtemps à la porte, mais il faut dire aussi que la gaieté et la tranquillité d'esprit aident à supporter de n'avoir rien de passionnant à regarder et font trouver un intérêt aux spectacles les plus banals.

La scène s'anima lorsque Emma regarda dans la direction de Randalls car la jeune fille aperçut Mrs. Weston et son beau-fils qui s'en venaient à Highbury, et plus précisément d'ailleurs à Hartfield. Ils s'arrêtèrent d'abord devant chez Mrs. Bates dont la demeure se trouvait un peu avant le magasin de Ford, et ils se préparaient à frapper lorsqu'ils remarquèrent Emma. Ils traversèrent aussitôt la rue pour rejoindre la jeune fille et les souvenirs agréables que la soirée de la veille semblait avoir laissés dans l'esprit de chacun firent de cette rencontre un moment particulièrement délicieux. Mrs. Weston informa Emma qu'elle se proposait d'aller rendre une visite aux Bates dans l'espoir d'entendre le fameux piano.

— Mon compagnon prétend qu'hier soir j'ai formellement promis à Miss Bates d'aller la voir ce matin, dit-elle, mais pour ma part je ne m'en souviens absolument pas et j'ignorais totalement avoir fixé une date... Enfin, puisqu'il le dit, j'y vais tout de suite.

— J'espère que vous me permettrez de vous tenir compagnie et d'attendre Mrs. Weston à Hartfield pendant qu'elle s'acquittera de ses devoirs envers Miss Bates, dit Frank Churchill.

Mrs. Weston parut déçue :

— Je pensais que vous aviez l'intention de m'accompagner. Les Bates en seraient ravies.

— Moi ! Je ne ferais que vous déranger... mais peut-être, peut-être gênerai-je également Miss Woodhouse. Elle n'a pas l'air de souhaiter ma présence. Ma tante se débarrasse toujours de moi quand elle fait des courses. Elle dit que je l'agace au plus haut point et j'ai l'impression que Miss Woodhouse n'est pas loin de penser la même chose... Je ne sais vraiment pas quoi faire.

— Je ne suis pas ici pour moi, dit Emma, je ne fais qu'attendre mon amie. Elle en aura sûrement bientôt fini et nous rentrerons, mais je crois malgré tout que vous feriez mieux d'accompagner Mrs. Weston pour aller écouter le piano de Miss Fairfax.

— Fort bien, si vous me conseillez de le faire... mais (avec un sourire) que dirai-je si le colonel Campbell s'est adressé à un ami négligent et si ce piano s'avère médiocre ? Je ne serai d'aucun secours à Mrs. Weston et elle s'en tirera très bien toute seule. Elle serait capable de rendre charmante la vérité la plus désagréable alors que je suis l'être le plus lamentable du monde dès que les circonstances m'obligent à faire un mensonge poli.

— Je n'en crois rien, répondit Emma, je suis même persuadée que vous pouvez être aussi hypocrite que votre voisin en cas de nécessité... De toute façon, nous n'avons pas la moindre raison de penser que cet instrument est médiocre et c'est même le contraire si j'en crois ce que disait Miss Fairfax hier soir.

— Allons, venez avec moi si cela ne vous paraît pas trop pénible, dit Mrs. Weston. Inutile de rester très longtemps. Nous rejoindrons ensuite ces jeunes filles à Hartfield. Je désire vraiment que vous m'accompagniez chez les Bates. Elles seront tellement heureuses de cette preuve d'attention... et puis j'étais tellement persuadée que vous comptiez venir avec moi !

Frank Churchill ne pouvait résister plus longtemps et c'est avec l'espoir d'être récompensé par une visite à Hartfield qu'il retourna devant la porte de Mrs. Bates avec Mrs. Weston. Emma les regarda entrer puis rejoignit Harriet devant les comptoirs débordants de fabuleux trésors. Il lui fallut user de tous ses pouvoirs de persuasion pour convaincre sa jeune amie qu'il était inutile de s'attarder sur les mousselines imprimées si elle en cherchait de l'unie et qu'un ruban bleu, aussi beau fût-il, n'irait jamais avec une étoffe jaune. On finit cependant par régler tous ces menus problèmes, jusqu'à celui de l'adresse où envoyer le paquet.

— Dois-je le faire porter chez Mrs. Goddard, Mademoiselle ? demanda Mrs. Ford.

— Oui... non... oui, chez Mrs. Goddard... seulement le modèle se trouve à Hartfield. Non, envoyez-le à Hartfield, s'il vous plaît. Mais alors, Mrs. Goddard voudra voir le tissu, et je pourrais après tout amener le modèle à la maison... mais le ruban, j'en aurai besoin tout de suite, et il vaudrait donc mieux le livrer à Hartfield... Oui, le ruban au moins. Vous pouvez me faire deux paquets, n'est-ce pas, Mrs. Ford ?

— Harriet, il est inutile que Mrs. Ford se fatigue à faire deux paquets.

— Vous avez raison.

— Mais cela ne m'ennuie pas du tout, Mademoiselle, répondit obligeamment Mrs. Ford.

— Oui, mais en fait je préférerais un seul paquet... Vous enverrez donc le tout chez Mrs. Goddard, s'il vous plaît... Je ne sais pas... Non, je crois que je pourrais aussi bien le faire apporter à Hartfield et l'avoir chez moi ce soir, n'est-ce pas, Miss Woodhouse ? Que me conseillez-vous ?

— De ne pas accorder une seconde de plus à cette question. Envoyez le tout à Hartfield, s'il vous plaît, Mrs. Ford.

— Oui, c'est nettement préférable, déclara Harriet tout à fait satisfaite. Je n'aurais pas aimé le recevoir chez Mrs. Goddard.

On entendit à ce moment-là des voix qui se rapprochaient de la boutique... enfin, il s'agissait plutôt d'une voix et de deux dames, et les jeunes filles se retrouvèrent bientôt face à face avec Mrs. Weston et Miss Bates.

— Ma chère Miss Woodhouse, je traverse juste pour vous prier de nous faire l'honneur de venir passer un moment en notre compagnie, dit Miss Bates. Je voudrais avoir votre avis sur le piano... enfin, votre avis et celui de

Miss Smith. Comment allez-vous, Miss Smith ? Moi ? Je vais très bien, je vous remercie... J'ai demandé à Mrs. Weston de m'accompagner pour être assurée de la victoire.

— J'espère que Mrs. Bates et Miss Fairfax vont...

— Fort bien, je vous suis très obligée. Ma mère se porte à merveille et Jane n'a pas attrapé froid hier soir. Comment va Mr. Woodhouse ?... Je suis tellement heureuse de ces bonnes nouvelles... Mrs. Weston m'a dit que vous étiez chez Ford... « En ce cas, je dois absolument y aller, lui ai-je répondu, car je suis certaine que Miss Woodhouse me permettra de l'inviter à monter un instant. Ma mère sera tellement ravie de la voir... et cette réunion est tellement charmante qu'elle ne voudra point refuser de se joindre à nous. » « Oh oui, priez-la de venir, s'est écrié Frank Churchill, car il serait intéressant de connaître l'avis de Miss Woodhouse sur ce piano. » « Mais j'aurais plus de chances de réussir si l'un d'entre vous m'accompagnait », ai-je poursuivi, et ce garçon m'a répondu : « Qu'à cela ne tienne, attendez seulement que j'aie fini mon travail et je viens avec vous. » Car le croiriez-vous, Miss Woodhouse, il est en train de réparer les lunettes de ma mère. C'est vraiment très aimable à lui. Les vis sont tombées ce matin, savez-vous, et ma mère ne pouvait plus se servir de ses lunettes. Elle ne pouvait plus les mettre car les branches ne tenaient plus. Quelle obligeance de sa part !... et à ce propos, tout le monde devrait avoir deux paires de lunettes, oui, vraiment, et c'est exactement ce que pense Jane. Je voulais les porter chez John Sanders à la première heure, mais j'en ai été empêchée toute la matinée par une chose ou par une autre. Je ne vous donnerai pas de détails car c'est inutile, mais à un moment donné, Patty est venue par exemple m'informer qu'il fallait faire ramoner la cheminée... « Oh, Patty, lui ai-je répondu, ne venez point m'attrister avec de mauvaises nouvelles ! Voici que les branches des lunettes de votre maîtresse sont cassées ! » Après, il y a eu les pommes au four. C'est Mrs. Wallis qui nous les a fait porter par son garçon... les Wallis sont toujours très polis et très obligeants envers nous... J'ai entendu dire qu'il arrivait à Mrs. Wallis d'être mal élevée et grossière mais ils ont toujours témoigné envers nous de la plus extrême gentillesse. Ce ne peut être par intérêt, vous savez, car nous ne consommons pas beaucoup de pain. Nous ne sommes que trois, et quatre en ce moment avec notre chère Jane, mais elle ne mange rien... Vous seriez effrayée de la voir au petit déjeuner. Je fais mon possible pour que ma mère ne s'aperçoive pas de son manque d'appétit et je m'efforce donc de parler constamment d'une chose ou d'une autre pendant le petit déjeuner. Jane commence pourtant à avoir faim dans l'après-midi et il n'est rien qu'elle préfère aux pommes au four. Je sais que cela ne peut lui faire que du bien car j'en ai parlé à Mr. Perry l'autre jour. Je l'ai rencontré par hasard dans la rue. Je ne doutais certes point que ce ne fût un aliment très sain car j'ai entendu maintes fois Mr. Woodhouse en vanter les vertus... D'après lui, c'est la seule façon d'accommoder les pommes sans courir de risques... Nous mangeons pourtant très souvent des chaussons aux pommes. Eh bien, Mrs. Weston, avez-vous gagné ? J'espère que ces dames vont nous faire le plaisir de monter.

Emma se déclara ravie à l'idée de voir Mrs. Bates et ces dames finirent par quitter la boutique sans que Miss Bates les retînt autrement qu'en disant :

— Comment allez-vous, Mrs. Ford ? Je vous demande pardon, je ne vous avais pas vue. Il paraît que vous avez reçu de Londres une collection de nouveaux rubans absolument ravissants ! Jane est revenue enchantée, hier soir. Merci, les gants vont très bien... ils sont seulement un peu larges au poignet mais Jane est en train de les arranger.

— De quoi parlais-je ? reprit-elle quand elles se retrouvèrent dans la rue.

Emma se demanda ce que la bonne dame allait pouvoir choisir dans un ensemble aussi hétéroclite.

— Je crois que je ne parviens pas à me souvenir de ce dont je parlais... Ah si ! Les lunettes de ma mère ! Mr. Frank Churchill est tellement aimable ! « Oh, m'a-t-il dit, je me crois capable de réparer ces branches, j'adore ce genre de travail ! » Cela prouve qu'il est... Sincèrement, je dois avouer que malgré tout ce que je savais de lui avant de le connaître et tout ce que je pouvais espérer, il dépasse de loin... Je vous félicite, Mrs. Weston, je vous félicite de tout mon cœur. Il correspond en tout point à ce que les parents les plus affectionnés pourraient... « Oh, m'a-t-il dit, je puis remettre ces vis et j'adore ce genre de travail ! » Je n'oublierai jamais ce qu'il a fait là, et quand j'ai sorti les pommes du placard dans l'espoir que nos amis auraient l'obligeance d'en goûter quelques-unes, il a déclaré : « Oh, pour ce qui est des fruits, il n'est rien de plus délicieux que les pommes au four et celles-ci sont les plus belles que j'aie vues de ma vie. » Vous savez, c'était tellement... et rien qu'à son air on voyait qu'il ne s'agissait point d'un simple compliment. En fait, ces pommes sont véritablement exquises et Mrs. Wallis sait leur faire honneur. Seulement, nous ne les avons passées que deux fois au four alors que Mr. Woodhouse nous a fait jurer de toujours les cuire trois fois... J'espère que Miss Woodhouse aura la gentillesse de ne pas nous dénoncer... Ces fruits sont parfaits pour une cuisson au four, cela ne fait aucun doute. Ils viennent de Donwell. Mr. Knightley est tellement généreux ! Il nous en envoie chaque année un plein sac, et nulles pommes de conserve n'égalent les siennes, c'est certain. Je crois que Mr. Knightley possède deux pommiers de cette espèce. D'après ma mère, le verger de Donwell était déjà célèbre au temps de sa jeunesse. Mais j'ai vraiment été très confuse l'autre jour, car Mr. Knightley est venu nous voir alors que Jane était en train de manger de ces pommes. Nous en avons discuté, je lui ai confié que Jane adorait ces fruits et il m'a demandé si notre provision n'était pas épuisée. « Je suis persuadé que c'est le cas, a-t-il ajouté, et je vais vous en envoyer d'autres car il m'en reste plus que je ne pourrai jamais en consommer. William Larkins m'a poussé à en garder plus que d'ordinaire, cette année, et je vais vous en faire apporter avant qu'elles ne s'abîment. » Je l'ai prié de n'en rien faire. Je ne pouvais prétendre en avoir encore beaucoup car en vérité il ne nous en restait que six que nous réservions à Jane, mais il s'était déjà montré si généreux que je pouvais supporter l'idée qu'il nous en offrît d'autres. Jane était de mon avis, et lorsque Mr. Knightley a été parti elle m'a presque querellée... Non, je retire ce terme de querelle car nous ne nous sommes jamais disputées, elle et moi, mais elle était vraiment navrée que j'eusse avoué la vérité. D'après elle, j'aurais dû faire croire à Mr. Knightley qu'il nous restait beaucoup de pommes... « Mais ma chère Jane, lui ai-je répondu, j'ai fait mon possible, je vous l'assure ! » William Larkins est arrivé le soir même avec un grand panier de pommes. C'étaient les mêmes et il y en avait au moins un demi-boisseau. J'étais vraiment ravie et je suis descendue remercier William Larkins. Je lui ai tout raconté, vous vous en doutez ! Je connais William depuis si longtemps et je suis toujours si heureuse de le voir... Enfin, j'ai ensuite appris par Patty que Mr. Knightley nous avait envoyé là ses dernières pommes. C'est William Larkins qui l'avait confié à Patty. Son maître n'a, paraît-il, plus une seule pomme de cette espèce et plus une seule pomme à cuire. William ne semblait pas attacher beaucoup d'importance à cette histoire tant il se réjouissait de l'impressionnante quantité de fruits que son maître a vendus cette année... Pour sa part, il ne songe qu'aux intérêts de Mr. Knightley, mais d'après lui, Mrs. Hodge était extrêmement mécontente et terriblement choquée à l'idée que son maître serait privé de tarte aux pommes ce printemps. William a répété tout cela à Patty tout en lui conseillant de ne point s'en soucier et de ne pas nous en parler, car Mrs. Hodge se montre selon lui très souvent revêche... Après tout, et vu le nombre de sacs qu'ils ont vendus cette année, il lui importait peu de savoir qui mangerait le reste. Patty m'a raconté toute l'affaire et je me suis vraiment sentie confuse ! Pourvu que Mr. Knightley ne soit pas au courant... il serait tellement... je voulais que Jane ignorât des détails aussi gênants mais je lui en ai malheureusement parlé sans m'en rendre compte.

Miss Bates venait juste d'achever son récit lorsque Patty ouvrit la porte et les visiteuses montèrent l'escalier sans avoir à prêter l'oreille au moindre discours cohérent, la bonne dame se contentant de les poursuivre de ses bavardages totalement décousus :

— S'il vous plaît, prenez garde, Mrs. Weston, il y a une marche au tournant... Attention, Miss Woodhouse ! La cage d'escalier est assez sombre... Ah, si elle pouvait être moins sombre et plus large ! Je vous en prie, soyez prudente, Miss Smith. Je suis vraiment navrée, Miss Woodhouse, vous vous êtes cogné le pied, n'est-ce pas ? N'oubliez pas la marche au tournant, Miss Smith.

CHAPITRE XXVIII

La tranquillité la plus absolue régnait au salon lorsque ces dames y pénétrèrent. Mrs. Bates, privée de son occupation habituelle, somnolait près du feu, Frank Churchill, assis à une table, était profondément absorbé par son travail de réparation et Jane Fairfax, qui leur tournait le dos, ne paraissait songer qu'à son piano.

Bien que très affairé, le jeune homme trouva le temps de manifester à Emma toute la joie qu'il éprouvait à la revoir :

— Voici un plaisir qui m'échoit au moins dix minutes plus tôt que prévu, dit-il assez bas. Vous me trouvez en train d'essayer de me rendre utile. Y parviendrai-je, à votre avis ?

— Quoi ! dit Mrs. Weston, vous n'avez pas encore fini ? À ce compte, je ne vous conseillerais pas de vous faire bijoutier car vous ne gagneriez pas grand-chose.

— C'est que j'ai dû m'interrompre, répondit-il. J'ai aidé Miss Fairfax à mettre en place le piano car il n'était pas tout à fait stable... une irrégularité du sol, je suppose. Nous avons calé l'un des pieds avec du papier, vous le voyez. C'est fort aimable à vous d'avoir accepté de venir. Je craignais que vous ne fussiez résolue à rentrer chez vous tout de suite.

Il s'arrangea pour qu'Emma fût assise auprès de lui, s'occupa de lui chercher les plus belles pommes au four et tenta de se faire aider ou du moins conseiller dans son travail en attendant que Jane fût prête à s'installer au piano. Emma vit dans la lenteur de ces préparatifs un signe de la nervosité de Jane. La jeune fille ne possédait pas ce piano depuis assez longtemps pour le toucher sans émotion et elle devait certainement être obligée de se raisonner pour arriver à en jouer. Emma ne put s'empêcher de plaindre Miss Fairfax d'éprouver de tels sentiments, quelle que fût leur origine, et elle résolut de ne plus jamais parler à son voisin de certain sujet délicat.

Jane commença enfin, et bien qu'elle eût attaqué assez mollement les premiers accords, elle rendit bientôt pleinement justice aux capacités de son instrument. Mrs. Weston, qui avait été enchantée une première fois, le fut de nouveau, Emma joignit ses éloges aux siens et l'on proclama fort justement que ce piano était parfait.

— J'ignore qui était le mandataire du colonel Campbell, dit Frank Churchill avec un sourire à l'adresse d'Emma, mais il ne s'est point trompé dans son choix. A Weymouth, j'ai beaucoup entendu vanter le goût du colonel Campbell et la douceur des aigus correspond exactement, je crois, à ce que lui et *tous les siens* prisent le plus dans un piano. Je suppose qu'il a donné à son ami des instructions très précises ou qu'il a directement écrit chez Broadwood. N'êtes-vous pas de mon avis, Miss Fairfax ?

Jane ne se retourna pas. Elle n'était point obligée d'avoir entendu, Mrs. Weston lui parlant juste à ce moment-là.

— Ce n'est pas bien, dit Emma dans un souffle. Je n'ai fait qu'émettre des suppositions en l'air et vous ne devez pas lui faire de peine.

Il acquiesça en souriant, sans paraître pourtant éprouver beaucoup de doutes ou de pitié. Il reprit peu après :

— Vos amis d'Irlande doivent se réjouir du plaisir qu'ils vous ont procuré, Miss Fairfax, et je suppose qu'ils pensent souvent à vous et aimeraient connaître la date exacte de l'arrivée de leur cadeau. Croyez-vous que le colonel sache que cette affaire est déjà réglée ? Selon vous, a-t-il directement commandé le piano ou s'est-il contenté d'envoyer des instructions, des ordres vagues, sans donner de date précise et en se fiant aux circonstances ?

Il s'interrompit. Elle n'avait pas pu ne pas entendre et elle fut bien forcée de répondre.

— Je ne saurais avoir la moindre certitude tant que je n'ai pas reçu de lettre du colonel, déclara-t-elle d'une voix contenue, et je ne puis faire pour l'instant que des suppositions.

— Des suppositions... oui, on tombe juste, parfois. J'aimerais arriver à deviner quand j'aurai fini de fixer cette vis. Ah, Miss Woodhouse, qu'est-ce qu'on peut raconter comme bêtises quand on est absorbé par un travail ! Je suppose que les vrais ouvriers tiennent leur langue, mais nous, amateurs... Miss Fairfax parlait de suppositions... Voilà, c'est fini. J'ai le plaisir, Madame (s'adressant à Mrs. Bates), de vous rendre vos lunettes réparées, du moins pour un temps.

La mère et la fille le remercièrent chaleureusement et le jeune homme dut se réfugier près du piano pour échapper aux élans de gratitude de Miss Bates. Miss Fairfax étant toujours assise devant son instrument, il la pria de jouer un second morceau.

— Si vous êtes vraiment très aimable, vous nous jouerez l'une des valses que nous avons dansées hier soir, ajouta-t-il. Je voudrais revivre des instants qui ne vous ont peut-être pas enchantée comme moi... Vous aviez l'air fatigué et je crois que vous n'avez pas regretté que le bal ne se prolongeât pas davantage. Pour moi, j'aurais donné n'importe quoi — ce n'importe quoi dont on ne dispose jamais —, pour une petite demi-heure supplémentaire.

Elle joua.

— Quel bonheur de réentendre un air auquel est associé un beau souvenir. Si je ne me trompe, on jouait souvent cette valse, à Weymouth.

Elle leva les yeux vers lui, le regarda longuement, rougit violemment et se remit à jouer. Prenant une partition sur la chaise qui se trouvait près du piano, Frank dit en se tournant vers Emma :

— Voici qui est nouveau pour moi. Connaissez-vous cela ? Cramer... et voici des mélodies irlandaises. Ce n'est guère étonnant si l'on songe à leur origine... elles ont été envoyées avec le piano. Charmante attention de la part du colonel Campbell, n'est-ce pas ? Il savait que Miss Fairfax ne pourrait pas se procurer de musique, ici... Oui, j'apprécie tout particulièrement cette aimable pensée car elle semble venir directement du cœur. On n'a rien négligé, on n'a rien fait à la hâte, et seule une affection sincère peut dicter des attentions aussi délicates.

Emma aurait préféré que Frank se montrât moins ironique, mais il l'amusait malgré elle et elle eut d'ailleurs moins de scrupules et de remords lorsqu'elle saisit sur le visage de Jane Fairfax la trace d'un sourire et comprit que malgré la violente rougeur qui empourprait ses joues, la jeune fille venait d'éprouver une grande joie intérieure. Il semblait décidément que cette Jane Fairfax si sage et si parfaite chérissait en son cœur des sentiments des plus répréhensibles.

Frank apporta les partitions à Emma et ils les examinèrent ensemble, ce dont la jeune fille profita pour chuchoter à son compagnon :

— Vous vous exprimez trop clairement, elle risque de vous comprendre.

— Je l'espère bien, et je souhaite qu'elle m'ait compris. Je n'ai pas honte de mes paroles.

— Moi, j'ai un peu honte, je dois l'avouer, et je préférerais n'avoir jamais soulevé ce problème.

— Je suis ravi que vous l'ayez fait et que vous m'ayez confié vos soupçons. Vous m'avez donné la clé qui explique ses airs et ses façons étranges. Laissez-la seule avec sa honte ! Elle doit souffrir si elle se conduit mal.

— J'ai l'impression qu'elle a des remords.

— Pour ma part, je n'en vois pas trace. Elle est en train de jouer *Robinson Adair* et c'est l'air qu'*il* préfère entre tous.

Peu après, Miss Bates aperçut par la fenêtre Mr. Knightley qui passait à cheval dans la rue.

— Mais c'est Mr. Knightley ! Il faut absolument que je le remercie ! Je n'ouvrirai point cette fenêtre car vous risqueriez d'attraper froid mais je puis aller dans la chambre de ma mère. Je suis sûre qu'il montera lorsqu'il saura que vous êtes tous ici. Que je suis heureuse de vous voir réunis chez moi ! C'est un tel honneur pour notre petit salon !

Elle se trouvait déjà dans la pièce voisine qu'elle parlait encore, et ouvrant la croisée, elle attira bientôt l'attention de Mr. Knightley. Les autres entendirent leur conversation aussi distinctement que si elle avait eu lieu au salon.

— Comment allez-vous ?

— Bien, et vous ?

— A merveille, je vous remercie. Je vous suis tellement obligée de nous avoir ramenées en voiture hier soir. Nous étions à l'heure et ma mère commençait juste à nous attendre. Entrez, entrez donc, je vous en prie, vous trouverez quelques amis, ici.

Après ce brillant début de Miss Bates, Mr. Knightley parut décidé à se faire entendre à son tour car c'est d'une voix pleine d'autorité qu'il demanda :

— Et votre nièce, Miss Bates, comment va-t-elle ? Je suis fort désireux d'avoir des nouvelles de vous toutes mais pour l'heure, c'est la santé de votre nièce qui m'intéresse le plus. Comment se porte-t-elle ? J'espère qu'elle n'a pas pris froid, hier soir ? Comment va-t-elle aujourd'hui ? Dites-moi comment elle se sent.

Et Miss Bates se vit obligée de répondre avant qu'il ne consentît à la laisser parler d'autre chose. Les auditeurs du salon s'amusaient beaucoup et Mrs. Weston lança un regard lourd de sens à Emma. Fermement décidée à conserver son scepticisme, Emma hocha cependant la tête en signe de dénégation.

— Je vous suis tellement obligée... tellement obligée pour la voiture, reprit Miss Bates.

Il coupa court avec un :

— Je vais à Kingston, avez-vous besoin de quelque chose ?

— Oh, mon cher Monsieur, Kingston, vraiment ? Mrs. Cole disait justement l'autre jour qu'elle avait une course à faire à Kingston...

— Mrs. Cole a des domestiques. Puis-je faire quelque chose pour *vous* ?

— Non, je vous remercie... Mais entrez donc ! Devinez qui est ici ? Miss Woodhouse et Miss Smith. Elles ont eu la gentillesse de venir écouter le piano. Laissez votre cheval à la Couronne et entrez un instant.

— Bon, dit-il avec une certaine circonspection, cinq minutes, peut-être.

— Et il y a aussi Mrs. Weston et Mr. Frank Churchill ! Quel bonheur d'avoir tant d'amis chez soi !

— Non, je ne peux pas monter maintenant, je vous remercie. Je ne pourrais pas rester plus de deux minutes car il faut que je sois à Kingston le plus rapidement possible.

— Oh, si, entrez ! Ils seront tellement contents de vous voir !

— Non, non, il y a bien assez de monde chez vous ! Je viendrai une autre fois écouter ce piano.

— Très bien, mais je suis vraiment désolée ! Oh, Mr. Knightley, quelle merveilleuse réception, hier soir ! Avez-vous jamais vu un bal aussi charmant ? N'était-ce point délicieux ? Miss Woodhouse et Mr. Frank Churchill... Oh, je n'avais jamais rien vu d'aussi ravissant !

— Oui, ravissant en vérité. Je ne puis dire moins car je suppose que Miss Woodhouse et Mr. Frank Churchill nous écoutent en ce moment... puis il ajouta, haussant encore la voix : Et Miss Fairfax ? Je ne vois pas pourquoi nous n'en parlerions pas. Je trouve que Miss Fairfax danse très joliment et que Mrs. Weston est sans conteste le meilleur joueur de contredanses de toute l'Angleterre... Voilà, maintenant, si vos amis ne sont point des ingrats ils vont nous couvrir d'éloges mais je n'aurai malheureusement pas le temps de les écouter.

— Oh, Mr. Knightley, encore un instant, je vous prie !
C'est important... je suis tellement confuse ! Nous sommes, Jane et moi, tellement confuses... ces pommes...

— Que se passe-t-il ?

— Penser que vous nous avez envoyé toutes les pommes qui vous restaient ! Vous m'aviez dit en avoir encore beaucoup et voilà que vous vous retrouvez sans rien !
Nous sommes vraiment confuses. Mrs. Hodge a eu raison de se mettre en colère. C'est William Larkins qui nous en a parlé. Oh, vous n'auriez jamais dû faire ça ! Il est parti !
Il ne peut supporter qu'on le remercie... Je pensais pourtant qu'il resterait et il aurait été dommage de ne point parler de... Bon (revenant au salon), j'ai perdu, Mr. Knightley n'avait pas le temps de s'arrêter. Il va à Kingston et il m'a demandé s'il pouvait faire quelque chose pour...

— Oui, coupa Jane, nous avons entendu, nous avons tout entendu.

— Oh oui, ma chère, vous avez dû entendre car la porte était ouverte, ainsi que la fenêtre, et Mr. Knightley parlait très fort. Oui, vous avez certainement tout entendu...
« Avez-vous besoin de quelque chose, à Kingston ? » m'a-t-il demandé, et c'est pourquoi j'ai simplement... Oh, Miss Woodhouse, êtes-vous vraiment obligée de nous quitter ?
Il me semble que vous venez à peine d'arriver. Je vous suis tellement reconnaissante.

Emma se rendit compte qu'il fallait réellement partir.
Cette visite s'était prolongée et l'on s'aperçut en consultant l'heure que Mrs. Weston et son compagnon, qui prenaient également congé, n'auraient que le temps de raccompagner les deux jeunes filles jusqu'à la grille de Hartfield avant de rentrer eux-mêmes en toute hâte à Randalls.

CHAPITRE XXIX

On peut, semble-t-il, se passer de danser car on a vu des jeunes gens rester des mois et des mois sans assister au moindre bal et ils n'en ressentaient aucun trouble physique ou moral sérieux. Pourtant, lorsqu'on a commencé et lorsqu'on a goûté une fois au plaisir d'évoluer vivement sur une piste, il faut que ces débuts aient été bien tristes pour ne pas vous donner envie de récidiver.

Frank, qui avait déjà dansé à Highbury, brûlait de recommencer et un soir que Mr. Woodhouse avait accepté de se rendre à Randalls avec sa fille, Emma et le jeune homme consacrèrent une bonne demi-heure à échafauder des plans de bal. C'est Frank qui avait eu cette idée et c'est lui qui se montra le plus acharné à lui faire prendre corps, sa compagne, plus consciente des problèmes que cela soulevait, se souciant davantage des détails matériels et des apparences. Elle avait cependant grande envie de permettre de nouveau aux gens du voisinage d'admirer le couple gracieux qu'elle formait avec Frank Churchill, n'ayant, en ce domaine au moins, point à rougir d'une comparaison avec Jane Fairfax, et sans parler du reste de ces vilains élans de vanité, la simple perspective de danser la séduisait à tel point qu'elle entreprit d'aider son ami à mesurer le salon de Randalls afin d'évaluer le nombre d'invités qu'on pouvait y accueillir. Ils prirent aussi les mesures de l'autre salon dans l'espoir de le découvrir plus grand, bien que

Mr. Weston leur eût affirmé que les deux pièces étaient absolument identiques.

Frank proposa tout d'abord d'achever à Randalls le bal commencé chez les Cole, déclarant qu'il faudrait pour ce faire réunir les mêmes personnes et engager le même musicien. Tout le monde acquiesça sur-le-champ à sa proposition et Mr. Weston se montra enthousiaste tandis que son épouse promettait bien volontiers de jouer aussi longtemps que l'on voudrait danser. Il fallut ensuite s'attaquer à la tâche passionnante de répertorier très précisément les amis que l'on convierait à ce bal avant de déterminer la place dont chaque couple aurait besoin pour danser.

— Vous, Miss Smith et Miss Fairfax, cela fait trois. Avec les demoiselles Cox, nous arrivons à cinq, répéta Frank à plusieurs reprises. Il y aura aussi les deux Gilbert, le jeune Cox, mon père, Mr. Knightley et moi. Vous, Miss Smith et Miss Fairfax, cela fait trois et nous arrivons à cinq avec les demoiselles Cox... Nous aurons bien assez de place pour cinq couples !

Les objections ne se firent malheureusement point attendre :

— Y aura-t-il vraiment assez de place pour cinq couples ? Pour ma part, je ne le pense pas, dit quelqu'un.

Et un autre ajouta :

— Finalement, on se demande si cela vaut la peine d'organiser un bal. Dix danseurs, ce n'est rien quand on y réfléchit sérieusement... Non, il ne suffira jamais d'*inviter* cinq jeunes filles et cinq jeunes gens ! Cette idée ne tient plus dès qu'on l'examine de près.

L'un des assistants déclara que Miss Gilbert était attendue chez son frère et qu'il faudrait donc la convier aussi, et quelqu'un d'autre prétendit que Mrs. Gilbert aurait volontiers dansé chez les Cole si on l'en avait priée. On fit allusion à un second fils Cox, et quand Mr. Weston eut parlé de certains cousins qu'on devait absolument inviter et de très vieux amis qu'on ne pouvait laisser de côté, on acquit la certitude que ce n'est pas dix, mais vingt danseurs pour le moins, qui assisteraient au bal et l'on se mit à réfléchir avec plaisir au moyen d'accueillir tout ce monde.

Les deux salons se faisant exactement face, ne serait-il pas possible de danser dans les deux pièces à la fois en passant de l'une à l'autre grâce au corridor qui les séparait ? C'était certainement la meilleure solution mais elle n'était point si parfaite qu'on ne tentât d'en trouver une autre. Emma disait que ce ne serait pas pratique, Mrs. Weston s'inquiétait à cause du souper et Mr. Woodhouse s'opposait catégoriquement à ces va-et-vient perpétuels en raison des risques que cela représentait pour la santé de chacun. Cette seule idée torturait en vérité tellement le pauvre homme que personne n'eut le cœur d'insister.

— Oh, non, dit-il, ce serait de la dernière imprudence ! Je suis contre, à cause d'Emma. Emma n'est pas forte, elle attraperait un rhume affreux et la pauvre petite Harriet aussi. Personne n'en réchapperait, du reste ! Ah, ma chère Mrs. Weston, vous tomberiez malade ! Dites-leur qu'il faut oublier un projet aussi extravagant, je vous en prie, empêchez-les d'en parler davantage ! (Parlant plus bas.) Ce jeune homme est bien inconséquent ! Ne le répétez pas à son père, mais je ne le trouve pas très sérieux. Ce soir, il a ouvert les portes je ne sais combien de fois en négligeant la plupart du temps de les refermer... Il n'a pas l'air de se soucier des courants d'air, et sans vouloir vous monter contre lui, je vous avouerai qu'il me paraît manquer de sérieux.

Mrs. Weston fut vraiment navrée de l'entendre proférer de telles accusations, et n'en ignorant point la gravité, elle s'efforça de faire oublier ses griefs à Mr. Woodhouse. On ferma soigneusement toutes les portes, on abandonna le projet d'utiliser les deux salons et l'on se vit obligé d'en revenir au plan primitif et de se limiter à une seule pièce, Frank Churchill déployant quant à lui tant de bonne volonté qu'il entreprit de prouver que ce salon jugé, un quart d'heure plus tôt, à peine assez spacieux pour cinq couples de danseurs, pouvait en réalité en accueillir très facilement dix.

— Nous étions trop généreux, dit-il, et le deuxième salon n'aurait servi de rien. Vingt personnes n'auront aucun mal à tenir ici.

Emma hésitait... Tout ce monde, ce serait affreux ! Rien n'était plus déplaisant que de danser sans avoir la place de tourner.

— Très juste, répondit gravement le jeune homme, c'est extrêmement désagréable.

Il continua cependant à prendre des mesures et déclara finalement :

— Je pense que ce sera tout à fait supportable.

— Non, non, dit-elle, vous n'êtes pas raisonnable, nous serions atrocement serrés. Danser au milieu d'une foule n'a plus rien d'un plaisir, surtout lorsque les gens sont entassés dans une salle trop petite.

— C'est indéniable, répondit-il, et je suis parfaitement d'accord avec vous... Aller s'entasser dans un local trop étroit ! Ah, Miss Woodhouse, vous avez l'art de brosser un tableau en quelques mots. C'est ravissant, ravissant ! On ne peut malgré tout abandonner notre beau projet après s'être engagé aussi loin. Mon père serait terriblement déçu et vraiment, je ne sais pas si... Je crois que dix couples tiendraient à l'aise dans ce salon.

Emma comprit que la galanterie du jeune homme n'allait pas sans opiniâtreté et qu'il n'hésiterait point à la contredire plutôt que de renoncer au plaisir d'être son cavalier. Elle résolut cependant d'accepter le compliment et d'oublier le reste. Si elle avait eu l'intention d'épouser Frank Churchill, elle aurait certes jugé cet incident digne d'intérêt et se serait efforcée de comprendre la valeur exacte des attentions de ce garçon et sa nature profonde, mais elle le trouvait en l'occurrence bien assez aimable pour faire un excellent ami.

Le lendemain, Frank ne tarda guère à faire son apparition à Hartfield et notre héroïne comprit à son sourire triomphant qu'il y avait du nouveau pour le bal. Le jeune homme apportait en effet de très bonnes nouvelles :

— Eh bien, Miss Woodhouse, déclara-t-il, j'espère que la terreur que vous inspire l'exiguïté du salon de Randalls ne vous a point fait oublier votre goût pour la danse... J'ai une nouvelle proposition à vous faire. C'est une idée de mon père et nous n'attendons plus que votre accord pour mettre notre projet à exécution. Puis-je espérer que vous me ferez l'honneur de m'accorder les deux premières danses au bal que nous projetons de donner non plus à Randalls mais à la Couronne ?

— La Couronne !

— Oui, et mon père espère que ses amis auront l'amabilité de venir lui rendre visite là-bas, si vous n'y voyez pas d'objection, ni vous, ni Mr. Woodhouse, ce dont je suis certain. Nos invités seront assurés d'un plus grand confort et Mr. Weston les accueillera aussi chaleureusement qu'à Randalls. C'est lui qui a eu cette idée et Mrs. Weston est d'accord pourvu que vous le soyez. C'est du reste notre sentiment à tous... Oh, vous aviez bien raison, hier ! Vingt danseurs entassés dans l'un des salons de Randalls, c'eût été intolérable, affreux ! Je me suis toujours douté que vous étiez dans le vrai, mais j'avais trop envie d'assurer, même n'importe comment, la réalisation de notre projet pour accepter de céder à vos arguments. Est-ce que nous ne gagnerons pas au change... car vous acceptez, vous acceptez, n'est-ce pas ?

— Je ne vois pas qui pourrait mettre obstacle à ce plan si Mr. et Mrs. Weston sont d'accord. Je trouve cette idée magnifique et pour autant que je puisse répondre de mes propres actes, je serais très heureuse de... Je ne vois vraiment pas de meilleure solution ! Papa, ne trouvez-vous pas cette idée excellente ?

Avant que le vieux monsieur eût parfaitement compris, sa fille fut obligée de tout lui répéter et de tout lui expliquer, et il fallut ensuite argumenter longuement pour lui faire accepter un projet si nouveau pour lui.

Non, il ne trouvait pas que ce fût mieux, loin de là. Cela ne lui plaisait pas du tout, et c'était même pire qu'avant... Les salles de bal étaient toujours affreusement humides et malsaines dans les hôtels. Elles n'étaient jamais suffisamment aérées et n'étaient point faites pour accueillir des gens... Si l'on tenait à danser, il valait mieux le faire à Randalls. Il n'avait jamais mis les pieds dans les salons de la Couronne et ne connaissait même pas les propriétaires... Oh non, c'était une très mauvaise idée et l'on attraperait à la Couronne des rhumes encore plus terribles qu'ailleurs.

— Monsieur, j'allais justement vous faire remarquer que l'un des plus grands avantages de la Couronne est qu'on ne risque guère d'y attraper un rhume, dit Frank Churchill. Le danger est nettement moindre qu'à Randalls et seul Mr. Perry pourrait avoir des raisons de regretter le changement.

— Monsieur, répliqua sèchement Mr. Woodhouse, vous vous trompez fort si vous prenez Mr. Perry pour l'un de ces hommes qui... Non, Mr. Perry est toujours extrêmement affligé de voir l'un d'entre nous malade, et de toute façon, je ne vois pas pourquoi les salons de la Couronne seraient plus sûrs que la maison de votre père.

— Ils sont plus grands, Monsieur, et nous n'aurons donc point à ouvrir les fenêtres de toute la soirée... C'est cette terrible manie d'ouvrir les fenêtres et de laisser pénétrer un air glacé dans une pièce où tout le monde a trop chaud qui est cause de tout le mal, vous devez le savoir, Monsieur.

— Ouvrir les fenêtres ! Mais je suis sûr que personne ne songerait à ouvrir les fenêtres, à Randalls, Mr. Churchill ! Personne n'oserait commettre une telle imprudence ! Je n'ai jamais entendu parler d'une chose pareille... Danser avec les fenêtres ouvertes ! Je suis persuadé que ni votre père ni Mrs. Weston (Ah, la pauvre Miss Taylor...) ne le souffriraient.

— Mais Monsieur, une jeune étourdie pourrait se glisser derrière un rideau et soulever le châssis d'une fenêtre sans que l'on en soupçonnât rien ! Il paraît que cela arrive fréquemment...

— Vraiment, Monsieur ? Dieu me bénisse, je ne l'aurais jamais cru ! Il faut dire que je mène une existence très retirée et je suis souvent fort surpris des histoires que l'on me raconte. Je vois certes les choses très différemment après ce que vous venez de me rapporter, et si nous en reparlons un de ces jours, peut-être... mais ce genre de choses mérite réflexion. On ne doit pas prendre de décisions trop hâtives, et si Mr. et Mrs. Weston ont l'obligeance de venir me rendre visite, nous pourrons en reparler et voir ce que nous pouvons faire.

— C'est que mon temps est malheureusement compté, Monsieur, et...

— Oh, l'interrompit Emma, nous aurons tout loisir d'en reparler, rien ne presse. Si nous arrivons à organiser ce bal à la Couronne, ce sera bien pratique pour les chevaux, Papa... ils seront tout près de l'écurie, n'est-ce pas ?

— Oui, ma chère enfant, c'est important. Oh, James ne se plaint jamais, mais il est préférable d'épargner de la fatigue à nos chevaux lorsque nous le pouvons. Si seulement j'étais sûr que ces salons sont correctement aérés... Mais peut-on faire confiance à Mrs. Stokes ? J'en doute. Je ne la connais pas et je ne l'ai même jamais vue.

— Je puis vous promettre que tous ces détails seront réglés au mieux, Monsieur, car c'est Mrs. Weston qui s'en occupera... Elle s'est engagée à prendre la direction de toutes les opérations.

— Vous voyez bien, Papa. Vous pouvez être tranquille, à présent. Notre chère Mrs. Weston qui est la prudence incarnée ! Ne vous souvenez-vous pas de ce que Mr. Perry vous a dit, il y a nombre d'années, quand j'ai eu la rougeole ? « Si *Miss Taylor* s'engage à soigner Emma, vous n'avez plus rien à craindre, Monsieur. » Vous avez souvent répété ces paroles comme un grand compliment à l'endroit de notre chère Miss Taylor.

— Oui, c'est tout à fait exact, c'est ce que Mr. Perry m'a dit ce jour-là. Je ne l'oublierai jamais. Pauvre petite Emma ! Cette rougeole vous a rendue bien malade... ou plutôt, vous aurait rendue bien malade si Mr. Perry ne vous avait prodigué les soins les plus attentifs. Il est venu quatre fois par jour pendant toute une semaine ! Il nous a dit dès le début qu'il s'agissait d'une rougeole bénigne, ce qui nous a soulagés, mais la rougeole est une maladie si terrible ! J'espère qu'Isabelle enverra chercher Perry si les petits ont la rougeole.

— Mon père et Mrs. Weston se trouvent en ce moment même à la Couronne, reprit Frank Churchill. Ils sont en train d'examiner les ressources qu'offrent les lieux. Je les ai laissés là-bas et je me suis précipité à Hartfield tant j'étais impatient de connaître votre opinion... J'espérais aussi, je dois l'avouer, vous convaincre de nous rejoindre pour nous donner votre avis. Vos amis m'ont chargé de cette commission et seraient ravis que vous me permettiez de vous escorter jusqu'à la Couronne. D'après eux, ils n'arriveront à rien si vous n'êtes pas là.

Emma fut enchantée de se voir conviée à ce grand conseil. Son père lui promit de réfléchir à cette affaire pendant son absence et les deux jeunes gens partirent sans plus tarder à la Couronne. Mr. et Mrs. Weston s'y trouvaient et ils furent ravis de voir Emma et d'apprendre qu'elle approuvait leur projet. Très affairés, ils étaient contents, chacun à sa manière, Mrs. Weston éprouvant une certaine angoisse et son mari se déclarant satisfait de tout ce qu'il voyait.

— Emma, dit Mrs. Weston, regardez, ce papier est pire que tout ce que je craignais. Vous voyez, il est affreusement sale, par endroits, et les lambris sont plus jaunes et plus misérables que je ne l'imaginais.

— Vous êtes trop tatillonne, ma chère, lui dit son mari. Est-ce que ces détails ont de l'importance ? Vous ne verrez plus rien à la lumière des bougies et cette maison paraîtra aussi propre que Randalls. Nous ne nous occupons nullement de ces bêtises lorsque nous venons passer la soirée au club.

Les dames échangèrent certainement à ce moment-là un regard qui disait : « Les hommes sont aveugles à la saleté », et les messieurs songèrent peut-être chacun pour soi que « les femmes s'embarrassent décidément de petits soucis stupides et sans le moindre intérêt ».

Il se posa cependant un problème que lesdits messieurs ne songèrent point à négliger, celui de la pièce où l'on souperait. A l'époque où l'on avait construit la salle de bal, il n'était pas question de soupers et l'on s'était contenté d'adjoindre au grand salon une petite salle de jeu. Que faire ? On aurait besoin de cette pièce comme salle de jeu et même si l'on décidait de bannir les cartes de cette soirée, on risquait de ne pas avoir suffisamment de place pour souper confortablement. On pouvait certes disposer d'une grande pièce, mais elle se trouvait à l'autre bout de la maison et il fallait malheureusement traverser un grand couloir pour y accéder. Tout cela était fort ennuyeux, car Mrs. Weston craignait les courants d'air du corridor pour les jeunes filles et notre héroïne, d'accord avec ces messieurs, ne pouvait supporter l'idée que l'on s'entassât lamentablement pour souper.

Mrs. Weston proposa de ne point faire un souper dans les règles. Ne pourrait-on se contenter de dresser un buffet dans la petite salle ?... mais on repoussa catégoriquement sa suggestion, tout le monde s'écriant que c'était tromper les gens que de les inviter à un bal privé sans leur offrir la possibilité de s'asseoir pour souper. Mrs. Weston n'insista pas et tenta de trouver un autre expédient. Examinant cette salle de jeu qui leur posait tant de problèmes, elle fit remarquer à ses compagnons :

— Elle n'est pas si petite que cela, après tout, et nous serons pas très nombreux, vous savez.

Mais tout en traversant le corridor à grands pas, Mr. Weston s'écria juste au même instant :

— Vous n'arrêtez pas de nous parler de la longueur de ce couloir, ma chère, mais vous exagérez, et l'on ne sent pas le moindre courant d'air qui vienne des escaliers.

— Je voudrais tant savoir ce qui plairait le mieux à nos invités ! répondit Mrs. Weston. Nous devons avoir pour seul but de satisfaire la majorité de nos amis et j'aimerais qu'on pût me dire quelle solution ils choisiraient.

— Oui, c'est juste, très juste, s'écria Frank. Vous souhaiteriez avoir l'avis de vos voisins et cela ne m'étonne pas. Si vous pouviez être assurée de ce que la plupart d'entre eux... les Cole, par exemple. Ils n'habitent pas très loin, n'est-ce pas ? Voulez-vous que j'aille les voir ? Ou bien Miss Bates ? Elle habite encore plus près et je me demande si elle n'est pas aussi capable qu'une autre de cerner les goûts de vos invités. Oui, je crois que nous devrions décidément élargir ce conseil. Si j'allais prier Miss Bates de se joindre à nous ?

— Allez-y, si vous voulez, répondit Mrs. Weston avec une certaine circonspection. Si vous pensez qu'elle peut nous être de la moindre utilité...

— Vous n'en tirerez rien de constructif, dit Emma. Miss Bates sera ravie, infiniment reconnaissante, mais elle ne vous apprendra rien. Elle n'écoutera même pas vos questions ! Non, je ne vois vraiment pas l'intérêt de consulter Miss Bates.

— Mais elle est tellement amusante, oui, si follement amusante ! J'adore l'entendre bavarder et je n'ai pas besoin d'amener toute la famille, vous savez.

Mr. Weston les rejoignit à ce moment-là et approuva résolument la proposition de son fils dès qu'il en fut instruit.

— Oui, faites donc, Frank, allez chercher Miss Bates et finissons-en tout de suite. Je suis sûr que notre projet va lui plaire et personne ne saurait mieux qu'elle nous aider à résoudre tous nos petits problèmes. Allez chercher Miss Bates. Je trouve que nous devenons un peu trop pointilleux et cette bonne dame est une véritable leçon d'optimisme... Mais ramenez-les toutes les deux, oui, priez-les toutes les deux de venir.

— Toutes les deux, Monsieur ? La vieille dame pourra-t-elle...

— La vieille dame !... Mais non, la jeune demoiselle, bien sûr ! Frank, je vous prendrai pour un lourdaud si vous ramenez la tante sans la nièce !

— Ah, je vous demande pardon, Monsieur, sur le coup, je ne me suis pas souvenu... Je vous assure que j'essaierai de les ramener toutes les deux, si vous le souhaitez.

Et il partit en courant.

Bien avant qu'il ne réapparût, escortant une petite Miss Bates toujours aussi alerte et proprette et une Miss Fairfax toujours aussi élégante, Mrs. Weston avait, en femme douce et en bonne épouse, examiné de nouveau le corridor et lui trouvait à présent moins de défauts qu'auparavant... Oui, les inconvénients étaient vraiment minimes, et Mrs. Weston put enfin prendre une décision. Pour le reste, tout s'arrangerait facilement, du moins on pouvait l'espérer. On régla presque sans y songer les mille et un petits détails concernant la table, les sièges, l'éclairage, la musique, le thé et le souper, quand on ne les négligea point comme de simples bagatelles dont Mrs. Weston s'occuperait un de ces jours avec Mrs. Stokes. On était assuré de la présence de tous les amis que l'on avait invités et Frank avait déjà écrit à Enscombe pour demander l'autorisation de rester quelques jours de plus que prévu, ce qu'on ne lui refuserait certainement pas. En un mot, on avait toutes les raisons d'espérer que ce bal serait une merveilleuse réussite.

Miss Bates en convint lorsqu'elle les eut enfin rejoints à la Couronne. Comme conseillère, elle ne pouvait être d'aucune utilité à ses amis, mais comme béni-oui-oui (un rôle moins ingrat), elle était parfaite. Tout l'enthousiasmait, jusqu'aux moindres détails, et cette chaleureuse approbation ravit ses compagnons. Ils continuèrent pendant une bonne demi-heure à arpenter les lieux, passant d'une pièce à l'autre, les uns faisant des suggestions tandis que les autres les écoutaient attentivement. Chacun, en tout cas, était heureux et confiant dans l'avenir. On ne se quitta point sans que le héros du bal eût obtenu d'Emma la promesse formelle de lui réserver les deux premières danses, et Mr. Weston, qui avait surpris la conversation des jeunes gens, ne put s'empêcher de chuchoter à sa femme : « Il l'a invitée, ma chère. C'est parfait et je savais qu'il le ferait. »

CHAPITRE XXX

Le bal que l'on projetait eût donné toute satisfaction à Emma si la date en avait été fixée dans les limites des semaines accordées à Frank Churchill pour son séjour dans le Surrey. Mr. Weston avait beau témoigner d'une confiance absolue, la jeune fille n'arrivait pas à éliminer l'éventualité que les Churchill interdissent à Frank de prolonger sa visite, même d'un seul jour, bien que tout le monde estimât que c'était inconcevable. On avait besoin de temps pour tout préparer et l'on ne serait jamais au point si l'on n'empiétait pas sur la troisième semaine de Frank. Pendant plusieurs jours, on fut ainsi obligé de faire des projets, de s'affairer et de rêver sans être sûr de rien, au risque, disait Emma, et au grand risque même de voir tant d'efforts se révéler totalement inutiles.

Les Churchill firent cependant preuve de gentillesse, en actes sinon en paroles, car s'il leur déplaisait manifestement que Frank désirât rester plus longtemps à Randalls, ils ne s'y opposèrent pas. Tout allait bien, désormais, il n'y avait plus à s'inquiéter, mais comme un souci en remplace toujours un autre, Emma, certaine d'assister à ce bal, se trouva un nouveau sujet de contrariété. A vrai dire, l'indifférence dont Mr. Knightley témoignait à l'égard de la fête l'exaspérait. Était-ce parce qu'il ne dansait pas ou parce qu'on ne l'avait point consulté, il semblait de toute façon fermement résolu à ne pas s'intéresser à ce bal et à n'y voir ni un événement digne d'exciter sa curiosité, ni une occasion prochaine de s'amuser. Emma l'entretint volontairement de ce sujet mais elle n'obtint pour toute réponse qu'un vague :

— Fort bien, si les Weston pensent que quelques heures d'un divertissement si bruyant valent de tels tracas, je n'ai plus rien à dire. De toute façon, qu'ils ne se fatiguent pas pour moi ! Je sais, il faudra que j'y sois car je ne peux refuser, mais je préférerais rester chez moi à réfléchir tranquillement au rapport hebdomadaire de Larkins... oui, j'avoue que cela me satisferait cent fois plus. Trouver du plaisir à assister à un bal ! Non, vraiment, je n'en éprouve pour ma part aucun et je crois que tout le monde est comme moi. Je crois qu'une jolie danse, comme la vertu, porte en elle sa propre récompense, et ceux qui font partie du public songent d'ordinaire à tout autre chose.

Emma sentit que cette pointe lui était destinée et elle en conçut une vive colère. Mr. Knightley n'essayait pourtant pas de flatter Jane Fairfax en faisant montre d'une telle indifférence et d'une telle indignation, et l'on ne pouvait pas le soupçonner de surenchérir sur une éventuelle désapprobation de la jeune fille, car la seule idée d'aller à ce bal enthousiasmait littéralement celle-ci. Elle en était tout excitée, en devenait même cordiale, et c'est spontanément qu'elle déclara à Emma :

— Oh, Miss Woodhouse, pourvu que rien ne vienne mettre obstacle à ce beau projet ! Ce serait une telle déception. J'avoue que j'attends ce bal avec une *folle* impatience !

Ce n'est donc point pour obliger Jane Fairfax que Mr. Knightley eût préféré la compagnie de William Larkins aux plaisirs d'une réception à la Couronne, et notre héroïne était d'ailleurs de plus en plus convaincue que Mrs. Weston faisait fausse route. Non, si leur ami éprouvait beaucoup d'amitié et de compassion pour Jane, il ne l'aimait pas !

Hélas, notre héroïne n'eut bientôt plus de raisons de se disputer avec Mr. Knightley, car après deux jours de bonheur et de tranquillité survint la catastrophe et la ruine de tous leurs espoirs. On reçut à Randalls une lettre où Mr. Churchill enjoignait à Frank de rentrer sur-le-champ, sa tante étant malade et ne pouvant se passer de lui. Elle était déjà souffrante (d'après son mari du moins) lorsqu'elle avait écrit à son neveu deux jours plus tôt, mais elle n'avait pas voulu lui en parler pour ne pas lui faire de peine. Comme d'habitude elle n'avait pas songé une seconde à elle-même mais elle se sentait à présent trop malade pour ne pas prendre son état au sérieux et se voyait donc obligée de le prier de rentrer à Enscombe dans les plus brefs délais.

Mrs. Weston envoya aussitôt à Emma un billet résumant l'essentiel de cette lettre de Mr. Churchill. Le départ du jeune homme était inévitable, et Frank serait obligé de s'en aller d'ici quelques heures, bien qu'il ne conçût pour sa tante aucune crainte susceptible d'adoucir sa contrariété. Il connaissait fort bien ses maladies et elle n'en était jamais victime que lorsque cela l'arrangeait.

Mrs. Weston ajoutait qu'il aurait juste le temps de faire un saut à Highbury après le petit déjeuner pour prendre congé des quelques amis dont il espérait avoir éveillé l'intérêt, et l'on pouvait donc s'attendre à le voir bientôt à Hartfield.

Ce triste billet mit un terme au petit déjeuner d'Emma. Que faire, après l'avoir lu, sinon se lamenter et s'indigner ? C'en était fini du bal, fini de Frank, et fini des sentiments qu'il éprouvait peut-être pour notre héroïne ! C'était trop affreux ! Cette soirée aurait été si belle et tout le monde se serait si bien amusé, Frank et la jeune fille surtout ! La seule consolation d'Emma était de songer qu'elle avait prévu tout cela.

Son père envisagea la situation sous un jour complètement différent. Préoccupé surtout de la maladie de Mrs. Churchill, il voulait savoir comment on la soignait, et si la déception d'Emma le scandalisait, songeait qu'après tout on serait plus en sécurité à la maison.

Emma était prête à recevoir son visiteur bien avant qu'il ne fît son apparition, mais la tristesse et le manque total d'entrain du jeune homme suffirent à excuser son retard, à supposer du moins que l'un pût racheter l'autre. Frank était si malheureux de partir qu'il ne parvint que très difficilement à aborder le problème. Manifestement fort abattu, il resta tout d'abord assis, perdu dans ses pensées, mais sortant de sa torpeur, il finit cependant par déclarer :

— Ah, de toutes les épreuves, la plus horrible est de prendre congé.

— Mais vous reviendrez, dit Emma, ce ne sera point votre unique visite à Randalls !

— Ah ! (hochant la tête) Est-ce que je sais quand je pourrai revenir !... Je m'y emploierai avec un zèle acharné et ce retour sera l'objet de toutes mes pensées et de tous mes soins, mais... Si mon oncle et ma tante vont à Londres au printemps... Je crains pourtant... Ils n'ont pas bougé, l'an dernier, et j'ai peur qu'ils n'aient renoncé pour toujours à cette habitude.

— Notre pauvre bal n'aura pas lieu...

— Ah, ce bal ! Pourquoi avoir tant tardé ? Pourquoi n'avoir pas saisi l'occasion lorsqu'elle se présentait ? Le bonheur doit souvent sa ruine à des préparatifs, de ridicules préparatifs. Vous nous l'aviez bien dit. Oh, Miss Woodhouse, pourquoi avez-vous toujours raison ?

— En l'occurrence, je suis navrée d'avoir vu juste. Je préférerais avoir fait preuve d'optimisme que de sagesse.

— Nous aurons quand même notre bal si je puis revenir. Mon père y est fermement résolu et vous ne devez pas oublier votre promesse.

Emma sourit gracieusement.

— Ah, ces deux semaines, poursuivit-il, chaque jour plus précieux et plus délicieux que la veille et chaque heure me faisant plus inapte à supporter un autre séjour que Highbury ! Heureux ceux qui ont le pouvoir de vivre ici !

— Vous nous rendez à présent si pleinement justice que je me risquerai à vous demander si vous n'aviez point quelques doutes en arrivant ici, dit Emma en riant. N'avons-nous pas, et de loin, dépassé votre attente ? J'en suis certaine, comme je suis certaine que vous n'espériez

guère vous plaire en notre compagnie. Vous n'auriez pas
été si long à venir si vous aviez imaginé Highbury sous
un jour agréable.

Il se mit à rire, un peu gêné, et malgré ses dénégations,
Emma fut convaincue de la véracité de ses soupçons.

— Et vous devez partir ce matin même ?

— Oui, mon père doit me rejoindre ici. Nous rentrerons
ensemble à Randalls et je m'en irai tout de suite... Je crains
qu'il n'arrive d'un instant à l'autre.

— Pas même cinq minutes à consacrer à vos amies Miss
Fairfax et Miss Bates ? Quel dommage ! L'esprit puissant
et raisonneur de Miss Bates eût su raffermir le vôtre.

— Oui... J'y *suis allé*. Comme je passais devant chez
elles, j'ai jugé préférable de leur rendre visite. C'était mon
devoir, n'est-ce pas ? Je voulais rester trois minutes, mais
Miss Bates étant absente, je me suis vu retenu plus longtemps que prévu. Elle était sortie, et je me suis senti obligé
de l'attendre. C'est une femme dont on peut, dont on ne
peut que rire, mais personne ne voudrait jamais la traiter
de façon cavalière. Je lui devais cette visite, alors...

Il hésita, se leva et marcha jusqu'à la fenêtre.

— En un mot, Miss Woodhouse, peut-être... Oh, il est
impossible que vous n'ayez pas le moindre soupçon...

Il la regarda comme s'il voulait lire dans ses pensées.
Elle ne savait que dire. Ces paroles risquaient fort
d'annoncer un discours plus sérieux qu'elle ne tenait pas
à entendre, et se forçant donc à parler dans l'espoir d'éluder le problème, elle répondit très calmement :

— Vous avez eu raison. Il était tout naturel de leur rendre visite avant de venir ici, et par conséquent...

Frank resta silencieux. Elle eut l'impression qu'il
l'observait... Il réfléchissait probablement à ce qu'elle
venait de lui dire et cherchait à interpréter ses paroles. Elle
l'entendit soupirer. Il comprenait donc qu'il avait des raisons de soupirer, ce qui n'avait rien d'étonnant puisque la
jeune fille ne l'encourageait manifestement pas. Après un
moment de gêne, il s'assit de nouveau et déclara, d'un ton
plus décidé :

— J'étais du moins assuré de pouvoir ensuite consacrer tout mon temps à mes amis de Hartfield. Le respect que j'éprouve pour...

Il s'interrompit une fois de plus et se releva, l'air fort embarrassé. Il était plus amoureux qu'Emma ne l'avait cru et elle se demanda comment cela se serait terminé si Mr. Weston n'avait fait son apparition juste à ce moment-là. Mr. Woodhouse arriva peu après, et se voyant dans l'obligation de faire un effort, le jeune homme parvint à se calmer.

L'épreuve dura pourtant encore quelques minutes, mais Mr. Weston, toujours pressé de régler les problèmes et tout aussi incapable de retarder l'inéluctable que de prévoir un événement fâcheux lorsqu'il n'était point certain, déclara bientôt qu'il était grand temps de partir, et bien qu'il eût nombre de raisons de soupirer et ne se privât point en effet de le faire, Frank fut obligé d'acquiescer et se leva pour prendre congé.

— Je ne resterai pas sans nouvelles, dit-il, et c'est ma plus grande consolation. Je saurai tout ce qui se passe ici car j'ai prié Mrs. Weston de m'écrire et elle m'a gentiment promis de ne pas y manquer. Oh, quel bonheur d'entretenir une correspondance avec une dame lorsqu'on tient vraiment à savoir ce que deviennent des amis... elle me racontera tout, et quand je lirai ses lettres, j'aurai un peu l'impression de me retrouver dans ce cher Highbury.

Une poignée de main des plus amicales et de chaleureux adieux mirent fin à cet entretien et la porte se referma bientôt sur Frank Churchill. Son départ avait été bien précipité et leur entrevue fort brève ! Il était parti, et notre héroïne se sentait si triste de cette séparation et envisageait comme une telle perte pour leur petite société l'absence de Frank Churchill qu'elle craignit bientôt d'éprouver une peine et une affliction vraiment excessives.

Le changement s'avéra extrêmement désagréable. Emma avait vu Frank presque chaque jour depuis son arrivée, et sa présence à Randalls avait sans nul doute égayé ces deux dernières semaines, considérablement même, il fallait l'avouer. Elle avait chaque matin attendu, espéré sa visite, toujours sûre de retrouver un ami délicat, plein d'attentions et de gaieté. Elle avait été heureuse pendant ces quinze jours et il serait affreux de retomber après cela dans la monotonie coutumière à Hartfield. Et puis, suprême mérite, il lui avait presque dit qu'il l'aimait. Était-il capable de sentiments profonds ou de fidélité, c'était un autre problème, mais pour l'instant, elle ne pouvait douter qu'il éprouvât pour elle beaucoup d'admiration et une tendresse qu'il ne se dissimulait plus. Forte de cette conviction qui venait encore s'ajouter aux autres charmes du jeune homme, Emma pensa qu'elle était certainement un peu amoureuse elle aussi malgré toute sa détermination passée.

« Je dois être éprise de lui, se disait-elle. Cette apathie, cet ennui, ce sentiment d'absurdité, ce dégoût du travail et cette sensation que tout est morne et insipide ! Oh oui, je dois être amoureuse... Je serais d'ailleurs la créature la plus étrange du monde si je ne l'étais point... enfin, pour quelques semaines, du moins. Il faut croire que ce qui est mal pour l'un est toujours bon pour l'autre, car si je ne suis pas la seule à porter le deuil de ce bal tout en l'étant à porter celui de Frank Churchill, Mr. Knightley, lui, sera certainement ravi... Maintenant, il peut passer la soirée avec son cher William Larkins si cela lui plaît ! »

Mr. Knightley n'eut pourtant pas l'air de triompher. Il ne pouvait certes affecter de regretter personnellement l'annulation de ce bal, et son expression ravie eût suffi à démentir ses paroles s'il l'avait fait, mais il se déclara sincèrement désolé de la déception que devaient éprouver les autres, ajoutant même avec une extrême gentillesse :

— Emma, vous n'avez vraiment pas de chance, vous avez si rarement l'occasion de danser ! Non, vous n'avez vraiment pas de chance !

Plusieurs jours s'écoulèrent avant qu'Emma revît Jane Fairfax et fût ainsi en mesure de juger des regrets que lui inspirait la ruine de leurs espoirs. La jeune fille afficha lors de cette entrevue un calme absolument odieux mais il apparut qu'elle venait d'être malade. Miss Bates déclara même que sa nièce avait souffert de telles migraines qu'elle eût certainement été incapable d'assister à ce bal s'il avait eu lieu, et notre héroïne jugea plus charitable d'imputer à la fatigue et à la maladie l'intolérable indifférence de Jane Fairfax.

CHAPITRE XXXI

Emma persistait à se croire amoureuse et doutait simplement de la force de ses sentiments. Tout d'abord
convaincue d'être passionnément éprise, elle jugea bientôt
son inclination des plus superficielles. Elle était toujours
ravie d'entendre parler de Frank Churchill, elle éprouvait
assurément à cause de lui plus de plaisir que jamais à voir
Mrs. Weston, songeait fréquemment à lui et attendait
impatiemment l'arrivée de sa première lettre pour savoir
s'il allait bien, s'il était heureux, si sa tante se portait
mieux et s'il comptait pouvoir revenir à Randalls au printemps, mais elle devait s'avouer qu'elle n'était nullement
malheureuse et se sentait même, le premier jour de solitude passé, plus disposée que jamais à s'occuper de mille
et une choses. Elle était aussi active et aussi gaie qu'à
l'accoutumée et concevait sans peine que Frank eût des
défauts malgré tout son charme. Par ailleurs, tout en songeant fréquemment à lui et en s'amusant, pendant qu'elle
dessinait ou travaillait, à s'imaginer mille intrigues sur
l'histoire et la fin de cet amour et nombre de passionnantes
conversations ou de lettres exquises, elle s'arrangeait systématiquement pour que les déclarations de Frank abou-
tissent à un refus de sa part. Cette grande passion évoluait
toujours jusqu'à se transformer en une simple amitié, et si
la tendresse présidait immanquablement à leur séparation,
la rupture restait fatale. Emma fut bien forcée de reconnaître qu'elle ne pouvait être profondément éprise

lorsqu'elle saisit la véritable nature de ses rêveries, car malgré sa ferme résolution de ne point quitter son père, un sentiment violent lui eût assurément imposé une autre lutte que celle que menait alors son cœur.

« Je ne sache point avoir usé une seule fois du terme de sacrifice, se dit-elle, et je n'y ai pas fait allusion dans mes réponses si brillantes ou mes refus si délicats. Je soupçonne ce jeune homme de n'être pas vraiment indispensable à mon bonheur et c'est tant mieux. Je ne vais tout de même pas me persuader de souffrir plus que je ne le ferais spontanément ! Je suis bien assez amoureuse comme cela, et je serais navrée de l'être davantage. »

Dans l'ensemble, elle était également satisfaite des sentiments qu'elle prêtait au jeune homme.

« Il est sans doute fort amoureux, tout me porte à le croire, oui, vraiment très amoureux, et lorsqu'il reviendra, je devrai prendre garde à ne point l'encourager s'il est encore épris. Résolue comme je le suis à le repousser, je n'aurais vraiment pas la moindre excuse si j'en agissais autrement. Je ne pense certes pas l'avoir encouragé jusque-là, au contraire même, car s'il avait cru que je partageais ses sentiments, il n'aurait jamais eu l'air aussi embarrassé lors de notre entretien d'adieu et ne m'eût jamais parlé en ces termes, mais il me faudra tout de même rester très attentive... enfin, à supposer qu'il soit toujours aussi amoureux à son retour, ce dont je suis loin d'être persuadée. Il ne doit pas être de ces hommes qui... je n'ai pas une confiance illimitée dans sa fermeté ou dans sa constance. Il est d'un tempérament passionné mais certainement assez changeant... bref, plus je réfléchis et plus je me réjouis de ce que mon bonheur ne soit point en jeu dans cette affaire. D'ici peu, je serai guérie et libérée de tous ces problèmes, et puisqu'on prétend que tout le monde doit tomber amoureux une fois dans sa vie, je m'en serai pour ma part tirée à très bon compte. »

Mrs. Weston soumit à Emma la lettre qu'elle reçut bientôt de Frank et notre héroïne ressentit en la lisant tant de plaisir et d'admiration qu'elle se mit à douter de la véritable nature de ses sentiments et craignit d'en avoir sous-estimé la force. La lettre de Frank était longue, bien écrite, et le jeune homme y décrivait en détail son voyage et ses impressions. Exprimant tout naturellement l'affection, la gratitude et le respect que lui inspirait Mrs. Weston, il évoquait aussi avec beaucoup d'esprit et de précision tout ce qui pouvait l'intéresser dans la vie locale. Plus la moindre rhétorique à présent pour s'excuser ou se lamenter. Son langage était dorénavant celui d'un garçon qui aimait sincèrement Mrs. Weston et sa façon de parler du contraste que présentaient Highbury et Enscombe du point de vue des plaisirs mondains montrait assez qu'il en souffrait beaucoup et ne se fût pas privé d'en dire plus long là-dessus si la bienséance l'avait permis. Autre charme de cette lettre, Emma n'y était pas oubliée, le nom de Miss Woodhouse y apparaissant à plusieurs reprises, systématiquement associé à de gentilles allusions aux agréments de sa compagnie, à des compliments sur son bon goût ou au rappel de propos qu'elle avait tenus devant lui. Elle vit enfin un compliment suprême et une preuve irréfutable de son influence sur ce garçon dans une petite phrase dénuée de toute fioriture et de toute galanterie apparente écrite dans un coin, au bas d'une page. Elle disait : « Comme vous le savez, je n'ai pas eu mardi un seul moment de libre pour faire mes adieux à la belle amie de Miss Woodhouse, et je vous prierais donc de lui transmettre mes excuses et mon souvenir respectueux. » Emma ne douta point que ce discours ne lui fût adressé, sûre que l'on ne se rappelait Harriet que parce qu'elle était *son* amie. Pour les informations que Frank donnait sur Enscombe et pour les perspectives possibles, ce n'était ni pire ni mieux que prévu. Mrs. Churchill se remettait et le jeune homme n'osait pas encore, même en imagination, fixer la moindre date pour son retour à Randalls.

Le contenu de cette lettre et les sentiments qu'elle exprimait avaient beau être aussi flatteurs que stimulants, Emma n'en comprit pas moins, après avoir replié et renvoyé la précieuse missive à Mrs. Weston, que son amitié avec Frank ne s'en trouverait point grandie et qu'elle pouvait encore se passer de lui comme il apprendrait bientôt à se passer d'elle. Les intentions de la jeune fille n'avaient pas varié mais sa résolution de repousser Frank prit un intérêt nouveau lorsqu'elle eut conçu un plan destiné à consoler ce pauvre garçon et à lui assurer enfin le bonheur. Il avait parlé d'Harriet dans sa lettre, et les termes dont il avait usé, « belle amie », firent naître dans l'esprit d'Emma l'idée que Miss Smith pourrait fort bien lui succéder dans le cœur du jeune homme. Était-ce impossible, après tout ? Harriet était certes beaucoup moins intelligente que son amie mais Frank avait été frappé de la grâce de son visage et de la cordiale simplicité de ses manières. On pouvait se permettre les hypothèses les plus favorables en ce qui concernait les parents de la jeune fille et leur fortune et cela représenterait indéniablement pour cette enfant une chance magnifique que d'épouser un Frank Churchill. « Je ne dois pas m'appesantir sur ce sujet, je ne dois plus y songer, se disait Emma. Je connais trop le danger que l'on court à se laisser aller à de pareilles spéculations, mais on a déjà vu se produire des événements bien plus étranges, et lorsque nous aurons cessé, Frank et moi, de nous soucier l'un de l'autre comme nous le faisons actuellement, cette union sera le meilleur moyen de ratifier cette espèce d'amitié sincère et désintéressée que j'envisage déjà avec tant de plaisir. »

Il était fort agréable d'avoir en réserve une consolation pour Harriet, même s'il était plus sage de ne point laisser son imagination s'égarer sur tous ces beaux projets. La pauvre enfant aurait bientôt de graves problèmes à affronter, car si l'arrivée de Frank Churchill avait supplanté dans les conversations de Highbury les fiançailles de Mr. Elton, les nouvelles les plus fraîches réduisant à néant l'intérêt des premières, les affaires de Mr. Elton reprenaient une importance accrue depuis le départ de Frank. La date de son mariage était fixée et il ne tarderait plus à rentrer, maintenant. Mr. Elton et son épouse... A peine avait-on eu le temps de discuter de la première lettre d'Enscombe que

« Mr. Elton et son épouse » étaient déjà sur toutes les lèvres et Mr. Frank Churchill oublié. Le seul nom d'Elton dégoûtait Emma. Elle s'était vue délivrée de cet homme et voulait croire qu'Harriet allait mieux depuis quelque temps. Le bal projeté par Mr. Weston avait eu le mérite de faire passer tout le reste au second plan mais il était malheureusement évident qu'Harriet n'était toujours pas assez calme pour supporter au mieux sa prochaine épreuve, à savoir regarder passer un équipage flambant neuf, entendre sonner toutes les cloches du village et ainsi de suite.

La pauvre petite était en proie à une telle agitation qu'Emma se vit obligée de la raisonner et de lui prodiguer tous les soins et toutes les attentions imaginables. Elle savait parfaitement qu'elle n'en ferait jamais assez pour sa jeune compagne qui méritait toute sa gentillesse et sa patience, mais elle n'en était pas moins lasse de toujours prêcher en vain et de recevoir l'approbation d'un être qui ne partageait en fait nullement son opinion. Harriet écoutait toujours avec soumission ce que lui racontait Miss Woodhouse et elle lui répondait certes que « tout cela était vrai, que c'était exactement comme disait Miss Wood-house, que cela ne valait même pas la peine qu'on y songeât et que d'ailleurs elle ne voulait plus songer à ces gens », mais au bout du compte, il ne servait à rien de changer de sujet et Harriet manifestait trente secondes plus tard les mêmes inquiétudes et le même trouble à propos des Elton. Emma jugea finalement préférable de l'attaquer sur un autre terrain :

— Harriet, je ne conçois pire reproche à mon égard que votre façon de vous préoccuper du mariage de Mr. Elton. Rien ne pourrait mieux me rappeler mes erreurs que cette tristesse que vous affichez... Tout cela est mon œuvre, je ne le sais que trop et je vous assure que je ne l'ai pas oublié. J'étais aveugle et je vous ai atrocement abusée ; cela restera toujours pour moi une terrible leçon et je me la rappellerai toute ma vie, soyez-en sûre.

Ce discours fit tant de peine à Harriet qu'elle ne trouva d'autre force que de protester vaguement, et notre héroïne poursuivit :

— Je ne vous ai jamais priée de faire le moindre effort pour moi, Harriet, je ne vous ai jamais demandé de penser un peu moins à Mr. Elton ou de ne plus m'en parler aussi souvent car c'est pour vous et pour vous seule que j'aimerais voir cette affaire enfin réglée... Oui, je voudrais que tout cela soit terminé pour une raison qui m'importe beaucoup plus que mon seul bien-être, la nécessité pour vous de rester toujours maîtresse de vos sentiments, d'avoir conscience de vos devoirs et de ne point éveiller les soupçons d'autrui... Je veux vous voir sauvegarder votre santé et votre honneur et je tiens à ce que vous recouvriez votre tranquillité d'esprit. Voilà les motifs qui m'ont poussée à chercher à vous en imposer et ils me paraissent trop sérieux pour que je ne me désole pas en constatant que vous y restez indifférente au point de ne jamais en tenir compte dans vos agissements... Oh, vous pourriez m'épargner bien des chagrins, cela est évident, mais c'est tout à fait secondaire car je tiens essentiellement à ce que vous vous épargniez à vous-même des peines autrement graves... Je pensais qu'Harriet n'oublierait point à mes côtés son devoir ou plus exactement son amabilité.

Cet appel à l'affection de Miss Smith eut plus d'effet que tout le reste. La seule idée de manquer de gratitude ou de respect envers cette Miss Woodhouse qu'elle chérissait si tendrement bouleversa la pauvre enfant, et quand son chagrin eut un peu perdu de sa violence, il demeura pourtant assez puissant pour lui donner envie de se conduire plus décemment et pour l'aider, dans une certaine mesure du moins, à le faire.

— Vous qui êtes la meilleure amie que j'aie jamais eue, je vous témoignerais de l'ingratitude ! Personne ne peut vous être comparé et je n'aime personne plus que vous ! Oh, Miss Woodhouse, comme je suis coupable envers vous !

Ces expressions de tendresse, jointes aux regards et aux manières les plus doux, aidèrent Emma à comprendre qu'elle n'avait jamais autant aimé Harriet et n'avait jamais accordé plus de prix à son amitié.

« Que de charme dans un cœur aimant, se dit-elle ensuite, il n'est rien d'aussi joli. Une nature affectueuse et tendre, jointe à des façons aimables et franches, a mille fois plus d'attraits que l'intelligence la plus aiguisée, j'en ai la certitude. C'est son bon cœur qui fait que tant de gens aiment mon père, et c'est aussi ce qui explique la popularité d'Isabelle. Je n'avais jamais réalisé l'importance d'une telle qualité mais je crois que je saurais désormais la priser et la respecter comme elle le mérite. Harriet m'est cent fois supérieure en ce domaine ! Chère Harriet ! Je ne vous échangerais pas contre l'amie la plus clairvoyante, la plus prévoyante et la plus intelligente ! Oh, la froideur d'une Jane Fairfax ! Harriet en vaut cent comme elle... et comme épouse, épouse d'un homme intelligent ! Oui, ses mérites sont inestimables. Je ne citerai point de nom, mais heureux sera l'homme qui aimera Harriet au lieu d'aimer Emma. »

CHAPITRE XXXII

C'est à l'église que l'on aperçut pour la première fois Mrs. Elton, mais si sa présence interrompit les dévotions des fidèles, elle ne suffit cependant point à satisfaire leur curiosité et ils durent remettre aux visites de bienvenue le soin de décider si elle était belle, simplement jolie ou vraiment laide.

Plus que la curiosité, c'est l'orgueil et le souci des convenances qui incitèrent Emma à se rendre sans plus tarder chez la jeune mariée pour lui présenter ses respects. Elle insista pour qu'Harriet l'accompagnât afin d'éliminer le plus tôt possible les aspects les plus déplaisants de cette affaire.

Elle sentit les souvenirs affluer en revenant dans cette maison et en se retrouvant dans la pièce où trois mois plus tôt, ruse bien inutile, elle s'était retirée pour lacer ses bottines. Elle avait prévu que mille pensées importunes, compliments, charades et malentendus, assailleraient son esprit et se doutait bien que la pauvre Harriet se remémorerait aussi mille petits détails, mais la jeune fille fut parfaite, simplement un peu plus pâle et plus silencieuse que d'ordinaire. Bien entendu, l'entrevue fut brève, encore écourtée du reste par l'embarras et le trouble manifeste de ces dames, et notre héroïne refusa donc de se faire une opinion définitive sur Mrs. Elton, ne consentant à porter sur elle qu'un jugement des plus vagues selon lequel « elle était vêtue avec élégance et ne manquait point de charme ».

En fait, cette femme ne lui plaisait pas du tout. Elle ne voulait point la condamner trop vite, mais elle la soupçonnait d'être un peu vulgaire et trouvait qu'une femme de cet âge, étrangère et jeune mariée de surcroît, n'aurait jamais dû faire preuve de tant d'aisance. Physiquement, Mrs. Elton n'avait rien d'extraordinaire, et si son visage était plutôt gracieux, ses traits, son allure et sa voix manquaient de distinction aux yeux d'Emma.

Quant à Mr. Elton, il n'avait vraiment pas l'air... mais non, elle ne voulait pas se moquer trop vite de lui. Les visites de félicitations sont toujours une cérémonie affreusement gênante pour les mariés, et il faut qu'un homme soit doté d'une rare délicatesse pour s'en tirer avec honneur. Le rôle de la femme est plus facile car elle peut s'abriter derrière de beaux vêtements et se verra concéder aisément le privilège de la timidité tandis que son époux ne peut compter que sur son propre bon sens. En outre, Mr. Elton n'avait décidément pas de chance de se retrouver en compagnie de la femme qu'il venait d'épouser, de celle qu'il avait souhaité épouser et de celle qu'on avait voulu lui faire épouser, et notre héroïne l'excusa donc d'être aussi ridicule, aussi emprunté et aussi affecté.

— Eh bien, dit Harriet quand elles eurent quitté la maison et après qu'elle eut vainement attendu qu'Emma parlât la première, eh bien, Miss Woodhouse (avec un léger soupir), comment la trouvez-vous ? N'est-elle pas charmante ?

Une certaine hésitation perça dans la réponse d'Emma :

— Oh oui... absolument... c'est une jeune femme charmante.

— Je la trouve belle, très belle.

— En vérité, elle s'habille fort bien. Sa jupe était ravissante.

— Je comprends qu'il soit tombé amoureux d'elle.

— Oui, il n'y a rien là de surprenant... elle a une jolie fortune et il n'a eu qu'à la cueillir.

— Je crois, je crois qu'elle lui est très attachée... répondit Harriet en soupirant de nouveau.

— C'est possible, mais les hommes n'épousent pas toujours celles qui les aiment le plus tendrement. Miss Hawkins désirait peut-être s'établir et dans ce cas, elle risque d'avoir tout simplement jugé particulièrement avantageuse la demande en mariage de Mr. Elton.

— Oui, dit Harriet chaleureusement, et si c'est exact, elle a eu raison car nulle femme ne peut rêver mariage plus brillant. Enfin, je leur souhaite de tout cœur d'être heureux et je crois, Miss Woodhouse, que je ne souffrirai plus désormais lorsque je les rencontrerai. Je l'admire plus que jamais, mais tout est différent maintenant qu'il est marié. Non, Miss Woodhouse, vous n'avez plus de raisons de vous inquiéter, je vous l'assure. Je me sens capable d'apprécier pleinement ses qualités sans en concevoir pour autant la moindre peine, et ce m'est une telle consolation de savoir qu'il ne s'est point mésallié ! Cette jeune femme a l'air charmant et tout à fait digne de lui. Heureuse créature ! Il l'a appelée Augusta. Comme c'est joli !

C'est seulement quand Mrs. Elton lui retourna sa visite qu'Emma fut réellement en mesure de se former une opinion arrêtée, car elle eut alors tout loisir d'examiner la jeune femme et de la juger plus objectivement. Harriet étant absente à ce moment-là et son père s'occupant de Mr. Elton, Emma put observer la dame tout à son aise durant le quart d'heure qu'elles passèrent en tête à tête, et ce petit entretien suffit à la convaincre que son interlocutrice était une femme vaine, contente d'elle et fort imbue de son importance. Elle cherchait à briller et voulait passer pour un esprit supérieur, mais on voyait que ses manières avaient été formées à mauvaise école et pêchaient par un excès de prétention et de familiarité. Ses idées et sa manière de vivre étaient manifestement calquées sur celles d'un petit cercle de personnes et si elle n'était point sotte, elle était certainement ignorante. En bref, on ne pouvait guère espérer que sa société profitât le moins du monde à son époux.

Miss Smith était à coup sûr un meilleur parti, car si elle n'était pas elle-même instruite ou raffinée, elle connaissait grâce à son amie des êtres dotés des qualités qui lui faisaient défaut. La morgue de Mrs. Elton laissait cependant supposer que jeune fille, elle avait brillé dans le petit monde qu'elle fréquentait, et le riche beau-frère, avec sa belle demeure et toutes ses voitures, avait apporté à cette Miss Hawkins le prestige qui lui manquait.

A peine installée, Mrs. Elton se mit à parler de Maple Grove, « le château de son beau-frère, Mr. Suckling », pour le comparer à Hartfield. Le parc des Woodhouse était petit, certes, mais bien entretenu et ravissant, et la maison était moderne, bien conçue. Le salon très vaste, le hall d'entrée et tout ce qu'elle voyait ou imaginait impressionnaient manifestement très favorablement la jeune femme. « Cela ressemble beaucoup à Maple Grove », dit-elle. Oui, elle était vraiment frappée de la ressemblance ! Ce salon avait exactement la même forme et les mêmes dimensions que le petit salon de Maple Grove, pièce favorite de sa sœur. On en appela à Mr. Elton. « La ressemblance n'était-elle pas extraordinaire ? Oui, on aurait vraiment pu se croire à Maple Grove ! »

— Et l'escalier ! Vous savez, j'ai remarqué dès mon arrivée combien il rappelle celui du château. Il est placé exactement au même endroit de la maison. Je n'ai pas pu retenir une exclamation de surprise en entrant ! Oh, Miss Woodhouse, vous n'imaginez pas le plaisir immense que j'éprouve à retrouver un peu ces lieux que j'aime à la folie ! J'ai passé tant de mois de bonheur à Maple Grove ! (avec un léger soupir d'émotion). Un endroit charmant, sans nul doute ! Tous ceux qui le connaissent sont étonnés de sa beauté mais pour moi, c'était en outre mon vrai foyer. Si vous vous trouvez un jour exilée comme moi, vous comprendrez, Miss Woodhouse, tout le bonheur que l'on peut ressentir devant ce qui vous rappelle ce que l'on a laissé derrière soi... Je ne cesse de dire que c'est l'un des pires inconvénients du mariage.

Emma lui fit une réponse aussi évasive que possible, mais cela suffit amplement à une Mrs. Elton qui désirait seulement discourir à son aise.

— Oui, cela ressemble tellement à Maple Grove, et il n'y a pas que la maison... Le parc, autant que j'aie pu l'observer, présente aussi de surprenantes similitudes, je vous l'assure. Même profusion de lauriers qu'à Maple Grove, et ils sont, exactement comme là-bas, plantés au-delà des pelouses. J'ai également aperçu un arbre magnifique entouré d'un banc, et cela m'a rappelé le château... Mon frère et ma sœur raffoleront de Hartfield. Ceux qui possèdent un grand parc apprécient toujours de retrouver chez autrui le style des lieux qui leur sont chers.

Emma doutait fort de la véracité de cette maxime, jugeant plutôt que ceux qui possèdent un grand parc ne remarquent guère celui des autres, mais tout cela ne valant point d'être discuté, elle se contenta de répondre :

— Je crains que Hartfield ne vous déçoive lorsque vous connaîtrez mieux le pays. Le Surrey abonde en merveilles de toutes sortes.

— Oh oui, je le sais, c'est le jardin de l'Angleterre, n'est-ce pas... Oui, le jardin de l'Angleterre.

— Certes, mais il ne faut pas en tirer de conclusions trop hâtives. Je crois qu'à l'égal du Surrey, bien des comtés se voient donner ce titre de « jardin de l'Angleterre ».

— Non, je ne pense pas, répondit Mrs. Elton avec un sourire des plus satisfaits. Je n'ai jamais entendu dire cela d'un autre comté.

Emma ne pouvait se permettre d'insister davantage.

— Mon beau-frère et ma sœur ont promis de nous rendre visite au printemps ou cet été au plus tard, poursuivit Mrs. Elton, et nous en profiterons pour explorer le pays. Nous nous promènerons beaucoup lorsqu'ils viendront. Ils amèneront évidemment leur calèche. Elle contient facilement quatre personnes, et sans parler de notre propre voiture, nous pourrons sans problème aller voir toutes les merveilles de la région. Je serais étonnée qu'ils veuillent se déplacer en berline à cette époque de l'année, et de toute façon, je leur écrirai en temps voulu pour leur conseiller d'amener la calèche. Ce sera mille fois plus agréable et l'on a tout naturellement envie d'en montrer le plus possible aux amis qui viennent vous rendre visite dans une belle région, n'est-ce pas, Miss Woodhouse ? Mr. Suckling adore se promener. L'an dernier, juste après qu'ils ont acheté leur calèche, nous sommes allés deux fois à King's Weston... Je suppose que vous faites nombre d'excursions de ce genre en été, Miss Woodhouse ?

— Non, ce n'est point la coutume à Highbury. Nous sommes assez éloignés des endroits dont la beauté justifie le genre d'excursions dont vous parlez et nous sommes, je crois, de ces êtres paisibles qui préfèrent rester chez eux plutôt que de se lancer dans des parties de plaisir.

— Ah, c'est encore chez soi que l'on est le mieux ! Je suis follement casanière et c'en était devenu proverbial à Maple Grove. Combien de fois Selina n'a-t-elle pas dit en partant pour Bristol : « Je n'arriverai jamais à décider cette enfant à sortir d'ici. Je vais être obligée de m'en aller toute seule, moi qui déteste m'afficher en calèche sans une compagne à mes côtés, mais je crois que malgré toute sa bonne volonté, Augusta ne franchirait jamais la grille du parc si nous la laissions faire. » Oui, c'est ce qu'elle disait à chaque fois, et je ne préconise pourtant pas la réclusion absolue. J'estime au contraire qu'il ne faut jamais se retirer tout à fait du monde et qu'il est nettement plus judicieux d'avoir une vie sociale du moment que l'on ne dépasse point la mesure. Je comprends cependant très bien votre situation. Miss Woodhouse (regardant Mr. Woodhouse), l'état de santé de votre père doit souvent faire obstacle à vos sorties, n'est-ce pas ? Pourquoi n'essaie-t-il pas un séjour à Bath ? Il devrait le faire, je vous assure. Permettez-moi de vous recommander Bath car je suis sûre que cela ferait le plus grand bien à Mr. Woodhouse.

— Mon père est souvent allé à Bath, autrefois, mais cela n'a servi à rien et Mr. Perry, dont le nom ne doit pas vous être inconnu, juge que cela s'avérerait probablement tout aussi inutile à présent.

— Ah, c'est fort regrettable, car les eaux ont des effets proprement spectaculaires dès lors qu'elles vous conviennent. J'en ai eu mille fois la preuve lorsque j'étais moi-même à Bath et c'est par ailleurs une ville si gaie qu'elle ne pourrait que profiter à Mr. Woodhouse dont je sais qu'il est parfois très déprimé. Quant à ce que vous apporterait, à vous, une villégiature à Bath, je n'ai pas besoin, j'imagine, de m'y étendre longuement car tout le monde connaît les mérites que cette ville peut avoir aux yeux de la jeunesse. Ce serait un charmant début pour vous qui avez toujours mené une vie si retirée, et je pourrais vous introduire dans la meilleure société de la place. Il me suffirait d'écrire un petit mot pour que vous ayez aussitôt une foule de relations, et cette chère Mrs. Partridge, chez qui j'ai toujours logé quand j'allais à Bath, serait ravie de s'occuper de vous et de vous chaperonner, ce qu'elle ferait mieux que personne.

Emma se sentit incapable d'en supporter davantage sans devenir grossière. Songer qu'elle pourrait jamais devoir à Mrs. Elton ce que l'on nomme une « introduction » et mener une vie mondaine sous les auspices d'une amie de Mrs. Elton, une Mrs. Partridge qui devait être quelque veuve vulgaire et tapageuse dont la pensionnaire du jour assurait tout juste la subsistance ! C'était vraiment la ruine de la dignité de Miss Woodhouse, la demoiselle de Hartfield !

Elle retint cependant les reproches qui lui brûlaient les lèvres et se contenta de remercier très sèchement Mrs. Elton : « Il n'était pas question d'aller à Bath et elle n'était absolument pas convaincue que cette ville lui eût convenu mieux qu'à son père. » Puis elle s'empressa de changer de sujet, soucieuse de s'éviter de nouveaux outrages et d'autres raisons de s'indigner.

— Je ne vous demanderai point si vous êtes musicienne, Mrs. Elton. Quand une dame se trouve dans votre situation, sa réputation la précède généralement et nous savons tous depuis longtemps que vous jouez divinement.

— Oh non, je vous l'assure. Je dois protester contre de pareilles allégations. Jouer divinement ! J'en suis fort éloignée, je vous le jure. Songez à la partialité de celui qui vous a dit cela. J'aime éperdument, passionnément la musique, et mes amis prétendent que je ne suis point entièrement dénuée de goût, mais à part cela, je vous promets sur mon honneur que mon jeu est des plus médiocres. Vous, Miss Woodhouse, vous jouez délicieusement, je le sais. Je vous avouerai que ç'a été pour moi un grand bonheur et un réconfort immense d'apprendre que j'allais fréquenter ici des mélomanes. J'étais vraiment ravie, car je ne puis me passer de musique. C'est pour moi l'une des nécessités de l'existence et comme j'ai toujours eu, à Maple Grove comme à Bath, des amis férus de musique, j'aurais été affreusement malheureuse d'être privée de ce plaisir. Je ne l'ai point caché à Mr. Elton lorsqu'il m'a parlé de mon futur foyer en m'avouant craindre pour moi les désagréments d'une telle retraite et en reconnaissant par ailleurs l'aspect peu reluisant du presbytère... Il me savait habituée à... enfin, il nourrissait bien sûr certaines appréhensions, et c'est normal, n'est-ce pas ? En bref, lorsqu'il a évoqué tous ces problèmes, je lui ai répondu très loyalement que je me sentais capable d'abandonner le monde, les soirées, les bals et mille autres distractions car j'avais en moi-même trop de ressources pour craindre l'isolement et ne pas pouvoir me passer des mondanités de toutes sortes... Je lui ai du reste fait remarquer que le problème était tout différent pour ceux qui ne s'intéressent à rien, mais que pour moi, mon bonheur ne dépendait que de moi-même. Quant à l'exiguïté de la maison, sans y être le moins du monde habituée, je ne m'en souciais nullement. « J'espère être à la hauteur d'un tel sacrifice », lui ai-je dit. Je m'étais, il est vrai, accoutumée à tous les luxes à Maple Grove, mais je lui ai assuré que deux voitures n'étaient point indispensables à mon bonheur, non plus que de grands appartements. Cependant, et pour être honnête, je ne pense pas pouvoir me passer d'amis qui apprécient la musique, ai-je conclu, et si je n'exige rien d'autre, sans musique, la vie perdrait pour moi tout son sel.

— Nous comprenons que Mr. Elton n'ait pas hésité un instant à vous promettre que Highbury regorgeait de mélomanes, répondit Emma en souriant. J'espère cependant que vous ne jugerez pas qu'il a exagéré plus qu'il n'était en droit de le faire étant donné ses raisons.

— Non, et pour tout dire, je n'ai point le moindre doute à ce sujet. Les amis que j'ai trouvés ici me plaisent énormément. J'espère que nous donnerons une foule de petits concerts, vous et moi. Miss Woodhouse, nous devrions fonder un club musical et donner chaque semaine un concert, soit chez vous, soit chez moi. N'est-ce pas une bonne idée ? Nous ferions certainement nombre d'émules si nous nous attaquions sérieusement à ce projet. Cela me serait particulièrement profitable car je me verrais obligée de continuer à pratiquer le piano. Les femmes mariées, vous savez... Oh, c'est lamentable, mais elles ont trop souvent tendance à négliger la musique.

— Mais vous êtes vous-même à l'abri d'une telle mésaventure, vous nourrissez tant de passion pour votre art !

— Je l'espère, mais je tremble quand je regarde autour de moi. Selina a complètement renoncé et elle ne touche plus un piano alors qu'elle jouait à ravir. Même chose pour Mrs. Jefferey, née Clara Partridge, et pour les deux demoiselles Milsam, présentement Mrs. Bird et Mrs. Cooper. Je pourrais citer mille autres cas encore, et sur mon honneur, cela suffit à vous effrayer. J'en voulais beaucoup à Selina mais je commence à comprendre qu'une femme mariée ne dispose plus d'une minute tant on la sollicite de toutes parts. Ce matin, j'ai dû rester au moins une demi-heure enfermée avec ma femme de charge !

— Mais ces détails domestiques prennent rapidement un cours si régulier que...

— Eh bien, dit Mrs. Elton en riant, nous verrons.

Emma ne crut pas bon d'insister devant un désir aussi manifeste d'abandonner la musique, et Mrs. Elton changea de sujet après un instant de silence.

— Nous sommes allés à Randalls, dit-elle, et les maîtres de maison étaient là tous les deux. Ce sont apparemment des gens charmants et ils me plaisent beaucoup. Mr. Weston m'a fait l'effet d'un homme très bien et j'en raffole déjà, je vous le jure. Quant à sa femme, elle semble vraiment si bonne, elle a quelque chose de si maternel et de si bienveillant que l'on ne peut s'empêcher d'être séduit. C'était votre gouvernante, n'est-ce pas ?

Emma fut presque trop étonnée pour répondre, mais Mrs. Elton attendit à peine sa réponse affirmative pour reprendre :

— Sachant cela, j'ai été fort surprise de sa distinction. C'est vraiment une dame !

— Mrs. Weston a toujours été irréprochable sur le chapitre des manières, répliqua Emma, et sa correction, sa simplicité et son élégance en font un modèle pour n'importe quelle jeune femme.

— Devinez qui est venu quand nous étions là-bas ?

Emma se sentit très embarrassée, le ton paraissant indiquer que l'on parlait d'une vieille connaissance... Comment du reste aurait-elle pu deviner ?

— Knightley, poursuivit Mrs. Elton, Knightley en personne ! C'est une chance, n'est-ce pas ? Car j'étais absente lorsqu'il est venu nous rendre visite l'autre jour et je ne l'avais jamais vu. Comme c'est un ami intime de Mr. Elton, j'étais bien entendu fort curieuse de le connaître. Il m'avait si souvent parlé de son « ami Knightley » que je brûlais de le connaître et je dois avouer que mon *caro sposo* n'a point à rougir de cette relation... Knightley est un vrai gentleman et il me plaît à la folie ! Je le trouve décidément très distingué.

Heureusement, l'heure du départ avait enfin sonné et notre héroïne put respirer.

« Quelle femme insupportable ! s'écria-t-elle aussitôt. Pire que je ne l'avais supposé. Absolument insupportable ! Knightley ! Elle ne l'a jamais vu de sa vie et elle l'appelle Knightley ! Elle s'aperçoit que c'est un gentleman ! Ce n'est qu'une vulgaire parvenue avec ses *caro sposo*, sa vanité, sa prétention et son élégance tapageuse. Et elle s'aperçoit que Mr. Knightley est un gentleman ! Je doute fort qu'il lui retourne jamais le compliment en découvrant en elle une dame ! Je n'aurais jamais cru cela possible. Et proposer que nous unissions nos efforts pour fonder un club de musique ! A croire que nous sommes amies intimes ! Et Mrs. Weston, s'étonner que la femme qui m'a élevée ait de la distinction ! Oh oui, c'est pire, cent fois pire que tout ce que j'imaginais et je n'ai jamais rencontré une femme pareille. Cela dépasse tous mes espoirs et la moindre comparaison déshonorerait Harriet. Oh, seigneur, que dirait Frank Churchill s'il était là ? Comme elle l'agacerait et comme il s'amuserait ! Ah, voilà que je pense à lui tout de suite. C'est toujours la première personne qui me vient à l'esprit. Je m'y laisse prendre à chaque fois et je songe certainement trop à lui. »

Toutes ces pensées se succédèrent si vite dans sa tête qu'elle fut prête à donner la réplique à son père dès qu'il se fut remis du trouble que lui avait causé cette visite des Elton.

— Eh bien, ma chère enfant, commença-t-il délibérément, cette jeune femme m'a paru tout à fait charmante, si nous considérons que nous ne l'avions jamais vue. Vous lui avez fait bonne impression, je crois. Elle parle un peu trop vite, et je n'aime pas cela car j'en attrape mal aux oreilles... enfin, je dois être un peu trop tatillon. Je supporte mal ces voix auxquelles je ne suis point habitué, et personne n'est plus agréable à écouter que vous et Miss Taylor. Elle a cependant l'air d'être fort obligeante et bien élevée, et elle fera certainement une excellente épouse pour Mr. Elton, même si d'après moi, Mr. Elton eût mieux fait de ne pas se marier. Je lui ai fait toutes mes excuses de n'avoir pu leur rendre visite à cette heureuse occasion. Je comptais pouvoir le faire dans le courant de l'été, lui ai-je dit, mais je sais que j'aurais été forcé d'y aller avant car on ne peut décemment négliger une jeune mariée. Ah, cela montre à quel point je suis malade ! Mais je déteste, je l'avoue, tourner le coin de Vicarage Lane.

— Je suis certaine que Mr. Elton vous aura pardonné. Il vous connaît si bien !

— Oui, mais une jeune dame, une jeune mariée... J'aurais dû aller lui présenter mes respects si j'en avais été capable. Je me suis montré bien négligent !

— Mais mon cher papa, vous n'êtes point ami du mariage et je ne vois donc pas pourquoi vous seriez si pressé de faire vos compliments à *une jeune mariée*. Ce ne devrait pas être une recommandation pour vous, et c'est encourager les gens à se marier que de faire tant de cas des nouveaux époux.

— Ma chère, je n'ai jamais encouragé quiconque à se marier mais je ne voudrais pour rien au monde manquer à mes devoirs envers une dame... surtout une jeune mariée, dont l'état exige des prévenances toutes particulières. Ma chère enfant, une jeune mariée doit toujours se voir accorder la première place, où qu'elle se trouve !

— Eh bien, papa, si ce n'est point là encourager les gens à se marier, je ne sais pas ce que c'est, et je n'aurais jamais cru que vous approuveriez un jour des coutumes qui flattent si bien la vanité des pauvres jeunes filles.

— Vous ne comprenez pas, ma chère, c'est une question de politesse élémentaire et de bonne éducation, un point c'est tout.

Emma n'insista pas. Son père s'énervait et ne pouvait la comprendre. Elle recommença donc à songer aux offenses que lui avait infligées Mrs. Elton, et elle les médita longuement, interminablement.

CHAPITRE XXXIII

Emma n'eut point à modifier par la suite son opinion sur Mrs. Elton. Elle l'avait parfaitement jugée lors de leur seconde entrevue et cette femme apparut à chacune de leurs nouvelles rencontres tout à fait égale à elle-même, c'est-à-dire vaniteuse, présomptueuse, familière, ignorante et mal élevée. Plutôt jolie, elle était aussi relativement experte dans tous les arts d'agrément mais n'avait point le moindre bon sens, ayant la sottise de croire que son habitude des mondanités l'appelait à insuffler une vie nouvelle à la petite cité de Highbury et s'imaginant que seule une Mrs. Elton pouvait jouer dans le monde un rôle plus brillant que celui qu'y avait tenu une Miss Hawkins.

Rien ne laissait supposer que Mr. Elton ne partageait point les façons de voir de sa femme. Il respirait non seulement le bonheur mais encore la fierté et semblait se féliciter d'avoir amené à Highbury une dame que même une Miss Woodhouse n'arrivait pas à égaler. Enclins à la louange ou peu coutumiers de la critique, les nouveaux amis de Mrs. Elton suivaient d'ailleurs l'exemple de la bonne Miss Bates et tenaient pour acquis que la jeune mariée devait être aussi intelligente et aussi charmante qu'elle se vantait de l'être. Tout le monde était enchanté et les éloges sur la nouvelle venue passaient de bouche en bouche sans que Miss Woodhouse y fît le moins du monde obstacle, résolue qu'elle était à demeurer fidèle à sa contribution initiale en répétant avec beaucoup de grâce que cette dame était décidément « vêtue avec élégance et ne manquait point de charme ».

Il est un domaine où, loin de s'améliorer, Mrs. Elton se dégrada, celui de ses relations avec Emma. Probablement offensée par les maigres encouragements qu'avaient rencontrés ses avances, elle battit en retraite et devint peu à peu de plus en plus froide et distante. Emma s'en réjouit d'une certaine manière mais les motivations évidentes de cette femme la lui firent encore plus détester, les Elton affectant en outre de se montrer extrêmement désagréables avec une Harriet qu'ils accablaient de sarcasmes et de grossièretés. Tout en espérant que cela aiderait Harriet à guérir, Emma en conçut un mépris grandissant pour les deux époux. On ne pouvait douter que l'amour de la malheureuse Miss Smith eût été offert en sacrifice à la franchise conjugale et notre héroïne était presque certaine que l'on avait aussi discuté, en le présentant sous un jour le moins favorable pour elle et le plus flatteur pour lui, le rôle qu'elle avait elle-même joué dans cette histoire. Ils la détestaient tous les deux, c'était manifeste, et lorsqu'ils manquaient d'un sujet de conversation, ils devaient sûrement s'en prendre à Miss Woodhouse, la haine qu'ils n'osaient lui témoigner franchement en lui manquant de respect s'exhalant ensuite à loisir dans les mauvais traitements qu'ils infligeaient à Harriet.

Mrs. Elton se prit d'un goût très vif pour Jane Fairfax, et cela dès le début. Cette passion fut immédiate et n'attendit point, pour se manifester, que le combat engagé contre Emma expliquât cette estime pour Jane. Non contente d'exprimer une admiration raisonnable et toute naturelle, Mrs. Elton entendait, sans qu'on l'y eût invitée et sans y avoir le moindre droit, aider et protéger la jeune fille. Emma, qui n'avait point encore perdu sa confiance, recueillit lors de leur troisième rencontre les confidences de cette émule de Don Quichotte :

— Jane Fairfax est absolument charmante, Miss Woodhouse, et je suis folle d'elle. C'est une enfant tellement gracieuse, tellement intelligente, elle est si douce et si distinguée... et puis quel talent ! Je la trouve incroyablement douée, je vous l'assure, et je n'hésiterai pas à dire qu'elle joue à la perfection. Je connais assez la musique pour l'affirmer catégoriquement... Oh, elle est merveilleuse ! Vous allez vous moquer de moi, mais je vous jure que je ne parle plus que de cette jeune fille. Il faut avouer que sa situation ne peut qu'inspirer la pitié. Miss Woodhouse, nous devons tout faire pour lui venir en aide. Oui, il faut faire connaître ses mérites car on ne doit point souffrir qu'un pareil talent demeure dans l'ombre. Je suppose que vous avez déjà entendu ces vers ravissants :

Mainte fleur est née pour rougir, invisible,

Et pour gaspiller sa fragrance dans un désert...

» Eh bien, nous n'admettrons point qu'ils se vérifient en la gracieuse personne de Jane Fairfax.

— Cela ne se produira pas, j'en suis persuadée, répondit très calmement Emma, et vous ne craindrez plus de voir les talents de Jane Fairfax rester dans l'ombre lorsque vous connaîtrez mieux sa situation et saurez quelle existence elle a menée chez le colonel Campbell.

— Mais ma chère Miss Woodhouse, elle vit à présent d'une façon si retirée, si modeste, si triste ! Quels que soient les avantages dont elle a pu jouir chez les Campbell, tout cela est mort et bien mort. Je crois qu'elle en souffre et j'en suis même convaincue. Elle est timide, discrète, et elle a visiblement besoin d'être encouragée. Je ne l'en aime que mieux, du reste, car pour moi c'est une recommandation. J'adore les timides et l'on n'en rencontre point assez à mon gré. C'est une qualité particulièrement appréciable chez ceux dont la position est un peu inférieure... Oh, je vous assure que je trouve cette enfant délicieuse et qu'elle me plaît plus que je ne saurais dire.

— Vos sentiments partent du cœur, mais je ne vois pas comment vous ou n'importe lequel de ses amis, de ses vieux amis même, pourrait lui montrer d'autres égards que...

— Ma chère Miss Woodhouse, il est temps que ceux qui n'ont pas peur de prendre des initiatives osent enfin agir. Nous n'avons, vous et moi, strictement rien à craindre, et si nous donnons l'exemple, nombre de nos amis nous suivront et feront leur possible même s'ils n'ont point une position comparable à la nôtre. Nous avons chacune une voiture pour aller la chercher et la ramener chez elle, et nous vivons toutes deux sur un pied qui nous permet de la recevoir n'importe quand sans embarras. Il me déplairait à l'extrême que Wright allât nous servir un dîner qui pût me faire regretter d'avoir invité qui que ce fût à le partager. Je ne m'arrêterai jamais à ce genre de dépense, ce qui est assez normal si l'on songe aux habitudes que j'ai prises en ce domaine. En tant que maîtresse de maison, je cours plutôt le risque de tomber dans l'excès contraire et j'ai tendance à trop en faire sans me soucier suffisamment des questions d'économie. Je me règle probablement plus que de raison sur l'exemple de Maple Grove, car nous ne prétendons nullement jouir de revenus comparables à ceux de Mr. Suckling, mon beau-frère. De toute façon, j'ai pris la ferme résolution de m'occuper de Jane Fairfax. Je l'inviterai très souvent chez moi et je la présenterai au maximum de gens possible. Je compte aussi donner des soirées musicales pour faire valoir ses talents et je n'aurai de cesse de lui avoir trouvé une bonne situation. J'ai tellement de relations que je ne doute point d'entendre parler d'ici peu d'une place convenable. Je la présenterai naturellement à mon beau-frère et à ma sœur lorsqu'ils vont venir nous voir et je la leur recommanderai tout particulièrement. Je suis persuadée qu'elle leur plaira beaucoup et elle aura pour sa part tôt fait de surmonter son appréhension dès qu'elle les connaîtra un peu car ce sont les personnes les plus charmantes du monde. Je l'inviterai fréquemment pendant leur séjour au presbytère et nous arriverons certainement à lui trouver de temps en temps une place dans la calèche lorsque nous partirons en promenade.

« Pauvre Jane Fairfax, se dit Emma, vous n'avez pas mérité cela ! Vous avez peut-être mal agi en ce qui concerne Mr. Dixon, mais le châtiment dépasse la faute. Subir les amabilités et la protection d'une Mrs. Elton ! Jane Fairfax par-ci, Jane Fairfax par-là... Mon Dieu, pourvu qu'elle n'aille pas s'occuper de Miss Woodhouse ! Sur mon honneur, l'intempérance verbale de cette femme ne semble point connaître de limites ! »

Après cette entrevue, Emma n'avait plus été forcée de supporter pareil étalage de bons sentiments et s'était vue dispensée de ces confidences ponctuées de « chère Miss Woodhouse » qui la mettaient hors d'elle, car changeant complètement d'attitude à son égard, Mrs. Elton l'avait laissée tranquille. Délivrée de la triste nécessité d'être l'amie intime de cette femme et la protectrice de Jane Fairfax, elle put dès lors se contenter de chercher à savoir comme tout le monde ce qu'éprouvaient, ce que méditaient et ce que faisaient les héroïnes de cette aventure.

Elle prit un certain plaisir à observer de loin ce qui se passait. Miss Bates, simple et naïve, éprouvait une immense gratitude pour cette Mrs. Elton qui témoignait tant d'attentions à Jane. « Cette dame, disait-elle, était vraiment remarquable, et c'était la femme la plus aimable, la plus affable et la plus exquise du monde... digne de son époux, pour la bonté comme pour l'intelligence. » Emma s'étonnait seulement de ce que Jane Fairfax tolérât les égards et l'amitié de Mrs. Elton comme elle semblait le faire. On entendait constamment dire que la jeune fille s'était promenée avec les Elton, qu'elle avait passé un moment ou même toute une journée en leur compagnie, et c'était fort curieux ! Jamais Emma n'aurait cru que cette Jane Fairfax si raffinée et si fière pourrait un jour supporter le genre de société ou d'amitié qu'avaient à offrir les habitants du presbytère.

« Cette jeune fille est une énigme, un mystère, se disait-elle. Décider, mois après mois, de rester ici malgré les mille privations que cela suppose pour elle, et accepter maintenant les égards humiliants et l'insipide conversation d'une Mrs. Elton au lieu de retourner vers ces merveilleux amis dont la tendresse et la générosité n'ont jamais failli. »

Officiellement, Jane était venue passer à Highbury les trois mois où les Campbell devaient s'absenter, mais les Campbell venant de promettre à leur fille de rester en Irlande jusqu'au milieu de l'été avaient récemment écrit à Jane pour l'inviter à les rejoindre à l'étranger. C'est du moins ce que prétendait Miss Bates dont on tenait tous ces renseignements. Mrs. Dixon avait, paraît-il, écrit une lettre des plus pressantes. Si Jane voulait venir, on s'occuperait de tout, on enverrait des domestiques à sa rencontre et l'on mettrait à contribution tous les amis qu'il faudrait... Ce voyage ne posait pas le moindre problème, et Jane s'était malgré cela obstinée à refuser.

« Pour refuser cette invitation, elle doit avoir des motifs plus graves qu'on ne le croit, en avait conclu Emma. Ce doit être une sorte de punition que lui infligent les Campbell, à moins qu'elle ne se l'inflige elle-même. Tout cela cache certainement une grande peur et autant de prudence que de résolution. Quelqu'un doit avoir décrété qu'il ne faut surtout pas la remettre en présence de Mr. Dixon, mais pourquoi doit-elle accepter la compagnie des Elton, c'est un autre mystère. »

Elle s'en étonna un jour à voix haute devant les rares personnes qui connaissaient ses véritables sentiments pour Mrs. Elton, et Mrs. Weston se risqua à prendre la défense de Jane.

— Je ne pense pas qu'elle se divertisse beaucoup au presbytère, ma chère Emma, mais cela vaut certainement mieux que de toujours rester enfermée chez elle. Sa tante est une brave femme, mais elle doit être bien fatigante à la longue. Il faut songer à ce que Miss Fairfax délaisse avant de condamner le plaisir qu'elle peut éprouver ailleurs.

— Vous avez raison, Mrs. Weston, s'écria Mr. Knightley, Miss Fairfax est aussi capable que n'importe lequel d'entre nous de juger Mrs. Elton à sa juste valeur. Elle n'aurait jamais choisi cette femme si elle avait eu une alternative, mais (avec un sourire de reproche à l'adresse d'Emma) elle reçoit de Mrs. Elton des attentions que personne d'autre ne lui témoigne.

Emma surprit le regard que lui lançait Mrs. Weston et fut elle-même surprise de l'ardeur que Mr. Knightley avait mise dans ses paroles. Elle répondit alors, en rougissant un peu :

— J'aurais imaginé que le genre d'attentions dont est capable cette Mrs. Elton agaceraient Miss Fairfax plus qu'elles ne lui plairaient, et j'ignorais que les invitations de la maîtresse du presbytère pussent avoir le moindre charme.

— Je me demande si Miss Fairfax n'a pas été entraînée plus loin qu'elle ne le voulait par l'empressement que met sa tante à accepter à sa place les politesses de Mrs. Elton, reprit Mrs. Weston. Cela ne m'étonnerait pas du tout. Il est fort probable que cette pauvre Miss Bates a compromis sa nièce et l'a forcée à franchir les limites que lui aurait fixées son propre bon sens malgré son désir bien légitime de changer d'air.

Les deux femmes étaient assez curieuses d'entendre de nouveau Mr. Knightley et il poursuivit en effet après quelques instants de silence :

— Il est un autre détail à prendre en considération, c'est que Mrs. Elton ne parle certainement pas *à* Miss Fairfax comme elle parle *d'*elle. Aussi francs soyons-nous, notre langage diffère, nous le savons, selon que nous employons la seconde ou la troisième personne. Nous subissons tous l'influence d'un sentiment plus puissant que la simple politesse lorsque nous entretenons des rapports personnels avec autrui, un sentiment qui nous a été inculqué bien avant, et nous gardons pour nous, en présence de l'intéressé, les conseils que nous ne lui ménagions peut-être pas une heure plus tôt. Nous ne voyons plus alors les choses de la même manière, et de toute façon, sans parler de ce principe général vous pouvez être sûres que Mrs. Elton craint Miss Fairfax dont elle perçoit la supériorité intellectuelle et physique. Elle doit, et je n'en doute pas un instant, traiter notre amie avec tout le respect qui lui est dû lorsqu'elles sont en tête à tête. Mrs. Elton n'avait certainement jamais rencontré une femme comme Jane Fairfax et la vanité la plus folle ne saurait l'empêcher de reconnaître la médiocrité relative de sa propre éducation sinon de sa propre intelligence.

— Je sais combien vous estimez Jane Fairfax, dit Emma.

Elle songeait au petit Henry et ne savait trop comment poursuivre, partagée qu'elle était entre la peur et la délicatesse.

— Oui, répliqua Mr. Knightley, tout le monde le sait.

C'est très vite et le regard dur qu'Emma commença avec un « cependant... » mais elle s'arrêta bientôt. Il valait mieux pourtant savoir tout de suite à quoi s'en tenir et elle reprit résolument :

— Cependant vous n'êtes peut-être pas vous-même conscient de la force de vos sentiments et l'admiration que vous portez à Jane Fairfax risque de vous étonner un de ces jours.

Mr. Knightley s'acharnait à ce moment-là sur les boutons de ses grosses guêtres de cuir et l'effort qu'il dut fournir pour les rattacher — à moins que ce ne fût une tout autre raison — amena sur son visage une violente rougeur tandis qu'il répondait :

— Ah, vous en êtes là ! Mais vous retardez terriblement, il y a au moins six semaines que Mr. Cole m'a fait des allusions à ce sujet.

Il se tut. Emma, ne sachant que penser, sentit que Mrs. Weston lui pressait le pied et Mr. Knightley reprit un instant plus tard :

— Tout cela est absurde, je vous l'assure. Je ne pense pas que Miss Fairfax voudrait de moi si je lui demandais sa main et je suis absolument certain de ne jamais avoir envie de la lui demander.

Emma rendit avec intérêt sa pression du pied à Mrs. Weston, et s'écria, folle de joie :

— Je vous reconnaîtrai toujours le mérite de n'être point vaniteux, Mr. Knightley.

Il parut à peine l'entendre. Il était pensif et il poursuivit bientôt, d'un ton qui montrait bien qu'il était fâché :

— Ainsi vous vous étiez mis en tête que j'épouserais Jane Fairfax ?

— Non, pas du tout. Vous avez tellement raillé ma manie de marier les gens que je n'aurais jamais osé prendre une telle liberté avec vous. Oubliez ce que je viens de dire, cela n'a aucun intérêt. On se laisse aller à raconter ce genre de sottises mais ce n'est pas sérieux. Oh non, je vous jure sur mon honneur que je n'ai pas la moindre envie de vous voir épouser Jane Fairfax ou n'importe quelle autre Jane. Vous ne viendriez plus nous voir comme vous le faites si vous étiez marié.

Mr. Knightley repartit dans ses songes et sa rêverie s'acheva sur ces mots :

— Non, Emma, je ne crois pas que l'admiration que je lui porte me réserve la moindre surprise. Je n'ai jamais pensé à elle de cette manière, je vous le jure.

Et peu après :

— Jane Fairfax est une jeune fille absolument charmante mais elle n'est point parfaite. Elle a un défaut, celui de n'être point dotée de cette spontanéité qu'un homme aime tant à trouver chez une épouse.

Emma ne pouvait que se réjouir d'apprendre que Jane avait un défaut.

— Très bien, dit-elle, et je suppose que vous avez tôt fait de réduire Mr. Cole au silence ?

— En effet, il m'a donné des conseils déguisés et je lui ai répondu qu'il faisait erreur. Il m'a demandé pardon et n'a plus abordé ce sujet. Cole n'entend pas être plus sage ou plus perspicace que ses voisins.

— Comme il diffère en cela de cette chère Mrs. Elton qui veut toujours être plus sage et plus perspicace que quiconque ! Je me demande ce qu'elle dit des Cole ? Comment peut-elle les appeler ? Leur aura-t-elle trouvé un qualificatif suffisamment familier et vulgaire ? Elle vous appelle Knightley, jusqu'où ne va-t-elle point avec Mr. Cole ? Et je ne devrais pas m'étonner que Jane Fairfax accepte ses politesses et consente à lui accorder sa compagnie ! Vos arguments me semblent assez convaincants, Mrs. Weston, et si je comprends fort bien que Jane ait envie d'échapper à Miss Bates, je n'arrive pas à croire que l'intelligence de Miss Fairfax puisse arriver à triompher de la bêtise de Mrs. Elton. Je ne vois pas du tout Mrs. Elton en train d'avouer sa propre infériorité en tous les domaines et je ne crois pas que les rares principes d'éducation qu'elle a pu glaner lui imposent le moindre frein. Je suis persuadée qu'elle passe son temps à insulter son invitée en l'accablant de louanges, d'encouragements et d'offres de services, et elle doit constamment lui assener le détail de ses projets si généreux, sa résolution à lui trouver une situation stable et jusqu'à son intention de l'inviter à ces fameuses excursions en calèche.

— Jane Fairfax est sensible, dit Mr. Knightley, je ne l'accuse point d'indifférence et je la soupçonne même d'être très émotive... elle fait preuve d'une patience et d'une maîtrise de soi remarquables, mais elle manque de spontanéité... Non, vraiment, il a fallu que Cole fasse allusion à ce prétendu attachement pour que cela m'effleure. J'ai toujours admiré Jane Fairfax et j'ai plaisir à discuter avec elle mais je n'ai jamais songé à autre chose.

— Eh bien, Mrs. Weston ! s'écria triomphalement Emma lorsque Mrs. Knightley fut parti, que dites-vous maintenant d'un mariage entre Mr. Knightley et Miss Fairfax ?

— A vrai dire, ma chère Emma, Mr. Knightley me paraît si soucieux de n'être pas amoureux d'elle que je ne serais guère surprise s'il finissait par... Ah, ne me frappez pas...

CHAPITRE XXXIV

Tous les habitants de Highbury ou des environs rivalisèrent d'amabilités à l'occasion du mariage de Mr. Elton. On donna une multitude de dîners et de réceptions en l'honneur des jeunes époux et les invitations se succédèrent à un tel rythme que la nouvelle venue en conçut bientôt l'exquise appréhension de n'avoir plus une seule journée de libre.

— Je vois ce qu'il en est, je vois le genre d'existence que je suis appelée à mener parmi vous, dit-elle. J'ai vraiment l'impression que nous allons bien nous amuser... ma parole, nous sommes à la mode, et dans ces conditions la vie à la campagne n'a plus rien de redoutable. Nous n'avons pas une seule soirée de libre de lundi à samedi, je vous le jure, et même une femme qui ne disposerait point comme moi de ressources intellectuelles n'aurait aucune raison de s'inquiéter.

Mrs. Elton se réjouissait de n'importe quelle invitation, les habitudes qu'elle avait prises à Bath l'incitant à considérer une réception comme l'événement le plus naturel du monde et Maple Grove lui ayant inculqué un goût très vif pour les dîners. Un peu choquée de ne point trouver deux salons partout où elle allait, elle s'étonnait aussi qu'on ne servît que de médiocres petits fours et point de sorbets lors des parties de cartes organisées à Highbury, mais si Mrs. Bates, Mrs. Perry, Mrs. Goddard et les autres étaient fort en retard sur le chapitre des mondanités, elle comptait bientôt leur montrer comment on devait s'y prendre. Elle avait l'intention de rendre toutes leurs politesses à ses amis en donnant au printemps une grande soirée. On ferait cela « bien » et chaque table serait garnie de bougies individuelles et d'un jeu de cartes flambant neuf. On engagerait aussi des extra, c'était évident, et ils apporteraient les rafraîchissements à l'heure voulue et dans l'ordre établi.

De son côté, Emma ne pouvait se dispenser de donner un dîner en l'honneur des Elton. Elle était forcée de faire comme tout le monde au risque de s'exposer à d'odieux soupçons et ne tenait nullement à laisser s'égarer les esprits sur une rancune aussi méprisable qu'imaginaire. Oui, il fallait donner un dîner et Mr. Woodhouse s'y résigna au bout de dix minutes de discussion, précisant simplement qu'il ne voulait point s'asseoir à la place d'honneur, malgré tous les problèmes que poserait comme à chaque fois le choix de son remplaçant.

On eut tôt fait d'établir la liste des invités, les Weston et Mr. Knightley devant seuls assister à ce dîner en plus des Elton. Il était difficile de ne point convier Harriet à faire la huitième, mais Emma ne le fit qu'à contrecœur et se réjouit donc, pour diverses raisons, de voir la jeune fille lui demander la permission de refuser. Harriet préférait éviter de *le* rencontrer lorsque c'était possible, car elle supportait encore très mal de les voir, lui et sa charmante épouse. Elle aimait mieux par conséquent rester tranquillement chez elle si cela ne dérangeait pas Miss Woodhouse, et celle-ci sentit que cela répondait exactement à ses propres désirs même si elle n'avait point osé se l'avouer plus tôt. Sachant que renoncer à une soirée représentait pour sa jeune amie un gros sacrifice, elle admira certes sa force d'âme mais fut ravie de pouvoir désormais inviter la personne à qui elle désirait en fait confier le rôle de huitième convive, Jane Fairfax. Depuis sa dernière conversation avec Mrs. Weston et Mr. Knightley, notre héroïne nourrissait plus de remords que jamais à propos de Jane Fairfax, se rappelant que Mr. Knightley avait dit à Mrs. Elton qu'elle témoignait envers Miss Fairfax de cent fois plus d'égards que quiconque.

« C'est très juste, songeait Emma, du moins dans mon cas, et c'est de moi qu'il parlait... c'est une honte ! Nous avons le même âge, je la connais depuis toujours et j'aurais dû me montrer plus aimable. Elle ne pourra plus jamais m'aimer, à présent, car je l'ai trop longtemps négligée. Je vais quand même essayer de m'occuper d'elle plus que je ne l'ai fait jusque-là. »

Tout le monde accepta l'invitation d'Emma, personne n'ayant d'empêchement et chacun se réjouissant d'assister à ce dîner dont les préparatifs étaient loin d'être achevés. Il se produisit cependant un incident plutôt fâcheux, Mr. John Knightley ayant décidé d'amener lui-même ses deux aînés qui devaient passer quelques semaines à Hartfield. Il ne viendrait que pour une journée mais c'est précisément ce soir-là que la réception devait avoir lieu. Ses engagements professionnels ne permettaient point à Mr. Knightley de remettre sa visite à plus tard et Mr. Woodhouse et sa fille furent très ennuyés de cette coïncidence, le vieux monsieur s'estimant pour sa part incapable de supporter plus de huit personnes à table alors qu'on serait neuf, et sa fille craignant quant à elle que son beau-frère n'appréciât guère de ne pouvoir passer une journée à Hartfield sans tomber sur un grand dîner.

Elle parvint malgré tout à rendre à son père un calme qu'elle était fort loin d'éprouver elle-même en lui expliquant que si l'arrivée de Mr. John Knightley portait le nombre des convives à neuf, le bruit ne s'en trouverait guère augmenté tant l'époux d'Isabelle était taciturne. Pour elle, elle savait qu'elle perdrait au change en ayant pour vis-à-vis cet austère et pesant beau-frère en lieu et place de Mr. Knightley.

Les événements prirent par la suite un tour plus favorable aux vœux de Mr. Woodhouse sinon à ceux d'Emma, car si John Knightley arriva comme prévu, Mr. Weston se vit inopinément appelé d'urgence à Londres le jour même du dîner. Il devait les rejoindre dans la soirée, mais ne

pourrait certainement faire mieux, ce dont Mr. Woodhouse se réjouit à l'extrême, et la bonne humeur de son
père, la présence de ses neveux et la philosophie dont
témoigna Mr. Knightley en apprenant ce qui l'attendait
finirent par dissiper les regrets de la jeune fille.

Les invités arrivèrent à l'heure dite et Mr. John Knightley parut dès le début résolu à se montrer affable, s'engageant dans une conversation avec Miss Fairfax au lieu
d'entraîner son frère dans un coin en attendant le dîner, et
observant sans mot dire une Mrs. Elton qu'un flot de dentelles rendait aussi élégante que possible. Cette femme
n'intéressait Mr. John Knightley que dans la mesure où il
désirait en faire une description à Isabelle en rentrant à
Londres, mais c'était tout différent pour Jane Fairfax. Il la
connaissait depuis longtemps et appréciait fort la conversation de cette paisible jeune fille. Il l'avait rencontrée le
matin même en revenant de la promenade qu'il était allé
faire avec ses fils avant le petit déjeuner, et comme il
s'était mis à pleuvoir juste à ce moment-là, il était tout
naturel qu'il s'informât de la santé de Jane Fairfax et lui
adressât la parole en ces termes :

— J'espère que vous ne vous êtes pas aventurée trop
loin, ce matin, Miss Fairfax, car sinon vous avez dû vous
mouiller. Nous sommes pour notre part arrivés à la maison
presque à temps. J'espère que vous avez rebroussé
chemin ?

— J'allais simplement à la poste, dit-elle, et il ne pleuvait pas encore très fort lorsque je suis rentrée chez moi.
Je vais toujours chercher le courrier quand je suis ici. C'est
ma petite promenade quotidienne. Cela rend service à tout
le monde et ça m'oblige à sortir. Cela me fait du bien de
marcher un peu avant de prendre mon petit déjeuner.

— Pas sous la pluie, tout de même !

— Non, mais il ne pleuvait pas vraiment lorsque je suis
partie.

Mr. John Knightley sourit et répondit

— Vous voulez dire que vous aviez décidé d'aller vous
promener, car vous sortiez à peine de chez vous quand j'ai

eu le plaisir de vous rencontrer et James et Henry avaient déjà renoncé à compter les gouttes... La poste possède un charme irrésistible à certaines époques de la vie, mais quand vous aurez mon âge, vous ne penserez plus qu'une lettre vaille qu'on affronte le mauvais temps pour aller la chercher.

Jane rougit un peu en disant :

— Je ne puis espérer passer comme vous ma vie au milieu des êtres qui me sont chers, et je ne crois donc pas que le simple fait de vieillir puisse me rendre un jour indifférente à ma correspondance.

— Indifférente ! Oh non, je n'ai jamais imaginé que vous deviendriez indifférente, car ce n'est point le sentiment que l'on éprouve devant une lettre... c'est plutôt de la haine que l'on ressent dans ces cas-là.

— Vous parlez des lettres d'affaires, les miennes me viennent de mes amis.

— Je me suis souvent demandé si ce n'étaient pas les pires, répondit-il assez froidement. Les affaires rapportent parfois de l'argent, vous savez, mais les amis presque jamais.

— Ah, vous plaisantez ! Je connais trop bien Mr. John Knightley pour ignorer qu'il estime autant que quiconque le prix de l'amitié. Je comprends aisément que votre courrier ne vous intéresse guère — beaucoup moins que moi, en tout cas —, mais ce ne sont pas vos dix ans de plus qui font la différence, non, ce n'est point votre âge mais votre situation qui explique vos sentiments sur ce sujet. Vous vivez constamment dans la compagnie des êtres qui vous sont les plus chers et je risque pour ma part d'être privée toute ma vie de ce bonheur. Je pense donc que le bureau de poste m'attirera toujours irrésistiblement, et par des temps pires qu'aujourd'hui, tant que je n'aurai point survécu à tous ceux que j'aime.

— Quand je disais que vous changeriez, je voulais dire aussi que votre situation se modifierait au fil des années, ce qui est inévitable, répondit John Knightley. L'affection que nous portons à ceux qui vivent loin de nous perd généralement de sa force avec le temps, mais ce n'est pas de cela que je parlais... je suis un vieil ami et j'espère que vous me permettrez de vous dire que d'ici dix ans vous aurez certainement près de vous autant d'êtres chers que j'en ai.

Ces paroles, prononcées avec une extrême gentillesse, n'avaient rien de blessant et Jane parut vouloir les prendre en riant puisqu'elle y répondit par un « merci » des plus comiques. Sa rougeur pourtant, le tremblement de ses lèvres et les larmes qui brillaient dans ses yeux prouvaient que ce discours avait ému la jeune fille plus que ne l'aurait fait une simple plaisanterie. Mr. Woodhouse lui adressa la parole juste à ce moment-là, car fidèle à ses habitudes, il faisait le tour de ses invités en s'occupant tout particulièrement des dames. Jane était ce soir-là la dernière et c'est avec une politesse exquise qu'il lui dit :

— Je suis vraiment fâché d'apprendre que vous êtes sortie sous la pluie, ce matin, Miss Fairfax. Les jeunes demoiselles devraient toujours prendre soin d'elles car ce sont des plantes infiniment délicates. Elles doivent songer constamment à leur santé et à leur teint. Avez-vous changé de bas, au moins ?

— Oui, Monsieur, je vous le promets, et je vous suis infiniment obligée de vous inquiéter si gentiment de moi.

— On doit toujours se soucier des demoiselles, Miss Fairfax. J'espère que votre bonne Grand-mère et votre tante vont bien ? Je les connais depuis si longtemps... Je voudrais que ma santé me permît d'être un meilleur voisin. Vous nous faites vraiment beaucoup d'honneur, aujourd'hui. Ma fille et moi sommes très sensibles à votre bonté et nous éprouvons un plaisir inexprimable à vous voir à Hartfield.

Ce vieux monsieur si gentil et si poli put enfin s'asseoir, la conscience tranquille et sûr que ses charmantes invitées se sentiraient désormais grâce à lui tout à fait à leur aise.

L'histoire de la promenade sous la pluie parvint peu après aux oreilles de Mrs. Elton qui s'empressa d'accabler Jane de reproches.

— Qu'est-ce que j'apprends, ma chère Jane ? Aller à la poste sous la pluie ? C'est très mal, je vous l'assure. Comment avez-vous pu faire une chose pareille, vilaine fille ? On voit bien que je n'étais pas là pour vous surveiller.

Jane lui donna très patiemment l'assurance qu'elle n'avait pas pris froid.

— Oh, taisez-vous, vous êtes vraiment une vilaine fille et vous êtes incapable de prendre soin de vous-même ! A la poste ! Avez-vous jamais entendu parler de semblable folie, Mrs. Weston ? Il nous faut absolument exercer notre autorité, je vous l'assure.

— Certes, dit Mrs. Weston d'un ton aussi persuasif que gentil, je serais tentée de donner mon avis et de conseiller à Miss Fairfax de ne plus courir de risques de ce genre. Sujette aux rhumes comme vous l'êtes, vous devriez être particulièrement prudente, Miss Fairfax, surtout à cette époque de l'année. J'ai toujours pensé qu'il fallait faire encore plus attention que de coutume, au printemps. Il vaut mieux attendre vos lettres une heure ou deux, une demi-journée, même, que de risquer de vous remettre à tousser. N'avez-vous maintenant le sentiment que vous auriez dû patienter un peu ? J'en suis persuadée, car vous êtes la sagesse incarnée. Vous ne me semblez pas prête à récidiver.

— Oh, de toute façon, elle ne *pourra* pas récidiver, répliqua vivement Mrs. Elton, car nous ne le lui permettrons pas (hochant la tête d'un air entendu). Nous devons trouver un moyen d'arranger cela, il le faut. J'en parlerai à Mr. Elton. L'homme qui va chercher notre courrier chaque matin (c'est l'un de nos domestiques mais j'ai oublié son nom) se chargera de vous apporter vos lettres. Cela règle le problème, ma chère Jane, et vous n'avez point de scrupules à avoir puisque c'est *nous* qui vous proposons cet arrangement.

— Vous êtes très aimable, répondit Jane, mais je ne saurais en aucun cas renoncer à ma promenade matinale car on m'a recommandé de sortir autant que possible. Il faut bien que je me promène quelque part, et je vous assure que la poste ne représente pour moi qu'un simple but. Je n'avais d'ailleurs presque jamais eu de mauvais temps avant ce matin.

— N'en parlons plus, ma chère Jane, c'est décidé... enfin, (avec un rire affecté) autant qu'une chose puisse être décidée sans que mon seigneur et maître m'ait donné son accord. Vous n'ignorez point que les femmes mariées sont toujours tenues de s'exprimer avec une certaine circonspection, Mrs. Weston... Ma chère Jane, vous pouvez donc considérer cette question comme réglée, pourvu que je ne me heurte point à une résistance insurmontable.

— Excusez-moi, mais je ne saurais accepter un arrangement qui obligerait votre domestique à se déranger aussi inutilement, rétorqua vivement Jane. Si cette promenade n'était pas un plaisir pour moi, c'est la servante de ma Grand-mère qui se chargerait d'aller à la poste comme elle le fait toujours quand je ne suis pas là.

— Oh, ma chère, Patty a tant à faire, et c'est presque une bonne action que d'employer nos domestiques !

Jane ne paraissait pas du tout décidée à se laisser convaincre mais elle n'insista pas et préféra reprendre son entretien avec Mr. John Knightley.

— La poste est une institution merveilleuse, dit-elle. Quelle ponctualité et quelle promptitude ! Si l'on songe à la somme de travail que cela représente, on ne peut que s'étonner de la perfection du résultat.

— Certes, c'est une entreprise fort bien organisé.

— Les négligences ou les erreurs sont si rares ! Il arrive si peu souvent qu'une lettre soit mal acheminée parmi les milliers qui circulent en permanence dans le royaume, et il ne doit pas s'en perdre une sur un million ! C'est encore plus étonnant si l'on considère la diversité des écritures, parfois illisibles, que les employés ont à déchiffrer.

— Ces gens-là deviennent de véritables experts avec le temps. Il doit leur falloir au départ une certaine acuité visuelle et beaucoup de dextérité, et ce n'est ensuite qu'une question d'habitude. Si mes explications ne vous suffisent pas, j'ajouterai qu'ils sont payés pour ce travail, dit-il en souriant. C'est la clé des grands talents, et le public entend être bien servi quand il paie.

On se mit alors à discuter de la diversité des écritures et l'on fit à ce sujet les remarques d'usage.

— J'ai entendu dire qu'un certain type d'écriture domine souvent dans une famille, déclara John Knightley, et ce phénomène me paraît assez naturel si les enfants ont tous eu le même précepteur. J'en déduirai du reste que cette règle doit concerner surtout les femmes car on néglige beaucoup les garçons au sortir de la petite enfance et ils gribouillent souvent comme ils peuvent. Je trouve les écritures d'Isabelle et d'Emma très proches et je n'arrive pas toujours à déterminer laquelle d'entre elles est l'auteur d'un billet.

— Oui, répondit son frère avec circonspection, il existe une certaine ressemblance entre leurs écritures, et je vois ce que vous voulez dire, mais la main d'Emma est plus ferme.

— Elles écrivent toutes deux de façon charmante, dit Mr. Woodhouse, et il en a toujours été ainsi. La pauvre Mrs. Weston avait elle aussi... Ah ! (et il soupira en adressant un petit sourire à sa vieille amie).

— Je n'ai jamais vu écriture masculine plus...

Emma avait commencé de parler et son discours était également destiné à Mrs. Weston, mais elle dut s'interrompre, celle-ci étant occupée à écouter quelqu'un d'autre. La jeune fille profita de cette trêve pour réfléchir. « Et maintenant, comment vais-je aborder ce sujet ? Suis-je vraiment incapable de prononcer ouvertement son nom en public ? En suis-je réellement réduite à employer des périphrases ? » Votre ami du Yorkshire... Votre correspondant du Yorkshire... « Je suppose que cela me conviendrait si j'étais vraiment mal en point. Non, je puis encore prononcer son nom sans le moindre embarras. Allons-y ! »

Mrs. Weston était de nouveau disponible et notre héroïne reprit :

— Mr. Frank Churchill a l'une des plus jolies écritures masculines que j'aie jamais vues.

— Elle ne me plaît pas, répliqua Mr. Knightley, elle est trop petite et elle manque de fermeté. On dirait une écriture de femme.

Mrs. Weston ne se soumit pas plus qu'Emma à cet avis et elles protestèrent que Mr. Knightley faisait dès le départ une critique injustifiée.

— Non, elle ne manque point de fermeté, dit Mrs. Weston. Elle est petite mais claire et très ferme. D'ailleurs, j'ai une lettre sur moi... Non, non, je n'ai pas eu de nouvelles aujourd'hui mais j'ai gardé cette lettre car je viens d'y répondre.

— Si nous étions dans la pièce où se trouve mon secrétaire, je pourrais vous soumettre un spécimen, ajouta Emma. Je possède un billet écrit de la main de Mr. Churchill. Vous lui avez demandé un jour d'écrire un mot à votre place. Vous ne vous en souvenez pas, Mrs. Weston ?

— Il aura préféré dire que je l'en avais prié.

— En tout cas, j'ai ce billet et je pourrai vous le montrer après le dîner, Mr. Knightley.

— Oh, un jeune homme aussi galant que Frank Churchill ne doit point épargner sa peine quand il écrit à une demoiselle aussi charmante que Miss Woodhouse, répliqua sèchement Mr. Knightley.

On annonça que le dîner était servi et Mrs. Elton se leva avant même qu'on l'y eût invitée, s'écriant, sans laisser à Mr. Woodhouse le temps de la rejoindre pour la conduire à la salle à manger :

— Dois-je vraiment montrer le chemin ? Je suis affreusement confuse de toujours passer la première.

Emma avait parfaitement remarqué le souci de Jane d'aller chercher elle-même son courrier. Elle avait tout vu, tout entendu et aurait aimé savoir si la course sous la pluie du matin avait porté ses fruits. Elle soupçonnait que c'était le cas et que la jeune fille n'eût jamais affronté si résolument la pluie si elle n'avait compté fermement avoir des nouvelles d'un être cher. Non, son attente n'avait certainement pas été vaine et son air épanoui le disait clairement. Jane était vraiment éblouissante ce soir-là, et elle paraissait exulter.

Emma aurait pu risquer quelques questions sur la promptitude et les tarifs de la poste irlandaise mais elle s'abstint de le faire, bien qu'elle en eût terriblement envie. Elle était bien décidée à ne pas prononcer un mot qui pût blesser Jane Fairfax, et elles quittèrent le salon ensemble, fermant la marche et se tenant par le bras avec un air de douceur qui convenait à merveille à leur beauté comme à leur grâce.

CHAPITRE XXXV

Les dames retournèrent au salon après le dîner et notre héroïne s'aperçut alors qu'elle ne pourrait certainement pas éviter la scission de leur groupe, tant Mrs. Elton apportait de persévérance à se montrer mal élevée en accaparant Jane Fairfax et en l'ignorant elle-même superbement. Cette femme ne leur laissant point d'autre choix, Emma et Mrs. Weston se virent donc contraintes de converser ensemble ou de se taire. Jane tentait bien parfois de contenir l'ardeur de son interlocutrice mais celle-ci reprenait aussitôt le fil de son bavardage. Les deux femmes parlaient à voix basse, Mrs. Elton surtout, mais on ne pouvait manquer de saisir l'objet de leur entretien et les autres purent les entendre discuter longuement des services postaux, des rhumes, des lettres que l'on va chercher et de l'amitié. Mrs. Elton aborda ensuite un sujet qui dut déplaire à Jane au moins autant que les précédents, car la jeune fille se vit demander si elle avait entendu parler d'une situation convenable et fut obligée de subir les résultats des méditations acharnées de sa compagne :

— Voici venir avril et je suis très inquiète pour vous, déclara celle-ci. Le mois de juin approche.

— Mais je n'ai jamais dit que je voulais travailler en juin, je ne me suis pas fixé de date précise, du reste, et j'envisageais simplement de prendre une décision au cours de l'été.

— N'avez-vous vraiment entendu parler de rien ?

— Je ne me suis même pas renseignée et je ne souhaite pas le faire pour l'instant.

— Mais on ne s'y prend jamais trop tôt, ma chère. Vous ne vous rendez pas compte qu'il est excessivement difficile de trouver une bonne place.

— Je ne m'en rends pas compte ! répondit Jane avec un hochement de tête. Je ne vois pas qui pourrait se soucier plus que moi de ce problème, ma chère Mrs. Elton.

— Mais vous ne connaissez pas le monde aussi bien que moi. Vous n'imaginez point le nombre de candidates qui se présentent lorsqu'une place de premier ordre se trouve libre. J'en ai eu mille fois la preuve lorsque j'étais à Maple Grove. Mrs. Bragges, une cousine de Mr. Suckling, s'est vue littéralement assaillie de demandes. Tout le monde voulait entrer à son service car elle évolue dans la meilleure société. Il y a des bougies jusque dans la salle d'études, alors vous pouvez vous figurer le sort enviable qui attend l'heureuse élue ! De toutes les maisons du royaume, celle de Mrs. Bragges est certainement celle où je préférerais vous voir.

— Le colonel et Mrs. Campbell comptent revenir à Londres vers le milieu de l'été et je serai tenue de passer un certain temps avec eux, dit Jane. Je suis certaine qu'ils me le demanderont. Je suppose que j'aurai ensuite tout loisir de m'occuper de mon problème et je préférerais que vous vous évitiez la peine de prendre des renseignements pour l'instant.

— La peine ! Ah, je connais vos scrupules ! Vous craignez de me déranger mais je vous assure que les Campbell ne peuvent s'intéresser à vous plus que moi, ma chère Jane. J'écrirai à Mrs. Partridge l'un de ces prochains jours pour lui donner mandat de se tenir constamment au courant des situations avantageuses qui peuvent se présenter.

— Merci, mais je préférerais que vous n'en parliez pas. Je ne voudrais surtout pas ennuyer qui que ce fût avant d'être à même de travailler.

— Mais ma chère enfant, cette époque approche. Voici venir avril et nous ne serons que trop vite en juin... en juillet si vous préférez. Nous avons une tâche si difficile à accomplir ! Votre manque d'expérience m'amuse beaucoup, ma chère petite ! Une situation comme celle que vous méritez et comme celle que vos amis espèrent pour vous ne se trouve pas tous les jours et ne se conquiert pas en une minute. Il faut absolument nous mettre en chasse dès à présent.

— Excusez-moi, Madame, mais ce n'est point mon intention. Je ne cherche pas moi-même et je serais navrée de voir mes amis le faire à ma place. Je ne crains nullement de rester sans emploi dès lors que j'aurai décidé de l'époque où je dois travailler. Il existe à Londres certains endroits que l'on nomme bureaux de placement, et il suffit de s'y présenter pour trouver une situation... Ce sont des bureaux où l'on fait commerce, sinon de chair, du moins d'intelligence humaine.

— Oh, ma chère, vous me choquez affreusement ! La chair humaine ! Si votre intention était de fustiger le commerce d'esclaves, je puis vous assurer que Mr. Suckling s'est toujours montré plutôt favorable à son abolition.

— Je ne faisais point allusion au commerce d'esclaves, répondit Jane, et pour tout dire je n'y avais même pas songé. Je vous jure que je ne visais que le trafic de gouvernantes. Je suis certaine que ces deux industries diffèrent grandement par la culpabilité de ceux qui les exercent, mais si l'on songe à la misère respective de leurs victimes, il est difficile de déterminer laquelle est la pire. Enfin, je voulais simplement dire qu'il existe des bureaux d'information et que je ne doute guère de trouver ce que je cherche en faisant appel à leurs services.

— Ce que vous cherchez ! répéta Mrs. Elton. Oui, votre excessive humilité serait peut-être satisfaite. Je connais votre modestie mais vos amis ne se contenteront pas de vous voir accepter la première offre venue. Jamais nous ne vous laisserons vous engager dans une place médiocre, banale ou chez des personnes qui n'évoluent point dans un cercle raffiné et ne peuvent vous assurer une existence agréable.

— Vous êtes fort aimable mais je ne me soucie guère de ces détails. Je n'ai nullement l'intention de travailler dans une grande famille et je crois même que mon humiliation n'en serait que plus vive. Oui, je souffrirais mille fois plus de ma situation et ma seule ambition est de me voir admise chez des gens convenables.

— Je vous connais bien, trop bien, vous accepteriez n'importe quoi mais je serai plus difficile que vous et ces braves Campbell seront certainement d'accord avec moi. Vos talents exceptionnels vous donnent le droit d'évoluer dans la meilleure société et vos seules connaissances musicales vous autorisent à poser vos conditions. Vous devez disposer d'autant de pièces que vous le désirez et vous mêler à la famille qui vous emploie autant qu'il vous plaît... c'est-à-dire, je ne sais pas... si vous connaissiez la harpe, cela ne poserait aucun problème, j'en suis persuadée. Mais vous chantez aussi bien que vous jouez du piano et je crois que vous pouvez vous permettre de tout exiger, même si vous ne pratiquez point la harpe... Il faut absolument vous trouver une maison agréable, honorable et digne de vos mérites car les Campbell et moi ne connaîtrons point le repos tant que cette affaire ne sera pas réglée.

— Oh, vous n'avez pas à dissocier les agréments, l'honorabilité et la dignité de la maison qui m'emploiera, dit Jane, car tout cela marche généralement ensemble. Je suis cependant tout à fait sincère en affirmant n'avoir aucune envie que l'on s'occupe de moi pour l'instant. Je vous suis infiniment obligée, Mrs. Elton, et je remercie du fond du cœur tous ceux qui partagent mes problèmes, mais je suis sérieuse lorsque je vous demande de ne rien entreprendre avant l'été. Je compte rester deux ou trois mois de plus ici sans rien changer à ma situation.

— Je suis également très sérieuse quand je prétends être décidée à demeurer constamment sur la brèche et à employer tous mes amis pour qu'aucune situation exceptionnelle ne nous échappe, répondit Mrs. Elton en riant.

Elle poursuivit sur ce ton et ne s'arrêta vraiment que lorsque Mr. Woodhouse fit son entrée au salon. Elle trouva à ce moment-là un autre exutoire à sa vanité et notre héroïne l'entendit déclarer tout bas à sa chère Jane :

— Voici venir mon délicieux vieux beau ! Je l'adore ! Songez seulement à la galanterie dont il fait preuve en nous rejoignant avant tous ces messieurs. Quel être exquis ! Il me plaît à la folie, je vous le jure ! J'admire sa politesse si gracieuse et tellement désuète car elle répond mieux à mes goûts que toutes ces libertés que l'on prend de nos jours. Je suis souvent choquée de ce que l'on ose se permettre à notre époque... mais j'aurais aimé que vous pussiez entendre les propos galants que m'a tenus ce bon Mr. Woodhouse pendant le dîner. Oh, je vous jure que je n'étais pas loin de penser que mon *caro sposo* serait jaloux de me voir décerner de pareils compliments... je crois que ce brave homme s'est entiché de moi. Il a remarqué ma robe ! Comment la trouvez-vous ? C'est Selina qui me l'a choisie. Je la trouve très belle mais je me demande si elle n'est pas un peu chargée, et l'idée de porter un vêtement voyant m'est absolument intolérable. C'est vraiment la pire faute que l'on puisse commettre en matière d'élégance, n'est-ce pas ? Je suis bien forcée de porter des vêtements assez compliqués, *en ce moment*, car c'est ce que l'on attend de moi. Une jeune mariée doit avoir l'air d'une jeune mariée, vous savez, mais je suis spontanément attirée par la sobriété. Une robe toute simple vaut à mon avis tous les colifichets du monde mais cela ne correspond point aux goûts de la majorité des gens. Nous sommes bien peu nombreux à priser la simplicité. La parade et le clinquant, voilà tout ce qui compte ! J'avais l'intention de garnir ma robe de popeline blanche et argent d'une dentelle identique à celle-ci. Pensez-vous que ce serait joli ?

Tous les invités se trouvaient au salon lorsque Mr. Weston fit son apparition. Il était rentré chez lui pour un dîner tardif puis s'en était allé aussitôt à Hartfield. Ses intimes s'attendaient trop à son arrivée pour s'en étonner mais tout le monde l'accueillit avec joie, Mr. Woodhouse étant lui-même aussi ravi de le voir qu'il en eût été navré quelques heures plus tôt. Mr. John Knightley seul en resta muet de surprise. Il ne comprenait pas qu'un homme ayant la possibilité de passer tranquillement la soirée chez lui après cette dure journée à Londres pût ressortir et faire un demi-mile dans le seul but de se retrouver chez un étranger au milieu d'une société mêlée qui exigerait de lui mille efforts de politesse jusqu'à des heures indues. Comment cet homme pouvait-il supporter tout ce bruit quand il était debout depuis huit heures du matin et se trouvait à présent libre de se reposer ? Comment pouvait-il encore bavarder alors qu'il aurait pu se taire après toutes ces heures passées en discussions multiples ? Comment faisait-il pour n'avoir point envie de solitude après n'avoir pas eu de tout le jour une seule minute de tranquillité ? Au lieu de rester paisiblement au coin du feu, cet étrange personnage se précipitait de nouveau vers des mondanités par une nuit glaciale où il était même tombé un peu de neige fondue, et il n'avait point l'excuse d'être venu chercher sa femme pour la ramener plus vite chez lui puisque son arrivée prolongerait la soirée plutôt qu'elle ne l'écourterait... Tout cela était incroyable et Mr. John Knightley en conçut un indicible étonnement. Il haussa les épaules et dit :

— Je n'aurais jamais cru cela possible, même de lui !

Totalement inconscient de l'indignation qu'il pouvait provoquer, Mr. Weston se montrait pour sa part plus gai et plus enjoué que jamais. Après cette journée loin de chez lui, il se sentait en droit de parler plus que les autres et s'employait à divertir ses amis. Il répondit aux questions de sa femme concernant le dîner qu'on lui avait servi à Randalls et l'assura que les domestiques n'avaient négligé aucune des directives qu'elle leur avait données, puis il informa l'assistance des dernières nouvelles de Londres avant de passer à des sujets plus personnels, entretenant Mrs. Weston d'affaires de famille tout en espérant que cela intéresserait tous les invités. Il remit une lettre à sa femme. Elle venait de Frank et la destinatrice en était Mrs. Weston. On l'avait remise à Mr. Weston sur le chemin de Londres et il avait pris la liberté de l'ouvrir.

— Lisez-la, lisez-la, elle vous fera plaisir, dit-il. Ce n'est qu'un petit mot et il ne vous faudra guère de temps. Lisez-la à votre chère Emma.

Les deux amies parcoururent rapidement le billet de Frank tandis que Mr. Weston restait assis à leur sourire et à leur parler sans cesse d'une voix basse mais cependant audible :

— Eh bien, vous voyez, il revient. C'est une bonne nouvelle, je crois. Qu'en dites-vous ? Je vous ai toujours dit qu'il ne tarderait guère à nous revenir, n'est-ce pas ? Est-ce que je ne vous l'ai pas toujours dit, ma chère Anne ? Vous ne vouliez pas me croire... Vous voyez, il sera à Londres dans une semaine au plus tard si j'ai bien compris. Cette femme est plus impatiente que l'homme noir quand il s'agit de passer à l'action et ils risquent d'être à Londres dès demain ou après-demain. Quant à sa maladie, ce n'était rien, évidemment, mais c'est merveilleux de songer que nous allons retrouver Frank... enfin presque. Leurs séjours à Londres sont toujours longs et Frank pourra passer la moitié de son temps avec nous. C'est exactement ce que je désirais. Eh bien, ce sont de fameuses nouvelles, n'est-ce pas ? Avez-vous terminé ? Est-ce qu'Emma a tout lu ? Rangez donc cette lettre, nous en reparlerons mais ce n'est pas le moment. Je vais me contenter d'annoncer la nouvelle aux autres.

Mrs. Weston était enchantée et ne cherchait pas à le cacher. Elle était heureuse, s'en rendait parfaitement compte et savait aussi que c'était son devoir. Elle félicita chaleureusement et sincèrement son mari, mais Emma eut pour sa part un peu plus de mal à trouver ses mots. Elle était occupée à juger la force de ses sentiments et tentait de saisir la puissance d'un trouble qu'elle n'était pas loin de trouver excessif.

Trop pressé pour être observateur et trop bavard pour désirer que les autres le fussent, Mr. Weston se contenta heureusement des maigres commentaires d'Emma et s'éloigna bientôt pour annoncer à ses autres amis la nouvelle que tout le monde connaissait déjà.

Il tenait pour admis que chacun se réjouirait de ce retour de Frank, et cela valait mieux car cela lui évita de se rendre compte que Mr. Knightley et Mr. Woodhouse étaient loin d'exulter. C'est à eux qu'il s'adressa en premier lieu après avoir quitté sa femme et Emma et il comptait aller ensuite trouver Miss Fairfax, mais elle était tellement occupée à discuter avec Mr. John Knightley qu'il n'osa point les interrompre ; se trouvant alors tout près de Mrs. Elton qui était justement disponible à ce moment-là, il préféra donc se tourner vers elle et engagea la conversation sur le sujet qui lui tenait tant à cœur.

CHAPITRE XXXVI

— J'espère avoir bientôt le plaisir de vous présenter mon fils, dit Mr. Weston.

Désireuse d'interpréter ces paroles comme un compliment à son adresse, Mrs. Elton y répondit par un sourire infiniment gracieux.

— Je suppose que vous avez entendu parler d'un certain Frank Churchill, poursuivit-il, et vous savez certainement que ce jeune homme est mon fils, même s'il ne porte point mon nom.

— Oh oui, et je serai ravie de faire sa connaissance ! Je suis sûre que Mr. Elton se fera un plaisir de l'inviter très prochainement et nous serons tous les deux enchantés de le voir au presbytère.

— Vous êtes très obligeante et je suis persuadé que Frank sera très heureux. Il devrait arriver à Londres la semaine prochaine ou même un peu plus tôt. Nous l'avons appris dans une lettre qui nous est parvenue aujourd'hui. Ce matin, j'ai rencontré le courrier sur la route, et reconnaissant l'écriture de mon fils, j'ai pris la liberté d'ouvrir cette lettre qui ne m'était pas adressée. C'est à Mrs. Weston qu'elle était destinée, et je dois dire qu'il lui écrit plus souvent qu'à moi. Je ne reçois pour ma part presque jamais de lettre.

— Et vous avez ouvert celle-ci alors qu'elle était adressée à votre femme ! Oh, Mr. Weston (avec un petit rire affecté), je me vois obligée de protester. Vous avez créé

350

là un précédent des plus dangereux, et je prie le ciel que vos voisins ne suivent pas votre exemple. Ma parole, je crois vraiment que les femmes mariées vont devoir commencer à se méfier si de telles pratiques se généralisent. Je n'aurais jamais cru cela de vous, Mr. Weston !

— Eh oui, les hommes sont de tristes sires et il faut prendre garde à vous, Mrs. Elton. Cette lettre... je dois préciser qu'elle est courte, et qu'il l'a manifestement écrite à la hâte, dans le seul but de nous avertir... cette lettre, donc, nous informe que toute la famille va partir pour Londres à cause de Mrs. Churchill. Elle s'est sentie mal tout l'hiver et trouve Enscombe trop froid. C'est la raison pour laquelle ils ont décidé d'aller dans le sud sans plus tarder.

— Vraiment ! Ils habitent dans le Yorkshire, je crois ? Enscombe se trouve bien dans le Yorkshire ?

— Oui, à quatre-vingt-dix miles de Londres. La distance est considérable !

— Considérable en effet, cela fait soixante-cinq miles de plus que de Maple Grove ! Mais est-ce que cela compte pour ceux qui disposent d'une grosse fortune, Mr. Weston ? Vous seriez étonné des voyages que fait parfois Mr. Suckling ! Vous allez à peine me croire, mais il lui est arrivé de faire l'aller et retour jusqu'à Londres deux fois dans la même semaine avec Mr. Bragges, et ils avaient en tout et pour tout deux paires de chevaux !

— Pour les Churchill, la distance pose un problème car si j'ai bien compris, Mrs. Churchill n'a même pas eu la force de quitter son sofa, cette semaine. Dans sa dernière lettre, Frank nous disait qu'elle se plaignait d'être trop faible pour pouvoir se rendre au jardin d'hiver sans l'aide de son neveu ou de son mari. Cela prouve qu'elle est vraiment très fatiguée mais elle est désormais tellement impatiente d'arriver à Londres qu'elle a décidé de ne pas passer plus de deux nuits sur la route. C'est ce que Frank nous dit dans sa lettre, et vous avouerez, Mrs. Elton, que ces femmes si fragiles font parfois preuve d'une énergie hors du commun !

— Non, en fait je n'avouerai rien de tel car je prends toujours le parti des femmes... Vous trouverez en moi un adversaire redoutable lorsque ces questions sont en jeu, je vous en avertis. Je soutiens toujours mes pareilles et je vous assure que vous ne vous étonneriez plus des efforts inhumains que déploie Mrs. Churchill pour s'épargner une nuit sur la route si vous saviez combien ma chère Selina se désespère quand elle doit dormir à l'auberge. Selina dit toujours que c'est pour elle une épreuve atroce et je crois qu'elle m'a un peu contaminée avec sa délicatesse. Elle emporte toujours ses draps en voyage, ce qui n'est pas une précaution inutile. Mrs. Churchill fait-elle de même ?

— Soyez certaine que Mrs. Churchill n'ignore rien des problèmes qui peuvent préoccuper une femme délicate, et elle battrait les plus tatillonnes sur le chapitre de...

Mrs. Elton l'interrompit vivement :

— Oh, Mr. Weston, ne vous méprenez pas sur le sens de mes paroles. Je n'ai jamais dit que Selina exagérait et vous ne devez surtout pas vous imaginer une chose pareille.

— Vraiment ? Elle n'est donc pas comme Mrs. Churchill qui pousse le raffinement au-delà de toutes les limites permises.

Mrs. Elton commença de penser qu'elle avait peut-être eu tort de protester si chaleureusement, son but n'étant nullement de suggérer que sa sœur n'était point raffinée. Elle se demanda si elle n'avait pas manqué d'esprit et réfléchissait au meilleur moyen de se rétracter lorsque Mr. Weston reprit :

— Comme vous vous en doutez certainement, je ne porte pas spécialement Mrs. Churchill dans mon cœur, mais cela doit rester entre nous. Elle adore Frank et je ne voudrais surtout pas la critiquer, d'autant qu'elle semble gravement malade en ce moment... Remarquez que si nous l'en croyons, elle l'a toujours été. Je ne le confierais pas à n'importe qui, Mrs. Elton, mais je ne crois guère aux maladies de Mrs. Churchill.

— Pourquoi ne va-t-elle pas à Bath si elle est malade, Mr. Weston ? A Bath ou à Clifton ?

— Elle s'est mis en tête qu'Enscombe était trop froid pour elle et le fait est qu'elle doit en être lasse. Elle n'y était jamais restée aussi longtemps sans bouger et je comprends qu'elle commence à avoir envie d'un peu de changement. Ils ont une propriété magnifique mais extrêmement isolée.

— Oui, comme Maple Grove, j'imagine. Maple Grove se trouve fort loin de la route et la maison est entourée d'immenses plantations. On a l'impression d'être coupé du monde, d'être complètement isolé, et Mrs. Churchill n'a peut-être pas la santé et l'allant qui permettent à Selina d'égayer sa retraite. Peut-être aussi n'a-t-elle point en elle-même des ressources suffisantes pour vivre à la campagne ? Je dis toujours qu'une femme n'a jamais assez de ressources et je suis heureuse de pouvoir quant à moi me passer totalement du monde.

— Frank est venu passer une quinzaine de jours à Highbury, en février.

— Je me souviens d'en avoir entendu parler. Il trouvera votre petite société augmentée d'une unité quand il reviendra... enfin, si je puis me permettre de dire que je représente pour vous une nouvelle recrue. Mais peut-être ignore-t-il complètement qu'il existe une Mrs. Elton ?

L'appel était trop direct pour que Mr. Weston pût se dispenser d'y répondre par un compliment, et c'est avec beaucoup de bonne grâce qu'il s'écria :

— Ma chère Madame ! il n'y a que vous pour imaginer une chose pareille ! Que Frank ne connaisse point Mrs. Elton ! Je crois plutôt que Mrs. Weston n'a dû parler que de vous dans ses dernières lettres.

Son devoir accompli, il en revint à son fils :

— Quand Frank nous a quittés, personne n'aurait pu dire quand nous le reverrions, et les nouvelles que nous avons reçues aujourd'hui n'en sont que plus réjouissantes.

Nous ne nous y attendions absolument pas, ou plus exactement, personne ne voulait me croire lorsque j'affirmais qu'il reviendrait bientôt et que les circonstances ne tarderaient guère à nous être favorables. Frank et Mrs. Weston étaient affreusement pessimistes. « Comment trouverait-il le moyen de revenir et comment pouvait-on imaginer que son oncle et sa tante accepteraient une deuxième fois de se séparer de lui ? » Et ainsi de suite. J'ai toujours su qu'il se produirait un événement qui arrangerait tout et c'est ce qui s'est passé, vous le voyez. Au cours de ma vie, Mrs. Elton, j'ai remarqué que tout finit par s'arranger même si les circonstances nous ont paru hostiles à un moment donné.

— C'est tout à fait exact, Mr. Weston, tout à fait exact. C'est justement ce que je disais à certain monsieur de ma connaissance à l'époque où il me faisait la cour. Tout n'allait pas sans problème et les choses n'avançaient pas aussi vite que ses sentiments l'eussent exigé, ce qui désespérait mon amoureux. Il ne cessait de répéter qu'à ce compte le mois de mai serait venu avant qu'on n'eût revêtu pour nous la robe safran de l'hymen, et j'ai eu un mal fou à dissiper ses inquiétudes. Que de peine pour consoler mon ami ! La voiture... nous avons eu des problèmes avec la voiture et je me souviens qu'un matin, il est arrivé complètement désespéré et...

Une légère quinte de toux força cette bavarde à se taire et Mr. Weston en profita pour reprendre le fil de son propre discours :

— Vous parliez du mois de mai, et c'est justement ce mois de mai que Mrs. Churchill doit, ou veut passer sous des cieux plus cléments que ceux d'Enscombe... à Londres, pour tout dire. Nous vivons ainsi dans l'aimable perspective de recevoir fréquemment la visite de Frank pendant tout le printemps et c'est précisément l'époque idéale... Les jours y sont presque aussi longs qu'en été et la douceur du temps y est exquise. On éprouve l'envie de sortir sans craindre d'être incommodé par la chaleur. Nous avons fait notre possible lors du dernier séjour de Frank, mais nous avons eu beaucoup de pluie et le ciel était maussade. Il en est toujours ainsi en février, vous savez, et nous n'avons pas pu mener à bien la moitié de nos projets. Tout ira mieux cette fois, et notre bonheur sera complet. Je me demande même si l'incertitude de nos rencontres et l'espèce d'attente dans laquelle nous vivrons, espérant toujours le voir arriver aujourd'hui ou demain et à n'importe quelle heure, ne se révéleront pas plus agréables que la cohabitation pure et simple. Qu'en pensez-vous, Mrs. Weston ? Moi, je le crois, et je crois que cette situation sera cent fois plus drôle et plus agréable. J'espère que mon fils vous plaira, mais il ne faut surtout pas vous attendre à voir un prodige. La plupart des gens s'accordent à le trouver charmant mais vous ne devez pas vous faire trop d'illusions. Mrs. Weston est terriblement partiale dès qu'il s'agit de Frank, ce dont je suis enchanté, vous vous en doutez. Elle est absolument persuadée que c'est un garçon exceptionnel.

— Je vais en raffoler, j'en suis certaine, Mr. Weston, car j'ai beaucoup entendu parler de ses mérites. D'un autre côté, je dois vous avertir que je suis de ces êtres qui ne jugent que par eux-mêmes et ne se laissent jamais influencer par l'opinion d'autrui. Sachez que je jugerai votre fils tel qu'il est, car j'ignore ce qu'est la flatterie.

Mr. Weston réfléchit puis reprit :

— J'espère n'avoir pas été sévère pour cette pauvre Mrs. Churchill. Je serais navré de m'être montré injuste si elle est réellement malade, mais je dois avouer que certains traits de son caractère me font perdre patience malgré moi. Vous ne pouvez ignorer les liens qui m'unissent à cette famille, Mrs. Elton, et vous savez certainement comment ils m'ont traité. Entre nous, elle est la seule responsable et c'est elle qui a tout fait ! Sans cette femme, la mère de Frank ne se serait jamais vue rejetée comme elle l'a été. Mr. Churchill est fier, mais ce n'est rien à côté d'elle. Il fait montre pour sa part d'un orgueil tranquille, mou, distingué, qui ne nuirait jamais à personne et fait simplement de cet homme un être morne et désarmé, tandis que cela tourne véritablement chez elle à l'arrogance et à l'insolence. C'est d'autant plus intolérable que rien dans ses origines ne peut justifier pareille vanité. Elle n'était rien quand il l'a épousée, et son père était tout juste un gentleman. Depuis qu'elle est devenue une Churchill, elle a cependant surestimé d'une façon fabuleuse le rang et la puissance de ses parents, bien qu'elle ne soit en fait qu'une parvenue.

— Quelle horreur ! Cela doit être absolument exaspérant ! Je déteste les parvenus ! Depuis que j'ai fréquenté Maple Grove, j'éprouve une véritable répulsion pour ce genre de personne car mon beau-frère et ma sœur ont eux-mêmes à subir des voisins qui les horripilent avec leurs grands airs. J'ai tout de suite pensé à ces gens lorsque vous parliez de Mrs. Churchill. Récemment installés près de Maple Grove, ils s'appellent Tupman et sont affublés d'une kyrielle de parents affreusement vulgaires qui ne cessent de parader et entendent se voir traiter comme les plus vieilles familles du pays. Cela fait tout au plus un an et demi qu'ils habitent West Hall, et pour l'origine de leur fortune, personne ne la connaît. Ils viennent de Birmingham, ce qui n'est guère prometteur, vous devez le savoir, Mr. Weston. Oui, on ne peut espérer grand-chose d'une famille originaire de Birmingham, et je dis toujours qu'il y a déjà quelque chose d'affreux dans le seul nom de cette ville. On ne sait rien de plus sur ces Tupman, mais on en soupçonne pas mal, je vous l'assure ! Leurs façons prouvent néanmoins qu'ils ont l'audace de se croire les égaux de mon beau-frère, Mr. Suckling, qui se trouve être l'un de leurs plus proches voisins. C'est insupportable ! Mr. Suckling qui réside depuis onze ans à Maple Grove, et son père qui y vivait avant lui... du moins je le crois... oui, je suis presque certaine que le vieux Mr. Suckling avait fini d'acquérir le domaine avant de mourir.

Ils furent interrompus car on servait le thé, et Mr. Weston, qui avait dit tout ce qu'il voulait, profita de cette occasion pour s'esquiver.

Après le thé, Mr. Weston, Mrs. Weston et Mr. Elton s'installèrent avec Mr. Woodhouse pour jouer aux cartes, et les cinq autres invités se retrouvèrent livrés à eux-mêmes, au grand dam de notre héroïne qui craignit qu'ils ne s'en tirent pas très bien. Mr. Knightley ne semblait pas disposé à faire la conversation, Mrs. Elton désirait qu'on lui prêtât une attention que personne n'avait envie de lui manifester et Miss Woodhouse ressassait elle-même des soucis qui ne l'incitaient guère au bavardage.

Mr. John Knightley s'avéra plus loquace que son frère. Il devait partir tôt le lendemain matin, et il dit à Emma :

— Emma, je ne vois pas ce que je pourrais vous dire de plus au sujet des garçons... De toute façon, vous avez la lettre de votre sœur et nous pouvons être certains qu'elle n'aura pas omis le moindre détail. Mes instructions seront plus concises et probablement fort différentes. Quelques mots me suffiront et je vous recommanderai simplement de ne pas les gâter et de ne point les droguer.

— J'espère que je saurai vous satisfaire l'un et l'autre, répondit Emma, car je ferai mon possible pour les rendre heureux, ce qui suffira certainement à ma sœur, et je suivrai en tout point le principe selon lequel le bonheur exclut la fausse indulgence comme les drogues.

— S'ils vous gênent, renvoyez-les à la maison.

— Comme c'est probable, en effet ! Vous parlez sérieusement, n'est-ce pas ?

— J'espère seulement être encore capable de comprendre qu'ils pourraient faire trop de bruit pour votre père... ou qu'ils pourraient même devenir une charge pour vous si vos engagements mondains continuent à se multiplier comme ils l'ont fait ces derniers temps.

— Quoi !

— Mais certainement, vous devez bien vous rendre compte que ces six derniers mois ont apporté de grands changements dans votre existence.

— Des changements ! Non, vraiment je ne vois pas !

— Vous menez sans nul doute une vie plus mondaine qu'autrefois, et nous en avons la preuve aujourd'hui. Je viens passer une journée ici et vous donnez un dîner ! Était-ce jamais arrivé ou une chose similaire s'était-elle déjà produite ? Vos voisins sont de plus en plus nombreux et vous les fréquentez davantage. Depuis quelque temps, vos lettres ne parlent que de réjouissances, dîner chez les Cole ou bals à la Couronne, et vos seules relations avec ceux de Randalls ont déjà tellement transformé votre mode de vie !

— Oui, répondit vivement son frère, c'est Randalls qui est cause de tout.

— Vous voyez ! Et comme je ne pense pas que les Weston puissent jamais vous devenir indifférents, il ne me paraît pas impossible qu'Henry ou John vous gênent quelquefois, Emma. Si c'est le cas, je vous prierais simplement de les renvoyer à la maison.

— Ce ne sera pas nécessaire, s'écria Mr. Knightley, il suffira de les amener à Donwell. J'aurai tout le temps de m'occuper d'eux.

— Ma parole, vous m'amusez ! dit Emma. Parmi toutes ces fêtes où l'on me voit, j'aimerais en connaître une à laquelle vous n'ayez pas assisté aussi. Je ne vois vraiment pas où vous prenez que je risque de ne pas avoir le temps de me consacrer à mes neveux. Parlons de ces fameux engagements mondains. Quels sont-ils ? Un dîner chez les Cole et un bal qui n'a pas eu lieu... Passe encore pour vous (avec un signe à l'adresse de Mr. John Knightley), car vous appréciez trop la chance qui vous fait rencontrer tant d'amis à la fois pour y demeurer insensible, mais vous, Mr. Knightley, savez trop combien il est rare que je m'absente plus de deux heures d'affilée pour que je ne m'étonne point de vous voir me prédire tant de dissipations. Quant à mes chers petits, je dirai que si leur tante Emma n'a pas le temps de s'occuper d'eux, leur sort serait encore plus cruel s'ils avaient affaire à leur oncle, car il s'absente cinq heures quand moi je sors une heure ! En outre, quand il est chez lui, il ne songe qu'à ses lectures ou à ses comptes.

Mr. Knightley devait manifestement faire un effort pour ne pas sourire, et il y parvint sans peine grâce à Mrs. Elton qui engagea justement la conversation avec lui à ce moment précis.

CHAPITRE XXXVII

Il suffit à Emma de réfléchir tranquillement quelques minutes pour être rassurée sur la nature du trouble que lui avait causé la nouvelle de l'arrivée de Frank Churchill, et elle fut bientôt convaincue que c'était pour le jeune homme et non pour elle-même qu'elle se sentait inquiète ou gênée. Elle n'éprouvait en fait presque plus rien pour lui, et de ce côté-là, le problème ne valait point qu'on y songeât davantage. Il n'en restait pas moins vrai que la situation risquait d'être fort embarrassante si Frank, qui avait toujours été sans nul doute le plus épris des deux, se révélait encore à son retour aussi amoureux qu'au moment de partir. L'avenir s'annonçait très sombre si deux mois de séparation n'avaient point calmé son ardeur. Soucieuse de s'éviter de nouveaux embarras sentimentaux et certaine qu'il était de son devoir de ne pas encourager son soupirant, Emma résolut donc de se montrer extrêmement prudente, autant pour elle que pour lui.

Elle voulait absolument l'empêcher de se déclarer ouvertement car elle savait que cela signifierait immanquablement la ruine de leurs relations actuelles. D'un autre côté, il lui semblait qu'il se produirait forcément un événement décisif, et elle avait l'impression que le printemps ne se passerait pas sans amener une crise, un incident, un fait quelconque qui bouleverserait son existence encore si calme et si paisible.

Frank ne vint pas aussi tôt que Mr. Weston l'avait escompté mais Emma eut quand même assez vite l'occasion de se former une opinion sur ses sentiments. Les Churchill n'étaient pas à Londres à la date prévue, mais le jeune homme fit son apparition à Highbury presque immédiatement après qu'ils eurent atteint le but de leur voyage. Il vint à cheval et ne leur fit ce jour-là qu'une visite fort brève car il disposait à peine de deux heures de liberté. Il se précipita cependant à Hartfield dès son arrivée et notre héroïne put juger de l'état de son cœur et décider de la conduite à tenir à l'avenir. La plus extrême cordialité présida certes à ces retrouvailles et Frank parut enchanté de revoir Emma, mais cette dernière n'en eut pas moins l'impression que son visiteur ne lui portait plus la même attention ou le même amour qu'autrefois. L'observant attentivement, elle fut bientôt convaincue qu'il n'était plus aussi épris, l'absence, et probablement aussi la certitude qu'Emma demeurait indifférente à sa tendresse, ayant eu pour effet ce changement bien naturel et fort agréable.

Frank était d'excellente humeur, plus enclin que jamais à bavarder ou rire, et il parut évoquer avec joie sa dernière visite et toutes leurs vieilles histoires. Il était pourtant assez troublé, et ce n'est point son calme qu'Emma interpréta comme une preuve de sa relative indifférence, car il n'était pas calme du tout. Aussi enjoué fût-il, son entrain ne semblait pas naturel et notre héroïne fut certaine de ne pas s'être trompée lorsqu'elle le vit s'enfuir après un quart d'heure sous prétexte d'aller faire d'autres visites à Highbury. « En passant, il avait aperçu dans la rue un groupe de vieilles connaissances et il ne s'était pas arrêté. Il ne resterait qu'une minute avec ces personnes, mais il avait la vanité de croire qu'elles seraient déçues s'il négligeait d'aller les voir, et il devait donc partir en toute hâte malgré son désir de rester à Hartfield. »

Emma était persuadée que Frank ne l'aimait plus comme autrefois, mais elle vit dans cette nervosité et dans ce départ précipité la preuve que la guérison du jeune homme n'était pas parfaite. Craignant certainement de retomber sous son charme, il devait avoir résolu prudemment de ne jamais demeurer trop longtemps en sa compagnie.

Frank ne revint que dix jours plus tard, car s'il espéra plusieurs fois pouvoir faire une petite visite à ses amis et en exprima souvent l'intention, il se heurta toujours à quelque empêchement. Sa tante ne pouvait supporter l'idée qu'il la quittât, c'est du moins ce qu'il prétendait, et s'il était sincère, s'il tentait vraiment de venir, on devait en conclure que ce séjour à Londres n'avait guère d'effets sur la nervosité et l'obstination qui expliquaient en partie les malaises de Mrs. Churchill. Qu'elle fût réellement malade ne faisait aucun doute. Frank s'en était déclaré convaincu à Randalls, et même s'il entrait une bonne part d'imagi-nation dans les maux dont elle souffrait, son état avait con-sidérablement empiré en un an, comme son neveu s'en rendait compte en faisant la comparaison. Il ne pensait pas que la médecine ou des soins appropriés ne pussent venir à bout de ses malaises, ou du moins ne croyait pas que ceux-ci pussent l'empêcher de vivre encore de nombreuses années, mais il se refusait, malgré tous les arguments de son père, à dire que ces souffrances étaient purement ima-ginaires et qu'elle était plus solide que jamais.

On s'aperçut bientôt que Londres ne convenait pas du tout à Mrs. Churchill. Elle ne pouvait en supporter le bruit et ses nerfs y étaient constamment mis à rude épreuve. Au bout de dix jours, Frank informa donc ses amis que l'on allait déménager très prochainement à Richmond. On avait conseillé à Mrs. Churchill de faire appel aux services d'un éminent médecin qui habitait cette ville qu'elle aimait d'autre part beaucoup, et l'on avait donc retenu une mai-son toute meublée. L'endroit était charmant, et l'on espé-rait beaucoup de ce changement.

Emma s'aperçut très vite que Mr. Weston interprétait ces heureuses nouvelles d'une façon toute personnelle. « On n'aurait pu rêver événement plus favorable que ce déménagement ! Que représentaient neuf miles pour un jeune homme ? Une heure de cheval ? Frank pourrait venir à tout instant, et sous ce rapport, la différence entre Londres et Richmond était essentielle puisque, au lieu de ne jamais voir le jeune homme, on le verrait sans cesse. Seize miles... non, dix-huit... il devait bien y avoir dix-huit miles jusqu'à Manchester Street ! Dix-huit miles représentaient un sérieux obstacle. Frank aurait passé son temps sur les routes s'il avait eu le loisir de quitter Londres ! Non, décidément, il n'avait aucun intérêt à résider à Londres et il aurait pu tout aussi bien demeurer à Enscombe... Richmond, par contre, se trouvait à la distance idéale et l'on pourrait se voir très facilement. Oui, c'était parfait, encore mieux, même, que si Frank était venu habiter plus près... »

On acquit grâce à ce déménagement l'exquise certitude que le bal à la Couronne aurait lieu. On ne l'avait pas oublié, mais on avait reconnu qu'il était inutile d'essayer de fixer une date précise. Maintenant, il fallait absolument s'attaquer au problème et l'on reprit les préparatifs où on les avait laissés. Peu après l'arrivée des Churchill à Richmond, Frank écrivit un petit mot dans lequel il disait que sa tante se sentait déjà beaucoup mieux ; il ne doutait pas de pouvoir venir passer vingt-quatre heures avec ses amis quand il le voudrait et l'on s'empressa donc de fixer pour le fameux bal une date aussi proche que possible.

La fête de Mr. Weston allait enfin avoir lieu et les jeunes gens de Highbury n'avaient plus que quelques jours à attendre avant de goûter un bonheur si longtemps espéré.

Mr. Woodhouse s'était résigné. Le mal lui paraissait moins grand étant donné la saison, le mois de mai étant en tout point préférable au mois de février. Mrs. Bates était invitée à passer la soirée à Hartfield, James était prévenu, et Mr. Woodhouse se convainquit qu'il n'arriverait rien à ce cher petit John ou à ce cher petit Henry pendant l'absence de leur tante Emma.

CHAPITRE XXXVIII

Cette fois, rien de fâcheux ne vint mettre obstacle à la réalisation des projets de Mr. Weston. Le grand jour approchait, il arriva enfin. Frank fit son apparition juste avant le dîner et l'on respira car l'on s'était un peu inquiété tout l'après-midi.

Emma n'avait pas revu Frank depuis sa visite trop brève à Hartfield et c'est le salon de la Couronne qui allait être le témoin de leurs retrouvailles. Ce ne serait pourtant point une simple et banale rencontre au milieu d'une foule de gens, car Mr. Weston avait tellement insisté pour qu'Emma vînt de bonne heure donner son avis sur l'aménagement des salons, qu'elle n'avait pu se permettre de refuser et se trouverait donc en mesure de passer un moment en tête à tête avec Frank avant le début du bal. Il était convenu qu'elle amènerait Harriet et comme prévu, les deux amies se présentèrent à la Couronne peu après les Weston.

Frank attendait manifestement Emma, et s'il se montra peu loquace, ses yeux disaient assez son espoir de passer une soirée délicieuse. On fit une dernière tournée d'inspection pour vérifier que tout était en ordre et d'autres invités se joignirent bientôt au groupe des premiers arrivés. Tout d'abord assez surprise d'entendre approcher des équipages, Emma faillit s'écrier : « Quoi, déjà ! » avant de comprendre qu'il s'agissait de vieux amis venus comme elle jeter un dernier coup d'œil aux préparatifs à la demande de Mr. Weston. Il en arriva d'ailleurs bientôt d'autres, des cousins que l'on avait tout aussi instamment priés de donner leur avis avant que la fête ne commence, et il apparut clairement que la moitié des invités risquaient de se retrouver d'ici peu réunis pour cette espèce d'inspection préliminaire.

Emma comprit alors qu'elle n'était point la seule en qui Mr. Weston eût confiance et qu'il n'était guère flatteur d'être la favorite et l'amie intime d'un homme au cœur si large. Tout en aimant ses façons spontanées, elle jugeait qu'un peu de retenue leur eût donné plus de grandeur et que Mr. Weston eût gagné à faire simplement preuve de bonté au lieu de se montrer l'ami de tout le monde, et elle se plaisait à imaginer l'homme qu'il eût été dans ce cas.

On fit de nouveau le tour des salons et l'on ne ménagea point les éloges. N'ayant rien d'autre à faire, les assistants prirent ensuite place autour de la cheminée, chacun faisant remarquer à sa manière qu'un bon feu restait fort agréable malgré la saison.

Emma découvrit bientôt que les conseillers privés de Mr. Weston eussent été déjà beaucoup plus nombreux si cela n'avait tenu qu'à lui, car il s'était arrêté chez Mrs. Bates pour proposer à ces dames d'user de sa voiture, la tante et la nièce s'étant cependant vues obligées de refuser son offre par suite d'un engagement préalable avec les Elton.

Frank n'avait pas quitté Emma depuis le début de la soirée mais il ne tenait pas en place. On voyait clairement à son agitation incessante qu'il était affreusement nerveux. Il jetait autour de lui des regards inquiets, courait à la porte, guettait le bruit des équipages, impatient de danser ou peut-être effrayé par la présence d'Emma.

La conversation tomba sur Mrs. Elton :

— Je pense qu'elle ne tardera plus, dit-il. Je suis très curieux de la voir, j'en ai tellement entendu parler ! Je suis certain que nous allons la voir arriver d'ici peu.

On entendit à ce moment-là le bruit d'une voiture. Le jeune homme se leva sur-le-champ, mais revint pourtant sur ses pas en disant :

— J'oubliais que je ne la connaissais pas. N'ayant jamais rencontré ni Mr. Elton ni sa femme, je ne puis me mettre en avant.

Mr. et Mrs. Elton firent leur apparition et l'on échangea les politesses et sourires d'usage.

— Mais où sont Miss Bates et Miss Fairfax ? demanda Mr. Weston en regardant autour de lui. Nous pensions que vous deviez les amener.

Il s'agissait d'une simple négligence et l'on envoya aussitôt la voiture quérir ces dames. Emma était impatiente d'avoir l'avis de Frank Churchill sur Mrs. Elton et brûlait de savoir comment il jugeait l'élégance étudiée de sa toilette et ses manières excessivement affables. Le jeune homme s'employait du reste à se former une opinion équitable, n'ayant plus cessé d'observer la nouvelle venue depuis qu'il lui avait été présenté.

La voiture revint au bout de quelques minutes, et quelqu'un ayant fait remarquer qu'il pleuvait, Frank dit à son père :

— Je vais voir si je puis trouver des parapluies, Monsieur. Nous ne devons pas oublier Miss Bates.

Il partit, et Mr. Weston s'apprêtait à le suivre lorsqu'il se vit retenu par une Mrs. Elton qui désirait lui faire part de ses impressions sur Frank. Elle s'exprima d'ailleurs avec si peu de discrétion que le jeune homme lui-même ne put éviter d'entendre ses louanges, bien qu'il se fût éloigné d'un pas vif.

— Il est vraiment beau garçon, Mr. Weston. Je vous avais franchement averti que je le jugerais avec la plus parfaite objectivité, vous vous en souvenez certainement, et je suis ravie de pouvoir vous dire qu'il me plaît infiniment. Vous pouvez me croire, car je ne fais jamais de compliments à la légère. Je le trouve extrêmement élégant, et ses manières me ravissent car il sait se montrer parfaitement distingué sans jamais faire preuve de la moindre suffisance ou de la moindre fatuité. Je déteste les fats et je les ai même en horreur, sachez-le. Ils étaient interdits de séjour à Maple Grove car ni Mr. Suckling ni moi ne sommes capables de garder notre calme en leur présence. Nous leur avons d'ailleurs souvent fait sentir notre mépris de la façon la plus mordante, Selina, qui est l'indulgence incarnée, témoignant quant à elle de beaucoup plus de patience.

Mr. Weston écouta très attentivement la jeune femme tant qu'elle lui parla de son fils, mais lorsqu'elle en vint à évoquer Maple Grove, il se rappela soudain qu'il devait aller accueillir les nouvelles venues et partit avec un sourire content.

Mrs. Elton se rabattit alors sur Mrs. Weston.

— C'est certainement notre voiture avec Miss Bates et Jane. Nos chevaux sont tellement rapides et notre cocher si habile ! Personne, je crois, ne va plus vite que nous. Quel plaisir de pouvoir faire profiter des amis de sa voiture ! J'ai appris que vous aviez eu l'amabilité de proposer la vôtre, mais ne vous donnez plus cette peine à l'avenir car je me chargerai de ces dames à chaque fois que cela sera nécessaire.

Miss Bates et Miss Fairfax firent leur entrée au salon, escortées de Frank et de Mr. Weston, et Mrs. Elton parut considérer qu'il était autant de son devoir que de celui de Mrs. Weston d'aller accueillir ces dames. On pouvait certes deviner le sens de ses gestes pour peu que l'on fût un observateur aussi attentif qu'Emma, mais il fut bientôt impossible de percevoir des discours qui, comme ceux de tout le monde, se trouvaient noyés sous le flot incessant des bavardages de Miss Bates. Celle-ci, qui parlait déjà en entrant au salon, continua encore plusieurs minutes après avoir été admise dans le cercle qui s'était formé autour de la cheminée. Quand la porte s'ouvrit, elle en était à ce point de son discours :

— Vous êtes tellement aimable ! Mais il ne pleut pas du tout, ou presque pas ! D'ailleurs, cela n'a pas d'importance car j'ai de grosses chaussures et Jane dit que... Eh bien ! (pénétrant dans la salle de bal) Mais c'est magnifique ! Admirable ! C'est si joliment arrangé ! Vous avez vraiment pensé à tout, et je n'aurais jamais osé m'attendre à voir un spectacle aussi merveilleux. Cet éclairage ! Oh, Jane, Jane, regardez ! Avez-vous déjà vu une chose pareille ? Oh, Mr. Weston, il faut que vous possédiez la lampe d'Aladin ! Cette bonne Mrs. Stokes ne reconnaîtrait jamais son salon. Je l'ai aperçue, en arrivant, elle était dans le hall. « Oh, Mrs. Stokes ! » lui ai-je dit, mais je n'ai pas eu le temps de poursuivre.

Mrs. Weston lui souhaitait à présent la bienvenue.

— Oh, très bien, très bien, je vous remercie, Mrs. Weston. J'espère que vous allez bien ?... Je suis ravie de l'apprendre, je craignais tellement que vous n'eussiez la migraine ! Je vous ai vue passer si souvent et je savais que vous deviez avoir tant de problèmes à affronter. Je suis ravie d'apprendre que vous vous sentez bien... Ah, ma chère Mrs. Elton, je vous suis tellement obligée pour la voiture ! Elle est arrivée juste au bon moment. Jane et moi étions prêtes. Nous n'avons pas fait attendre votre cocher un seul instant. La voiture est très confortable. Oh, je dois aussi vous remercier, Mrs. Weston ! Mrs. Elton avait eu la gentillesse d'envoyer un mot à Jane, sans cela nous aurions évidemment accepté votre offre... Deux propositions de ce genre en un seul jour, on ne peut rêver voisins plus attentionnés ! J'ai dit à ma mère : « Sur mon honneur, Madame... » Merci, ma mère va bien. Elle est allée chez Mr. Woodhouse. Je lui ai fait mettre son châle, les soirées sont si fraîches... C'est son grand châle neuf, le cadeau de mariage de Mrs. Dixon. C'est tellement gentil à elle d'avoir pensé à ma mère ! Il vient de Weymouth, vous savez, et c'est Mr. Dixon qui l'a choisi. D'après Jane, il y en avait trois autres qui leur plaisaient, et ils ont hésité un bon moment. Le colonel Campbell aurait préféré un châle olive. Ma chère Jane, êtes-vous certaine que vous ne vous êtes pas mouillé les pieds ? Il n'est tombé que deux ou trois gouttes mais j'ai toujours peur. Mr. Churchill a cependant été tellement... et puis le sol était recouvert d'un tapis. Je n'oublierai jamais la civilité de ce jeune homme.

Oh, Mr. Churchill, à propos, savez-vous que ma mère n'a plus de problèmes avec ses lunettes ? La branche tient parfaitement depuis que vous l'avez réparée. Ma mère nous parle souvent de votre amabilité, n'est-ce pas, Jane ? Est-ce que nous ne parlons pas souvent de Mr. Frank Churchill ? Ah, voici Miss Woodhouse... Chère Miss Woodhouse, comment allez-vous ? Je vais fort bien, je vous remercie, fort bien. Cette réception est absolument féerique ! Quelle métamorphose ! Je sais que les compliments sont interdits et (regardant Emma avec beaucoup de complaisance) qu'il serait déplacé de... mais sur mon honneur, Miss Woodhouse, vous êtes vraiment... Comment trouvez-vous la coiffure de Jane ? Vous êtes la plus qualifiée pour en juger. Elle s'est coiffée toute seule. Elle est merveilleusement douée, n'est-ce pas ? Je crois que tous les coiffeurs de Londres ne pourraient... Ah, le docteur Hughes, me semble-t-il, et Mrs. Hughes... Il faut que j'aille leur dire un mot. Comment allez-vous... Très bien, je vous remercie. C'est magnifique, n'est-ce pas ? Où est ce cher Mr. Richard ? Ah, le voici ! Ne le dérangez surtout pas, il est tellement mieux occupé à faire la conversation à ces jeunes filles... Comment allez-vous, Mr. Richard ? Je vous ai aperçu, l'autre jour. Vous faisiez un tour à cheval dans Highbury... Tiens, mais il me semble que c'est Mrs. Otway ! Et voici ce bon Mr. Otway, et Miss Otway, et Caroline ! Que d'amis, Seigneur ! Et Mr. George, et Mr. Arthur ! Comment allez-vous ? Je vais très bien, je vous remercie. Je ne me suis jamais mieux portée. Est-ce que ce ne serait pas une voiture qui arrive ? Qui cela peut-il être ? Très probablement ces chers Cole. Ma foi, c'est un tel plaisir de se retrouver en compagnie d'amis si nombreux ! Et ce feu ! Il est magnifique. Je suis littéralement en train de rôtir. Pas de café pour moi, s'il vous plaît, je ne prends jamais de café. Je prendrai un peu de thé tout à l'heure, Monsieur. Mais ne vous pressez pas ! Oh, le voici déjà ! C'est vraiment merveilleux...

Frank Churchill reprit son poste auprès d'Emma, et quand Miss Bates se fut calmée, la jeune fille put entendre la conversation de Mrs. Elton et de Jane, celles-ci se trouvant placées juste derrière notre héroïne. Frank avait l'air songeur et sa voisine se demanda s'il écoutait aussi ce que racontaient ces dames. Après avoir couvert Jane de compliments sur sa robe et sur sa bonne mine, Mrs. Elton partit elle-même à la pêche aux éloges dès que son interlocutrice l'eut remerciée comme il convenait :

— Comment trouvez-vous ma robe ? demanda-t-elle. Aimez-vous cette garniture ? Et ma coiffure ? C'est Wright qui s'en est chargé...

Et elle posa encore mille questions de ce genre, Jane y répondant à chaque fois avec beaucoup de politesse et de patience.

— Personne ne saurait être plus indifférent à la toilette que je ne le suis d'ordinaire, reprit Mrs. Elton, mais en l'occurrence... Tous les yeux sont braqués sur moi, comprenez-vous, et je me dois de paraître tout particulièrement à mon avantage par égard pour les Weston qui, je n'en doute pas, donnent ce bal en mon honneur. Je ne vois guère de perles, en dehors des miennes ! Ainsi, il paraît que Mr. Churchill est un danseur de premier ordre ? Nous verrons bien si nos styles s'accordent. Ce jeune homme est vraiment charmant, et il me plaît beaucoup.

Frank se mit à parler à ce moment-là avec tant de volubilité qu'Emma le soupçonna d'avoir surpris ces louanges et de ne pas vouloir en entendre davantage. Il couvrit la voix de ces dames un certain temps mais un fait nouveau incita bientôt Mrs. Elton à hausser elle-même le ton, Mr. Elton rejoignant en effet sa femme et celle-ci s'écriant :

— Ah, vous avez fini par découvrir notre retraite, n'est-ce pas ? Je disais justement à Jane que vous deviez commencer à vous demander ce que nous devenions.

— Jane ! répéta Frank Churchill, désagréablement surpris. Elle prend beaucoup de libertés... mais je suppose que cela ne gêne pas Miss Fairfax.

— Est-ce que Mrs. Elton vous plaît ? murmura Emma.

— Pas du tout.

— Vous êtes un ingrat.

— Un ingrat ? Que voulez-vous dire ? — Puis son air chagrin fit place à un beau sourire et il poursuivit : — Non, ne me le dites pas, je ne veux pas le savoir. Où est mon père ? Quand commencerons-nous à danser ?

Emma ne le comprenait pas très bien, ce soir-là. Il semblait d'une humeur étrange. Il partit à la recherche de son père mais revint très bientôt, escorté de Mr. et de Mrs. Weston. Ils avaient un problème à soumettre à Emma. Il fallait absolument que Mrs. Elton ouvrît le bal comme elle devait du reste s'y attendre, mais cela contrariait beaucoup Mrs. Weston qui eût préféré réserver cet honneur à sa chère Emma. C'est avec un courage admirable que celle-ci prit la mauvaise nouvelle.

— Mais comment lui trouver un partenaire convenable ? ajouta Mrs. Weston. Elle doit penser que c'est à Frank de l'inviter.

Frank se tourna aussitôt vers Emma pour lui rappeler les promesses d'antan et il se déclara déjà pris. Son père l'approuva entièrement et Mrs. Weston proposa bientôt qu'il dansât lui-même avec Mrs. Elton. C'était la seule solution et elle pria les autres de l'aider à en convaincre son mari. On y parvint sans peine et Mr. Weston ouvrit le bal avec Mrs. Elton, tandis que Frank Churchill et Miss Woodhouse devaient se contenter de la deuxième place. Persuadée depuis toujours que les Weston donnaient ce bal en son honneur, Emma se vit ainsi forcée de céder le pas devant Mrs. Elton, et cela lui donna presque envie de se marier.

La vanité de Mrs. Elton se trouvait à ce moment-là sans doute comblée, car même si elle avait compté ouvrir le bal avec Frank Churchill, elle n'avait certainement rien perdu au change, Mr. Weston étant peut-être encore plus distingué que son fils. Emma souriait malgré la petite contrariété qu'elle venait de subir, ravie de voir se former un quadrille des plus respectables et de pouvoir s'amuser pendant des heures et des heures comme elle avait rarement l'occasion de le faire, son seul regret concernant Mr. Knightley car il ne dansait pas. Il était là, dans le public, et n'aurait point dû s'y trouver. Il aurait dû se mêler au quadrille au lieu de rester avec les maris, les pères et les joueurs de whist qui faisaient semblant de s'intéresser à la danse en attendant que l'on organisât les tables de jeu. Il avait l'air tellement jeune ! Peut-être n'aurait-il jamais pu paraître autant à son avantage qu'à la place qu'il s'était lui-même choisie, car sa silhouette haute, droite et ferme se détachait si bien parmi les corps massifs et les épaules voûtées de ses voisins que notre héroïne ne douta point qu'elle attirât irrésistiblement tous les regards. Hormis Frank Churchill, il n'était dans toute l'assistance aucun homme qui pût lui être comparé. Les quelques pas qu'il fit pour se rapprocher suffirent à donner une idée de la grâce et de la distinction avec lesquelles il eût dansé s'il avait bien voulu s'en donner la peine. Emma lui arrachait un sourire à chaque fois qu'elle croisait son regard, mais il n'en avait pas moins l'air soucieux. Elle aurait voulu qu'il appréciât davantage les bals et qu'il aimât mieux Frank Churchill. Il semblait observer sa jeune amie, et si elle ne se flattait point de le fasciner avec ses talents de danseuse, elle estima du moins n'avoir pas à redouter de critiques sur sa conduite. Rien dans ses rapports avec son partenaire ne pouvait évoquer un flirt, et Frank et la jeune fille avaient plutôt l'allure de bons amis joyeux et libres que d'amants. Il était à présent absolument évident que le jeune homme ne pensait plus du tout à Emma comme il le faisait encore peu de temps auparavant.

Le bal suivait agréablement son cours et Mrs. Weston ne prodiguait pas en vain ses soins inquiets et ses attentions incessantes. Tout le monde paraissait enchanté, et l'on distribua dès le début de cette soirée ces éloges dont on est d'ordinaire tellement avare même après qu'un bal est terminé. Il ne se produisit pas plus d'événements marquants ou mémorables que dans la plupart des fêtes de ce genre mais un incident retint tout particulièrement l'attention d'Emma... Il restait encore à peine le temps de faire deux danses avant le souper, et Harriet n'avait toujours pas de cavalier. C'était la seule jeune fille à demeurer assise et le nombre des danseurs était si parfaitement équilibré que cette anomalie était tout à fait inexplicable. L'étonnement d'Emma diminua pourtant lorsqu'elle vit Mr. Elton flâner dans le salon. Il n'inviterait pas Harriet s'il pouvait l'éviter, cela ne faisait aucun doute, et notre héroïne s'attendit à le voir disparaître dans la salle de jeu d'un instant à l'autre.

Mais il n'avait pas l'intention de fuir. Il se rendit au contraire dans le coin où se trouvaient les personnes assises et se mit à se promener, discutant avec l'un ou l'autre comme s'il voulait montrer qu'il était libre et résolu à le rester. Il ne manqua point de passer plusieurs fois devant Miss Smith et d'adresser ostensiblement la parole à ses voisins. Emma, qui ne dansait pas encore et tentait de se frayer un chemin depuis le fond du salon, ne perdit rien de cette scène. Elle avait tout loisir de regarder ce qui se passait autour d'elle et pouvait observer le manège de Mr. Elton rien qu'en tournant la tête. Arrivée à mi-hauteur du quadrille, elle se retrouva juste devant le groupe des personnes assises et n'eut donc plus la possibilité de regarder ce qui se passait. Elle était cependant si près de Mr. Elton qu'elle entendit toute sa conversation avec Mrs. Weston, notant également que sa femme, qui se tenait non loin de là, ne se contentait point d'écouter elle aussi mais encourageait son mari avec des regards lourds de sens. La bonne et douce Mrs. Weston s'était levée pour dire à Mr. Elton :

— Vous ne dansez donc pas ?

Il répondit promptement :

— Mais si, Mrs. Weston, je le ferai volontiers si vous m'acceptez pour cavalier.

— Moi ? Oh, non... J'ai une partenaire bien plus charmante à vous proposer... Pour ma part, je ne danse point.

— Si vous parlez de Mrs. Gilbert, je serai ravi de me soumettre car si je commence à me voir comme un vieux mari pour qui le temps de danser risque fort d'être révolu, je n'en serai pas moins enchanté d'avoir pour partenaire une vieille amie comme Mrs. Gilbert.

— Il ne s'agit point de Mrs. Gilbert, mais il y a ici une jeune fille que j'aimerais beaucoup voir danser... c'est Miss Smith.

— Miss Smith ! Oh, je n'avais pas remarqué... Vous êtes extrêmement obligeante, et si je n'étais un vieux mari qui a dû renoncer aux plaisirs de la danse...

Mrs. Weston n'insista pas mais notre héroïne imagina sans peine l'humiliation et la surprise qu'elle devait éprouver en retournant à sa place. Mr. Elton, l'aimable, l'obligeant, le gentil Mr. Elton venait de dévoiler son véritable visage ! Il avait rejoint Mr. Knightley qui se trouvait non loin de là et cherchait à engager la conversation tout en échangeant des sourires de triomphe avec son épouse.

Emma n'avait plus la moindre envie de regarder. Son cœur brûlait de colère et elle craignait que cela ne se vît sur son visage.

Elle aperçut pourtant un instant plus tard un spectacle extrêmement réconfortant : Mr. Knightley en train de conduire Harriet jusqu'au quadrille ! Emma n'avait jamais été plus surprise et elle avait rarement éprouvé un pareil bonheur. Son cœur débordait de joie et de reconnaissance pour elle-même autant que pour son amie et elle était follement impatiente de remercier Mr. Knightley, mais trop loin de lui, elle ne pouvait l'atteindre de la voix et se contenta de lui jeter les regards les plus éloquents dès qu'elle parvint à capter son attention.

Mr. Knightley se révéla comme prévu un excellent danseur et l'on aurait pu penser qu'Harriet avait presque trop de chance si elle n'avait subi peu de temps auparavant cette cruelle déception et n'avait témoigné, par son visage rayonnant de bonheur, d'une joie sans bornes et d'une conscience aiguë de l'honneur qui lui était échu. Mr. Knightley n'avait vraiment pas prodigué sa gentillesse en vain, car sa partenaire, bondissant plus haut que jamais, s'envola littéralement jusqu'au milieu du quadrille et ne cessa plus de sourire.

Mr. Elton s'était réfugié dans la salle de jeu, l'air complètement ridicule, c'est du moins ce qu'espérait Emma, car elle ne le croyait pas aussi endurci que sa femme, même s'il lui ressemblait chaque jour davantage ; quant à Mrs. Elton, elle ne put s'empêcher de trahir ses sentiments en faisant ostensiblement remarquer à son partenaire :

— Knightley a pris cette pauvre petite Miss Smith en pitié. Cela part d'un excellent naturel, n'est-ce pas ?

On annonça le souper, les invités commencèrent à se diriger vers la salle à manger, et l'on put entendre dès ce moment-là Miss Bates, laquelle ne cessa plus de parler jusqu'à ce qu'elle fût installée à table avec une cuillère à la main :

— Jane, Jane, disait-elle, où êtes-vous ? Voici votre pèlerine ! Mrs. Weston vous prie de mettre votre pèlerine car elle craint qu'il n'y ait des courants d'air dans le corridor. On a tout prévu, bien sûr, on a condamné une porte et on a même posé une quantité de calfeutrages, mais on ne sait jamais... Ma chère Jane, vous devez absolument... Oh, Mr. Churchill, vous êtes infiniment aimable ! Comme c'est gentil à vous d'avoir apporté cette pèlerine ! Je vous suis extrêmement reconnaissante. Ce bal est magnifique ! Oui, ma chère, comme prévu, j'ai couru à la maison pour aider Grand-mère à se coucher. Personne ne s'est aperçu de mon absence. Je suis partie sans rien dire, comme je vous avais dit que je le ferais. Grand-mère se sentait fort bien. Elle a passé une soirée charmante avec Mr. Woodhouse. Ils ont beaucoup bavardé, ils ont joué au trictrac, puis on a servi à Grand-mère du thé et des biscuits, ainsi que des pommes au four et du vin juste avant son départ... Elle a eu de la chance au jeu, et elle s'est enquise de vous. Elle voulait savoir si vous vous amusiez bien et j'ai dû lui dire le nom de tous les jeunes gens avec qui vous aviez dansé. « Oh, lui ai-je dit, je ne voudrais surtout pas anticiper sur le récit que Jane vous fera demain... Quand je l'ai quittée, elle dansait avec Mr. George Otway, mais elle se fera un plaisir de vous raconter tout cela elle-même... Elle a commencé avec Mr. Elton, et je ne sais plus qui l'a invitée ensuite... peut-être Mr. William Cox. » Mon cher Monsieur, vous êtes trop bon. Vous êtes certain que vous ne préférez pas escorter une autre de ces dames ? Je puis fort bien me rendre toute seule à la salle à manger. Vous êtes vraiment très aimable, Monsieur. Seigneur, Jane d'un côté et moi de l'autre ? Arrêtez, arrêtez, restons un peu en arrière car voici Mrs. Elton. Cette chère Mrs. Elton, comme elle est élégante ! Ces dentelles sont une pure merveille ! Suivons-la, maintenant. C'est incontestablement la reine de la soirée, n'est-ce pas ? Bon, nous voilà dans le corridor. Il y a deux marches. Jane, prenez garde aux deux marches ! Oh non, il n'y en a qu'une. Eh bien, j'étais persuadée qu'il y en avait deux, comme c'est étrange ! Oui, j'étais sûre qu'il y avait deux marches alors qu'il n'y en a qu'une. Je n'ai jamais vu cadre plus fastueux ou plus agréable ! Des bougies partout... Je vous parlais de votre Grand-mère, Jane. Elle a subi une petite contrariété. Les pommes au four et les biscuits étaient excellents, comme d'habitude, mais on lui a servi en premier lieu une délicate fricassée de ris de veau et des asperges, et Mr. Woodhouse, ne trouvant point les asperges assez cuites, les a renvoyées... Il n'est rien que Grand-mère aime autant que les asperges et les ris de veau et elle a donc été très déçue... Nous avons cependant décidé de n'en souffler mot à quiconque de peur que cet incident n'arrive aux oreilles de Miss Woodhouse. Elle en serait tellement affectée ! Eh bien, c'est absolument magnifique ! Je suis abasourdie, cela dépasse mon imagination ! Quelle élégance et quelle abondance ! Je n'ai jamais vu cela ! Où nous assoirons-nous ? N'importe où, pourvu que Jane ne risque point d'attraper froid. Pour moi, cela n'a pas la moindre importance, mais... Oh, vous nous conseillez ce côté ? Fort bien, et je suis sûre que... c'est peut-être nous faire trop d'honneur mais ce sera comme il vous plaira, Mr. Churchill. Ici, vos désirs sont des ordres, n'est-ce pas ? Ma chère Jane, comment pourrai-je me rappeler tous les plats que l'on nous propose ? Il faut pourtant que j'en fournisse une liste à Grand-mère... Un potage, aussi ! Seigneur ! On n'aurait jamais dû me servir si vite mais ce potage sent délicieusement bon et je ne puis m'empêcher de commencer.

Emma n'eut pas l'occasion de s'entretenir avec Mr. Knightley avant la fin du souper, mais quand tout le monde eut rejoint la salle de bal, les regards dont elle l'assaillait forcèrent quasiment son ami à venir auprès d'elle recevoir ses félicitations. Il commença par blâmer violemment l'inqualifiable grossièreté de Mr. Elton puis critiqua sévèrement les regards complices de Mrs. Elton.

— Ce n'est pas seulement Harriet qu'ils cherchaient à blesser, dit-il. Pourquoi vous détestent-ils, Emma ?

Il la regarda en souriant d'un air perspicace puis ajouta devant son mutisme :

— Contrairement à lui, elle n'a pas de raisons de vous en vouloir, n'est-ce pas ? Je ne vous demande pas de me répondre là-dessus, mais avouez au moins que vous projetiez de lui faire épouser Harriet.

— Oui, répondit Emma, et ils ne me le pardonneront jamais.

Il hocha la tête, accompagnant cependant son geste d'un sourire indulgent avant de répondre :

— Je ne vous ferai pas de reproches. Je vous laisserai plutôt à vos réflexions personnelles.

— Pouvez-vous me faire confiance quand je vis entourée de tant de flatteurs ? Puis-je jamais prendre conscience de mes torts ?

— Vous avez en vous un côté sérieux qui doit vous permettre de vous en rendre compte, et si certains aspects frivoles de votre caractère vous induisent en erreur, vous avez des qualités qui vous donnent le moyen de vous en apercevoir.

— J'avoue m'être complètement trompée sur le compte de Mr. Elton. Contrairement à moi, vous aviez parfaitement percé à jour sa mesquinerie... Je le croyais amoureux d'Harriet, et cette histoire n'a été qu'une longue série de malentendus.

— Pour vous récompenser de votre franchise, je vous concéderai que vous aviez mieux choisi que lui... Harriet Smith a de grandes qualités alors que cette Mrs. Elton n'en a pas la moindre. Votre amie est simple, franche, naturelle, et tout homme raisonnable devrait, s'il a le moindre goût, préférer mille fois une Miss Smith à une femme comme Mrs. Elton. Harriet, je l'avoue, possède un charme que je ne lui soupçonnais pas.

Emma était enchantée mais sa conversation avec Mr. Knightley fut interrompue par Mr. Weston, celui-ci rappelant à grands cris les danseurs à leur devoir.

— Venez, Miss Woodhouse... Miss Otway, Miss Fairfax, mais que faites-vous donc ? Donnez l'exemple à vos compagnes, Emma. Tout le monde se laisse aller, tout le monde dort.

— Je suis prête quand on voudra, répondit Emma.

— Avec qui allez-vous danser ? demanda Mr. Knightley.

Elle hésita une seconde avant de répliquer :

— Avec vous, si vous m'invitez.

— Voulez-vous danser avec moi ? lui demanda-t-il en la prenant par la main.

— Certes. Vous nous avez administré la preuve de vos talents et nos rapports ne sont tout de même pas si fraternels qu'il nous soit interdit de danser ensemble...

— Fraternels ? Non, en effet, je ne le pense pas...

CHAPITRE XXXIX

Emma était ravie d'avoir eu cette petite explication avec Mr. Knightley. Cela restait l'un des meilleurs souvenirs de ce bal et c'est avec un plaisir particulier qu'elle s'en remémora tous les détails le lendemain lors de sa promenade matinale dans le parc. Elle était enchantée d'en être arrivée à s'entendre avec son vieil ami sur les Elton et leur véritable nature et jugeait en outre très satisfaisants les éloges qu'il avait décernés à Harriet et les concessions qu'il lui avait faites. Si l'impertinence des Elton avait menacé de gâcher la soirée d'Emma, elle lui avait finalement permis de goûter l'un des plaisirs les plus exquis de ce bal. On pouvait espérer aussi que la guérison d'Harriet s'en trouverait considérablement hâtée, les commentaires de la jeune fille au sortir de la Couronne permettant d'envisager l'avenir avec beaucoup de confiance. Il semblait que la pauvre enfant eût brusquement ouvert les yeux et se fût enfin rendu compte que Mr. Elton n'était point l'homme qu'elle croyait. Sa fièvre était tombée, et il n'était guère à craindre que de nuisibles marques d'attention vinssent affoler de nouveau ce cœur blessé. Emma comptait sur la méchanceté des Elton pour parachever cette salutaire évolution de la situation, car elle savait qu'ils accableraient désormais Harriet de leurs sarcasmes et de leurs injures. L'été s'annonçait réellement plein de promesses avec une Harriet redevenue raisonnable, un Frank Churchill nettement moins amoureux qu'autrefois et un Mr. Knightley qui ne cherchait plus querelle à Emma.

Elle ne devait pas voir Frank Churchill ce matin-là. Attendu très tôt à Richmond, il l'avait avertie qu'il n'aurait pas le temps de s'arrêter à Hartfield et elle n'en concevait pas le moindre regret.

C'est l'âme en paix qu'elle retourna chez elle après avoir examiné ces problèmes et les avoir réglés. Ses devoirs envers les deux petits Knightley et leur grand-père lui étant revenus en mémoire, elle se hâtait de rentrer lorsqu'elle vit arriver par le grand portail les deux personnes qu'elle s'attendait le moins à trouver ensemble... Frank Churchill et Harriet... Oui, et une Harriet pendue au bras de son compagnon. Emma ne tarda guère à comprendre qu'il venait de se passer quelque chose d'extraordinaire car Frank tentait manifestement de réconforter la jeune fille qui était toute pâle d'effroi. Il n'y avait pas vingt mètres entre le portail et la porte d'entrée, et tout le monde se retrouva bientôt dans le hall. Se laissant alors tomber sur une chaise, Harriet perdit connaissance.

Quand une demoiselle s'évanouit, il faut bien sûr la faire revenir à elle puis lui poser des questions et lui demander des explications. C'est passionnant, certes, mais le mystère ne persiste jamais très longtemps et notre héroïne connut toute l'affaire au bout de cinq minutes.

Ce jour-là, Miss Smith était allée se promener avec Miss Bickerton, une autre pensionnaire de Mrs. Goddard qui assistait aussi au bal de la veille. Les jeunes filles avaient pris la route de Richmond, et bien que celle-ci fût apparemment assez fréquentée pour être sûre, s'y étaient vues entraînées dans une aventure des plus effrayantes. La route tournait brusquement à un demi-mile de Highbury, et dès ce moment, fort ombragée par les ormes qui la bordaient, devenait sur une longue distance une sorte de chemin complètement désolé. A peine sorties du virage, les demoiselles avaient aperçu une troupe de bohémiens qui se tenaient non loin de là, sur un carré de pelouse en bordure de la route. Un enfant s'était approché pour demander la charité, et Miss Bickerton, excessivement effrayée, avait poussé un cri perçant. Priant Harriet de la suivre, elle avait ensuite escaladé à toute allure un talus escarpé, avait sauté une petite haie, puis s'en était retournée à Highbury comme elle pouvait. La pauvre Harriet n'avait pu la suivre, les crampes dont elle souffrait depuis le bal s'étant si brusquement réveillées dès qu'elle avait essayé de gravir le talus, qu'elle s'était trouvée dans l'impossibilité totale de grimper jusqu'au bout. Elle s'était ainsi vue dans l'obligation de rester là, tremblante de terreur.

On ne saurait dire comment les vagabonds auraient agi si ces demoiselles s'étaient montrées un peu plus courageuses, mais il est certain qu'ils ne pouvaient ignorer pareille provocation et la pauvre Harriet s'était donc bientôt vue assaillie par une demi-douzaine d'enfants que menaient une femme vigoureuse et un grand garçon. Tout ce monde vociférait et jetait des regards impertinents à la jeune fille, même si l'on ne prononçait point la moindre parole vraiment insolente, et Miss Smith, plus effrayée que jamais, leur avait promis de l'argent. Sortant sa bourse, elle leur avait donné un shilling, les suppliant de ne pas lui en demander davantage et de ne pas la malmener. Elle avait ensuite trouvé la force de marcher, bien que fort lentement, et s'était éloignée, sa bourse et sa terreur représentant cependant une tentation si forte que toute la bande l'avait bientôt suivie, ou plutôt encerclée, pour lui réclamer de l'argent.

C'est à ce moment-là que Frank Churchill était arrivé, trouvant une Harriet toute tremblante en train de parlementer avec une horde insolente et bruyante. Par chance, Frank s'était vu retardé au départ de Highbury et il avait ainsi pu porter secours à la malheureuse Miss Smith en cet instant critique. Le beau temps l'incitant à faire un peu de marche, il avait décidé de partir à pied pour ne retrouver ses chevaux qu'à un mile ou deux de Highbury. La veille, il avait tout à fait par hasard emprunté une paire de ciseaux à Miss Bates, et comme il avait omis de les lui rendre, il s'était trouvé dans l'obligation de s'arrêter chez elle et d'y passer quelques minutes, se retardant ainsi beaucoup plus que prévu. Comme il était à pied, la troupe de bohémiens ne l'avait aperçu qu'au dernier moment, et la terreur que la femme et le garçon avaient inspirée à Harriet s'était alors emparée d'eux. Frank les avait laissés dans un état de peur absolument indescriptible, et il avait ramené Harriet qui, s'accrochant frénétiquement à lui, avait tout juste trouvé la force de regagner Hartfield avant de s'effondrer complètement. C'est lui qui avait eu l'idée de la conduire à Hartfield, nul autre endroit ne lui étant venu à l'esprit.

Voilà en substance ce qui était arrivé à la jeune fille et Frank raconta toute cette aventure en détail avant qu'Harriet, ayant recouvré ses esprits et l'usage de la parole, fût en mesure de le faire elle-même. Le jeune homme partit dès qu'il fut assuré que Miss Smith allait mieux, car avec tous ces retards, il n'avait plus une minute à perdre. Emma lui promit d'avertir Mrs. Goddard que sa jeune pensionnaire était saine et sauve et d'informer Mr. Knightley qu'il traînait une bande de bohémiens dans le voisinage, et le jeune homme put enfin s'en aller, Emma l'accablant de mille bénédictions et témoignages de reconnaissance.

Cette aventure était véritablement passionnante... Un beau jeune homme et une ravissante jeune fille entraînés dans une histoire pareille, cela ne pouvait manquer de faire naître certaines idées dans le cœur le plus froid ou le cerveau le plus solide, d'après Emma du moins. Est-ce qu'un linguiste, est-ce qu'un grammairien, est-ce qu'un mathématicien même, auraient pu voir ce qu'elle venait de voir, auraient pu assister à leur arrivée ou auraient pu les entendre raconter cette affaire sans comprendre que les événements s'étaient employés à faire de chacun d'entre eux un objet d'intérêt pour l'autre ? Il était en l'occurrence bien naturel qu'un être aussi imaginatif qu'Emma s'enflammât et se laissât entraîner à faire mille prédictions et spéculations, surtout après avoir déjà caressé tant de projets en ce domaine.

L'événement qui venait d'avoir lieu était décidément extraordinaire ! A sa connaissance, rien de tel n'était jamais arrivé à une jeune fille de Highbury et ce genre de rencontre ou de mésaventure n'était jamais advenu à l'une ou l'autre des demoiselles du pays. Il avait fallu qu'Harriet en fût la victime, et cela au moment même où Frank Churchill risquait de passer par là pour la sauver ! C'était à proprement parler incroyable, et sachant combien les circonstances étaient pour l'instant favorables, Emma n'en fut que plus frappée de la coïncidence. Le jeune homme ne désirait-il pas se libérer le plus tôt possible de son amour pour Miss Woodhouse, et Harriet ne commençait-elle point pour sa part à guérir de la folle passion qui la liait à Mr. Elton ? Oui, tout semblait vraiment se liguer pour amener les plus heureux effets et l'on ne pouvait douter que ces deux êtres ne fussent bientôt unis par le plus tendre attachement.

Durant la brève conversation qu'ils avaient eu lors du malaise d'Harriet, Frank avait évoqué avec une émotion amusée et ravie la terreur et la naïveté de cette jeune fille qui s'était frénétiquement emparée de son bras pour s'y accrocher ensuite comme une enfant, et tout à fait à la fin, après qu'Harriet eut elle-même raconté son aventure, il avait exprimé dans les termes les plus violents l'indignation qu'éveillait en lui l'abominable stupidité de Miss Bickerton. Les choses devaient cependant suivre leur cours, et il ne fallait surtout pas intervenir, Emma en était sûre. Elle était bien résolue à ne point donner le moindre coup de pouce et à ne jamais faire allusion aux espoirs qui agitaient son cœur. Non, elle en avait déjà trop fait jusque-là. Des projets, de simples projets, ne pouvaient faire de mal à personne, mais notre héroïne était tout à fait décidée à ne point dépasser le stade des désirs.

Sachant qu'il en concevrait une épouvantable inquiétude, Emma ne voulait pas que cette affaire parvînt aux oreilles de son père, mais elle s'aperçut bientôt qu'elle ne pourrait pas lui cacher très longtemps ce qui venait de se passer. Tout Highbury fut au courant en une demi-heure. Il faut dire que l'aventure d'Harriet était l'événement rêvé pour occuper ceux qui passent le plus de temps dans les bavardages, les jeunes et les humbles, et toute la jeunesse et la domesticité de la ville furent bientôt en mesure de se repaître de ces nouvelles horribles. Les bohémiens semblaient avoir fait complètement oublier le bal de la veille ! Comme prévu, le pauvre Mr. Woodhouse fut littéralement terrorisé, et il ne se calma un peu que lorsqu'il eut fait jurer à sa fille et à son amie de ne plus jamais franchir les limites du parc. Il fut également réconforté de voir défiler toute la journée une foule de visiteurs qui venaient s'enquérir de sa santé et de celle d'Emma et d'Harriet, car il adorait, et tous ses voisins le savaient, que l'on vînt prendre de ses nouvelles. Il goûta l'exquise satisfaction de pouvoir leur répondre qu'ils allaient mal tous les trois, et sa fille s'abstint de le contredire bien qu'il exagérât puisque, tout comme Harriet, elle se sentait parfaitement bien. Mr. Woodhouse n'avait guère de chance en ce qui concernait sa fille, car celle-ci ignorant absolument ce qu'était la maladie, le pauvre homme n'eût jamais pu parler d'elle s'il ne lui avait inventé de temps à autre un mal quelconque.

Les bohémiens n'attendirent point l'action de la justice car ils partirent d'eux-mêmes en toute hâte. Les jeunes filles de Highbury auraient pu se promener de nouveau en toute sécurité avant même d'être au courant de cette affaire qui avait semé la panique, et mis à part Emma et ses neveux, tout le monde considéra bientôt cette histoire comme un simple fait divers. Pour notre imaginative héroïne, l'anecdote gardait tout son sel, et John et Henry réclamaient quant à eux chaque jour l'histoire d'Harriet et des bohémiens, reprenant systématiquement leur tante dès qu'elle changeait un mot au récit primitif.

CHAPITRE XL

Emma reçut la visite d'Harriet quelques jours après cette aventure. La jeune fille tenait un petit paquet à la main, et s'étant assise, elle dit à son amie, quelque peu hésitante :

— Si vous avez le temps, j'aimerais vous dire quelque chose, Miss Woodhouse... C'est une espèce de confession que j'ai à vous faire, et après, ce sera fini...

Extrêmement surprise, Emma la pria tout de même de parler. La gravité d'Harriet et les paroles qu'elle venait de prononcer laissaient à n'en pas douter présager des nouvelles extraordinaires.

— Il est de mon devoir de n'avoir pas de secrets pour vous, reprit Miss Smith, et je ne désire d'ailleurs pas en avoir. Je suis, sur un certain point, une créature totalement transformée et vous avez le droit d'être informée d'un changement qui vous fera plaisir. Je ne veux pas en dire plus que le strict nécessaire... J'ai tellement honte de m'être laissée aller comme je l'ai fait ! Et je suis sûre que vous me comprendrez.

— Oui, dit Emma, je l'espère.

— Comment ai-je pu m'abuser si longtemps ? s'écria chaleureusement Harriet. J'étais comme folle, et maintenant je ne lui trouve plus rien d'extraordinaire. Je ne me soucie même plus de le rencontrer ou de ne pas le rencontrer, encore que je préfère ne pas le voir et sois prête à tout faire pour l'éviter. Je n'envie plus sa femme, non, je ne l'envie ni ne l'admire comme autrefois... Je la crois très jolie, et tout et tout, mais je la soupçonne aussi d'être méchante et très désagréable. Je n'oublierai jamais son air, l'autre soir, et je vous assure pourtant que je ne lui veux aucun mal, Miss Woodhouse. Je souhaite même qu'ils soient heureux ensemble et je n'en éprouverai plus la moindre peine. Je veux vous convaincre que je ne dis que la vérité, et j'ai donc décidé de détruire devant vous ce que j'aurais dû détruire depuis longtemps... et ce que je n'aurais même jamais dû conserver, je le sais très bien. (Elle avait rougi violemment.) Je veux me débarrasser de tout cela, maintenant, et je désire tout particulièrement le faire en votre présence pour vous prouver combien je suis devenu raisonnable. Est-ce que vous ne devinez pas ce que contient ce paquet ? demanda-t-elle d'un air gêné.

— Non, absolument pas. Vous a-t-il jamais fait le moindre cadeau ?

— Non, ce n'est pas cela... Ce sont des objets auxquels j'attachais simplement beaucoup de prix.

Elle tendit le paquet à Emma, et celle-ci put lire, inscrit sur le dessus : « Trésors les plus précieux », ce qui excita vivement sa curiosité. Harriet défit le paquet et son amie s'empressa de regarder ce qu'il contenait. Au milieu d'une grande quantité de papier d'argent se trouvait une jolie petite boîte marquée Turbridge ; Harriet l'ouvrit aussitôt : elle était garnie du plus doux coton, mais à part ce coton, Emma ne vit qu'un petit morceau de taffetas gommé.

— Vous vous souvenez à présent, n'est-ce pas ? dit Harriet.

— Non, pas du tout.

— Mon Dieu ! Jamais je n'aurais cru que vous oublieriez ce qui s'est passé ici même lors de l'une de nos dernières rencontres à Hartfield ! Le taffetas gommé... C'était quelques jours à peine avant mon angine, juste avant l'arrivée de Mr. et Mrs. John Knightley, en fin d'après-midi, je crois. Est-ce que vous ne vous rappelez pas qu'il s'est coupé le doigt avec votre canif tout neuf et que vous lui avez recommandé de mettre sur sa blessure un petit bout de taffetas gommé ? Comme vous n'en aviez pas sur vous, et sachant que j'en avais, vous m'avez demandé de lui en donner et je lui en ai coupé un morceau. Il était cependant trop grand et il l'a recoupé lui-même, jouant un moment avec le petit bout qui restait avant de me le rendre. Dans ma folie, je n'ai pu m'empêcher de garder comme un trésor ce bout de taffetas, bien décidée à ne jamais m'en servir... Je le contemplais de temps à autre, et c'était à chaque fois une grande fête.

— Très chère Harriet, s'écria Emma en se passant la main devant le visage et en bondissant de son siège, j'ai affreusement honte. Si je me souviens de cette histoire ? Oui, je m'en souviens à présent et je me rappelle chaque détail, sauf que vous avez gardé cette relique car je ne le savais pas... Il s'est coupé le doigt, oui, et je lui ai conseillé le taffetas gommé, feignant de n'en avoir point sur moi... Oh mes péchés, mes péchés ! Et j'en avais tout un tas dans ma poche ! Encore l'un de mes tours absurdes ! J'aurais des raisons de rougir jusqu'à la fin de mes jours... Bon (se rasseyant), continuez...

— Ainsi vous en aviez ? Je ne l'ai pas soupçonné un instant, vous aviez l'air si naturel.

— Et vous avez vraiment conservé ce morceau de taffetas par amour pour lui ? dit Emma qui se remettait un peu de sa honte et se sentait de plus en plus partagée entre la surprise et l'amusement. Elle ajouta du reste en son for intérieur : « Dieu me garde ! Est-ce que j'aurais jamais eu l'idée de garder un bout de taffetas gommé que Frank Churchill avait trituré dans tous les sens ? Je n'en ai jamais été à ce point-là ! »

— Voici, reprit Harriet qui en était revenue à sa boîte, voici un objet encore plus précieux... Enfin, je veux dire que j'y ai attaché encore plus de valeur parce que cela lui avait véritablement appartenu, contrairement au taffetas gommé.

Emma était impatiente de voir ce fabuleux trésor... un bout de vieux crayon, un morceau sans mine.

— C'était à lui, dit Harriet. Ne vous souvenez-vous pas du jour où... Non, vous ne vous en souviendrez certainement pas. Un matin, je ne me rappelle plus la date exacte mais peut-être était-ce le mardi ou le mercredi qui a précédé la fameuse soirée, un matin, donc, il a voulu noter quelque chose dans son carnet. Cela concernait la bière de spruce, car Mr. Knightley lui avait parlé des méthodes de brassage de la bière de spruce et il en a voulu en prendre note. Son crayon était cependant tellement usé qu'il l'a bientôt taillé jusqu'au bout et n'a pas pu continuer à écrire. Vous lui en avez prêté un, et celui-ci, désormais inutile, est resté sur la table. J'avais l'œil et dès que j'en ai eu l'audace, j'ai pris ce crayon pour ne plus jamais m'en séparer.

— Je me souviens, s'écria Emma, je me souviens parfaitement ! Nous parlions de bière de spruce, oui, et nous disions, Mr. Knightley et moi, que nous l'aimions beaucoup... Mr. Elton paraissait fort décidé à apprendre à l'aimer aussi, n'est-ce pas ? Attendez, si je ne me trompe, Mr. Knightley se tenait ici... Oui, il me semble qu'il se tenait juste ici.

— Ah, je ne sais pas, je n'arrive pas à me rappeler ce détail... C'est étrange, mais je n'y arrive pas. Mr. Elton, je crois, était assis à l'endroit où je me trouve à présent.

— Soit, poursuivez.

— Oh, c'est tout. Je n'ai rien d'autre à vous montrer ou à vous dire, sinon que je vais maintenant jeter tous ces objets au feu et que je tiens à ce que vous me voyiez le faire.

— Ma chère Harriet ! Et ces trésors vous apportaient réellement un peu de bonheur ?

— J'étais tellement folle ! Mais j'ai affreusement honte, à présent, et j'espère que j'oublierai ces reliques aussi facilement qu'elles brûleront. J'ai eu tort de garder ces souvenirs après son mariage, vous savez, et j'en avais conscience sans pour autant trouver la force de m'en séparer.

— Mais Harriet, est-il nécessaire de brûler le taffetas ? Je ne dirai rien pour le vieux crayon, mais le taffetas peut encore servir.

— Je serai plus tranquille si je le brûle, répliqua Harriet. Il me déplaît de voir ce bout de tissu et je veux me débarrasser de tout. Voilà, et Dieu merci, c'en est fini de Mr. Elton !

« Et quand cela commencera-t-il pour Mr. Churchill ? » se demanda Emma.

Elle eut peu après des raisons de croire que c'était déjà fait et ne put s'empêcher d'espérer que la bohémienne avait influencé l'avenir d'Harriet si elle n'avait pas pris le temps de le lui prédire. Quinze jours après la fameuse aventure, les deux amies eurent une explication qu'elles n'avaient point préméditée, et notre héroïne étant à ce moment-là fort loin de songer à des problèmes de cet ordre, fut d'autant plus étonnée des confidences d'Harriet. C'est au cours d'une causerie tout à fait banale que Miss Woodhouse dit tout naturellement à sa compagne :

— Eh bien, Harriet, je vous conseillerais de faire ceci et cela le jour où vous vous marierez.

Elle ne pensait même plus à ce qu'elle venait de dire lorsque Harriet lui répondit, d'un ton très grave et après une bonne minute de silence :

— Je ne me marierai jamais.

Emma leva les yeux et comprit immédiatement. Elle hésita un instant, se demandant si elle devait relever cette réflexion, puis rétorqua :

— Ne jamais vous marier ! Cette décision ne date pas de très longtemps.

— Non, mais je ne changerai plus d'avis sur cette question.

Emma hésita encore un peu :

— J'espère que cela ne vient pas de... J'espère que ce n'est pas à cause de Mr. Elton ?

— Mr. Elton ! s'écria Harriet indignée. Oh non, certes pas !

Emma saisit ensuite vaguement les mots : « Tellement supérieur à Mr. Elton ! »

Elle prit alors le temps de réfléchir. Ne devait-elle pas insister ? Pouvait-elle laisser passer de tels propos en feignant de ne rien soupçonner ? Harriet risquait peut-être de la croire froide ou hostile. En gardant le silence, elle pouvait aussi pousser Harriet à l'obliger à en écouter trop, et c'est ce qu'elle voulait éviter avant tout. Fermement résolue à refuser les épanchements d'autrefois, elle ne tenait pas à se laisser entraîner dans des discussions franches et fréquentes sur les espoirs que l'on pouvait nourrir. Elle jugea plus prudent de mettre les choses au point tout de suite en disant ce qu'elle avait à dire et en écoutant ce qu'elle avait envie d'entendre. De toute manière, il était toujours préférable d'agir sans détours ! Ayant déjà décidé des limites à fixer dans ce domaine des confidences, Emma crut plus sage d'obéir aux règles qu'elle avait érigées en son for intérieur et s'adressa donc à son amie en ces termes :

— Je ne feindrai point d'ignorer le sens de vos paroles, Harriet. Votre résolution, ou plutôt votre certitude de ne jamais vous marier vient de ce que la personne aimée vous paraît socialement trop supérieure à vous pour briguer un jour vos faveurs, n'est-ce pas ?

— Oh, Miss Woodhouse, je vous supplie de croire que je n'ai pas l'audace de supposer que... vraiment, je ne suis pas folle à ce point, mais c'est pour moi un plaisir de l'admirer de loin et de penser, avec toute la gratitude émerveillée et la vénération qu'il mérite et que je lui dois tout particulièrement, que cet homme est infiniment supérieur à quiconque.

— Vous ne me surprenez pas du tout, Harriet, car le service qu'il vous a rendu ne pouvait manquer d'enflammer votre cœur.

— Un service ! Un bienfait, voulez-vous dire, et tellement extraordinaire ! Lorsque je me rappelle son geste et ce que j'ai ressenti à ce moment-là... quand je l'ai vu arriver... sa noblesse et mon infortune avant cela ! Je suis passée de la plus profonde détresse à un bonheur véritablement extatique.

— C'est tout naturel, et cela vous fait honneur. Oui, je crois qu'il est méritoire de faire un si bon choix et d'écouter votre gratitude. Je ne saurais par contre vous assurer que cela vous apportera le bonheur et je vous conseillerais de ne pas vous laisser aller à vos sentiments, Harriet. Je ne suis pas sûre qu'on soit amoureux de vous et vous devez réfléchir à ce que vous faites. Peut-être devriez-vous avoir la sagesse de dissimuler votre tendresse aussi longtemps que possible, et de toute façon, il faudra prendre garde à ne point vous laisser entraîner trop loin si vous n'êtes pas sûre de lui plaire. Observez-le, et réglez votre propre conduite sur la sienne. Je vous donne dès à présent ces conseils car je ne vous reparlerai plus jamais de cette histoire. Je suis décidée à ne point m'immiscer dans vos affaires de cœur et je ferai désormais comme si je ne savais rien. Ne prononcez jamais de nom, je vous en prie. Nous nous sommes trompées une fois et nous devons faire montre de prudence. Il vous est sans nul doute très supérieur et cela me semble constituer un obstacle des plus sérieux, mais on a déjà vu de plus grandes merveilles et des alliances plus étonnantes. Prenez quand même garde à vous, Harriet. Je ne veux pas entretenir en vous un optimisme excessif et quelle que soit la conclusion de cette aventure, vous pourrez toujours être assurée que vos sentiments sont une preuve de bon goût dont je reconnais la valeur.

Harriet lui baisa la main en un geste de gratitude silencieuse et passive. Décidément convaincue que cet amour était une bonne chose pour son amie, Emma se dit qu'il ne ferait qu'annoblir et affiner son esprit, la sauvant à jamais d'une éventuelle dégradation.

CHAPITRE XLI

C'est dans cette atmosphère lourde de projets, d'espoirs et de complicités secrètes que le mois de juin commença à Hartfield. Pour Highbury, il n'y apporta aucun changement notable. Les Elton parlaient toujours de la visite des Suckling et de la fameuse calèche et Jane Fairfax était toujours chez sa Grand-mère. Les Campbell avaient une fois de plus différé leur retour, fixé désormais au mois d'août, et Jane resterait probablement deux mois de plus dans le Surrey si elle parvenait à juguler la folle activité de Mrs. Elton et trouvait le moyen d'échapper aux situations fabuleuses que celle-ci s'obstinait à lui chercher.

L'aversion que Mr. Knightley portait depuis le début à Frank Churchill pour une raison connue de lui seul semblait s'accroître chaque jour davantage, le maître de Donwell en étant même à soupçonner le jeune homme de jouer double jeu en poursuivant Emma de ses assiduités. Frank recherchait indéniablement les faveurs de notre héroïne et tout le prouvait. Les égards qu'il lui témoignait, les allusions de son père, le silence prudent de sa belle-mère, tout concordait. Les discours, le comportement, la discrétion ou la réserve de chacun prêtaient à une seule et unique interprétation, mais si bien des gens croyaient l'affaire déjà réglée, Mr. Knightley commença bientôt pour sa part à soupçonner une idylle entre le jeune homme et Jane Fairfax. Sans savoir ce qu'il en était exactement, il avait cru surprendre des signes d'intelligence entre eux.

Il lui semblait aussi que Frank admirait beaucoup Miss Fairfax, et une fois qu'il l'eut remarqué, il ne put s'empêcher d'y songer souvent bien qu'il désirât de tout son être éviter d'élucubrer comme Emma. Celle-ci n'était pas là lorsque cette idée vint pour la première fois à Mr. Knightley. Il dînait chez les Elton avec les Weston, Frank et Jane, et s'étonna de voir l'admirateur attiré de Miss Woodhouse jeter de fréquents regards dans la direction de Miss Fairfax. Cette étrange attitude lui était malgré lui revenue en mémoire quand il s'était ensuite retrouvé en compagnie des deux jeunes gens, et il n'avait pu s'empêcher de se livrer à des observations qui, à moins d'être comme le feu que Cowper voit au crépuscule une « pure création de l'esprit », avaient véritablement de quoi renforcer ses doutes. En fait, il en avait même acquis la quasi-certitude que, loin d'être indifférents l'un à l'autre, Frank Churchill et Jane entretenaient peut-être une liaison secrète.

Un soir, après dîner, il vint à son habitude passer un moment à Hartfield. Emma et Harriet ayant projeté d'aller se promener, il décida de les accompagner et au retour, ils croisèrent des amis qui avaient également jugé plus prudent de sortir assez tôt, le temps menaçant de tourner à la pluie. Il y avait là Mr. Weston, sa femme, Frank et Miss Bates et Jane que les autres avaient rencontrées tout à fait par hasard. Tout le monde fit route commune, et quand on arriva devant la grille de Hartfield, Emma pria ses amis de venir prendre le thé en compagnie de Mr. Woodhouse, certaine que son père, qui adorait ce genre de visites, en serait absolument enchanté. Ceux de Randalls acceptèrent sur-le-champ, et après un interminable discours que personne n'écouta, Miss Bates consentit aussi à envisager la possibilité d'honorer l'aimable invitation de cette chère Miss Woodhouse.

On pénétrait dans le parc lorsque Mr. Perry, passant à cheval, leur parla justement de cette monture.

— A propos, dit aussitôt Frank Churchill à Mrs. Weston, Mr. Perry a-t-il acheté une voiture comme il en avait l'intention ?

— J'ignorais qu'il voulût en acheter une.

— Mais c'est vous qui me l'avez dit ! Vous m'en avez parlé dans une lettre, il y a deux ou trois mois de cela.

— Moi ? Impossible !

— Mais si, je vous assure, je m'en souviens très bien. Vous disiez qu'il ne tarderait plus à se décider. D'après vous, Mrs. Perry en avait parlé à je ne sais qui et s'était déclarée ravie du projet de son mari. C'est elle qui l'avait convaincu de faire cette acquisition car elle trouvait imprudent qu'il sortît à cheval par n'importe quel temps. Vous vous en souvenez à présent, n'est-ce pas ?

— Je vous jure que je n'ai jamais entendu parler de cette histoire.

— Jamais, vraiment jamais ? Dieu me garde ! comment serait-ce possible ? J'ai dû rêver, dans ce cas, mais j'étais absolument certain... Miss Smith, vous avez l'air fatigué. J'ai l'impression que vous serez heureuse d'arriver à la maison.

— Quoi ? Qu'est-ce que vous dites ? s'écria Mr. Weston. Que racontiez-vous sur Perry ? Il veut acheter une voiture, Frank ? Je suis ravi qu'il en ait les moyens. C'est lui qui vous en a parlé ?

— Non, Monsieur, répliqua son fils en riant, il semble que personne ne m'en ait parlé. C'est fort étrange ! J'étais vraiment persuadé que Mrs. Weston m'avait appris la nouvelle dans l'une des lettres qu'elle m'a envoyées à Enscombe il y a plusieurs semaines, et j'aurais même juré qu'elle m'y donnait tous les détails possibles, mais comme elle prétend n'avoir jamais entendu parler de cette histoire, il faut que je l'ai rêvée. Je rêve beaucoup, et je rêve de mes amis de Highbury lorsque je suis loin, en arrivant même, quand j'en ai fini des êtres chers, à voir en songe Mr. et Mrs. Perry.

— Il est cependant fort étrange que vous ayez fait un songe aussi cohérent à propos de gens auxquels vous risquiez si peu de penser une fois à Enscombe, fit remarquer son père. Perry sur le point d'acheter une voiture et sa femme essayant de l'en persuader par souci de sa santé, cela se tient. C'est exactement ce qui se produira un de ces jours, je n'en doute pas... Un peu prématuré, peut-être ? Les rêves ont parfois une telle allure de vraisemblance alors qu'ils sont si souvent un tel tissu d'absurdités ! Eh bien, Frank, cela prouve au moins que vous pensez à nous quand vous êtes loin de Highbury. Je suppose que vous rêvez aussi, Emma ?

Emma ne l'entendit pas. Elle avait précédé ses hôtes pour préparer son père à leur arrivée et se trouvait trop loin pour saisir la délicate allusion de Mr. Weston.

— A vrai dire, s'écria Miss Bates qui tentait de se faire entendre depuis deux bonnes minutes, je me vois obligée d'avouer que Mr. Frank Churchill a sans nul doute... Je ne veux pas dire qu'il n'ait pas rêvé, et il m'arrive aussi de faire les songes les plus étranges, mais si l'on me questionne à ce sujet, je serai forcée de reconnaître que l'on m'a parlé de cette histoire au printemps dernier. C'est Mrs. Perry elle-même qui l'a racontée à ma mère, et les Cole étaient également au courant... c'était un secret, cependant, et personne n'en était instruit à part nous. Tout cela n'avait guère d'importance et nous n'y avons pas songé plus de trois jours. Mrs. Perry était fort désireuse que son mari eût une voiture et elle est venue voir ma mère un matin, ravie parce que certaine d'avoir gagné. Jane, est-ce que vous ne vous souvenez pas que Grand-mère nous en a parlé lorsque nous sommes rentrées à la maison ? Je ne me rappelle plus où nous étions allées nous promener... probablement à Randalls... oui, je crois que c'était à Randalls. Mrs. Perry a toujours eu beaucoup d'affection pour ma mère, et je me demande d'ailleurs qui ne l'aime pas... elle lui a confié cela comme un secret. Elle ne s'est pas opposée à ce que Grand-mère nous mît au courant, bien sûr, mais elle a précisé que nous ne devions pas ébruiter la nouvelle, et depuis je n'en ai parlé à personne. D'un autre côté, je ne jurerais pas n'y avoir jamais fait allusion car je sais qu'il m'arrive de parler à tort et à travers. Je suis bavarde, vous savez, oui, assez bavarde, et j'en viens parfois à laisser échapper ce que je devrais taire. Je ne ressemble pas à Jane, sur ce point, et je le regrette. Je serais prête à jurer qu'elle ne trahira jamais le moindre secret ! Où est-elle ? Oh, la voilà ! Je me rappelle parfaitement cette visite de Mrs. Perry. C'est vraiment un rêve extraordinaire.

Ils entraient alors dans le hall et Mr. Knightley avait cherché Jane des yeux bien avant Miss Bates. Ayant en effet remarqué que Frank Churchill avait un certain air de gêne contenue qu'il dissimulait sous une expression amusée, il n'avait pu s'empêcher de se tourner vers la jeune fille pour l'observer à son tour mais sa manœuvre s'était malheureusement avérée vaine, Miss Fairfax se trouvant un peu en arrière du groupe, apparemment fort occupée par son châle. Mr. Weston entra tandis que les deux autres messieurs attendaient à la porte pour laisser le passage à Miss Fairfax, et Mr. Knightley soupçonna Frank Churchill de chercher à attirer l'attention de Jane car il lui parut la regarder avec insistance à ce moment-là. Quoi qu'il en fût, ce fut peine perdue, car la jeune fille se fraya un chemin entre les deux messieurs sans daigner lever un instant les yeux sur eux.

Personne n'eut le loisir de faire d'autres remarques ou de donner d'autres explications sur le rêve de Frank, et l'on dut se contenter de l'accepter tel quel. Mr. Knightley prit place comme tout le monde autour de la grande table ronde moderne dont Emma avait réussi à imposer l'usage à Hartfield. Elle était bien la seule à pouvoir risquer pareille innovation, et nulle autre qu'elle ne fût parvenue à convaincre Mr. Woodhouse de remplacer la petite table Pembroke sur laquelle on avait pendant quarante ans entassé deux de ses repas quotidiens. Le thé se passa fort agréablement et les invités ne semblèrent pas ensuite très pressés de partir.

— Miss Woodhouse, dit Frank Churchill après avoir jeté un coup d'œil sur la table qui se trouvait juste derrière lui, vos neveux ont-ils emporté leur alphabet ? La boîte se trouve ici, d'ordinaire. Où est-elle ? Le temps est bien triste, ce soir, et il vous prend l'envie d'en revenir à des activités hivernales. Je me souviens que nous nous sommes beaucoup amusés avec ces lettres, une fois, et je voudrais vous proposer une énigme.

Séduite, Emma s'empressa d'aller chercher la boîte en question et la table se trouva bientôt jonchée de lettres. Frank et notre héroïne se révélèrent les plus acharnés au jeu, proposant sans plus tarder des énigmes à tous les amateurs éventuels. Mr. Woodhouse était souvent irrité des divertissements bruyants que Mr. Weston introduisait dans la maison et il n'en apprécia que davantage cet amusement si paisible. Confortablement installé dans son fauteuil, il goûtait pleinement le plaisir de pouvoir se lamenter en des termes aussi tendres que mélancoliques sur le départ de ses chers petits enfants et faisait gentiment remarquer la charmante écriture d'Emma quand une lettre en venait à s'égarer de son côté.

Frank Churchill poussa quelques pièces vers Miss Fairfax et celle-ci se mit au travail après avoir jeté un rapide coup d'œil sur l'assistance. Frank était assis à côté d'Emma et Jane leur faisait face, Mr. Knightley se trouvant quant à lui placé de telle sorte qu'il les tenait tous trois sous son regard, ce dont il était ravi puisqu'il souhaitait les observer sans en avoir l'air. Jane résolut l'énigme et repoussa les lettres d'un air contraint. Si son intention était de mélanger l'anagramme de Frank pour la dissimuler aux autres, elle n'aurait surtout pas dû quitter un seul instant la table des yeux, car à peine avait-elle levé la tête qu'Harriet, impatiente de jouer à son tour, s'empara des lettres et s'attaqua au problème. Le mot à trouver était « impair », et Jane rougit si violemment quand Harriet le proclama triomphalement que son sens en devint lumineux. Mr. Knightley pensa tout de suite au rêve de Frank sans pourtant saisir clairement le rapport entre les deux incidents. Comment avait-on pu endormir ainsi la méfiance de cette délicate et discrète jeune fille qu'il aimait tant ? Il craignait décidément quelque intrigue et il avait l'impression de se heurter de tous les côtés à la dissimulation et à la duplicité. Ces anagrammes n'étaient qu'un moyen détourné de se dire des galanteries et Frank avait choisi cet innocent divertissement pour cacher certains jeux beaucoup moins naïfs.

Indigné, Mr. Knightley continuait d'observer le jeune homme et c'est avec beaucoup de méfiance et d'inquiétude qu'il se mit à considérer les deux jeunes filles qui ne semblaient rien voir. C'est d'un air timide et grave que l'on proposa une nouvelle énigme, fort brève, à Emma, et celle-ci parut s'amuser de la solution qu'elle avait aussitôt trouvée. Elle semblait toutefois juger qu'il était de son devoir d'être choquée car elle s'écria : « C'est absurde ! Quelle honte ! » et Mr. Knightley entendit ensuite Frank Churchill lui dire en désignant Jane Fairfax : « Je le lui donne, n'est-ce pas ? » La jeune fille répondit cependant par des dénégations amusées : « Non, non, il ne faut pas, ne faites pas cela, je vous en prie. »

Il ne l'écouta pas, et ce jeune homme si galant qui paraissait capable d'aimer sans éprouver la moindre tendresse et n'avait vraiment point l'air de briller par l'obligeance tendit aussitôt les lettres à Jane Fairfax en la priant avec une extrême civilité de s'essayer à percer le mystère. Fort curieux de savoir ce qu'il en était, Mr. Knightley ne manqua pas de jeter un coup d'œil sur la table chaque fois que possible. Il ne fut pas long à s'apercevoir que la solution de l'anagramme était « Dixon » et Jane Fairfax parut comprendre en même temps que lui. Saisissant certainement mieux que Mr. Knightley le sens caché de l'énigme et les informations contenues dans ces cinq lettres, elle eut une expression de vif mécontentement. Elle leva les yeux et, se voyant observée, rougit plus violemment que Mr. Knightley ne l'avait jamais vue le faire, se contentant néanmoins de dire :

— J'ignorais que les noms propres fussent autorisés.

Puis elle poussa les lettres assez sèchement, manifestement résolue à ne plus participer au jeu et à refuser toutes les anagrammes qu'on pourrait lui proposer désormais. Détournant ses regards de ceux qui l'avaient attaquée, elle se rabattit sur sa tante.

— Oui, vous avez parfaitement raison, ma chère, déclara celle-ci avant que Jane eût prononcé un seul mot, j'allais justement vous en faire la remarque... Il est temps de partir car il est tard et Grand-mère va s'inquiéter.

L'empressement de Jane prouva que sa tante avait vu juste, car elle se leva aussitôt, prête à quitter la table. Ils étaient cependant si nombreux à vouloir prendre congé à ce moment-là que la jeune fille n'eut point la possibilité de s'éloigner sur-le-champ et Mr. Knightley crut alors voir que l'on poussait vers elle une anagramme qu'elle ne daigna pas seulement regarder. Elle chercha ensuite son châle et Frank Churchill vint à son secours, mais la nuit qui tombait et la confusion qui régnait au salon empêchèrent Mr. Knightley d'épier leurs adieux, comme il eût souhaité le faire.

Il resta après le départ des autres. Ce qu'il avait vu ne laissait point de l'inquiéter, et il était tellement préoccupé qu'au moment où l'on apporta les bougies, ce qui lui permit de reprendre le fil de ses observations, il ne put s'empêcher, en ami sincère et anxieux, de mettre Emma en garde tout en l'interrogeant. Il n'était pas question pour lui de demeurer passif quand Emma se trouvait dans une situation aussi périlleuse, et il jugea qu'il était de son devoir d'essayer de la sauver.

— S'il vous plaît, ma chère Emma, pourrais-je vous demander en quoi résidait la drôlerie et la causticité de la dernière anagramme que l'on vous a proposée, à vous et à Miss Fairfax ? dit-il. Je serais curieux d'apprendre pourquoi la solution vous a tellement amusée alors qu'elle a tant affligé votre compagne.

Emma se sentit très gênée. Elle n'avait aucune envie de lui expliquer franchement cette affaire, car si ses doutes à l'endroit de Miss Fairfax ne s'étaient point évanouis, elle regrettait de plus en plus d'en avoir fait part à quelqu'un.

— Oh, s'écria-t-elle, manifestement très embarrassée, cela ne voulait rien dire, ce n'est qu'une petite plaisanterie entre nous.

— J'ai l'impression qu'à part vous, Mr. Churchill était le seul à goûter cette plaisanterie.

Il espérait qu'elle lui répondrait, mais elle n'en fit rien, préférant s'affairer à la première tâche venue plutôt que de poursuivre sur ce sujet. Mr. Knightley demeura quelque temps indécis et diverses pensées fort désagréables lui traversèrent l'esprit. Cette tentative était un échec, et la confusion d'Emma comme l'intimité qui existait de son propre aveu entre elle et Frank Churchill laissaient à penser que la jeune fille était amoureuse. Mr. Knightley décida de parler malgré tout. Il devait à son amie de risquer ce qui pouvait passer pour une intervention inopportune plutôt que de mettre en péril son bonheur, et il se sentait prêt à tout affronter pour ne point avoir à se reprocher un jour son indifférence en des circonstances aussi graves.

— Ma chère Emma, dit-il enfin avec émotion, êtes-vous bien sûre de cerner parfaitement les relations qu'entretiennent le monsieur et la demoiselle en question ?

— Frank Churchill et Miss Fairfax ? Bien entendu ! Pourquoi en doutez-vous ?

— Est-ce qu'il ne vous est jamais venu à l'esprit qu'elle pouvait lui plaire, ou réciproquement ?

— Jamais, oh non, jamais ! s'écria-t-elle avec feu. Cette idée ne m'a jamais effleurée, non, pas même un quart de seconde ! Comment pouvez-vous supposer une chose pareille ?

— Depuis quelque temps, j'ai cru remarquer des signes d'attachement entre eux... certains regards lourds de sens, qui n'étaient, selon moi, nullement destinés au public.

— Vous m'amusez beaucoup ! Je suis ravie de constater qu'il vous arrive parfois de laisser votre imagination s'égarer... mais c'est absurde ! Je vous assure qu'ils ne se plaisent pas le moins du monde, et votre erreur s'explique certainement par des circonstances et des sentiments qui n'ont rien à voir avec... Je ne puis vous expliquer clairement... c'est tellement idiot... mais je peux au moins vous dire qu'on ne saurait imaginer deux êtres plus éloignés de se plaire... Enfin, je *présume* qu'il en est ainsi pour elle et je *réponds* de lui. Je me porte garante de l'indifférence de ce monsieur.

Tant de confiance ébranla les certitudes de Mr. Knightley et il n'osa pas insister devant l'évidente satisfaction de la jeune fille. D'humeur enjouée, elle eût volontiers prolongé cette conversation pour avoir de plus amples détails sur ces fameux soupçons et sur les regards complices qu'échangeaient Frank et Jane Fairfax, et eût fort aimé connaître les tenants et aboutissants d'un raisonnement dont la conclusion l'amusait beaucoup, mais Mr. Knightley ne partageait pas du tout sa gaieté. Il avait compris qu'il ne pouvait rien et se sentait trop irrité pour parler. N'ayant en outre aucune envie que le feu que faisait allumer presque chaque soir de l'année le délicat Mr. Woodhouse transformât cet agacement en fièvre véritable, il s'empressa bientôt de prendre congé et partit retrouver la fraîcheur et la solitude de Donwell Abbey.

CHAPITRE XLII

Après avoir longtemps caressé l'espoir de recevoir prochainement la visite de Mr. et Mrs. Suckling, les habitants
de Highbury essuyèrent la déconvenue d'apprendre qu'on
ne les verrait point avant l'automne. Privés de ces nouveautés d'importation qui avaient un moment enrichi leurs
réserves d'idées, ils se virent obligés d'en revenir pour
leurs cancans quotidiens à ces sujets d'intérêt local sur lesquels était venue se greffer un temps l'arrivée des Suckling, et ils en furent donc réduits comme autrefois à ne
discuter que de la santé de Mrs. Churchill dont l'état
variait chaque jour, et de Mrs. Weston dont le bonheur
s'accroîtrait peut-être bientôt de la naissance d'un enfant,
ce qui ravissait tous ses amis.

Mrs. Elton était affreusement déçue de voir ainsi remis
à plus tard des plaisirs tant attendus et cette magnifique
occasion de parader. Elle devrait attendre pour faire les
présentations et distribuer les recommandations et serait
encore obligée de se contenter d'évoquer les excursions à
venir. C'est ce qu'elle se dit au début, mais quand elle eut
un peu réfléchi, elle jugea stupide de retarder ainsi la réalisation de ses projets. Pourquoi n'irait-on pas visiter Box
Hill sans les Suckling ? Elle y reviendrait avec eux à
l'automne. Oui, décidément on irait à Box Hill. Tout le
monde savait depuis longtemps que Mrs. Elton devait s'y
rendre en compagnie de sa sœur et certaines personnes en
avaient elles-mêmes conçu le désir de faire une prome-

nade. Emma n'ayant jamais vu Box Hill brûlait de connaître ce site que l'on s'accordait à trouver si beau et elle se mit d'accord avec Mrs. Weston pour y aller un jour où il ferait beau. Il fut entendu que deux ou trois amis seulement se joindraient à elles et cette excursion promettait d'être paisible, élégante et simple. On était fort loin, il faut l'avouer, des interminables préparatifs, du gros repas et du pique-nique de parade qui présiderait à la sortie des Elton avec les Suckling.

Emma et les Weston étaient depuis si longtemps d'accord sur le caractère intime que devait revêtir leur promenade que notre héroïne ne put s'empêcher d'être désagréablement surprise en apprenant de la bouche de Mr. Weston qu'il avait proposé à Mrs. Elton de se joindre à eux puisque son beau-frère et sa sœur ne pouvaient tenir leurs engagements et qu'elle comptait aller elle aussi à Box Hill. Mrs. Elton ayant accepté avec empressement, l'affaire était conclue si Emma n'y voyait point d'objections. Le seul argument de cette dernière étant son extrême aversion pour Mrs. Elton et Mr. Weston en étant certainement déjà instruit, il était inutile d'en parler. La moindre allusion à cette profonde antipathie eût pris l'allure d'un reproche à l'endroit de Mr. Weston et son épouse en eût conçu beaucoup de chagrin. La jeune fille se vit donc contrainte de souscrire à un arrangement qu'elle eût évité à n'importe quel prix si elle en avait eu la possibilité, et qui risquait même, elle ne l'ignorait pas, de l'exposer à l'humiliation de passer pour une invitée de Mrs. Elton. Emma était profondément offensée, et la douceur avec laquelle elle se soumit apparemment n'alla point sans lui laisser au fond du cœur un lourd arriéré de secrète sévérité à l'égard de l'incorrigible bonne volonté de Mr. Weston.

— Je suis heureux que vous m'approuviez, dit-il tranquillement, mais à vrai dire, je m'y attendais. Ce genre d'expédition exige que l'on soit nombreux et on ne l'est jamais assez. Dans des cas comme celui-ci, c'est une garantie de réussite, vous savez, et puis c'est une brave femme et nous ne pouvions pas la laisser de côté.

Emma ne le contredit pas, même si elle était intérieurement fort loin de partager son opinion sur ce sujet.

On était à présent à la mi-juin et le temps était beau. De plus en plus impatiente de fixer une date pour leur promenade, Mrs. Elton en était même à discuter avec Mrs. Weston de la question des croustades de pigeon et de l'agneau froid lorsqu'un cheval qui boitait vint tout remettre en cause. Il pouvait se passer des semaines comme il pouvait suffire de quelques jours avant que le cheval ne fût rétabli et il ne fallait donc plus songer à faire le moindre préparatif. Attendre, c'était la seule chose à faire et les ressources de Mrs. Elton se révélèrent impuissantes devant pareil coup du sort.

— N'est-ce pas abominable, Knightley, disait-elle un jour qu'ils discutaient ensemble. Et ce temps ! il est idéal pour une excursion. Ces délais et ces déceptions sont absolument odieux ! Que faire ? A ce compte, nous n'aurons toujours rien fait à la fin de l'été. L'an dernier, à la même époque, nous avions déjà fait depuis longtemps une délicieuse promenade de Maple Grove à Kings Weston !

— Vous feriez mieux de venir à Donwell, répliqua Mr. Knightley, vous n'aurez pas besoin de vos chevaux ! Venez donc goûter mes fraises, elles mûrissent très vite.

Si Mr. Knightley n'était pas sérieux tout d'abord, il fut bien obligé de le devenir car on accueillit sa proposition avec enthousiasme et Mrs. Elton déclara d'un ton aussi emphatique que les termes mêmes qu'elle employait : « Oh, c'est fabuleux et rien ne pourrait me faire plus de plaisir ! » Donwell était réputé pour ses fraisiers et cela suffisait pour justifier une invitation, même s'il n'était besoin d'aucun prétexte avec cette dame qui se fût contentée de carrés de choux et qui désirait seulement faire une promenade. Elle lui promit cent fois de venir, bien qu'il n'eût pas douté un seul instant de la voir chez lui très prochainement, et elle se déclara très reconnaissante de cette preuve d'amitié qu'elle considérait manifestement comme un compliment des plus flatteurs.

— Vous pouvez compter sur moi, dit-elle, je ne manquerai pas de venir et votre jour sera le mien. Puis-je me permettre d'amener Jane Fairfax ?

— Je ne saurais fixer de date précise tant que je n'en aurai pas parlé aux quelques amis que je désirerais inviter également, répondit-il.

— Oh, laissez-moi faire, donnez-moi carte blanche. J'ai l'âme d'une dame patronnesse, vous savez. C'est ma spécialité, j'amènerai des amis.

— J'espère que vous amènerez Elton, dit-il, mais je ne vous importunerai certainement pas en vous chargeant d'inviter les autres.

— Oh, vous vous croyez bien malin, pour l'instant, mais réfléchissez ! Je n'en suis pas à mon coup d'essai, et vous n'avez donc rien à craindre. On peut se fier aux femmes mariées, croyez-moi, et puis c'est mon domaine. Laissez-moi faire, je m'occupe de vos amis.

— Non, répliqua-t-il calmement. Il est au monde une seule femme à qui je permettrais d'inviter qui elle veut à Donwell, et cette femme, c'est...

— Mrs. Weston, je suppose, l'interrompit Mrs. Elton assez mortifiée.

— Non, Mrs. Knightley, et je me chargerai moi-même de ces besognes tant qu'il n'existera pas de Mrs. Knightley.

— Ah, vous êtes un homme étrange ! s'écria-t-elle, rassurée de ne se voir préférer personne. Vous avez de l'humour, et vous pouvez vous permettre de dire ce qui vous plaît... Oui, vous avez vraiment beaucoup d'humour. Bon, j'amènerai Jane... Jane et sa tante. Je vous abandonne les autres. Je n'ai rien contre l'idée de me retrouver avec ceux de Hartfield, alors n'hésitez pas. Je sais que vous les aimez beaucoup.

— Vous les verrez certainement si j'arrive à les convaincre de venir, et j'inviterai Miss Bates en rentrant chez moi.

— C'est parfaitement inutile, je vois Jane tous les jours... Enfin, comme vous voudrez. Il faut que cela commence très tôt, vous savez, Knightley... une réception toute simple. Je porterai un grand chapeau et je prendrai l'un de mes petits paniers, celui-ci, je pense, et j'y attacherai un ruban rose. Rien de plus simple, vous le voyez, et Jane en aura un aussi. Aucune cérémonie, surtout, pas d'étalage de luxe... une espèce de fête de bohémiens. Nous irons nous promener dans vos jardins, nous cueillerons nous-mêmes les fraises et nous les mangerons sous les arbres. Si vous comptez nous servir autre chose, le repas doit avoir lieu dehors... une table dressée à l'ombre, vous voyez ? Le maximum de simplicité et de naturel, n'êtes-vous pas de mon avis ?

— Pas tout à fait. Pour moi, la simplicité et le naturel consisteront à faire dresser la table dans la salle à manger. Je crois plus simple et plus naturel de prendre ses repas dedans lorsqu'on se trouve entre messieurs et dames dotés de domestiques et de meubles. Je ferai servir des viandes froides à l'intérieur lorsque vous serez fatigués de manger des fraises dans le jardin.

— Soit, comme il vous plaira. Mais surtout, ne faites pas de cérémonie. A propos, pouvons-nous vous être utiles, moi et ma femme de charge ? Dites-le-moi franchement, je vous en prie, Mr. Knightley. Si vous voulez que j'en parle à Mrs. Hodge ou que je m'occupe de quoi que ce soit...

— Non, je vous remercie.

— Bon, mais si vous avez le moindre problème, rappelez-vous que ma femme de charge est d'une rare efficacité.

— La mienne s'estime parfaitement capable de s'en tirer et ne supporterait l'aide de personne.

— Je voudrais tant avoir un âne ! Nous pourrions venir à dos d'âne, Jane, Miss Bates et moi... mon *caro sposo* suivrait à pied. Il faut absolument que je le décide à acheter un âne. J'imagine que c'est une sorte de nécessité, à la campagne, car une femme ne peut rester constamment enfermée chez elle, quelles que soient ses ressources intellectuelles, et les longues promenades sont, vous le savez... En été on a de la poussière, et en hiver de la boue...

— Vous ne trouverez ni l'un ni l'autre entre Donwell et Highbury. Il n'y a jamais de poussière sur la route de Donwell et il ne pleut pas du tout en ce moment... enfin, venez à dos d'âne si cela vous plaît. Vous n'avez qu'à emprunter la bête de Mrs. Cole. Dans la mesure du possible, je souhaite que tout soit à votre goût.

— J'en suis persuadée et je vous rends pleinement justice, mon cher ami. Je sais que vous cachez un cœur d'or sous les dehors un peu tranchants et brusques qui vous caractérisent. Vous avez un humour fou, comme je le disais dernièrement à Mr. Elton. Croyez-moi, Knightley, je suis très sensible aux égards que vous venez de me témoigner et rien ne pouvait me faire plus de plaisir que ce projet de nous inviter tous à Donwell.

Mr. Knightley avait une excellente raison de ne pas vouloir faire dresser la table dehors le jour de la réception, c'est qu'il voulait convaincre Mr. Woodhouse et sa fille d'assister à la fête et savait pertinemment que le vieux monsieur ne supporterait jamais l'idée de manger dans le jardin. Pour Mr. Knightley, il n'était pas question d'affliger son vieil ami, surtout pour une simple réception de deux heures à Donwell.

L'invitation qui fut adressée au maître de Hartfield ne cachait aucune félonie et il n'eut point par la suite à regretter sa crédulité. Il accepta de venir. Il n'était pas allé à Donwell depuis deux longues années et ne voyait pas d'inconvénient à venir avec Harriet et Emma un jour où il ferait beau, restant tranquillement avec Mrs. Weston pendant que ces demoiselles se promèneraient dans les jardins. A cette saison, il ne risquait point de faire humide en plein milieu de la journée et Mr. Woodhouse serait enchanté de revoir le domaine et de rencontrer Mr. et Mrs. Elton ou n'importe lequel de ses chers voisins. Non, il n'avait aucune objection à formuler contre cette invitation, et il se rendrait certainement à Donwell avec Harriet et Emma un de ces jours s'il faisait beau. Il trouvait Mr. Knightley bien aimable et reconnaissait qu'il était aussi raisonnable que gentil puisqu'il projetait de manger à l'intérieur... Pour sa part, il détestait les repas en plein air !

Mr. Knightley eut le bonheur de voir chacun de ses amis accepter sans hésiter son invitation, et l'empressement dont ils témoignèrent parut indiquer qu'à l'égal de Mrs. Elton, ils considéraient tous cette petite fête comme une sorte d'hommage personnel. De leur propre aveu, Emma et Harriet espéraient s'amuser beaucoup à cette réception, et Mr. Weston promit, sans en avoir du reste été prié, de convaincre Frank de venir si c'était possible. C'était là une preuve d'enthousiasme et de gratitude dont certain monsieur se fût aisément passé... Mr. Knightley fut cependant obligé de prétendre qu'il serait enchanté de voir le jeune homme et Mr. Weston prit l'engagement d'écrire sur-le-champ et de tout faire pour persuader Frank d'être à Donwell le grand jour.

Entre-temps, le cheval qui boitait se remit si bien que l'on put de nouveau s'occuper de l'excursion à Box Hill, et l'on décida de s'y rendre le lendemain de la fête à Donwell, le temps paraissant véritablement idéal.

On était presque à la Saint-Jean, et c'est sous un soleil splendide que Mr. Woodhouse arriva tranquillement en voiture pour participer à cette partie de plaisir *al fresco*. On l'installa sur-le-champ dans l'une des pièces les plus confortables de l'abbaye, un salon où l'on avait, exprès pour lui, fait du feu toute la matinée. Il se sentait parfaitement bien, et se montra tout disposé à bavarder, n'oubliant pas de conseiller à chacun de venir s'asseoir à ses côtés et de prendre garde à ne point s'échauffer. Mrs. Weston, qui semblait être venue à pied à seule fin d'être assez fatiguée pour avoir envie de lui tenir compagnie toute la matinée, resta près du feu avec lui quand on eut prié ou persuadé tous les autres de sortir, et elle tint à merveille son rôle d'amie fidèle et de patiente interlocutrice.

Il y avait si longtemps qu'Emma n'était venue à l'abbaye qu'elle se fit un plaisir d'aller faire un tour dès qu'elle se fût assurée que son père était confortablement installé. Il lui tardait de rafraîchir ou de corriger sa mémoire en visitant dans leurs moindres détails des bâtiments et un parc qui gardaient toujours un grand intérêt pour elle et les siens.

Devant cette demeure imposante et grandiose très agréablement située dans un cadre charmant, pittoresque et bien abrité, elle comprit qu'elle pouvait à juste titre se sentir fière des liens qui l'attachaient à son actuel propriétaire comme à son héritier. De vastes jardins descendaient jusqu'à des prairies que baignait un cours d'eau, mais on les apercevait à peine de l'abbaye en raison du mépris où l'on tenait autrefois les points de vue. Les arbres de haute futaie abondaient tout au long des allées du parc et les fantaisies de la mode n'avaient jamais pu décider les maîtres de Donwell à les faire arracher. La maison elle-même était plus grande que celle de Hartfield et d'une conception totalement différente. Très étendue, construite au mépris de tout plan et de toute logique, elle offrait nombre de pièces confortables et deux ou trois salles de taille fort imposante. Elle était exactement ce qu'elle devait être, et paraissait ce qu'elle était. Emma comprit qu'elle éprouvait pour cette maison un immense respect, car c'était bien la demeure d'aristocrates véritables dont l'intelligence était aussi pure que le sang. John Knightley n'était peut-être point sans défauts, mais Isabelle n'avait certes pas à se reprocher son mariage avec lui, n'ayant introduit dans sa propre famille ni des hommes, ni un nom, ni des lieux dont on eût la moindre raison de rougir. C'était une certitude des plus précieuses, et tout en se promenant, notre héroïne s'abandonna à ces douces pensées jusqu'à ce qu'elle se vît obligée de rejoindre les autres autour des fraisiers. Tout le monde était là, sauf Frank Churchill que l'on attendait d'un moment à l'autre. Mrs. Elton, radieuse avec son grand chapeau et son petit panier, panoplie du bonheur, se sentait l'âme d'un guide et se montrait fort obstinée à prendre la tête du groupe et à diriger la cueillette comme les conversations... « On ne devait plus désormais songer qu'aux fraises et l'on ne devait parler que de cela... Les meilleurs fruits de l'Angleterre, les préférés de tout un chacun... toujours sains... Elle n'avait jamais vu fraisiers aussi magnifiques, et l'on trouvait ici les espèces les plus succulentes. C'était merveilleux de pouvoir les cueillir soi-même et c'était la seule façon d'en apprécier véritablement la saveur. Une matinée splendide, décidément. Non, jamais lasse... Toutes délicieuses, et les caprons encore meilleurs... non, pas de comparaison possible, les autres semblaient à peine mangeables à côté... les caprons étaient fort rares et les guinées... Oh ! quelle merveille ! Et les bois blancs ! Elles avaient vraiment une saveur exceptionnelle ! Le prix des fraises à Londres ! l'abondance dans les environs de Bristol ! Maple Grove... culture... plans à renouveler... les jardiniers n'étaient pas tous d'accord... pas de règle générale... ne jamais contrarier les habitudes d'un jardinier, surtout... fruit délicieux... mais trop riche pour qu'on en mange en quantité... inférieur aux cerises... la groseille plus rafraîchissante... seule objection à formuler contre la cueillette des fraises, ce soleil accablant, étincelant... morte de fatigue... elle ne pouvait en supporter davantage... s'asseoir à l'ombre ! »

Telle fut la conversation pendant une demi-heure et seule Mrs. Weston l'interrompit pour aller s'enquérir de Frank. Elle était relativement inquiète, ne se fiant guère au cheval qu'il montait.

On parvint à s'installer à peu près confortablement à l'ombre, et notre héroïne surprit sans le vouloir la conversation que venaient d'engager Mrs. Elton et Jane Fairfax. Il était question d'une place, une situation des plus enviables, et Mrs. Elton, qui avait reçu la nouvelle le matin même, était transportée de joie. Ce n'était point chez Mrs. Suckling ou chez Mrs. Bragges, bien sûr, mais sorti de ces deux maisons prestigieuses, on ne pouvait assurément rêver mieux. Jane serait engagée chez une cousine de Mrs. Bragges, une amie de Mrs. Suckling bien connue à Maple Grove. C'était une dame délicieuse, charmante, un esprit supérieur, et elle appartenait à la meilleure société, ne fréquentant que les sphères les plus élevées.

Noble lignée, haut rang, etc., et Mrs. Elton bouillait de voir cette affaire réglée. Pour sa part, elle exultait, pleine d'ardeur et d'énergie, et elle refusa catégoriquement d'accepter la réponse négative de Miss Fairfax, bien que celle-ci persistât à lui assurer qu'elle ne désirait point s'engager pour l'instant, avançant des raisons qu'Emma connaissait déjà. Mrs. Elton voulut obtenir malgré tout l'autorisation d'écrire dès le lendemain pour accepter l'offre de la cousine de Mrs. Bragges, et notre héroïne se demanda comment Jane pouvait tolérer une attitude aussi déplacée. La jeune fille avait d'ailleurs l'air excessivement irrité et s'exprimait d'un ton très sec. Pour finir, elle proposa d'aller se promener avec une décision qui ne lui était pas coutumière : « Ne pourrait-on aller faire un tour ? Mr. Knightley ne consentirait-il point à leur montrer les jardins, le parc ? Elle avait envie d'en avoir une idée d'ensemble. » Il semblait vraiment que son amie eût dépassé les bornes avec son entêtement !

Il faisait chaud, et après s'être promenés quelque temps en ordre dispersé, trois personnes marchant rarement de front, les invités finirent par se retrouver tous sans s'en apercevoir sous les délicieux ombrages d'une courte mais imposante allée de tilleuls qui continuait au-delà de la rivière et semblait marquer les limites du jardin d'agrément. Elle ne menait nulle part qu'à un point de vue, tout au bout, au-dessus d'un petit mur de pierres orné de hauts piliers qui, érigés de la sorte, paraissaient destinés à servir de portail d'entrée à une maison que l'on n'avait jamais construite. On pouvait certes douter du bon goût de ces piliers, mais la promenade en elle-même était charmante et le point de vue auquel on aboutissait extrêmement joli. Au-delà du jardin, la grande colline au pied de laquelle se dressait l'abbaye devenait plus escarpée et l'on apercevait à un demi-mile de là un coteau très abrupt tout couvert de bois. Au sommet, dans un site magnifique et bien abrité, se trouvait la ferme d'Abbey Mill devant laquelle s'étendaient de belles prairies où la rivière courait en larges boucles.

Le spectacle était vraiment charmant, doux à l'œil et doux à l'esprit. On avait ici une vision parfaite de la verdure anglaise, des cultures anglaises et du confort anglais, tout cela agrémenté d'un soleil étincelant sans en être accablant.

En arrivant, Emma et Mrs. Weston trouvèrent tous les autres invités réunis et notre héroïne remarqua tout de suite qu'Harriet et Mr. Knightley marchaient tout tranquillement en avant ! Mr. Knightley et Harriet ! Etrange tête-à-tête, mais Emma en conçut une vive satisfaction. Il n'y avait pas si longtemps que Mr. Knightley aurait méprisé la compagnie de la jeune fille et se serait détourné d'elle sans trop de cérémonies, et ils paraissaient à présent converser ensemble le plus agréablement du monde. Emma se serait également inquiétée quelque temps plus tôt de trouver Harriet en un lieu qui offrait une telle vue sur Abbey Mill, mais elle ne craignait plus rien, sûre que son amie pouvait contempler sans risques cette belle ferme qui respirait la prospérité avec ses troupeaux disséminés çà et là, ses vergers en fleurs et la petite colonne de fumée qui s'élevait de la cheminée. Emma rejoignit ses amis devant le petit mur et les trouva plus occupés à discuter qu'à regarder le paysage. Mr. Knightley était en train de parler des différentes méthodes de culture en usage et il adressa un sourire à Emma, comme s'il voulait lui dire : « Vous voyez, c'est le sujet qui m'intéresse le plus et j'ai le droit d'en parler sans qu'on me suspecte aussitôt de faire allusion à Robert Martin. » Emma ne l'avait nullement soupçonné car c'était une vieille histoire et Robert Martin avait certainement cessé de songer à Harriet. Ils firent quelques pas dans l'allée. L'ombre était plus fraîche, à présent, et cet instant parut à Emma l'un des plus agréables de la journée.

Ils rentrèrent ensuite à la maison car il était l'heure de déjeuner. On se mit à table sans avoir eu la moindre nouvelle de Frank Churchill. Mrs. Weston guettait son arrivée, son mari raillant ses craintes pour dissimuler sa propre inquiétude. On eut beau faire et dire, on ne put empêcher Mrs. Weston de souhaiter que Frank se fût séparé de sa jument noire. Il avait affirmé beaucoup plus catégoriquement que d'ordinaire qu'il viendrait. « Sa tante allait tellement mieux qu'il ne doutait point d'être là le jour dit. » Tout le monde savait cependant que l'état de Mrs. Churchill était sujet à de si brusques variations que son neveu avait fort bien pu se voir déçu dans ses espérances les plus légitimes, et Mrs. Weston, cédant aux arguments des autres invités, finit par croire — ou dire — que Frank devait être retenu à Richmond par quelque nouvelle crise de sa tante. Emma observa Harriet durant tout le temps que la conversation roula sur ce sujet et s'aperçut avec plaisir qu'elle se comportait avec beaucoup de dignité et ne trahissait point la moindre émotion.

Après le repas, il était convenu qu'on irait visiter les viviers que l'on n'avait pas encore eu le temps de voir. On pousserait peut-être même jusqu'aux champs de trèfle que l'on devait commencer à faucher le lendemain, et l'on aurait de toute manière le plaisir d'aller faire un petit tour au soleil avant de revenir se rafraîchir à l'abbaye. Mr. Woodhouse, qui était déjà allé se promener dans des jardins que lui-même ne pouvait accuser d'être humides malgré la présence de la rivière, n'avait plus envie de bouger et sa fille décida de rester avec lui pour permettre à Mrs. Weston de sortir et de s'amuser comme elle semblait tant en avoir besoin.

Mr. Knightley avait tout mis en œuvre pour divertir Mr. Woodhouse, et pour l'aider à passer agréablement cette journée il avait préparé à son intention des livres de gravures, des tiroirs pleins de médailles, des boîtes de coraux et de coquillages et cent autres collections de famille qu'il gardait dans son cabinet. Sa gentillesse avait eu la récompense qu'elle méritait car Mr. Woodhouse s'était beaucoup amusé. Mrs. Weston lui ayant montré tous ces objets, il voulut les montrer à son tour à sa fille lorsqu'il se retrouva seul avec elle. Heureusement, il n'avait de commun avec les enfants qu'un manque total de bon goût à l'endroit des objets qui s'offraient à sa vue, car il était en outre, et contrairement à eux, lent, méthodique et patient. Avant de se livrer à cet examen des collections, Emma sortit faire un tour dans le hall afin de pouvoir tranquillement profiter pendant quelques minutes d'une vue d'ensemble du parc et de l'entrée. Elle n'était cependant pas là depuis trente secondes qu'elle vit arriver Jane Fairfax qui semblait fuir tant elle marchait vite. La jeune fille ne s'attendait pas à trouver déjà Miss Woodhouse, et elle sursauta en l'apercevant, bien qu'elle la cherchât précisément.

— Seriez-vous assez aimable pour dire à nos amis que je suis rentrée à la maison, quand ils s'apercevront de mon absence ? dit-elle. Je m'en vais sur-le-champ. Ma tante ne se rend pas compte de l'heure qu'il est ni du temps pendant lequel nous sommes restées absentes, mais je suis sûre que Grand-mère a besoin de nous et je préfère rentrer immédiatement. Je n'en ai parlé à personne car cela n'aurait fait que semer le désordre et je ne voulais point faire de peine à nos amis. Certains sont allés voir les viviers et d'autres se promènent dans l'allée de tilleuls. Ils ne remarqueront pas mon absence avant d'être tous rentrés, et j'aimerais que vous ayez alors la bonté de les avertir de mon départ.

— Certainement, si vous le désirez. Mais vous n'allez pas rentrer à pied jusqu'à Highbury ?

— Si, pourquoi pas ? Je marche vite et je serai chez moi dans vingt minutes.

— Mais c'est trop loin, vraiment trop loin pour que vous y alliez à pied toute seule. Permettez-moi de dire au cocher de mon père de vous accompagner, permettez-moi de faire atteler la voiture. Il suffit de cinq minutes.

— Je vous remercie beaucoup, mais n'en faites rien, je vous prie. Je préfère marcher. Quant à craindre de rentrer seule... moi qui vais bientôt devoir prendre soin des autres !

Elle semblait terriblement nerveuse et sa compagne lui répondit avec beaucoup d'émotion.

— Ce n'est pas une raison pour vous exposer à courir des risques aujourd'hui. Je vais commander la voiture. La chaleur elle-même pourrait vous incommoder et vous avez déjà l'air très fatigué.

— Oui, répondit-elle, je suis fatiguée, mais ce n'est pas le genre de lassitude qui... une marche à vive allure me fera du bien. Nous avons tous des moments de découragement, Miss Woodhouse, et j'avoue que je me sens moralement épuisée. La plus grande preuve d'amitié que vous puissiez me donner serait de me laisser agir à ma guise et de vous contenter d'expliquer mon absence au moment voulu.

Emma n'avait rien à ajouter à cela, et comprenant fort bien les sentiments de Jane, elle l'aida à partir et protégea sa fuite avec une amicale sollicitude. La jeune fille lui adressa un regard plein de gratitude et ses derniers mots, « Oh, Miss Woodhouse, comme il est bon, parfois, d'être seul ! », semblèrent jaillir d'un cœur trop lourd et dénoncer brusquement cette infinie patience dont elle était constamment obligée de faire preuve, même avec certaines des personnes qui la chérissaient le plus tendrement.

« Un tel cadre de vie et une tante pareille ! se dit Emma. Je plains sincèrement cette pauvre fille, et plus elle paraîtra sensible à l'horreur de son existence, plus elle me plaira. »

Jane n'était pas partie depuis un quart d'heure et Mr. Woodhouse et sa fille avaient à peine eu le temps d'examiner quelques vues de la place Saint-Marc de Venise que Frank Churchill faisait son apparition au salon. Emma était à cent lieues de songer à lui, l'ayant même complètement oublié, mais elle fut ravie de le voir, sachant que Mrs. Weston connaîtrait enfin le repos. La jument noire n'était pour rien dans le retard de Frank, et les arguments de ceux qui avaient rendu Mrs. Churchill responsable se révélèrent justes, Frank s'étant vu retenu à Richmond par une nouvelle crise de sa tante... une crise de nerfs l'avait terrassée pendant plusieurs heures, et son neveu avait cru jusqu'au dernier moment qu'il ne pourrait pas venir. Il serait d'ailleurs resté chez lui s'il avait su qu'il aurait si chaud et arriverait si tard malgré toute sa hâte. La chaleur était absolument atroce. Jamais il n'en avait souffert à ce point et il en était presque arrivé à regretter de n'être pas resté tranquillement chez lui. Il ne détestait rien tant que la canicule. Il pouvait supporter les pires froids, mais la chaleur lui était véritablement intolérable... Il s'installa sur une chaise, le plus loin possible du restant de feu de Mr. Woodhouse, l'air absolument pitoyable.

— Vous ne tarderez pas à vous sentir mieux si vous consentez à vous calmer, dit Emma.

— Je serai obligé de m'en retourner dès que je me serai rafraîchi. J'ai eu beaucoup mal à me libérer mais on avait tellement insisté que... Vous allez tous rentrer bientôt, je suppose ? Tout le monde va s'en aller... J'ai rencontré l'une des invitées en venant. Quelle folie, par un temps pareil ! Oui, de la pure folie !

Emma l'écoutait, le regardait, et ne tarda pas à conclure que l'expression la plus appropriée pour définir l'état d'esprit dans lequel se trouvait manifestement son compagnon était « la mauvaise humeur ». Certaines personnes ont des accès de colère lorsqu'il fait chaud, et ce devait être le cas de Frank. Sachant que ce genre de crise se guérit souvent par l'ingestion de nourriture et de boisson, la jeune fille conseilla donc à Frank d'aller se rafraîchir un peu. Il trouverait tout ce qu'il fallait dans la salle à manger, et elle lui en indiqua la porte avec beaucoup d'humanité.

Il lui répondit qu'il ne pourrait rien avaler, qu'il n'avait pas faim, — manger lui donnerait plus chaud encore — ... mais au bout de deux minutes, il se laissa fléchir et sortit en marmonnant quelque chose à propos de bière de spruce. Emma put dès lors se consacrer de nouveau à son père, tout en se disant en son for intérieur :

« Je suis ravie de ne pas être amoureuse de lui. Je ne pourrais jamais aimer un homme qu'un peu de chaleur suffit à troubler à ce point. Avec son caractère docile et doux,

416

Harriet ne tiendra heureusement aucun compte de ce genre de détails. »

Frank resta un moment dans la salle à manger — le temps de prendre un bon repas — puis il revint en meilleure forme. Il avait moins chaud, et recouvrant ses bonnes manières, égal à lui-même, il s'avéra de nouveau capable d'approcher une chaise de la cheminée pour s'enquérir des occupations de ses deux amis. Revenu à la raison, il déplora qu'il fût si tard, et s'il ne semblait point d'excellente humeur, fit au moins un maximum d'efforts, finissant même par raconter fort agréablement mille frivolités. Comme on regardait des vues de la Suisse, il déclara :

— J'irai faire un grand voyage dès que ma tante ira mieux. Je ne connaîtrai point le repos tant que je n'aurai pas visité certains de ces sites et vous regarderez un jour mes propres dessins, à moins que je ne vous soumette des poèmes ou quelque récit de voyage. Je ferai en sorte que l'on parle de moi !

— C'est possible, mais je doute que vous deveniez célèbre avec des vues de la Suisse... Vous n'irez jamais là-bas, votre oncle et votre tante ne vous permettront en aucun cas de quitter l'Angleterre.

— Peut-être seront-ils amenés à voyager eux-mêmes. Ma tante risque de se voir un jour conseiller des cieux plus cléments que les nôtres, et je vous assure que j'espère bien m'en aller. Je sens que je vais bientôt faire un grand voyage. Je suis las de ne rien faire et j'ai besoin de changement. Quoi que vous en pensiez, je parle sérieusement, Miss Woodhouse. Je suis fatigué de l'Angleterre et je m'en irais demain si c'était possible.

— Vous êtes las de tant de luxe et de facilité ! Ne pourriez-vous vous trouver une épreuve qui vous donnerait envie de rester ?

— Moi, fatigué du luxe et de la facilité ! Vous vous trompez du tout au tout. Je ne me considère nullement comme un privilégié et je ne mène pas une vie facile. On ne cesse de me contrarier et la fortune ne me sourit guère.

— Vous n'êtes cependant pas aussi misérable qu'à votre arrivée. Allez manger et boire un peu plus et tout ira bien. Une autre tranche de viande froide et une gorgée de madère coupé d'eau vous rendront votre bonne humeur, croyez-moi, et vous nous reviendrez aussi gai que n'importe lequel d'entre nous.

— Non, je ne bougerai pas, je resterai près de vous car vous êtes le meilleur remède à mes maux.

— Demain nous allons à Box Hill et vous nous accompagnerez. Ce n'est pas la Suisse mais c'est mieux que rien pour un jeune homme qui a tant besoin de changement. C'est dit, n'est-ce pas ? Vous restez ici ce soir et vous venez avec nous ?

— Certes pas. Je veux profiter de la fraîcheur de la nuit pour rentrer.

— Mais demain, vous pourrez profiter de la fraîcheur de l'aube pour revenir.

— Non, c'est inutile. Si je viens, je serai de mauvaise humeur.

— En ce cas, restez à Richmond, je vous prie.

— Mais je serai alors deux fois plus en colère ! Jamais je ne pourrai supporter l'idée que vous faites quelque chose sans moi.

— Ce sont là des questions qu'il vous appartient de résoudre. A vous de choisir les raisons pour lesquelles vous serez de mauvaise humeur, je ne tenterai pas de vous influencer davantage.

Les autres arrivèrent à ce moment-là et tout le monde se retrouva bientôt au salon. Certains invités furent enchantés de voir Frank Churchill, d'autres l'accueillirent plus froidement, mais on fut unanime à déplorer le départ de Miss Fairfax. On s'aperçut ensuite qu'il était temps de partir et l'on se sépara après avoir brièvement discuté de l'excursion du lendemain. Frank n'avait manifestement aucune envie de s'exclure lui-même et il prit congé d'Emma sur ces mots :

— Soit, si vous désirez que je vous accompagne à Box Hill, je le ferai.

Elle lui répondit par un sourire approbateur et seul un message urgent de Richmond eût pu désormais le convaincre de rentrer avant le lendemain soir.

CHAPITRE XLIII

Ils bénéficièrent d'un temps magnifique pour leur excursion à Box Hill et toutes les autres circonstances extérieures — préparatifs, organisation matérielle ou ponctualité des invités — semblèrent promettre dès le début une réussite totale. C'est Mr. Weston qui dirigea les opérations, officiant sans problème entre Hartfield et le presbytère, et tout le monde fut à l'heure. Emma devait faire route avec Harriet et Mrs. Elton prendrait Miss Bates et sa nièce dans sa voiture tandis que ces messieurs iraient à cheval. Mrs. Weston avait décidé de rester avec Mr. Woodhouse et rien ne manquait au moment du départ que l'enthousiasme des participants. On parcourut sept miles dans l'espoir de se divertir et tout le monde eut en arrivant un grand élan d'admiration devant le paysage. Quelque chose n'allait pourtant pas dans l'atmosphère générale de cette journée. On notait une langueur, une indifférence et une tension dont rien ne put venir à bout et de petits groupes se formèrent bientôt, les Elton se promenant ensemble, Mr. Knightley s'occupant de Jane et de Miss Bates, et Frank Churchill demeurant près d'Emma et d'Harriet. Mr. Weston tenta vainement de réunir ses amis et si la scission du groupe parut tout d'abord fortuite, elle n'en persista pas moins toute la journée. Mr. et Mrs. Elton semblaient quant à eux assez disposés à se mêler aux autres et faisaient montre d'une extrême amabilité mais la majorité des personnes présentes mirent une telle obstination à rester divisées que tous les projets du monde, tous les repas ou toutes les reparties joyeuses d'un Mr. Weston ne purent rien y changer.

Au début, Emma s'ennuya beaucoup. Jamais elle n'avait vu Frank Churchill plus taciturne et plus stupide. Il ne trouvait rien d'intéressant à dire, regardait sans voir, admirait bêtement n'importe quoi et l'écoutait sans l'entendre lorsqu'elle lui adressait la parole. Harriet était aussi morne que lui, ce qui n'avait rien d'étonnant, et notre héroïne jugea ses deux compagnons absolument insupportables.

La situation s'améliora quand on s'installa pour le déjeuner. Emma apprécia tout particulièrement le changement car Frank Churchill, devenu soudain beaucoup plus communicatif et plus gai, ne fit plus attention qu'à elle, lui témoignant tous les égards possibles et paraissant avoir pour unique souci de la divertir et de lui être agréable. Contente d'être distraite et ravie de recevoir tant d'hommages, Emma, elle aussi très gaie, l'encouragea dans ses galanteries plus qu'elle ne l'avait jamais fait à l'époque troublée où ils commençaient tout juste d'être amis. Elle estimait que cela n'avait plus à présent la moindre importance, même si devant ce petit jeu, le seul mot qui vînt à l'esprit de la plupart des assistants fût celui de « flirt ». « Mr. Frank Churchill et Miss Woodhouse ont outrageusement flirté », ne manquerait-on point de dire, et certaine dame risquait fort d'écrire cette phrase dans la prochaine lettre qu'elle enverrait à Maple Grove tandis qu'une demoiselle qui se trouvait non loin de là mentionnerait certainement le fait à ses amis d'Irlande. Ce n'est pas le bonheur qui rendait Emma si gaie et tellement insouciante, mais plutôt la déception qu'elle éprouvait à s'amuser nettement moins qu'elle ne l'avait escompté. Elle riait de déconvenue et si elle était reconnaissante à Frank de lui témoigner toutes ces marques d'amitié et d'admiration et de la divertir, elle n'en éprouvait pas moins pour lui la même indifférence que la veille et ne le considérait toujours que comme un ami.

— Comme je vous suis obligé de m'avoir conseillé de venir aujourd'hui, lui dit-il. Sans votre intervention, je me serais certainement privé du plaisir de cette journée. J'étais vraiment décidé à rentrer.

— Oui, vous étiez de bien méchante humeur et je n'en vois pas la raison. Peut-être regrettiez-vous d'être arrivé trop tard pour goûter aux meilleures fraises ? J'ai été cent fois plus gentille que vous ne le méritiez, mais vous étiez humble et vous attendiez manifestement qu'on vous priât de venir.

— Pourquoi dites-vous que j'étais de méchante humeur ? J'étais simplement fatigué, accablé par la chaleur.

— Il fait encore plus chaud aujourd'hui.

— Je ne trouve pas. Je me sens très bien aujourd'hui.

— C'est parce que vous obéissez à...

— A... A vous, en effet.

— Peut-être désirais-je vous l'entendre dire, mais je voulais vous faire remarquer que vous écoutiez aujourd'hui la voix de la raison. Hier, je ne sais pourquoi, vous étiez hors de vous et vous ne vous maîtrisiez plus. Vous avez heureusement recouvré vos esprits, et comme je ne puis être en permanence à vos côtés, je préfère croire que vous vous conformez enfin aux ordres que vous dicte votre propre bon sens.

— Cela revient au même. Je ne puis me maîtriser si je n'ai aucune raison de le faire. Je vous obéis, que vous parliez ou non, et je subis votre influence, que vous soyez absente ou présente... En fait, vous êtes constamment à mes côtés.

— Seulement depuis hier trois heures, car si j'avais eu le moindre pouvoir sur vous avant cet instant, vous n'auriez jamais manifesté une telle mauvaise humeur.

— Hier trois heures ! C'est donc la date qui vous convient ? Je croyais vous avoir rencontrée en février.

— Vos galanteries n'admettent point la réplique, n'est-ce pas ? Mais (plus bas) personne ne dit mot, à part nous, et il n'est peut-être pas indispensable de raconter tant de bêtises pour amuser sept personnes absolument muettes.

— Je n'ai rien dit dont je puisse rougir, répliqua-t-il avec une joyeuse impudence. Je vous ai rencontrée en février et je ne crains pas que tous ceux qui se trouvent sur ces collines entendent mes paroles. Qu'elles atteignent, si possible, Mickleham et Dorking... Je vous ai rencontrée en février et je le proclame. (Tout bas) Nos compagnons sont atrocement ennuyeux. Que faire pour les réveiller ? Toutes les stupidités que nous pourrons raconter ne serviront de rien, il faut absolument les obliger à parler. Messieurs et Mesdames, j'ai reçu de Miss Woodhouse, qui préside toujours et où qu'elle se trouve, l'ordre de vous informer qu'elle souhaiterait connaître vos pensées à tous.

Quelques-uns des assistants se mirent à rire et répondirent gaiement. Miss Bates parla beaucoup et Mrs. Elton s'éleva pour sa part contre l'idée que Miss Woodhouse présidât, mais c'est Mr. Knightley qui eut la réponse la plus claire :

— Miss Woodhouse est-elle bien certaine de vouloir connaître nos pensées ?

— Oh non, s'écria Emma en s'efforçant de rire avec insouciance, je ne veux les connaître sous aucun prétexte. C'est un risque que je ne prendrais pour rien au monde. Je suis prête à tout écouter, mais vos pensées... il est peut-être ici une ou deux personnes (jetant un regard à Mr. Weston et Harriet) dont je ne craindrais point de savoir les pensées.

— C'est le genre de choses que je n'aurais jamais eu l'audace de demander, déclara Mrs. Elton avec emphase... bien que peut-être, en tant que chaperon de la fête, je... non, jamais dans aucun cercle ou aucune excursion, les jeunes filles et les femmes mariées n'ont...

Ces protestations s'adressaient en premier lieu à Mr. Elton, et celui-ci répondit à voix basse :

— Très juste, ma chérie, très juste, vous avez parfaitement raison... Jamais je n'ai entendu parler d'une chose pareille, mais certaines demoiselles se permettent de raconter n'importe quoi. Il vaut mieux ne pas insister et prendre la chose en riant. Tout le monde a parfaitement conscience des égards qui vous sont dus.

— Cela ne marche pas, chuchota Frank à l'adresse d'Emma. La plupart de ces gens se sentent outragés, je vais les attaquer plus habilement. Messieurs et Mesdames, Miss Woodhouse me charge de vous dire qu'elle renonce à connaître vos pensées et exige simplement que chacun d'entre vous dise quelque chose de drôle. Vous êtes sept, je m'exclus car Miss Woodhouse est heureuse de pouvoir vous informer que je me suis déjà employé à la divertir, et l'on engage chacun de vous à dire soit une chose très intelligente, en prose ou en vers, originale ou rebattue, soit deux choses passablement intelligentes, soit trois choses vraiment stupides. Je précise que vous êtes tenus de rire de bon cœur de tout ce que vous entendrez.

— Oh, c'est parfait, s'écria Miss Bates, je n'ai pas de souci à me faire. Les trois sottises sont pour moi, vous savez. Je trouverai bien le moyen de prononcer trois sottises, dès que j'aurai ouvert la bouche, n'est-ce pas ? (Regardant autour d'elle avec la délicieuse certitude de n'être point contredite) Est-ce que vous ne m'en croyez pas tous capable ?

Emma ne put résister :

— Ah, Madame, nous risquons d'avoir un petit problème. Pardonnez-moi, mais je dois vous rappeler que le nombre de vos interventions sera limité... trois fois, vous ne pourrez parler que trois fois !

Miss Bates, trompée par le ton cérémonieux de ce sarcasme, n'en comprit pas immédiatement la signification, mais la lumière se fit bientôt dans son esprit. Elle ne se mit pas en colère, bien qu'une légère rougeur témoignât de la peine qu'elle éprouvait, et elle se contenta de répondre :

— Ah, soit... certes. Oui, je vois ce qu'elle veut dire (se tournant vers Mr. Knightley) et j'essaierai de tenir ma langue. Je dois parfois me rendre absolument insupportable, car sans cela, Miss Woodhouse n'aurait jamais dit une chose pareille à une vieille amie.

— Votre idée me plaît, s'écria Mr. Weston, et je suis d'accord, tout à fait d'accord. Je vous jure de faire de mon mieux et je vais commencer par une énigme. Pour combien compte une énigme ?

— Guère, je le crains, Monsieur, répondit son fils, mais nous serons indulgents... surtout pour celui qui ouvre le jeu.

— Non, non, dit Emma, pas d'indulgence, surtout. Mettons tout de suite les choses au point. Venez, Monsieur, et soumettez-moi votre énigme, s'il vous plaît.

— Je doute moi-même qu'elle soit très spirituelle, dit Mr. Weston, elle est excessivement prosaïque... enfin, la voici : Quelles sont les lettres de l'alphabet qui évoquent le mieux la perfection ?

— Deux lettres... la perfection ? Non, je ne vois pas...

— Ah, vous ne le devinerez jamais... Non (s'adressant à Emma), je suis certain que vous ne trouverez jamais. Je vais vous donner la solution, M. et A... Emma, comprenez-vous ?

Elle comprit et le remercia. Le trait d'esprit manquait peut-être d'originalité, mais il eut le mérite de faire rire la jeune fille et de l'amuser, ainsi que Frank et Harriet. Les autres ne semblèrent pas l'apprécier et certains parurent même juger ce jeu de mots absolument sans intérêt. Mr. Knightley déclara d'un ton très sérieux :

— Cela nous donne une idée du genre de choses que l'on nous demande, et Mr. Weston s'en est fort bien tiré, même s'il nous a coupé l'herbe sous le pied. Il n'aurait pas dû parler si vite de *perfection*.

— Quant à moi, je vous prie de m'excuser, mais je préfère m'abstenir, dit Mrs. Elton. Je déteste ce genre de jeux. Un jour, on m'a fait parvenir un acrostiche sur mon nom, et il ne m'a pas plu du tout. J'en connaissais l'auteur, un abominable fat ! Vous voyez certainement de qui je parle (avec un signe à l'adresse de son mari). Ce type de divertissement convient assez bien à la période de Noël, quand on est assis autour d'un bon feu, mais je trouve cela tout à fait déplacé lors d'une excursion à la campagne en plein été. Miss Woodhouse devra m'excuser, mais je ne suis pas de ces êtres qui ont de l'esprit sur commande. A ma manière, je ne manque certainement pas de vivacité, mais je tiens à pouvoir choisir mon moment pour parler ou me taire. Mr. Churchill, sautez notre tour, s'il vous plaît. Excluez-nous d'office, Mr. Elton, Mr. Knightley, Jane et moi, car nous n'avons pas le moindre bon mot à vous soumettre.

— Oui, oui, passez mon tour, s'il vous plaît, ajouta son mari d'un air piqué. Je n'ai rien à dire qui puisse divertir Miss Woodhouse ou toute autre jeune fille. Un vieux mari, ce n'est plus bon à grand-chose, vous savez. Allons nous promener, voulez-vous, Augusta ?

— Volontiers, je suis fatiguée de toujours contempler le même paysage. Venez, Jane, prenez mon autre bras.

Jane déclina son offre et Mrs. Elton partit se promener toute seule avec son mari.

— Heureux couple ! dit Frank Churchill. Ils sont tellement bien assortis ! C'est vraiment une chance qu'ils se soient mariés après s'être rencontrés dans une ville aussi fréquentée. Ils se connaissaient depuis quelques semaines à peine quand ils se sont fiancés, n'est-ce pas ? C'est une chance, car il est bien difficile de cerner le caractère de quelqu'un à Bath ou dans une quelconque de ces stations à la mode... On n'y arrive presque jamais à comprendre réellement quelqu'un, et ce n'est qu'en voyant une femme chez elle, dans son milieu et dans le quotidien, que l'on peut s'en faire une idée juste. Sorti de là, on ne peut faire que des hypothèses et c'est le hasard seul qui joue. Combien d'hommes se sont engagés dans ces conditions pour le regretter ensuite toute leur vie ?

Miss Fairfax, qui n'était guère intervenue jusque-là que dans le cercle de ses amis, prit alors la parole.

— Cela arrive, en effet.

Une quinte de toux la força de se taire et Frank Churchill se tourna vers elle pour mieux l'écouter.

— Je voulais simplement faire remarquer que si des jeunes gens et des jeunes filles se trouvent parfois victimes de ce genre de catastrophes, ce n'est heureusement pas très fréquent. On peut certes former des attachements hâtifs et imprudents mais on a généralement le loisir de les rompre par la suite. Je suis persuadée que seuls les êtres faibles et irrésolus, dont le bonheur dépend toujours du hasard, peuvent souffrir qu'une malheureuse amitié pèse à jamais sur leur existence.

Il ne répondit pas et se contenta de la regarder tout en s'inclinant dans un geste de soumission. Il dit ensuite, du ton le plus joyeux :

— Eh bien, j'ai pour ma part si peu confiance en mon propre jugement que je préférerais qu'on me choisît une femme le moment venu. (Se tournant vers Emma) Feriez-vous cela pour moi ? Consentiriez-vous à me chercher une épouse ? Je suis certain que la jeune fille que vous me choisiriez me plairait beaucoup. Vous seriez vraiment la providence de la famille, vous savez (en adressant un sourire à son père). Oui, je vous en prie, trouvez-moi une femme. Je ne suis pas pressé, alors adoptez-la et faites son éducation.

— Devrai-je la façonner à mon image ?

— Naturellement, si c'est possible.

— Fort bien, j'accepte. Vous serez doté d'une délicieuse compagne.

— Il faudra qu'elle soit vive et qu'elle ait les yeux noisette, le reste m'importe peu. Je vais partir pour deux ans et je viendrai chercher ma femme au retour, ne l'oubliez pas.

Emma ne risquait pas d'oublier car cette mission répondait à ses vœux les plus chers. Est-ce qu'Harriet n'était pas exactement la jeune fille qu'il avait décrite ? A part les yeux noisette, elle correspondrait certainement dans deux ans à l'idéal de Frank Churchill. Peut-être même songeait-il à cette chère enfant, en parlant, l'allusion à l'éducation le laissait en tout cas penser.

— Maintenant, nous pourrions rejoindre Mrs. Elton si vous le désirez, Madame, dit Jane à sa tante.

— Si vous voulez, ma chère, bien volontiers. Ce sera avec plaisir. Je l'aurais bien accompagnée tout à l'heure, mais c'est aussi bien comme ça. Nous ne tarderons guère à la rattraper... Ah, la voilà ! Non, ce n'est pas elle, c'est l'une de ces dames qui se trouvaient dans la carriole irlandaise que nous avons croisée, et elle ne lui ressemble pas du tout... Bon, je crois que...

Elles s'éloignèrent et Mr. Knightley les suivit trente secondes plus tard. Mr. Weston, Frank, Emma et Harriet demeurèrent ensemble et l'excitation du jeune homme s'accrut alors jusqu'à en devenir presque pénible. Emma finit elle-même par se lasser de ses flatteries et de ses plaisanteries, et eût nettement préféré se promener tranquillement avec n'importe lequel des autres ou s'asseoir quelque part, seule ou presque, et sans que personne s'occupât d'elle, pour pouvoir contempler tout à loisir les beautés du paysage qui s'étendait devant elle. Elle fut soulagée quand les domestiques vinrent les avertir que les voitures étaient avancées et supporta sans peine l'agitation à laquelle donnèrent lieu le rassemblement des assistants et les préparatifs du départ. Elle ne se formalisa même pas de l'insistance de Mrs. Elton à faire avancer sa voiture en priorité, tant elle se réjouissait de rentrer tranquillement chez elle après les plaisirs fort discutables qu'elle avait goûtés tout au long de cette journée. Elle espérait bien ne plus jamais se laisser entraîner dans une excursion dont les participants seraient aussi mal assortis.

Mr. Knightley s'approcha d'elle tandis qu'elle attendait sa voiture, et regardant autour de lui comme pour s'assurer que personne ne se trouvait dans les parages, lui dit :

— Emma, me voici une fois de plus obligé de vous parler très franchement... Peut-être est-ce un privilège que je m'octroie depuis toujours bien malgré vous, mais je vais en user cette fois encore. Je ne puis vous voir commettre une mauvaise action sans vous en faire le reproche. Comment avez-vous pu être aussi méchante avec Miss Bates ?

Comment avez-vous pu faire montre de tant d'insolence avec une femme si bonne ? A son âge et dans sa situation ! Emma, je ne vous aurais jamais crue capable de cela !

Emma se remémora l'incident et rougit violemment. Elle était sincèrement navrée mais elle essaya d'éluder le problème en riant :

— Mais comment aurais-je pu résister ? Personne n'en aurait eu la force et ma réflexion n'était pas si méchante, après tout ! Je ne pense pas qu'elle m'ait comprise.

— Je vous assure bien que si ! Elle vous a parfaitement comprise et elle m'en a reparlé depuis. J'aurais voulu que vous voyiez comment elle s'est exprimée sur ce sujet... Tant de candeur et de générosité ! J'aurais voulu que vous l'entendiez vanter la patience dont vous témoignez généralement à son égard et l'extrême gentillesse avec laquelle vous la recevez, votre père et vous, alors qu'elle est tellement ennuyeuse...

— Oh, s'écria Emma, je sais qu'il n'existe point de meilleure femme au monde, mais vous avouerez que la bonté et le ridicule se trouvent fort malheureusement mêlés en elle.

— Oui, je le reconnais, et si elle était riche, je tiendrais compte de ce que le ridicule l'emporte parfois en elle sur la bonté. Si elle avait de la fortune, je ne m'occuperais point de toutes les absurdités que l'on profère sur son compte et je ne vous reprocherais pas de prendre des libertés avec elle. Si elle était votre égale... mais songez combien c'est loin d'être le cas, Emma. Elle est pauvre, privée de l'aisance à laquelle elle pouvait prétendre autrefois, et sa situation ne fera certainement qu'empirer si elle vit jusqu'à un âge avancé. Tout cela devrait lui assurer votre compassion et vous avez véritablement mal agi. Vous qu'elle connaît depuis toujours, vous qu'elle a vue grandir et qu'elle a comblée d'attentions lorsque c'était vous faire beaucoup d'honneur, vous voir à présent la railler et l'humilier dans le feu d'une vanité insouciante... devant sa nièce, en outre, et devant des amis dont beaucoup, quelques-uns en tout cas, vous imitent systématiquement. Cela ne vous est certainement pas agréable, Emma, et cela m'est fort pénible mais... je dois, je veux... je veux vous dire ma pensée tant que j'en ai le loisir et vous prouver par là que je suis un ami sincère, en espérant que vous me rendrez un jour justice plus que vous ne le faites en ce moment.

Ils s'étaient rapprochés de la voiture tout en parlant, et comme elle était prête, Mr. Knightley aida sa jeune amie à y monter sans lui laisser le temps d'ajouter un seul mot. Il avait mal interprété les sentiments qui avaient poussé Emma à détourner la tête et à rester muette. En fait, l'humiliation et le chagrin le disputaient en elle à la honte et elle s'était trouvée dans l'impossibilité de prononcer un seul mot. Quand elle fut dans sa voiture, elle s'effondra, complètement accablée. Se reprochant alors de n'avoir pas pris congé de Mr. Knightley, de n'avoir pas reconnu ses torts et d'avoir quitté son ami comme si elle était de mauvaise humeur, elle lui lança un vibrant adieu de la voix et du geste pour lui faire comprendre ses vrais sentiments, mais il était malheureusement trop tard car il s'éloignait déjà à cheval. Elle continua de regarder en arrière, mais en vain, et elle s'aperçut bientôt que l'on était déjà à mi-hauteur de la colline, la voiture roulant apparemment beaucoup plus vite que d'ordinaire. Tout était fini, et la jeune fille souffrait atrocement. Elle se sentait tellement malheureuse qu'elle n'arrivait plus à le dissimuler et il lui sembla qu'elle n'avait jamais été aussi troublée, aussi humiliée ou si triste. Elle avait reçu un choc violent. On ne pouvait nier la vérité des paroles de Mr. Knightley et elle le savait fort bien. Comment avait-elle pu se montrer aussi brutale et aussi cruelle avec Miss Bates ? Comment avait-elle pu encourir de la sorte le blâme des êtres qu'elle respectait le plus ? Comment pouvait-elle supporter maintenant l'idée de l'avoir quitté sans un remerciement, sans un mot d'approbation, sans une parole aimable ?

Le temps avait beau passer, elle n'arrivait pas à se calmer. Réfléchir ne lui servait qu'à souffrir davantage et jamais elle n'avait connu pareille tristesse. Par chance, elle n'était nullement obligée de parler, étant accompagnée de la seule Harriet qui n'avait pas l'air très gai non plus et semblait aussi désireuse de se taire que fatiguée. Emma sentit pendant presque tout le trajet des larmes couler le long de ses joues, mais elle ne se donna même pas la peine d'essayer de réprimer cette expression de son chagrin tant il était violent.

CHAPITRE XLIV

Emma songea toute la soirée au peu d'intérêt que présentait une excursion à Box Hill. Sans pouvoir rien affirmer, elle pensait que les autres devaient, chacun pour soi et à sa manière, se remémorer avec plaisir les détails de cette journée alors qu'elle la voyait pour sa part comme un affreux gâchis. Cette après-midi lui semblait vraiment la plus triste de sa vie et la plus haïssable après coup. Elle en ressentit d'autant plus de satisfaction à jouer ce soir-là au tric-trac avec son père, sincèrement ravie de lui sacrifier les heures les plus douces qu'elle eût goûtées depuis le matin et rassurée à l'idée que sans être tout à fait digne de l'estime et de l'affection du vieil homme, elle n'avait du moins rien de grave à se reprocher de ce côté-là. Elle croyait se comporter en fille au cœur tendre et espérait n'avoir jamais à encourir de blâmes du genre : « Comment avez-vous pu vous montrer aussi méchante avec votre père ? Je tiens à vous parler franchement et... » Non, Miss Bates n'aurait plus jamais la moindre raison de lui en vouloir et la jeune fille comptait parvenir à effacer le passé et à se faire pardonner à force de gentillesses. Elle avait conscience de s'être souvent rendue coupable de négligences, peut-être plus en pensées qu'en actes du reste. Elle avait certes été méprisante et désagréable, mais cela ne se reproduirait plus jamais, et dans son ardeur à faire acte de contrition, elle décida d'aller rendre visite à la vieille demoiselle dès le lendemain matin, cette démarche représentant à ses yeux le symbole de nouvelles relations, plus fréquentes et plus plaisantes, avec la malheureuse Miss Bates.

Elle y était toujours aussi résolue lorsque vint le matin et elle partit très tôt pour éviter qu'un empêchement vînt mettre obstacle à son projet. Elle risquait, se dit-elle tout à coup, de rencontrer Mr. Knightley en chemin ou de le voir arriver chez les Bates pendant qu'elle y serait elle-même, mais cela ne la gênait point. Elle ne rougissait pas d'avoir l'air de faire pénitence quand elle désirait en effet si sincèrement se faire pardonner, et elle regarda dans la direction de Donwell pendant tout le trajet, sans apercevoir cependant Mr. Knightley.

« Ces dames étaient chez elles » et jamais Emma n'avait été plus ravie de l'apprendre. Jamais, elle n'avait pénétré dans ce corridor ou monté ces escaliers avec un tel désir de faire plaisir, rendant d'ordinaire visite à Miss Bates comme on fait une grâce et n'en retirant de joie que celle de pouvoir ensuite se moquer.

Il se produisit à son approche un extraordinaire remue-ménage à l'intérieur de l'appartement. On semblait affolé et l'on parlait beaucoup. Miss Bates déclara qu'il fallait absolument se hâter, Emma l'entendit clairement, et la servante semblait quant à elle fort effrayée et gênée. Elle émit l'espoir que « Miss Woodhouse voudrait bien attendre un instant », puis l'introduisit trop tôt, lui permettant ainsi de voir la nièce et la tante s'enfuir dans la pièce voisine. Jane avait indiscutablement l'air souffrant, et avant que la porte ne se fût refermée sur les deux femmes, Emma perçut nettement ces paroles de Miss Bates : « Eh bien, ma chère, je lui dirai que vous êtes au lit, et dans votre état, je vous conseillerais d'ailleurs de vous coucher pour de bon. »

La pauvre vieille Mrs. Bates, plus affable et plus humble que jamais, ne semblait pas très bien comprendre ce qui se passait.

— Je crains que Jane n'aille pas très bien, dit-elle, mais je n'en suis pas sûre. Elles prétendent qu'elle se porte à merveille... Ma fille ne va certainement pas tarder, Miss Woodhouse. J'aimerais que Hatty soit là, car je me sens incapable de... Avez-vous trouvé une chaise ? Êtes-vous bien installée ? Elle ne va plus tarder, maintenant.

Emma l'espérait beaucoup. Elle craignait un instant que Miss Bates n'essayât de l'éviter mais elle la vit bientôt arriver. Si la bonne demoiselle se déclara « très heureuse et très obligée », Emma se rendit pourtant compte qu'elle se montrait moins loquace que d'ordinaire et que son comportement témoignait d'une certaine gêne. La jeune fille pensa ressusciter un peu sa confiance en demandant très gentiment des nouvelles de Miss Fairfax et elle ne fut point déçue dans son attente :

— Ah, Miss Woodhouse, comme vous êtes aimable ! Je suppose qu'on vous en a parlé et que vous venez nous féliciter... encore que ce ne soit point pour moi un événement des plus réjouissants... (laissant échapper deux ou trois soupirs) il nous sera pénible de nous séparer d'elle après tous ces mois... et voilà qu'elle vient d'attraper une atroce migraine après avoir écrit toute la matinée... De longues lettres, vous savez, qu'il lui fallait absolument écrire au colonel Campbell et à Mrs. Dixon. « Vous allez y perdre la vue, ma chérie », lui ai-je dit, car elle avait les yeux tout pleins de larmes. Ce n'est pas étonnant, non, vraiment pas étonnant... un tel changement ! Elle a beaucoup de chance, certes, et je suppose qu'aucune jeune fille n'a jamais trouvé du premier coup une situation pareille... oh non, n'allez surtout pas nous croire ingrates, Miss Woodhouse et ne vous imaginez pas que nous méprisions une chance aussi belle, mais... Pauvre enfant ! (retenant de nouveau ses larmes). Et cette migraine ! si vous saviez ! Vous n'ignorez pas que l'on ne peut apprécier à leur juste valeur les bonnes nouvelles quand on est souffrant ! Elle est vraiment très abattue, et personne ne se douterait à la voir qu'elle est ravie d'avoir trouvé une place aussi prestigieuse. Vous l'excuserez de ne pas venir vous saluer, mais elle en est absolument incapable. Elle s'est retirée dans sa chambre, et je voulais même qu'elle se couchât. « Je dirai que vous êtes alitée, ma chérie », lui ai-je dit, mais elle a refusé de se mettre au lit. Elle ne fait que marcher de long en large dans sa chambre mais elle m'a juré que cela irait mieux maintenant qu'elle avait écrit ses lettres. Elle sera navrée de ne pas vous avoir vue, Miss Woodhouse, et j'espère que vous aurez la bonté de l'excuser. On vous a fait attendre devant la porte... J'avais affreusement honte, mais nous nous sommes affolées, je ne sais pourquoi. A vrai dire, nous ne vous avions pas entendue frapper et vous étiez déjà dans l'escalier quand nous avons compris que nous avions une visite. « C'est seulement Mrs. Cole, ne vous inquiétez pas, ai-je dit, à part elle, qui viendrait nous voir si tôt ? » « Bien, m'a répondu Jane, il faudra que je subisse tôt ou tard cette visite et j'aime autant le faire tout de suite. » Mais Patty est arrivée, nous disant que c'était vous. « Oh, c'est Miss Woodhouse, me suis-je écriée, je suis sûre que vous serez ravie de passer un moment avec elle. » « Je ne puis voir personne », m'a-t-elle répondu, et elle s'est levée pour partir. Voilà pourquoi nous vous avons fait attendre, Miss Woodhouse, et nous en avons été aussi navrées que honteuses. « Partez si vous le désirez, ma chérie, ai-je dit à Jane, je dirai que vous êtes au lit. »

Ce récit de Miss Bates avait sincèrement intéressé Emma qui éprouvait depuis quelque temps des sentiments de plus en plus doux à l'endroit de Jane, et ce tableau des souffrances de la jeune fille agit sur elle comme un remède à tous les soupçons mesquins qu'elle avait autrefois conçus. Elle ne ressentait plus désormais qu'une immense pitié, et se remémorant son injustice et sa méchanceté passées, jugea parfaitement naturel que Jane acceptât de voir Mrs. Cole ou tout autre de ses amis sincères, et refusât de subir sa propre compagnie. Elle exprima ses regrets, et pleine de sollicitude, émit le vœu que les événements qui allaient se produire prochainement d'après Miss Bates, apportassent à Jane tous les avantages et tout le bonheur possibles.

— Ce doit être une terrible épreuve pour vous trois, dit-elle. Je croyais qu'elle devait attendre le retour du colonel Campbell.

— Vous êtes bien bonne, répondit Miss Bates, mais vous êtes toujours si bonne que...

Emma ne put supporter ce « toujours », et pour couper court à des expressions de gratitude si peu méritées, elle demanda aussitôt :

— Où... si je puis me permettre... où va Miss Fairfax ?

— Chez une certaine Mrs. Smallridge, une femme charmante, très intelligente... Jane aura la charge de trois petites filles, des enfants adorables. Impossible de trouver meilleure situation... à part, peut-être, chez Mrs. Suckling ou chez Miss Bragges, mais Mrs. Smallridge est une amie intime de ces dames et elle habite tout près de chez elles. Leur maison se trouve à quatre miles de Maple Grove, et Jane ne sera donc qu'à quatre miles de Maple Grove.

— Je suppose que c'est à Mrs. Elton que Jane doit ce...

— Oui, cette chère Mrs. Elton ! La plus infatigable et la meilleure des amies ! Elle n'a point tenu compte du refus de Jane, elle n'a pas voulu l'admettre... car Jane était tout à fait décidée à refuser cette offre quand elle en a entendu parler pour la première fois, vous savez. C'était avant-hier, à Donwell, et elle a refusé au nom des raisons que vous évoquiez tout à l'heure. Elle avait résolu de ne rien entreprendre avant le retour du colonel Campbell et rien n'aurait pu la persuader de prendre le moindre engagement. C'est ce qu'elle a longuement expliqué à Mrs. Elton et je n'aurais jamais cru qu'elle changerait d'avis... Heureusement, cette chère Mrs. Elton, que son jugement ne trompe jamais, a vu plus loin que moi. Bien peu d'amis auraient résisté comme elle l'a fait en s'obstinant à ne tenir aucun compte de la réponse de Jane ! Elle a déclaré tout net qu'elle n'écrirait point la lettre de refus que Jane voulait lui faire envoyer dès le lendemain. Elle a préféré attendre et Jane s'est décidée hier soir. Quelle surprise pour moi ! Je ne m'y attendais pas du tout ! Cette chère enfant a pris Mrs. Elton à part et s'est reconnue prête à accepter cette place après en avoir longuement examiné tous les avantages. L'affaire était déjà conclue lorsqu'on m'en a parlé.

— Vous avez passé la soirée avec Mrs. Elton ?

— Oui, elle nous avait invitées toutes les trois. Cela s'est décidé sur la colline, pendant notre promenade avec Mr. Knightley. « Il faut absolument que vous passiez tous la soirée à la maison, s'est-elle écriée, et il faut absolument que je vous persuade d'agréer mon invitation. »

— Mr. Knightley était là, je suppose ?

— Non, il a décliné l'offre de Mrs. Elton et il n'est pas venu, bien que je fusse convaincue de le voir se soumettre devant l'insistance de notre chère amie. Elle lui a positivement interdit de partir, mais il est demeuré inébranlable. Ma mère, Jane et moi y sommes cependant allées et nous avons passé une charmante soirée. Vous savez, Miss Woodhouse, on ne peut que se plaire en compagnie d'amis aussi gentils, même si l'on est éreinté comme nous l'étions après cette excursion. Jusqu'au plaisir qui arrive à vous fatiguer ! ... On ne peut pas dire que tout le monde se soit follement amusé, mais je penserai toujours pour ma part que cette excursion était fort agréable et me sentirai toute ma vie infiniment obligée envers les amis qui m'ont priée d'y participer.

— Je suppose que Miss Fairfax a réfléchi toute la journée à la décision qu'elle allait prendre, même si vous ne l'avez point remarqué ?

— Certainement.

— Quelle que soit la date de son départ, ce sera pour elle et ses amis un bien triste jour... J'espère quand même que cela se passera le mieux possible... enfin, ces personnes sont certainement fort aimables, n'est-ce pas ?

— Je vous remercie, Miss Woodhouse. Tout laisse à croire qu'elle sera très heureuse dans cette famille, et parmi les relations de Mrs. Elton, il n'est, à part les Suckling et les Bragges, personne qui puisse assurer à une gouvernante une existence plus confortable ou plus raffinée. Mrs. Smallridge est, paraît-il, la plus délicieuse des femmes ! Ils vivent presque sur le même pied que ceux de Maple Grove, et pour les enfants, il n'en est point de plus doux ni de plus élégants en dehors des petits Suckling et des petits Bragges. Oui, la nouvelle vie de Jane sera pleine d'agréments... Ah, son salaire ! Je n'ose point vous parler du montant de ses gages, Miss Woodhouse ! Même vous qui êtes habituée aux grosses sommes pourriez difficilement croire que l'on donnât autant d'argent à une jeune fille comme Jane.

— Ah, Madame, si les enfants sont tous comme je me souviens d'avoir été moi-même, je jugerai cinquante fois mérités les gages les plus fabuleux !

— Vous avez le cœur si noble !

— Et quand Miss Fairfax doit-elle vous quitter ?

— Très bientôt, oui, très bientôt, et c'est là le pire. Elle doit s'en aller d'ici une quinzaine de jours. Mrs. Smallridge est extrêmement pressée. Ma pauvre mère n'arrive pas à s'habituer à cette idée et j'essaie de lui faire oublier un peu cette triste affaire en ne cessant de lui répéter que nous ne devons plus y penser.

— Tous les amis de Miss Fairfax vont être navrés de la perdre. Le colonel et Mrs. Campbell ne seront-ils pas désolés d'apprendre qu'elle s'est engagée sans attendre leur retour ?

— D'après Jane, c'est certain, mais elle serait cependant impardonnable de refuser une telle situation. Vous n'imaginez point ma surprise quand elle est venue me rapporter sa conversation avec Mrs. Elton et quand celle-ci m'a félicitée à ce propos ! C'était juste avant le thé... attendez, non... ce ne pouvait être avant le thé puisque nous nous apprêtions à jouer aux cartes, et pourtant c'était bien avant le thé puisque je me souviens d'avoir pensé... Oh non, ça y est, je me souviens, maintenant. Il s'est passé quelque chose avant le thé, mais cela n'a aucun rapport... Mr. Elton a dû s'absenter car le fils du vieux John Abdy voulait lui parler... Ce pauvre vieux John, j'ai beaucoup d'estime pour lui ! Ç'a été le sacristain de mon père pendant vingt-sept ans, et maintenant il est cloué au lit par les rhumatismes. Il faut que j'aille lui rendre visite dès aujourd'hui, et je suis certaine que Jane voudra m'accompagner si elle se sent mieux. Le fils de ce pauvre John est venu voir Mr. Elton afin d'obtenir de la paroisse un secours pour son père. Le jeune Abdy a lui-même une bonne situation, vous savez, car il est garçon-chef à la Couronne, palefrenier et je ne sais quoi encore, mais il ne peut tout de même pas subvenir entièrement aux besoins d'un vieillard. A son retour, Mr. Elton nous a raconté sa conversation avec le palefrenier et nous a rapporté entre autres que d'après John, Frank Churchill aurait mandé une voiture à la Couronne pour pouvoir rentrer à Richmond. Cela, c'était avant le thé, et l'entretien de Jane et de Mrs. Elton n'a eu lieu que plus tard.

Emma savait que Miss Bates ne lui aurait en aucun cas laissé le loisir de s'étonner longuement de ce départ de Frank Churchill, mais cette brave dame paraissant décidément convaincue que sa visiteuse était au courant, celle-ci jugea inutile de la contredire, d'autant qu'elle apprit en quelques minutes tous les détails d'un événement des plus inattendus.

Le palefrenier, qui tenait ses informations d'un domestique de Randalls, les avait agrémentés des renseignements qu'il avait pu obtenir directement à la Couronne. En fait, il était arrivé peu après le retour de Box Hill un messager de Richmond. Les nouvelles qu'il apportait n'avaient rien de surprenant, Mr. Churchill ayant envoyé à son neveu un petit mot qui disait en substance que Mrs. Churchill se portait à peu près bien et que l'on désirait simplement que Frank ne repoussât point son retour au-delà de la date fixée, c'est-à-dire le lendemain. Le jeune homme avait cependant décidé de se mettre en route aussitôt, et son cheval paraissant avoir attrapé froid, Tom avait aussitôt couru à l'hôtel de la Couronne pour y commander une voiture. John Abdy, qui était resté dehors, avait ensuite vu passer la voiture qu'un habile cocher menait à vive allure.

Il n'y avait dans tout cela rien de bien passionnant ou de très étonnant, et cette histoire ne retint l'attention d'Emma que dans la mesure où elle avait un rapport avec des questions qui occupaient déjà son esprit. Elle était frappée de la différence d'importance que le monde accordait à une Mrs. Churchill ou à une Jane Fairfax, l'une semblant jouir de tous les pouvoirs, et l'autre d'aucun. La jeune fille demeura un moment à méditer ainsi sur le sort des femmes, regardant droit devant elle sans rien voir, mais Miss Bates la réveilla bientôt de sa torpeur en disant :

— Ah, je vois que vous songez au piano ! Vous vous demandez ce qu'il va devenir, n'est-ce pas, et vous avez raison. La pauvre Jane en parlait à l'instant... « Il faut que je m'en aille, lui disait-elle, et nous allons devoir nous quitter, toi et moi. Tu n'as plus rien à faire ici. Accordez-lui l'hospitalité jusqu'au retour du colonel Campbell, ma tante. J'en parlerai à notre ami, et il décidera de ce que nous devons faire de ce piano. » Je crois qu'elle ignore toujours s'il s'agit d'un cadeau du colonel ou de sa fille...

Emma était maintenant forcée de songer à ce piano et se rappela toutes les hypothèses aussi folles qu'injurieuses qu'il lui avait jadis suggérées... Ces souvenirs lui étaient si pénibles qu'elle se permit de juger sa visite suffisamment longue et prit congé de Mrs. Bates et de sa fille après avoir réitéré ses meilleurs vœux de bonheur pour Jane.

CHAPITRE XLV

Rien ne vint troubler la rêverie d'Emma sur le chemin du retour, mais en arrivant à Hartfield, elle trouva au petit salon les personnes plus susceptibles de la réveiller de sa torpeur. Harriet et Mr. Knightley, venus la voir pendant son absence, étaient en effet installés en compagnie de son père. S'empressant de se lever dès qu'Emma fit son entrée, Mr. Knightley déclara sur un ton décidément plus grave que d'ordinaire :

— Je ne voulais pas partir sans vous avoir vue, mais je n'ai pas une minute à perdre et je vais être obligé de prendre congé très bientôt. Je vais passer quelques jours à Londres chez John et Isabelle, et si vous avez la moindre chose à leur faire porter ou transmettre, hormis bien sûr ces « mille baisers » qu'on ne saurait...

— Non, rien... mais ce projet me paraît bien soudain !

— En effet, il n'y a pas très longtemps que je me suis décidé.

Emma était absolument convaincue qu'il ne lui avait pas pardonné. Il n'était pas du tout comme à son ordinaire mais la jeune fille se consola en songeant qu'il comprendrait avec le temps qu'il leur fallait redevenir les amis d'autrefois. Il restait debout, comme s'il avait l'intention de partir, mais il ne passait pas aux actes et Mr. Woodhouse commença donc de poser des questions à sa fille.

— Eh bien, ma chérie, tout s'est-il passé comme vous le souhaitiez ? Comment avez-vous trouvé ma vieille amie et sa fille ? Votre visite a dû leur faire le plus grand plaisir. Comme je vous le disais tout à l'heure, Mr. Knightley, cette chère petite est allée voir Mrs. Bates et Miss Bates. Elle se montre toujours pleine d'attentions pour elles.

Emma rougit de cet éloge qu'elle ne méritait point et regarda Mr. Knightley avec un sourire et un mouvement de tête qui en disaient très long. Son ami parut en concevoir une impression favorable, comme s'il avait lu la vérité dans les yeux d'Emma et comprenait l'heureux changement qui s'était produit dans le cœur de la jeune fille, et il lui adressa un regard où perçait toute son estime. Elle lui en fut infiniment reconnaissante, sa gratitude s'accroissant encore lorsqu'il lui prit la main en un geste qui exprimait plus qu'une sympathie ordinaire. N'avait-elle pas fait elle-même le premier pas, elle n'aurait su l'affirmer, mais il prit en tout cas sa main dans les siennes, la pressa doucement, et s'apprêtant même à la porter à ses lèvres lorsque, pris d'une lubie, il la laissa brusquement retomber. Emma ne comprit ni ces scrupules ni les raisons de ce brusque revirement, tout en reconnaissant que les intentions de son ami ne faisaient point de doutes, même s'il eût mieux fait d'aller jusqu'au bout de son geste. Était-ce son peu de galanterie ordinaire ou la manière dont il s'y prit, Emma trouva de toute façon beaucoup de charme à cet élan qui semblait tout à la fois si naturel et si plein de noblesse. Elle ne pouvait s'empêcher de songer avec un immense plaisir à cette ébauche de baiser, la regardant comme la meilleure preuve d'une amitié sans faille. Il fut bientôt parti après avoir pris congé de ses hôtes. Il agissait en toutes choses avec la vivacité d'un homme incapable de souffrir l'indécision ou les délais, mais il parut s'en aller cette fois plus brusquement encore que de coutume.

Sans regretter sa visite à Miss Bates, Emma eût certes préféré avoir quitté la bonne dame quelque dix minutes plus tôt pour se laisser le loisir de discuter avec Mr. Knightley de la situation de Jane Fairfax. Elle ne déplorait point non plus le départ de son vieil ami pour Brunswick Square, sachant qu'Isabelle et John seraient ravis de le voir, mais le moment lui semblait mal choisi, et elle aurait en outre aimé être avertie depuis plus longtemps de cette visite, bien qu'ils se fussent quittés excellents amis. On ne pouvait guère se méprendre sur le sens de la gentillesse et des galanteries de Mr. Knightley, et elle ne doutait pas le moins du monde d'être totalement rentrée dans ses bonnes grâces. Elle regretta davantage encore de n'être point revenue plus tôt lorsqu'elle apprit qu'il était resté une bonne demi-heure à Hartfield.

Emma savait parfaitement que son père ne pouvait apprécier ce départ précipité de Mr. Knightley — et à cheval, encore ! — et elle s'employa donc à lui raconter tout ce qu'elle avait appris sur Jane Fairfax afin de le distraire un peu de ses tristes pensées. Son calcul se révéla fort juste, le récit des aventures de Jane faisant agréablement diversion et parvenant à intéresser Mr. Woodhouse sans le troubler. Habitué depuis longtemps à l'idée que sa jeune voisine devait partir quelque part en qualité de gouvernante, il pouvait en parler en gardant toute sa gaieté alors que le départ de Mr. Knightley lui avait causé un véritable choc.

— Je suis ravi qu'elle ait trouvé une bonne situation, ma chérie. Mrs. Elton est la complaisance faite femme et sa gentillesse laisse à penser que ses amis seront des personnes comme il faut. J'espère que la maison est bien abritée de l'humidité et que ses maîtres prendront soin de cette chère petite. Ce devrait être le premier souci de chacun et je n'ai jamais manqué à mes devoirs en ce domaine lorsque notre pauvre Miss Taylor était là. Vous savez, ma chérie, Miss Fairfax sera pour cette inconnue ce que Miss Taylor fut pour nous et j'espère que les événements tournant mieux pour elle, Miss Fairfax ne se verra pas obligée de quitter un jour une maison qui aura si longtemps été la sienne.

Le lendemain, on reçut de Richmond des nouvelles qui firent passer tout le reste au second plan, un exprès étant arrivé pour annoncer la mort de Mrs. Churchill. Ce n'est point pour elle que son neveu avait avancé la date de son retour, mais elle était décédée moins de trente-six heures après l'arrivée du jeune homme. Une soudaine attaque l'avait emportée après une courte lutte, la maladie qui l'avait tuée n'ayant aucun rapport avec tout ce que pouvaient laisser présager les maux dont elle souffrait d'ordinaire. La grande Mrs. Churchill n'était plus !

Tout le monde manifesta en apprenant la nouvelle les sentiments qui sont de mise en pareilles circonstances. Chacun arborant une certaine gravité et beaucoup de tristesse, on se mit à parler de la défunte avec tendresse et l'on témoigna d'une extrême sollicitude à l'endroit des amis qui lui survivaient. On s'enquit également en temps voulu du lieu où elle serait enterrée. Goldsmith nous dit qu'une jolie femme n'a plus qu'à mourir quand elle se voit guettée par la déraison ou s'aperçoit qu'elle devient désagréable, car il n'est d'autre moyen d'échapper à la critique du Monde, et l'on se mit en effet à parler avec une vive compassion de cette Mrs. Churchill que l'on détestait depuis plus de vingt-cinq années. Jamais on n'avait admis qu'elle pût être sérieusement souffrante, mais les événements semblaient malheureusement rendre justice à celle que l'on avait toujours prise pour une malade imaginaire aussi capricieuse qu'égoïste.

« Pauvre Mrs. Churchill ! Elle avait dû beaucoup souffrir, bien plus qu'on ne le pensait, et ces douleurs continuelles lui avaient certainement aigri le caractère. C'était bien triste ! Quel choc !... Et malgré tous les défauts de cette malheureuse, que deviendrait son mari, sans elle ? Mr. Churchill devait être bien malheureux, et jamais il ne s'en remettrait ! »

Mr. Weston lui-même disait d'un air solennel, en branlant du chef :

— Ah, pauvre femme, qui l'aurait cru !

Il décida ensuite que l'on porterait le deuil de manière très stricte, sa femme ne sachant quant à elle que rester là, à soupirer et moraliser sur son crêpe avec une sincère et vive commisération. L'un des premiers problèmes soulevés par ce décès concernait la réaction de Frank, et notre héroïne en était aussi préoccupée que les Weston. Sans oublier Mrs. Churchill ou le chagrin du pauvre veuf, elle s'inquiétait néanmoins surtout de la façon dont cet événement risquait d'affecter Frank, se demandant en outre si le jeune homme n'en profiterait pas pour acquérir un peu plus de liberté. Elle comprit brusquement à quel point la disparition de Mrs. Churchill pouvait se révéler bénéfique, car rien ne s'opposerait plus désormais à ce que Frank fût amoureux d'Harriet, Mr. Churchill n'étant nullement à craindre sans sa femme. C'était un homme débonnaire, influençable, et Frank arriverait sans nul doute à le persuader de ce qu'il voudrait. Il ne restait plus qu'à espérer que ledit jeune homme tombât amoureux, Emma n'étant, malgré tout son bon vouloir, pas du tout sûre de ses sentiments.

Harriet se comporta bien en ces circonstances délicates, et fit preuve d'une grande maîtrise de soi. Elle ne laissa rien paraître, quels que fussent ses espoirs les plus chers, et ravie de cette fermeté de caractère, son amie se garda bien de faire la moindre allusion susceptible de tout gâcher, les deux jeunes filles faisant preuve d'une égale réserve pour évoquer la mort de Mrs. Churchill.

Frank écrivit à Randalls de courtes lettres pour informer succinctement ses parents de la situation et des projets que son oncle et lui nourrissaient à ce moment-là. Mr. Churchill allait mieux que l'on aurait pu s'y attendre et le voyage, qui devait les ramener dans le Yorkshire où se déroulerait l'enterrement, aurait Windsor pour première étape, Mr. Churchill projetant d'y rendre visite à un très vieil ami qu'il se promettait d'aller voir depuis plus de dix ans. Pour l'instant, on ne pouvait rien pour Harriet et notre héroïne n'avait d'autre ressource que de formuler ses vœux les plus sincères pour l'avenir.

Le sort d'Harriet autorisant les plus grands espoirs, il était plus urgent de s'occuper d'une Jane Fairfax dont la situation venait au contraire de se détériorer considérablement et dont les engagements ne permettaient plus le moindre délai aux habitants de Highbury désireux de lui manifester un peu de bonté. C'était devenu le souci majeur de notre héroïne et elle n'en regrettait que davantage sa froideur passée. Cette jeune fille qu'elle avait négligée durant tant de mois était maintenant devenue celle à qui elle eût aimé montrer le plus de sympathie ou d'estime. Que n'eût-elle donné pour lui être utile ! Elle souhaitait lui prouver tout le prix qu'elle attachait à sa société et l'assurer de son respect et de sa considération, et résolue à l'inviter à passer une journée à Hartfield, elle lui écrivit un mot dans ce but. C'est verbalement que l'on déclina cette offre, « Miss Fairfax ne se sentant pas assez bien pour écrire », et quand Mr. Perry vint à Hartfield ce jour-là, il apparut que Jane était trop souffrante pour supporter la moindre visite hormis, et bien malgré elle, celle du docteur. Elle était victime d'atroces migraines et d'une fièvre nerveuse si violente que Mr. Perry doutait fort que la pauvre enfant fût en mesure de se rendre chez Mrs. Smallridge à la date prévue. Pour l'heure, complètement épuisée, elle n'avait point le moindre appétit, et le docteur était inquiet bien qu'elle ne présentât point de symptômes alarmants et que sa maladie n'eût rien à voir avec les poumons comme le craignaient tant sa Grand-mère et sa tante. D'après Mr. Perry, elle avait certainement entrepris une tâche au-dessus de ses forces et s'en rendait compte sans l'avouer. Elle paraissait complètement accablée, le docteur ne pouvant s'empêcher de faire remarquer que son cadre de vie n'avait rien d'idéal pour une malade atteinte de troubles nerveux. La pauvre Jane était toujours confinée dans une seule et même pièce, ce qui n'était guère recommandé, et sa tante, Mr. Perry devait se l'avouer bien que ce fût l'une de ses plus vieilles amies, n'était guère le genre de personne susceptible de soulager une telle malade. Impossible, certes, de douter du soin qu'elle prenait de sa nièce, mais en fait, elle se montrait précisément trop attentionnée et risquait ainsi de faire à Jane plus de mal que de bien. Le récit du docteur intéressa vivement Emma. La situation de Miss Fairfax la chagrinait de plus en plus et elle chercha désespérément un moyen de se rendre utile. Peut-être serait-il bon de l'arracher, ne fût-ce qu'une heure ou deux, à la compagnie de sa tante pour la faire changer d'air et de cadre et lui permettre de goûter un moment une conversation tranquille et raisonnable ? Emma écrivit donc de nouveau à Jane le lendemain matin pour lui signifier dans les termes les plus tendres possibles son intention de venir la chercher en voiture à l'heure qui lui conviendrait, allant jusqu'à préciser que Mr. Perry s'était déclaré résolument favorable à cette promenade. Elle reçut pour toute réponse un billet très bref :

« Miss Fairfax vous envoie ses compliments et ses remerciements mais se trouve hors d'état de prendre le moindre exercice. »

Emma sentit bien que sa lettre eût mérité une réponse moins laconique mais n'eut point le cœur d'en vouloir à une jeune fille dont l'écriture inégale et tremblée montrait si clairement la faiblesse. Ne songeant qu'au moyen de contrecarrer cette mauvaise grâce à sortir ou à accepter toute aide extérieure, elle se fit donc conduire en voiture jusque chez Mrs. Bates dans l'espoir de convaincre Jane de l'accompagner... Cela ne suffit pourtant pas. Miss Bates vint jusqu'à la portière de la voiture pour remercier Emma de son obligeance, certaine elle aussi de l'opportunité d'une promenade. Tout ce qui pouvait être tenté fut tenté, mais en vain, et Miss Bates dut s'avouer vaincue. Il fut impossible de décider Jane à venir, le simple fait de lui proposer une promenade paraissant même faire empirer son état. Emma aurait aimé la voir pour essayer à son tour de la persuader, mais avant qu'elle eût pu faire la moindre allusion à ce désir, Miss Bates lui fit comprendre qu'elle s'était engagée à ne laisser entrer Miss Woodhouse sous aucun prétexte. « Pour tout dire, cette pauvre petite ne pouvait souffrir de voir quiconque et personne n'était admis... Oh, bien sûr, on ne pouvait refuser l'accès de la maison à Mrs. Elton et Mrs. Cole avait tellement insisté que... et Mrs. Perry ! Elle avait usé de tels arguments... mais à part elles, Jane ne voulait voir personne ! »

N'ayant aucune envie de s'abaisser au rang de ces Mrs. Elton, de ces Mrs. Perry ou de ces Mrs. Cole capables de s'imposer n'importe où et ne pouvant nullement revendiquer le droit de figurer sur la liste des privilégiés, Emma se soumit et se contenta de questionner plus avant Miss Bates sur l'appétit de sa nièce et sur son alimentation tant elle avait envie de se rendre utile. La pauvre Miss Bates était bien malheureuse car Jane ne mangeait presque rien. Mr. Perry avait beau lui recommander des mets nourrissants, tout ce que sa tante lui proposait (et Dieu sait qu'elles avaient de bons voisins) répugnait à la malade.

De retour à Hartfield, Emma appela sur-le-champ la femme de charge pour examiner les provisions. On envoya en toute hâte chez Miss Bates un *arrow-root* de première qualité accompagné d'un mot gentil, mais l'*arrow-root* revint une heure plus tard... Miss Bates remerciait mille fois Miss Woodhouse, mais Jane ne connaîtrait point le repos tant que l'on n'aurait pas renvoyé ce présent. Elle était absolument incapable d'en manger et tenait en outre à préciser qu'elle n'avait besoin de rien.

Lorsqu'elle apprit un peu plus tard que l'on avait vu Jane se promener dans les environs de Highbury le jour même où elle avait catégoriquement refusé de l'accompagner en voiture sous prétexte d'être trop faible pour prendre le moindre exercice, Emma ne douta plus que Miss Fairfax ne fût fermement résolue à rejeter tout ce qui venait d'elle. C'était clair et les indices étaient trop nombreux ! Notre héroïne était navrée, vraiment navrée et elle éprouva d'autant plus de pitié pour Jane que son état semblait se doubler d'une espèce de mauvaise humeur, d'instabilité ou de sentiment d'impuissance. Humiliée de voir que l'on accordait si peu de crédit à ses gentillesses ou qu'on l'estimait tellement indigne de jouer le rôle d'amie, Emma se consola cependant en songeant que ses intentions étaient pures et que Mr. Knightley n'aurait pas cette fois trouvé le moindre reproche à lui faire s'il avait été instruit de ses efforts pour aider Jane et s'il avait pu lire dans son cœur.

CHAPITRE XLVI

Un matin, dix jours environ après le décès de Mrs. Churchill, on vint avertir Emma que Mr. Weston l'attendait. Il ne pouvait rester plus de cinq minutes mais désirait tout particulièrement lui parler. C'est à la porte du salon qu'elle le rencontra et il prit à peine le temps de lui demander de ses nouvelles avant de lui dire, beaucoup plus bas et pour ne pas être entendu de Mr. Woodhouse :

— Pourriez-vous venir à Randalls, ce matin ? Je vous prierais de le faire si cela vous est possible, car Mrs. Weston désirerait vous voir... Oui, il faut absolument qu'elle vous voie.

— Serait-elle souffrante ?

— Non, non, pas du tout, seulement un peu nerveuse. Elle serait bien venue elle-même en voiture, mais elle devait vous rencontrer seule à seule afin de vous apprendre que... (faisant un signe dans la direction de Mr. Woodhouse) Hum !... Pourrez-vous venir ?

— Certes ! Immédiatement si vous le souhaitez. Je ne saurais vous refuser un service que vous me demandez avec tant d'insistance. De quoi peut-il bien s'agir ? Elle n'est pas malade ? Vous me le promettez, n'est-ce pas ?

— Faites-moi confiance, et ne me questionnez pas plus avant, s'il vous plaît. Vous saurez tout en temps voulu... C'est une histoire absolument insensée, mais chut, chut !

Même une jeune fille aussi perspicace qu'Emma ne pouvait deviner le sens de ce mystère. L'attitude de Mr.

Weston laissait présager un événement de première importance, mais Emma s'efforça de ne point s'inquiéter puisque son amie se portait bien. Informant son père qu'elle sortait sur-le-champ pour sa promenade quotidienne, elle quitta la maison en compagnie de Mr. Weston et ils se précipitèrent vers Randalls.

— Maintenant je veux savoir ce qui s'est passé, Mr. Weston, dit Emma quand ils eurent largement dépassé le portail.

— Non, non, répondit-il gravement, ne me posez pas la moindre question ! J'ai promis à ma femme de lui laisser le soin de vous apprendre cette nouvelle et elle s'en tirera assurément mieux que moi. Ne vous impatientez pas, Emma, vous connaîtrez bien assez tôt la vérité.

— Parlez ! s'écria Emma qui avait stoppé net, terrorisée. Au nom du ciel, je vous supplie de me dire la vérité sur-le-champ ! Je suis sûre qu'il est arrivé quelque chose à Brunswick Square. Parlez ! Je vous ordonne de parler à l'instant.

— Non, vraiment, je vous jure que vous faites erreur.

— Ne vous moquez pas de moi, Mr. Weston. Songez au nombre d'amis très chers qui se trouvent en ce moment à Brunswick Square... Lequel, lequel est concerné ? Au nom des sentiments les plus sacrés, je vous conjure de ne point essayer de me cacher la vérité.

— Mais Emma, je vous donne ma parole que...

— Votre parole ! Et pourquoi n'engagez-vous point votre honneur ? Pourquoi ne pas jurer sur votre honneur que ce qui se passe n'a rien à voir avec eux ? Grand Dieu ! Que pourrait-on avoir à me communiquer, sinon des nouvelles de Brunswick Square ?

— Je vous jure sur mon honneur que ce n'est point le cas, dit-il. Cet événement n'a pas le plus lointain rapport avec un être du nom de Knightley.

Emma reprit courage et se remit à marcher.

— J'ai eu tort de faire allusion à une mauvaise nouvelle, reprit Mr. Weston, et je n'aurais jamais dû m'exprimer comme je l'ai fait... En vérité, cela ne vous concerne pas, du moins l'espérons-nous... Hum ! En un mot, il est inutile de vous faire tant de souci, ma chère Emma. Je ne prétendrai pas que cette histoire n'est pas déplaisante, mais cela pourrait être pire... Allons, si nous nous dépêchons, nous serons à Randalls dans cinq minutes !

Emma comprit qu'il lui faudrait attendre et s'y résigna sans trop de mal. S'abstenant de poser de nouvelles questions, elle se contenta d'envisager toutes les hypothèses imaginables et en vint à songer qu'il s'agissait probablement là d'une affaire d'argent. On devait avoir eu récemment des informations qui n'auguraient rien de bon pour la situation financière des Weston, l'événement qui s'était produit dix jours plus tôt à Richmond ayant certainement un rapport avec les actuels problèmes de ses amis. L'imagination d'Emma vagabondait... Peut-être venait-on de découvrir l'existence d'une demi-douzaine d'enfants naturels de Mr. Churchill, le pauvre Frank se retrouvant de ce fait complètement ruiné ? Cette idée, peu réjouissante en elle-même, ne mettait pas réellement Emma à la torture et excitait surtout sa curiosité.

— Qui est ce monsieur à cheval, là-bas ? demanda-t-elle tout en continuant de marcher et pour aider Mr. Weston à garder son secret.

— Je l'ignore... l'un des Otway, peut-être. En tout cas, ce n'est pas Frank, oh non, je vous assure que ce n'est pas Frank ! Vous ne le verrez pas, car il doit déjà se trouver à mi-chemin de Windsor.

— Votre fils est donc venu vous voir ?

— Mais oui ! Vous ne le saviez pas ? Bon, tant pis.

Il garda le silence un instant puis ajouta, d'un ton plus grave et plus réservé :

— Eh bien, oui, Frank est venu prendre de nos nouvelles ce matin.

Ils marchaient vite et ils se retrouvèrent bientôt à Randalls.

— Voici, ma chère, dit-il en entrant au salon, je vous la ramène et j'espère que vous irez mieux d'ici peu... Je vous laisse ensemble. Inutile de repousser davantage l'échéance, n'est-ce pas ? Si vous avez besoin de moi, je ne suis pas loin.

Emma l'entendit ensuite très distinctement murmurer à sa femme avant de quitter le salon :

— J'ai tenu ma parole, elle n'a pas la moindre idée de ce qui l'attend.

Mrs. Weston paraissait si nerveuse et si lasse qu'Emma sentit ses inquiétudes s'accroître, et c'est très vite, dès qu'elles furent en tête à tête, qu'elle demanda à son amie :

— Que se passe-t-il, ma très chère Mrs. Weston ? Je suis convaincue qu'il vient de se produire un événement des plus fâcheux. Dites-moi tout de suite de quoi il s'agit car je suis torturée par l'incertitude depuis que nous avons quitté Hartfield. Ne me laissez pas plus longtemps dans le doute. Cela vous fera du bien de parler, quels que soient les soucis qui vous agitent.

— N'avez-vous pas le moindre soupçon ? demanda Mrs. Weston d'une voix tremblante. Ne devinez-vous pas de quoi il s'agit ?

— Je devine simplement que la nouvelle concerne Mr. Frank Churchill.

— Vous avez raison, cela le concerne en effet, et je vais tout vous raconter sans plus attendre (reprenant son ouvrage et manifestement décidée à ne point lever les yeux). Il est venu ce matin même nous apprendre une nouvelle extraordinaire. Je ne saurais dire combien cela nous a surpris car il est venu parler à son père de... Il est venu l'informer qu'il était épris de...

La malheureuse en avait le souffle coupé, et après son propre nom, celui d'Harriet vint à l'esprit de sa jeune amie.

— En fait, il n'est pas simplement épris, il est fiancé, bel et bien fiancé, reprit Mrs. Weston. Qu'allez-vous penser, Emma, et que diront tous nos amis en apprenant que Frank Churchill et Miss Fairfax sont fiancés ? Cet engagement, de plus, n'a rien de récent !

Emma en bondit de surprise et s'écria, frappée d'horreur :

— Jane Fairfax ! Seigneur ! Vous ne parlez pas sérieusement ? Vous vous êtes mal exprimée, n'est-ce pas ?

— Vous êtes en droit de vous étonner, répondit Mrs. Weston, gardant ses regards fixés ailleurs et parlant toujours très vite pour qu'Emma n'ait pas le temps de reprendre ses esprits, oui, votre surprise est légitime mais c'est ainsi... Ils se sont fiancés en octobre, à Weymouth, et c'est resté un secret pour tout le monde. Personne n'en a rien su, à part les deux intéressés... Non, ni les Campbell, ni la famille de Jane, ni celle de Frank. Cet événement me paraît tellement extraordinaire que j'ai du mal à y croire malgré ma certitude de ne point rêver... Cela me semble littéralement incroyable ! Moi qui croyais connaître Frank !

Emma écoutait à peine, se reportant constamment en esprit aux conversations qu'elles avaient eues avec le jeune homme au sujet de Jane Fairfax et au problème qui allait se poser pour la pauvre Harriet. Pendant tout un moment, elle fut seulement capable de pousser des exclamations et de demander et redemander sans cesse confirmation de la véracité de ces nouvelles, mais s'efforçant de se ressaisir, elle dit enfin :

— Eh bien, il me faudra une bonne demi-journée pour réaliser que tout cela est vrai. Quoi ! fiancé à Miss Fairfax depuis l'automne et avant même qu'ils soient arrivés l'un ou l'autre à Highbury ?

— Oui, cet engagement date d'octobre. Personne n'était au courant. Cela m'a rendue triste, Emma, très triste, et son père en a lui aussi conçu beaucoup de chagrin. Ce garçon a commis des fautes que nous ne pourrons jamais lui pardonner.

Emma lui répondit après une minute de réflexion :

— Je ne feindrai point d'ignorer à quoi vous faites allusion, et si cela peut vous consoler, je puis vous promettre que je n'ai nullement été sensible à ses attentions comme vous semblez tant le craindre.

Mrs. Weston leva les yeux, n'osant la croire, mais toute la personne d'Emma respirait la même fermeté que ses paroles.

— Pour vous convaincre que je ne mens pas en me vantant de n'éprouver présentement pour lui que de l'indifférence, je préciserai qu'à une certaine période, tout au début de nos relations, ce jeune homme m'a plu et n'a pas été loin de me séduire... non que je fusse vraiment tombée amoureuse de lui, pourtant, le plus étrange étant peut-être précisément que je me sois si brusquement désintéressée de lui... enfin, c'est heureusement une vieille histoire, et cela fait quelque temps, trois mois au moins, que je ne me soucie plus de lui. Vous pouvez me croire, Mrs. Weston, car c'est la pure vérité.

Mrs. Weston l'embrassa en pleurant de joie, et recouvrant enfin la parole, l'assura que rien au monde n'aurait pu lui faire plus de plaisir.

— Mr. Weston sera presque aussi soulagé que moi, poursuivit-elle, car nous avons été bien malheureux tous les deux. Nous désirions depuis longtemps voir naître l'amour entre notre fils et vous, et nous étions convaincus que nos rêves avaient enfin pris corps. Essayez donc d'imaginer après cela le chagrin dont nous avons souffert en pensant à vous.

— J'ai pu échapper au péril et c'est une chance qui doit nous trouver aussi reconnaissants qu'émerveillés. Cela n'excuse cependant en rien l'attitude de Frank Churchill, Mrs. Weston, et je dois dire que je le juge très sévèrement ! Son cœur et sa foi étant également engagés, de quel droit s'est-il présenté parmi nous en affectant les manières d'un homme libre ? De quel droit a-t-il essayé de séduire comme il l'a fait une jeune fille, et de quel droit l'a-t-il publiquement distinguée en lui témoignant constamment mille égards alors qu'il appartenait en réalité à une autre femme ? Comment pouvait-il être sûr de ne point briser une vie ou de ne pas se faire aimer pour de bon ? Il a mal, très mal agi.

— Ma chère Emma, il a fait une allusion qui m'inciterait plutôt à croire que...

— Et comment a-t-elle pu supporter cela ? Être témoin de cet odieux manège et garder son sang-froid ! Le voir déployer toutes ses séductions pour une autre et se taire ! Ah, la placidité de cette fille atteint un degré que je ne saurais ni comprendre ni respecter !

— Ils ont été victimes de malentendus divers, Emma, il nous l'a clairement fait entendre. Il n'a pas eu le temps d'entrer dans les détails car il n'est resté qu'un quart d'heure et se trouvait en outre dans un tel état de trouble qu'il n'a pu exploiter pleinement le court moment dont il disposait, mais il a nettement évoqué certains malentendus... ces malentendus ayant du reste provoqué la crise actuelle et n'étant certainement pas sans rapport avec l'inconvenance de sa conduite.

— Inconvenance ! Oh, Mrs. Weston, c'est un reproche trop doux ! C'est plus grave, bien plus grave que cela ! Vous n'imaginez pas combien ces révélations l'ont fait tomber dans mon estime, non, vous ne l'imaginez pas ! Il n'a pas agi en homme, loin de là ! Ses actes ne témoignent en rien de cette intégrité, de cet inébranlable respect pour la vérité et pour les principes et de ce mépris pour la ruse et la mesquinerie qu'un homme se doit de conserver dans toutes les circonstances de sa vie !

— Vous allez trop loin, Emma, et je me vois obligée de prendre son parti. Il a mal agi, c'est vrai, mais je le connais depuis trop longtemps pour ne pas répondre de ses nombreuses, oui, très nombreuses qualités, et...

— Seigneur ! s'écria Emma qui ne lui avait pas prêté la moindre attention, et Mrs. Smallridge ? Jane était sur le point de s'engager comme gouvernante ! Où voulait-il en venir et que signifie une telle indélicatesse ? Souffrir qu'elle s'engage à... souffrir même qu'elle y songe !

— Il ne savait rien, Emma, et je puis vous affirmer que nous n'avons pas de reproches à lui faire sur ce chapitre. C'est en secret qu'elle avait pris sa décision, et il n'en était point instruit... du moins n'était-il pas convaincu qu'elle irait jusqu'au bout. Jusqu'à hier, il ignorait tout des intentions de Jane. Il nous en a fait le serment. Il en a eu la brusque révélation je ne sais plus comment, par une lettre ou un message, et c'est en apprenant ce qu'elle était en train de faire, en étant informé des projets de sa fiancée, qu'il a résolu d'en finir une fois pour toutes, de tout avouer à son oncle, de s'en remettre à sa bonté et en un mot de mettre un terme à ces lamentables cachotteries qui n'avaient déjà que trop duré.

Emma se mit à écouter plus attentivement son amie.

— Il doit m'envoyer très prochainement des nouvelles, poursuivit celle-ci. En partant, il m'a promis de m'écrire le plus tôt possible et sa façon de s'exprimer me laisse espérer que j'aurai d'ici peu tous les détails qu'il n'a pu me fournir ce matin. Il vaut mieux attendre cette lettre, car elle nous incitera peut-être à lui accorder quelques circonstances atténuantes et nous pourrons alors, du moins veux-je le croire, mieux comprendre et mieux excuser des erreurs que nous ne nous expliquons pas pour l'instant. Ne soyons pas trop sévères et ne nous hâtons point de condamner ce garçon. Mieux vaut faire preuve de patience. Il est de mon devoir d'aimer Frank, et désormais rassurée sur le point essentiel, je brûle de voir s'arranger les choses et me sens tout à fait disposée à croire qu'ils ont beaucoup souffert tous les deux de ces cachotteries et de ces secrets.

— Pour ce qui est de Frank, ses souffrances ne semblent guère l'avoir affecté, répondit Emma... Bon, comment Mr. Churchill a-t-il réagi ?

— Aussi bien que possible. Frank n'a pas eu de mal à lui arracher son consentement. Songez aux bouleversements qui sont intervenus dans cette famille ces derniers temps ! Je suppose qu'il n'y avait pas le moindre espoir, la moindre chance ou la moindre possibilité de succès tant que cette pauvre Mrs. Churchill était en vie, mais sa dépouille reposait à peine dans son caveau que son mari s'est laissé persuader d'aller à l'encontre de tout ce qu'elle eût souhaité en pareilles circonstances... On peut se féliciter que la néfaste influence qu'elle exerçait sur lui ne lui ait point survécu ! Mr. Churchill a donné son accord sans faire de difficultés.

« Ah, se dit Emma, il en aurait certainement fait autant s'il s'était agi d'Harriet... »

— L'affaire était réglée dès hier soir et Frank est parti ce matin à la première heure. Il s'est arrêté un moment à Highbury, chez les Bates je suppose, puis il est venu nous voir. Son oncle a cependant plus que jamais besoin de lui, et Frank était tellement pressé de rentrer qu'il n'a pu, comme je vous le disais, rester qu'un tout petit quart d'heure avec nous. Il était nerveux, affreusement nerveux, et je ne l'ai pas reconnu... Il avait en outre trouvé Jane fort mal en point alors qu'il ne la soupçonnait pas le moins du monde d'être souffrante et... Oui, il m'a vraiment paru très affecté.

— Mais pensez-vous sérieusement que cet amour soit demeuré totalement secret ? Est-ce que l'un des Campbell ou des Dixon n'en était point instruit ?

Emma ne put prononcer ce nom de Dixon sans rougir un peu.

— Non, personne, vous dis-je. Frank m'a catégoriquement affirmé que nul n'était au courant à part lui-même et Jane.

— Bon, je suppose que nous nous habituerons peu à peu à cette idée et je leur souhaite beaucoup de bonheur... Je ne pourrai cependant jamais m'empêcher de penser qu'ils en ont agi d'une manière odieuse. Toutes ces intrigues, ces mensonges... ils se sont comportés en espions et en traîtres ! Arriver chez nous avec cet air de franchise et de simplicité et se liguer en secret pour mieux juger chacun de nous ! Nous avons été leurs dupes tout l'hiver et tout le printemps. Nous avions confiance en leur sens de l'honneur et en leur sincérité, nous les recevions parmi nous et ils devaient tout se répéter, comparant ou jugeant des sentiments et des discours qui n'étaient nullement destinés à ce double auditoire ! Enfin, cette duplicité leur aura certainement valu d'entendre parler sans ménagement de l'objet de leur tendresse.

— De ce côté-là, je suis tranquille car je n'ai assurément jamais rien dit qu'ils ne pussent entendre tous deux, répondit Mrs. Weston.

— Vous avez de la chance, et je suis l'unique témoin de la bévue que vous avez commise en imaginant que certain de nos amis était amoureux d'elle.

— C'est vrai, mais comme j'ai toujours pensé beaucoup de bien de Miss Fairfax, je n'ai pu parler d'elle en des termes défavorables, même sous l'empire d'une erreur quelconque. Quant aux critiques que j'aurais pu formuler contre Frank, je n'ai certes point de souci à me faire...

Mr. Weston apparut à ce moment-là dans l'encadrement de la fenêtre. Il faisait manifestement le gué non loin de là et sa femme lui lança un regard pour l'inviter à entrer. Profitant de ce qu'il faisait le tour de la maison, elle ajouta :

— Maintenant, ma chère Emma, permettez-moi de vous prier d'essayer de le rassurer par vos paroles comme votre attitude. Malheureusement, cette union ne l'enchante guère, et nous devons nous efforcer de la lui présenter sous le jour le plus favorable. Nous pouvons du reste reconnaître à Miss Fairfax nombre de qualités, n'est-ce pas ? Ce n'est certes pas une alliance brillante, mais si Mr. Churchill ne s'en formalise pas, pourquoi le ferions-nous ? C'est peut-être même une chance pour lui, pour Frank veux-je dire, d'être tombé amoureux d'une jeune fille dont j'ai toujours admiré le bon sens et la fermeté... Je persiste dans cette impression bien qu'elle vienne de manquer à ses devoirs, vous le voyez, et je me demande même si sa situation n'explique pas en grande partie ses erreurs.

— C'est vrai, s'écria Emma, très émue. Si l'on peut jamais excuser une femme de n'avoir songé qu'à ses intérêts propres, c'est bien quand elle se trouve dans la situation de Jane... On pourrait presque dire de ces malheureuses que « le monde n'est pas fait pour elles, non plus que ses règles ».

Elle accueillit gentiment Mr. Weston lorsqu'il fit son entrée au salon, et s'écria :

— Vous m'avez joué un fameux tour, ma parole ! Je suppose que vous fomentiez de railler ma curiosité et de tester mes talents de divination, mais vous m'avez vraiment fait peur ! Je pensais que vous aviez pour le moins perdu la moitié de votre fortune et voici qu'au lieu d'avoir à vous présenter mes condoléances, je me vois forcée de vous féliciter... Je vous félicite de tout cœur d'avoir bientôt pour fille l'une des jeunes femmes les plus charmantes et les plus accomplies d'Angleterre, Mr. Weston.

Regardant sa femme, il fut bientôt convaincu que tout allait aussi bien que ce discours le laissait entendre, et il en résulta immédiatement un changement des plus heureux dans sa façon de voir les événements. L'expression de son visage et sa voix recouvrèrent leur vivacité habituelle, il serra chaleureusement la main d'Emma en signe de gratitude et se mit à parler de cette affaire d'une façon qui prouvait qu'un peu de temps et quelques arguments supplémentaires suffiraient à lui faire considérer ces fiançailles sous un jour nettement plus favorable. Ses compagnes prirent garde à ne parler que de ce qui pouvait pallier l'imprudence des amoureux ou aplanir les objections possibles, et cette causerie s'éternisant pour se poursuivre même sur le chemin de Hartfield lorsque Mr. Weston raccompagna Emma, le pauvre homme se résigna et fut bientôt tout près de penser que Frank n'aurait vraiment pas pu mieux agir.

CHAPITRE XLVII

« Harriet, ma pauvre Harriet ! » ne cessait de se répéter Emma, cette phrase résumant pour elle tous les tourments qui l'obsédaient et donnaient à l'événement son caractère véritablement catastrophique. Frank Churchill s'était mal, très mal conduit à son endroit et ce à plusieurs points de vue, mais ce n'était pas tant l'attitude du jeune homme que la sienne propre qui éveillait en elle une sourde colère, l'offense qui lui semblait la plus grave étant ce traquenard dans lequel il l'avait entraînée à propos d'Harriet... Pauvre enfant ! Elle se trouvait pour la seconde fois victime des erreurs et des flatteries de sa compagne ! Mr. Knightley avait eu des paroles prophétiques en accusant Emma de n'être point une amie pour Harriet, et elle craignait même de n'avoir jamais fait que du mal à cette malheureuse. Il est vrai qu'en ce cas comme la première fois, elle n'avait pas à se reprocher d'être la seule responsable ou d'avoir éveillé des sentiments qu'Harriet n'eût jamais conçus sans elle, cette dernière ayant avoué nourrir une vive admiration et beaucoup de sympathie pour Frank avant même qu'Emma lui en eût touché le moindre mot, mais elle se sentait coupable d'avoir encouragé cet amour au lieu de le réprimer. Elle aurait pu au moins empêcher son amie de s'abandonner à sa tendresse et lui éviter ainsi de s'éprendre chaque jour davantage, et elle serait certainement arrivée à l'influencer. Elle comprenait à présent qu'elle avait commis une faute en refusant d'intervenir.

Elle avait risqué le bonheur de la pauvre petite sans raisons suffisantes et lui eût certainement conseillé de ne point songer à un homme qui selon toutes probabilités ne lui prêterait jamais la moindre attention si elle avait écouté la voix de la raison. Mais elle se rendait précisément compte maintenant qu'elle avait toujours négligé les arguments que pouvait lui dicter le bon sens.

Elle s'en voulait beaucoup et se serait sentie affreusement malheureuse si elle n'avait eu la ressource de se mettre également en colère contre Frank Churchill. En ce qui concernait Jane Fairfax, on pouvait du moins se permettre d'être tranquille pour l'instant. Se faisant bien assez de souci pour Harriet, Emma jugeait parfaitement inutile de s'inquiéter pour une Jane dont les tourments et la maladie, qui avaient une seule et même origine, devaient être déjà en voie de guérison. C'en était fini pour elle de la pauvreté et des souffrances, et ses amis la verraient bientôt rétablie, heureuse et riche. Emma comprenait à présent pourquoi la jeune fille avait dédaigné ses égards, et cette découverte éclaircissait bien des points demeurés obscurs. Nul doute que la jalousie n'expliquât tout, car Emma était certainement apparue aux yeux de Jane sous les traits d'une rivale et s'était naturellement heurtée à un refus lorsqu'elle avait voulu lui rendre service et lui témoigner son estime. En l'occurrence, une promenade dans la voiture des Woodhouse eût semblé un véritable supplice à Jane et l'*arrowroot* venu des réserves de Hartfield un poison. Emma comprenait parfaitement cela, et faisant taire les réactions égoïstes et injustes d'un cœur irrité, reconnaissait que Jane Fairfax méritait à tout point de vue le bonheur et l'élévation qui allaient lui échoir. La pauvre Harriet demeurait cependant un fardeau lourd à porter et notre héroïne n'avait plus beaucoup de sympathie à gaspiller, songeant avec tristesse que cette deuxième déception risquait d'être plus douloureuse encore que la première, ce qui semblait normal si l'on considérait la supériorité de Frank sur Mr. Elton. Ne pouvait-on s'y attendre aussi si l'on en jugeait d'après l'influence que cette passion avait exercée sur

Harriet, lui donnant une réserve et une maîtrise de soi dont elle était autrefois bien éloignée ? Emma se devait pourtant d'apprendre à son amie l'affreuse vérité, et ce dès que possible. En partant, Mr. Weston lui avait recommandé le secret, précisant que l'on ne devait point parler de cette histoire. Mr. Churchill avait insisté sur ce point, y voyant un gage de respect pour sa défunte épouse, et tout le monde admettait avec lui que l'on devait bien cela à Mrs. Churchill. Emma avait certes promis de se taire mais se sentait obligée de faire une exception pour Harriet, ses devoirs envers elle lui paraissant beaucoup plus importants que tous les autres.

En dépit de son chagrin, Emma ne pouvait s'empêcher de percevoir le ridicule de sa situation, elle qui aurait à mener à bien la tâche aussi délicate qu'angoissante que Mrs. Weston avait accomplie quelques heures plus tôt. Oui, elle devrait annoncer à une autre l'affreuse nouvelle qu'on venait de lui communiquer avec tant de ménagements, et son cœur se mit à battre plus vite lorsqu'elle entendit le pas et la voix d'Harriet. Elle éprouvait ce qu'avait dû éprouver Mrs. Weston en l'attendant à Randalls et elle se prit à rêver que cette révélation fût pour la deuxième fois consécutive accueillie avec une indifférence totale. Il n'était malheureusement même pas possible d'y songer.

— Eh bien, Miss Woodhouse, s'écria Harriet en faisant irruption dans le salon, n'est-ce pas une nouvelle extraordinaire ?

— De quoi parlez-vous ? demanda Emma, incapable de deviner, au ton ou à l'air d'Harriet, si celle-ci était au courant.

— Mais de Jane Fairfax ! Quelle étrange histoire, n'est-ce pas ? Oh, ne craignez rien, Mr. Weston m'a tout raconté. Je viens juste de le rencontrer et il m'a recommandé le secret. Je ne songerais certes pas à discuter de cette affaire avec n'importe qui, mais il m'a confié que vous saviez tout.

— Mais que vous a raconté Mr. Weston ? dit Emma, toujours perplexe.

— Oh, tout... Que Jane Fairfax et Mr. Frank Churchill allaient se marier, et qu'ils étaient fiancés depuis longtemps... Comme c'est étrange !

C'était en effet fort étrange, et le comportement d'Harriet lui semblait tellement extraordinaire qu'Emma ne savait comment l'interpréter. La jeune fille paraissait totalement transformée. Elle était apparemment résolue à ne point laisser percer le moindre trouble ou la moindre déception et prenait cette révélation avec une relative indifférence. Emma la regarda, incapable de dire un mot.

— Soupçonniez-vous un tant soit peu qu'il fût amoureux d'elle ? s'écria Harriet. Oui, peut-être, vous qui... (Rougissant) vous qui lisez si bien dans le cœur de chacun... mais personne à part vous ne...

— ... Sur mon honneur, je commence à croire que je ne suis guère douée pour cela, répliqua Emma. Parlez-vous sérieusement lorsque vous me demandez si j'avais des soupçons à l'époque où je... où, tacitement sinon ouvertement, je vous encourageais à céder à vos propres sentiments ? Jusqu'à ce jour, je n'ai jamais songé que Frank Churchill pût prêter la moindre attention à Jane Fairfax et vous pouvez être certaine que je vous en aurais avertie si tel avait été le cas.

— Moi ! dit Harriet toute rougissante et très surprise. Pourquoi m'auriez-vous prévenue ? Vous ne pensez tout de même pas que je m'intéresse à Frank Churchill ?

— Je suis ravie de vous entendre parler aussi clairement de cette affaire, dit Emma en souriant, mais vous ne nierez point qu'à une époque, pas très lointaine du reste, vous m'avez donné des raisons de croire qu'il vous plaisait.

— Lui ! Mais jamais, jamais, chère Miss Woodhouse ! Comment avez-vous pu interpréter si mal mes paroles ? (et elle se détourna, manifestement très embarrassée).

— Au nom du ciel, que voulez-vous dire, Harriet ? s'écria Emma après un instant de silence. Qu'est-ce que cela signifie ? Mal interpréter vos paroles ! Dois-je vraiment supposer que...

Elle ne trouva pas la force de poursuivre, et privée de l'usage de la parole, s'assit, terrorisée, dans l'attente d'une réponse d'Harriet.

Celle-ci, qui se tenait à quelque distance et ne regardait pas Emma, ne répondit pas tout de suite mais parla bientôt avec un trouble égal à celui de sa compagne.

— Je n'aurais jamais imaginé que vous pussiez vous méprendre, commença-t-elle. Je sais que nous étions d'accord pour ne point prononcer de nom, mais jugeant cet homme infiniment supérieur à tous les autres, je n'aurais jamais cru la moindre erreur possible. Mr. Frank Churchill, vraiment ! Qui le remarquerait lorsque celui que j'aime est là ? J'espère avoir trop de goût pour songer à un garçon qui semble si insignifiant à côté de... Votre méprise ne laisse pas de m'étonner ! Je me serais certes jugée coupable d'une présomption ridicule si je n'avais imaginé que vous m'approuviez pleinement et désiriez m'encourager, et si vous ne m'aviez pas dit que l'on avait vu des choses bien plus extraordinaires et des unions plus étonnantes (vous l'avez nettement déclaré, n'est-ce pas ?), je n'aurais jamais osé céder à... Je n'aurais jamais cru possible de... mais si *vous* qui le connaissiez depuis toujours me...

— Harriet, s'exclama Emma en faisant un effort pour se reprendre, nous devons absolument éviter de nouveaux malentendus. Parlez-vous de... de Mr. Knightley ?

— Mais bien sûr ! Jamais je n'ai songé à un autre homme et j'étais persuadée que vous m'aviez comprise. Cela me semblait si clair lorsque nous en avons discuté !

— Ça ne l'était pas, répondit Emma en s'efforçant de garder son calme, car tout ce que vous disiez alors me paraissait se rapporter à une autre personne. J'aurais presque juré que vous aviez nommé *Frank Churchill*... Oui, et je suis certaine que vous avez évoqué le service que Frank Churchill vous a rendu en vous sauvant des bohémiens.

— Oh, Miss Woodhouse, comment avez-vous pu oublier...

— Ma chère Harriet, je me souviens pour l'essentiel de ce que je vous ai dit à ce moment-là... Je vous ai avoué que vos sentiments ne m'étonnaient pas étant donné le service qu'il vous avait rendu, et j'ai même ajouté qu'ils me semblaient tout naturels. Vous êtes tombée d'accord avec moi, exprimant très chaleureusement votre reconnaissance, et vous m'avez parlé des sensations que vous aviez éprouvées en le voyant se porter à votre secours... Je me souviens parfaitement de tout cela.

— Oh, ma chère, s'écria Harriet, je comprends mieux maintenant, mais je pensais à tout autre chose ce jour-là. Ce n'était pas aux bohémiens et ce n'était pas à Frank Churchill que je songeais, oh non... (Avec une certaine grandeur) je pensais à un souvenir beaucoup plus précieux... à cette soirée où Mr. Knightley est venu m'inviter à danser lorsque Mr. Elton me dédaignait publiquement et qu'il n'y avait dans la salle de bal aucun autre jeune homme susceptible de m'accompagner sur la piste. Voilà la bonne action, l'acte de noble bienveillance et de générosité, et le service qui m'a donné l'intime certitude que cet homme était infiniment supérieur à quiconque en ce monde.

— Grands dieux ! dit Emma. Quelle malheureuse, quelle lamentable méprise ! Que faire ?

— Vous ne m'auriez donc pas encouragée si vous m'aviez percée au jour ? Il est sûr au moins que ma situation ne peut être pire que si j'étais amoureuse de Frank Churchill, et nous pouvons dorénavant espérer que...

Elle s'interrompit un instant, Emma se trouvant quant à elle incapable de dire un mot.

— Je ne m'étonne point que vous fassiez une différence entre ces deux hommes, Miss Woodhouse, et le fait que je sois concernée ne change rien à l'affaire, je le comprends. Vous pensez certainement que Mr. Knightley m'est cinq cents millions de fois plus supérieur que l'autre, mais j'espère que... enfin, en supposant que... si... aussi étrange que cela puisse paraître... mais vous avez dit vous-même qu'il arrivait des choses bien plus extraordinaires, et que l'on avait vu des mariages plus surprenants que celui qui pourrait nous lier, Frank Churchill et moi, n'est-ce pas ? Il semble donc que si des événements semblables ont déjà eu lieu... si je pouvais avoir le bonheur, la chance inouïe de... si Mr. Knightley pouvait réellement... si l'inégalité de nos situations le laissait indifférent... j'espère, Miss Woodhouse, que vous ne vous opposeriez pas... que vous ne mettriez point d'obstacle à un mariage entre nous ? Mais vous êtes trop bonne pour cela, j'en suis sûre.

Harriet se tenait devant l'une des fenêtres et son amie se tourna pour la regarder, complètement consternée. Elle répondit très vite :

— Pensez-vous que Mr. Knightley réponde à votre affection ?

— Oui, dit Harriet avec modestie mais sans la moindre crainte, j'ai tout lieu de le croire.

Détournant aussitôt les yeux, Emma demeura un long moment silencieuse, pensive, muette et immobile, ces quelques minutes suffisant à lui faire comprendre son propre cœur. Ce n'était pas une jeune fille à reculer lorsque le soupçon s'était glissé dans son esprit, et elle devina, admit et s'avoua sans plus tarder la vérité. Pourquoi trouvait-elle affreux qu'Harriet fût amoureuse de Mr. Knightley plutôt que de Frank Churchill ? Pourquoi souffrait-elle dix fois plus à l'idée qu'Harriet pût espérer un retour ? L'évidence lui traversa le cœur comme une flèche : c'était elle-même et personne d'autre que Mr. Knightley devait épouser !

Il lui fallut à peine un instant pour juger sa propre conduite et ses sentiments, et c'est avec une lucidité dont elle n'avait malheureusement jamais témoigné qu'elle le fit. Elle prit soudainement conscience d'en avoir fort mal agi envers Harriet et de s'être montrée indélicate, irréfléchie, stupide et cruelle. Quel aveuglement et quelle folie avaient régi ses actes ! Elle en était violemment et douloureusement frappée, et n'hésitait point à qualifier sa conduite des termes les plus désobligeants. Malgré tout, un certain respect de soi, le souci des apparences et le désir très profond d'être juste avec Harriet (car si l'on n'avait plus besoin de plaindre une jeune fille qui se croyait aimée de Mr. Knightley, il était du moins équitable de ne point la chagriner en lui manifestant de la froideur) la décidèrent à rester là pour écouter calmement, et même avec une apparente sympathie, les confidences de son amie. Emma n'avait-elle d'ailleurs pas intérêt à connaître l'étendue des espérances d'Harriet et cette dernière avait-elle fait quoi que ce fût pour perdre l'estime et l'affection qu'on lui avait toujours si généreusement et si résolument témoignées, ou pour mériter de se voir méprisée de la personne même qui n'avait cessé de l'induire en erreur avec ses funestes conseils ? S'arrachant à sa méditation et maîtrisant son émotion, Emma se retourna donc vers sa compagne et relança la conversation sur un ton nettement plus engageant. Pour ce qui est du sujet dont on s'était entretenu au début de cette conversation, l'extraordinaire histoire de Jane Fairfax, il était totalement noyé et oublié, les deux amies ne songeant plus qu'à leurs propres affaires et à Mr. Knightley.

Pendant tout ce temps Harriet s'était abandonnée à une douce rêverie qui ne manquait point de charme, mais elle fut néanmoins ravie d'en être tirée par les questions maintenant plus rassurantes d'un juge et d'une amie comme Miss Woodhouse. Elle n'attendait que des encouragements pour parler de ses espoirs et le fit avec un plaisir immense quoique mêlé de crainte. L'émotion que ressentit Emma en interrogeant sa compagne et en écoutant ses réponses était moins évidente mais non moindre que celle d'Harriet. Sa voix ne tremblait point, mais son âme était en proie au trouble affreux qu'y pouvaient éveiller des révélations aussi graves, une menace aussi soudaine et l'irruption de sensations aussi inattendues que gênantes. Le récit détaillé d'Harriet lui fit beaucoup de peine mais elle fit preuve d'une patience étonnante. On ne pouvait attendre d'Harriet qu'elle s'exprimât avec méthode, logique ou habileté, mais ce qu'elle raconta était en substance, et abstraction faite des faiblesses et tautologies du récit, tout à fait propre à désespérer Emma, d'autant que cette dernière se remémora brusquement mille détails qui validaient la thèse d'un Mr. Knightley de plus en plus séduit par Harriet.

Cette dernière avait remarqué un changement notable dans la conduite de Mr. Knightley depuis le fameux soir où il l'avait invitée à danser. C'est à cette occasion qu'il s'était aperçu que les qualités de la jeune fille dépassaient son attente, Emma le savait fort bien, et depuis ce jour-là, ou du moins depuis l'époque où Miss Woodhouse l'avait encouragée à penser à lui, Harriet s'était rendu compte qu'il lui parlait plus souvent qu'autrefois et se comportait avec elle d'une manière très différente. Il lui témoignait à présent beaucoup de gentillesse et de douceur, comme elle en avait encore récemment eu la preuve. Lorsqu'ils étaient allés se promener tous ensemble, n'était-il pas en effet venu la trouver systématiquement pour s'entretenir avec elle le plus aimablement du monde ? Il avait l'air de vouloir la connaître mieux et notre héroïne savait que c'était exact. Harriet répéta certaines phrases élogieuses qu'il lui avait dites, et sa compagne dut s'avouer que tout cela concordait parfaitement avec ce qu'elle connaissait elle-même des sentiments de Mr. Knightley pour Miss Smith. Il avait félicité la jeune fille pour son naturel et son manque d'affectation, louant aussi sa simplicité, son honnêteté et sa générosité, et notre héroïne n'ignorait point qu'il lui reconnaissait toutes ces qualités puisqu'elle lui en avait elle-même entendu parler plusieurs fois avec insistance. Bien des détails, d'imperceptibles marques d'intérêt, des regards, des paroles, une chaise que l'on déplace, un compliment implicite, un favoritisme tacite, demeuraient vivants dans la mémoire d'Harriet alors qu'Emma ne les avait pas remarqués pour la simple raison qu'elle ne soupçonnait rien. Des événements qu'on mettait une demi-heure à raconter et qui contenaient des preuves d'autant plus accablantes qu'Emma en avait été le témoin, étaient passés totalement inaperçus aux yeux de celle qui en écoutait à présent le récit détaillé. Elle saisissait cependant plus ou moins la portée des deux faits les plus récents, ceux sur lesquels Harriet fondait du reste ses espoirs les plus précieux. Tout d'abord, il s'était promené seul avec elle, à l'écart des autres, dans l'allée de tilleuls de Donwell, et ils étaient restés un bon moment ensemble avant qu'Emma ne les rejoignît. D'après Harriet, il avait sans nul doute pris la peine de l'isoler des autres pour se retrouver en tête à tête avec elle, et au début, il lui avait parlé d'une manière plus intime que de coutume... oui, d'une manière vraiment intime. (La jeune fille ne put évoquer ce souvenir sans rougir.) Il cherchait manifestement à savoir si son cœur était engagé mais il avait changé de sujet en voyant approcher Miss Woodhouse. Le second événement marquant s'était produit le jour de son départ pour Londres : bien qu'il eût déclaré en arrivant à Hartfield ne disposer que de cinq minutes à peine, il était resté une bonne demi-heure à bavarder avec Harriet, avant le retour d'Emma, allant jusqu'à lui confier qu'il regrettait de quitter sa maison bien qu'il fût dans l'obligation de se rendre à Londres. Emma se souvint qu'il ne l'avait point honorée, elle, de pareilles confidences et souffrit cruellement à la pensée qu'il accordait plus de confiance à son amie qu'à elle, comme semblait le prouver cette anecdote.

Revenant sur le premier incident, elle se risqua, après un instant de réflexion, à poser la question suivante :

— Est-ce qu'on ne pourrait pas, est-ce qu'il ne serait pas possible d'envisager que Mr. Knightley faisait allusion à Mr. Martin lorsqu'il vous interrogeait sur vos sentiments ? Oui, peut-être songeait-il à Mr. Martin...

Harriet nia farouchement.

— Mr. Martin ? Non, non, cela n'avait rien à voir avec Mr. Martin. J'espère avoir désormais trop de goût pour m'intéresser à un Mr. Martin ou pour être soupçonnée de le faire.

En ayant terminé avec ses preuves de l'attachement de Mr. Knightley, Harriet pria sa chère Miss Woodhouse de lui dire franchement si elle n'avait pas de bonnes raisons d'espérer.

— Sans vous, je n'aurais certes jamais osé y songer, mais vous m'avez conseillé de l'observer attentivement et de régler ma conduite sur la sienne... C'est ce que j'ai fait, et j'ai maintenant l'impression de n'être point si indigne de lui. Oui, il me semble que l'on n'aurait pas à s'étonner tant que cela qu'il en vînt à me demander ma main...

Ce discours éveilla dans le cœur d'Emma des sentiments amers, très amers, et elle se vit obligée de faire un effort surhumain pour répondre :

— Tout ce que je puis vous dire, Harriet, c'est que Mr. Knightley serait bien le dernier homme à tromper volontairement une femme sur la nature de ses sentiments !

Harriet parut toute prête à aduler véritablement son amie pour lui avoir tenu des propos aussi encourageants, et notre héroïne dut à son seul père d'échapper à des transports de joie et à des élans de tendresse qui lui eussent semblé en un pareil moment une atroce torture. Heureusement, on entendit Mr. Woodhouse traverser le hall. Harriet se déclara trop agitée pour pouvoir supporter de le rencontrer. Elle ne trouverait jamais la force de se calmer et Mr. Woodhouse s'inquiéterait sans doute... il valait mieux qu'elle partît. Son amie l'encouragea vivement à le faire et lui permit de sortir par une autre porte. Dès qu'Emma se retrouva seule, ses sentiments éclatèrent spontanément en un cri : « Oh, mon Dieu, si seulement j'avais pu ne jamais la rencontrer ! »

Elle passa tout le reste de la journée et la nuit à réfléchir. Les événements qui avaient fondu sur elle en l'espace de quelques heures la laissaient complètement désorientée. Chaque instant avait amené une nouvelle surprise et chaque surprise une nouvelle humiliation. Comment arriver à comprendre tout cela ? Comment comprendre les illusions qu'elle s'était faites sur son propre compte et qui avaient dominé si longtemps son existence ? Comment admettre ses erreurs, l'aveuglement de son esprit et de son cœur ? Elle s'asseyait, marchait, montait dans sa chambre, essayait le parc... mais partout et quoi qu'elle fît, elle devait s'avouer qu'elle s'était montrée faible, s'en était laissé compter par les autres de la façon la plus humiliante et plus encore par elle-même, et se sentait bien malheureuse tout en n'en étant certainement qu'au début de ses peines.

Son premier souci était de comprendre véritablement son cœur et c'est à cette tâche qu'elle consacra tous les moments de liberté que lui laissa son père et tous ses instants d'involontaire distraction.

Elle se rendait clairement compte qu'elle aimait Mr. Knightley, mais depuis quand lui était-il si cher ? Depuis quand l'influençait-il à ce point ? Quand avait-il pris dans son cœur une place que Frank Churchill y avait occupée pendant une courte période ? Elle essaya de se remémorer le passé et compara l'estime qu'elle portait à chacun des deux hommes depuis sa rencontre avec Frank Churchill... elle aurait dû y penser plus tôt mais... Oh, si seulement elle avait eu l'idée de le faire ! Elle s'apercevait à présent qu'elle n'avait jamais cessé de trouver Mr. Knightley infiniment supérieur à Frank et de tenir son estime pour cent fois plus précieuse que celle du jeune homme. Elle prit conscience qu'en se persuadant du contraire, en imaginant le contraire, en agissant exactement comme si c'était le contraire, elle n'avait fait que s'abuser et méconnaître totalement son propre cœur... En un mot, elle comprit qu'elle ne s'était jamais le moins du monde souciée de Frank Churchill !

Telle fut la conclusion de ces premières heures de réflexion, cette première remise en cause aboutissant à une prise de conscience de ses propres sentiments et ne nécessitant guère de temps. Emma se sentait triste, indignée. Elle rougissait de tous ses sentiments, hormis celui qui venait de se révéler à elle, son amour pour Mr. Knightley. En dehors de cela, elle se méprisait.

C'est avec une intolérable vanité qu'elle avait cru pénétrer les pensées intimes de chacun et avec une intolérable arrogance qu'elle s'était crue autorisée à régenter la destinée d'autrui. Les événements prouvaient qu'elle s'était constamment trompée, et non contente de ne rendre service à personne, elle avait fait du tort à tous ses amis. N'avait-elle point causé le malheur d'Harriet, le sien, et c'était fort à craindre, celui de Mr. Knightley ? Si jamais ce mariage absurde se faisait, c'est à elle qu'incomberait la responsabilité d'en avoir été l'instigatrice car elle était persuadée que Mr. Knightley n'eût jamais aimé Harriet s'il n'avait eu conscience d'être lui-même aimé de la jeune fille. Du reste, même si ce n'était point le cas, il n'eût jamais connu Miss Smith sans Emma.

Mr. Knightley et Harriet Smith ! Cela dépassait l'imagination ! Les fiançailles de Frank Churchill et de Jane Fairfax semblaient en comparaison un événement banal, rebattu, sans intérêt, impropre à étonner personne et tout à fait indigne d'une parole ou d'une pensée. Mr. Knightley et Harriet Smith ! Un tel honneur pour elle et une telle humiliation pour lui ! Emma songeait avec horreur combien ce mariage ferait tomber son vieil ami dans l'estime générale et imaginait les sourires, les sarcasmes et les railleries qui s'ensuivraient sans aucun doute. Elle prévoyait la colère de Mr. John Knightley et les mille vexations qu'aurait à subir le maître de Donwell Abbey. Était-ce possible ? Oh non, elle ne voulait pas le croire, et pourtant, c'était loin, bien loin d'être impensable ! Serait-ce donc une nouveauté que de voir un homme de premier ordre séduit par des talents des plus médiocres ? Serait-ce une nouveauté que de voir un homme, trop occupé peut-être pour s'intéresser à ces choses, devenir la proie d'une jeune fille résolue à le rendre amoureux ? N'avait-on jamais vu en ce monde de disparités, d'inconséquences ou d'incongruités de cette taille et pouvait-on s'étonner que le hasard ou les circonstances — comme causes secondes — dirigeassent les destinées humaines ?

Comment Harriet avait-elle eu l'audace de lever les yeux sur Mr. Knightley ? Comment osait-elle se croire aimée d'un homme si elle n'en avait point la certitude absolue ? Mais Harriet était moins humble et moins scrupuleuse qu'autrefois et ne paraissait guère consciente de son infériorité intellectuelle ou sociale. Alors qu'elle avait paru comprendre que Mr. Elton se dégraderait en l'épousant, elle n'avait pas l'air de se soucier outre mesure de l'humiliation que représenterait pour un Mr. Knightley un mariage avec une Miss Smith. Hélas, tout cela n'était-il pas l'œuvre d'Emma ? Qui s'était efforcé de donner à son amie le sentiment de son importance ? Qui lui avait conseillé de s'élever le plus possible et qui l'avait persuadée qu'elle était en droit de prétendre à une position sociale élevée ? Oui, si la modeste Harriet était devenue vaniteuse, c'était uniquement son œuvre.

CHAPITRE XLVIII

Avant de se voir menacée en ce domaine, Emma n'avait jamais compris combien son bonheur dépendait de ce que Mr. Knightley lui accordât la priorité dans ses préoccupations comme dans son cœur. Contente qu'il en fût ainsi et considérant cet honneur comme un dû, elle en avait joui sans s'en rendre compte, et seule la crainte de se voir supplantée lui avait fait prendre conscience de l'extraordinaire importance qu'avait à ses yeux l'estime de Mr. Knightley. Elle sentait qu'elle avait longtemps, très longtemps, été son amie la plus chère. Mr. Knightley n'ayant point de parentes, seule Isabelle pouvait nourrir des prétentions égales à celles d'Emma et celle-ci avait toujours très exactement perçu la part d'affection et d'estime que l'on accordait à sa sœur. C'est elle, Emma, qui avait été la favorite pendant nombre d'années et cela sans le mériter. Elle s'était si souvent montrée négligente ou têtue, dédaignant ses conseils ou contredisant même son ami de propos délibéré, inconsciente des véritables mérites de cet homme et le querellant lorsqu'il ne flattait point son orgueil aussi fou qu'insolent ! Il n'avait cependant jamais cessé, en raison peut-être des liens qui les unissaient et de l'habitude, mais aussi et surtout à cause de son immense bonté, de veiller sur elle depuis son enfance et de s'efforcer, comme nulle autre créature en ce monde, de la faire progresser et de lui apprendre à se bien conduire. Elle savait qu'il l'aimait malgré tous ses défauts et elle allait même jusqu'à lui prêter des sentiments fort tendres à son égard. Cette certitude réveilla tout naturellement l'espoir en son cœur mais elle n'osa point se laisser aller. Harriet Smith pouvait peut-être se juger digne d'être tout particulièrement, exclusivement et passionnément aimée de Mr. Knightley, mais Emma, elle, ne le pouvait pas. Elle ne se flattait point d'être aveuglément adorée, ayant même eu fort récemment une preuve de l'impartialité de son ami. Comme il avait été choqué de sa conduite avec Miss Bates ! Avec quelle hâte et quelle violence il lui avait fait connaître son opinion là-dessus ! Sa colère n'avait rien d'excessif si l'on songeait à la gravité de la faute, mais elle avait été beaucoup trop vive pour qu'un sentiment plus doux que le sens de la justice ou une bienveillance lucide l'eût dictée. Emma n'avait aucun espoir, non, aucun espoir qu'il éprouvât pour elle ce genre de tendresse dont il était à présent question, mais sans trop se risquer, elle voulait croire qu'Harriet avait imaginé toute cette histoire et surestimait l'affection qu'il lui portait. C'est pour son bien à lui qu'Emma était forcée de le souhaiter, car elle n'en tirerait pour sa part que la consolation de le voir rester célibataire toute sa vie. En fait, elle pensait pouvoir s'en contenter si elle avait véritablement l'assurance de ne jamais le voir se marier et elle en arrivait à désirer qu'il demeurât simplement, pour elle, son père et leurs nombreux amis, le même Mr. Knightley. Si ceux de Donwell et de Hartfield continuaient d'entretenir ces relations d'amitié et de confiance, ne serait-elle pas après tout parfaitement heureuse ? Le mariage ne convenait finalement pas du tout à Emma puisqu'il était incompatible avec les devoirs qu'elle avait à l'endroit de son père et l'affection qu'elle lui portait. Non, elle ne se marierait jamais, même si c'était Mr. Knightley qui lui demandait sa main.

Elle ne pouvait que désirer ardemment l'échec d'Harriet et elle espérait être rassurée sur ce point la prochaine fois qu'elle verrait la jeune fille en compagnie de Mr. Knightley. Résolue à les observer désormais très attentivement, elle craignait cependant de se tromper comme cela lui était si souvent arrivé. On attendait Mr. Knightley d'un jour à l'autre et notre héroïne aurait donc bientôt l'occasion d'exercer sa perspicacité. L'échéance lui semblait affreusement proche quand elle y songeait et elle décida d'éviter Harriet jusqu'au moment fatidique. Cela valait mieux pour l'une et pour l'autre car il était certainement préférable de ne pas trop parler de cette affaire. Emma se refusait à croire quoi que ce fût tant que le doute était encore permis, mais elle n'avait aucun moyen d'empêcher Harriet de lui faire des confidences. Parler de tout cela ne servirait qu'à la faire souffrir davantage et elle écrivit donc à son amie pour la prier, gentiment mais très fermement, de ne point se présenter à Hartfield jusqu'à nouvel ordre. Convaincue qu'il était plus raisonnable de s'abstenir de toute nouvelle discussion confidentielle sur certain sujet, elle espérait, disait-elle, que si quelques jours se passaient avant leur prochaine rencontre, en tête à tête bien sûr car elle ne s'opposait nullement à une entrevue en public, on pourrait agir comme si la conversation de la veille n'avait jamais eu lieu. Harriet se soumit et approuva même, reconnaissante, la décision de Miss Woodhouse.

Emma venait juste de régler ce problème lorsqu'elle reçut une visite qui vint la distraire un peu du sujet qui occupait exclusivement ses pensées depuis vingt-quatre heures et la nuit comme le jour. Après être allée voir sa future belle-fille, Mrs. Weston s'arrêtait en effet à Hartfield avant de rentrer chez elle, désireuse de raconter à Emma, par égard pour elle autant que par plaisir, l'entrevue passionnante qu'elle venait d'avoir avec Jane Fairfax.

Mr. Weston l'avait accompagnée chez Mrs. Bates et s'était merveilleusement tiré du rôle qu'il avait à jouer dans cette indispensable visite de politesse. Mrs. Weston, ayant eu la bonne idée d'emmener Miss Fairfax faire une promenade, arrivait à présent avec bien plus de choses, et de choses agréables, à narrer que si elle s'était contentée du quart d'heure atrocement gênant qu'elle avait passé dans le salon de Miss Bates.

Emma ne se souciait guère de cette histoire mais elle sut exploiter au maximum le peu de curiosité qu'elle éprouvait encore lorsque son amie lui fit le récit détaillé de sa rencontre avec Miss Fairfax. C'est sous l'empire d'une extrême nervosité que Mrs. Weston était partie faire cette visite. Elle avait tout d'abord émis le vœu de remettre à plus tard cette formalité et de se contenter d'écrire une simple lettre en attendant, jugeant plus opportun de n'accomplir cette démarche qu'au moment où Mr. Churchill se résignerait à rendre ces fiançailles publiques. Tout bien considéré, n'était-il pas impossible de se rendre chez les Bates sans provoquer de commentaires ? Mais ce n'était point l'avis de Mr. Weston qui brûlait de donner à Miss Fairfax et à sa famille une preuve de sa sympathie et ne comprenait pas qu'une simple visite pût éveiller le moindre soupçon. Si c'était le cas, cela n'avait d'ailleurs aucune importance, ces choses-là finissant toujours par se savoir. Emma sourit, songeant que Mr. Weston avait certes de nombreuses raisons de le penser. En bref, Mr. et Mrs. Weston étaient allés chez Mrs. Bates et Miss Fairfax en avait manifestement conçu une confusion et une détresse immenses, la pauvre enfant en devenant presque incapable de prononcer un mot et tout son comportement témoignant clairement de son profond embarras et de son chagrin. La paisible et sincère satisfaction de la vieille Mrs. Bates et l'enthousiasme délirant d'une Miss Bates que la joie empêchait même de bavarder comme à l'ordinaire formaient cependant un tableau réconfortant et presque attendrissant. Leur bonheur était si respectable, leurs sentiments si désintéressés, et elles pensaient tellement à Jane ou à leurs amis et si peu à elles-mêmes qu'on ne pouvait qu'en ressentir pour elles la sympathie la plus vive. Mrs. Weston avait pris prétexte de la récente maladie de Jane pour l'inviter à faire une promenade. La jeune fille, plutôt réticente, avait tout d'abord décliné son offre puis avait fini par céder devant l'insistance de Mrs. Weston. Au cours de leur promenade en voiture, Mrs. Weston était, à force de gentillesses et d'encouragements, si bien venue à bout de la gêne de sa compagne qu'elle en était même arrivée à lui faire aborder le problème crucial. Commençant bien entendu par la prier de l'excuser du silence apparemment hostile qu'elle avait observé au début de leur entretien, Jane lui avait ensuite exprimé le plus chaleureusement du monde la gratitude qu'elle éprouvait toujours à son égard et à l'égard de Mr. Weston. Ces effusions une fois terminées, on avait longuement parlé de ces fiançailles et de l'avenir. Mrs. Weston était convaincue que Jane avait dû être très soulagée de pouvoir discuter de problèmes qu'elle était forcée de taire depuis si longtemps, et la bonne dame était enchantée de tout ce que sa future belle-fille avait pu lui dire à ce sujet.

— Elle a beaucoup insisté sur les souffrances qu'elle a endurées pendant tous ces mois où elle devait dissimuler, dit-elle, et elle m'a même déclaré, textuellement : « Je ne prétendrai point n'avoir pas connu des instants de bonheur depuis ces fiançailles, mais je n'ai, de ce jour, plus goûté la douceur d'une seule heure de tranquillité, je puis vous l'affirmer. » Ses lèvres tremblaient tandis qu'elle me faisait cette confidence, Emma, et cette preuve de son émotion m'est allée droit au cœur.

— Pauvre fille ! dit Emma. Elle pense donc avoir mal agi en acceptant de se fiancer en secret ?

— Mal agi ! Je crois que personne n'oserait lui adresser les reproches qu'elle se fait elle-même ! « Mon erreur, m'a-t-elle avoué, m'a condamnée à des souffrances perpétuelles et cela n'était que justice. La punition résultant d'un écart de conduite ne diminue point la faute et souffrir n'est point expier. Rien ne pourra jamais effacer mon péché. J'ai violé des principes que je savais justes et je suis parfaitement consciente de ne pas mériter le bonheur qui m'échoit et la gentillesse que l'on me témoigne. N'imaginez surtout pas que l'on m'ait mal élevée, Madame, et ne croyez pas que l'éducation ou les soins que m'ont prodigués les amis qui m'ont vue grandir soient en rien responsables car je suis la seule coupable, et je vous assure que si les événements semblent justifier ma conduite, je n'en redoute pas moins les réactions du colonel Campbell quand il sera instruit de cette affaire. »

— Pauvre fille ! répéta Emma. Je suppose qu'elle l'aime beaucoup, et seule la passion a pu l'amener à contracter cet engagement secret. Elle ne devait plus être maîtresse de sa raison.

— En effet, et je ne doute point qu'elle ne soit très éprise.

— Je crains d'avoir souvent contribué à la rendre malheureuse, soupira Emma.

— Vous agissiez pour votre part en toute innocence, ma chère enfant, mais c'est certainement à cela qu'elle songeait quand elle a fait allusion à ces malentendus dont Frank nous avait déjà touché un mot. L'une des conséquences de cette faute qu'elle s'est laissé entraîner à commettre aurait été de lui faire perdre complètement *la raison*, m'a-t-elle confié. Consciente de son inconduite, elle était la proie de mille inquiétudes et se montrait, paraît-il, si chicaneuse et tellement irritable que Frank devait avoir et même avait d'après elle du mal à le supporter. « Je ne faisais plus, comme je l'aurais dû, la part de son caractère et de sa gaieté... cette exquise gaieté, cette humeur si rieuse et cet enjouement qui, j'en suis sûre, m'eussent en d'autres circonstances ensorcelée comme ce fut le cas lors de nos premières rencontres. » Elle s'est mise à parler de vous et de l'extrême gentillesse dont vous avez fait montre au cours de sa maladie. C'est en rougissant beaucoup, preuve que tout cela se tient, qu'elle m'a ensuite priée de vous remercier dès que j'en aurais l'occasion... « Elle ne vous remercierait jamais assez de vos bons vœux et de la peine que vous avez prise, disait-elle, et se rendait compte qu'elle ne vous avait pas témoigné le centième de la reconnaissance qu'elle vous doit. »

— Si je ne la savais désormais heureuse, et elle l'est certainement malgré tous les remords que lui dicte une conscience scrupuleuse, je ne pourrais supporter ces remerciements, déclara gravement Emma, car... Ah,

Mrs. Weston, si l'on devait faire le compte du bien et du mal que j'ai fait... Enfin (se maîtrisant et s'efforçant de paraître plus gaie), il vaut mieux oublier tout cela. Vous êtes fort aimable de me rapporter des détails aussi passionnants. Jane apparaît ici sous un jour des plus flatteurs et je la crois sincèrement très bonne. J'espère qu'elle sera heureuse et il est juste qu'il apporte quant à lui toute la fortune puisqu'elle est pour sa part dotée de tous les mérites.

Mrs. Weston ne pouvait laisser pareille conclusion sans réponse. Éprouvant à tout point de vue une vive estime pour Frank, elle l'aimait en outre très tendrement et prit donc ardemment sa défense, s'exprimant avec autant d'affection que de bon sens. Cette plaidoirie ne pouvait cependant capter longtemps l'attention d'une Emma dont les pensées se portaient irrésistiblement vers Brunswick Square ou vers Donwell. La jeune fille en oublia même d'écouter et lorsque Mrs. Weston conclut en disant qu'elle n'avait toujours pas reçu la lettre tant attendue mais espérait la voir arriver bientôt, Emma fut obligée de réfléchir avant de répondre et parla finalement au hasard, incapable de se rappeler l'existence de cette lettre que l'on attendait avec tant d'impatience.

— Est-ce que vous vous sentez tout à fait bien, ma chère Emma ? lui demanda Mrs. Weston en partant.

— Mais oui, parfaitement, je me porte toujours à merveille, vous le savez. Ne manquez pas de venir dès que possible me donner des nouvelles de cette lettre.

Les renseignements que lui avait fournis Mrs. Weston furent pour Emma le sujet de nouvelles réflexions amères en accroissant son estime et sa compassion pour cette Jane Fairfax envers qui elle s'était autrefois montrée si injuste. Elle regrettait infiniment de n'avoir pas fait le moindre effort pour la connaître plus intimement et rougissait de la jalousie qui expliquait en partie ses réticences. Si elle avait écouté les conseils réitérés de Mr. Knightley en accordant à Jane l'attention qu'elle méritait à tout point de vue, si elle avait essayé de la connaître mieux et d'instaurer avec elle des relations plus chaleureuses et si elle avait enfin tenté d'en faire une amie au lieu d'aller chercher une Harriet Smith, elle se serait probablement épargné toutes les souffrances qui l'accablaient à ce jour. Sa naissance, ses talents et l'éducation désignaient Jane Fairfax comme la compagne idéale et de tels arguments valaient qu'on s'y arrêtât. Quelle différence avec Harriet ! Et même en supposant qu'elles ne soient jamais devenues intimes et que Jane Fairfax ne l'ait jamais mise dans le secret de cette fameuse affaire, ce qui était presque sûr, Emma n'aurait jamais dû, la connaissant comme elle la connaissait, nourrir tous ces affreux soupçons sur ses relations avec Mr. Dixon... soupçons que non contente de former et d'entretenir si follement, elle avait en outre divulgués de si méprisable façon. Elle craignait que le cœur délicat de Jane n'en eût atrocement souffert, Frank étant assez inconscient et frivole pour lui avoir tout répété. Emma était persuadée d'avoir été la cause première des tourments de Jane depuis l'arrivée de celle-ci à Highbury, lui apparaissant certainement comme une ennemie de chaque instant. Jamais ils ne s'étaient trouvés réunis tous les trois sans qu'elle blessât la pauvre fille de mille manières et l'excursion à Box Hill avait dû être un véritable supplice pour cette âme épuisée.

Cette soirée fut longue et mélancolique, le temps ajoutant encore à la tristesse ambiante. Une pluie glacée tombait avec violence et l'on ne se serait jamais cru en juillet si le vent ne s'était évertué à dépouiller de leurs feuilles les arbres et les buissons et si la longueur du jour n'avait encore fait durer davantage ce désolant spectacle.

Le temps affectait Mr. Woodhouse et ce n'est qu'à force d'attentions répétées et d'efforts qui ne lui avaient jamais tant coûté que sa fille parvint à le réconforter un peu. Emma se rappela leur premier tête-à-tête si triste, après le mariage de Mrs. Weston, mais ce soir-là, Mr. Knightley était venu peu après le thé dissiper leurs sombres idées. Hélas ! On serait peut-être bientôt privé de ces petites visites qui prouvaient si bien l'attraction qu'exerçait Hartfield sur Mr. Knightley. Les prédictions pessimistes qu'elle avait formulées ce soir-là en évoquant l'hiver à venir ne s'étaient point réalisées : leurs amis ne les avaient pas délaissés et ils ne s'étaient pas ennuyés, mais les sombres perspectives qu'envisageait maintenant Emma risquaient malheureusement de se révéler plus fondées. La menace qui pesait désormais sur leur existence était grave et ne pourrait se dissiper si facilement. Impossible de voir l'avenir avec la moindre gaieté, et s'il se produisait dans le cercle d'amis des Woodhouse les événements prévisibles, Hartfield serait complètement déserté et la pauvre Emma se retrouverait seule pour s'occuper de son père au milieu des ruines de son propre bonheur.

L'enfant qui devait naître à Randalls attacherait encore davantage Mrs. Weston à sa maison et sa chère Emma passerait au second plan. Le bébé occuperait le cœur et le temps de sa mère qui serait perdue pour eux tous, ainsi que son mari dans une certaine mesure. Frank Churchill ne reviendrait plus et Jane Fairfax cesserait probablement très bientôt d'appartenir à la société de Highbury. Ils se marieraient, bien sûr, et s'installeraient à Enscombe ou dans les environs. On serait privé de tout ce qui faisait le charme de la vie à Highbury et s'il fallait ajouter à ces défections celle du maître de Donwell, que leur resterait-il d'amis intelligents ou amusants ? Mr. Knightley ne viendrait plus passer une bonne petite soirée à Hartfield et il n'arriverait plus à n'importe quelle heure comme s'il avait envie d'échanger sa maison pour la leur ! Ah, comment le supporter ? Et si on le perdait par la faute d'Harriet, si l'on s'apercevait que la compagnie de celle-ci le comblait, si la jeune fille devait être l'élue, la préférée, la mieux aimée, l'amie et l'épouse auprès de qui Mr. Knightley trouverait toutes les joies de l'existence, le malheur d'Emma ne s'accroîtrait-il pas encore de la certitude obsédante d'être l'auteur d'un tel désastre ?

Arrivée à ce point de ses réflexions, Emma ne pouvait s'empêcher de sursauter, de soupirer profondément ou même de se lever pour marcher de long en large, ne trouvant un semblant de consolation ou de réconfort que dans sa résolution de se mieux conduire à l'avenir et dans l'espoir que l'hiver suivant et tous les hivers à venir la trouveraient à chaque fois, et aussi tristes fussent-ils, plus raisonnable, plus consciente et moins malheureuse.

CHAPITRE XLIX

Le lendemain matin, le temps était toujours aussi maussade et il continuait de régner à Hartfield la même atmosphère solitaire et mélancolique. Il y eut cependant une éclaircie l'après-midi. Le vent tourna, emportant les nuages, et le soleil réapparut. C'était l'été revenu et notre héroïne décida d'aller se promener dès que possible, gagnée par l'impatience qu'éveille toujours en nous ce genre de changement. Jamais elle n'avait à ce point désiré jouir du spectacle, des odeurs et du charme exquis d'une nature qui se fait après l'orage si tranquille, si tiède et si étincelante de beauté. Elle aspirait à la sérénité que ne manquerait pas de lui procurer ce ravissant tableau, et Mr. Perry étant arrivé peu après le dîner pour passer avec Mr. Woodhouse une petite heure de loisir, elle en profita aussitôt pour aller faire un tour dans les pépinières. Elle se promena un moment, l'esprit rafraîchi, rassérénée, puis aperçut bientôt Mr. Knightley qui franchissait la grille du parc et se dirigeait vers elle. Elle ignorait qu'il fût revenu de Londres et ne doutait point qu'il ne fût à seize miles de là en pensant à lui une minute plus tôt. Elle eut à peine le temps de se composer une attitude. Il lui fallait avoir l'air calme et serein. Ils se rejoignirent enfin, échangeant des formules de bienvenue avec un certain embarras. Emma demanda des nouvelles de leurs amis de Londres. Tout le monde allait bien. Mais quand les avait-il quittés ? Ce matin même. Il devait avoir trouvé la pluie, en chemin ?

Oui, en effet. Emma comprit que Mr. Knightley souhaitait se promener avec elle. « Il venait juste de jeter un coup d'œil dans la salle à manger et préférait rester dehors puisque l'on n'avait nullement besoin de lui là-bas. » Elle trouvait qu'il avait l'air soucieux et que ses discours ne témoignaient pas non plus d'une extrême gaieté. Il lui vint aussitôt à l'esprit qu'il avait peut-être parlé de ses projets à son frère et souffrait de l'accueil qu'on leur avait réservé... oui, c'était certainement là l'explication de cette évidente tristesse.

Ils commencèrent leur promenade. Il demeurait silencieux et la jeune fille remarqua qu'il lui jetait de fréquents regards et cherchait à observer un visage qu'elle eût préféré quant à elle lui dérober. Peut-être désirait-il l'entretenir de son amour pour Harriet et n'attendait-il pour le faire qu'un geste d'encouragement ? Elle ne se sentait pas la force de provoquer une confidence de ce genre, non, cela lui était absolument impossible. Il devait se tirer d'affaire tout seul et pourtant elle ne pouvait supporter davantage un mutisme qui était si peu dans les habitudes de Mr. Knightley. Elle réfléchit, puis prenant enfin une décision, dit en essayant de sourire :

— Maintenant que vous êtes de retour, il vous reste à apprendre de bien surprenantes nouvelles.

— Vraiment ? répondit-il tranquillement en la dévisageant, et de quelle nature ?

— De la plus charmante qui soit... Il s'agit d'un mariage.

Il attendit un instant, comme pour s'assurer qu'elle n'avait rien à ajouter et reprit :

— Si vous parlez de Miss Fairfax et de Frank Churchill, je suis déjà au courant.

— Comment est-ce possible ? s'écria Emma, en se tournant brusquement vers lui, les joues empourprées car elle venait de songer qu'il était peut-être déjà passé chez Mrs. Goddard.

— Ce matin, j'ai reçu un petit mot de Mr. Weston, et tout en me parlant des affaires de la paroisse, il m'y racontait brièvement les événements qui venaient de se produire.

Emma fut soulagée et répondit, un peu plus calme :

— Vous avez probablement été le moins surpris de nous tous car vous aviez déjà des soupçons. Je n'oublie pas que vous avez essayé de me mettre en garde, un jour, et j'aimerais vous avoir écouté mais... (d'une voix plus faible et en soupirant profondément) il semble que j'étais condamnée à rester aveugle jusqu'au bout.

Ils n'échangèrent plus un mot d'une minute ou deux, et la jeune fille n'avait point conscience d'avoir éveillé le moindre intérêt chez son compagnon lorsqu'elle sentit qu'il lui prenait le bras et le passait sous le sien avant de le presser contre son cœur. C'est à voix basse et sur un ton profondément ému qu'il lui dit alors :

— Le temps saura panser cette blessure, ma chère Emma. Votre bon sens, les efforts que vous consentirez pour l'amour de votre père... Je sais que vous ne vous laisserez pas aller à...

Et il pressa de nouveau son bras en ajoutant, d'une voix plus brisée et plus douce encore :

— L'amitié la plus chaleureuse... L'indignation... Ah, l'infâme gredin ! — Et c'est à haute voix, avec fermeté qu'il conclut : — Il partira bientôt, ils s'en iront dans le Yorkshire. Je suis vraiment navré pour elle car elle méritait mieux.

Comprenant parfaitement ce qu'il voulait dire, Emma répondit dès qu'elle se fut remise du flot d'émotions agréables qu'avait soulevé en elle une si tendre commisération :

— Vous êtes très aimable mais vous faites erreur et je vous dois la vérité. Je n'ai pas besoin de ce genre de compassion. Mon aveuglement m'a conduite à agir envers eux d'une manière dont je rougirai toute ma vie et je me suis sottement laissé entraîner à dire ou faire bien des choses qui peuvent m'exposer à des soupçons fort déplaisants, mais à part cela, je n'ai aucune raison de regretter de n'avoir pas été mise plus tôt dans la confidence.

— Est-ce vrai, ma chère Emma ? s'écria-t-il en la regardant avec beaucoup d'émotion. — Mais se reprenant : — Non, non, je vous comprends, pardonnez-moi... Je suis heureux que vous puissiez au moins vous exprimer de cette façon. Il ne mérite pas le moindre regret, en effet, et votre raison ne sera bientôt plus seule à le reconnaître, j'en suis sûr. C'est une chance que votre cœur ne soit pas engagé plus avant ! J'avoue qu'à vous observer, je n'ai pu déterminer la force de vos sentiments... J'étais simplement certain qu'il vous plaisait, bien que je l'en aie toujours jugé absolument indigne. Il déshonore le sexe masculin et s'en trouve récompensé par un mariage avec cette délicieuse enfant ! Ah, Jane, Jane, quelle misérable existence que celle qui vous attend !

— Mr. Knightley, reprit Emma en essayant de sourire malgré sa confusion. Je me trouve dans une situation tout à fait extraordinaire. Je ne puis vous laisser dans l'erreur et d'un autre côté, je me rends compte, à voir l'impression qu'a pu produire ma conduite, que j'ai plus de raisons de rougir en affirmant n'avoir jamais aimé cet homme qu'une autre femme en aurait tout naturellement en se voyant obligée d'avouer le contraire. Je dois pourtant vous dire que je ne l'ai jamais le moins du monde aimé.

Il l'écoutait, parfaitement silencieux, et ne lui répondit pas bien qu'elle désirât qu'il le fît. Songeant qu'elle devait peut-être lui fournir de plus amples explications si elle voulait obtenir son pardon, elle poursuivit, bien qu'il lui fût extrêmement pénible de s'abaisser encore à ses yeux :

— Je n'ai pas grand-chose à dire en ce qui concerne ma conduite. Ses attentions me flattaient et je me suis permis d'avoir l'air de les agréer. Une vieille histoire, probablement un lieu commun, rien de plus que ce que des centaines de femmes ont connu avant moi... Néanmoins, il n'est pas question d'excuser une jeune fille qui a comme moi tant de prétentions à l'intelligence. Bien des circonstances ont favorisé ma faute... c'était le fils de Mr. Weston, il passait son temps ici et je l'ai toujours trouvé charmant. En un mot, dit-elle avec un soupir, j'ai beau être assez rusée pour arguer de toutes ces raisons, elles ne s'en résument pas moins en un seul mot, la vanité... Oui, ma vanité était flattée et j'ai donc encouragé ce garçon. Depuis peu, cependant, et depuis un certain temps même, je n'ai plus accordé la moindre importance à tout cela. Je considérais les égards qu'il me témoignait comme une habitude, un jeu, rien qui méritât qu'on le prît au sérieux. Il m'a trompée mais ne m'a pas du tout fait souffrir. Je ne l'ai jamais aimé et je commence maintenant à m'expliquer sa conduite. Il n'a jamais cherché à se faire aimer de moi et tous ces mensonges n'étaient qu'un moyen de dissimuler ses relations avec Jane. Il voulait abuser tout le monde, et je suis sûre que personne ne fut plus facile à duper que moi... Je ne me suis heureusement pas prise à son manège et en bref, je m'en suis sortie saine et sauve.

Elle pensait que cette fois il lui répondrait, au moins pour lui dire que sa conduite était compréhensible, mais il continua de se taire, profondément absorbé dans ses pensées autant qu'Emma pouvait en juger. Il s'adressa enfin à sa compagne sur un ton très voisin de celui dont il usait d'ordinaire :

— Je n'ai jamais pensé beaucoup de bien de Frank Churchill, mais je ne crois pourtant pas l'avoir sous-estimé. Mes relations ont toujours été très superficielles et même si mon opinion sur lui s'avère juste, il peut encore s'amender. Il a d'ailleurs toutes les chances de le faire avec une pareille épouse. Je n'ai aucune raison de lui vouloir du mal et j'irai jusqu'à lui souhaiter du bien par amitié pour cette enfant dont le bonheur dépendra de la valeur morale et de la conduite de ce garçon.

— Ils seront très heureux ensemble, j'en suis certaine, dit Emma, car je les crois fort épris l'un de l'autre.

— La fortune sourit véritablement à ce garçon ! répondit énergiquement Mr. Knightley. Si jeune, vingt-trois ans, l'âge où l'on choisit généralement mal son épouse quand on en choisit une, et le voilà qui trouve un pareil trésor ! Que d'années de félicité nous pouvons lui prédire si tout se passe normalement ! Avoir l'assurance d'être aimé d'une telle femme, et d'un amour désintéressé encore, le caractère de Jane nous interdisant le moindre doute à ce sujet. Toutes les circonstances sont favorables à ce jeune homme, l'égalité de leurs situations respectives — j'entends par là leur position sociale et les habitudes et manières qui seules ont de l'importance —, et l'égalité en tout point sauf un... dans la mesure où l'on connaît la pureté du cœur de Miss Fairfax, cette lacune ne peut d'ailleurs qu'accroître la félicité d'un fiancé qui aura tout loisir d'offrir à sa femme les seuls avantages dont elle était privée. Tous les hommes voudraient pouvoir faire cadeau à leur épouse d'une maison plus belle que celle à laquelle ils l'arrachent, et je crois que celui qui en a le loisir est le plus heureux des mortels s'il ne doute point de la jeune fille qu'il aime. Frank est vraiment chéri de la fortune. Tous les événements tournent à son avantage : il rencontre une jeune fille dans une station balnéaire, gagne son affection et ne parvient même pas à la fatiguer avec ses négligences... Sa famille ou lui-même auraient pu se mettre en quête d'une épouse de par le monde entier qu'ils n'en eussent jamais trouvé de plus parfaite. Sa tante le gêne ? Elle meurt. Il n'a qu'à parler et ses amis s'emploient ardemment à favoriser son bonheur... Il s'est mal comporté envers tous et chacun s'empresse de lui pardonner. Oui, cet homme a vraiment de la chance !

— Vous parlez comme si vous étiez jaloux de son sort ?

— En effet, Emma, d'un certain point de vue, je l'envie.

Emma n'eut pas la force de poursuivre. Elle avait l'impression qu'il était à deux doigts de parler d'Harriet et son plus cher désir était d'éviter pour l'instant ce sujet si cela était possible. Elle bâtit un plan dans ce but... elle parlerait de tout autre chose, des enfants d'Isabelle par exemple, et elle se préparait à le faire lorsque Mr. Knightley la prit de court en disant :

— Vous ne voulez pas me demander pourquoi je l'envie et je vois que vous êtes décidée à ne pas témoigner de la moindre curiosité. Vous êtes sage mais je ne saurais vous imiter... Emma, je dois vous avouer ce que vous refusez de me demander, même si je le regrette dans une minute.

— Oh, ne parlez pas en ce cas, ne parlez surtout pas ! s'écria-t-elle vivement. Prenez un peu de temps, réfléchissez, ne vous compromettez pas.

— Merci, dit-il, apparemment très humilié, et il n'ajouta plus un seul mot.

Emma ne pouvait supporter de lui faire de la peine. Il désirait se confier, lui demander conseil peut-être, et elle l'écouterait quoi qu'il lui en coûtât. Elle pourrait l'aider à prendre une décision ou à accepter celle qu'il avait déjà prise, elle pourrait louer équitablement les mérites d'Harriet ou lui rappeler l'indépendance dont il jouissait pour le délivrer d'hésitations qui devaient représenter la pire des tortures pour un esprit comme le sien. Ils étaient arrivés devant la maison.

— Vous rentrez, je suppose, dit-il.

— Non, répondit-elle, plus résolue que jamais à ne point l'abandonner en voyant son abattement. J'aimerais faire encore un petit tour. Mr. Perry est toujours là. — Puis elle ajouta, après avoir fait quelques pas : — Je vous ai interrompu de la manière la plus grossière, tout à l'heure, Mr. Knightley, et je crains de vous avoir blessé. Si vous avez la moindre envie de me parler franchement ou de me consulter sur l'un de vos projets, vous pouvez cependant disposer de moi comme d'une amie. J'écouterai tout ce qu'il vous plaira de me dire et je vous dirai sincèrement ce que j'en pense.

— Une amie ! répéta Mr. Knightley. Emma, je crains que ce ne soit un mot... Non, je n'ai pas la moindre envie de... Attendez ! si ! pourquoi hésiterais-je ? Je suis déjà allé trop loin pour me taire. J'accepte votre offre, Emma... Oui, aussi extraordinaire qu'elle puisse paraître, je l'accepte et m'en remets à vous comme à une amie. Dites-moi la vérité, n'ai-je donc pas la moindre chance ?

Il s'arrêta, impatient de juger de l'effet de sa question, et l'expression de son regard accabla littéralement Emma.

— Ma très chère Emma, reprit-il, car vous me serez toujours infiniment chère, quel que soit le résultat de cette conversation, ma très chère, mon Emma bien-aimée... répondez-moi tout de suite. Dites-moi non s'il le faut.

Elle se sentait en vérité incapable de prononcer un mot.

— Vous vous taisez ! s'écria-t-il très agité, vous ne répondez pas... Je n'en demande pas davantage pour l'instant.

Emma ne fut pas loin de défaillir sous le coup de l'émotion qui la submergeait, le sentiment qui dominait en elle étant peut-être la peur d'avoir à se réveiller du plus doux des rêves.

— Je ne sais point faire de discours, Emma, reprit-il bientôt sur un ton qui exprimait une tendresse si sincère, si résolue et si manifeste que l'on ne pouvait que se laisser convaincre, et si je vous aimais moins, je parviendrais peut-être mieux à vous dire mes sentiments. Mais vous me connaissez, je ne vous mens jamais. Je vous ai fait des reproches, je vous ai adressé des sermons et vous l'avez supporté comme aucune autre femme en ce pays ne l'aurait supporté. Je vous serais donc reconnaissant d'écouter avec la même patience les vérités que je dois vous dire aujourd'hui, ma chère Emma. Ma façon de m'exprimer risque de ne pas les faire apparaître sous le jour le plus flatteur, et Dieu sait que je me suis montré un amant bien négligent, mais vous comprendrez, oui, vous comprendrez mes sentiments et je ne souhaite plus à présent qu'entendre votre réponse.

Emma n'avait cessé de réfléchir pendant tout le temps qu'il parlait, et sans perdre un mot du discours de Mr. Knightley — merveilleuse agilité de l'esprit —, en était arrivée à saisir l'exacte vérité. Elle avait compris que les espérances d'Harriet n'avaient jamais eu le moindre fondement, que c'était un malentendu, une illusion aussi folle que celles qu'elle avait elle-même forgées... Non, Harriet n'était rien pour Mr. Knightley et il n'aimait que sa chère Emma ! Il s'était mépris sur ce qu'elle avait dit à propos d'Harriet, n'y voyant que l'expression des sentiments de la femme adorée et interprétant son trouble, ses doutes, et ses difficultés à s'exprimer comme autant de tentatives pour le décourager. Non seulement elle eut le temps d'en arriver à nourrir des certitudes si prometteuses mais elle eut encore celui de se féliciter de n'avoir point trahi le secret d'Harriet... N'était-il pas inutile et même déloyal de le dévoiler à Mr. Knightley et n'était-ce point le seul service qu'elle pût encore rendre à sa pauvre amie ? Elle se sentait en effet incapable de cet héroïsme qui eût consisté à tenter de faire se reporter l'amour de Mr. Knightley sur Miss Smith et n'était même pas assez sublime pour refuser aussitôt et pour toujours les offres de cet homme sans daigner lui accorder la moindre explication et sous le prétexte qu'il ne pouvait point les épouser toutes deux. Elle éprouvait certes beaucoup de peine et de remords en songeant à son amie mais nul fol élan de générosité ne vint lui conseiller de s'opposer à des événements aussi fatals que raisonnables. Harriet s'était fourvoyée par sa faute et elle se le reprocherait toujours mais son jugement, aussi solide que ses sentiments, réprouvait plus que jamais une alliance qui n'eût fait que dégrader Mr. Knightley. Elle était lucide, même si cela nécessitait un peu de dureté, et elle répondit à son soupirant puisqu'il l'en avait priée avec tant d'insistance. Ce qu'elle dit ? Juste l'indispensable, bien sûr. N'est-ce point ce que fait toujours une demoiselle en pareil cas ? Elle sut lui faire entendre qu'il ne fallait point désespérer tout en l'invitant à en dire lui-même davantage. Il avait bel et bien désespéré à certain moment, s'étant vu si vivement conseiller la prudence et le silence qu'il en avait perdu toute illusion. Elle avait commencé par refuser de l'écouter et sa volte-face l'avait surpris. Il avait trouvé tout à fait extraordinaire sa proposition de se promener un peu plus longtemps et sa façon de relancer une conversation à laquelle elle venait de couper court si brutalement... Emma sentait parfaitement l'inconséquence de sa conduite mais son compagnon eut l'obligeance de s'en accommoder sans demander de plus amples explications.

Il est rare, très rare qu'une révélation se fasse sous le signe d'une absolue franchise et rare qu'on ne dissimule rien ou qu'il ne se produise pas le moindre malentendu... Pourtant, lorsqu'il n'existe comme dans le cas qui nous occupe nulle méprise quant aux sentiments, même s'il y en a eu dans le domaine des comportements, cela ne peut jamais être bien grave. Mr. Knightley ne pouvait prêter à Emma un cœur plus tendre ou mieux disposé envers lui que celui qu'elle avait à lui offrir.

En fait, il n'avait jamais songé qu'il pût lui plaire le moins du monde. Il ne pensait pas du tout se déclarer lorsqu'il l'avait accompagnée dans sa promenade et n'était venu la voir que dans le seul but de s'assurer qu'elle ne souffrait point trop des fiançailles de Mr. Churchill. N'étant pas motivé par une intention égoïste, il désirait seulement essayer de la réconforter et de la conseiller si elle voulait bien le lui permettre. Pour le reste, il avait agi spontanément et sous l'effet des discours mêmes d'Emma. Ravi d'apprendre que Frank Churchill la laissait totalement indifférente et que son cœur était libre de tout engagement, il s'était pris à espérer pouvoir gagner un jour sa tendresse. Il ne songeait pas au présent, mais la passion l'emportant soudainement sur la raison, il avait eu envie de s'entendre dire qu'on ne lui interdisait point d'essayer de la séduire. Il avait vu ses rêves prendre corps peu à peu, ce qui n'en était que plus merveilleux, et s'était aperçu que cette affection qu'il aspirait à conquérir lui était déjà tout acquise, passant ainsi en l'espace d'une demi-heure du plus profond découragement à un sentiment qui ressemblait si fort au bonheur qu'on ne pouvait guère le nommer autrement.

Pour Emma, le changement avait été tout aussi spectaculaire, cette seule demi-heure lui ayant donné comme à Mr. Knightley l'assurance d'être aimée et l'ayant délivrée des incertitudes, de la méfiance et de la jalousie. Mr. Knightley était pour sa part jaloux depuis longtemps, et pour tout dire, depuis l'arrivée, depuis l'annonce même de l'arrivée de Frank Churchill. Il s'était presque simultanément retrouvé amoureux d'Emma et jaloux de Frank, l'un de ces deux sentiments lui ayant sans doute révélé l'autre. C'est la jalousie qui l'avait poussé à quitter le pays et c'est au cours de l'excursion à Box Hill qu'il avait décidé de partir, voulant s'épargner le spectacle de ces attentions que l'on autorisait et que l'on encourageait même si ouvertement. C'est pour apprendre l'indifférence qu'il s'en était allé mais il avait bien mal choisi le but de son voyage, le bonheur domestique fleurissant par trop dans la maison de son frère et la femme y tenant un rôle trop flatteur. Isabelle ressemblait trop à Emma, ne différant d'elle que par des infériorités évidentes qui ne faisaient qu'embellir encore l'image de sa sœur aux yeux de l'amoureux, pour que le résultat fût probant ou risquât de l'être, même s'il avait prolongé son séjour. Il était néanmoins resté, résolument et jour après jour jusqu'à ce que le courrier lui apprît, ce matin-là, l'aventure de Jane Fairfax. Malgré la joie qu'il ne pouvait s'empêcher et ne se faisait point scrupule d'éprouver, n'ayant jamais pensé que Frank Churchill méritât le moins du monde Emma, il avait alors ressenti une sollicitude si tendre et s'était tellement inquiété qu'il n'avait pu rester plus longtemps à Londres. Il était venu à cheval malgré la pluie et s'était précipité à Hartfield aussitôt après le dîner pour savoir comment la plus adorable et la meilleure des créatures, innocente en dépit de ses fautes, pouvait supporter cette terrible révélation.

Il l'avait trouvée agitée, déprimée... Frank Churchill était un traître ! Elle avait déclaré ensuite n'avoir jamais aimé le jeune homme, et Frank Churchill avait cessé d'être un cas désespéré. Lui ayant offert sa main et donné sa parole, elle était à lui, Knightley, lorsqu'ils rentrèrent ensemble, et l'amoureux comblé eût peut-être jugé Frank Churchill bon garçon s'il avait eu le loisir de songer à lui.

CHAPITRE L

C'est avec des sentiments fort différents de ceux qu'elle éprouvait en sortant pour sa promenade qu'Emma rentra chez elle. Espérant alors simplement trouver un peu de répit à ses souffrances, elle se voyait à présent délicieusement submergée par des vagues d'émotions heureuses, certaine en outre que son bonheur ne ferait que s'accroître lorsque le calme serait enfin revenu en son cœur.

Ils s'installèrent pour le thé. Ces mêmes personnes s'étaient bien souvent trouvées réunies autour de cette table et notre héroïne jouit comme à l'ordinaire du spectacle des pépinières, de la pelouse et d'un magnifique soleil couchant. Jamais pourtant elle ne les avait regardés dans un tel état d'esprit ou même dans un état d'esprit approchant, et elle eut beaucoup de mal à tenir son rôle de maîtresse de maison et de fille attentive.

Le pauvre Mr. Woodhouse ne soupçonnait guère ce que tramait contre lui cet homme qu'il accueillait si cordialement, anxieux de savoir s'il n'avait point attrapé froid en faisant la route à cheval. Le malheureux ne se fût guère inquiété de l'état des poumons de son visiteur s'il avait pu lire dans son cœur, mais il n'avait pas la moindre idée de la menace qui pesait sur lui et ne trouvait rien d'extraordinaire à l'attitude des deux jeunes gens. Il leur rapporta donc tout tranquillement les nouvelles que Mr. Perry venait de lui communiquer et prit plaisir à converser sans se douter que sa fille et Mr. Knightley eussent pu lui apprendre des choses fort étonnantes.

La fièvre d'Emma dura tant que Mr. Knightley fut là, mais après son départ, elle se tranquillisa et redevint un peu plus maîtresse d'elle-même. Pendant la nuit d'insomnie qui fut la rançon de cette journée, elle s'aperçut qu'il lui restait à régler deux problèmes qui risquaient de ternir son bonheur, celui que posait son père et celui que posait Harriet. Dans sa solitude, elle ne pouvait que ressentir pleinement le poids de leurs droits à tous deux, la question étant de trouver le moyen de les ménager au maximum. Pour son père, la solution était évidente. Elle ne connaissait pas encore très précisément les projets de Mr. Knightley, mais elle n'eut pas à consulter son cœur bien longtemps pour prendre la ferme résolution de ne jamais quitter Mr. Woodhouse. Cette seule idée lui apparaissant comme un péché, elle se doutait qu'il ne pourrait être question que de fiançailles tant qu'il serait en vie, tout en espérant que délivré de la menace de voir partir sa fille, le pauvre homme en arriverait peut-être à considérer ces fiançailles comme un événement plutôt rassurant. Le problème que posait Harriet était nettement plus délicat. Comment faire pour l'aider, pour lui épargner toute peine inutile, pour réparer le mal qu'elle allait lui faire et pour ne pas lui apparaître comme une ennemie ? Tout cela plongeait Emma dans une grande perplexité et dans une profonde détresse, et elle ne pouvait s'empêcher de ressasser les remords et les regrets qui la torturaient. La seule décision qu'elle parvint à prendre fut d'éviter pour l'instant toute rencontre avec son amie et elle résolut de lui écrire pour la mettre au courant de ce qu'elle devait savoir. Songeant qu'il était fort souhaitable d'éloigner momentanément Harriet, elle se permit une dernière initiative en projetant de faire inviter la jeune fille à Brunswick Square. Isabelle avait trouvé Harriet très sympathique et quelques semaines à Londres divertiraient certainement cette pauvre petite, Emma ne la croyant pas capable de résister au charme de la nouveauté, de la variété, des rues, des boutiques et d'une maison pleine d'enfants. Ne serait-ce point de toute façon une preuve de gentillesse et d'attention de la part d'une amie qui lui en devait tant, et cette séparation ne permettrait-elle pas au moins de retarder l'instant fatidique où les deux jeunes filles devraient se retrouver face à face ?

Emma se leva tôt pour écrire à Harriet, et cette tâche la laissa si préoccupée et si triste qu'il était grand temps que Mr. Knightley arrivât lorsqu'il vint déjeuner et que la demi-heure qu'ils passèrent ensemble à refaire, au propre comme au figuré, le chemin de la veille, se révéla plus que nécessaire pour rendre à la jeune fille sa tranquillité d'esprit.

Mr. Knightley n'était pas parti depuis longtemps, pas assez longtemps en tout cas pour qu'elle eût envie de songer à un autre que lui, lorsqu'elle reçut une lettre de Randalls. Le paquet était très épais. Elle en devina le contenu et regretta d'avoir à lire cette lettre. Désormais pleine d'indulgence pour Frank, elle ne désirait plus avoir la moindre explication et souhaitait simplement réfléchir en paix. Il lui fallait pourtant lire cette lettre, et en décachetant l'enveloppe, elle s'aperçut qu'elle avait vu juste. Mrs. Weston avait glissé dans la lettre de Frank un billet à l'intention d'Emma :

« Ma chère Emma, c'est avec le plus grand plaisir que je vous fais parvenir la lettre ci-jointe. Je sais que vous la lirez sans prévention et ne doute point qu'elle ne vous influence favorablement. Après cela, il ne s'élèvera plus entre nous le moindre désaccord important au sujet de son auteur, j'en suis persuadée. Mais je ne veux point vous retarder avec une longue préface. Tout va bien, maintenant, et cette lettre m'a guérie de ces petits troubles nerveux dont j'étais victime depuis quelque temps. Je ne vous ai pas trouvé très bonne mine, mardi, mais cette journée était bien triste et même si vous n'êtes point d'ordinaire très sensible au temps, le vent du nord-est nous affecte tous, je le crains. J'ai bien pensé à votre père pendant la tempête de mardi après-midi et d'hier matin, mais Mr. Perry m'a rassurée hier soir en m'assurant qu'il n'en avait point trop souffert. Avec mon amitié éternelle...

A. Weston. »

A Mrs. Weston.

Windsor, juillet.

Ma chère Madame,

Cette lettre ne vous surprendra pas si je me suis bien fait comprendre hier, mais que vous l'attendiez ou non, je sais que vous la lirez avec indulgence et impartialité. Vous êtes la bonté même et je crains que vous n'ayez bien besoin de votre gentillesse pour excuser certains de mes actes passés. Je suis cependant un peu rassuré de ce qu'une personne qui avait encore plus de raisons que vous de m'en vouloir m'ait déjà pardonné, et mon courage s'accroît au fur et à mesure que je vous écris. Il est difficile de rester humble quand on est heureux et j'ai déjà si bien réussi par deux fois dans mes démarches pour obtenir mon pardon que je cours peut-être le risque d'être un peu trop sûr d'obtenir le vôtre et celui de tous vos amis qui ont des raisons de se croire offensés. Vous devez tous essayer de comprendre la situation dans laquelle je me trouvais quand je suis arrivé à Randalls et vous devez tenir compte de ce que j'avais un secret à sauvegarder. Voilà pour les faits. Quant à savoir si j'avais le droit de me mettre dans une position qui nécessitait pareille dissimulation, c'est un autre problème et je n'en discuterai pas pour l'instant. Je suis parfois tenté de croire que j'avais ce droit et je renvoie ceux qui me le contesteraient à une maison de briques ornée de fenêtres à guillotine au rez-de-chaussée et de croisées au premier, sise à Highbury. Je n'ai pas osé m'adresser ouvertement à la jeune fille. Les difficultés que je rencontrais à Enscombe sont certainement trop connues pour qu'il soit besoin d'insister là-dessus, et j'ai eu le bonheur de convaincre la créature la plus droite de la terre à condescendre par charité à des fiançailles secrètes avant de quitter Weymouth. Si elle avait refusé, je serais devenu fou. Mais qu'espériez-vous en faisant cela, me direz-vous, qu'attendiez-vous ?... N'importe quoi, tout... les effets du

498

temps, du hasard, des circonstances, de la patience, d'un brusque éclat, de la persévérance ou de la lassitude, de la santé ou de la maladie... J'envisageais l'avenir avec confiance et j'avais déjà réussi à persuader mon aimée de me jurer sa foi et de me promettre de correspondre avec moi. Si vous avez besoin de plus amples renseignements, je vous rappellerai, ma chère Madame, que j'ai l'honneur d'être le fils de votre époux et qu'il m'a légué un optimisme qui a plus de prix que toutes les maisons ou terres qu'on peut recevoir en héritage. Imaginez donc dans quel état d'esprit je me trouvais en arrivant à Randalls dans des circonstances pareilles. Sur ce point, j'ai conscience de mes torts car j'aurais dû vous rendre visite beaucoup plus tôt. Vous vous souviendrez certainement que je ne suis point venu avant le retour de Miss Fairfax à Highbury, et comme je ne négligeais en l'occurrence que vous, je sais que vous pardonnerez aussitôt. Quant à mon père, il me plaindra certainement si je lui rappelle qu'en désertant sa maison, je me privais du plaisir de faire sa connaissance. Durant cette merveilleuse quinzaine passée en votre compagnie, j'espère n'avoir pas mérité l'ombre d'un reproche, excepté sur un point... et j'en viens à présent au principal, à ce qui vous touche le plus, à ce qui m'inquiète par-dessus tout et nécessite le plus d'explications détaillées. C'est avec un immense respect et beaucoup d'amitié que j'évoquerai Miss Woodhouse. Mon père jugera certainement que je devrais ajouter « avec un profond sentiment d'humiliation » car j'ai bien compris hier, à certaines paroles qui lui ont échappé, que c'était exactement là le fond de sa pensée... Je reconnais d'ailleurs mériter ses critiques. Pour garder un secret qui m'était si précieux, je me suis vu obligé d'abuser de l'espèce d'intimité qui s'était rapidement instaurée entre cette jeune fille et moi, et je ne puis nier lui avoir fait ostensiblement la cour. Je vous affirme cependant que je n'aurais jamais prolongé ce jeu si je n'avais été convaincu de son indifférence à mon égard, et j'espère que vous me croirez. Cette demoiselle aussi ravissante qu'aimable ne m'a jamais donné l'impression d'être facile à séduire et son évidente résolution de ne point s'attacher à moi m'était une certitude autant qu'un réconfort. Elle recevait mes hommages avec une gaieté, une liberté et une gentillesse qui me convenaient à merveille et j'avais le sentiment que nous nous comprenions parfaitement. Étant donné nos situations respectives, il était naturel que j'eusse des égards pour elle et c'est ainsi qu'elle voyait les choses, j'en suis sûr. Je ne saurais dire si Miss Woodhouse a vraiment commencé à nourrir des soupçons avant la fin de ces quinze jours, mais quand je suis allé la voir pour prendre congé j'ai failli lui avouer la vérité tant il me semblait qu'elle se doutait de ce qui se passait. Ce dont je suis persuadé en tout cas, c'est qu'elle a depuis lors découvert la vérité, en partie du moins. Peut-être n'a-t-elle pas tout compris, mais avec sa perspicacité coutumière, elle a dû en deviner assez long, je n'en doute pas. Lorsque nous pourrons aborder ce problème sans contrainte, vous vous apercevrez probablement qu'elle n'a pas été prise au dépourvu par l'annonce de mes fiançailles. Elle m'a souvent fait des allusions voilées à ma situation, et je me souviens par exemple que le soir du bal elle m'a dit que je devrais être reconnaissant à Mrs. Elton de ses attentions pour Miss Fairfax. J'espère que vous considérerez que ces explications atténuent quelque peu ce que vous nommiez certainement, vous et mon père, mes torts envers Miss Woodhouse. Je sais que je n'avais point de pardon à attendre de vous tant que j'apparaissais comme si affreusement coupable à l'égard de cette jeune fille, et j'espère que vous voudrez bien maintenant m'excuser et intercéder en ma faveur auprès de Miss Woodhouse que j'estime avec une si fraternelle tendresse et désire tant voir aussi heureuse et amoureuse que je le suis à présent. Vous avez désormais la clé de tous mes actes ou de toutes mes paroles durant ces quinze jours. Mon cœur étant à Highbury, mon problème était d'y venir aussi souvent que possible, sans éveiller trop de soupçons. Si la moindre bizarrerie vous revient en mémoire, mettez-la, je vous prie, au compte de la situation dont je viens de parler.

500

Quant à ce piano qui a fait tant de bruit, je me bornerai à dire que je l'ai commandé à l'insu de Miss Fairfax et qu'elle ne m'aurait jamais permis de lui faire ce cadeau si elle avait eu le choix. La délicatesse dont elle a fait preuve tout au long de nos fiançailles est tout à son honneur, Madame, et j'espère ardemment que vous serez bientôt à même d'apprécier à sa juste valeur la noblesse de ce cœur. Aucune description ne saurait rendre justice à Miss Fairfax et elle vous éclairera elle-même sur ses propres mérites, sans jamais vous en dire un mot, bien sûr, car il n'existe point de créature plus modeste. J'ai eu de ses nouvelles depuis que j'ai commencé cette lettre qui sera certainement plus longue que prévu. Elle prétend se porter à merveille, mais comme elle ne se plaint jamais, je n'ose la croire. Je voudrais avoir votre opinion à ce sujet. Je sais que vous irez bientôt la voir et elle appréhende terriblement cette visite. Peut-être est-ce déjà chose faite, du reste. Envoyez-moi des nouvelles sans tarder car je suis impatient d'avoir des détails. Rappelez-vous combien mon passage à Randalls fut bref et dans quel état de trouble et de folie je me trouvais alors. Je ne me sens pas encore tellement mieux, toujours fou, soit de bonheur, soit de chagrin... Quand je songe à la gentillesse et à l'indulgence qu'on m'a témoignées, à la bonté, à la patience de Miss Fairfax et à la générosité de mon oncle, je suis fou de joie, mais quand je me remémore tous les chagrins que j'ai causés à cette jeune fille et quand je réalise combien je suis indigne d'être pardonné, je deviens fou de rage. Si seulement je pouvais la revoir ! Mais je ne puis y compter pour l'instant. Mon oncle s'est montré trop bon pour que j'abuse. Je dois encore poursuivre cette longue lettre car je ne vous ai pas tout dit... Je ne pouvais vous faire hier soir un récit détaillé et cohérent, mais la soudaineté, et d'un certain point de vue l'inopportunité avec laquelle cette affaire a éclaté nécessite une explication. Bien que l'événement qui s'est produit le vingt-six du mois dernier m'ait ouvert, comme vous vous en doutez, les perspectives les plus heureuses, je n'aurais en effet jamais eu l'audace de prendre des mesures aussi précipitées si des circonstances particulières ne m'avaient mis en demeure d'agir dans les plus brefs délais. Je ne désirais nullement intervenir si tôt et je sais que Miss Fairfax eût compris mes scrupules et n'eût point manqué de faire preuve en l'occurrence d'une délicatesse dix fois supérieure à la mienne, mais je n'ai pas eu le choix. L'engagement qu'elle avait souscrit envers cette femme... J'ai été obligé de m'interrompre dans la rédaction de cette lettre et d'aller faire un tour pour retrouver mon calme, Madame. Après cette petite marche dans la campagne, j'espère être redevenu suffisamment raisonnable pour écrire comme il convient la fin de ma lettre... En fait, le souvenir que j'évoquais m'est extrêmement pénible. Je me suis conduit d'une façon véritablement odieuse et j'admettrai que mes attentions pour Miss Woodhouse étaient en l'occurrence extrêmement coupables puisqu'elles blessaient Miss Fairfax. Elle les désapprouvait et cela aurait dû me suffire. Je prétendais qu'il nous fallait absolument dissimuler la vérité, mais elle considérait pour sa part ce prétexte comme tout à fait fallacieux. Elle était mécontente et j'ai jugé sa colère absurde. Je lui ai reproché à maintes reprises ses scrupules et sa méfiance, allant même jusqu'à l'accuser de froideur. Elle avait pourtant raison, et si je l'avais écoutée, si je m'étais soumis à ses avis, je me serais épargné le plus grand chagrin de ma vie. Nous nous sommes querellés... Vous souvenez-vous de cette journée à Donwell ? C'est là que tous les petits malentendus qui nous divisaient se sont matérialisés en une crise grave. J'étais en retard. Elle rentrait toute seule chez elle quand je l'ai rencontrée et j'ai voulu la raccompagner. Elle a refusé, m'opposant un refus catégorique, ce que j'ai trouvé parfaitement ridicule sur le coup. Je m'aperçois maintenant qu'elle ne témoignait là que de la sagesse la plus élémentaire et que sa réaction était aussi logique que naturelle. Devait-elle en effet accéder à un désir qui risquait de ruiner en une minute toutes nos précautions passées lorsque pour duper le monde je manifestais ostensiblement une heure auparavant une évidente préférence pour une autre femme ? On aurait pu soupçonner la vérité si l'on nous avait rencontrés ensemble entre Donwell et Highbury, mais j'ai pourtant eu la folie de lui en vouloir. J'ai douté de sa tendresse, et j'en ai douté plus encore le lendemain à Box Hill, lorsque, indignée par ma conduite, par une négligence aussi insolente que honteuse et par des preuves si éclatantes de ma dévotion pour Miss Woodhouse que nulle femme n'eût pu les supporter, elle m'a exprimé son ressentiment en des termes tout à fait clairs pour moi. En bref, Madame, elle n'était pour rien dans nos désaccords et je me suis, quant à moi, comporté d'une façon véritablement abominable. Je suis rentré à Richmond le soir même bien que j'eusse pu rester avec vous jusqu'au lendemain matin, et mon seul but était de lui faire comprendre à quel point j'étais en colère. Même à ce moment-là, je n'étais pas assez fou pour ne pas souhaiter une prompte réconciliation, mais me considérant comme l'offensé, je tenais à la voir faire le premier pas puisqu'elle m'avait blessé par sa froideur. Je me féliciterai toujours de ce que vous n'ayez point participé à cette excursion de Box Hill car vous m'auriez à jamais considéré comme un triste sire si vous m'aviez vu ce jour-là. La réaction de Miss Fairfax prouve du reste assez l'ignominie de ma conduite puisque c'est en apprenant mon départ de Randalls qu'elle a décidé d'accepter les offres de l'officieuse Mrs. Elton. A ce propos, la façon dont cette dame la traitait m'a toujours indigné et je la détestais. Pour en avoir trop souvent bénéficié moi-même, je ne saurais reprocher sa patience à Miss Fairfax mais je serais sans cela fort tenté de trouver exagérée celle dont elle témoignait à l'endroit de cette femme. Mrs. Elton n'allait-elle point jusqu'à l'appeler Jane ? C'est absolument insensé ! Vous remarquerez que je ne me suis pas encore permis d'user de son prénom, même dans cette lettre, et vous comprendrez ce que j'ai dû souffrir en voyant Mrs. Elton le faire constamment avec une insistance déplacée et le sentiment d'une supériorité tout imaginaire. Accordez-moi encore un peu de patience car j'en aurai bientôt fini...

Elle a donc accepté cette offre, décidée à rompre définitivement avec moi, et m'a écrit le lendemain pour me dire que nous ne devions plus jamais nous revoir. Elle s'était aperçue, disait-elle, que ces fiançailles n'étaient pour chacun de nous qu'une source de remords et de tourments et s'était donc résolue à me rendre ma liberté. Cette lettre est arrivée le matin même de la mort de ma tante. J'y ai répondu sur l'heure mais j'étais en proie à une telle confusion et je me suis vu si soudainement accablé d'une multitude de tâches que ma réponse est restée dans mon bureau au lieu de partir avec le volumineux courrier de ce jour-là. Certain d'en avoir écrit suffisamment pour la rassurer, bien que je n'aie eu le loisir de rédiger que quelques lignes, je ne m'inquiétais pas le moins du monde et j'ai été plutôt déçu de ne pas recevoir rapidement de ses nouvelles. Je lui trouvais cependant des excuses et j'étais moi-même trop occupé pour... ajouterai-je aussi que j'étais trop heureux des perspectives qui s'ouvraient à moi pour faire le difficile ? Je suis allé à Windsor avec mon oncle et j'ai reçu un paquet deux jours plus tard... Elle me renvoyait mes lettres ! Le même courrier m'a remis un billet où elle m'avouait avoir été fort surprise de ne point recevoir de réponse à sa dernière lettre, ajoutant que le silence ne pouvant prêter à confusion dans un pareil cas, elle jugeait préférable pour elle comme pour moi de régler au plus vite tous les détails. Elle me renvoyait donc mes lettres par une voie très sûre et me priait de lui faire parvenir les siennes à Highbury dans la semaine si je les avais sous la main, et de les lui envoyer, ce délai dépassé, à... En bref, chez Mrs. Smallridge, non loin de Bristol. J'ai compris tout de suite. Je connaissais le nom, l'endroit, j'étais au courant de tous les détails et j'ai compris ce qu'elle avait fait. Cette décision s'accordait parfaitement avec le caractère résolu que je lui connaissais et le silence qu'elle avait gardé sur ses projets dans sa précédente lettre était tout à fait typique d'une conscience aussi scrupuleuse que délicate. Elle n'avait surtout pas voulu avoir l'air de me menacer... Imaginez mon choc ! Imaginez la violence avec laquelle je me déchaînai contre les services de la poste avant de m'apercevoir que j'étais moi-même responsable de ce malentendu ! Que pouvais-je faire ? Je n'avais pas le choix, il me fallait parler à mon oncle. Sans son consentement, je ne pouvais plus espérer qu'elle m'écoutât. J'ai parlé, et les circonstances m'ont été favorables. La mort de sa femme ayant adouci la fierté de mon oncle, il s'est résigné, soumis, plus vite que je ne l'avais prévu. Le pauvre homme a fini par me dire avec un grand soupir qu'il souhaitait me voir trouver dans le mariage autant de bonheur qu'il en avait lui même connu, mais je suis bien certain que mon sort sera tout différent du sien. Êtes-vous disposée à me plaindre pour les souffrances que j'ai endurées en lui exposant mon problème et pour l'angoisse qui m'a torturé tant que je n'ai pas eu gagné ma cause ? Mais non, ne me plaignez pas encore, car c'est en arrivant à Highbury et en voyant que je l'avais rendue si affreusement malade que j'ai vraiment touché le fond du malheur. Oui, c'est devant son visage blême et son air souffreteux que j'ai connu le désespoir. Relativement instruit des habitudes de la maison Bates, je savais qu'on y prenait le petit déjeuner assez tard et je me suis donc arrangé pour arriver à l'heure où j'avais des chances de la trouver seule. Je n'ai pas été déçu dans mon attente et je suis également parvenu à remplir le but que je m'étais fixé. Il m'a fallu, bien entendu, dissiper bien des préventions aussi raisonnables que justifiées mais j'ai obtenu gain de cause. Nous sommes réconciliés et notre amour est sorti grandi de l'épreuve. Rien de grave ne pourra plus nous opposer. Maintenant je vais vous rendre votre liberté, ma chère Madame. Je ne pouvais être plus bref. Je vous remercie mille fois pour la bonté que vous m'avez toujours témoignée et dix mille fois pour les attentions que votre cœur vous dictera de lui accorder. Vous jugerez peut-être que je ne mérite point le bonheur qui m'échoit et je suis tout à fait de votre avis. Miss Woodhouse dit que je suis chéri de la fortune et j'espère qu'elle a raison. Il est au moins un point où l'on ne peut douter de ma chance, c'est que je puis signer :

Votre fils obligé et très affectionné,

F. C. Weston Churchill.

CHAPITRE LI

Cette lettre ne manqua pas d'émouvoir Emma, et malgré toutes ses résolutions antérieures, la jeune fille se vit bientôt obligée de rendre justice à son auteur selon les prédictions de Mrs. Weston. Lorsqu'elle en fut au passage qui la concernait directement, il lui devint véritablement impossible de résister, les propos que Frank tenait à son sujet étant des plus passionnants et dans l'ensemble fort agréables. Une fois rompu le charme de discours si flatteurs, elle n'en continua pas moins d'éprouver beaucoup d'intérêt pour le récit du jeune homme, consciente de lui avoir rendu son ancienne estime et naturellement séduite en un pareil moment par la moindre évocation de l'amour. Elle lut cette lettre d'un trait et malgré tous les torts qu'elle reconnaissait à Frank, finit par juger qu'il en avait nettement moins qu'elle ne l'avait cru tout d'abord. Il avait tellement souffert, il se repentait si manifestement, il était tellement reconnaissant envers Mrs. Weston et si amoureux de Miss Fairfax et notre héroïne était elle-même si folle de bonheur qu'elle n'eut point le cœur de se montrer sévère. S'il était entré à ce moment-là au salon, elle lui aurait certainement serré la main plus chaleureusement que jamais.

Cette lettre lui avait fait si bonne impression qu'elle voulut la faire lire à Mr. Knightley lorsqu'il vint la voir. Elle était certaine que Mrs. Weston désirait que cette lettre fût connue de tous et en particulier d'un Mr. Knightley qui avait si catégoriquement condamné la conduite de son beau-fils.

— Je serais ravi d'y jeter un coup d'œil, dit-il, mais elle me paraît bien longue et je préférerais l'emporter chez moi ce soir.

Cela n'était pas possible, car Mrs. Weston devait venir à Hartfield et notre héroïne comptait justement lui rendre son bien à ce moment-là.

— J'aurais plus de plaisir à converser avec vous, dit Mr. Knightley, mais c'est une affaire d'équité et je me résigne donc.

Il se mit à lire, s'interrompant pourtant presque aussitôt pour dire :

— Si l'on m'avait proposé il y a quelques mois de lire une lettre de ce garçon, je ne serais certes pas resté aussi indifférent, Emma.

Il se pencha de nouveau sur le plaidoyer de Frank, mais reprit, tout souriant, après quelques minutes :

— Hum, le début est extrêmement flatteur, mais c'est dans sa manière. Le style d'un homme ne doit point servir de règle pour juger celui des autres. Ne soyons pas sévères...

— J'aimerais, ajouta-t-il peu après, vous dire mon sentiment au fur et à mesure de ma lecture. De cette façon, je me sentirais plus près de vous et nous ne perdrions pas de temps, mais si cela vous dérange...

— Pas du tout, au contraire, même.

Mr. Knightley revint avec plus d'empressement à l'objet de leur discussion.

— Il plaisante en parlant de tentation, fit-il remarquer. Il sait qu'il avait tort et ne peut faire valoir le moindre argument raisonnable... Mauvais ! Il n'aurait pas dû se fiancer. « L'optimisme de son père... » Il est injuste pour ce pauvre Mr. Weston. L'optimisme de notre ami a bien souvent facilité une existence des plus honorables, mais c'est à force de ténacité qu'il a su mériter le bonheur dont il jouit à présent... Oui, c'est vrai qu'il a attendu l'arrivée de Miss Fairfax pour faire son apparition à Randalls.

— Et je me souviens que vous étiez convaincu dès cette époque que cette visite ne dépendait que de lui. Vous avez l'élégance de ne point mentionner ce détail, mais une fois de plus, vous aviez raison.

— Je n'étais pas tout à fait impartial, Emma, mais je crois néanmoins... Oui, je me serais certainement méfié de ce garçon, même si vous n'aviez pas été mêlée à cette affaire.

Quand il en fut arrivé au passage qui concernait Miss Woodhouse, il ne put s'empêcher de le lire à haute voix, accompagnant sa lecture d'un sourire, d'un regard, d'un mouvement de tête, d'un mot d'approbation, d'une critique ou de tendres paroles suivant les cas. C'est pourtant avec le plus grand sérieux qu'il conclut après mûre réflexion :

— Mauvais ! Encore que cela aurait pu être pire ! Il joue un jeu excessivement dangereux et le résultat n'excuse rien. Il ne rend nullement compte de sa conduite envers vous. En fait, totalement obnubilé par ses propres désirs, il ne se souciait guère de ce qui ne servait point ses intérêts. S'imaginer que vous aviez découvert son secret ! Il est assez naturel de soupçonner tout le monde quand on vit dans une atmosphère d'intrigue. Que de mystères, de stratagèmes, et comme le jugement s'en trouve perverti ! Mon Emma, est-ce que cela ne nous prouve pas le caractère essentiel de la franchise et de la sincérité dans nos rapports avec autrui ?

Emma acquiesça et rougit en songeant à Harriet. Ne pouvant expliquer son trouble, elle se contenta cependant de répondre :

— Vous feriez mieux de continuer...

Il obtempéra, mais s'arrêta bientôt de nouveau pour dire :

— Le piano ! Ah, c'est bien d'un jeune homme ! Il était bien trop immature pour se demander si ce cadeau ne se révélerait pas encore plus gênant qu'agréable. Que c'est puéril ! Je ne puis comprendre qu'un homme entende donner à une femme une preuve d'amour dont elle préférerait sans nul doute se passer, et il savait fort bien qu'elle se fût employée à prévenir l'arrivée de ce piano si elle en avait eu le loisir.

Il lut ensuite un bon moment sans s'arrêter et la première chose qui lui parut mériter plus qu'un simple mot fut l'aveu de Frank reconnaissant s'être conduit d'une façon absolument odieuse.

— Je suis tout à fait d'accord avec vous, Monsieur, fit-il remarquer, vous vous êtes fort mal conduit et vous n'avez jamais rien écrit de plus vrai.

Frank exposait ensuite les motifs du désaccord qui l'avait opposé à Jane et déclarait avoir obstinément contrecarré les bons sentiments de la jeune fille, ce qui retint l'attention de Mr. Knightley :

— C'est lamentable, dit-il. Elle s'était laissé entraîner par amour pour lui dans une situation aussi délicate qu'embarrassante et il aurait dû se soucier avant tout de ne point la faire souffrir inutilement. Elle avait certainement plus de mal que lui à entretenir une correspondance clandestine et il aurait dû respecter ses scrupules, même s'il les jugeait absurdes. Il faut vraiment se souvenir que cette jeune fille a commis une faute en acceptant de se fiancer pour supporter l'idée de punition qu'on lui a infligée.

Emma savait qu'il allait en arriver maintenant à l'excursion de Box Hill et en ressentait une certaine gêne. Elle s'était elle-même si mal comportée ce jour-là ! Terriblement honteuse, elle craignait le jugement de Mr. Knightley. Il parcourut cependant très sérieusement et très attentivement ce passage sans faire la moindre remarque. Il lui jeta bien un coup d'œil, mais détournant aussitôt ses regards pour ne pas lui faire de peine, il fit semblant d'avoir complètement oublié cette histoire de Box Hill.

— On ne saurait critiquer ce garçon lorsqu'il parle de la grossièreté de ces chers Elton, fit-il ensuite remarquer, car ses sentiments n'ont rien que de très naturel... Quoi ? Elle avait décidé de rompre définitivement avec lui ! Elle voyait que ces fiançailles étaient une source de regrets et de malheur pour tous deux et voulait rompre... On imagine la façon dont elle devait juger la conduite de son amant ! Il doit être vraiment incroyablement...

— Non, non, poursuivez, vous verrez comme il est malheureux.

— Je l'espère, répliqua sèchement Mr. Knightley tout en reprenant sa lecture. Smallridge ? Qu'est-ce que cela signifie ? Qu'est-ce que c'est que cette histoire ?

— Elle s'était engagée comme gouvernante chez Mrs. Smallridge, une grande amie de Mrs. Elton et une voisine des Suckling. A ce propos, je me demande comment Mrs. Elton va prendre cette déception ?

— Vous devriez vous taire tant que vous m'obligez à lire, ma chère Emma. J'aurai bientôt fini. Que cette lettre est longue !

— J'aimerais que vous la considériez avec un peu plus de bienveillance.

— Ah, voici enfin du sentiment ! Il semble avoir souffert en s'apercevant qu'elle était malade. Je ne puis certes douter de son amour... « leur amour sorti grandi de l'épreuve » ... J'espère qu'il comprendra longtemps le prix de cette réconciliation. Il ne lésine pas sur la reconnaissance... Des milliers et des dizaines de milliers de remerciements... « Il ne mérite point le bonheur qui lui échoit » ... Allons, il se voit du moins tel qu'il est ! « Chéri de la fortune » ... C'est de Miss Woodhouse, n'est-ce pas ? La fin est vraiment charmante. Tenez, voici cette lettre. « Chéri de la fortune » ... C'est ce que vous disiez, n'est-ce pas ?

— Cette lettre ne vous satisfait apparemment pas autant que moi, mais vous devez avoir à présent meilleure opinion de lui, du moins je l'espère. Je souhaite que ce plaidoyer l'ait un peu servi auprès de vous.

— Certes. Son imprudence et sa légèreté l'ont poussé à commettre des fautes graves et je suis bien de son avis quand il dit ne point mériter son bonheur, mais comme il est sans l'ombre d'un doute très attaché à Miss Fairfax et jouira bientôt constamment de sa présence, je suis tout disposé à croire qu'il fera des progrès et acquerra grâce à cette délicieuse jeune fille la fermeté et la délicatesse qui lui font défaut. Permettez-moi d'aborder à présent un sujet tout différent. Les intérêts d'une autre personne me tiennent pour l'instant tellement à cœur que je ne puis me soucier longtemps des affaires de Mr. Frank Churchill. Depuis que je vous ai quittée ce matin, il est un problème qui m'obsède véritablement.

Et il s'expliqua, dans ce langage simple, naturel et raffiné qui le caractérisait même lorsqu'il conversait avec la femme aimée. Le problème était de savoir comment demander Emma en mariage sans ruiner le bonheur de Mr. Woodhouse. La réponse de la jeune fille était toute prête. Il n'était pas question pour elle de se marier tant que son cher père vivrait et elle ne pourrait jamais quitter le pauvre homme. Mr. Knightley ne retint qu'une partie de son discours. Il comprenait aussi bien qu'elle l'impossibilité qui lui était faite d'abandonner son père mais n'était pas d'accord pour condamner d'avance tout arrangement. Il avait sérieusement réfléchi au problème. Espérant tout d'abord pouvoir convaincre Mr. Woodhouse de déménager avec sa fille à Donwell, il avait tenté de se persuader que c'était faisable. Connaissant bien Mr. Woodhouse, il ne pouvait cependant s'abuser très longtemps et s'avouait à présent que cet exil risquait tellement de mettre en danger le bonheur et peut-être même la vie de son cher ami qu'il n'y fallait point songer. Arracher Mr. Woodhouse à Hartfield ! Non, ce serait trop dangereux ! Mais il comptait que sa chère Emma ne s'opposerait pas au plan qu'il venait d'imaginer et qui consistait à faire admettre à Hartfield l'époux de Miss Woodhouse. Ne pourrait-il y habiter aussi longtemps que le bonheur, et en d'autres termes l'existence de son père, exigerait que la jeune fille conservât Hartfield pour demeure ?

Pour sa part, Emma avait déjà envisagé l'éventualité d'un déménagement général à Donwell. Comme Mr. Knightley, elle avait déjà songé à cette solution pour la repousser ensuite mais ce qu'il lui proposait à présent ne lui était pas du tout venu à l'esprit. Elle était sensible à ce qu'elle interprétait comme une preuve d'amour, comprenant parfaitement qu'il sacrifierait beaucoup de sa liberté d'horaires et de ses habitudes en quittant Donwell et se verrait obligé de supporter bien des désagréments en vivant constamment avec Mr. Woodhouse sous un toit qui n'était pas le sien. Elle promit d'y songer et lui conseilla de réfléchir encore, mais il se déclara convaincu que rien ne pourrait plus le faire changer d'avis. Il avait médité le problème pendant de longues heures, au calme, évitant même William Larkins toute la matinée pour ne pas être dérangé.

— Ah, voilà une question à laquelle nous n'avions pas pensé, s'écria Emma. Je suis sûre que William Larkins n'appréciera pas du tout votre projet ! Vous devrez obtenir son consentement avant de solliciter le mien.

Elle promit tout de même de réfléchir et donna presque à son amant l'assurance d'envisager sous le jour le plus favorable la proposition qu'il venait de lui faire.

On remarquera que si Emma pensa beaucoup à Donwell ce jour-là, et ce de plusieurs points de vue, elle ne se soucia pas un instant des torts qu'elle causerait certainement au petit Henry dont elle avait autrefois défendu si ardemment les droits d'héritier présumé. Elle aurait dû se dire que la situation du pauvre enfant risquait de changer du tout au tout par sa faute mais elle se contenta de sourire d'un petit air espiègle et entendu en évoquant cette question. Elle s'amusa beaucoup à déterminer les causes de cette vive répugnance à voir Mr. Knightley se marier avec Jane Fairfax ou toute autre femme, répugnance qu'elle avait entièrement imputée à l'époque à son aimable sollicitude de sœur et de tante.

Plus elle considérait la proposition de Mr. Knightley et son projet de l'épouser tout en continuant à vivre à Hartfield, plus elle était séduite. Les inconvénients que cette situation pouvait présenter pour Mr. Knightley lui semblaient de moins en moins graves et les avantages qu'elle en tirerait elle-même de plus en plus conséquents. Enfin et surtout, elle en arrivait à penser que le bonheur qu'ils connaîtraient ensemble importait davantage que tous les problèmes du monde. Quel réconfort lui apporterait un tel compagnon dans les jours de tristesse et d'angoisse qui ne manqueraient point de venir, et quel précieux auxiliaire il serait dans tous ces devoirs et ces soins que le temps ne pouvait que rendre de plus en plus mélancoliques !

Emma eût été presque trop heureuse sans cette pauvre Harriet, mais il semblait que chacune de ses joies dût être pour son amie une nouvelle source de souffrances. Il fallait même l'exclure momentanément de Hartfield ! Oui, la prudence et la charité les plus élémentaires exigeaient que l'on tînt cette malheureuse enfant à l'écart de la fête qui se préparait dans la famille. Elle perdrait vraiment sur tous les terrains, et notre héroïne ne pouvait même pas déplorer son prochain départ. Au milieu des réjouissances générales, Harriet serait indubitablement un poids mort, Emma n'en regrettant cependant pas moins la nécessité de lui faire subir un châtiment aussi cruel qu'immérité.

Avec le temps, Mr. Knightley serait bien entendu oublié ou supplanté, mais on ne pouvait espérer que ce fût pour bientôt. Mr. Knightley lui-même ne ferait rien pour hâter cette guérison... ce n'était pas Mr. Elton ! Le maître de Donwell, toujours si gentil, si tendre, si attentionné, ne perdrait jamais l'estime d'un ami et l'on ne pouvait nourrir l'illusion qu'Harriet elle-même tombât amoureuse de plus de trois hommes en une seule année.

CHAPITRE LII

Emma fut très soulagée de constater qu'Harriet était aussi désireuse qu'elle-même d'éviter toute rencontre. Leurs relations épistolaires étant déjà extrêmement pénibles, les deux jeunes filles n'auraient véritablement pu supporter de se voir.

Harriet ne lui faisait évidemment pas le moindre reproche et ne semblait même pas consciente des torts de son amie, mais celle-ci crut cependant déceler dans sa lettre des traces de ressentiment ou quelque chose d'approchant, ce qui ne la persuada que davantage de l'opportunité d'une séparation. Peut-être se laissait-elle simplement aller à son imagination, mais à vrai dire, seul un ange eût été capable de ne pas lui en vouloir après une telle aventure.

Elle obtint sans peine une invitation d'Isabelle, et comble de chance, n'eut point à mentir, ayant pour la solliciter un excellent prétexte : Harriet, qui avait des problèmes avec une dent, souhaitait depuis longtemps consulter un dentiste et Mrs. John Knightley fut ravie de pouvoir se rendre utile. Pour elle, tout ce qui touchait à la maladie était une recommandation, et si elle n'aimait point les dentistes aussi passionnément que son cher Mr. Wingfield, elle était cependant fort impatiente de prendre Harriet sous sa protection. Dès qu'elle se fut arrangée avec sa sœur, Emma soumit son projet à Harriet, la trouvant plus facile à convaincre que prévu. Harriet partirait. Invitée à passer au moins une quinzaine de jours à Londres, on l'y conduirait dans la voiture de Mr. Woodhouse. Il ne surgit pas le moindre problème, tout se passa à merveille et la jeune fille arriva saine et sauve à Brunswick Square.

Emma pouvait à présent jouir pleinement des visites de Mr. Knightley. Elle pouvait désormais lui parler et l'écouter sans la moindre arrière-pensée, enfin délivrée de ce sentiment de culpabilité, de cette honte et de cette tristesse qui la hantaient quelques jours plus tôt lorsqu'elle songeait à la déception et au chagrin qui devaient étreindre le cœur de cette amie qui était là, tout près, et qu'elle avait elle-même entraînée dans de dramatiques égarements.

Peut-être était-il absurde qu'il lui suffît de savoir Harriet à Londres et non plus chez Mrs. Goddard pour se sentir revivre, mais elle ne pouvait s'empêcher de croire qu'une existence nouvelle et plus variée aiderait son amie à oublier un peu le passé en l'obligeant à sortir d'elle-même.

Rassurée sur ce point, Emma refusa de se trouver de nouveaux sujets d'inquiétude. Elle savait qu'une épreuve l'attendait encore et qu'elle était la seule à pouvoir mener à bien cette bataille, puisqu'il lui restait à annoncer ses fiançailles à Mr. Woodhouse, mais elle avait résolu de ne point lui avouer la vérité tant que Mrs. Weston ne serait pas totalement rétablie, désireuse de ne pas ajouter aux soucis de ses amis en un moment pareil. Décidée à ne pas se torturer à l'avance, elle était assurée de jouir au moins d'une quinzaine de jours de repos et de paix avant de voir le suprême mais difficultueux couronnement de son bonheur.

Elle décida bientôt, par plaisir autant que par politesse, d'employer une demi-heure de ces vacances spirituelles à rendre visite à Miss Fairfax. C'était son devoir et il lui tardait en outre de revoir la jeune fille. Leur situation respective présentant à ce moment-là bien des similitudes, cela ajoutait encore aux dispositions bienveillantes de notre héroïne. La satisfaction qu'elle éprouverait demeurerait certes secrète mais c'est avec un intérêt accru qu'Emma écouterait à présent Jane Fairfax en songeant à quel point leurs projets se ressemblaient désormais.

Elle se rendit chez les Bates... Quelques semaines plus tôt, elle s'était présentée à leur porte mais en vain, et, de ce fait, elle n'avait point pénétré dans cette maison depuis le lendemain de l'excursion à Box Hill, lorsque Jane se trouvait dans une telle détresse qu'elle en avait eu le cœur empli de compassion, sans soupçonner pourtant la violence de son chagrin. Bien qu'elle fût certaine que les dames Bates étaient chez elles, elle craignit d'être encore importune et jugea préférable d'attendre en bas et de se faire annoncer. Elle entendit Patty le faire mais il ne s'ensuivit pas ce jour-là un remue-ménage semblable à celui que la pauvre Miss Bates avait si bien justifié la dernière fois, et notre héroïne perçut simplement une réponse claire et immédiate : « Priez-la de monter. » Un instant plus tard, elle trouva même dans l'escalier Jane qui se précipitait à sa rencontre comme s'il lui paraissait insuffisant de l'accueillir normalement. Emma ne l'avait jamais vue aussi rayonnante, aussi charmante ou aussi chaleureuse. Encore un peu intimidée, elle faisait pourtant preuve de vivacité et d'une extrême cordialité. Elle était complètement transformée, semblant avoir acquis tout ce qui manquait peut-être autrefois à son maintien ou à ses manières. Elle s'avança, la main tendue, et dit d'une voix très émue :

— C'est tellement aimable à vous, Miss Woodhouse, et je ne sais comment vous exprimer... J'espère que vous voudrez bien croire à... Excusez-moi, je n'arrive pas à parler.

Emma lui fut très reconnaissante de cet accueil et ne serait pas longtemps restée à court de paroles si le son de la voix de Mrs. Elton ne lui était parvenu du salon et n'avait brisé net son élan. Elle jugea dès lors plus opportun de résumer ses sentiments de sympathie et ses félicitations en une poignée de main des plus chaleureuses.

Mrs. Elton se trouvait avec Mrs. Bates. Miss Bates était sortie, ce qui expliquait le silence de ces dernières minutes. Emma eût nettement préféré ne point rencontrer Mrs. Elton, mais elle était d'humeur à se montrer patiente envers n'importe qui, et comme Mrs. Elton l'accueillait avec une gentillesse inaccoutumée, elle se prit à espérer que cette entrevue ne serait pas trop désagréable.

Elle crut bientôt pénétrer les pensées de Mrs. Elton et comprendre les raisons de son humeur charmante : si la bonne dame était aussi gaie qu'elle-même, c'est en effet que Miss Fairfax l'avait mise dans la confidence et qu'elle se croyait seule à connaître pour l'instant le secret. Emma le comprit parfaitement à l'expression de son visage, et tout en faisant ses compliments à Mrs. Bates et en écoutant attentivement ses réponses, elle surprit la femme du vicaire en train de plier d'un air mystérieux une lettre qu'elle venait apparemment de lire à Jane. Rangeant ensuite son trésor dans le réticule pourpre et or qui se trouvait près d'elle, Mrs. Elton murmura avec des hochements de tête entendus :

— Nous pouvons terminer cette lecture une autre fois, vous savez. Nous trouverons bien l'occasion de le faire. Je vous ai d'ailleurs dit l'essentiel. Je tenais simplement à vous assurer que Mrs. Smallridge accepte vos excuses et ne se sent nullement offensée. Cette lettre est exquise, n'est-ce pas ? Oh, c'est une femme adorable ! Vous l'auriez aimée à la folie, mais plus un mot là-dessus... Soyons discrètes, tenons-nous correctement... chut ! Vous vous souvenez certainement de ces vers... je n'ai plus le poème en tête...

» "Vous savez que plus rien n'a la moindre importance, lorsqu'une dame est dans cette situation."

» Je pourrai dire dans *notre* situation, dorénavant, ma chère enfant. Par *dame*, entendez... Hum ! Ce sont de sages paroles, n'est-ce pas ? Est-ce que vous ne me trouvez pas en grande forme ? Mais je voulais vous rassurer en ce qui concernait Mrs. Smallridge. Vous constaterez que mes explications l'ont parfaitement satisfaite.

Profitant de ce qu'Emma tournait la tête pour examiner le tricot de Mrs. Bates, elle ajouta dans un murmure :

— Vous remarquerez que je n'ai nommé personne... Oh, non, j'ai la prudence d'un ministre et j'ai merveilleusement manœuvré.

Emma ne pouvait plus douter devant tant d'ostentation, Mrs. Elton ne laissant pas passer une seule occasion de faire allusion au secret de Jane. Ces dames se mirent ensuite à converser toutes ensemble, parlant gentiment du temps qu'il faisait et de Mrs. Weston, mais Mrs. Elton interpella tout à coup directement Emma :

— Ne trouvez-vous pas cette petite coquine de Jane nettement mieux, Miss Woodhouse ? Cette guérison spectaculaire ne fait-elle pas le plus grand honneur à Mr. Perry ? (et elle jeta à ce moment-là un coup d'œil entendu à Miss Fairfax). Sur mon honneur, Mr. Perry a fait un miracle en la remettant si vite sur pieds. Oh, si vous l'aviez vue comme moi quand elle allait si mal !

Mrs. Bates adressant une brève remarque à Emma, Mrs. Elton en profita pour chuchoter :

— Mais nous ne parlerons pas de l'aide qu'a pu recevoir Mr. Perry, non, nous ne dirons rien de certain jeune médecin de Windsor et tout l'honneur de cette guérison retombera sur Mr. Perry.

— Je n'ai pas eu le plaisir de vous revoir depuis notre excursion à Box Hill, Miss Woodhouse, reprit-elle peu après. Une excursion fort agréable, du reste, mais selon moi, il y manquait quelque chose... Je n'ai pas eu l'impression que... Comment dire, il m'a semblé que certains d'entre nous étaient d'une humeur plutôt sombre... Enfin, c'est le sentiment que j'ai eu et j'ai certes pu me tromper, mais je trouve que nous devrions récidiver. Cette promenade était tellement réussie ! Que diriez-vous de réunir une fois de plus les mêmes personnes pour aller revoir Box Hill avant la fin de l'été ? Il faudrait que tout le monde soit là, vous savez, oui, les mêmes, et sans exception.

Miss Bates rentra peu après, et notre héroïne ne put s'empêcher de sourire de sa confusion, comprenant que la bonne demoiselle ne savait pas exactement ce qu'elle pouvait dire, et brûlant de tout raconter, se sentait affreusement gênée.

— Oh, merci, Miss Woodhouse, vous êtes bien aimable et je ne sais comment vous dire... Oui, je comprends parfaitement. L'avenir de cette chère Jane... C'est-à-dire, je veux... mais elle s'est merveilleusement rétablie, n'est-ce pas ? Comment va Mr. Woodhouse ? Je suis tellement ravie de... Il m'est absolument impossible de... des amis tellement charmants... Oui, vraiment, c'est un si charmant garçon ! C'est-à-dire... tellement aimable... Je parle de ce brave Mr. Perry. Il s'est montré si attentionné pour Jane !

Miss Bates parut tellement enchantée de voir Mrs. Elton et lui témoigna si ardemment sa reconnaissance qu'Emma devina sans peine le ressentiment que ceux du presbytère avaient dû manifester à Jane avant de lui pardonner avec magnanimité. Emma n'en douta plus lorsque Mrs. Elton déclara très haut, après avoir chuchoté deux ou trois mots à l'oreille de Miss Bates :

— Oui, je suis là, ma bonne amie, et j'y suis depuis si longtemps que je croirais être partout ailleurs obligée de faire des excuses. En vérité, j'attends mon seigneur et maître, car il m'a promis de me rejoindre ici et de venir vous présenter ses respects.

— Quoi ! Aurons-nous vraiment le plaisir de recevoir la visite de Mr. Elton ? C'est nous faire beaucoup d'honneur car je sais combien ces messieurs détestent généralement faire des visites pendant la journée. Et puis Mr. Elton est tellement occupé, n'est-ce pas ?

— Vous avez parfaitement raison, Miss Bates. Il n'a pas un instant de libre du matin jusqu'au soir et l'on ne cesse de venir le voir sous un prétexte ou sous un autre. Le juge de paix, l'inspecteur des écoles, les marguilliers, tout ce petit monde vient le consulter et l'on croirait vraiment qu'ils sont incapables de prendre une décision sans lui. « Sur mon honneur, Mr. Elton, lui dis-je souvent, je préfère ma situation à la vôtre car je ne sais ce que deviendraient mes crayons et mon piano si je recevais la moitié des visites dont on vous accable. » Il faut avouer que je néglige déjà bien assez mes talents, ce qui est absolument impardonnable. Cela doit faire quinze jours que je n'ai pas joué une mesure ! Mais mon mari va venir, je vous le promets, car il tient à vous présenter ses respects. (Mettant la main devant sa bouche pour ne pas être entendue d'Emma, elle ajouta :) Il veut vous féliciter, vous savez, c'est tout à fait indispensable.

Folle de joie, Miss Bates regarda tous ses amis présents.

— Il a promis de venir dès que Knightley lui aurait rendu sa liberté, reprit Mrs. Elton. Ils se sont enfermés ensemble pour discuter d'une affaire de première importance. Mon mari est le bras droit de Knightley.

Retenant un sourire, Emma demanda simplement :

— Est-ce que Mr. Elton est allé à Donwell à pied ? Il fait si chaud !

— Oh non, ils avaient rendez-vous à la Couronne. Cette réunion n'a rien d'imprévu et Weston et Cole devaient y assister également... mais on a tendance à ne citer que les chefs, n'est-ce pas ? Je suppose que les décisions appartiennent en fin de compte à Mr. Elton et à Knightley.

— Est-ce que vous ne vous trompez pas de jour ? dit Emma. Il me semble que cette réunion à la Couronne ne doit avoir lieu que demain. Mr. Knightley est venu hier à Hartfield et il m'a parlé d'une réunion pour samedi.

— Non, non, je suis sûre que c'est aujourd'hui, répliqua vivement Mrs. Elton de l'air de celui qui ne peut jamais faire erreur. Cette paroisse exige un travail fou et je n'ai jamais vu cela ! C'était tout différent à Maple Grove.

— C'est que la paroisse de Maple Grove est petite, dit Jane.

— A vrai dire, je n'en ai pas la moindre idée car on n'a jamais évoqué ce genre de problèmes en ma présence, ma chère.

— Certes, mais l'école dont vous m'avez parlé et que patronnent votre sœur et Mrs. Bragges est toute petite, ce qui laisse à penser que la paroisse l'est aussi. C'est bien la seule école, n'est-ce pas, et elle ne compte pas plus de vingt-cinq enfants ?

— Ah, quelle intelligence ! C'est parfaitement exact. Quel cerveau ! Je crois que nous arriverions à constituer une sorte d'image de la perfection si nous pouvions réunir nos qualités respectives, ma chère Jane... Ma vivacité jointe à votre sens de la logique... le résultat serait admirable. Je ne veux pas dire, bien sûr, qu'il n'est personne pour vous juger déjà parfaite, mais chut ! Taisons-nous, je vous prie.

Ce conseil paraissait tout à fait superflu, Jane ayant manifestement plus envie de s'occuper de Miss Woodhouse que de Mrs. Elton. Emma s'en rendait très bien compte, même si la politesse obligeait la plupart du temps sa compagne à ne lui exprimer sa sympathie que par des regards les plus tendres.

Mr. Elton fit bientôt son apparition et son épouse déploya tous les trésors de son esprit pour l'accueillir :

— Eh bien, Monsieur, je vous félicite, sur mon honneur ! Vous m'envoyez ici et vous daignez venir me chercher lorsque j'ennuie déjà mes amis depuis des heures... Vous savez que je suis une épouse docile et vous étiez convaincu que je ne bougerais pas avant l'arrivée de mon seigneur et maître, n'est-ce pas ? Je suis restée ici une heure et ces jeunes filles auront eu grâce à moi un bel exemple de la véritable obéissance conjugale... Qui sait, cela risque de leur servir d'ici peu ?

Mr. Elton avait tellement chaud et se sentait si fatigué que sa malheureuse épouse parut avoir gaspillé en pure perte tout cet esprit. Il était bien forcé de présenter ses compliments à ces dames, mais une fois son devoir accompli, il ne sembla plus nourrir d'autre désir que de se lamenter sur la chaleur accablante qu'il faisait et sur tout le chemin qu'il avait dû parcourir pour rien.

— Je suis allé à Donwell mais il m'a été impossible de joindre Knightley, dit-il. C'est bizarre, et même assez incroyable, car je lui avais fait porter un mot ce matin et il m'avait répondu qu'il serait chez lui jusqu'à une heure.

— Donwell ! s'écria sa femme. Mais vous n'êtes pas allé à Donwell, mon cher Mr. Elton ! Vous parlez de la Couronne, n'est-ce pas ? Vous revenez bien de la réunion qui devait avoir lieu à la Couronne ?

— Non, non, c'est pour demain seulement et c'est justement pour cela que je désirais voir Knightley aujourd'hui. Quelle atroce canicule ! Par-dessus le marché, je suis passé à travers champs (parlant sur un ton chagrin) et je vous assure que je ne suis pas content du tout ! Il ne m'a même pas laissé un mot d'excuse ou un message ! C'est vraiment insensé ! Et personne n'avait la moindre idée de l'endroit où il se trouvait ! A Hartfield peut-être, ou à Abbey Mill, à moins qu'il ne soit allé faire un tour dans les bois ? Miss Woodhouse, cela ne ressemble pas à notre ami Knightley ! Est-ce que vous voyez une explication possible à cet étrange comportement ?

Emma, qui s'amusait beaucoup, déclara que c'était tout à fait extraordinaire et ne chercha pas à excuser Mr. Knightley.

— Je ne comprends pas comment il a pu agir avec tant de légèreté, surtout à votre égard, dit Mrs. Elton qui souffrait de cette humiliation comme une épouse se devait de le faire. Vous êtes bien la dernière personne que l'on s'attendrait à voir oubliée de la sorte ! Je suis sûre qu'il vous a laissé un message, Mr. Elton. Même Knightley ne serait jamais capable d'une telle excentricité ! Ses domestiques auront oublié son message, soyez-en persuadé. D'ailleurs, cela ne m'étonne guère car j'ai souvent remarqué la maladresse et la négligence des domestiques de Donwell Abbey. Je ne voudrais pour rien au monde d'une créature comme son Harry pour me servir à table, et quant à Mrs. Hodge, Wright la tient véritablement en piètre estime... Elle avait promis de lui envoyer une recette et ne l'a jamais fait !

— J'ai rencontré William Larkins près de Donwell et il m'a averti que je ne trouverais pas son maître chez lui, reprit Mr. Elton. Je ne l'ai pas cru, cependant. Il avait l'air d'assez méchante humeur et m'a confié qu'il ne savait pas ce qui arrivait à son maître mais qu'il n'arrivait jamais à le joindre depuis quelque temps. Je me moque complètement des problèmes de William mais je dois absolument voir Knightley aujourd'hui et suis assez fâché d'avoir souffert pour rien de cette canicule.

Emma comprit que le mieux à faire était de rentrer sur-le-champ à Hartfield. Mr. Knightley l'y attendait probablement, et il fallait l'empêcher de déchoir plus encore dans l'estime de Mr. Elton sinon dans celle de William Larkins.

En prenant congé, elle fut heureuse de constater que Miss Fairfax était résolue à la reconduire et à la raccompagner même jusque dans la rue, et elle profita aussitôt de l'occasion pour lui dire :

— Je n'ai pas eu le loisir de m'entretenir avec vous et cela vaut peut-être mieux. Si je vous avais trouvée seule, j'aurais certainement été tentée d'aborder certain sujet et de vous questionner avec une franchise que la correction n'autorisait point.

— Oh, s'écria Jane en rougissant avec une confusion qu'Emma jugea infiniment plus charmante que toute l'élégance habituelle de ses manières, vous n'aviez pas à craindre d'être indiscrète ! C'est plutôt moi qui risquais de vous ennuyer ! Rien n'aurait pu me faire plus de plaisir que votre intérêt pour... Vraiment, Miss Woodhouse (parlant plus calmement), j'ai conscience d'avoir mal agi et ce m'est une grande consolation de savoir que ceux de mes amis dont l'estime m'est la plus précieuse ne sont pas indignés au point de... Je n'ai pas le temps de dire la moitié de ce que je voudrais vous dire... mais je brûle de vous présenter mes excuses, de vous demander pardon et de justifier ma conduite... Je sens tout ce que je vous dois mais hélas... En un mot, si vous n'avez pas pitié de moi, je...

— Oh, vous êtes véritablement trop scrupuleuse ! s'écria chaleureusement Emma en lui prenant la main. Vous ne me devez aucune excuse et ceux qui auraient peut-être quelque chose à vous pardonner sont tellement heureux, tellement enchantés, que...

— Vous êtes très aimable mais je n'oublie pas la façon dont je me suis conduite envers vous. J'étais si froide, tellement affectée ! J'étais obligée de jouer constamment un rôle et je ne cessais de dissimuler... Comme vous avez dû me mépriser !

— N'en parlez plus, je vous en prie. Je sens trop que ce serait à moi de vous faire des excuses et il vaut donc mieux nous pardonner mutuellement sur-le-champ. Ne perdons pas de temps et scellons au plus vite notre amitié. J'espère que vous avez reçu de bonnes nouvelles de Windsor ?

— Excellentes.

— Et je suppose que nous apprendrons bientôt qu'il va falloir vous perdre... Au moment même où je commence à vous connaître !

— Oh, quant à cela, il n'en est bien sûr pas question pour l'instant. Je resterai ici jusqu'à ce que le colonel et Mrs. Campbell me demandent de les rejoindre.

— On ne peut certes prendre la moindre décision pour l'instant, dit Emma en souriant, mais vous devez y songer, permettez-moi de vous le dire.

Jane répondit en lui rendant son sourire :

— Vous avez parfaitement raison et nous y avons songé... Je vous avouerai, car je suis sûre de votre discrétion, que nous avons décidé de vivre avec Mr. Churchill. Il nous faudra observer au moins trois mois de grand deuil, mais passé ce délai, nous n'aurons plus aucune raison d'attendre.

— Merci, merci, c'est justement ce dont je voulais être assurée... Oh, si vous saviez comme j'aime ce qui est clair et net ! Au revoir, au revoir.

CHAPITRE LIII

Tous les amis de Mrs. Weston se réjouirent bientôt de son heureuse délivrance, et pour Emma, le bonheur de savoir la maman en parfaite santé s'accrut encore, si c'était possible, de ce que l'enfant était une fille. Elle avait dès le début opté pour une Miss Weston. Refusant bien sûr de reconnaître son secret espoir de marier un jour cette enfant à l'un des fils d'Isabelle, elle se déclarait simplement convaincue qu'une petite fille conviendrait mieux au papa comme à la maman. Mr. Weston puiserait en elle un réconfort immense au seuil de la vieillesse — car les Mr. Weston eux-mêmes finissent par vieillir — et il serait alors heureux de voir son foyer égayé des jeux, des sottises, des caprices et des fantaisies d'une petite créature que rien ne viendrait jamais arracher à l'affection des siens. Quant à Mrs. Weston, elle était indubitablement faite pour avoir une fille, et il eût été infiniment regrettable qu'elle se trouvât dans l'impossibilité d'exercer à nouveau ses talents d'éducatrice.

— Vous savez, disait Emma, elle a eu grâce à moi la chance de pouvoir acquérir une certaine expérience, comme la baronne d'Almane ou la comtesse d'Ortalis dans l'*Adélaïde et Théodore* de Madame de Genlis... Ainsi, nous allons voir maintenant la petite Adélaïde qui vient de naître recevoir une éducation absolument parfaite..

— C'est-à-dire que Mrs. Weston la gâtera encore plus que vous, en croyant la traiter sévèrement, répliqua Mr. Knightley, et ce sera certainement là le seul progrès notable.

— Pauvre petite ! s'écria Emma. A ce compte, que deviendra-t-elle ?

— Ne craignez rien, son sort ne sera que celui de milliers d'autres enfants. Insupportable dans sa petite enfance, elle se corrigera avec le temps. Je suis en train de réviser mon opinion sur les enfants gâtés, ma chère Emma. Moi qui leur dois tout mon bonheur, ne ferais-je pas preuve de la plus horrible ingratitude en les jugeant sévèrement ?

Emma se mit à rire et reprit :

— Mais j'ai eu la chance de vous avoir pour contrecarrer les méfaits de l'indulgence des autres, et je doute fort que mon seul bon sens eût suffi à me corriger.

— Vraiment ? Ce n'est pas mon avis. La nature vous avait dotée d'une grande intelligence et Mrs. Weston vous enseignait d'excellents principes... Vous ne pouviez donc que vous en tirer et mon intervention risquait autant de vous nuire que de vous être bénéfique. Vous auriez pu vous demander de quel droit je vous sermonnais, et je crains que mon attitude ne vous ait paru déplaisante... Au fond, je ne crois pas vous avoir rendu le moindre service et ce sont avant tout mes propres intérêts que j'ai servis puisque vous êtes devenue l'objet de mon affection la plus tendre. Pouvais-je penser à vous constamment sans m'éprendre follement de votre personne, défauts compris ? Je me suis tant occupé des bêtises que vous commettiez que je dois être amoureux de vous depuis près de dix ans...

— Et moi, je suis sûre que vous m'avez été fort utile, s'écria Emma. Il m'est heureusement souvent arrivé d'écouter vos conseils... oui, plus souvent que je ne voulais me l'avouer, et je suis absolument persuadée que votre aide m'aura été précieuse. J'espère que vous aurez la charité de vous occuper de la petite Anna Weston comme vous vous êtes occupé de moi si vous vous apercevez qu'on la gâte trop, mais je vous demanderais cependant de ne pas tomber amoureux d'elle lorsqu'elle aura treize ans.

— Quand vous étiez petite fille, combien de fois ne m'avez-vous dit avec votre air impertinent : « Mr. Knightley, je vais faire ceci ou cela car j'ai l'autorisation de papa », ou « Miss Taylor m'en a donné l'autorisation ». C'est ainsi que vous agissiez lorsque vous saviez que je n'étais pas d'accord, et dans ces cas-là, vous commettiez deux mauvaises actions au lieu d'une.

— Quelle aimable enfant je faisais ! Il n'est pas étonnant que vous vous souveniez avec tant d'émotion des discours que je tenais alors.

— « Mr. Knightley », vous m'appeliez toujours « Mr. Knightley », et cela ne me paraît plus si cérémonieux avec le temps. Ça l'est cependant, et je voudrais que vous m'appeliez autrement, sans pourtant trop savoir comment.

— Un jour, vers l'âge de six ans, je vous ai appelé George, je m'en souviens, et j'ai récidivé lors de l'une de ces charmantes crises qui me caractérisaient. Je ne le faisais, bien sûr, que dans l'espoir de vous offenser, mais comme vous n'avez pas réagi, je n'ai jamais recommencé.

— Ne pourriez-vous pas m'appeler George, à présent ?

— Impossible ! Je vous ai toujours appelé Mr. Knightley... Je ne vous promettrai certes pas d'imiter les délicates familiarités de cette chère Mrs. Elton, mais je vous jure de vous appeler un jour par votre prénom, ajouta-t-elle en riant. Je ne puis encore fixer de date précise, mais vous devinez l'endroit où j'aurai cet honneur... Cela se produira en ces lieux où les messieurs et les dames s'engagent pour le meilleur et pour le pire.

Emma était navrée de ne pouvoir lui parler du service qu'il lui aurait rendu si elle avait seulement consenti à écouter ses conseils... N'aurait-elle pas alors évité l'une de ses pires fautes, son intimité avec Harriet Smith ? C'était cependant un sujet si délicat qu'elle n'osa point l'aborder. Ils parlaient rarement d'Harriet, et si cela tenait simplement pour Mr. Knightley à ce qu'il ne songeait point à la jeune fille, Emma interprétait très différemment le silence de son compagnon, y voyant une preuve de la délicatesse d'un homme qui soupçonnait certainement le déclin de son amitié pour Miss Smith. Évidemment, les jeunes filles eussent en d'autres circonstances échangé une correspondance plus suivie si elles s'étaient trouvées séparées, et notre héroïne ne se fût jamais contentée des nouvelles que lui envoyait Isabelle comme elle le faisait presque exclusivement. Mr. Knightley devait bien l'avoir remarqué, et la pauvre Emma souffrait presque autant d'être forcée de lui dissimuler quelque chose que d'avoir fait le malheur d'Harriet.

Les nouvelles qu'Isabelle lui faisait parvenir étaient aussi bonnes que possible. Au début, elle avait trouvé sa jeune invitée un peu triste, ce qui était naturel si l'on songeait qu'elle venait à Londres pour consulter un dentiste. Tout allait mieux depuis qu'on avait réglé cette affaire et Miss Smith était désormais tout à fait égale à elle-même. Isabelle n'avait certes pas un sens aigu de l'observation, mais si Harriet ne s'était pas montrée disposée à jouer avec les enfants, cela ne lui aurait sans doute point échappé. Emma fut enchantée d'apprendre que sa jeune amie allait même prolonger son séjour à Londres et qu'elle y passerait au moins un mois au lieu des deux semaines prévues, Mr. et Mrs. Knightley comptant venir à Hartfield au mois d'août et l'ayant de ce fait invitée à rester chez eux jusqu'à ce qu'ils fussent en mesure de la ramener.

— John ne parle même pas de votre amie, dit Mr. Knightley... Voici sa lettre, voulez-vous la lire ?

C'était la réponse à la lettre par laquelle il avait informé son frère John de son intention de se marier, et c'est d'une main fébrile qu'Emma s'en saisit, impatiente de savoir ce que son beau-frère disait de ce projet et totalement indifférente au silence qu'il observait à propos de son amie.

— C'est en frère que John prend part à mon bonheur, mais il n'est point homme à faire des compliments, reprit Mr. Knightley. Il vous aime très tendrement, je le sais, mais les fleurs de la rhétorique lui sont tellement étrangères que toute autre jeune fille risquerait de trouver ses louanges un peu froides. Je ne crains pourtant pas de vous soumettre cette lettre.

— Il s'exprime en homme sensé, dit Emma quand elle eut achevé sa lecture. Je respecte sa sincérité. Il est clair qu'à ses yeux ce mariage est tout à mon avantage mais il semble espérer que je deviendrai avec le temps aussi digne de votre amour que vous m'imaginez l'être déjà. Je ne l'aurais jamais cru s'il avait exprimé des sentiments différents.

— Mon Emma, son intention n'était pas du tout celle que vous croyez et il voulait simplement dire que...

— Les jugements que nous porterions lui et moi sur les deux intéressés ne divergeraient guère si nous pouvions aborder ce sujet sans contrainte, dit-elle avec une sorte de gravité souriante.

— Emma, ma chère Emma !

— Oh ! s'écria-t-elle avec une franche gaieté, avant d'accuser votre frère d'injustice, attendez seulement que mon père soit au courant et nous ait donné son avis... Vous verrez qu'il se montrera dix fois plus injuste à *votre* égard et ne se privera point de penser que vous avez toutes les chances et moi tous les mérites. J'espère échapper momentanément à l'atroce déchéance de ses « Pauvre Emma ! », mais c'est tout ce que je puis attendre de sa tendre compassion pour la perfection opprimée.

— Oh ! s'écria-t-il, j'aimerais que votre père fût aussi facile à convaincre que John et comprît aussi vite que nos mérites respectifs nous donnent le droit d'être heureux ensemble, car je suis certain que mon frère ne tardera pas à s'en rendre compte. Il y a dans sa lettre un passage qui m'amuse tout particulièrement... L'avez-vous remarqué ? C'est quand il dit n'avoir pas été vraiment surpris de recevoir cette nouvelle.

— Si je comprends bien votre frère, il veut simplement dire par là que vous aviez manifestement envie de vous marier. Il ne pensait certainement pas à moi et ne cache d'ailleurs pas son étonnement sur ce point.

530

— Certes, mais je trouve amusant qu'il ait si bien pénétré mes sentiments. Qu'est-ce qui a bien pu le mettre sur la voie ? Si je me remémore le comportement que j'avais à l'époque ou les discours que je tenais, je n'y décèle rien qui fût susceptible de lui donner à penser que je désirais me marier... Je suppose pourtant qu'il en était ainsi et j'ai dû véritablement me trahir lors de mon dernier séjour à Londres. Je ne crois pas avoir joué autant que d'habitude avec les enfants et je me souviens même que ces pauvres petits ont déclaré un soir : « Notre oncle est toujours fatigué, en ce moment. »

Il faudrait bientôt répandre la nouvelle et tester les réactions des habitants de Highbury. Dès que Mrs. Weston fut suffisamment rétablie pour recevoir la visite de Mr. Woodhouse, Emma résolut d'annoncer ses fiançailles à son père puis à ceux de Randalls, sûre que sa douce amie saurait user de son influence pour plaider sa cause. Comment aborder le sujet avec Mr. Woodhouse, pourtant ? Elle choisit pour le faire un moment où Mr. Knightley serait absent. Elle craignait que son cœur ne la trahît à l'instant crucial, l'obligeant à remettre son aveu à plus tard, mais on décida que Mr. Knightley la rejoindrait à temps pour prendre le relais. Il lui fallait absolument parler, et elle devait en outre s'acquitter gaiement de sa tâche puisqu'elle ne ferait qu'accroître encore la tristesse de son père en adoptant un air mélancolique. Il fallait surtout prendre garde à ne point présenter cet événement comme une catastrophe, c'était tout à fait évident. La jeune fille employa donc toute sa force d'âme à le préparer d'abord à des nouvelles extraordinaires puis lui déclara ensuite qu'elle et Mr. Knightley seraient fort désireux de se marier s'ils obtenaient son consentement et sa bénédiction, ce dont elle ne doutait point, ce projet devant assurer le bonheur de chacun. Grâce à ce mariage, Mr. Woodhouse ne jouirait-il pas en effet de la présence constante de l'être qu'il aimait le plus au monde après ses filles et Mrs. Weston ?

Pauvre homme ! Ce fut tout d'abord pour lui un coup terrible et il multiplia les efforts pour tenter de dissuader sa fille de se marier, lui rappelant dix fois sa promesse de rester toujours célibataire et lui assurant qu'elle ferait cent fois mieux de s'en tenir à ses premières résolutions. Il ne manqua point d'évoquer également la pauvre Isabelle et la pauvre Miss Taylor mais ce ne fut pas suffisant, Emma, pendue à son cou, lui souriant et lui disant qu'il devait en être ainsi et qu'il ne fallait pas la comparer à Isabelle ou à Mrs. Weston dont le mariage, en les arrachant à Hartfield, avait causé tant de bouleversements. Pour sa part, elle ne quitterait pas Hartfield, elle resterait toujours là et le changement qui se produirait dans le cercle de famille n'aurait que des aspects positifs. Oui, elle était intimement persuadée qu'il serait cent fois plus heureux avec Mr. Knightley dans la maison dès qu'il se serait habitué à cette idée. Est-ce qu'il n'aimait pas beaucoup Mr. Knightley ? Il ne pouvait le nier, n'est-ce pas ? Et n'était-ce point à lui qu'il faisait appel toutes les fois qu'il avait besoin d'un conseil ? Son ami ne lui était-il pas constamment utile ? Ne se montrait-il pas toujours disposé à lui écrire une lettre ou à lui rendre un service quelconque ? Si, bien sûr, il fallait bien le reconnaître et Mr. Knightley ne viendrait jamais trop souvent à Hartfield, répliqua le vieil homme. Il serait enchanté de le voir tous les jours, cela était certain, mais n'était-ce point déjà le cas ? Pourquoi ne pas continuer comme par le passé ?

Mr. Woodhouse ne pouvait se résigner si vite mais le pire était fait, il était au courant, et le temps, l'habitude, feraient probablement le reste. Aux prières et promesses d'Emma succédèrent celles de Mr. Knightley qui en arriva même à rendre ce sujet presque agréable en multipliant les éloges sur sa bien-aimée. Mr. Woodhouse s'accoutuma bientôt à ce que l'un ou l'autre des fiancés choisît systématiquement la première occasion favorable pour parler de ce mariage, et Isabelle apporta aux deux amoureux toute l'aide possible en écrivant des lettres où elle exprimait clairement son approbation. Quant à Mrs. Weston, elle se montra dès le début toute disposée à parler de cette union dans les termes les plus flatteurs, la présentant à son vieil ami comme un fait établi et comme un événement très prometteur, sachant bien que c'étaient des arguments de poids pour un homme comme Mr. Woodhouse. Puisqu'il était convenu qu'Emma et Mr. Knightley se marieraient, et puisque tous les amis dont il estimait les conseils lui assuraient que cela ferait son bonheur, il se résigna bientôt et commença de penser que les deux amoureux pourraient un jour, dans un an ou deux peut-être, contracter des liens définitifs sans que ce fût trop affreux.

Mrs. Weston feignait l'indifférence, affectant de ne point s'intéresser directement à cette affaire lorsqu'elle en entretenait Mr. Woodhouse. La nouvelle l'avait étonnée, ç'avait même été la plus grande surprise de sa vie, mais voyant dans ce mariage une source de bonheur pour chacun, elle n'éprouvait aucun scrupule à tenter d'influencer autant que possible Mr. Woodhouse. Elle estimait Mr. Knightley au point de le trouver digne de sa chère Emma, et cette union se révélait à tous égards si opportune, si bien équilibrée, si brillante, si désirable aussi et si prometteuse, que Mrs. Weston avait à présent l'impression que nul autre homme n'eût pu rendre Emma heureuse. N'était-elle point la plus stupide des femmes de n'y avoir pas songé depuis longtemps ? Parmi ceux qui pouvaient prétendre à la main d'Emma, rares étaient les personnes qui eussent accepté d'abandonner leur foyer pour aller vivre à Hartfield, et qui, sinon Mr. Knightley, eût pu connaître assez Mr. Woodhouse pour rendre un tel arrangement possible ? Au temps où l'on projetait d'unir Emma et Frank, les Weston savaient déjà qu'il serait extrêmement difficile de régler le problème du pauvre Mr. Woodhouse, et l'on s'était constamment heurté à cette question de concilier les exigences de Hartfield et celles d'Enscombe, même si Mr. Weston, y attachant moins d'importance que sa femme, se contentait de conclusions hâtives du genre : « Ces choses-là s'arrangent toujours toutes seules et nos amoureux trouveront bien le moyen de s'en tirer. » Dans le cas présent, pourtant, on ne laissait rien au hasard et l'on ne se reposait point sur les vertus de l'avenir. Tout était clair, net, parfaitement réglé. Personne ne se voyait obligé de faire un sacrifice douloureux et nul obstacle réel ou tangible ne venait s'opposer, ne fût-ce que pour le retarder, à un mariage qui promettait à chacun les plus hautes félicités.

Son bébé sur les genoux, Mrs. Weston se laissait aller à des rêveries de ce genre, se sentant l'une des femmes les plus heureuses en ce monde, et son ravissement s'accrut encore si c'était possible lorsqu'elle constata que les premiers bonnets du bébé seraient bientôt trop petits.

La nouvelle étonna tout le monde et Mr. Weston fut également surpris, pendant un moment du moins. Cinq minutes lui suffirent pourtant à se familiariser avec cette idée du mariage d'Emma, et sa vivacité d'esprit lui permettant de se représenter en un clin d'œil tous les avantages de cette union, il s'en réjouit tout autant que sa femme. Oubliant du reste très vite la surprise qu'il avait éprouvée, il ne fut pas loin de croire au bout d'une heure qu'il avait toujours prévu ce qui se passait à présent.

— Je suppose qu'il ne faut pas en parler, dit-il. Ce genre d'affaire nécessite la plus grande discrétion jusqu'au jour où l'on s'aperçoit que tout le monde est au courant. Vous m'avertirez lorsque je n'aurai plus à me taire. Je me demande si Jane a le moindre soupçon...

Se rendant à Highbury dès le lendemain matin pour satisfaire sa curiosité sur ce point, il confia son secret à Jane... N'était-elle pas un peu sa fille, sa fille aînée ? Il était tenu de tout lui dire, et Miss Bates étant présente, la nouvelle arriva bientôt aux oreilles de Mrs. Cole, de Mrs. Perry et de Mrs. Elton. Nos héros n'en conçurent pas le moindre étonnement. Dès le moment où Emma avait annoncé ses fiançailles, ils s'étaient amusés à calculer le temps qu'il faudrait pour que tout Highbury fût dans la confidence, se plaisant à imaginer avec leur perspicacité coutumière le nombre de foyers dont ils alimentaient déjà la conversation.

La plupart des gens approuvèrent ce mariage. Certains pensaient peut-être que Mr. Knightley avait beaucoup de chance et d'autres qu'Emma tirerait tout le profit de cette situation, et les uns pouvaient préconiser un déménagement général à Donwell, cela pour laisser Hartfield à John Knightley, tandis que d'autres prévoyaient mille problèmes domestiques ; dans l'ensemble, personne n'élevait pourtant la moindre objection sérieuse hormis ceux du presbytère. Pour les Elton, la surprise fut franchement désagréable, et Mrs. Elton en fut extrêmement affectée, le vicaire se contentant pour sa part de souhaiter que « l'orgueil de cette demoiselle fût enfin satisfait » et de laisser entendre qu'elle « avait toujours nourri le secret espoir d'attraper Knightley si c'était possible ». Quant à leur projet d'habiter à Hartfield, il eut l'audace de s'exclamer : « Je préfère que ce soit lui que moi ! »... Mrs. Elton, elle, était vraiment très chagrinée. « Pauvre Knightley, pauvre garçon, quelle sale histoire pour lui », ne cessait-elle de répéter. Elle était sincèrement affligée, car il avait de grandes qualités malgré ses excentricités. Comment avait-il pu se laisser prendre au piège ? Elle ne s'était jamais aperçue qu'il fût amoureux, non, vraiment jamais... Pauvre Knightley ! Ce mariage sonnerait la fin de leurs bonnes relations. Il se faisait un tel plaisir de venir dîner lorsqu'ils l'invitaient ! Mais il ne fallait plus y songer. Pauvre garçon ! Plus jamais il n'organiserait de réceptions à Donwell en son honneur ! Oh non, maintenant il y aurait une Mrs. Knightley qui se chargerait à tout propos de jeter de l'eau froide sur ses projets. C'était tout à fait déplaisant ! Mais elle ne regrettait pas d'avoir dénigré la femme de charge, l'autre jour. Ce projet de vivre ensemble était choquant, et jamais ça ne marcherait. Elle connaissait dans les environs de Maple Grove des personnes qui avaient tenté l'expérience, et elles avaient été forcées de se séparer avant la fin du premier trimestre de leur cohabitation.

CHAPITRE LIV

Le temps passait et ceux de Londres ne tarderaient plus à arriver, ce qui ne laissait point d'inquiéter Emma. Un matin, elle songeait précisément à cet événement qui risquait de lui poser tant de tristes problèmes lorsque Mr. Knightley fit son apparition, chassant en un clin d'œil toutes ses idées sombres. Ils bavardèrent gentiment pendant quelques minutes, puis Mr. Knightley déclara gravement, après un instant de silence :

— J'ai quelque chose à vous dire, Emma... une nouvelle à vous apprendre.

— Bonne ou mauvaise ? demanda-t-elle très vite en le regardant droit dans les yeux.

— Je ne le sais pas trop.

— Oh, bonne, j'en suis sûre, je le vois à votre air. Vous êtes obligé de faire un effort pour ne pas sourire.

— Je crains... je crains que vous n'ayez pas la moindre envie de sourire lorsque vous connaîtrez cette nouvelle, Emma, dit-il en se composant un visage.

— Vraiment ? Mais pourquoi ? Je parviens difficilement à imaginer que ce qui vous amuse ou vous fait plaisir puisse me contrarier.

— C'est qu'il s'agit d'une question — et j'espère que c'est la seule — sur laquelle nos avis divergent totalement. — Il garda le silence un instant, la fixant tout en souriant de nouveau : — Est-ce que cela ne vous dit rien ? Vous ne vous souvenez donc pas ? Harriet Smith...

Emma rougit violemment en l'entendant prononcer ce nom, et elle prit peur sans savoir exactement pourquoi.

— Auriez-vous eu de ses nouvelles ce matin ? s'écria-t-il. Oui... c'est cela, n'est-ce pas, et vous savez tout...

— Mais non, je n'ai rien reçu et je ne sais pas... Mais je vous en prie, dites-moi ce qui se passe.

— Je vois que vous vous attendez au pire et en effet... Voici, Harriet Smith épouse Robert Martin.

Emma sursauta, preuve qu'elle n'était pas préparée à cette nouvelle, et si son regard disait clairement : « Oh non, ce n'est pas possible ! », elle ne s'en abstint pas moins de dire un seul mot.

— Mais si, c'est vrai, je vous l'assure, reprit Mr. Knightley. C'est Robert Martin lui-même qui m'a annoncé ses fiançailles. J'étais avec lui il n'y a pas une heure.

Emma le regardait toujours avec un étonnement évident.

— Comme je le craignais, cette nouvelle vous affecte beaucoup, n'est-ce pas, Emma ? Je souhaiterais que nous ne fussions plus divisés sur ce sujet mais je suis sûr qu'avec le temps... Oui, soyez certaine que le temps nous fera changer d'avis, vous ou moi, et pour l'heure, il me paraît superflu de discuter plus avant de ce problème.

— Vous vous méprenez, vous vous méprenez complètement, répondit-elle en essayant de reprendre ses esprits. Ces fiançailles ne me chagrinent pas le moins du monde mais je n'arrive pas à y croire... Cela me paraît impossible ! Vous ne voulez pas dire qu'Harriet Smith vient de consentir à épouser Robert Martin, n'est-ce pas ? Ni qu'il l'a déjà demandée en mariage ? Non, vous désirez simplement m'informer qu'il a *l'intention* de le faire ?

— Pas du tout ! Je vous répète qu'il l'a fait et qu'elle accepte de l'épouser, déclara-t-il avec une fermeté souriante.

— Seigneur ! s'écria-t-elle. C'est incroyable !

Se penchant alors sur sa panière à ouvrage pour dissimuler son visage et l'exquis sentiment de bonheur et de joie que l'on devait y lire, elle ajouta :

— Fort bien, mais à présent il faut tout me dire. Expliquez-moi cette histoire. Où, quand et comment ? Je veux savoir. Je n'ai jamais été plus surprise, mais je vous jure que je n'éprouve pas la moindre peine. Comment, comment est-ce possible ?

— C'est très simple. Il devait aller à Londres voici trois jours et je l'ai chargé de porter à John quelques papiers que je voulais lui faire parvenir. Il est donc allé trouver John à son cabinet pour les lui remettre et s'est vu prié d'accompagner toute la famille à Astley [1] le soir même, car John avait promis à ses deux aînés de les y emmener. Il devait y avoir mon frère, votre sœur, Henry, John... et Miss Smith. Ce cher Robert n'a pu résister à la tentation et ils sont venus le chercher en voiture. Tout le monde s'est bien amusé et mon frère a invité Robert à venir dîner le lendemain, ce qu'il a fait. Si j'ai bien compris, c'est au cours de cette visite qu'il a trouvé l'occasion de parler à Harriet, et il n'a certes pas perdu son temps. En acceptant son offre, elle l'a rendu aussi heureux qu'il le mérite. Il est rentré hier par la malle de poste et m'a rendu visite ce matin, juste après le petit déjeuner, pour me mettre au courant du résultat de ses démarches en ce qui concernait mes affaires et les siennes... Votre amie Harriet vous donnera plus de détails quand vous la verrez et vous instruira de ces mille petits riens que seule une femme sait rendre passionnants. Entre hommes, nous avons tendance à nous limiter à l'essentiel, mais je dois dire malgré tout que Robert m'a paru fou de joie et m'a raconté, sans que cela fût très à propos, que mon frère s'était chargé de Mrs. John Knightley et du petit Henry au sortir de leur loge à l'Astley, lui laissant le soin de s'occuper de Miss Smith et d'Henry. Il paraîtrait même qu'ils se sont à certain moment retrouvés au milieu d'une foule si dense qu'Harriet en a été incommodée.

---

1. Astley : célèbre cirque londonien.

Il s'arrêta et sa compagne n'osa répondre sur-le-champ, certaine de trahir dès le premier mot une joie bien évidemment excessive. Elle était obligée d'attendre un moment car il la croirait folle. Ce silence, pourtant, inquiéta Mr. Knightley, et après avoir encore un peu observé sa fiancée, il reprit :

— Emma, mon amour, vous disiez que cet événement ne vous affectait point mais je crains qu'il ne vous peine plus que vous ne vous y attendiez. La position de Robert Martin n'est certes pas très brillante, mais vous devez considérer que votre amie s'en contente, ce qui est l'essentiel. Je suis certain en outre que vous apprécierez de plus en plus ce garçon quand vous le connaîtrez mieux, car son bon sens et la justesse de ses principes ne manqueront point de vous séduire. Si l'on songe à ses seules qualités, vous ne pouviez rêver de voir votre amie tomber en de meilleures mains, et si je le pouvais, j'élèverais ce garçon au rang qu'il mérite, ce qui n'est pas peu dire, croyez-moi, Emma. Vous me raillez toujours à cause de mon William Larkins, mais je ne pourrais pas davantage me passer de Robert Martin.

Il s'efforçait de lui faire relever la tête et de la faire sourire, et se sentant maintenant plus maîtresse d'elle-même, Emma répondit gaiement :

— Ne vous donnez pas la peine de tenter de me réconcilier avec ce mariage, car je suis persuadée qu'Harriet a tout à fait raison. Ses parents risquent fort d'occuper dans le monde un rang plus modeste encore que ceux du jeune homme et tout laisse à penser qu'ils sont nettement moins honorables. Mon silence s'explique simplement par mon extrême étonnement. Vous ne pouvez imaginer combien cette nouvelle m'a prise au dépourvu, car j'y étais d'autant moins préparée que j'avais, très récemment encore, d'excellentes raisons de croire cette enfant plus résolue que jamais à refuser les offres de Mr. Martin.

— Vous connaissez certainement mieux que moi votre amie, mais je dirai qu'elle est de ces jeunes filles aussi douces qu'aimables qui ne risquent guère d'être véritablement résolues à repousser un jeune soupirant, répondit Mr. Knightley.

Emma ne put s'empêcher de rire :

— Ma parole, je crois que vous la connaissez aussi bien que moi ! Mais Mr. Knightley, êtes-vous bien certain qu'elle ait accepté pour de bon d'épouser Mr. Martin ? Je comprendrais sans peine qu'elle le fît un jour ou l'autre, mais si tôt, cela me semble absolument impensable ! N'auriez-vous point mal interprété les paroles de Mr. Martin ? Vous vous entreteniez de sujets bien différents, travail, concours agricoles, nouvelles méthodes de culture, et vous avez pu vous méprendre sur le sens exact des discours de ce garçon, n'est-ce pas ? Ses affirmations catégoriques concernaient-elles bien son mariage avec Harriet et non les mensurations exceptionnelles de quelque bœuf ?

Emma percevait à ce moment-là si clairement le contraste entre les manières et l'allure de Mr. Knightley et celles de Robert Martin, se remémorait si nettement les sentiments qu'Harriet nourrissait peu de temps auparavant, et se rappelait si bien les paroles que son amie lui avait dites avec tant d'emphase : « Oh non, j'espère avoir désormais trop de goût pour m'intéresser à Robert Martin », qu'elle ne pouvait s'empêcher de voir dans ces fiançailles une mesure vraiment prématurée. Oui, c'était impossible, absolument impossible !

— Comment osez-vous dire des choses pareilles ? s'écria Mr. Knightley. Comment osez-vous me croire assez sot pour ne pas comprendre les histoires que l'on me raconte ? Savez-vous ce que vous mériteriez ?

— Oh, je ne mérite jamais que les traitements les plus doux car je n'en connais point d'autres. Il faut me faire une réponse claire et directe. Êtes-vous absolument sûr d'avoir saisi la nature exacte des relations actuelles de Mr. Martin et d'Harriet ?

— Je suis sûr et certain qu'il m'a dit avoir l'accord de la jeune fille, et les termes fort clairs dont il usait ne laissaient point planer la moindre équivoque, répondit-il en détachant bien chaque syllabe de son discours. Je crois même pouvoir vous donner une preuve, c'est qu'il m a consulté sur ce qu'il devait faire à présent. Mrs. Goddard seule est en mesure de lui fournir des renseignements sur les parents d'Harriet, et il m'a donc confié qu'il comptait aller la voir. Je l'ai approuvé, bien entendu, et il essaiera de lui rendre visite aujourd'hui même.

— Je suis satisfaite, répondit Emma avec un sourire radieux, et je leur souhaite sincèrement tout le bonheur possible.

— Vous avez changé d'avis depuis la dernière fois que nous avons parlé de ce problème.

— Je l'espère, car j'étais stupide à cette époque-là.

— J'ai beaucoup changé, moi aussi, et je suis à présent tout disposé à reconnaître les qualités d'Harriet. Par amour pour vous et par amitié pour Robert Martin que je n'ai jamais cessé de croire sincèrement amoureux, j'ai pris la peine d'essayer de la connaître. J'ai eu de longues discussions avec elle, comme vous l'avez certainement remarqué, et j'ai parfois même pensé que vous me soupçonniez de plaider la cause de ce pauvre Martin, ce qui n'était pas le cas, je vous le jure. En tout cas, après avoir bien observé cette jeune fille, j'ai acquis la conviction que c'était une enfant charmante, naturelle, gentille, raisonnable, dotée d'excellents principes et qui place tout son bonheur dans les affections et occupations de la vie domestique. Elle vous doit également un grand merci pour les progrès qu'elle a réalisés depuis qu'elle vous connaît.

— Moi ! s'écria Emma en secouant la tête. Ah, cette pauvre Harriet !

Se maîtrisant malgré tout, elle supporta patiemment d'écouter ces éloges qu'elle ne méritait point.

L'arrivée de son père interrompit bientôt leur conversation et elle ne le regretta pas. Elle avait envie d'être seule car elle se sentait si troublée et tellement étonnée qu'elle en avait du mal à garder son calme. Elle aurait voulu danser, chanter, crier et se sentait incapable de faire quoi que ce fût tant qu'elle n'aurait pas dépensé ce trop-plein d'énergie et n'aurait pas laissé déborder sa joie tout en

541

réfléchissant librement aux nouvelles qu'elle venait d'apprendre.

Son père venait lui annoncer que James attelait les chevaux pour les conduire à Randalls où ils se rendaient désormais chaque jour, et elle fut enchantée d'avoir un aussi bon prétexte pour quitter le salon.

On peut aisément imaginer la joie, la gratitude et le ravissement d'Emma. Délivrée de son seul problème, de son seul doute, l'avenir d'Harriet, elle craignait presque à présent d'être trop heureuse. Que lui restait-il à désirer ? Rien, sinon d'arriver à se montrer plus digne d'un homme dont le cœur et le jugement étaient depuis toujours tellement supérieurs aux siens. Oui, elle n'avait plus à souhaiter que d'être capable de tirer les leçons de ses folies passées pour apprendre grâce à elles l'humilité et la circonspection.

Elle mettait certes beaucoup de sérieux à prendre tant de belles résolutions et son cœur débordait de gratitude, mais il lui arrivait de ne pouvoir refréner un immense éclat de rire. Elle trouvait si drôle cette conclusion du grand amour d'Harriet ! Une déception qui datait de cinq semaines à peine aboutir à des fiançailles ! Quel cœur, quel grand cœur que celui d'Harriet !

Elle serait à présent ravie de revoir son amie, et d'ailleurs qu'est-ce qui ne lui ferait pas plaisir, maintenant ? Elle serait même enchantée de faire la connaissance de Robert Martin !

Elle se réjouissait tout particulièrement d'être bientôt délivrée de l'obligation d'avoir à dissimuler quoi que ce fût à Mr. Knightley. Elle en aurait bientôt fini avec tous ces faux-semblants, ces équivoques et ces mystères qu'elle détestait tant, et elle pouvait désormais envisager d'accorder à son fiancé cette confiance entière et totale que son caractère l'inclinait à regarder comme l'un des premiers devoirs de l'amour.

Elle était heureuse et très gaie lorsqu'elle partit avec son père. Sans écouter tout ce qu'il lui racontait, elle acquiesçait systématiquement, l'encourageant par des paroles ou par son silence à nourrir l'aimable certitude que la pauvre Mrs. Weston eût été atrocement déçue de ne pas voir chaque jour son cher Mr. Woodhouse.

Ils arrivèrent enfin. Mrs. Weston était seule au salon, mais on avait à peine demandé des nouvelles du bébé, et Mrs. Weston avait eu juste le temps de remercier Mr. Woodhouse d'être venu, comme le méritaient les efforts que cela supposait de sa part, que l'on aperçut par la jalousie la silhouette de deux personnes qui se promenaient devant la fenêtre.

— C'est Frank et Miss Fairfax, dit Mrs. Weston. J'allais justement vous informer que nous avons eu ce matin l'agréable surprise de le voir arriver... Il reste jusqu'à demain et nous avons convaincu Miss Fairfax de passer cette journée avec nous. J'espère qu'ils vont rentrer.

Trente secondes plus tard, les jeunes gens faisaient en effet leur apparition au salon. Ravie de revoir Frank, Emma se sentait pourtant, comme lui d'ailleurs, un peu embarrassée et gênée de tant de souvenirs inopportuns. Ils se saluèrent cordialement, trop intimidés cependant pour se montrer vraiment loquaces. Quand tout le monde eut pris place, il y eut un tel silence qu'Emma commença de douter que ces retrouvailles tant attendues lui apporteraient vraiment tout le plaisir escompté, mais quand Mr. Weston eut fait son entrée et que l'on eut amené le bébé, les centres d'intérêt ne manquèrent plus et l'atmosphère se détendit enfin. C'est à ce moment-là que Frank trouva le courage et l'occasion de s'approcher d'Emma pour lui parler :

— Je dois vous remercier pour le gentil message que Mrs. Weston m'a transmis dans l'une de ses lettres, Miss Woodhouse, et j'espère que vous êtes toujours disposée à me pardonner. Je souhaite sincèrement que vous ne rétractiez point les paroles indulgentes que vous avez prononcées à l'époque.

— Non, rassurez-vous, s'écria Emma, ravie de pouvoir aborder ce sujet, je n'ai pas changé d'avis et je suis enchantée de vous voir, de vous serrer la main et de pouvoir vous adresser de vive voix tous mes vœux de bonheur.

— N'a-t-elle pas bonne mine ? dit-il en regardant Jane. Elle est resplendissante, n'est-ce pas ? Voyez comme mon père et Mrs. Weston l'entourent de leurs soins.

Sa gaieté reprit bien vite le dessus et c'est avec des yeux malicieux qu'il cita le nom de Dixon après avoir évoqué le prochain retour des Campbell. Emma rougit et interdit à son compagnon de jamais prononcer ce nom devant elle.

— Je ne puis y songer sans éprouver une honte extrême ! s'écria-t-elle.

— La honte n'est, ou du moins ne devrait être, que pour moi seul, répondit-il... Mais est-il possible que vous n'ayez rien soupçonné ? Je sais que vous n'aviez pas compris, au début, mais...

— Je n'ai jamais eu le moindre soupçon, je vous l'assure.

— Cela me paraît insensé ! Une fois, j'ai même failli... J'aimerais l'avoir fait, ç'aurait été nettement préférable. Je n'ai certes cessé de commettre des mauvaises actions, mais il est des circonstances où je me suis particulièrement mal conduit sans que cela me rende le moindre service. J'aurais mieux fait de violer mon secret et de tout vous avouer.

— Il ne faut pas avoir de regrets, cela ne sert à rien, dit Emma.

— J'espère que mon oncle se laissera convaincre de faire une visite à Randalls, reprit-il, car il voudrait être présenté à Miss Fairfax. Nous irons à Londres quand les Campbell seront de retour et j'espère que nous y resterons jusqu'à ce que nous puissions emmener ma fiancée dans le Nord. Pour l'instant, nous sommes condamnés à une séparation des plus cruelles. N'est-ce pas affreux, Miss Woodhouse ? Jusqu'à ce matin, nous ne nous étions pas rencontrés une seule fois depuis le jour de notre réconciliation... Vous me plaignez, n'est-ce pas ?

Emma lui exprima si gentiment sa compassion qu'il s'écria, dans un brusque élan de gaieté :

— Mais à propos (baissant la voix et affectant un instant la réserve), j'espère que Mr. Knightley va bien ?

Elle rougit et se mit à rire. Il reprit :

— Je sais que vous avez lu ma lettre, et vous vous souvenez certainement des bons vœux que je vous adressais ? Permettez-moi de vous retourner vos félicitations. J'ai appris cette nouvelle avec un vif intérêt et le plaisir le plus extrême, je vous l'assure. C'est un homme dont je n'oserais même pas faire l'éloge.

Enchantée, Emma eût souhaité qu'il poursuivît sur ce ton, mais il en revint aussitôt à ses propres affaires et dit en montrant Jane :

— Avez-vous jamais vu un teint aussi joli ? Tant de douceur et de délicatesse... et pourtant elle n'est pas vraiment blonde... non, on ne peut dire qu'elle soit blonde. Elle a une carnation très rare avec ses cils et ses cheveux sombres. Quelle distinction ! Quelle élégance ! Elle a juste ce qu'il faut d'éclat pour être vraiment belle.

— J'ai toujours beaucoup admiré son teint, répondit malicieusement Emma, mais si j'ai bonne mémoire, ne fut-il pas un temps où vous reprochiez à Miss Fairfax sa pâleur excessive ? C'était la première fois que nous avons parlé d'elle. L'avez-vous oublié ?

— Oh non ! Quelle impudence était alors la mienne ! Comment ai-je pu avoir l'audace de...

Il riait pourtant de si bon cœur à ce souvenir qu'Emma ne put s'empêcher de lui dire :

— Je vous soupçonne de vous être fort amusé à vous jouer de nous, malgré tous les problèmes que vous aviez alors. Oui, j'en suis même sûre. Cela devait vous consoler un peu, n'est-ce pas ?

— Oh non, non... Comment pouvez-vous croire une chose pareille ? J'étais vraiment l'homme le plus malheureux du monde.

— Vous ne souffriez pas au point d'en devenir insensible au comique de la situation, et je suis certaine que vous vous amusiez follement en songeant que vous nous abusiez tous. Peut-être suis-je d'autant plus encline à vous soupçonner que je me serais moi-même beaucoup divertie en pareilles circonstances. Je crois que nous nous ressemblons un peu.

Il s'inclina.

— Il existe une ressemblance entre nos destinées, s'il n'en est point entre nos caractères, ajouta-t-elle d'un air sincèrement ému. Notre sort n'est-il point d'épouser des êtres qui nous sont infiniment supérieurs ?

— C'est exact, parfaitement exact, répondit-il avec chaleur... mais ce n'est pas vrai pour vous, car personne ne peut vous être comparé. En ce qui me concerne, vous avez raison. C'est un ange. Regardez-la, chacun de ses gestes n'est-il point celui d'un ange ? Observez la ligne de son cou, observez ses yeux tandis qu'elle regarde mon père... Vous serez ravie d'apprendre (baissant la tête et parlant bas, d'un ton grave) que mon oncle a l'intention de lui offrir tous les bijoux de ma tante. Il faut les faire ressertir et je suis décidé à en utiliser une partie pour lui faire faire un diadème. Est-ce que cela ne serait pas ravissant dans ses cheveux noirs ?

— Très joli, en effet, répondit Emma.

Elle lui avait parlé si gentiment qu'il s'écria, transporté de reconnaissance :

— Comme je suis heureux de vous retrouver et de vous voir si resplendissante ! Je n'aurais pour rien au monde manqué cette rencontre et je vous aurais certainement rendu visite à Hartfield si vous n'étiez pas venue.

Les autres parlaient du bébé depuis un moment et Mrs. Weston venait de raconter qu'elle s'était un peu inquiétée pour lui la veille car il n'avait pas l'air tout à fait bien. C'était peut-être absurde, mais elle avait eu peur et avait failli appeler Mr. Perry. On pouvait la juger ridicule, mais Mr. Weston s'était également inquiété. La petite fille s'était pourtant parfaitement remise au bout de dix minutes. Mr. Woodhouse s'intéressa tout particulièrement à cette histoire, et il félicita vivement Mrs. Weston d'avoir songé à faire appel à Mr. Perry tout en regrettant cependant qu'elle ne l'eût pas fait. Il fallait faire venir Perry si l'enfant semblait indisposé, ne fût-ce qu'un instant, et Mrs. Weston ne pourrait jamais s'inquiéter trop tôt ni recevoir trop souvent la visite de Perry. Peut-être était-il fâcheux qu'il ne fût point venu la veille, car même si le bébé paraissait à présent en pleine forme, il eût probablement, et tout bien considéré, été préférable de le montrer à Perry.

Frank Churchill sursauta en entendant ce nom de Perry.

— Perry ! dit-il à Emma tout en essayant d'attirer l'attention de Miss Fairfax. Mon ami Mr. Perry ! Que racontent-ils à son sujet ? Est-il venu ce matin ? Et comment se déplace-t-il maintenant ? A-t-il acheté cette fameuse voiture ?

Se remémorant aussitôt certain incident, Emma saisit l'allusion. Tout en riant avec Frank, elle remarqua que Miss Fairfax avait manifestement entendu elle aussi les paroles du jeune homme, bien qu'elle tentât de faire comme si de rien n'était.

— C'était un rêve tellement extraordinaire ! s'écria-t-il. Je ne puis jamais y songer sans rire. Elle nous entend, elle nous entend, Miss Woodhouse, je le vois à son air, à son sourire, à ses vaines tentatives pour froncer les sourcils... Regardez-la, ne voyez-vous pas qu'il lui semble avoir sous les yeux, en cet instant précis, le passage de sa lettre où elle m'annonçait la nouvelle ? Je suis sûr qu'elle se remémore tous les détails de cette affaire et ne peut prêter attention à rien d'autre bien qu'elle feigne d'écouter ses compagnons.

Jane ne put s'empêcher de sourire et son visage portait encore les traces de cette réaction involontaire lorsqu'elle se tourna vers lui et lui dit, très bas et d'un ton timide mais ferme :

— Je m'étonne que vous puissiez évoquer de pareils souvenirs ! Ils s'imposeront parfois à notre mémoire, mais je ne comprends pas que vous vous complaisiez à les rappeler.

Il lui répondit par un long discours extrêmement amusant, mais Emma ne s'en sentit pas moins du côté de Jane dans cette controverse qui opposait les deux amoureux. En quittant Randalls, elle se laissa tout naturellement aller à comparer Frank et Mr. Knightley, comprenant que malgré sa joie de revoir le jeune homme et malgré toute son amitié pour lui, elle n'avait jamais été plus sensible à l'évidente supériorité de Mr. Knightley, et elle mit un point final à cette journée délicieuse en rêvant le plus agréablement du monde aux mérites que cette comparaison venait de mettre si clairement en lumière.

CHAPITRE LV

Si Emma s'inquiétait encore de temps à autre pour Harriet, doutant parfois que son amie pût être vraiment guérie de son amour pour Mr. Knightley et fût capable d'accepter sans arrière-pensée les offres d'un autre homme, elle n'eut du moins pas l'occasion de souffrir très longtemps de ces crises d'incertitude. Ceux de Londres arrivèrent en effet quelques jours plus tard, et elle put, dès son premier tête-à-tête avec Harriet, constater avec une immense satisfaction que Robert Martin, aussi incompréhensible que ce fût, avait complètement supplanté Mr. Knightley dans le cœur de la jeune fille et que celle-ci plaçait à présent en lui tous ses espoirs de bonheur.

Un peu gênée, Harriet eut même l'air tout à fait stupide pendant les premières minutes de cet entretien, mais dès qu'elle eut avoué s'être montrée par le passé aussi sotte que présomptueuse, et s'être complètement trompée sur les sentiments de Mr. Knightley, son chagrin et son embarras semblèrent s'évanouir comme par miracle. Ayant manifestement oublié le passé, elle se livrait toute aux joies que lui offraient le présent ou l'avenir. Emma avait eu soin d'accueillir son amie avec les félicitations les plus enthousiastes afin de dissiper ses craintes éventuelles, et sûre d'avoir son approbation, Harriet fut ravie de lui donner tous les détails imaginables sur la soirée à l'Astley et le dîner du lendemain. Elle se complaisait visiblement à relater ces menus événements, mais cela n'expliquait rien au bout du compte et notre héroïne fut obligée de s'avouer finalement que sa jeune compagne avait toujours été attirée par Robert Martin et n'avait jamais cessé de l'aimer.

On ne pouvait cependant que se réjouir de ces fiançailles et chaque jour apportait à Emma de nouvelles raisons de le croire. On apprit bientôt l'identité du père d'Harriet et il s'avéra qu'il s'agissait d'un marchand suffisamment riche pour verser à sa fille la confortable pension dont elle avait toujours disposé, et assez respectueux des usages et de la morale pour avoir toujours souhaité tenir secrète cette paternité. Telle était la noble lignée dont Emma était autrefois si encline à se montrer garante... Le sang de cet homme avait certes toutes les chances d'être aussi pur que celui de bien des messieurs, mais quelle alliance, tout de même, pour un Mr. Knightley, un Mr. Churchill ou même un Mr. Elton ! Si la noblesse ou la fortune ne venaient point blanchir l'illégitimité, n'était-elle pas après tout une grave souillure ?

Le père d'Harriet ne s'opposa pas au mariage de sa fille, traitant même Robert Martin avec une certaine libéralité. Tout se passa parfaitement bien, et lorsque Emma fit la connaissance du jeune fermier qui fréquentait maintenant Hartfield, elle dut s'avouer que son bon sens et ses mérites laissaient espérer pour son amie un avenir des plus confortables. Elle ne doutait point qu'Harriet ne pût trouver le bonheur avec n'importe quel homme, pourvu qu'il fût bon, mais Robert Martin, en lui offrant un foyer, lui apporterait en outre la sécurité, la stabilité et les moyens de se perfectionner. Suffisamment isolée pour être protégée et suffisamment occupée pour ne point s'ennuyer, elle ne courait pas le risque, en vivant au contact de gens qui l'aimaient et savaient se montrer plus raisonnables qu'elle, de se laisser aller à ses faiblesses naturelles. Devenue une dame respectable, elle connaîtrait le bonheur, et notre héroïne devait bien admettre qu'une affection aussi solide et constante que celle de son fiancé ferait certainement de son amie la plus heureuse des femmes, ou du moins la plus heureuse après Miss Woodhouse.

Très prise par ses engagements envers les Martin, Harriet venait de moins en moins à Hartfield, ce que l'on ne pouvait véritablement regretter. Il fallait qu'Emma mît un terme à leur intimité et que leur amitié évoluât jusqu'à une sorte de calme bienveillance. Par bonheur, ce mouvement de repli nécessaire et même inévitable semblait s'être tout naturellement amorcé, et ce de la façon la plus douce et la plus progressive.

Avant la fin du mois de septembre, Emma accompagna Harriet à l'église et la vit accorder sa main à Robert Martin avec une satisfaction si sincère que même la présence d'un Mr. Elton qui lui rappelait tant de souvenirs ne parvint pas à la troubler. En fait, elle ne voyait peut-être à ce moment-là dans Mr. Elton que le clergyman qui bénirait bientôt son union avec Mr. Knightley. Robert Martin et Harriet Smith, qui étaient les derniers à s'être fiancés, étaient à présent les premiers à se marier.

Jane Fairfax avait déjà quitté Highbury et retrouvé auprès des Campbell les douceurs de son véritable foyer, Frank et Mr. Churchill se trouvant également à Londres où ils resteraient jusqu'au mois de novembre.

Le mois d'octobre était celui qu'Emma et Mr. Knightley avaient fixé pour leur mariage, dans la mesure où ils osaient préciser une date. Ils souhaitaient que leur union fût célébrée pendant le séjour de John et d'Isabelle à Hartfield afin de pouvoir aller passer quinze jours au bord de la mer. Comme tous les autres amis qui furent consultés, John et Isabelle approuvèrent pleinement ce projet, mais il y avait Mr. Woodhouse... Comment obtenir son consentement ? Il faisait toujours allusion à ce mariage comme à un événement lointain, et la première fois qu'on le sonda sur ce sujet, il en fut manifestement si malheureux que l'on fut à deux doigts de désespérer. La deuxième tentative fut moins douloureuse, et il commença de penser que ce mariage était fatal et qu'on ne pourrait point l'empêcher. C'était un premier pas vers la résignation mais il semblait toujours très malheureux, tellement même qu'Emma en perdit tout courage. Elle ne pouvait supporter de le voir souffrir et de savoir qu'il se croyait négligé, et même si elle était, à l'égal des messieurs Knightley, presque certaine qu'il se remettrait vite une fois le mariage célébré, elle ne pouvait se décider à passer aux actes.

Ce n'est pas une soudaine illumination de Mr. Woodhouse ou la miraculeuse guérison de sa nervosité maladive qui vinrent dénouer une situation si atrocement angoissante, non, c'est au contraire cette anxiété pathologique qui vint au secours de nos amoureux d'une manière tout à fait imprévue. Une nuit, la basse-cour de Mrs. Weston fut dépouillée de tous ses dindons, et ce manifestement à la suite d'une malfaisante intervention humaine. D'autres basses-cours du voisinage subirent le même sort, et voyant dans ces menus larcins de véritables cambriolages, Mr. Woodhouse en conçut des inquiétudes terribles. S'il n'avait bénéficié de la protection de son gendre, il eût passé chaque nuit de sa vie en des transes affreuses, mais la force, la présence d'esprit et la résolution des Knightley lui inspiraient une confiance aveugle. Hartfield serait en sûreté tant que l'un ou l'autre de ces messieurs les protégerait, lui et les siens, mais Mr. John Knightley devait malheureusement s'en retourner à Londres vers la fin de la première semaine de novembre.

Le résultat de tant d'angoisses fut qu'il consentit au mariage de sa fille avec un enthousiasme que celle-ci n'eût jamais osé espérer. Elle fixa donc le jour de ses noces et Mr. Elton fut prié d'unir les destinées de Mr. Knightley et de Miss Woodhouse moins d'un mois après le mariage de Mr. et Mrs. Robert Martin.

Nos héros n'ayant point le moindre goût pour le luxe ou pour l'étalage, cette cérémonie se déroula très simplement. Mr. Elton en fit un récit détaillé à sa femme qui jugea ce mariage mesquin et fort inférieur au sien... « Si peu de satin blanc et si peu de dentelles, c'était vraiment pitoyable et Selina en serait abasourdie ! » En dépit des reproches que pouvait adresser une Mrs. Elton, les vœux, les espoirs et les prédictions des quelques amis sincères qui avaient assisté à la cérémonie se réalisèrent en tout point et les jeunes époux connurent un bonheur sans nuages.

POSTFACE

à Flo

Emma est la plus française des héroïnes de Jane Austen, qui à juste titre craignait que personne ne puisse l'aimer. Elle est en effet aussi peu anglaise qu'une jeune fille intelligente, élégante, ironique et soucieuse des formes peut se permettre de l'être. Emma aime l'intrigue et ignore la passion. Elle a cependant en commun avec les héroïnes des autres romans austéniens « l'erreur » qui rend la « leçon » nécessaire : elle est romanesque. Mais, à la différence de Marianne ou de Catherine, héroïnes respectives de *Sense and Sensibility* et de *Northanger Abbey*, elle est romanesque intellectuellement, et non émotivement. Et c'est en cela qu'elle est la rivale de son auteur.

Emma aime à bâtir des mariages. C'est son goût et sa vanité. Or, dans la perspective où se situe Jane Austen, « bâtir un mariage » équivaut à bâtir une destinée. Et la tradition du roman anglais où elle se place consiste justement à tracer la destinée du personnage, en le conduisant de l'inconscience à la conscience, de l'inexpérience à l'expérience, du domaine privé au public, de la maison natale à la société et ses règles, de la nubilité au mariage.

C'est pourquoi chaque roman de Jane Austen est un labyrinthe par « essai et erreur », à travers lequel le personnage est conduit pour faire son apprentissage et devenir un membre conscient de la société. Non pas de la « société

555

humaine », mais de celle, bien plus restreinte, qui s'est enfermée dans le cercle magique des règles et des formes pour se défendre d'agressions multiples.

Mais il faut que cet apprentissage passe par la conscience et non simplement par l'obéissance. Et c'est toujours sur la conscience que débouchent ses personnages : la conscience de la nécessité des règles.

J'ai dit que la société à laquelle Jane Austen conduit ses personnages se défend d'agressions multiples. Ces agressions viennent de l'intérieur et de l'extérieur. Elles viennent de la volonté et de la vérité de l'homme intérieur, et de la réalité des forces extérieures. Notre société, qui a voulu intégrer ces deux tensions, ne sait plus ni comment ni de qui se défendre. La « société de Jane Austen » le savait. Je dis la « société de Jane Austen » parce que cette société est une société « idéale », de même que toute société à laquelle prépare un apprentissage, de même que la société qui est au bout de nos écoles et de notre éducation, parce que c'est la société qu'il *faut* créer, dans les circonstances données.

Ainsi Jane Austen conduit un jeu subtil entre ce qu'elle *sait* et ce qu'elle veut enseigner. Son langage est un instrument parfait de plusieurs langues à la fois ; et sa grandeur réside dans la clarté de cette parole aux renvois multiples.

L'apprentissage de cette langue qui se tient au milieu entre le vrai et le faux faisait le thème de ses premiers romans : *Northanger Abbey* et *Sense and Sensibility.*

Emma, qui est son avant-dernier roman achevé (écrit en 1814, il fut imprimé en 1816), a dépassé ce stade. Les principaux personnages savent parler à la manière de Jane Austen. Et c'est justement à cause de ce savoir que tous les malentendus se présentent. Le plus important, celui qui est à la base de l'intrigue, est sciemment créé et entretenu par le faux héros (celui qui n'épousera pas l'héroïne), Frank Churchill. Mais si on reparcourt le roman, après son dénouement, on se rend compte que Frank Churchill ne ment jamais. Simplement il parle en sorte que chacun comprenne ce qu'il veut. Sa faute réside bien sûr en l'intention de tromper ; mais elle n'est rendue possible que par le désir des autres d'être trompés. C'est pourquoi les deux Mr. Knightley, ayant des intérêts différents, n'en sont pas dupes.

Mr. Elton, le pasteur, n'a pas, lui, l'intention de tromper ; la responsabilité du malentendu est toute à Emma, qui veut faire de lui le héros de *son* roman. Quant à Miss Bates, elle ne sait pas parler ; elle a le langage innocent de l'enfance. Aussi Emma n'a pas de patience pour elle.

L' « erreur » romanesque renforce le malentendu entre Emma et Harriet : elles se trompent mutuellement parce qu'elles veulent toutes deux être trompées. Le seul malentendu évité est celui entre Emma et Mr. Knightley ; mais Mr. Knightley ne veut ni tromper ni être trompé, et Emma, cette fois, veut être détrompée. Jusque-là Emma ne résistait pas aux malentendus pour la même raison qui l'incite à faire des mariages : parce qu'ils sont la base de l'intrigue.

En quoi consiste donc cette fois l'erreur romanesque ? Et en quoi l'intrigue diffère-t-elle des autres romans ?

Dans *Northanger Abbey*, Catherine, la protagoniste, était une lectrice de romans noirs. Elle était, du romanesque, le récepteur le plus passif et innocent. Marianne, dans *Sense and Sensibility*, était un *personnage* romanesque. Elle agissait comme à l'intérieur d'un roman « français » (il ne faut pas oublier que *la Vie de Marianne* de Marivaux avait été traduit en anglais dès 1736). Elle n'était donc plus innocente, car elle faisait siennes toutes les fautes des personnages romanesques : l'imprudence, l'ardeur, la violence des passions, l'agression d'une parole toujours surgissant du tréfonds et insouciante de l'interlocuteur, l'absence d'humour, l'exhibition du moi.

Mais Emma est quelque chose de plus : elle est un *auteur* romanesque. Elle n'écrit pas de romans, mais elle essaye de les mettre en vie. J'ai dit au début que bâtir un mariage équivaut à bâtir un roman. C'est en quoi Emma et Jane Austen sont rivales : toutes deux font des romans ;

toutes deux essayent de plier leurs personnages à une destinée : mais Emma le fait mal et Austen le fait bien, l'une échoue, l'autre réussit. Et c'est bien Austen qui redresse patiemment toutes les erreurs d'Emma, d'abord en expliquant les malentendus, ensuite en refaisant les mariages qu'Emma avait conçus sur le mode romanesque.

Les mariages d'Emma ne tiennent pas debout, parce que la conception romanesque ne s'applique pas à la vie : et bien plus, parce qu'elle ne s'applique pas au roman. C'est-à-dire à ce récit qui n'essaye pas tant d'imiter la vie que de lui donner forme.

Quand Emma, au cours du malentendu avec Harriet, lui dit que « des mariages d'une plus grande disparité avaient eu lieu » (que celui auquel chacune d'elles de son côté est en train de penser), le démenti qu'elle reçoit de l'auteur n'est pas très différent de l'opinion qu'exprimait Jane Austen, à une de ses nièces, Anna. Dans une lettre écrite à l'époque même de l'écriture d'*Emma*, où la tante faisait la critique d'un roman manuscrit de la nièce, Austen suggérait de ne pas faire marcher le personnage jusqu'aux écuries le lendemain du jour où il s'était cassé le bras « car même si j'apprends que ton père est sorti immédiatement après qu'on lui eut remis le bras, je pense que c'est si peu habituel que cela *apparaîtrait* invraisemblable dans un livre ». De même le dénouement de l'histoire réplique à Emma : c'est possible que dans la vie des mariages d'une plus grande disparité aient eu lieu, mais cela est trop inhabituel pour un roman. Car le roman, tel que Jane Austen le conçoit, n'est ni la vie ni le romanesque : il se tient entre les deux, de même que le langage se tient entre le vrai et le faux. Ainsi, Jane Austen suppliait sa nièce Anna de ne pas laisser sombrer son personnage « dans un "tourbillon de dissipation". Je n'ai pas d'objection à la chose, mais je ne veux pas supporter l'expression ; — c'est un tel jargon de roman ! ».

Les conventions sur lesquelles repose le roman austénien sont les mêmes qui régissent la vie de la société qu'il décrit. On pourrait dire que l'écart qui sépare ces conventions de la vie même est à peu près l'équivalent de l'écart qui sépare le roman de la vie. Sous ces conventions la réalité perce continuellement, mais ce n'est pas elle qui est visée. Ce qui est « naturel » au roman correspond à ce qui est « habituel » dans la vie, c'est-à-dire à ce qui est conventionnel. C'est en quoi le roman austénien est profondément différent du *romance* : ce qui en fait la structure, ce ne sont pas les conventions romanesques, mais les conventions sociales. Le destin « naturel » d'Harriet est d'épouser Robert Martin. Emma veut changer ce cours régulier en un destin exceptionnel, en la mariant à quelqu'un dont la condition est très supérieure à la sienne. Et elle adopte le point de vue romanesque qui consiste à assurer qu'une fille d'inconnus ne peut être qu'une fille de la noblesse. Jane Austen se tient au contraire au cours probable des choses, qui est qu'Harriet soit (ce qu'elle se révélera être) de petite naissance. Harriet est le personnage du « roman » d'Emma, qui, à force d'essayer d'en améliorer la destinée, finit presque par la détruire. Heureusement pour Harriet que l'auteur d'*Emma* prend finalement les choses en main, et d'un coup de baguette refait ce qui avait été défait et défait ce qui avait été refait par son imprudent apprenti sorcier. L'étonnement d'Emma devant le dénouement du sort d'Harriet n'est pas plus grand que le nôtre, et Jane Austen semble nous demander là un acte de foi : mais cet acte de foi n'est pas en son talent magique mais en son talent d'écrivain. Jusque-là elle avait laissé jouer à Emma l'apprenti sorcier : à la fin elle revient et remet les choses dans le cours qu'elles auraient suivi naturellement si Emma ne s'en était pas mêlée.

Ce que Jane Austen fait dans *Emma* — la critique du romanesque —, elle l'avait déjà fait plus explicitement dans les deux romans que j'ai cités. Dans *Northanger Abbey* elle visait, derrière les ingénuités de Catherine, le roman noir. L'apprentissage de Catherine s'achève sur cette considération : « Aussi charmantes que soient toutes les œuvres de Mrs. Radcliffe, et aussi charmantes que soient même celles de tous ses imitateurs, ce n'est peut-être pas en elles que la nature humaine, du moins dans les pays du centre de l'Angleterre, peut être trouvée. »

Mais Catherine, je disais, n'était qu'une lectrice : en changeant ses lectures elle n'a pas besoin de changer sa vie. Son destin continue de se dérouler selon les prémisses, seule sa vision des choses est modifiée.

Marianne, en revanche, étant un personnage de *romance*, doit changer de roman. Au moment où Marivaux abandonne son héroïne, Jane Austen la prend en main et la place dans son roman à elle, pour la marier au vieux gentilhomme qui lui offre sa bourse et sa main, et en fait une riche propriétaire sans passion mais douée d'expérience.

En tant qu'auteur, l'échec du roman d'Emma ne change pas tant sa vie que celle de ses personnages. L'intervention de Jane Austen a deux effets : rendre à chacun son dû, et interdire Emma Woodhouse pour toujours dans la profession d'écrivain, en la mariant.

Mais, encore une fois, cela doit passer par la « prise de conscience ». Le dénouement du destin d'Emma n'est possible qu'à partir du moment où elle prend conscience de ses erreurs.

« With insufferable vanity had she believed herself in the secret of everybody's feelings ; with unpardonable arrogance proposed to arrange everybody's destiny. She was proved to have been universally mistaken ; and she had not quite done nothing — for she had done mischief. »

Mr. Knightley est le mentor de cette prise de conscience ; comme à peu près toujours chez J. Austen, l'apprentissage n'est pas simplement lié à l'expérience, mais à l'amour. C'est-à-dire à la relation de maître à élève. Aussi bien dans *Northanger Abbey* que dans *Emma* celle qui apprend, apprend en même temps à aimer, et celui qui enseigne, corrige, explique, est pris d'amour pour l'objet de son labeur : « I could not think about you so much », avoue Mr. Knightley, « without doting on you, faults and all ; and by dint of fancying so many errors, have been in love with you ever since you were thirteen at least. »

Car l'amour, pour J. Austen, celui du moins qui est digne d'être scellé par le mariage, passe toujours par l'intelligence. Ce n'est pas un sentiment aveugle, mais éclairé. Ce n'est pas une passion mais un engagement. Et c'est pourquoi, de même que l'apprentissage aboutit à la conscience, il aboutit au mariage. Point d'arrivée du roman et du destin du héros, le mariage n'équivaut pas à la mort, comme le suggèrent certains critiques. S'il est vrai que le chemin de l'expérience se termine à la mort, Jane Austen peut substituer à ce terme celui du mariage parce que le mariage est l'acte donnant forme et expression au « voyage sentimental » que l'héroïne accomplit de sa maison natale à sa maison conjugale.

Le fait que dans les derniers romans la maison conjugale coïncide avec la maison paternelle montre bien que le tour d'horizon accompli par l'héroïne ne lui a pas ouvert un autre monde, mais a éclairé le sien.

Car ce n'est jamais « ailleurs » que Jane Austen conduit ses personnages et ses lecteurs, mais *là* où ils étaient, où ils ne pouvaient ne pas être, dans le cercle magique d'une société dont l'ailleurs n'est qu'une vaste étendue de *hic sunt leones*. Ce cercle magique ne serait cependant qu'un réceptacle de règles formelles et de conventions vides, si la conscience ne les remplissait de sens, ou de *sense* . de bon sens.

Ginevra Bompiani, Rome, 1978

NOTE BIOGRAPHIQUE

NOTE BIOGRAPHIQUE
SUR JANE AUSTEN

Sa naissance, sa famille.

Jane Austen est née le 16 décembre 1775 à Steventon Rectory, dans le comté du Hampshire, avant-dernière-née et deuxième fille d'une famille de huit enfants. Son père, George Austen, était clergyman. Sa mère, née Cassandra Leigh, comptait parmi ses ancêtres Sir Thomas Leigh, qui fut lord-maire de Londres au temps de la reine Élisabeth. Son grand-père maternel était clergyman ; mais son grand-père paternel n'était que chirurgien.

Les premières années.

Les revenus de la famille Austen étaient modestes mais confortables ; leur maison de deux étages, le Rectory, agréable comme savait déjà l'être une maison de clergyman dans le Hampshire à la fin du XVIIIe siècle : des arbres, de l'herbe, un chemin pour les voitures, une grange même. On sait que la jeune Jane, comme Catherine Morland, l'héroïne de *Northanger Abbey*, aimait à rouler dans l'herbe de haut en bas de la pelouse en pente avec son frère préféré, Henry (son aîné d'un an) ou sa sœur Cassandra. Il n'est pas impossible qu'elle ait également préféré grimper aux arbres, battre la campagne les jours de pluie, à des activités plus convenables pour une petite fille du Hampshire dans une famille de clergyman, comme « soigner un loir, élever un canari... ».

Écoles.

En 1782, Cassandra et Jane (alors âgée de sept ans seulement, mais elle n'avait pas voulu se séparer de sa sœur — elles ne se quittèrent guère de toute leur vie —) furent envoyées à l'école, d'abord à Oxford, dans un établissement dirigé par la veuve du principal de Brasenose College, puis à Southampton, enfin à l'Abbey School de Reading, sous la surveillance de la bonne et vieille Mme Latournelle ; les études n'étaient pas trop épuisantes, semble-t-il, puisque les demoiselles étaient laissées libres de leur temps après une ou deux heures de travail chaque matin.

Éducation.

De retour au Rectory (après une fuite précipitée de Reading à cause d'une épidémie), les deux sœurs complétèrent leur éducation grâce aux conversations familiales (les frères furent successivement étudiants à Oxford) et surtout à l'aide de la bibliothèque paternelle qui était remarquablement fournie, et à laquelle elles semblent avoir eu accès sans aucune restriction. Jane lut beaucoup : Fielding et Richardson, Smollett et Sterne, les poèmes élégiaques de Cowper et le livre alors célèbre de Gilpin sur le « pittoresque » (la passion des jardins et paysages est une des sources fondamentales du roman anglais) ; quelques classiques, un peu d'histoire, des romans surtout. La famille Austen était grande dévoreuse de romans (sentimentaux ou gothiques — ce sont bientôt les années triomphales de Mrs. Radcliffe) ; les romans paraissaient par centaines, et on pouvait se les procurer aisément pour pas cher grâce aux bibliothèques circulantes de prêt qui venaient d'être inventées. On lisait souvent à haute voix après le dîner. Jane, bien entendu, apprit le français (indispensable à l'époque pour un amateur de romans), un peu d'italien, chantait (sans enthousiasme), cousait, brodait, dessinait (bien moins bien que Cassandra), jouait du piano et bien sûr aussi dansait ; toutes occupations indispensables à son sexe et à son rang et destinées à la préparer à son avenir, le mariage. De toutes ces activités, Jane semble avoir préféré la danse (dans sa jeunesse) et la lecture (toujours). Les enfants Austen, avec l'aide de quelques cousins et voisins, avaient également une grande passion pour le théâtre et des représentations fréquentes étaient données dans la grange (en été) ou dans le salon (en hiver).

La passion d'écrire.

Tout le monde, ou presque, écrivait dans la famille Austen : le père, ses sermons ; Mme Austen des vers élégiaques ; les frères des essais pour les journaux étudiants d'Oxford ; sans oublier les pièces de théâtre où tous mettaient la main. Jane Austen a commencé très tôt à écrire, encouragée sans doute par les nombreux exemples familiaux dont les productions étaient constamment et vivement discutées pendant les longues soirées d'hiver. Elle s'est très tôt orientée vers le récit, et tout particulièrement vers les parodies des romans sentimentaux alors à la mode et qui constituaient le fonds des bibliothèques de prêt, donc des lectures romanesques familiales. Les « œuvres de jeunesse » qui ont été conservées, soigneusement copiées de sa main en trois cahiers intitulés Volumes I, II et III, contiennent des réussites assez étonnantes, surtout si on pense qu'elles ont été composées entre la douzième et la dix-septième année de l'auteur : ainsi le roman par lettres *Love and Friendship* (« Amour et amitié ») dont la liberté de ton aurait peut-être offusqué la reine Victoria.

Bals.

Aux plaisirs du théâtre, de la lecture, de l'écriture, aux promenades et aux conversations s'ajoutèrent bientôt ceux de la danse, lors de ces bals qui étaient une part importante de la vie sociale de Steventon et des villages proches. C'était d'ailleurs l'occasion à peu près unique qu'avaient les jeunes gens de cette classe de la société de se rencontrer, et par conséquent le lieu par excellence des espérances matrimoniales (on verra le rôle essentiel du bal dans l'économie de *Northanger Abbey* ou d'*Orgueil et préjugés*, par exemple).

Comment était-elle ?

On n'a pas conservé de portrait de Jane Austen à cette époque (pas plus qu'à une autre, puisqu'on n'a qu'un dessin d'elle, dû à Cassandra) et les descriptions sont plutôt rares. Il faut pratiquement se contenter d'une seule phrase (d'un ami de la famille, Sir Egerton Brydges) : « Elle était assez belle, petite et élégante, avec des joues peut-être un peu trop pleines. » C'est peu.

Les lettres à Cassandra.

La source la plus importante de renseignements sur Jane Austen est le recueil des lettres écrites par elle à sa sœur Cassandra, qui fut sans aucun doute la personne la plus proche d'elle pendant toute sa vie. Bien entendu, elles ne nous renseignent que sur les périodes où les deux sœurs se trouvaient séparées, ce qui ne se produisit pas si souvent ni très longtemps. En outre, au grand désespoir des biographes, Cassandra, qui lui survécut, a soigneusement et sans hésitation expurgé les lettres qu'elle n'a pas détruites de tout ce qui pourrait nous éclairer sur la vie privée et sentimentale de sa sœur. La perte pour nous est grande, pour notre curiosité, mais la réticence est trop évidemment en accord avec la philosophie générale de l'existence de la romancière pour que nous puissions sans mauvaise foi en faire reproche à Miss Austen (Cassandra). Les lettres conservées sont une mine d'observations vives, drôles et méchantes sur le monde et les gens qui l'entourent. Et leur acidité n'y est pas, comme dans la prose narrative, adoucie par la généralisation. Un exemple : « Mrs. Hall, de Sherbourne, a mis au monde hier prématurément un enfant mort-né, à la suite, dit-on, d'une grande frayeur. Je suppose qu'elle a dû, sans le faire exprès, regarder brusquement son mari. »

Le temps passe.

Cependant les enfants Austen grandissent et la famille commence à se disperser. Les garçons s'installent, les plus jeunes entrent dans la Navy (c'est l'époque, grave pour l'Angleterre, des guerres de la Révolution française et des ambitions napoléoniennes : en 1796 le bateau de Charles Austen, la *Licorne*, capturera deux navires français). Mais Cassandra et Jane auront, elles, ce triste et fréquent destin du XIXe siècle anglais : elles resteront vieilles filles. Cassandra à cause de la mort prématurée à Saint-Domingue de son fiancé, Thomas Fowle ; quant à Jane, sa vie sentimentale nous reste à jamais impénétrable.

Les premiers romans (1795-1800).

En 1795, Jane Austen commence un roman par lettres intitulé *Elinor et Marianne*, première version de ce qui allait plus tard devenir *Sense and Sensibility*, « Raison et sentiments ». Aussitôt terminé et lu à haute voix devant le cercle familial, il est suivi d'un second, dont le titre est alors *First Impressions*, « Premières impressions », qui deviendra, lui, *Pride and Prejudice*, « Orgueil et préjugés ». Enfin, en 1798, elle écrit *Susan* qui sera *Northanger Abbey*. Ces trois romans, sous leur forme initiale, ont donc été écrits entre sa vingtième et sa vingt-cinquième année. Cette première grande période créatrice, brusquement interrompue en 1800 (elle sera suivie de dix ans de presque silence), donne, malgré les révisions importantes que les trois romans subiront ultérieurement, tout son éclat d'enthousiasme de jeunesse et peut-être de bonheur à la prose telle que nous pouvons la lire aujourd'hui. Ces premiers essais très sérieux de Jane Austen ne semblent pas être sortis du cercle familial, mais on sait qu'en 1797 George Austen tenta sans succès d'intéresser un éditeur au manuscrit de *First Impressions*.

Bath.

En 1800, Mr. Austen (qui a alors presque soixante-dix ans) décide brusquement de se retirer et d'abandonner Steventon pour la vie urbaine et élégante de Bath. Cette trahison soudaine du pastoral Hampshire n'eut guère la faveur de Jane et la légende veut qu'en apprenant la nouvelle, le 30 novembre 1800, au retour d'une promenade matinale, elle se soit évanouie et, comme l'héroïne de *Persuasion*, Anne Elliott, elle « persista avec détermination, quoique silencieusement, dans son aversion pour Bath ». Aujourd'hui, pour l'amateur fanatique des romans de Jane Austen, pour celui qui appartient à la famille des « janeites » inconditionnels, un pèlerinage à Bath, qui joue un rôle si important dans tant de pages de ses récits, est une visite aussi heureuse qu'obligée ; mais il ne doit pas perdre de vue que son héroïne n'aima jamais vraiment y vivre. En 1803, probablement sur l'intervention d'Henry, le manuscrit de *Susan* (le futur *Northanger Abbey*) fut vendu pour la somme de dix livres sterling à un éditeur du nom de Crosby qui d'ailleurs s'empressa de l'oublier. C'est peut-être sous l'impulsion de cette espérance momentanée que Jane entreprit un nouveau roman, *The Watsons*, son seul effort sans doute des années de Bath, mais abandonné hélas en 1805, après quelques chapitres. Ce que nous ne pouvons que regretter.

La mort du père.

Le 21 janvier 1805, la mort de Mr. Austen vint plonger brusquement les femmes de la famille dans une situation matérielle qui, sans être jamais véritablement difficile, se révéla néanmoins à peine suffisante pour leur permettre de maintenir leur mode de vie « décent » habituel. Mrs. Austen, Jane et Cassandra se trouvèrent en outre en partie sous la dépendance financière des frères Austen, c'est-à-dire à la fois de leur générosité variable et de leur fortune fluctuante ; situation qui, pour n'être pas rare à l'époque, n'en est pas moins inconfortable. Toute idée de mariage abandonnée par les deux sœurs, en même temps que les distractions frivoles mais délicieuses de leur jeunesse, elles se résignèrent à la vie plutôt terne des demoiselles célibataires, avec les obligations de visites, de charité, et de piété, les distractions de la lecture et des commentaires sur le monde ; s'occupant tour à tour des innombrables enfants Austen, neveux et nièces, les éduquant, les distrayant, les conseillant ou les réprimandant selon les âges, les humeurs ou les circonstances. C'est de cette époque que date l'image, pieusement conservée dans la mémoire familiale, de *dear aunt Jane*, la « chère tante Jeanne » de la légende austénienne, qui exaspérait si fort Henry James.

Chawton.

Cependant en 1808 les trois femmes quittent Bath (sans regret au moins en ce qui concerne Jane) et, après des séjours à Clifton puis à Southampton, s'installent, pour ce qui devait être les dernières années de la vie de Jane Austen, dans un petit cottage du village de Chawton, proche d'Alton, sur la route de Salisbury à Winchester. C'est là que l'essentiel de l'œuvre telle que nous la connaissons a été écrit.

Les premiers succès.

En 1809, Jane Austen tente vainement de ressusciter l'intérêt de l'éditeur Crosby pour le manuscrit autrefois acheté par lui de *Susan*. Crosby se borne à en proposer le rachat ; ce qui est fait (la transaction se déroule par un intermédiaire discret, car Jane tient à conserver l'anonymat). Cependant en 1811 *Sense and Sensibility*, forme définitive de l'*Elinor and Marianne* de 1795, est accepté par un éditeur londonien, Thomas Egerton. Elle corrige les épreuves en avril à Londres, au 64 de Sloane Street, lors d'une visite dans la famille de son frère préféré Henry. Le livre paraît en novembre et est vendu 15 shillings. Ce fut un succès d'estime. La première édition, un peu moins de mille exemplaires, fut épuisée en vingt mois et Jane reçut 140 livres, somme inespérée et bienvenue pour quelqu'un qui devait se contenter d'un budget très modeste et n'avait pratiquement aucun argent à elle pour son habillement et ses dépenses personnelles. *Sense and Sensibility* parut anonymement, et, dans la famille même, seule Cassandra paraît avoir été au courant. Jane entreprit alors la révision de *First Impressions* transformé en *Pride and Prejudice*, et, simultanément (?) la composition d'un nouveau roman, le premier de sa maturité, *Mansfield Park*. *Pride and Prejudice*, vendu 110 livres à Egerton en novembre 1812, parut, le 29 juin 1813, à 18 shillings ; le premier tirage était de 1 500 exemplaires environ. Sur la couverture on lisait : *Pride and Prejudice. A novel. In three volumes. By the author of « Sense and Sensibility »*. Le succès cette fois fut nettement plus grand. La première édition fut épuisée en juillet, une deuxième sortit en novembre en même temps qu'une deuxième édition de *Sense and Sensibility* et Jane pouvait écrire fièrement à Henry « qu'elle venait de mettre 250 livres à la banque à (son) nom et que cela (lui) en faisait désirer davantage ». Miss Annabella Milbanke, la future Mrs. Lord Byron, écrivait pendant l'été à sa mère, en lui recommandant la lecture de *Pride and Prejudice*, que « ce n'était pas un livre à vous arracher des larmes ; mais l'intérêt en est cependant très vif, particulièrement à cause de Mr. Darcy ». Un an plus tard c'est *Mansfield Park* et de nouveau 1 500 exemplaires vendus en six mois.

Emma.

Pour son cinquième roman (et le deuxième entièrement écrit à Chawton) *Emma* (premier tirage de 2 000 exemplaires), respectueusement dédié au prince régent, Jane, sans doute désireuse d'améliorer encore les revenus inespérés que lui procurait maintenant la littérature (et peut-être aussi dans l'espoir de venir en aide de manière plus efficace à son frère Henry dont les affaires n'étaient guère brillantes), changea d'éditeur et s'adressa à un Mr. Murray (« c'est un bandit mais si poli », écrit-elle) ; mais comme c'est Henry qui se chargea des négociations, il ne semble pas qu'elle y ait gagné beaucoup. Pour *Emma*, qui reçut encore une fois du public un excellent accueil, Jane Austen eut sa première critique un peu sérieuse (elle devait attendre bien longtemps une étude critique digne d'elle) due rien de moins qu'à la plume auguste de Sir Walter Scott (qui restera jusqu'à sa mort son admirateur fervent). Elle en fut extrêmement flattée, regrettant seulement que dans son rapide examen de ses premiers romans il n'ait pas mentionné *Mansfield Park*. Cependant l'anonymat de Jane n'avait pas résisté au succès de *Pride and Prejudice* ni à l'innocente vanité fraternelle d'Henry ; mais Jane, qui détestait les rapports mondains, eut vite fait de décourager les curiosités des snobs et ne modifia en rien son mode de vie antérieur. Le prince régent fut très content de la dédicace de cet auteur brusquement si favorablement commenté dans les salons et, par l'intermédiaire de son chapelain privé, le révérend Clarke, fit sonder l'auteur d'*Emma* sur la possibilité de la voir entreprendre la composition d'un roman historique, exaltant l'auguste maison de Cobourg, dont le dernier héritier, le prince Léopold, était fiancé à la princesse Charlotte, fille du régent. La réplique de Jane est célèbre : « Je n'envisage pas plus d'écrire un roman historique qu'un poème épique. Je ne saurais sérieusement entreprendre une telle tâche, sauf peut-être au péril de ma vie ; et si par hasard je pouvais m'y résoudre sans me moquer de moi-même et du monde, je mériterais d'être pendue avant la fin du premier chapitre. »

Fin de vie.

Le dernier roman de Jane, *Persuasion*, fut commencé le 8 août 1815, parallèlement à la révision de *Susan*, qui devint *Northanger Abbey*. Elle ne devait pas les voir publiés de son vivant ; avant même l'achèvement de *Persuasion*, elle était déjà sérieusement malade, probablement, si l'on se fie au diagnostic récent de Zachary Cope dans le *British Medical Journal* du 18 juillet 1964, de la maladie d'Addison, alors non identifiée. Au début de 1817, pour être plus près de son médecin, le docteur Lyford, elle vint s'installer à Winchester, dans une maison de College Street, proche de la cathédrale, et c'est là qu'elle mourut, laissant inachevé un dernier roman, *Sanditon*, regret éternel des « janeites », début peut-être, mais irrémédiablement arrêté, d'une « nouvelle manière » ; on était le 18 juillet 1817, et Jane Austen avait quarante et un ans. Elle est enterrée dans la cathédrale de Winchester et l'inscription funéraire gravée par la famille sur une dalle souligne les qualités estimables de son caractère mais ne fait pas la moindre allusion à sa prose.

Jacques ROUBAUD
1978

NOTE BIBLIOGRAPHIQUE

L'édition des œuvres de Jane Austen qui fait autorité est celle qu'a donnée R. W. Chapman à l' « Oxford University Press » ; elle comprend :
Vol. I : *Sense and Sensibility*
Vol. II : *Pride and Prejudice*
Vol. III : *Mansfield Park*
Vol. IV : *Emma*
Vol. V : *Northanger Abbey* et *Persuasion*
Vol. VI : *Œuvres mineures*.
R. W. Chapman a également publié, chez le même éditeur, les *Lettres* de Jane Austen.

Une édition de poche courante des romans et de certaines autres œuvres (*Sanditon, The Watsons* et *Lady Susan*) existe en « Penguin » .

L'étude, classique, sur Jane Austen, est celle de Mary Lascelles, *Jane Austen and her art*. Elle date de 1939, mais a été rééditée récemment par *Oxford University Press*.

Pour une biographie illustrée de Jane, voir, par exemple, Marghanita Laski : *Jane Austen and her World*, Thames and Hudson.

J.R.

Achevé d'imprimer sur les presses de

BUSSIÈRE

GROUPE CPI

à Saint-Amand-Montrond (Cher)
pour le compte des Éditions 10/18
en septembre 2006

Imprimé en France
Dépôt légal : janvier 1996
N° d'édition : 2594 – N° d'impression : 063116/1
Nouveau tirage : octobre 2006